shui
mofang

白占全——著

水磨坊

山西出版传媒集团

北岳文艺出版社
BEIYUE LITERATURE & ART PUBLISHING HOUSE

·太原·

图书在版编目（CIP）数据

水磨坊 / 白占全著 . 一太原：北岳文艺出版社，
2022.1

　ISBN 978-7-5378-6492-3

　Ⅰ．①水… Ⅱ．①白… Ⅲ．①长篇小说—中国—当代
Ⅳ．① I247.5

中国版本图书馆 CIP 数据核字（2021）第 248754 号

水磨坊

白占全◎著

出品人

郭文礼

责任编辑

高海霞

书籍设计

阎宏睿

印装监制

郭　勇

出版发行：山西出版传媒集团·北岳文艺出版社
地址：山西省太原市并州南路 57 号　邮编：030012
电话：0351-5628696（发行部）　0351-5628688（总编室）
传真：0351-5628680
经销商：新华书店
印刷装订：山西润金容印业有限公司

开　本：787mm×1092mm　　1/16
字　数：373 千字
印　张：28
版　次：2022 年 1 月　第 1 版
印　次：2022 年 1 月　山西第 1 次印刷
书　号：ISBN 978-7-5378-6492-3
定　价：96.00 元

目　录

第一章

　　隆隆的水磨旋转声，随着水流冲击叶片哗哗声的消失而缓缓停了下来。高欢欢低头帮磨面人高开勋往布袋里装着面，突然听见磨声水声消失，赶忙站起来，探身瞅了瞅磨眼，磨眼里已无麦子了。高欢欢刚转身，她爹高升正湿手拿着一把铁钳子从门进来，虎着脸说："欢欢，赶紧帮你开勋叔收拾东西，收拾完马上回。"

　　欢欢应了一声，拿起笤帚去清扫磨盘。高升回头对来水磨坊帮忙的马驹说："马驹，水磨坊没甚事，你也早点回吧！"

　　高开勋盯着高升，看着他皱着眉头的脸，不解地问："高掌柜，才半前晌，时间还早，大夏天的，既不种又不收，你这是忙甚？"

　　高升没搭理高开勋，兀自收拾着磨坊里的工具杂物。

　　高开勋收拾好白面，扎紧布袋口，提到磨坊门口，放在干净处，转身走到高升跟前，笑眯眯地说："高掌柜，这是咋啦，我又没惹你，你咋恼着脸，和我连话也不说？到底是谁得罪你了？"

　　高升叹着气说："谁也没惹没得罪，一半天你就晓得了。你是村副，有些事情，你应该清楚，问甚嘞！"

高欢欢也急切地追问："爹，到底是甚事？让我也替你着急。"

高升压压不满的情绪说："不干你事，收拾好，快点回。"

欢欢没说甚，忙着清扫磨坊。高开勋深知问不出端倪，扛着一袋白面，走出了水磨坊。

高升看见高开勋走了，瞅了眼通过房梁和墙壁铁环连结上磨扇木楔子的粗麻绳，快步走到石墙粗铁环处，麻利地解开拴在铁环上的粗麻绳，紧紧地抓在手里，高挑的身子倏忽下蹲，双臂猛然用力，上磨扇猝然离开下磨扇尺许，悬在空中。高升快速把麻绳套在铁环上，拴了个活结，用力拽拽，确认活结拴得结实，转身离开麻绳，在圪崂里拿了把笤帚，三步并作两步走到水磨跟前，弯腰仰头，边瞅着上磨扇，边用笤帚细细地扫着磨底。高欢欢看见爹又在扫磨底，笑着说："爹，刚才还说家里有急事，你咋又在碓底上磨蹭？"

高升没好气地说："你不懂，一年四季，亲戚朋友来了要招待，全凭这好面碓底。别小看这碓底，一天扫上一斤面，一年三百六十五天，结攒下来也顶个数数，居家过日子，靠的就是个积累，要知道，铃铃锁子全是铁！"

高升扫了上磨扇，又扫下磨扇，不一会儿，扫下半簸箕。高升用细箩子箩得半瓢面，连瓢放在筛过的放有糁子麸皮混杂的簸箕里，递给欢欢好面让她端着出门，他赶紧搭上门环，上了锁，和女儿相跟着出了水磨坊的门。

高升走了没几步，正要跨过水壕，抬头一看，卖豆腐的马二则和做粉条的杨模旦挑着两圪栳粮食从坡坡上下来，两个人几乎同时喊："高掌柜，你这是要去哪儿？有两圪栳豆子，准备让你推些豆面。"

高升站在水壕边说："居舍有急事，你们还是担回去，半后晌再来吧。"

马二则摸了一把黑脸和半秃头顶上的汗水说："不迎不嫁，有甚的怂事，两圪栳豆面一会儿就推好了，推好再回居舍，也误不了事吧！"

高升说："不行，不行，事情紧急，实在对不住二位老弟。"

杨模旦两手扶着扁担换了一下肩肩说："实在没空，把东西放到磨坊算了，半后晌我们再来。"

高升转身返回水磨坊，开了门，马二则和杨模旦放下担子，从门走了出来，站在河边拉呱。高升问："二则，还有豆腐不？"

马二则说："做了两团，卖得剩下二斤的一小块，你要了我给你送到居舍。"

高升说："要，那就有劳老弟了。我不能和你们闲谝了，得赶紧回。"说罢，转身快步向家走去。

一进大门，高升就喊叫："玉秀，玉秀，我到镇里买些吃喝东西，你赶紧烧水和面，晌午有五六个客人要到咱居舍来吃饭。"

高升老婆王玉秀系着腰布从居舍走出来说："到底要来甚贵客，非要到镇里买东西，就好面招待还不行？"

高升唉声叹气地说："唉！我也不晓得，村长安顿的，必须有酒有菜招待，好像是咱村要驻队伍，几个领导要来号房子，晌午安排在咱居舍吃饭，队伍上的人惹不起，咱还是好好招待，不想惹下那些人侵害咱，或许待应好了，对咱有好处。"

高升又对女儿欢欢安顿："地窖里还有些山药蛋，你下去拿些，掰掉出芽，削了皮，早点切好，泡在盆里，再到圪旦地里摘些葫芦茄子角角，让你妈务弄几个菜。准备好菜，换身衣裳，别让人家小瞧咱。"

欢欢应了一声，端了个桑条筛子，进入地窖。

高升抹了把脸，脱下遮了不少灰尘的衣裳，换上了干净的疙瘩纽扣白布衫和黑裤，提着黑瓷酒瓶，快步出了院门。

湾头村紧挨着清泉镇，一条月牙形马路直通镇里，算路程不足三里，路程不长，加上高升腿长走得快，两三袋烟的工夫就到了沟门前最繁华的街道，径直走到肉铺跟前，割了一斤猪肉，买了半斤猪脑肉、半斤猪肝、一颗猪心，让卖肉的切碎包好，提着东西，在万泉永酒铺打了五斤酒，顺路买了几个荞面碗托、两张莜面旗子、半斤豆腐干，并拢一起提着，迈开长腿，快速向家走去。

高升回到家时，八仙桌水碗已摆放整齐，好面也已和好，放在黑瓷盆里醒着，菜也切好，有序地放在碟子里，山药丝、粉条和马二则送来的豆腐已焯好，浸在凉水盆里，女儿欢欢也换了身斜襟宽袖绣花边雪白紧身立领袄和敞口海兰裤。高升赶忙放下东西，王玉秀切肉炒肉，他剥葱捣蒜，一切准备就绪，他点着一袋旱烟，蹲在门口边歇边等待客人到来。

高升刚磕掉烟灰，村长杨睛明带着五六个头戴墨绿色大盖帽穿着黄衣裳的军官从坡上下来。高升慌忙站起，来不及搭腔，杨睛明打着手势出了声：“高掌柜，客人来了，饭准备好了没？”高升边往客人跟前走边说：“好了，就等客人来了炒煸。”

片刻工夫，高升接上客人，杨睛明说：“高掌柜，这是贾天祥连长，那四个是贾连长的三个排长和卫兵，一会儿吃饭时慢慢认识。”

贾连长伸出手，高升两只手互相捏着，看着贾连长无所适从。杨睛明感叹地说：“呆眉杏眼，贾连长要和你握手呢！”

高升这才反应过来，赶忙握住贾连长的手说：“贾连长，实在对不住，咱小地方人，没见过大世面，不懂这个，请您海涵。”

贾连长说：“没事，没事，行伍之人，可没那么多讲究。在你家吃饭，少不了糟惹，我还得感谢你哪！”

“不谢，不谢，你们都是贵客，我想请也请不来，吃点家常便饭算甚，只是怕招待不好，委屈了各位。”

高升把客人迎进居舍，八仙桌坐定，倒好水，安顿村长待客，自己转身去了做饭窑里。正在埋头炒菜的王玉秀听见高升过来，头也没抬说：“葱油蒜泥全准备好了，你调凉菜把式好，赶紧调去，省得让客人等待。”

高欢欢听娘让爹调凉菜，赶忙把调料递到跟前。高升挽起白洋布袄袖子，舀了瓢水洗洗手，端起筛子里焯好的粉条，倒在山药丝盆里，把切好的莜面旗子碗托放入盆里，倒了些许葱油蒜泥，撒了适量咸盐花椒面姜面葱花，用筷子调匀，给空碗里夹了一筷子，用嘴尝了尝，咸淡适宜，又夹了满满一碟子，放在擦干净的木盘上，让欢欢给客人端过去，自己继续调猪头肉、猪肝、豆腐干。

欢欢端着凉菜，甩着辫子，走到当中窑门口抬头一望，见桌子跟前坐着几个挎着盒子枪穿军装的人，不禁浑身一紧，打了个寒战，愣在门口发呆，坐在八仙桌正面的贾天祥连长看见姑娘端着碟子站在门口发愣，赶忙站起来说："姑娘，进来吧！别怕，我们都是当兵的！"

杨睛明看见贾连长站起来，也赶忙招呼："欢欢，进来吧。叔叔在，怕甚嘞。"

高欢欢听见有人招呼她，猛然惊醒，自己还在门口傻站着，来不及多思考，低着头，慌里慌张地端着碟子跨过门槛，走进居舍，走到八仙桌跟前，放下碟子，一溜小跑着回到空窑厨房。

高升看见女儿头上冒着汗慌慌张张跑进来，瞅着欢欢问："脑上也流出怯水了，怕甚嘞，不就是几个当兵的，咱又没惹他们。"

高欢欢定了定神说："晓不得为甚，看见当兵的就紧张。"

"我看见那几个人长得精干，待人也和善，和咱肯定没甚恶意，你大胆点，一会儿端菜时，好好看看人，人的好赖是写在脸上的，一下就能看出来。"

高升把调好的猪头肉、豆腐干、猪肝整整齐齐码在碟子里，放在木盘上，让欢欢端过去，欢欢仰靠在炕棱边一动不动，爹娘说了几次，才嘛着嘴勉勉强强端起盘子端了过去。这回，盘子里放着两碟菜，欢欢只得把木盘放在箱盖上，才端着碟子往八仙桌上摆放，放碟子时，欢欢羞羞地抬起头瞅了瞅来人，目光正好和盯着看她的贾连长相交，贾连长穿着一身笔挺的黄军装，挺着腰，直直地坐在八仙桌前，瞪着一双大花眼，黑黑的眼珠一动不动，双眼皮掖在眼泡里，失去了花棱。

贾连长灼热的眼神盯得高欢欢心慌眼跳脸上发烧，她快速端下菜，拿着木盘，迅疾离开八仙桌，小跑着出门。

高欢欢身影从门口消失，贾连长的眼睛还在痴痴地盯着门口。杨睛明见贾连长看得痴眉瞪眼，从桌上拿起烟盒，抽出一支胜利烟，递到贾连长手跟前，贾连长仍然没反应。杨睛明看着贾连长的神情，哑然失笑着说："贾连长，想甚呢？人已出去，还是抽支烟吧！"

贾天祥回过头来，接过烟，从衣兜里掏出光复牌火柴，点燃烟，猛然吸了两口，木然地说："没甚，没甚，瞎看呢！"

一排长王杰猫着腰，凑到贾天祥跟前，淡眉笑脸地说："莫非连长看上高姑娘了？"

三排长冯愣子嘴喷着唾沫说："看上就看上了，怕甚嘞！明眼人一看就晓得，你没看上人家姑娘，眼仁仁也不转是甚意思？"

王杰说："姑娘高挑身子俊脸脸，好着呢。我见她也瞅着连长看，说不定对咱连长也有意思。"

"贾连长英俊潇洒会亲人，又是保定军校的高才生，她能找下贾连长，也是这辈子的福气，吃香的喝辣的，好活不死她才日怪！"

贾天祥笑眯眯地说："冯愣子，快闭上你的臭嘴！高喉咙大嗓子，让人家姑娘听见多难堪。"

几个人谈笑风生，高欢欢端着酒瓶酒壶酒盅从门进来，隐隐约约听见人们在议论她，来回几次，她也没在乎，径直端着盘子到桌前，依序放下酒壶酒盅酒瓶，提起黑瓷酒瓶，小心翼翼地倒满一壶酒，抬起头，红着脸，朝贾天祥连长笑笑，小跑着从门出去。

约一袋烟工夫，高升端着小炒肉和炒鸡蛋进来落座。村长杨睛明给人们斟起酒，端起杯，与高升一起给客人开席，同饮三杯。杨睛明和高升依次敬酒，杨睛明正端着酒敬贾连长，高欢欢端着清炒葫芦、青椒炒肉进来，贾连长没顾及杨睛明端起的酒盅，眼神转到高欢欢身上，眼珠一动不动地盯着高欢欢看。杨睛明不便打搅贾连长的雅兴，直到高欢欢放下菜，转身离开桌子，杨睛明才笑着说："贾连长，老朽给您敬酒三杯！"

贾天祥猛然惊醒，不好意思地说："好啊，好啊！杨村长客气了，部队驻防贵村，少不了要搅扰你和村里人，这酒还是我敬你吧！"

杨睛明谦恭地说："岂敢，岂敢，你是部队长官，我是村长，部队驻防我们村，杨某人和村里人不胜荣幸！贾连长不接我的敬酒，杨某人败兴得连台也下不了。"

两个人推来推去，半天也喝不进一滴酒，高升笑着说："贾连长，你就接了酒吧，不用让村长难堪了！要不，你俩让来让去，岂不又冷落了这几个长官。"

"连长，还是客随主便吧！"几个排长不停地叫喊着。

贾天祥见众人吆喝，高欢欢爹也说让喝，他只得接了杨睛明的三杯酒，一饮而尽，随即倒好三杯酒，回敬了杨睛明。杨睛明敬完酒，高升斟酒敬酒，贾天祥畅快地喝了酒，恭敬地倒好三杯酒，微笑着，双手端着一一回敬给高升。

高升敬了酒，仔细端详着贾天祥，见他个子高挑，浓眉大脸，炯炯有神的眼睛透着英气，行动言行得体大气，看不出军官的丝毫傲气，看着看着，微微笑了一声，担心忧虑恼火，顿时抛到九霄云外。

杨睛明、高升不停地劝酒敬酒。午后居舍的温度逐渐升高，院落的热浪滚滚涌进室内，贾天祥的汗水从脸上手心渗了出来，湿润光亮，滚动的汗珠从额头滴落下来，衣服背部也洇湿一大片，他边喝酒边用毛巾擦着脸和脖颈，不由得解开军装纽扣，转身拿起条桌上的笤帚扇打着。几个部下早已解开了军装纽扣，三排长冯愣子干脆脱掉上衣，光着身子喝酒。

酒喝得起劲，高欢欢低着头，端着调料盘子走了进来。走到桌子跟前，她猛然抬头，贾连长结实的胸膛直扑她的眼帘，她脸一红，顺手把调料盘子扔在条桌上，噔噔噔几步跑了出去。盘子里的调和钵子晃悠了几下停稳，醋壶晃悠了几下，倒在盘子里。高升听见盘子"呼噜"声，赶忙站起，紧扶慢扶，一壶醋倒了将近一半。高升扶起醋壶，自言自语地说："恶女子，甚会儿才能改了毛毛躁躁的毛病。"

高升站起，看着杨睛明，眨了眨眼，杨睛明只顾和贾连长说话，没看出他的意思，倒是连长贾天祥看见他在给村长杨睛明使眼色，心里立马明白，当即说："高掌柜，酒已喝好，你去看看饭好了没有，好了，咱们还是吃饭吧！下午还得号房，喝多了会误事的。"

高升转身安顿村长照应客人继续喝酒，他兀自去边窑厨房看饭去了。

高升刚到厨房，大女儿高乐乐拖着傻弟弟三三的手，边进大门边喊："妈，我和三三回来哩。"

王玉秀听见女儿和傻儿子回来了，怕径直跑到当中窑惹笑话，扔下手里正扯的拉面条，几步跑到门口，招手让乐乐带三三到边窑厨房。

乐乐拉着三三的手，路过当中窑，三三停下，歪着脖子往居舍瞅，吱吱哇哇喊叫着，撅着屁股要进去，乐乐用力拽着他回到厨房。

一进厨房，三三一屁股坐在脚底，两条腿乱蹬着，摇头晃脑地哭着要去当中窑。王玉秀怕儿子的傻劲上来惹出笑话，赶忙圪蹴下哄儿子。高升恼着脸说："不敢号，再号叫那几个当兵的捉你走呀！"

高升一吓唬，三三立马止住哭声，右嘴角流着涎水，双手杵着眼。王玉秀拿手巾擦了擦三三的嘴和眼睛，给三三盛了半碗葫芦臊子菜。三三一把夺下菜碗，趴在锅台上，三下五除二吃了个精光，两眼明鼓鼓地盯着锅里煮得滚沸的拉面。王玉秀知道儿子的心思，拉面刚熟，就挑了半碗，调好递给他先吃。安顿住三三，玉秀拿起长筷子在沸腾的锅里一搅，细溜溜圆滚滚的拉面顺着筷子转向转了一个圆圈，她挑一筷子捞一碗，舀一勺子面汤，一锅捞了五大碗。高升一只手端着半盆臊子，一只手端着一碗面，乐乐要端，高升说："你刚回来又是生人，让欢欢端去。"欢欢端了两碗随爹一起进了当中窑，一碗放在贾天祥连长跟前，一碗放在杨晴明跟前，抬头羞答答地看了贾天祥一眼，扭头走了出去。

欢欢刚出当中窑门，听见大门口有人低声喊她，抬头一看，大她三岁的后生马驹和一起上过冬学的三个小子正探头向她招手。欢欢快步走到门口笑眯眯地说："有甚事？"

那三个小子一言不发，不时鬼头鬼脑往当中窑瞭哨着，马驹心事重重地说："你没事吧？居舍的人没事吧？"

"能有甚事，好着呢！"

"听说有几个当兵的到你家去了，我们几个担心你，就跑过来了。没事就好，如果那几个当兵的对你家不利，你告我，我找几个后生暗地里收拾狗日的。"

"没事，你们回吧，人家只在我家吃顿派饭。千万不敢莽撞，给自己惹祸招殃。"

欢欢说罢，三个小子拉着马驹开着玩笑慢悠悠地走了。高欢欢回到厨房时，爹已经把另外两碗面端了过去，她妈正一抻一掼往锅里扯着拉面，爹站在灶火旁用长筷子在滚沸的锅里搅着拉面，半生半熟的拉面翻过泛着浪花的沸水味溜溜转着。

拉完最后一根，王玉秀把手头的短节面头子与先前掐出的面头揉到一块，和和掫掫，揉成团，搓成细条，一只手搓一只手拉，把面头搓到了锅里。

第二锅捞了六七碗，高升和欢欢端过去四碗，几个人都已吃完，贾天祥连长掏出花手巾擦了擦嘴说："给杨村长放一碗，我们都已吃好啦，其他的端过去你们吃吧！"

欢欢端起碗正要往出退，三排长冯愣子高喉咙大嗓子喊："欢欢，不敢全拿走，这么好的拉面，我还想吃一碗。"

高欢欢拿了一碗放到三排长冯愣子跟前，抿着嘴笑笑，端着另一碗面出去了。

贾天祥连长瞅了三排长冯愣子一眼说："肚子里住下狼了，一天天就是说吃，吃得快跑不动了吧！"

冯愣子淡眉笑脸地说："贾连长，你这就说得不对了。我的块头大，消耗也大，饱吃一顿顶三天，如果碰到特殊情况，我能支撑住，你们就顶不住了。"

贾天祥冷笑着说："一顿不吃饿得你孙子神慌，还顶三天？吹牛不怕牛踢死！想吃就说你能撑，还找甚穷理由？"

冯愣子讪笑几声，没搭腔，端起碗，低着头，自顾往嘴里拨拉着拉面。

午后的日头悄然西移，窑洞前的阳光躲了起来，地上已有将近一丈的阴影。院子里有了一丝凉意，大黑狗卧在窑门口阴影下，身子头朝向大门口，张着嘴伸缩着舌头喘着长气，血红冠子大公鸡不时昂着头，咕咕叫着，带着七八只母鸡，在探进院墙的大槐树树枝斑驳的阴影下，撒欢啄食。

村长杨睛明和贾连长几个吃了饭，穿好衣服，刚跨出居舍门，黑狗就倏地站了起来，龇牙咧嘴向他们"汪汪汪"叫着。高升听见狗咬，慌忙扔下饭碗，跑出厨房，大喊一声："黑子，你不看是谁？咬甚嘞！"

黑子立马停止叫声，当即变得温柔起来，摇着尾巴，头在贾连长的腿上触来触去，贾天祥心里发怵，不由后退半步，黑子仍不依不饶地在他裤腿上触着。看见贾天祥紧张的样子，杨睛明说："别怕，狗通人性，那是黑子喜欢你。下次再来时，黑子就不会咬你了。"

高升问："你们这是……"

杨晴明说："我还得带贾连长他们去号房子，太迟了怕赶不上紧！"

高升说："贾连长，外面日头还很毒，歇会儿再走也能赶上。"

贾天祥瞅了瞅边窑厨房微笑着说："叨扰你了，百十号人赶晚上过来还要住宿，时间很紧，我们得赶紧去号房子，再晚一会儿部队过来会乱套的，再会！"

贾天祥正欲转身离开，三三从厨房跑了出来，眼睛呆呼呼地瞅着他傻笑，高欢欢赶忙跑了出来，哄着往回拉三三。三三撅着屁股不肯回去，贾天祥眼睛看着欢欢说："欢欢，不用管，由他去吧。咱也是熟人了，不用那么讲究！"

欢欢抬头笑盈盈地看了贾天祥一眼，哄着拉着三三往厨房走。贾天祥转身看着欢欢，欢欢进去半天，他仍然站在院子里发呆。杨晴明心知肚明，稍停片刻，拉了拉贾天祥的袄袖子笑容可掬地说："贾连长，时间不早了，我们走吧？"

贾天祥猛然醒过神来，觉得自己失态，赶忙挥手说："走，我正想此事，却忘了动身。"

贾天祥从高升家院子出来，借着围墙的阴影走了一段，随着杨晴明穿过村口砖木结构观音楼门洞，绕过三四搂合不拢虬枝的茂盛的老槐树，顺着石板石蛋铺砌的巷子，踏着尚还滚烫的石板石蛋来到老爷庙。三排长冯愣子看见杨晴明把他们带到老爷庙，火悻悻地说："杨村长，你把我们带到老爷庙，难道让我们住庙不成？"

杨晴明看见冯愣子表情不对话中带话，赶忙笑眯眯地说："你有所不知，虽说是庙，但规模不小，前后两院，以前庙里也住过军队。月门后院枕头窑塑有千手观音和十八罗汉，两边六眼砖窑空着，窑里还有铺砌的满窑掌木板，可以住人。前院除去大殿塑有关公神像外，两侧的十几间平房和窑洞都有炕，也能住人，院子里可操练，钟鼓楼设上岗哨，供有身份的人看戏的献殿还有桌椅板凳，可以做贾连长的办公室，依我看老爷庙住连部和两个排问题不大，咱再在周边号上两三个院就差不多了。部队住在老爷庙里，武圣关老爷不但能激发战士士气，还会保佑部队平安无事。"

贾天祥板着脸，伸出两根指头敲了敲冯愣子的额头严肃地说："赖片子，不知情况尽瞎说，臭脾气就没个改的时候。杨村长说得有道理，咱们进去看看。"

几个人随着杨晴明进了庙门，庙门两侧钟鼓楼下的砖砌小窑里各塑有马童牵着的黄彪和赤兔马塑像。院子里戏台殿宇耳房窑洞排列有序，大殿前的两棵三百多年的柏树树冠几乎遮蔽了整座殿宇，院子里干净宽敞透亮。几个人在庙院转了一圈，走到南面平房。平房里设有火灶，大火上坐着一口大铁锅。杨晴明说："这口铁锅能做百八十人的饭，是村里准备为庙会上布施人做饭用的。"

冯愣子哈哈大笑着说："这条件不错，没想到还有火灶，省事多了。怪不得杨村长带我们来这里，还是他精明！"

贾天祥嗔怪地说："你这人阴一阵阳一阵儿，刚才还恼火村长，突然又表扬起人来了。"

冯愣子笑呵呵地说："杨村长，别见怪，咱是粗人，嘴上说话没遮拦！"

杨晴明笑着说："没事，没事，咱一辈子只管做事，从来不和人勃劲作怪。"

几个人说笑着，从南偏房来到当院高圪台献殿，贾天祥端详了半天，拳头在长桌面重重地捶了一拳，眉开眼笑地说："太好了，连部就驻老爷庙，这个殿做我的办公室，庙里能住多少住多少。我看一排二排驻扎老爷庙，三排驻扎周边民房。唉，不行，三排长管不住自己，还是让三排驻扎庙里，一排住外头，大家有甚意见？"

三排长冯愣子指着一排长王杰讥笑着说："王杰，平时吹牛说连长和你关系好。好甚呢，这不露出了猫腻。连长还是见了我亲吧？"

"亲孙子呢！听不清个好赖话，连长留下是不放心你。"

"你们两个不用斗嘴了，没甚原则性意见就这么定了。"贾天祥说。

三个排长异口同声说："没意见，服从命令。"

"那就这么定了，走，咱们再到老爷庙附近看看。"

杨睛明说："我心中有数，跟我走。"

几个人从老爷庙出来，从庙门口粗大树根盘曲的千年老槐树下走过，顿时浑身凉意陡生。冯愣子笑得脸上横肉抖动，跨前一步，沉甸甸的左手搭在村长的右肩上，右手竖起滚圆的大拇指感慨地说："还是村长考虑周到，大槐树底可做饭场，天热得不行了，就到树底吃饭乘凉。"

"人们说你愣头青，看来并不愣，这句话说得还顺耳。"贾天祥说。

"咱是说不了话，做人的道理还是明白的。"

"不识羞，一点也不谦虚。"

路过老槐树巨大树冠遮蔽的阴影地段，拐到庙后，走进嵌有"耕读传家"四字门额的天圆地方大门院子，门口小院两侧的砖砌小窑显得有点寒碜，门口马棚里的油光锃亮的一头毛驴低头在石槽里吃草，看见小院来了人，"嗯昂，嗯昂"叫了几声。主人高开勋听到人声驴叫声，从后院居舍急急忙忙走到照壁跟前，探头向小院瞭望，看到几个全副武装的军人来了，浑身哆嗦了一下，赶忙缩回了头，轻手轻脚跑回家，搭上门关关，脸色煞白，慌慌张张说："大事不好，来了几个当兵的，在咱前院指手画脚。"

擦洗箱柜的老婆张春兰挪动着小脚，头也没回说："怕甚嘞，你好歹也是个村副！咱一辈子小心谨慎，既没偷没抢，又没做下见不得人的亏心事，他们能把咱怎样？无非是要点粮饷，扛不过去了匀拨点给他们就是了。到老还是没出息！"

"你说得倒轻巧，咱熬挣家业也不容易，还不是全凭我没明没黑赶毛驴拉平车挣的，饿了连个饼子都舍不得买，才有如今的光景！"

老两口拉呱了没几句，小院里的人已走进里院喊叫着让他出来，高开勋说："春兰，好像是村长杨睛明的声音。"

"是他，肯定是他，一下就听出来了。"

"那敢出去不？"

"有甚不敢的，吃人也得咬烂吃，还囫囵咽呀！"

"当兵的上门不会有甚好事，我谋算着皮一会儿，皮不住再说。咱赶紧躲在灶火圪垯，不能让他们从门旮旯瞅见我们在居舍。"

等了会儿不见动静，杨睛明边喊边走到窑门口，看见窑门没关没锁，顺手推了一把，门倒关着，他料到高开勋在家，没有使劲揎门，故意说："贾连长，开勋村副的地方不错，部队号下了，咱们走。"

高开勋一听部队号了他的地方，慌忙拉了老婆一把，欻地站了起来，没顾得搀扶带倒的老婆，几步跑到门口，拉开门搭，兀自跑到院子，拉着杨睛明的手央求道："杨村长，这可使不得，我好歹也是村副，地方让部队号了，让我们住哪儿呀？"

杨睛明慢条斯理地说："不行，部队看上的地方怎能更改。你脱死躲难藏在居舍不出来，怎突然又从石头旮旯蹦出来了？"

张春兰听见杨睛明说不行，紧着腰布，"噔噔噔"迈动小脚，扭摆着身子，快步跑到杨睛明跟前，恼着皱皱巴巴的脸，一把拽住他的衣服，手指着额头说："杨睛明，我家二小子虽没官职，好歹也是吃军粮的人，大小子也是教书先生，二小子在陕北战死还没过'百'，你们就来欺负人，别以为你是村长我就怕你，你把地方全号给部队，我就吊死在你家门上。"

冯愣子一把拉开张春兰，凶巴巴地说："战场哪有不死人的？当了兵就要有随时赴死的准备。别以儿子的死和寻死上吊来吓唬人。如果人们和你一样，都不让住，让我们住哪儿？难道部队行军打仗还带着锅窑不成？"

贾天祥见愣头青三排长又犯了傻劲，大声呵斥："滚开，怎能对老人耍脾气使性子！"

张春兰看见当官的训斥当兵的，站在杨晴明对面不吱声了。

杨晴明看见春兰信以为真，赶忙满脸堆笑说："老嫂子，开个玩笑就当真了，你觉得兄弟能做下这事？再说了，部队又不是土匪，人家也不会把咱老百姓撵得野鸡失散，最起码要给房主留足地方。"

贾天祥走到张春兰跟前笑着说："婶子，杨村长和你开玩笑。我们也是看见你家院子大，空房子不少，想临时占用你的几眼空窑，你看如何？"

贾天祥连长一说，张春兰眉头舒展了许多，顿了一下说："你这孩子懂事，话说开了怎也行，婶子又不是不通情理之人。"

杨晴明说："还是嫂子通情达理，比开勋哥开明。"

"其实你开勋哥人有点自私，胆小怕事。刚才你擂门，吓得他圪缩在灶火圪垯长气也不敢出。"

"算了吧，他是看见当兵的害怕，平时没见他怕过谁。门口小院里柴草窑和后院侧窑厨房给你留下，其余小院三眼侧窑和里院三眼侧窑正面一眼边窑留出来让部队住，你看如何？"

"住侧窑没甚意见，反正空着也没用。正面东边窑大媳妇住着，西边窑还放着二小子杂七杂八的东西，不好腾出。我也不想让乱人进去，假如二小子要回来住，我这个当娘的就不好给他们交代了。"

"不想让乱人住就算了，我看六眼侧窑六盘炕差不多，不行了就让他们挤挤，不想挤的，睡后窑掌脚底也没问题，大夏天的反而凉快。我们就不难为你了，就这么办。"贾天祥说。

"侧窑你们可以住，但不能瞎作害，我也五六十的人了，作害下拾掇不行。"

"这你不用担心，我会安顿好的，说不定手脚勤快的还能帮你干点甚活。操练吃饭都在老爷庙，估划他们也作害不了甚！"

贾天祥接着说："杨村长，我看这六眼窑差不多，住三四十个人问题不大，咱就不用再麻烦其他人家了，我们走吧。"

这样的事，杨晴明已经见过几次，部队来了要吃要喝，还要好地方住，有时还得把户主撵出来搬到别人家住，害得他出力不讨好，两头受气。他没想到贾连长竟然如此通情达理，听到贾天祥说不用再麻烦别的人家，他心中窃喜，笑眯眯地说："行，依你吧！"

从高开勋家出来，蛋黄色太阳半个身子已渐渐隐入山后，另外半边射着金光正在慢慢下沉，夕阳的余晖染红了天边。杨晴明看看天幕即将降临，凑到贾天祥跟前说："贾连长，日头立马就里窝了，大部队甚时能来，我们是不是先把火灶生着，热上一大锅水，大部队来了做饭不码事！"

贾天祥掏出怀表看了看说："快了，赶天黑怎也应该到了。"

"那就得先生火烧水。"

"好。去老爷庙，边拾掇地方生火烧水边等大部队。"

"我去找几个人来帮忙拾掇。"

"不用了。你可以找几把笤帚扫帚，窑里让他们来了自行收拾。"

"笤帚扫帚每个窑里都有。"

"那就好，你可以帮三排长生火烧水，要不那家伙毛里毛躁怕连这么大的火都生不着。"

"行。生火做饭可是我的拿手戏！"

"别吹牛了。我看你这人就是嘴皮子要得好，提起葫芦有系系，说起甚来也是一套一套的，嘴上说得好不一定就做得好。"三排长冯愣子插嘴说。

"行与不行一会儿见分晓！"

到了老爷庙，贾天祥和一排长王杰、二排长张鹰、警卫一起去过殿收拾连部办公室，三排长冯愣子带着杨睛明去生火烧水。

杨睛明到了厨房，从案板底拿出一对铁箍木水桶和一盘麻绳说："冯排长，你是往水瓮吊水呀还是生火呀？"

"生火呀。炭柴在哪儿放着？"

"在庙门口圪垯垯炭窗窗里头纳盖着。"

冯愣子弯腰在案板底拿了一只半新桑条笼则，转身出了厨房门，没等杨睛明淘洗完黑瓷水瓮，就提着一笼则大炭黑豆秸进来，"嗵"地扔到灶火圪垯说："杨村长，半天连个水瓮也没淘洗干净？你看，你看，还是我利索吧！"

"装炭利索，生大火怕就没那么利索了！"

"现在能生火了吧？"

"不能，等我把铁锅洗涮净了再生。"

杨睛明倒掉水瓮里的脏水，提着木桶麻绳，在庙院一侧揎开水窖盖，用一麻绳拴紧水桶系则，放桶入井，待水满木桶，双手抓紧麻绳，猛一用力，水桶出水面，临到井口稍顿，摆动绳索，满桶水溢出桶边，再次用力，三五把拽桶出井，解下麻绳，拴到另一只木桶上，扔桶入井，吊水出井。他两只手提着两大桶水回到厨房，提起一桶往锅里倒了一半，拿起桃黍刷子洗锅，细细刷了一遍，用马勺舀出脏水，倒入剩下的半桶水，再次刷洗干净，舀出脏水，湿布擦净，提起另一桶水倒入大锅，展了一下腰说："冯排长，这下轮上你露手了，你生火，我吊水。"

杨睛明出去吊水，冯愣子动手往火膛里压柴炭，灶底压了一半黑豆秸，黑豆秸上压了半笼子块炭，他圪蹴在灶火圪垯垯点燃一把黑豆秸，一只手拿着，弯腰马趴，点了几次黑豆秸，不是烧了手就是火苗熄灭了。

杨睛明起先没在意，每次回来只是看见柴烟笼罩着的冯愣子圪蹴着，头杵在灶火圪垯用嘴吹着燎窟，吊到五回头上，见冯愣子依然在那蹲着，顺手揎了揎胳膊说："冯排长，火点着了吧？"

冯愣子扭头一看是杨晴明，杵着黑眼圈火悻悻地说："唉，这火跟上鬼了，烟熏恶烫老半天，折腾得人眼泪哗哗的还是没点着，你看看这是甚原因？"

杨晴明看到冯愣子两手黢黑，脸蛋和眼圈黑乎乎的，扑哧地笑着说："冯排长，我还以为说我吹牛是你在行，没想到你和我也差不多！起来，让我看看问题出在哪儿！"

杨晴明说罢，冯愣子没说甚，欻地站起来说："你弄吧，我是点不着了。"

冯愣子站到一侧，杨晴明靠到火火跟前往火塘里一看，火膛的块炭已下沉，缝隙里只有一丝青烟冒着。他估摸柴火已煨得差不多了，遂掏出压在柴火上的大炭。果然，黑豆秸只剩硬梗残烬。他哑然失笑，说："大炭压住火起不来，柴也煨完了，还圪蹴在灶火圪塄瞎点，点到半夜也怕你点不着！赶紧抃一堆黑豆秸回来，重新点火。"

冯愣子没吱声，赶忙跑出去抃回一堆黑豆秸放在灶台，杨晴明问："你生还是我生？"

"还是你来吧，咱这大老粗打仗行干这些婆婆妈妈的活计不行！"

"不是不行，是你没找见窍门。生大火和生小火不一样，大火火膛深燎窟低，从底面点不行。黑豆秸要一把一把折叠好，点着一把放入火膛，待火着旺，再次第往里放柴，柴火着旺开始往里放炭，开始少放点，待柴烧着炭块后再往里加炭，你不信试试看，其实很简单。"

"还是我来点吧，要不，让连长知道了笑话死我呀！"

冯愣子说完，抓了一把黑豆秸，拦腰一掰，两半对折，两手稍一用力，豆荚豆秆捏合在一起。掰了五六把，掏出火柴，点着一把，用嘴吹着火苗，待火着旺，小心放入灶膛，火旺起来又放了两把，柴烟经过茅烟巷顺利从烟囱冒出。杨晴明看见火势已好，让冯愣子赶紧往里压柴放炭。冯愣子立马往火里放了另外两把黑豆秸，用手拿着黑炭，一块一块地往火膛里放着，放了两层，杨晴明说："行了，抓几把碎炭，撒在浮皮上。碎炭易着，碎炭着了就会引燃大炭。"

冯愣子拿起两块大炭"嘭"地一击，大炭顿时撒落灶台。他赶忙用手掬了两掬，撒在火膛块炭浮皮上，拿起石板火盖盖住火口。杨晴明吊了一回水，回来揭开火盖看了看，见火苗已旺，火火吸得"喷喷"直响，火苗往茅烟巷直窜。杨晴明说："冯排长，火生得不错，就是火苗全往茅烟巷走了，得堵堵茅烟巷口，要不，火全跑了，烧水做饭很费事。咱俩上灶台，抬起大锅堵住点烟口。"

杨晴明说罢，率先爬上灶台。冯愣子正要往上爬，杨晴明说："你不用上来，在脚底站着抬锅就行。"

冯愣子大腿靠着灶火矮墙，双手抓着铁锅边沿，杨晴明猫着腰，双手紧抓锅沿，嘴里喊着"一二三，起"。两人一齐用力，锅离开灶膛，稳稳地放在灶台上。杨晴明随即圪蹴在灶台上，探身移动茅烟巷口遮挡物到合适位置，弯腰手抓锅沿，和冯愣子一起把锅移向灶膛。

杨晴明从灶台下来说："冯排长，火灶已就绪，你去帮贾连长收拾连部，我把大锅的水添满再过去。"

"行。我洗洗手脸过去。"

冯愣子舀了一瓢水倒在旧脸盆里，圪蹴在脚底洗手洗脸，杨晴明提上木桶出去吊水。杨晴明提水回来，见盆子里的水是黑的，冯愣子脸上黑印印依然是三爬五道，脱口便说："冯排长，你的脸就像画眉，黑一空红一空，赶紧换盆清水再洗洗。"

"嗯。没洗净，换盆水再洗，咱总不能让连长常抓住把柄挼搓人。"

冯愣子换了清水使劲擦洗脸部，杨晴明继续出去吊水，两桶水提回倒入大锅，锅里水已差不多满了。杨晴明收拾水桶大绳，和冯愣子一起去了过殿。

杨睛明、冯愣子到过殿时，过殿已收拾得干净整洁，桌椅板凳摆放有序，贾天祥连长几个正坐在椅子上抽烟。冯愣子看见几个人歇着抽烟，绷着脸说："你们几个真会享福，拾掇完也不过来帮帮我们？"

贾天祥没好气地说："生个火苦重得要命呀！"

"苦虽不重，但烟熏恶烫实在难弄。不瞒你说，弄了好长时间都不顶事，要不是杨村长指点，恐怕到现在也生不着。"

"你不是经常吹吹打打说你厉害，怎么就连个火火也点不着？"

杨睛明说："贾连长，生大火和做饭火火不一样，大火本身难生，好把式也得半天务弄。冯排长根本不笨，一点就通，主要是开始没掌握诀窍，浪费了时间。"

冯愣子淡眉笑脸地说："杨村长说得没错。反正是我生着的，只不过是浪费了些时间。"

贾天祥说："你这人虽然爱吹牛，但说话做事还实诚，有一股不见黄河心不死的劲。刚开始就应该向杨村长请教，一点儿也不谦虚。"

"不是不谦虚，是不服输，以为生火火是鸡毛蒜皮点小事太简单了，谁也能点着，没想到这里头也有许多门道。"

"不谦虚不行吧？"

"是啊，没做过的事就得多琢磨多请教！"

几个人正说得热闹，冯愣子冷不丁地说："停。好像有人呼马叫声，是不是咱的大部队到了？"

贾天祥调侃道："冯愣子长双顺风耳，我们谁也没听见，偏就你能听见。"

冯愣子仄楞着耳朵边听边说："你们慢慢听，明明有马叫声和人声，嘈杂得很。"

几个人都宁心静气听着，贾天祥说："听见了，我也隐隐忽忽听见有人声马叫声。冯愣子的耳朵真灵，人们吵吵嚷嚷还能听出来。你到庙外瞭哨一下，如果是咱的部队过来，就招呼他们直接到老爷庙。"

"好。"冯愣子应声而去。

夜悄然低压下来，庙外黑黢黢的，天空布满了星斗，远处传来一阵阵急促的狗叫声。

冯愣子跑到庙外，透过夜幕中星斗的丝丝微光眺望，黑压压的人影在村口不时动着，人的嘈杂声、马的嘶鸣声、狗的吠声一阵强似一阵，他断定是他们连的队伍，赶忙跑到村口，找到副连长张明智，吆喝着队伍来到老爷庙。

急促的狗叫声，惊觉了正在石床树底吃晚饭的村人，人们吵嚷着议论着探头张望着，吵叫声中有人大声说："快跑。情况不妙，村口黑压压的有一群带枪的队伍。"胆小不知情者慌慌张张收拾碗筷，快步向家跑去。胆大点的手拿碗筷仍然坐在树底静观动态。

常到欢欢家水磨坊帮忙的马驹回到居舍摸黑放下饭碗，身子靠在炕棱边，双脚猛一跺，一屁股坐在炕边，顺势躺在土炕上，展了展腰，突然想起欢欢家那几个当兵的，他不知道那些人到她家有甚用意，也不知道走了没有，她家现在情况如何，他也全然不晓。想到这些，马驹顿时心慌眼跳，倏地立起身子。

马驹怕娘回来洗锅点不着灯，摸黑揣着火镰火石，"啪啪"几下打着火，点着麻油灯盏，趿拉上烂布鞋，转身快步往出走，正好与慌忙往回跑的他娘刘库银撞了个满怀，他娘手里拿的碗筷也碰落脚底。

刘库银弯腰捡起碗，火悻悻地说："猴爷爷，甚忙得你失慌搕地？村口来了黑压压的一群带枪的，人们全朝居舍跑，你逛出去做甚？"

"带枪的又不吃人，怕甚呢！"

“好你猴爷爷嘞，千万不敢出去，出去让人家逮住，让我和你爹如何是好？”

“没事，我去看看究竟，一会儿就回。”

马驹爹马二则穿着笨布背心，肩膀上搭着白色疙瘩布衫从树底回来，听到娘母俩的话，黑黑的脸上露着一丝笑容说：“屁事没有，让他去吧，孩子大了有自己的主意，他自己会小心的。”

马驹没听娘的劝说，独自跑出去，见树底吃饭的大人都已回去，比他小两三岁的两三个半大小子蹲在树底静悄悄地向村口窥视。马驹瞭见树底有人，轻手轻脚走过去，喊了一声说：“出来，鬼鬼溜溜做甚？”

三个半大小子吓得头发奓起，躲在大树背后浑身哆嗦，稍一定神，看见马驹从坡坡下来，三个人从树后慢悠悠走出来说：“赖熊，吓死人了。我们还以为队伍趁天黑要抓人。”

马驹故意日哄说：“你们三个夜不收，人们朝回走，你们却朝出逛，就不怕那些人不高兴了跑出来逮人？”

穿着白绸子布衫黑绸子裤的高来弟，出生于大户人家，从小娇生惯养，没经历过甚大事，看到突然来了一队队伍，早就心慌眼跳，马驹吓唬了几句，浑身颤抖着，结结巴巴说：“害怕才躲到树底偷看。”

高秋田用手指指着高来弟说：“胆小鬼。”

马驹说：“平时看起来胆小，今咋突然胆子大了起来，就不怕那些当兵的把你活捉了。”

高来弟说：“怕。还不是狗日的秋田硬把我从居舍拉出来的。”

马驹说：“不怕。该死的尿朝天，不该死的活了一天又一天。我瞭见队伍都进了老爷庙，咱到村里溜溜，顺便到欢欢家瞅瞅，看看今晌午那几个当官的作害罢她们家有事没事。”

高秋田笑着说：“你以为我们不知道你的鬼把戏，还不是借上看欢欢家有事没事的名义，去看欢欢。"

"看就看，你以为我不敢。"

"人家甚条件，你甚条件，就凭你家三个烂窟窿窿土窑窑让人家嫁给你，简直是癞蛤蟆想吃天鹅肉，门儿也没有！"

"女是百家货，九十九家门前过。别人能相我也能相，只要她一天没嫁人，我就有一分希望。"

"左脑筋。我看你是瞎子点灯白费蜡，空操闲心。"

"尽了心，成不成由它。反正我心里放不下，咱过去瞅瞅，如果没事，我也就放心了。"

高来弟说："欢欢是个好女子，我也能看下。"

马驹没说甚，拉着秋田绕过槐树，离开饭场，高来弟和马平也紧跟其后，下了石板铺砌的坡道，拐到高欢欢家大门口。马驹轻轻揎了揎大门，大门已从里头倒关，透过门缝，看到当中窑的灯亮着，几个人耳朵贴着门缝细听，欢欢居舍没有甚异常动静，只有姊妹两个低低的说话声。马驹仍然不放心，带着伙伴，绕过窑侧，爬上垴畔，蹲在花栏跟前，探头往院子里窥视，脚步声惊动了院角狗窝里的黑子，黑子从窝里扑到当院，昂着头，向垴畔狂吠。

黑子的叫声一阵强似一阵，叫得高升心惊肉跳。他赶忙吹灭了麻油灯，身子仰靠在炕窗前，静静地听着外面动静，听了半天没发现有甚情况，只有黑子的狂吠声。他靠着砖砌的窗台想，幕黑时来了那么多队伍，进了老爷庙也有一阵子了，按常理应该到了吃饭时候，不应该往出跑，是不是那些人不带吃喝，趁黑夜出来抢东西，转念一想，今晌午来他家吃饭的几个长官看样子还地道，如果要粮要款会通过村长来，不会黑天半夜干这些偷鸡摸狗的勾当。想到此，他心里平静了许多，挪动身子，摸到一个枕头，索性躺在炕上。

黑狗依然时而"呜呜哒哒"时而"汪汪"叫着，欢欢说："爹，你出去看一下，外面到底怎么啦，黑子一股劲叫个不停。"

"应该也没事，怕是有过路的生人吧！"

"绝对不是，平时路过的生人黑子又不咬。"

"院子里没事，说不定垴畔有甚情况。"

"垴畔没甚值钱的，猴（小，后文同）窑里放些柴草圪渣种地家具，谁要那些东西。"

乐乐说："爹，狗咬得人心慌。你不出去看我出去看，有甚情况，喊叫得吓跑咱就悉心了。"

高升没吱声，乐乐哧溜从炕边溜到炕下，穿好鞋，拉开门闩，"黑子黑子"喊叫了两声，黑子听见主人喊他，摇着尾巴跑了过来。马驹听见乐乐到院子里喊狗，料知家里没事，招了招手，带着几个小兄弟"咚咚"从垴畔跳下，一溜烟跑了。

马驹他们拐过墙角，顺着石板铺砌的缓坡往上走，走到半坡猫腰向老爷庙望去，庙门半掩，庙院戏台门洞两侧挂着两盏马灯，马灯灯光透过门洞散发出一丝亮光，两个哨兵摆着枪站立在庙门两侧，明晃晃的刺刀在夜里发着寒光。高来弟看着明晃晃的刺刀，躲在马驹背后猫腰缩脖，战战兢兢地低声说："马驹哥，咱还是赶紧回吧，看见明晃晃的刺刀，心里就哆嗦得不行。"

马驹厉声呵斥："怕甚嘞，吃你呀！"

高来弟哆哆嗦嗦地拽着马驹的疙瘩布背心说："不吃也怕，假如把咱当乱匪逮住，圈在黑窑子里捶打一顿，谁能支住！屈打成招，咱就没活路了。"

"哪有这样不讲理的？"

"如今这世道乱哄哄的，哪有讲理的地方，我们还是回吧！"

"咱不偷不抢怕他们做甚？"

马驹刚说完，哨兵端起枪喊："你们几个鬼鬼祟祟在坡上做甚？"

听到喊声，马驹没答话，拉着高来弟的手，猫着腰，一步跨到墙边蹲了下来，高秋田和马平也顺势躲到墙边圪蹴着。哨兵"哗啦哗啦"拉着枪栓喊："出来，不出来老子就开枪啦！"

几个小子身子紧贴墙根，一动不动，两个哨兵开始往下走，门洞里也冲出三四个提枪士兵。眼看哨兵快到眼前，高来弟拉着马驹要跑，马驹说："不能跑，一跑哨兵就以为咱有问题，肯定要打枪。子弹不长眼，黑洞洞地打死谁，谁就成了冤枉鬼。"

说话工夫，哨兵和另外三四个兵就冲到了他们跟前，明晃晃的刺刀映着黑洞洞的枪口对准他们，一个哨兵走到墙跟前，照着马驹屁股踢了两脚，另一个哨兵一把拉起高来弟问："说，黑天半夜到这儿干啥来了？"

高来弟支支吾吾说："不干甚，闲串。"

"是不是从河西过来的？"

"不是，是本村的。"

"鬼说，不老实，带回去看你说不说。"

马驹赶忙说："长官，他说的都是实话。不哄你，我们都是本村的，听说来了队伍，好奇，出来看看。"

哨兵提起枪，在马驹屁股上猛戳一枪托，马驹疼得"啊呀"大叫一声，一只手捂着屁股圪蹴在地上。几个士兵不由分说，用刺刀逼着马驹他们走进老爷庙后院，连拉带搡搡入正面千手千眼观音殿，"哐当"关了门上了锁。

随着关门上锁声，马驹他们东倒西歪倒在店里。

殿里脚底黑咕隆咚，后墙及南北两侧神台上的千手千眼观音和十八罗汉金身耀眼。四个小子爬起来背靠着门坐在地上，高来弟瞅了一眼龇牙咧嘴的十八罗汉，用手掩着脸，浑身筛糠似的"呜呜呜"哭了起来。马驹揎了一把高来弟说："男子汉大丈夫，动不动哭甚？"

高来弟擤了把鼻涕说："看见那些神神龇牙咧嘴直打寒噤。"

"不怕，庙会时我跟爹来庙上烧过几次香，爹说，观音娘娘是救苦救难的，不害人；罗汉是佛祖的徒弟，也是护法普度众生的。"

高来弟哭丧着脸说："那咱们赶紧跪下祷告，让观音娘娘保佑咱们。"

高来弟扑通跪下，马平、高秋田拉着马驹也双膝跪在观音娘娘神像前，祷告观音菩萨保佑平安无事。

祷告完，马驹靠近正门，揎开一条缝，手插进门缝，手指用力拉开门闩，门缝宽了一些，他用力揎门，门"哗啦"响了一声未动，他的手再次插进门缝摸揣，两扇门铁环上锁着一把大铁锁。马驹抽出手，转身走到南侧门缝摸揣，两扇门依然上着锁。马驹并不甘心，又转到北侧门缝摸揣，门闩闩着，门环尚未上锁。马驹摸到脱身情况，当下喜出望外，赶忙和伙伴商量脱身之计。马驹凑到伙伴跟前低声耳语："北门未锁，正殿北面拐角处有小圪台能走到垴畔。高圪台底侧窑里的当兵的有的睡了，有的还在洗涮，一会儿趁他们不注意，我开了门，秋田、马平带上来弟先走，走时轻手轻脚，不能让当兵的发现，从小圪台上了垴畔，猫腰绕到庙后山坡，下坡顺沟渠逃离，各自回家。"

马驹说罢，趴在窗户上窥视，前院外面只有戏台门洞两盏马灯，其他侧窑里也只是透着一丝昏暗灯光，院子里模模糊糊能看见个别士兵在出入，后面院也黑乎乎的。马驹看见后院没人，轻轻拉开门闩，慢慢推开半扇门，拉了一把高秋田低声说："快走！"

高秋田、马平、高来弟赶忙脱掉鞋，提在手里，侧身溜出门，快速爬上小圪台。马驹从门旮旯里看见伙伴爬上小圪台，看看院子没人走动，赶忙推开门，转身轻轻闭门上闩，迅速爬上圪台，猫着腰，叫上蹲在正殿垴畔厦檐后墙根处的伙伴，"咚咚"跳下，向庙后地里跑去。

庙垴畔"咚咚"的脚步声惊动了侧窑里的士兵，几个士兵端着枪爬到垴畔，瞭见几个人影，从庙后地里跳下圪塄，士兵"啪啪"开了几枪，循声追了过去。马驹和伙伴脚底生风，飞快地跑着，眼看离家户没几步，高来弟崴了脚腕，"啊呀"尖叫一声，圪蹴在渠口，马驹正要转身拉来弟，几个士兵已冲到跟前，老鹰抓小鸡似的提起高来弟，扔到地上一个端着枪看着来弟，另外几个喊叫着继续追去。马驹见势不妙，飞也似的跑出沟渠，三个人拐进小巷绕着弯弯跑，一口气跑到河边水磨坊，喘着粗气，跳过石蛋砌筑的水壕，躲在水磨坊墙根下，惊得磨坊跟前柳树枝头的雀儿扑刺刺四散飞去。

士兵跑出沟渠，左瞅右看，找不到马驹他们的踪迹，黑天半夜，也就作罢，带着高来弟回到老爷庙。

马驹和伙伴静悄悄地蜷缩在石砌的水磨坊墙根处，低垂的柳条在微风中摆动，柳梢不时拂在他们满身汤水的脸上身上，探进河中的柳条柔柔地轻拂着石塄底哗哗西去的清泉河水面，倒影在河中的星星不时眨着眼。

黑间的河边凉爽，阵阵微风吹来，更是清爽怡人。隔会儿，马驹脱下溻湿的疙瘩布襻襻，捏在手里，探头向太军公路瞭哨，路上没有任何动静。他安顿同伴继续待在水磨坊，自己转身离开，来到磨侧水壕边蹲下，湿襻襻搭在肩肩上，双手撩着水抹了把脸，从窄处跨过壕，爬上短坡，几步跑过公路，绕过弯弯，爬上一处废旧的柴草窑顶，伏在一截未倒塌的花栏背后静静观察，村中已无任何灯火，偶尔能听到几声狗吠。观察了半天，不见村中有甚动静，他想，队伍上的人黑间才住下，不认识村路，更不熟悉村情，黑间半夜乱跑等于无头苍蝇乱撞，大凡长脑子的人是不会那样做的，那几个人一定是找不见他们带着高来弟回了老爷庙。马驹想了想，溜下窑塄畔，快步向水磨坊走去。

马驹来到水磨坊说："我跑到村口烂窑塄畔瞭哨，村里甚的动静也没有，我估摸那几个当兵的带着高来弟回到老爷庙了。"

高秋田着急地说："高来弟和咱相跟出来，被当兵的抓走，这如何是好？"

"赶紧到来弟居舍，告给大人消息。"

三个人边说边走，不一会儿就来到高来弟家楼子院门口，马驹走到门前，揎了揎厚木大门，大门已从里面倒关。马驹拿起门环叩打大门，院子里仍无动静。马驹只得出声喊："来弟娘，来弟娘，快开门，快开门。"

高来弟娘李桂香听到门环声并没在意，有人在门上喊才想起儿子还没回家，赶忙点灯下炕，叫管家李栓柱到大门看看是谁黑天半夜喊叫。李栓柱听到主人吩咐，迅速打开二道门，刹那间跑到大门口，低声问："谁？黑地半夜在门上喊叫甚嘞？"

马驹听见是管家李栓柱的声音说："李管家，我是马驹，来弟出事了，叫当兵的逮到老爷庙了。"

李栓柱迅速从大门腿子石窝里取出木闩，拉开大门木插铁搭搭，开开一扇大门，拉着马驹着急地说："快进来，赶紧和夫人说清楚原委。"

马驹、高秋田、马平三个闪身进了院子，快速来到客厅，来弟妈正急得如坐针毡，垂头顿脚，脸色煞白，看见马驹他们进来，急忙拉着马驹的手说："快说，来弟到底怎么啦？"

"来弟被当兵的抓走了。"

"为甚抓？"

"不为甚。我们好奇，到老爷庙附近瞭看，就被他们抓回圈在正殿里，我们趁机逃了出来，跑到堎畔，被当兵的发现追了过来，来弟可能是崴了脚腕子，跑不动又被逮了回去。"

李桂香听完马驹的话，心急如焚地向后院居舍喊："老爷，老爷，儿子被当兵的抓走啦！"

累了一天刚回家熟睡的高廷贵听到夫人说儿子被当兵的抓走，立马从炕上坐了起来，哧溜溜到脚底，大步流星来到客厅，看到夫人在脚底踆来踱去急得两手挠腮，安慰夫人："不要担心，咱的孩子咱晓得，胆小的要命，肯定不会捅下乱子。大不了花点银钱。"

李桂香满屋子打着转转，哭丧着脸说："你说得倒轻巧，让当兵的抓走哪有这么简单。孩子进去这么长时间，吓也吓坏了，你还是赶紧去想办法吧！"

"听说村长今晌午刚招待罢他们，我去找杨睛明，毕竟他熟悉，让他和我一块去，好歹有个介绍和帮腔的。"

"赶紧走吧！"

"给我准备百十块银洋，去了好打点。"

李桂香打开箱子铜锁，揭起铺在箱底的褥子一角，拉开底座小木板，取出厚麻纸包裹严实的一墩银洋，装在丝绸钱袋里，交给了李栓柱。李栓柱提上钱袋，随掌柜的叫上村长杨睛明，一瘸一拐地来到老爷庙。

老爷庙庙门已关，门口哨兵也转移到了钟鼓楼。哨兵听见庙前有人，忽啦忽啦拉响枪栓，大声问道："谁？干啥？"

杨睛明接口："我是村长杨睛明，找贾连长有要事相商，麻烦通报一声。"

哨兵说："黑天半夜你们干啥？连长已经休息啦。"

"事情非常紧急，烦请您通报一声。"

哨兵没搭腔，转身下了钟楼。

片刻，庙门打开，哨兵招呼他们进去。杨睛明一进连部的门，贾连长赶忙迎进来说："杨村长，半夜三更来连部找我，有甚要紧事？"

杨睛明说："真还有件要紧事求你。"

"啥事，说吧。"

"高东家的儿子高来弟被连队抓回来了，这不，东家高廷贵也来求您了。"

"哦。先前抓了四个人，后趁防备不严逃跑了三个，只追回一个，好像就叫什么来弟。士兵们怀疑是河西跑过来的探子，我还没来得及审问。"

高廷贵说："是，是我儿子。贾连长，关在甚地方？"

"就在后院正殿关着。"

"能不能让我先看看他，儿子胆小，一个人关在正殿，不用拷问，就那龇牙咧嘴的神神也能把他吓个半死。"

"暂时还不行，我还没审问。"

杨晴明说："高东家对孩子管教甚严，来弟这孩子我也了解，平时胆小怕事，家里又不愁吃不愁穿，肯定不会有甚出格行为，您就高抬贵手，让来弟随高掌柜回家吧！"

高廷贵给李栓柱递了个眼色，李栓柱赶忙提着蓝绸子钱袋轻轻放到贾天祥连长桌上说："贾连长，这是我们东家的一点心意，请您笑纳。"

贾连长眊了一眼钱袋，笑着说："不用，不用，高东家多心了。部队驻扎贵村，还得高东家多加帮衬啊！"

"没问题，这只是点心意，只要贾连长有用得着高某的地方，高某在所不辞。我还开个面行，部队刚来，军粮能不能及时供上？"

"这几天问题不大，过几天就怕接济不上。"

"那我给部队支援上二三十袋好面，让大家尝尝水磨坊推出的细面，您看如何？"

"好啊，难得高东家有这份善心。至于你儿子，好说，好说，我这就让卫兵去带人。"

贾天祥说罢，喊来卫兵，吩咐立马带抓回来的人见他。

片刻，卫兵带着高来弟哆哆嗦嗦从门进来。高来弟看见他爹，跑过去，腿筛糠似的扑进怀里，呜呜呜地哭了起来。高廷贵抱着儿子安慰说："不哭，不怕，有爹呢。"

高来弟呜咽着说："正殿里阴森森的吓死人了，怕得我裤子也尿湿了。"

高廷贵顺手揣揣来弟的中式黑绸裤，裤裆和裤子湿哄哄的，左手拍拍来弟的肩膀说："不怕，一会儿回家换条新的。"

高廷贵转身说："贾连长，来弟关在正殿这么长时间，吓得裤子尿得水湿，就他那本事，还能捅下乱子？你看，我是不是可以把儿子带回去？"

"怨我没及时审问，弄清楚真相，让高公子受委屈了。"

"也不能全怪你，还是小子们好奇心强，黑间乱跑。跑了的三个小子知根知底，都是好人家子弟，绝对不是什么河西的探子，您就不要再追究了，可以吗？"

"行啊。高东家出面，还有啥不行的！时间不早啦，赶紧带着来弟回家吧！"

高掌柜拱手抱拳说："好。谢过贾连长，后会有期。"

"后会有期。"

杨晴明、高廷贵带着高来弟出了连部门，高来弟腿软得直打弯，高廷贵搀扶着儿子慢慢从老爷庙石板坡下来，回到了楼子院。

高廷贵和管家李栓柱走了之后，夫人李桂香在客厅如坐针毡，心急如焚，坐也不是站也不是，不时仰头看看窗外，听见李栓柱在门口喊着说"少爷回来了"，赶忙跑到院子，一把抱住儿子，失声痛哭起来。

马驹、高秋田、马平见高来弟平安回家，三个人相跟着从高家楼子院出来，走到石板巷十字路口，各自摸黑回家。深一脚浅一脚的脚步声惊得村里的几只狗狂吠不止。

第二章

　　夜越来越深，黑暗越来越浓。贾天祥送走杨晴明、高廷贵父子，回到献殿连部，抽开蓝绸钱袋松紧带，红头绳绑扎着麻纸包裹的一大锭银洋圆滚滚地放在钱袋里。他掏出包裹，解开红头绳，揭开层层麻纸，用麻纸包着的五卷银洋顺势轻轻滚在八仙桌面上，他左手拿起一卷，右手在卷面细细揣摩，揣见卷内有二十个银洋，他明白，高廷贵给他递上的是百元大礼。看过银洋，贾天祥哼着歌把银洋原样包好，放入行李箱，拧小了马灯灯芯，转身躺在床上，酣然进入梦乡。

　　贾天祥刚入睡，就被一阵急似一阵的犬吠声惊醒，他一骨碌翻身下床，站在窗户跟前向院子里望去，院子里黑黝黝的，一片寂静，间或听到蟋蟀微弱窸窣的"嘘嘘唧唧"声和青蛙清脆的"呱呱"声，钟鼓楼上站岗的士兵背着枪来回走动着。贾天祥看了半天，看不出丝毫问题，索性躺在床上，想起晌午吃饭时高欢欢的言谈举止，这令他兴奋不已。长时间的军旅生涯，使他无暇顾及自己的婚事，家中二老也请媒人为他介绍过几个，一个也没被他相中，更谈不上令他心仪。然而，高欢欢的出现，却使他怦然心动。他想，连队驻扎湾头村，让他能遇到心动女人，或许是天意，错过机遇再恐难求。欢欢秋水般黝黑发亮的眸子散发着温情，一脸温柔带着妩媚嫣然的笑容，让他的思绪插上了透明的翅膀，他隐隐感觉到欢欢给他传递出的不仅是好奇和喜欢，更是一份含而不露的爱慕深情。想着想着，贾天祥微微笑着，酣然入梦。

次日晨，连队照例操练，操练罢，警卫员肖明端来一盆清水，贾天祥洗了脸，刷了牙，坐在桌前处理来电来文。坐了约半个时辰，肖明端来半饭盒小米红薯焖饭和一碟子葫芦炒鸡蛋，贾天祥端起饭盒，拿着勺子，三八两下拨拉进肚，用手抹了抹嘴，站起来问："肖明，吃饭了不？"

"吃过了。"

"吃过了，咱们出去走走。"

"好。"肖明边说边从墙柱取下军装上衣、武装带、盒子枪，给连长穿好戴上。贾天祥看见肖明的帽子有点歪，随手给他正了正说："精神点，歪戴着帽子就像个二流子。"

肖明重新整了整衣帽笑着说："这下精神了吧！"

贾天祥没搭腔，兀自扣好纽扣，系好武装带，正了正军帽，手一甩说："走。"

两个人出了老爷庙门，在老槐树底逗留片刻，慢悠悠从石板坡往下走。走到半坡，肖明问："贾连长，咱去哪呀？"

"去……随便转转。"

肖明早已猜出他的心思，也斜着眼说："连长，该不是想去看高欢欢吧？"

贾天祥提起脚在肖明屁股上踢了一脚，笑眯眯地说："你小子也开起我的玩笑，狗胆包天！"

"我哪敢开您的玩笑，昨天晌午吃饭，从眼神和表情就看出你俩不对劲。"

"胡说八道，有甚不对劲的，多看两眼就不对了？"

"至少说两个人都有好感。人家欢欢长得那么俊，又端庄又漂亮，绝对是个美人坯子，三个排长看人家看得眼睛仁仁都不动，口水也快流出来啦。您可不能错过机会。"

"我也有想法，只不过男人有事在心里，是不会随便说出口的。"

"那咱就去欢欢家，看她有甚表现。"

"贸然去欢欢家，有点不合适，咱总得找个理由。"

"看女人还找甚理由？昨天晌午好酒好菜吃了人家的，我们去感谢感谢人家。"

"这倒是个理由。走，咱过去转转。"

两个人顺石坡下来，右拐来到高家门口，门虚掩着，肖明记得院子里有狗，边揎门边说："高掌柜在吗？"

卧在窑门口的黑子，听见人声，"汪汪汪"叫着，猝然向大门口扑来，一脚刚跨进大门的肖明，慌忙抽脚退出门旮旯，闭住大门，双手用力拽住门环。

正在扫脚底的欢欢娘王玉秀，听见人喊狗咬，放下扫帚，箍着花格子布头巾跑出来，喊住黑子，走到门口问："谁在门口？有甚事？"

肖明揎开门说："大婶，没甚事，昨天糟蹋了你家，我们贾连长要当面向高掌柜致谢！"

肖明说着走进了院子，贾天祥也跟着进去说："昨天在你家吃喝，害得你家也不得安宁，太感谢了。"

"贾连长，您太客气了，村长安排的事情哪能敷衍，时间紧，条件差，做饭手艺一般，饭菜做得也不精致，招待不周还请您担待。"

"饭菜香，人也热情，把我们几个吃得眼饱肚圆。"

"欢欢爹到水磨坊了，你们回居舍喝口水吧！"

"水就不喝了，看看你家。昨天晌午只顾吃饭，没顾得看看你家。"

"我们是一般人家，居舍摆设不好，不能和人家财主比，不过，想看也行，我也不怕你们笑话。"

王玉秀领着他们走到院子，黑狗用头蹭蹭贾天祥的腿，贾天祥顺手从衣兜里掏出一个馒头，抛到空中，黑子扬头转身，身子直立，"噌"地接到嘴里，低头嚼了起来。走到当中窑门口，王玉秀说："当中窑就不用看了，你们去过了。"

贾天祥揎开门搂起门帘向居舍瞭瞭，见高欢欢不在居舍，微微笑着说："行，昨天吃饭逗留了三四个小时，看清楚了。咱看看两眼边窑吧！"

"西面边窑是厨房，放些杂七杂八东西。"

贾天祥进边窑厨房一看，这哪是厨房，和一般人家的居舍没啥两样，窑掌一对黑漆铜锁立柜中间夹着两斗立式夹桌，灶火锅台擦得油光锃亮，灶火跟前墙根处的条桌上碗筷调料盒子摆放齐整，脚底靠墙跟摆放一溜黑瓷大瓮，炕上铺着半新旧毛毡，后炕放着四方四正一床铺盖，炕墙绿底炕围子画着鹿鹤同春、鸳鸯戏水图画，虽陈设并不华丽，但也大方雅致，一看便知主妇是个比较讲究的人。

端详了半天，贾天祥说："大婶，这哪像厨房，和好人家的居舍没甚两样，能看出您是个讲究的人。"

"前两年我们在这眼窑住，老人在当中窑住，老人谢世后，我们搬到了当中窑，家居陈设没搬。这两年，欢欢爹腰不好，吃了饭肯睡睡滚炕，所以，炕上的摊场仍在。"

从边窑厨房出来，贾天祥情知欢欢不在，脱口便说："东面边窑就不用看了，我们到水磨坊转悠转悠。"

"水磨坊不远，下坡到河边，往东走几步就是，你们自己去吧。"

"好吧！我们这就去，你忙吧。"

从欢欢家出来，王玉秀瞭到大门口，黑子也尾随而行，摇着尾巴，伸着长长的舌头，目送贾天祥他们离去。

下了坡，出了村口过街楼，跨过马路，往东走了三五十步，瞭见三四尺宽的石砌壕里，清澈透亮的满壕碧水从东向西缓缓而来，贾天祥、肖明从两三尺宽的缓坡小路下去，跳过水壕，"隆隆"的水磨声从西边砖瓦房传来，他们顺壕外土石小路往西走了二十来步，来到水磨坊门口细细端量，水磨坊坐北向南，两边和后墙用青石蛋砌筑，外墙抹有大麦秸泥，墙面的一些青石蛋尚裸露着，东西墙面的窗户上糊着麻纸，麻纸已有裂痕和窟窿，南面墙面用青砖砌筑，木板门两侧上段开有小窗户，磨坊门敞开着。

高升给磨斗添罢料，猛一转头，看见贾连长和警卫站在门口看房子，拍了拍身上面尘，慌忙走了出来说："贾连长，甚风把你给吹来了？"

贾天祥看着眉毛胡子上沾着面尘的高升，笑着说："听说你的水磨坊不错，特意过来看看稀罕，我长这么大还未进过水磨坊。"

"这东西并不稀罕，沿河多的是，从清泉源头一直往西大小水磨四十八盘，一天能推面粉两三万斤。"

"这么厉害，咱进去看看。"

贾天祥、肖明跟着高升进去，一眼就看出欢欢和傻弟弟三三蹲在脚底面笸箩跟前，欢欢也看见他们进来，赶忙站起来，冲贾天祥笑笑，说了句"贾连长，你来了"，又蹲下搕打箩子箩面。

贾天祥看着上磨扇拴着绳子不动只下磨扇转，不解地问："高掌柜，好怪！一般的磨都是上磨扇转，怎水磨是下磨扇转？"

"这就是水磨和旱硙的区别，旱硙靠人推驴拉上扇转动，水磨是靠壕水冲击底下飞轮叶片转动，叶片转动带动下磨扇轴承转动，轴承和下磨扇相连，轴承转动带动下磨扇快速旋转，既省劲又快。"

"太神奇了，水就能让磨扇快速转动，古人太厉害了！"

"是啊。听老人说，有了水车就有了水磨。"

"我看你的水磨磨盘直径有四五尺吧？"

"五尺大。水磨也有大磨小磨之分。"

"那你的水磨是大磨还是小磨？"

"五尺的磨就是最大的磨。"

"大磨和小磨的区别是甚？"

"三尺以下的磨是小磨，三尺以上的就算是大磨。"

"你的大磨一天能磨多少斤麦子？"

"连明昼夜一天能推一千多斤。"

"一年能磨多少？"

"水磨也有季节性，到了雨季就得停着。水壕里的水是压堰起水的，河里发大水，推了河堰，壕里进不来水，就不能推了。"

"那怎办？"

"只能等雨季过去重新压堰起水。"

"旱磨人工一天能推多少？"

"百八十斤吧，白夜黑地不停息也推不了二百斤，还把人弄得头昏脑涨熬个死不下。推一天碹顶小死一回！"

"村里人磨面全用水磨？"

"也不一定。数量少的细面多在自己或邻居的旱碹上推，数量多的一般用水磨。玉桃黍面粗箩子箩，来得快，人们一般不用水磨。大户人家，不管是粗箩子面，还是细箩子面，图利索省事，花点小钱也不在乎，全部用水磨。"

贾天祥和高升正交流得热闹，手上沾满面的三三从笸箩跟前"噌"地站起来，几步跑到贾天祥背后，脸上嘻嘻笑着，嘴角流着涎水，两眼直直地盯着他的手枪皮套，盯了会，一只手拽着衣襟，一只手在手枪上摸着，摸着摸着，另只手也松开衣襟，移到手枪套上，一手压住皮套，另一只手用劲往出掏枪。贾天祥本能地压住手枪，猛一转身，是三三，本欲发作的火气，刹那消失殆尽。三三瞪着明鼓鼓的眼看着贾天祥，嘴里不停地嘟囔着："我要耍，我要耍枪。"

高升拉开儿子说："枪是随便耍的？耍不对就把自个儿耍坏了。"

贾天祥拍拍三三的肩膀说："三三，这铁家伙可不是闹着玩的，一旦走火，说不定能把谁打坏。"

贾天祥说罢，三三两手杵着眼，"哇哇"地大声哭号起来。高欢欢听见弟弟号哇哭叫怪是难看，离开自行转动的面箩，站起来，抹下头巾，抖了抖面尘，擦了擦脸，哄着三三。三三眼泪流得三爬五道，不依不饶地按搓着欢欢要看，欢欢无奈，只得丢开三三，腼腆地看着贾天祥央求道："贾连长，你就让三三看下吧！"

欢欢一说，贾天祥心中暗喜，笑嘻嘻地说："里面不安全，咱到外面看去。"

欢欢拉着三三说："走，咱到河畔去。"

贾天祥、肖明走出水磨坊，欢欢拖着三三的手也跟着出来，走到河畔，河滩水边一群鸽子正在咕咕叫着低头啄食，贾天祥掏出手枪，手一扬，"啪"的一枪，一只鸽子扑腾了几下躺在草丛之中，其余鸽子听见枪响，四散飞去，有几只落在河边的柳树枝上咕咕叫着，贾天祥抬头扬枪瞄准向外露着肚膛的那只，"啪"一声，枪响鸽落，掉在圪塄底石蛋夹着的水草里。高三三看见鸽子跌在水草里，当下笑得忽嗒嗒的，挣脱欢欢的手，跑到河边缓坡处，连溜带跳，跑到河滩水边，捡到水边草丛中的一只，又在找寻另一只。肖明看到机会来了，眼乜斜了一下，笑眯眯地说："我到河滩帮三三找鸽子，顺便和他耍一会儿，你们到柳树底歇凉凉说会儿话。"

肖明边说边走，三跷两步走到缓坡跑到河滩，拖着三三的手，在石蛋夹着的水草里找到鸽子，带着三三在水草间的泉水里摸开小鱼。

贾天祥和高欢欢走到柳树底，欢欢看看周边没人，提了提裤腿，坐在草坡上，望着碧绿的河水不言不语。贾天祥身子倚在柳树上，看着欢欢说："欢欢，你每天来水磨坊吗？"

欢欢忽闪着眼看了一下贾天祥，赶紧收回目光，低着头说："差不多吧！爹一个人忙不过来，我闲在居舍也没甚事，来给他帮帮忙。"

"一个大闺女，整天待在水磨坊，辛苦你了！"

"就是看看箩子，箩箩面，苦又不重，有甚辛苦的。"

欢欢低头回答着贾天祥的提问，白白净净的瓜子脸上泛着一丝红晕，浓黑的头发梳成一对长长的辫子，直直地垂在背上，抿着的嘴瓣像恬静的弯月，说起话来温婉动听，她顺手把扎有红绸结的两条辫子拉在胸前，两只手不停地翻弄着辫梢。贾天祥眼盯着欢欢说："三三也大了，说说话话就到了成家的年龄，憨成那样，将来咋办呀？"

"能咋办，迟早是居舍的累害，将来娶不上媳妇，只能靠老人和我们姊妹两个养活。"

"就是娶下媳妇，连生活也自理不了，仍然是累害，还得你们居舍照应。"

"怕花钱也买不回个精明媳妇，憨子蠢子娶回来，更是害上加害，由一个照应成两个。"

"尽可能给他找个媳妇，好好歹歹让他为高家栽根立后，实在没办法再说。"

"爹妈也是这样想的。"

"老人年龄大了或百年之后呢？"

"那只能我照应他了。"

"还有你姐姐呢！"

"姐姐那儿恐怕没甚指望。自从嫁给有钱人家，住娘家也不多，我能看出来姐夫嫌弃憨弟弟三三，姐姐尽管亲心不倒，也不能和婆家闹翻，闹翻了她的日子也过不成，我肯定不会让姐姐那样，宁可自己不嫁也要照顾好三三。何况姐夫他们家是河西富商，将来回去，就是姐夫回心转意，想照应也探不上。"

"你可以找个愿意照应三三的女婿。"

"好的很难找，娶媳妇还得捎带个憨小子，明明是累害，人家图甚嘞；不好的，有毛病的，咱又看不上，难哪！"

"你这么贤惠漂亮，肯定会找下人又好又愿意照顾三三的如意郎君。"

"没你说的那么简单。"

"也简单，据我所知，有个不错的人就喜欢你，还愿意将来和你一起照顾三三。"

"你刚来，咋会知道？天塌下来也不会有这样的好事！"

"好人会有好报的，你就要鸿运当头了。"

"整天窝在居舍和水磨坊，哪有甚鸿运当头？"

"有人看上你，还愿意和你一起照应三三。"

"在哪里？"

"远在天边，近在眼前。"

"欢欢，欢欢，赶紧回来看箩子。"欢欢爹在水磨坊门口高声喊道。

欢欢听到爹叫她，冲贾天祥笑了笑，快步跑回了水磨坊。

太阳越来越毒，河边柳树下虽有一丝微风吹来，巨大的树冠依然阻挡不住周边涌来的股股热流，贾天祥抹下军帽，拿在手里不停地扇着。

肖明和三三脱了鞋，在水草掩映下的一汪清泉里跑来跑去摸小鱼，小鱼浑身光溜溜的，闪着灵活的身子，左右摇摆着尾巴，肖明瞅准中指大小的一尾鲤鱼，猛然弯腰下蹲，手"欻"地伸到水里，一把捏住小鱼，小鱼滑溜溜地从手中挣脱，掉入水中，翻了个身，摇头摆尾游入水底钻入石旮旯里。

三三圪蹴在泉水边，笑得拍脚打手，脚下一滑，一屁股溜在水里，半腿子裤全被水浸湿了，坐在水里"哇哇哇"哭了起来。肖明一把抱出三三，拧了拧往下滴水的裤子，哄了半天三三，仍然无济于事，看看柳树底只有连长一人，赶忙拿起草里的两只死鸽子，拉着三三走到柳树底，和贾天祥连长边哄边走，回到水磨坊。

水磨依然在隆隆转着。欢欢听见三三哭声，抬头看见弟弟裤子水湿，紧贴着大腿，手拍了两下笮子，用柳结小簸箕掬出笮子里的糁子，站起来哄着三三。肖明说："在河滩泉水池池里抓鱼，三三不小心溜坐在水里，裤子弄湿了，大水我已给他拧了。不好意思，是我没照应好三三。"

欢欢看着三三紧贴大腿皱皱巴巴的半腿子裤说："不怨你，是三三傻乎乎地不清楚，就是精明人也有失手露脚时。"

高升提起一圪栳糁子倒入坐在磨眼上的木斗子里，一手叉着腰，转身说："欢欢，你拖上三三回居舍替衣裳咯。这会儿我一个人也能顾得过来，替完衣裳你就不用下来了，一会儿我也回居舍吃饭。贾连长，你们没事也回吧，面行要面要得急，我还得赶紧推磙，耽误了事，咱的生意可就不好做了。"

贾天祥拍拍手枪说："高叔，不怕，谁敢给您难堪，我给您做主。"

"贾连长，我咋敢劳您大驾。再说了，您在好说，惹下人，您走了，我就更难做了。不管生意大小，没有诚信，都不会长久。你们还是回去吧！"

"好吧，那我们就回连部了。有用得着的地方，随时来连部找我。"

贾天祥说完，深深地看了欢欢一眼，转身走出水磨坊。欢欢见贾连长和肖明出了门，也拉着三三的手走了出来，一起走到水壕边。从东而来的壕水哗哗流淌着，在磨坊墙根处方窟窿跃然下冲，形成一帘小瀑布，小瀑布冲击着巨大的木轮叶片不断旋转。贾天祥瞅了几眼，抬头看见欢欢走到马路上，赶忙转身，猫着腰，"噌噌噌"快速撵上欢欢说："怪得多嘞，水冲木轮就能让磨转动，人太厉害了。"

欢欢急着要回去给三三替衣裳，笑而不答，拉着三三迅速向家走去。贾天祥和肖明也跟在后面加快了脚步。走到十字路口，欢欢回头莞尔一笑，转身走了。贾天祥站在十字路口，抹下军帽，虚虚地斜盖在头上遮挡着太阳，目送欢欢走进了院子，才转身向老爷庙连部走去。

麦收刚过，天气说变就变。晌午时分，高升端着大碗豆面汤面，碗边担着一片子玉桃黍枣窝窝，坐在院子树荫下吃饭。刚吃了半碗汤面半片子枣窝窝，突然，黑子情绪暴躁，在院子里不停地转着圈圈，转圈一停，对着天空狂吠不止。高升觉得黑子没吃饱，把半片子窝窝扔给黑子，黑子头也没低，仍然对天咬个不停。高升以为外面来了生人，离开石床，走到大门口瞭了瞭，大门外面及周边根本没人，只有邻居的几只母鸡在离门口不远处手片大的草地上啄食。

高升转身回到院子，黑子依然叫个不停。高升觉得奇怪，抬头看看天空，东南面大片如墨似的乌云正滚滚而来，已遮蔽了东南面的天空。柳枝向西北方向摆动起来，地上的热气和凉风掺和在一起，似凉又热。风越刮越大，柳枝横着飘飞，树枝"咔嚓，咔嚓"作响，碗口粗的柳树猫着腰，向西北方向领首，胳膊粗的两股柳枝从枝丫处劈开，被狂风带走，飞向墙外，垴畔上存放的两捆硬柴飞到了院子，重重地砸在狗窝上，小狗窝屋顶瞬间连柴带顶漏入窝里。黑云霎时铺满天空，隐隐的雷声一阵紧似一阵，一束束的闪电横空而过，炸开一道靛青色的裂缝，东南部已罩满了雨雾，隐隐约约能听到远方的雨吼声。

高升看到大雨即将来临，扔下饭碗，在空窑拿了两块油布一把油伞，站在门口说了声："欢欢，赶紧和你娘收拾一下院里的东西，我去看看水磨坊。"高升慌慌忙忙出了院子，顶着狂风向水磨坊跑去，刚跑到坡底，指头大的雨点砸了下来，溅起了一丝泥土，一股股的土腥味扑鼻而来。他几次试图打开油伞，都没成功，好不容易打开油伞，却被狂风吹翻伞面，撑伞竹条齐齐折断。他好不恼火，一把扔掉破伞，几步跨过马路，顺坡而下，快步跑到水磨坊。白亮亮的雨点已箭似的直射下来，就地起水。

高升跑进水磨坊，三下五除二提起装好的七八袋白面垛在磨扇上，折起笸箩里的过箩好面，装在面袋里，也码放在磨扇上，并拿起脚底笸箩，扣住面袋，转身把剩余的三四麻袋麦子扛到磨盘上，立起来摆放。放好麦子，他打开一块小油布，拿起笸箩，用小油布遮住面袋，扣上笸箩，又打开大油布，遮在笸箩上，四面角垂到磨盘底，面袋、麦袋遮了个严严实实。高升遮严东西，还不放心，生怕大风刮开油布屋顶漏雨淋湿白面、麦子，转身在门口搬了一块大石头，压实油布。

收拾妥帖，高升方松了口气，点着一袋旱烟，站在水磨坊门口，看着瓢泼而下的大雨。此时，狂风已停，雷声不断，沉闷的雷声从头顶隆隆滚过，闷雷在天空重重一响，骤然炸裂开来，炸得高升心惊肉跳，浑身猛然抽搐了一下。他定了定神，凝视着屋外，空中雨水往下倾倒，地上的水到处横流，整个天地已融为一体，黑沉沉，白亮亮，成为一片水的世界。清泉河水暴涨，一会儿工夫，河水漫了整个滩头，呼啸着向西流去。

暴雨依然下着，高升忧心忡忡，看着自己辛辛苦苦垒砌的石蛋石头河堰被洪水淹没，站在水磨门口发呆。

"高叔，磨坊没进水吧！"

高升听见有人说话，省过神来一看，马驹赤裸着上身，手挂着一把捞河柴拍子站在他面前，任凭暴雨冲刷。他一把拉回马驹说："这么大的雨，你来做甚？"

马驹摸着头上流下的雨水说："不放心磨坊，下来给你帮忙。"

"磨坊里的东西全遮盖好了，没甚帮忙的。避会儿雨，一会儿雨小了回去吧。"

"回去居舍也没事，在这儿既能陪你看磨，又能看山水。说不定还能在河里捞挖些东西。"

"好孩嘞，河边可以，千万不敢下河，这么大的山水，一旦有个失手漏脚，就麻烦大了。"

"有好东西下，没硬头货肯定不下。我的水性好，一般没事。"

"水性再好，一旦出现腿抽筋咋办？久走冰崖，哪有不跌跤的？"

"不用担心，我会小心的！"

高升唉声叹气地说："唉！暴雨把河堰全冲垮了，要再垒砌河堰又得耗费好多人力财力。"

"河堰塌了，抢先把石头石蛋搬到河畔保险点的地方。等秋后没大水了再垒砌。"

"不能等秋后，面行定下的数数咱得全推下，推不下面，面行的信誉失了，生意就会受损。面行没买客，咱的水磨坊连个辛苦钱也不好挣。"

"大水过后，我给你帮忙搬石头。"

河水在哗哗上涨，水磨坊对岸东南面河畔的柳树林里的二三十棵柳树根部被洪水掏空，连根挽起，被卷入满河的狂涛中，横七竖八地躺在浑水里，腾挪起伏，拧着身躯，向西流去。

马驹站在磨坊门口，瞭见上游一根小盆口粗的木头正顺水边漂来，马驹转身回到水磨坊，拿起地上的一盘大绳说："高叔，用一下大绳。"未等高升答应，倏忽消失在雨中。

马驹拿着大绳，飞也似的跑到磨坊西侧弯弯里的大柳树跟前，拉出一根绳头子，快速拴到柳树根部，拿着绳子的另一头，拉开伸直，用力扔在回水湾里，立即转身跑出柳树湾，一眼看到木头已拐过圪峁，正顺流而下。马驹担心木头被洪水卷走，几步跑到磨坊东侧，看看水里没有柴草圪针，纵身一跃，跳入水中，踩着立水，游到木头跟前，借着下流的水势，猛力一推，丈把长的木头猝然斜着转入湾里。湾里水势平缓，马驹推着木头到柳树湾岸边，迅速找到大绳头子，用大绳在木头上缠了几扎，打了个死结。木头稳稳地靠在岸边，随着水势上下起伏。

马驹拽着大绳上了岸，看看身子，浑身上下全是浑泥糊子。他站在雨中，任凭雨水冲刷着身子，不时弯腰拧拧半腿子裤上的浑泥，几次下来，半腿子裤上的泥糊子也被冲洗殆尽，才慢悠悠地走到水磨坊。

马驹走到水磨坊，高升恼悻悻地说："你这孩子，好不听话！这么大的水，你咋敢往河里跳？命要紧，还是木什要紧？"

"肯定是命要紧。我瞭见这根木什不赖，有把握才下水，没把握肯定不下。"

"捞住了？"

"捞住了。"

"吹牛吧！捞到河边边，水稍微涨涨就能推走。"

"水再大也推不走，我做了保险买卖。"

"吹牛不怕牛踢死！那么粗的木什，路滑得根本就扛不上来。放在水边边，哪有不推的道理。"

"不是吹牛，是我用大绳把木什拴死了。"

"不过，木什推不推无所谓，人能安全上岸比甚也强。"

高升和马驹说了会儿话，抬头看看屋外，下了一个多时辰的大雨逐渐小了下来，河畔上也出现了不少打着伞看洪水的人。

雨停了，河里的水位仍不下降。河畔上的人越来越多，有捞河柴的，也有看洪水凑热闹的人。

老爷庙在村子半山腰，也是村里的制高点，站在庙圪旦、钟鼓楼或庙垴畔就可以看到清泉河的滔滔洪水。一场暴雨，老爷庙院积满了雨水。大雨一停，贾天祥即命炊事班拿着铁锹疏通下院水壕，自己穿上雨靴，带着警卫肖明，直奔河畔。

贾天祥站在河畔一看，大吃一惊，水位还在上升，离高家水磨坊不足五六尺，洪水猛兽似的向西狂奔而去。贾天祥朝河对面一望，高家水磨坊对面的另一座水磨坊已被洪水包围。磨坊里的人来不及撤走，只得踏着不齐整的墙石，拽着椽柱爬到屋顶，声嘶力竭地喊着："快救人，快救人。"

贾天祥担心高家水磨坊，赶忙和肖明跑到水磨坊，关切地说："高叔，洪水离磨坊仅有四五尺，恐怕磨坊有危险！"

高升说："不怕。雨停了，上游的洪水头子也下来了，水位只能是这么高，再涨也不会涨多少。"

"没事就放心了。对面的那座水磨坊被洪水包围，洪水把水磨坊冲塌，人就会被洪水冲走。"

"对面的那座水磨是龙城马家的，站在屋顶的人是他家长工。"

河边站着一群人指指点点，议论着。尽管求救者喊破嗓子，也没有一个人敢下水到河对岸救人。

贾天祥担忧地说："村里就没个好水手去救人？"

高升说："这么大的水，就是有好水手，谁敢下水去救人！说不定人救不出去，连自己的命也搭进去。"

对岸水磨坊顶上被洪水围困的人仍在撕心裂肺地叫着。水势稍缓，马驹说："高叔，我去救人。"

高升没来得及搭腔，马驹一溜烟向水壕东拐圪崂跑去，跑到拐圪崂处，一个猛子跃入河水中，借着水势，踩着立水，身子上下左右翻滚，胳膊左右挥动，斜刺里分水前行。

站在河边的一根葱李金花指着河中拼命搏水的马驹，尖声喊道："二杆子，不要命啦？"

众人的眼盯着马驹，心都提到了嗓子眼，马驹腾挪搏击，借着水势，游到河南岸马家水磨坊跟前，水磨全被洪水淹没。马驹在水磨坊跟前踩水转了一圈，观察上岸地形。磨坊靠河三面踩不到水底，只有岸边磨坊南面紧靠缓坡，缓坡下洪水有一人深，磨坊距离岸边只有丈三四远。站在屋顶的人看见来人救他，圪蹴在屋顶哆嗦着，"恩人，恩人"不停地絮叨着。

马驹观察好地形，边踩水边喊叫屋顶上的人顺墙往水里溜。屋顶人挪到屋边，一条腿颤抖着往下伸了几次都缩了回去。马驹催促他跳下来，那人却浑身像筛糠似的，抖得更厉害了。

马驹焦急地说："你到房子边边来，爬下倒退往下溜，我在水里接你。再不溜，水推倒房子，连房带人被洪水卷走，要救你就难了。"

马驹一说，站在房顶之人也料知再不下来的后果，战战兢兢地趴在房檐边，伸出两条腿，倒退着一点点往下溜，腿接近水面，那人扳着房檐柱子打着摆子，再不往下移动。马驹在水里也有几分困倦，心想，这人再不下来，自己的体力消耗完，要救他就有了困难。水情容不得他再多想，他一把拽住那人垂下来的一条腿，用力往下一拉，那人"扑通"一声掉入水里。马驹迅速抓住那人一只胳膊，边游边拖，把人拉上岸。对岸湾头村看洪水的人见马驹把人救上岸，齐声吆喝："马驹，好后生！"

一根葱李金花扭着妖艳的身子，转身对身后的几个男人惊讶地说："没想到狗日的马驹水性那么好！"

房顶之人被马驹拉入水中，喝了几口浑水，早已吓得面如土色，一上岸，圪蹴在圪塄上哇哇吐了几口，吐完浑水说："我是马家的长工刘利生，你是我的救命恩人，以后有甚事寻我，我会全力以赴报答你。"

"谁家没个三灾苦难。我谋算，如果别人有难，你也会拼命搭救。"

"应该是吧！其他事情肯定行，可我不会水，水里头的事情不行。"

"其他事情也一样，难中人都盼人帮一把，救人帮人是行善结德的好事。"

马驹和刘利生说着话，突然有一束强光照到河塄，他扭头向河水望去，一头龙首蛇身怪物昂首摇头摆尾，灯盏似的一对大眼闪着刺眼的亮光，磨坊附近搅起偌大的漩涡。倏忽，怪物腾空而起，骤然落下，横在磨坊底下的水中，河水瞬间上涨，没过房顶，水磨坊霎时被洪水卷走。马驹细看，那怪物抽身腾空而去，水位急剧下跌。

马驹惊奇地问刘利生："你刚才看见水里的怪物了？"

刘利生喘着气说："吓死人了，那怪物好像是传说中的蛟龙。要不是你救我，我这下就被水推走了。"

马驹说："好险。如果不提前出水，你真的有生命危险了。"

马驹搀扶着刘利生，来到圪塄里面的一棵老柳树下，替他脱掉贴在身上的疙瘩布衫，用力拧干，搭在柳枝上，又帮他拧干宽大的黑裤。马驹又仔细端详，见刘利生脸色已泛红，脸上也现出了笑容，遂告别了刘利生，绕开地里的葫芦、茄子、辣椒、红薯蔓、长山药架，走到河滩地塄。

马驹站在地塄一看，河水已下塌了许多，水位已降到马家水磨坊石塄下二三尺，河对岸他们村里的人也走了不少，有几个正拿着河柴拍子，站在台阶上捞着河柴。马驹牵心他捞住的木头，想要赶紧过河，河上没桥，只能再次冒险渡河。救刘利生尽管消耗了他不少体力，然而，上岸招呼利生时间也不短，体力也恢复得差不多，他觉得自己有能力再次渡河，成功上岸，当即决定横渡。

马驹沿着河滩地塄向东走去，走到东头拐圪峁处，细细掂量一下距离，估摸着斜刺里渡过去，差不多可以在柳树湾里上岸。他几步走到河水边，撩了一掬浑水，在前胸抹了抹，再一次跃入波涛汹涌的河里。一袋烟工夫，马驹轻松地在柳树湾上了岸。

洪水过后，看热闹的人们陆续回家。几个捞河柴的仍然在河岸拾掇湿柴，把一小堆一小堆的河柴摊开晾晒。已西斜的太阳照在湿柴上，散发着一股股浓烈的泥腥味。高升独自一人圪蹴在河畔看着河滩上被冲得乱纷纷的石头石蛋发呆。

马驹叫了两个捞河柴的帮他吊上木头后，看见高升还在那儿圪蹴着发呆，走到跟前说："高叔，河堰水退了，水壕也没水，砲转不动，能回家了吧？"

高升唉声叹气地说："你先回吧！我还在谋算怎么重新垒河堰的事，看着滚在河湾里的那些泥滚滚的石头石蛋就心烦！"

"天塌塌大家，你的磨转不起来了，其他人家的恐怕也动不了。你计划甚会儿垒河堰？"

"河滩里的泥晾一晾，先把石头石蛋拾掇到一起，让'睁眼瞎'掐算一下，如果近期没大雨，就准备垒砌。"

"明天，我和你到河滩拾掇石头去。"

高升没说话，兀自站了起来，向家走去。

高升回到家，看到饭还不熟，径直走到村东头"睁眼瞎"杨谋兴家，刚走到院门口就喊："谋兴在居舍不？"

听到来人叫他，杨谋兴从前炕边溜到脚底，挂着一根牛角拐棍走到门口，两只眼睛眯成一道缝，瞅见是高升笑呵呵地说："高掌柜，我在居舍，你进来吧！"

高升走到杨谋兴家里，杨谋兴老婆跛着一条腿招呼他坐到炕边，刚坐定，杨谋兴开口便问："大忙人咋肯到我居舍坐来？"

高升叹着气说："还忙甚！一场大雨把河堰毁了，忙不起来了。"

"你是个闲不住的人！"

"是啊，想垒河堰，怕再下大雨白费工夫，想让你掐算一下近期会不会再下大雨？"

"啊呀，你给我出了个大难题，下雨不下雨，天公之事，难以预测！"

"你是杨半仙，掐算出来的事一般都能应验，还是算算吧！"

"这种事我是一般不给人掐算的，你逼住让算，我就给你打个金钱卦算算。"

杨谋兴拄着棍子，走到锅台跟前拿来一个净碗，搓搓手，用手搓搓脸，从衣兜里掏出三枚铜钱，两手心相对，手心里握着铜钱，闭着眼睛，哗啦哗啦摇了半天，唰啦放入碗里，眯着眼看了半天，眉头一皱，记在心里，从碗里捡起铜钱，如此循环往复三次，闭上眼睛，过了一会儿，翻着白眼珠说："近期内不会有大雨，要有也是小雨，无妨大碍！"

从杨谋兴家出来，高升脚轻手快地跑到高廷贵家。没等高升开口，高廷贵就笑眯眯地说："你是说垒河堰的事吧？咱水磨坊使用一条水壕，你雇几个人去垒砌，工钱我出。"

高升一听高廷贵负责出工钱，当下点着头说："使得，使得。还是高东家大气，我这就去雇人。"高升从高廷贵楼子院出来，手背藏着，打着口哨，连夜在村里雇了几个人。

第二天，太阳刚出山，高升就拿着垫肩和几个缀带子烂面袋，领着雇来的几个人，背着几捆麦秸，扛着几麻袋苇叶，走到河边。河边的淤泥虽经一夜风吹干硬了些，但湾里到处是稀泥，好多石头石蛋和泥滚在一起。高升和众人把麦秸捆和苇叶浸泡在浅水里，各自找了干净石头坐下，抽了两袋烟，腰部拴上烂面袋，动身先搬河边石头，搬完河边石头石蛋，脱掉鞋，挽起裤腿，到稀泥和水里往出搬石头。半前晌时，石头石蛋搬下几大垛，高升招呼众人坐下歇息。众人从滩里出来，清水里洗掉手脚稀泥，各自找干净石头坐下歇息。众人刚坐下，马驹腰里也系着一块烂腰布从河畔跑到河滩，马驹叔叔马六说："高掌柜已经雇好了人，你半前晌来做甚？"

"搬石头啊！"

"人已雇够，半前晌让人家咋给你发工钱？"

"我又不挣钱，是给高叔帮忙来了。"

"不挣钱起码得给你管饭，帮忙也得看主家情愿不！"

"不吃饭也行，我帮忙来不是为了讨口饭吃。真心实意帮忙，高叔不会不同意吧？"

"如果是这样，他应该高兴才是。那你也和他打个招呼。"

马驹和他叔马六说了几句话，圪凑到正在吃烟的高升跟前，嬉皮笑脸地说："高叔，我也来给你扛石头石蛋了。"

高升看着腰系块烂腰布的马驹圪蹴在自己身边，不冷不热地说："好吧！来了就动弹，不过我得少发你半天工钱。"

"我来帮你干活，不要工钱。"

高升眉开眼笑地说："好吧，不过我给大家管饭，晌午你也和人们一起去家里吃饭。"

"那就给您多添张嘴了。"

歇缓了一会儿，高升看看麦秸和苇叶已浸湿，安顿三四个人把磨坊背后的平车抬下来，自己回家拉毛驴。

高升拉着毛驴来到河滩时，平车已抬下来放在石垛跟前，人们正在河湾里搬石头石蛋，高升喊来赶过马车的马六和垒过河堰的杨模兴弟弟杨模旦，让马六赶毛驴拉石头石蛋，杨模旦和他一起垒河堰，其余人继续在河湾里往石垛跟前扛石头石蛋。

高升安排好，马六三八两下套好平车，装了半车石头石蛋，高升从水里捞出两袋苇叶放在车厢里，车厢已满，又捞出一捆麦秸横放在车厢前两根辕杆处。装好平车，马六拉着毛驴，高升和杨模旦跟在平车后，顺河滩崖底好走处往水壕与断堰处走去。

走到断堰处，马六倒转平车，卸下苇叶麦秸，一只胳膊扶起平车辕，另一只手拿出搭在驴背鞍子里的宽皮带，两手猛然用力托起辕杆，一车石头哗啦啦倒入水中，一群正在河边觅食的水鸟忽闪着翅膀，啾啾叫着，耆地向河对岸飞去。

马六吆喝着毛驴赶着平车去拉石头，高升和杨模旦挽起裤子，解开麻袋口，拉着一麻袋苇叶走入水中，弯腰搬起石头，齐着断堰处一块块摆好，每摆放一块，缝隙里塞一把苇叶，另一块紧紧靠着苇叶，垒第二层时，石头下也压上了苇叶。晌午时，一小节河堰已露出水面二三尺。

吃过晌午饭，继续垒堰，半后晌，一节河堰已和水壕衔接，继续斜刺里向当河延伸，三天后，河堰已超出当河一节，河水顺畅地流入壕里。

高升垒好河堰已是晌午，正准备从河水里往自己水磨坊河岸返，忽听对岸有人大声叱责："高升，拆掉你超过当河的那段河堰！"

高升抬头一看，马家二掌柜马振明穿着长袍站在河边和五六个手下指手画脚。高升认识马振明，虽然马家也开有面庄，但马家财大气粗，合作对象都是大户，高升还够不着和马家合作。他曾经找过马振明，希望给自己多找条销路，由于价格的原因，每次交涉都以谈不拢不欢而散，彼此心里都有怨气。

高升没理会马振明。未等高升转身离开，马振明又喊："高升，让你拆掉那段河堰，你耳朵聋了？"

高升站在河水里说："你的水磨地形低，容易进水，剩下的那段足够了。我的水磨地形高，不超出当河，水就进不了壕。河是公用的，在不影响你引水的情况下，能不拆就让我将就着用。明摆着，你让我拆掉那一段，水就难以进壕，即使将就着进去，水小，还是冲不动木轮叶片，水磨还是转不起来。"

"进不了水，你就改堰。"

"马掌柜，改堰哪有这么容易？横里斜着点好挡水，改堰斜度大了，河堰又得加高好多。"

"加高点算个甚，不就是多用些石头多用几个工罢了！"

"你说得倒轻巧，你家大业大，财大气粗，我是个小本生意，哪能和你相比？"

"你有甚资格和我比，你还是拆掉那段河堰吧，免得失了两家和气！"

"我实在花不起那个钱。"

"看来你是不准备拆了？"

"不准备拆了。"

"那就别怪我不客气了。"

马振明顿时火冒三丈，指着五六个手下怒冲冲地说："你们几个下河去，拆掉超过当河的那段河堰。"

马振明一发话，五六个后生扔下鞋，挽起裤腿，跑着跳着向河心走去。

高升觉得情况不妙，如果让马家拆掉垒好的河堰，再垒就难上加难了。他安顿给自己垒河堰的几个人说："弟兄们硬点，捅下乱子我顶着，挡住马家，每人另加一天工钱。"

几个垒河堰的说："放心吧！咱辛辛苦苦垒起的河堰，岂能让他说拆就拆。"

高升刚安顿了几句话，马家的五六个人已冲到河心。一到河心，几个后生二话不说，就靠近河堰动手搬石头，高升站到前面，一把搪开动手之人，指着手搬石头的瘦高个子的鼻子说："我们往日无怨，近日无仇，你为甚要拆我的河堰？"

"我们受雇于人，只听马掌柜的。马掌柜让拆，我们就拆，马掌柜说停，我们就停，你管不着我们。"

"怎么管不着，你们要拆我的河堰就能管得着。谁敢动我一块石头，我就和谁拼命。"

瘦高后生怕闯下大祸，转身对仍站在河边的马振明说："这老家伙挡住死活不让拆，还要和我们拼命，你说动手拆还是不拆？"

马振明厉声高喊："尿事都做不了，白养活你们了，拆不了就早点滚开马家！"

瘦高后生被马振明骂了几句，心中无名火陡生，扑过去，用力揎开高升，猛然扑到河堰跟前，搬起一块石头，扔到河水里。马驹好不恼火，猫腰下蹲，从后面拉住那瘦子的腿，用力一拉，瘦子一个马趴跌在水里。马家的其他几个人冲过去搬石头，被高家垒河堰的几个人使命挡住，马家高家的人旗鼓相当，马家几次冲击均未突破防线，只得动手打了起来，十几个人在河水里拳来脚去，扭打成一团。

王玉秀做好饭，好歹等不上高升和垒河堰的人回来吃饭，打发女儿高欢欢到河滩去叫人。高欢欢快步走到河边时，瞭见她爹和垒河堰的在刚垒好的河堰尽头和另一帮人扭打在一起。欢欢料知大事不好，"爹，爹"地高声叫着，没有任何应答。欢欢急得在河边直跺脚，找谁拉架合适，急得她抓耳挠腮，她突然想到了连长贾天祥，这样大的打斗场合，又在河里，恐怕只有贾天祥才能控制局面。此时的高欢欢已没有羞怯可言，她快速跑到老爷庙连部，上气不接下气地爬上台阶，急切地喊着贾连长，跌跌撞撞推门而进。

贾天祥吃过晌午饭，刚躺在床上，见高欢欢慌里慌张从门外跑了进来，赶忙从床上跳到地下问："欢欢，大晌午地跑来，发生了什么事？不要急，慢慢说。"

高欢欢头上冒着热汗，喘着粗气说："快，贾连长，我爹垒河堰，大概是被河对面的马家堵住了，正在河里打架呢！"

贾天祥当即喊来警卫班长，命令他立即集合警卫班。警卫班长出门集合队伍，贾天祥走到欢欢跟前，两手搭在高欢欢的肩膀上，看着欢欢着急的神情说："不怕，天塌下来我顶着。实在不行，就把那几个闹事的抓回来再说。"

高欢欢揎开贾天祥的手，羞答答地抬起头看了他一眼，感激地说："谢谢你，贾连长！"

贾天祥从墙上摘下武装带、手枪，穿戴齐整，盯着欢欢，笑眯眯地说："见外了吧，和我还讲啥客气！"

"警卫班集合完毕，等候连长命令！"警卫班长站在连部门口报告。

"立即出发到河滩。"贾天祥和高欢欢相跟着随警卫班快速跑到河滩，"当当当"对空打了三枪，河里的人像没听见枪声似的，仍然扭打在一起。贾天祥命令警卫班迅速下河，把马家的人抓回来待后处理。

警卫班得令，脱掉军鞋，挽起裤腿，快速跑到河心，包围了扭打在一起的十二三个人，"住手"警卫班齐声断喝，十二支黑洞洞的枪口对准了水里东倒西歪的人。扭打在一起的人被这突如其来的阵势吓得愣怔在水里，一动不动。高升吓得腿上打着哆嗦，脚下一滑，一屁股跌坐在水里。肖明收起枪，赶忙弯腰扶起高升，看着鼻青脸肿的他说："高掌柜，让你受难了！"

高升抬头一看是贾连长的警卫，心里顿时明白了几分，感激地说："谢谢你们，谢谢贾连长！要不是你们及时赶来，非要弄出人命事来不可！"

肖明厉声说："高家马家的人各站一边。"

肖明一说，高家、马家的人脸上手上带着血，鼻青脸肿地分站两边一言不发。肖明说："高家的人可以回家，马家的人回连部，待后处理。"

马驹摸了摸嘴角的血，指着马家的人说："你们财大气粗欺负人，总有人会收拾你们！"

肖明说了话，马家的人仍然站在水里不动。肖明好不恼火，指着那些人骂道："你们别不识抬举，快走。不走，别怪老子不客气。"

肖明骂过，马家人依然无动于衷。肖明拿着手枪照一个人背上噔地砸了一枪，几个士兵端着枪，枪托重重地砸在其中几人的屁股上，挨了枪托的几个人手按着屁股，疼得哎哟哎哟地叫着，溅起一片片水花。肖明的手枪抵着一个人的后脑勺命令道："走！"那人乖乖地从人群里走了出来，其余五六个人也被警卫班像押解俘虏似的向河北岸走去。

站在河岸指挥打斗的马振明看见抓走了他的人，高家的人却悠闲地跟在后面不受任何约束，料知情况不妙，对着在河水中行走的警卫班高喊："长官，你们不能只抓我的人，打架斗殴可不是一家之事啊！"

马振明喊叫了半天，警卫班只管行进，没有理会。快到岸边，贾天祥喊："肖明，带两个人把河对岸那个穿长袍的抓过来，我看这家伙就是主谋！"

肖明把押解的人交给班长，带了两个人快速过河，快到河边，马振明觉得不对，赶忙撒腿就跑。肖明和两个士兵几步跨上岸，赤着脚，沙滩里一阵疾跑，逮着马振明。马振明骂骂咧咧地说："你们这些兵痞，凭甚抓我？我犯了哪条哪款？"

肖明用手枪指着马振明的头，厉声喝道："你故意滋事，指挥手下扰乱社会秩序，差点出了人命事，怎么就抓不得你了？别啰唆，快走，别敬酒不吃吃罚酒！"

"老子就不走，看你能怎样？"

肖明好不恼火，手枪把照准马振明头上"啪啪"就是两下，马振明顿时眼冒金星，一股殷红的鲜血顺着额头流了下来，他趔趄了一下，慢慢站稳。肖明大声质问："到底走不走？"

马振明让肖明的一手枪托敲醒了，他想，多少年来，马家势力重，和官府相处甚好，当地没有人敢动马家一根毫毛，没想到高升能和部队扯上关系，一件河堰小事竟把自己和部队搅和到一起。"秀才遇上兵，有理说不清"的道理他再明白不过了，何况自己强行要拆高家修好的一段河堰，本来就不占理，指使手下打人更是摆不在桌面上，自觉理亏，如果再不走，招来的可能又是一顿毒打，与其让当兵的毒打，倒不如自己跟着走，少吃些眼前亏。

马振明未等肖明再次催促，低着头，自己走到河边，脱掉鞋，一只手搂起长袍，一只手提着鞋，向河中走去。走到河对岸高家水磨坊时，贾天祥连长已带着高升家的人回了家，警卫班端着枪，押着马家的六个人站在高家水磨坊旁等着马振明。肖明带着马振明一到水磨坊跟前，班长就命令："一起押回连部。"

刚过晌午的太阳依然很毒，马家在水里打架的几个人湿漉漉的衣服也半干了，冒着咝咝热气。端枪的警卫班士兵头上汗水直淌，嘴里骂骂咧咧地抱怨押着的人，赶着他们快速向老爷庙连部走去。

贾天祥连长随欢欢回到了高家。王玉秀看见众人鼻青脸肿，担心地问："你们这是咋啦？是自家人打的，还是被外人打了？"

马驹从脸盆里撩了一把水，抹掉嘴角的血，恼火地说："马家不算人，硬逼着让我们拆超出当河的那节河堰。清泉河又不是他们家的，辛辛苦苦垒好的河堰，凭甚让拆？我们不拆，马家老二就指使手下动手打人，真不是东西！"

高升坐在树底的石床上，一个人闷头抽烟。王玉秀走到跟前端详了半天，看见丈夫不但鼻青脸肿，额头上还有两三处指甲划痕，浸出的血已干，心疼地说："唉，年龄大了，你咋也参与打架了？"

高升气呼呼地说："你懂个屁！人家要打，我能支上挨打？"

"人常说，鸟惜羽毛虎惜皮，如果你有个三长两短，让我们娘三咋活呀？"

"不会的，他们也不敢把人打坏，出了人命事，会招官司的！"

"撩蜂蜇眼，惹火烧身。马家财大气粗，咱咋能斗得过人家？"

"你不清楚，不是咱撩逗人家，是他们欺负咱。"

"咱躲开就是了。"

"咋躲？人家拆咱垒好的河堰，不让拆就动手打人。就是朽木头也有三分火性吧！"

"咱不影响马家壕里进水吧？"

"根本影响不了，马家水磨坊地势低，河堰垒得短，进水容易多。咱家磨坊地势高，河堰只有斜着垒长才可以进水啊！"

"不用吃烟了，赶紧吃饭吧。"

高升吃饭去了，马驹圪蹴在树底，看着贾天祥和高欢欢眉来眼去，聊得亲热，心里不是滋味，他不时顺毛摸着狗背，几次嗾着黑子过去咬贾天祥，黑子只是低低呜哒几声，卧在地上不动，他使劲推搡了几把黑子，黑子不但没向贾天祥扑去，转而瞪着眼，龇牙咧嘴地站起来，汪汪汪地对着他咬。高欢欢听见狗叫，料想是马驹逗狗，喊了声黑子，笑着说："马驹，赶紧吃饭去吧，不要再撩鸡逗狗了，小心黑子毛了咬你。"

高欢欢说罢，站了起来，转身走出大门。马驹看着贾天祥不顺眼，哪有心思吃饭。他想，高欢欢和贾天祥连长谈得如此火热，说不定她已喜欢上贾天祥，他想不通的是，他这么多年呵护她都没有赢得她的芳心，贾天祥这么短的时间，就能使欢欢如此倾心，到底这家伙使了什么魔法。他不得其解，但有一点，这家伙肯定是耍了甚手段。马驹心中愤愤不平，想报复一下贾天祥的夺爱之恨，可贾天祥有枪有军队，自己哪是人家的对手，说不定还未动手就被人家一枪撂倒。马驹低着头，边走边想，不觉来到高来弟家门口，狗听到门外脚步声，汪汪汪叫了起来。马驹听见狗叫声，手掌在大腿上拍了一下，当下喜笑颜开，拍打着铁门环，高升喊着高来弟。高来弟听见马驹叫他，赶忙从家里出来，白狗摇头晃脑跟在他后面。高来弟打开大门问："马驹哥，有甚事？"

马驹招手说："你到大门外，我告你。"

高来弟走到大门外说："到底是甚事？神神秘秘的。"

马驹嘴凑到高来弟的耳朵上悄声说："贾天祥连长和高欢欢打得火热，咱敌不过人家，就嗾狗去咬他狗日的。"

高来弟支支吾吾地说："不敢，狗咬了，怕人家撵上门来算账。"

"怕死终有鬼，出了事我顶。"

"狗是我们家的，怕你顶不住。"

"如果有事，你就告他说，是我的主谋。"

高来弟知道拗不过马驹，心事重重地说："由你吧，反正我不敢去，你带上狗到十字路口等他吧！"

马驹恼着脸说："你不去不成，狗不听话咋办？"

"我害怕。"

"不怕。狗向贾天祥扑去，你扭头就跑。"

高来弟耷拉着头没言语，马驹拉着来弟唤着狗，向高欢欢家门前的十字路口走去。大白狗伸着长长的舌头跟在后面。走到十字路口拐角处，马驹和来弟隐藏在墙背后，顺毛摸着白狗脊梁，白狗伸着舌头半蹲在高来弟身边。马驹、高来弟静静地两眼盯着路口，等着贾天祥从高欢欢家出来。等了不到半个时辰，贾天祥从高家背着手，昂首挺胸走了出来，转身看着高欢欢。高欢欢站在大门口，秋水似的澄澈透亮眼睛深情地看了贾天祥一眼，羞涩地转身走进院子。贾天祥目不转睛地盯着欢欢的背影消失，才转身向老爷庙连部走去。

沉浸在柔情蜜意中的贾天祥刚走到十字路口，一只大白狗突然急速跑出，龇牙咧嘴嗥叫着，向他凶猛地扑了过来。贾天祥本能地后退几步，来不及转身，白狗尖利的牙齿已深深地扎进他的大腿里。贾天祥好不恼火，左手猝然抓紧白狗脑皮，猛力提起狗脑，右手快速掏出手枪，照着狂吠的白狗大嘴，叭叭就是两枪，白狗呜呜哒哒叫了半天，蔫蔫地躺在地上。

白狗被贾天祥打死，马驹看见贾天祥挽起裤腿，腿上流着血，料知情况不妙，低声说，来弟快走，转身一看，高来弟早已溜之大吉，他赶忙轻手轻脚离开十字路口跟前，绕过高来弟家外墙，慌慌张张跑回了家。

回到老爷庙的警卫班，关好马家的人后各自散去。半个时辰刚过，躺在床上的警卫员肖明突然听到两声清脆的枪声，一骨碌爬了起来，急慌慌喊醒酣然入睡的班长孟飞。孟飞挺着胖胖的身子坐起，揉着未睁开的眼骂道："扑时气鬼，有甚要紧事，害得老子连个安心觉都不能睡。"

肖明着急地说："班长，快点集合队伍，连长还没回来，刚才枪响，是不是被马家围堵了？"

"瞎尿说，连长去了高家能有甚事！"

"不怕一万，只怕万一。贾连长一旦有个三长两短，我们谁也承担不起这个责任。快行动吧，我先去了。"

肖明心急火燎地出了老爷庙，一阵疾跑，跑到十字路口，看见贾连长蹲坐在一块大石头上，路当中躺着一条大白狗，高升、高欢欢和给高家垒河堰的几个人站在贾天祥连长跟前。肖明几步走到跟前，见连长腿上有三处伤口不时流着血，高欢欢正端着半盆开水，用棉花蘸着水，给他清洗伤口。清洗了半天，窟窿里仍然在往出浸血。肖明挽着贾天祥的胳膊说："贾连长，我背你回连部，赶紧让卫生员处理伤口。"

贾天祥揎开肖明的手说："没啥大碍，狗咬开三个窟窿，我能自己走。"

肖明问高欢欢："这是谁家的狗？十字路口狗咬人一般少见，除非你欺负它。"

肖明问贾天祥："贾连长，你惹狗来没有？"

"没有，一到十字路口，这赖熊就向我猛扑过来。"

"不对，一定有人在搞鬼。"

高欢欢说："不会吧！贾连长来湾头时间不长，又没得罪人，不会有人专门作害他。这狗是高财主家的。"

肖明说："这可不一定，我们把高家抓起来，审问审问就明白了。"

肖明话刚说完，孟飞就带着荷枪实弹的警卫班赶了过来，一看连长打死了狗，哈哈大笑说："贾连长厉害，打死一只猛狗，可以改善改善生活了。"

贾天祥没好气地说："老子被狗咬开三个窟窿，亏你还能笑出来，还不快点把狗主人高财主家的人弄来。"

孟飞得令，立即带着警卫班把高廷贵老婆和儿子高来弟带到十字路口，肖明手枪指着浑身筛糠似的高来弟问："是不是你故意带上狗等在十字路口咬伤贾连长？"

高来弟浑身发抖，结结巴巴地说："不……不是。"

肖明厉声喊道："不是你，是谁？快说。"

高来弟吓得缩成一团，嘴不时扇动着，嘟嘟囔囔说："是……是……马驹叫的狗，他嗾狗咬的。"

贾天祥牙咬得嘎嘣响，火汹汹地说："孟飞，派两个人去逮马驹，以通共嫌疑论处。"

孟飞当即派了四个士兵去抓马驹，他和肖明搀扶着贾天祥回连部处理伤口，另外几个士兵带着高来弟母子向老爷庙走去。

第三章

马驹回到家，慌慌张张吃了碗桃黍糁糁剩饭，翻箱倒柜拾掇出几件旧衣裳，又从土墙上摘下疙瘩布顺顺。在后窑掌大盆里洗衣裳的马驹娘刘库银看见儿子翻出衣裳摘下顺顺，用腰布擦了几下手，抹了抹额头汗水，站起走到马驹跟前不解地问："马驹，你这是要做甚，翻箱倒柜的？"

"我捅下乱子了，让来弟家的狗咬伤贾连长了，估划人家轻饶不了，我出去躲几天。"

"猴爷爷，你咋敢招惹当兵的？那些人甚事也能做出来，赶紧跑吧！说不定马上就来抓你狗日的。"

刘库银说完，顺手拿起瓮盖上的一个小面袋，打开纸质面桶，挖了五六瓢玉桃黍枣糠炒面，装在小面袋里，塞入顺顺，转身把半桑皮筛子玉桃黍搅谷糠干窝窝倒入顺顺，旧衣裳塞在顺顺里干窝窝上面，一把提起顺顺，搭在马驹肩肩上，含泪着急地说："赶紧走，到河西躲一躲，最好给你寻个打忙工营生，甚会贾连长走了，娘想法给你捎话，没口信千万不要回来。"

马驹背上顺顺，跪在脚底给娘磕了一头，转身出了门，拐过土窑，爬上后山，站在山沿土堆后瞭哨。

马驹刚藏到土堆后，瞭见四个当兵的端着枪猫着腰向他家方向急急赶来。他料想也是去抓他，赶忙从土堆后闪出，快速绕过几个圪垯，顺山梁向西跑去。

警卫班士兵冲到马驹家土豁子院门口，瘦长脸大个子一脚蹬开树枝绑扎的简易门扇，大声呵斥道："马驹，你给老子滚出来！"

刘库银搂起已有几处断条的旧竹帘，站在土窑门口，故作镇定地瞅着四个凶巴巴的士兵，收了收有点抖的腿，结巴着说："你……你们找马驹做甚？"

瘦长脸大个子用枪管指着刘库银的胸膛说："老东西，你儿子做下甚恶事，难道你不清楚？"

"马驹给高升家垒河堰，能做下甚恶事？"

"别装疯卖傻装糊涂了！专门嗾狗咬伤贾连长，分明是共匪指使的。"

另一个圆脸大个子将枪管在刘库银眼前一晃，笑眯眯地说："大娘，马驹捅下乱子，连长怀疑他和共匪有关系，你老说说他到底藏哪儿了，你说了我们不难为你，也好回去交差。"

刘库银说："早晨黑乎乎起来就走了，说是给高家垒河堰，到如今也没回来。他到哪儿，我真的不清楚。再说了，腿在他身上长着，走到哪儿，我咋能知道？"

瘦长脸大个子凶巴巴地说："别和这老东西磨叽了，搜！"

瘦长脸让圆脸大个子守在院子里，手指了指其他两个人让他们分别进两面边窑搜，他自己猫着腰端着枪进了当中窑，脚一跨进门槛即大喊一声："马驹，出来！"

窑里没有任何动静，他扫了一眼窑里，半新旧苇簟铺在土炕上，靠炕墙处瘪塌塌地放着三四卷铺盖，脚底放着五六个粗瓷大瓮，后窑掌放着一只柜子一个大木箱。他一把拉开柜子门，柜子里只有些拆洗干净的旧单衣棉衣，没有马驹的影子。他转身揭开箱盖，箱子里也只是些乱七八糟的不值钱东西。箱柜里没有，他仍不放心，揎开一个个瓮盖，逐个查看，瓮瓮里只有一些桃黍、玉桃黍、糜谷，且有的已到底，倒是有多半大瓮谷糠。瘦长脸想，莫非是这小子钻在糠瓮里，用谷糠盖住了头来蒙蔽自己？他想着，胳膊搐在大瓮里，手插在谷糠里用力搅了一圈，瓮里全是糠。

他转身往出走，其余两个也从边窑空手出来，说没有找到。圆脸大个子不耐烦地说："不用搜了，依我看，早跑了！"

瘦长脸大个子恼火地说："老东西，马驹今侥幸跑了，那明天呢？后天呢？总有一天会回来的，你就不要让我们发现，一旦逮住没他的好果子吃。"

四个警卫班士兵出了土豁子院，在四周瞅摸了半天，觉得此时逮人希望渺茫，转悠了半天，返回老爷庙向连长复命。

马家老二被抓的消息不到一个时辰就传到了老大马振华耳里。马振华刚刚和东路客商商量好供面事宜，听说弟弟和参与河堰斗殴的人被带回湾头老爷庙连部，匆匆忙忙收好客商钱帖，备了百十块大洋，安顿好客商，带着管家，坐上自备马拉轿车，直奔湾头老爷庙贾天祥连部。

马振华在老爷庙门口下了车，被站岗的两个士兵横枪挡住。马振华说明来意，一个士兵跑进去向连长通报，得允后，和管家进了庙院，登上过殿台阶，来到连部门口。警卫肖明已知晓来者是马东家，推开门让马振华进去。

贾天祥看见马振华进来，站起来客气地说："马东家，侧面有凳子，你先坐着，稍候片刻，我和高东家还有个小事处理，处理完，咱再告诉。"

马振华抬头一看，高廷贵坐在贾连长对面，他觉得蹊跷，开口便说："高东家，你这是……"

高廷贵叹声说："唉，我那不争气的小子叫狗咬伤贾连长，老婆和小子被抓到连部，这不正向人家道歉求情。"

贾天祥踮着脚走到脚底，弯腰挽起裤腿让他们看，果然大腿上贴着手片大一块纱布，纱布上洇出三个殷红的血印。

高廷贵歉疚地说："让贾连长受苦了，狗日的咬得不轻。唉，全是恶子来弟惹的祸，他不往出引狗，马驹一个人也叫不出来。"

马振华笑着说："贾连长英俊帅气，一看就是开通之人。狗咬得确实不轻，不过，铰点狗毛敷在伤口，人年轻，很快就会好的。高东家的儿子我见过，不是那种吃铁咬钢的，胆小懦弱，依我看不是故意的，你就让高东家出点保养钱，放了他们母子吧！"

高廷贵从怀里掏出一个小蓝色袋子，半袋东西嘡啷一声放在桌上说："贾连长，你就大人不记小人过，放老哥一马，让儿子和老婆回家，我回去好好管教儿子。"

贾天祥想，这高东家前次出过钱粮，这次虽然是他家狗咬伤自己，但罪魁祸首是马驹，不是高来弟。狗已被打死，马驹已跑，再责罚高家有点不讲情理，何况高东家不仅是来求情，还带来些硬头货，加上马掌柜说的话也在理，一下卖了两个人面子，何乐而不为，遂决定放人。

贾天祥想罢笑笑说："高东家，看在你支持过连队的份上，现在可以领夫人和儿子回去，但是马驹没抓住，你得安顿他们多留心，一旦马驹回家，要立即向连部报告。"

"一定，一定。这小子真不知天高地厚，竟然敢嗾狗咬连长。不用连长您安顿，就是我碰见他，也得收拾这小子，不然来弟也会被他带坏。"

高廷贵说罢，贾天祥喊来警卫员肖明说："你带高东家去正殿，让他把夫人儿子领走吧！"

肖明得令，带着高东家到正殿领人去了。

　　高廷贵走后，马振华走到贾天祥桌子对面，坐在凳子上说："听说你把弟弟马振明给抓回来了？"

　　"带回来了，他指使人闹事，打伤了高升家垒河堰的人。"

　　"闹事的原因我也能猜个八九不离十，肯定是高升的河堰又超过了当河。"

　　"是超过了当河，你家的水磨坊地势低，即使超过当河，影响不了你家河堰进水吧？"

　　"高家河堰是影响不了我家磨坊进水，可是河上有河上的规矩，一般情况河两岸是以当河为界的，河的一端不会擅自到另一端去取水做事。"

　　"这是特殊情况，如果高家河堰超不过当河，他的高地势水磨坊就难以进水。"

　　"高升这人也比较差劲，经常是这样，超过当河，从来也不和马家打招呼，起码的礼节应该有吧！振明指使打人也是看不惯高升的行为，一时性起，无论如何，打人是错误的。抓回来对振明来说也是教训，你就给他一次改错机会，让他回去经营生意。"

　　马振华说着话，管家弯着腰把备好的白洋袋放到贾天祥跟前说："这是马东家的一点心意，请贾连长笑纳。"

　　贾天祥推了推钱袋笑笑说："马掌柜，客气了！你想让马振明他们回去可以，但我对你也有要求，河堰如果不影响你家磨坊进水，就让高掌柜垒去，以后形成习惯，你马家也不用过问此事，河是公用的，只要互不影响，河水谁用也可，你说呢？"

　　"既然贾连长这样说，我服从便是。咱也算是不打不相识，以后镇子里的生意还得靠你护着，队伍上有甚事需要我们帮衬，马某将义不容辞。"

　　"马掌柜是个明白人。好，咱现在就放人。"

　　贾天祥站起来喊："警卫员。"

肖明应了一声，从门外进来。贾天祥说："肖明，你立即去把马家的人放出来，我和振华掌柜的在院子里等着。"

片刻，肖明带着撅着脸的马振明和鼻青脸肿的几个参与斗殴的人蔫眉瞪眼地从后院走了出来。

贾天祥主动踮着脚跨前几步，伸出手说："二掌柜受惊了！"

马振明并未往出伸手，手指故意弹弹丝绸袍子，扭头向身后的几个人说："都打起精神来，是放你们回家，又不是去杀场。"

马振华看见弟弟存心要给贾连长难堪，赶忙笑眯眯地说："振明性格倔，不当之处，还请贾连长担待。"

贾天祥双手一摊，哈哈大笑说："没事，老弟也是个直性子。你们可以回了，我还有些公务要处理。"

马振华告别贾天祥，带着马振明他们离开老爷庙。

贾天祥回到连部过殿，大腿上的疼痛感已基本消失，他拿右手轻轻揉揉伤口，伤口麻酥酥的，手指按压，有点触疼感。他放开脚，快步走了一圈，并没甚影响。他怕高欢欢担心，当下决定去见欢欢，顺便也把河堰冲突处理结果告给欢欢爹。

贾天祥说走就走，刚出庙院大门，就看见欢欢手拿各色不规则碎布缝制的花包从坡坡底往上走。太阳已西斜，坡坡上早已背了下来。他停在庙门书有"黄彪""赤兔"的砖雕门腿下瞅着欢欢往上走，走到多半坡时，欢欢瞭见贾天祥在门口站着，遂紧走一会儿，来到贾天祥跟前时，已是浑身汗水，贾天祥说："坡坡上早就背下来了，咋头上全是汗水？"

高欢欢抹了抹额头和两鬓的水珠说："坡坡上虽然背下来了，可热气未散，还是热烘烘的，紧走几步就出汗了。"

"走，回连部咱慢慢告诉。"

"那是庙，爹说女人忌讳上庙，让我在外面给你。"

"他说的是正殿，正殿后院全是神神，咱不用进去就没事。我在前院，屁事都没有，部队行军打仗，女兵照样住庙，情况紧急，正殿神像前就做手术，那些女医生不照样得在庙里工作。"

"那是军队的人，魂火重，我一个村姑，咋能和女兵比？"

"没事，有百八十号军人护着，怕甚！"

贾天祥边说边拉着高欢欢的手，一把扯进庙院。欢欢只得跟着贾天祥进了连部过殿。

一进贾天祥办公室，高欢欢把装有十来颗熟鸡蛋的花包包递给贾天祥说："给，这是几颗熟鸡蛋，是爹让我来看你的。"

贾天祥左手接过花包包，斜着眼睛看着欢欢说："难道你不想来看看我吗？"

欢欢看了贾天祥一眼，低下头，红着脸，羞答答地低声说："想。"

贾天祥右手握着欢欢绵软的左手，盯着欢欢圆润的脸蛋看了半天，猛然用力，欢欢顺势倒入怀抱。贾天祥紧紧抱着欢欢，嘴在她的额头、眼睛、脸上不停地狂吻着，手也悄无声息地伸进了欢欢的上衣，轻轻抚摸着欢欢直挺润滑的雪白乳房。欢欢闭着眼睛，浑身热流奔涌而来，扭动着柔软的身子。贾天祥此时已是脸红头胀，浑身燥热，裆内异动鼓胀，他一把抱起欢欢，放在床上，自己也扑上床，跪在欢欢身边，动手解她袄上的疙瘩扣。欢欢噌地坐了起来，冷不防用力搧了贾天祥一把。贾天祥没防备，被高欢欢用力一推，一屁股跌坐在床上。他傻傻地盯着欢欢看了半天说："欢欢，你是嫌弃我吧！"

欢欢扑哧笑了一声说："憨鬼，不是嫌弃。你说了要娶我，咋还能这样？我要你明媒正娶，铜锣细鼓娶回家才行。院子里人们出出进进，你这样，给我留下骂名，让我在村里还咋活人？"

"对不起，我也是考虑不周，一时冲动。你说，我咋做才好？"

"你还记得我和你说过的话吗？"

"记得。不就是让我将来落脚湾头，和你一起照顾二老和三三？"

"你能做到？"

"能做到。"

"我要你明媒正娶。"

"我就是要明明白白娶你做老婆。"

"我知道你的意思，是要你请媒人上我家的门说合。"

"请媒人说合，你爹会同意吗？"

"人，我爹肯定能看上。你为他摆平河堰冲突，他内心感激。不过，我爹自私，可能会给你出些难题。"

"不怕，再大的难题咱想办法解决。"

天幕已降了下来，殿里的光线也有些昏暗。贾天祥从桌子抽屉里拿出火柴，点着马灯，灯光映着欢欢红润的脸庞。贾天祥觉得时间不早，赶忙吩咐肖明去厨房准备几个菜，他要和欢欢一起吃晚饭。

不一会儿，炊事员端着木盘子，肖明提着黑瓷瓶酒盅酒壶进来，炊事员把碗托调莜面旗子、凉拌茄丝、清炒西葫芦、肉炒青椒四碟子菜和两双筷子放在桌上，肖明提起黑瓷瓶给锡壶倒满酒，又给两个酒盅斟满，说了声"你们慢吃"，就和炊事员一起退了出去。

贾天祥拿起筷子说："欢欢，咱先垫垫肚子再喝。"

高欢欢抿嘴笑笑说："我不会喝酒。"

"那咱就先吃，吃得差不多再说。"

两个人吃了半天，贾天祥端起酒杯说："我们还是喝几杯吧，今天我太高兴了。"

"我真的不会喝。"

"不会喝，端起酒杯陪我吃抿也行。"

欢欢端起酒杯和贾天祥碰了一下，嘴唇挨在酒盅边，舌尖轻轻探在盅里勾了一点酒咽下，当下辣得摇头鼓舌，噌地站了起来，一只手捂着嘴，弯着腰，咳着嗽。贾天祥赶忙站起来，一只手扶着欢欢的胳膊，一只手轻轻拍打着背部，关心地说："呛你了，没事吧？赶紧喝口水，润润喉咙。"

高欢欢摇着头说："没事，没事。"

贾天祥不放心，赶忙倒了半碗热水，用嘴吹了半天，端到欢欢嘴边，恳切地说："喝几口吧，喝上几口压压就好了。"

高欢欢看着贾天祥，幸福地笑了笑，一只手扶了扶碗，慢悠悠地喝了几口，咂巴咂巴嘴抬起头说："好啦，没事了。晓不得甚原因，酒一进喉咙，咽喉里就发痒咳嗽。"

"第一次喝酒，可能是咽得快了，咽喉不适应。正儿八经喝酒的人，都是把酒衔在嘴里，慢慢咬碎，再咽下，既不伤人，又能品出酒味。"

"喝酒还有那么多讲究？"

"规矩多着呢，来人待客、亲缘喜事都有讲究，以后慢慢就知道了。"

"咱再喝几盅？"

欢欢两手放在桌子上，直直地坐着，笑而不答。

贾天祥倒好酒，端起杯说："不能喝不要勉强，碰碰杯就行了。"

欢欢端起酒盅和贾天祥碰了碰，嘴唇挨着盅边，斜了一下盅，嘴里含了一点酒，按贾天祥的说法，咂吧了几下，往下咽咽，没有辣感。贾天祥看见欢欢没有异样表现，端起酒连着喝了三四杯说："欢欢，我看你也没事！不管干啥都有个适应过程，适应了就好了。"

贾天祥又倒起一杯酒问："欢欢，你说请媒人请谁合适？"

"请媒人一般都请熟悉双方的，还要有脸面有声望。"

"村长杨晴明可以算上一个，另一个请谁合适？"

"我爹爱有钱的，高廷贵家开有当铺钱庄，请他应该差不了。"

"那我就请他俩当媒人。改天请他们吃顿饭，说说此事，他们会答应吧？"

"应该会，你是连长，他们不会驳你的面子。"

"时间不早了，我得回家，太晚了，爹会不高兴的。"

"行吧，吃好了走，我送你回。"

"不用。你的腿刚让狗咬了，走起来不太方便，我敢回去。"

"不妨事，我想陪你走走。"

贾天祥喊来肖明收拾桌子，告给肖明他去送欢欢，肖明明白连长的心思，也没有反对，只是提醒他带上手枪。

欢欢拗不过贾天祥，只得跟着他出了大门顺坡而下。

欢欢担心贾天祥腿脚不便，刚准备下坡就挽着贾天祥的胳膊。贾天祥嘴上说没事，也没推托，心里暗暗享受着欢欢给他带来的甜蜜。走到欢欢家门口，贾天祥飞快地在欢欢脸上吻了一下，凑到耳根前低声说："你等着好消息，三五天就会有媒人上门说媒。"

贾天祥说完，顺门缝瞧见窑里的灯亮着，挥了挥手，悄然转身向老爷庙走去。高欢欢目送他消失在夜幕中，回头推开大门回了家。

过了三四天，天刚擦黑，杨睛明提着半瓷瓶烧酒一块猪头肉，和高廷贵一起来到高升家。杨睛明放下酒瓶和猪头肉，嚷着要高升老婆王玉秀炒两个菜，他们要和高升喝酒。王玉秀说："你们都是大忙人，哪有时间和他喝酒，莫非有甚恶事吧？"

欢欢知道他俩来的用意，接上她娘的话说："妈，你不能那样瞎猜，也许两位叔叔真的有甚紧要事和爹拉呱。我给咱准备几个菜，你和叔叔好好说话，赶爹回来差不多就做好了。"

"去吧，拿上村长带的猪脑肉顺便切了。"

王玉秀说罢，欢欢拿上村长提来的猪头肉，转身哼哒着民歌去了厨房。

杨睛明、高廷贵二人搂起袍子，坐在炕边。高廷贵双手拉直袍边，甩了甩袍袖，咧着大嘴说："嫂子，你说错了。看你把杨村长说成甚了，他这个人从来不作害村里人，有些事情也是身不由己，这回你想错了，是好事、喜事。"

王玉秀冷笑一声反问道："我们家能有甚喜事？"

杨睛明哼哼笑了几声，王玉秀白了杨睛明一眼说："哼，鼻子笑人没深浅！知道你来就没安好心。"

杨睛明哈哈大笑着说："弟妹想错了，这回可是咱欢欢的喜事。"

"欢欢一个黄毛丫头，能有甚喜事？"

"孩子的终身大事，难道你不关心？"

"肯定关心，不过婚姻大事得他爹做主，我一个婆姨人哪能做了这么大的主！"

"那你也得参考参考意见吧？"

"你先说说是哪家的公子？"

"此人你也认识，多次来过你家，而且还在你居舍吃过饭喝过酒。"

"你今儿和高掌柜相跟着来，是不是说那小子来弟？"

高廷贵嘿嘿笑着说："欢欢虽比来弟大两岁，但来弟提起欢欢就眉飞色舞，看出来他喜欢高欢欢。我也觉得咱欢欢不但人俊俏，而且贤惠善良，人还勤快，可惜来弟没这福气，被人家贾连长捷足先登了。"

王玉秀说："哦，明白了。原来说的是贾连长？"

"听你的口气是不满意吧？"

"不是不满意。贾连长人不错，我曾问过他家情况，他说是河北人，家里做买卖，到底是哪，咱不知底细，连个人性好赖门三户四也问不清楚，再说，无远没近，嫁出去，将来饿死也吃不上她的一口饭。"

"这你不用担心，贾连长许诺家就扎在咱村，不仅要为你俩养老送终，还要照顾咱的憨小子三三。至于说门三户四，我们也问询过他，贾连长家虽在千里之外，家里虽不是大户，但日子过得也宽裕，要不然，他咋能上起军校？"

"门三户四你们打问清楚了？"

"按常规来说，富裕人家，不会有甚问题。"

三个人告诉了半天，天已黢黑。王玉秀刚点着煤油灯，高升就搂起帘子端着小簸箕从门进来了，将簸箕放在前炕边，抬头一看是村长和高掌柜来了，赶忙说："甚风把你们两个给吹来了？"

杨睛明说："喜风啊。专门和你喝酒来了。"

"唉，没酒没菜喝甚酒？"

"酒肉我带着呢，赶紧去洗涮吧，洗了老弟兄们喝几杯。"

高升拿着笤帚在院子里扫掉身上的面尘，走到厨房，欢欢已把凉菜调好，听见爹回来，往铁锅里倒进一些花籽油。高升拿起瓢，在瓮里舀了两瓢水说："你真的炒菜了？"

"这还有假？"

"唉，这两人死皮赖脸不走要喝酒，又得破费了。"

"人家拿着酒肉，咱炒两个菜也不吃亏吧？"

"亏是吃不了，可也不想破费。"

"赶紧洗吧，洗了和人家喝两盅，说说话，兴许他们有甚事要和你拉呱。"

女儿这么一说，高升也没说啥，洗了头脸胳膊，兀自端着一碟子猪头肉一碟子凉拌茄丝，走到当中窑。搬下炕桌，放下酒壶酒盅筷子，三人盘膝坐在桌跟前，杨睛明坐了上首，高廷贵、高升分坐左右。三个人刚坐下，欢欢就笑眯眯地端上炒鸡蛋。高升端起酒盅说："你俩专门来找我喝酒，一定是有甚要紧事。不过，咱先喝三盅再说。"

杨睛明、高廷贵端起酒杯和高升碰了碰齐声说："好。"

三人喝了一会儿，欢欢把熬好的西葫芦粉条豆腐烩菜也端了上来。又喝了几盅，高升问："你俩黑夜来，到底有甚事？"

杨睛明说："能有甚事，还不是为你家的好事而来的？"

"我家有甚好事？"

"咱欢欢的婚姻大事。"

"咋，有人请你俩当媒人来了？"

"是，当媒人来了。"

"你们说的是谁？"

"贾连长。"

"他！"

"贾连长长得英俊精干，年轻轻地就当了连长，将来可是前途无量。"

"扯淡。当兵的行走不定，居无定所，穷屎捣得炕洞响，欢欢嫁给他能好活了？"

"欢欢嫁给贾天祥就是官太太，将来说不定你也能跟上吃香的喝辣的，走到街上办事也气粗。"

"贾天祥帮过我，我心里记掂着。咱这人比较现实，要和欢欢结婚，除非他能拿出五十两重的两个元宝来。"

高廷贵说："高升哥，你可千万不能小看人啊！"

"谅他也拿不出来！"

"要是拿出来，欢欢嫁不嫁给人家？"

"嫁。"

"说话算数？"

"算数。男子汉说话如同写下。"

"好，那就这样定了，咱也试试贾天祥的水深浅。"

躺在后炕娘腿上的欢欢听出爹的意思，着急地插话说："爹，你这不是给人家出难题，一旦拿不出来，你就不嫁女了？"

高升火悻悻地说："闭嘴，你懂甚？"

欢欢见爹不高兴，也就没再插话。

杨晴明、高廷贵知道这事难不住贾天祥，就告别了高升，连夜来到贾天祥连部门口。贾天祥踱着步，焦急地等待着消息，忽然听到门岗报告："贾连长，村长杨晴明和高廷贵掌柜在大门口等着要见您，放不放进来？"

贾天祥说："赶快让进来。"

贾天祥话刚脱口，赶忙随门岗跑出大门迎接两位媒人，一到大门口，握着杨晴明和高廷贵的手说："辛苦了，辛苦了。"随即拉着两人的手回到连部，泡好茶，笑着问："情况如何？"

杨晴明说："狗日的高升想钱想疯了，让你拿出五十两的两个大元宝他才肯让欢欢嫁给你。这分明是给人出难题。"

高廷贵说："这好理解，作为大人，谁家也想让孩子将来日子好过。表面看是要彩礼钱，但本质上是不想把欢欢嫁给外路人，担心女子嫁得远了受制也没个说处。"

"贾连长老家离咱这虽远，但这不是主要问题，根本的原因是高升看钱太重。"

贾天祥抿着嘴微微笑道："这在我的意料之中，明天一早我到镇里钱庄兑换两个五十两元宝，你们去时就给他带上，咱满足他的要求。"

高廷贵说："一块大洋七钱二，你得一百四十块大洋才能换来两个大元宝。"

"你们别管银钱上的事，只管和高掌柜确定婚娶日子就行了。"

次日，天刚黑，杨晴明、高廷贵带着元宝来到高升家门口，大门里面已上闩，杨睛明拍打了几下门环，卧在院子里的黑子欻地站起来扑到大门口，汪汪汪地叫了起来。高欢欢猜想可能是媒人上门，扔下手里正纳着的鞋垫垫，跑到大门口，吼住黑子，从门缝里向外望望，看清是杨睛明和高廷贵，赶忙拉开门闩说："是两位叔叔，赶紧进来。"

杨睛明一进门就说："高掌柜，元宝给你拿来了。"

高升跷蹊地说："不可能吧，一个当兵的难道出门还带着元宝？"

"死店活人开嘛。有钱了，不要说银元宝，就是金元宝也能买下。"

"我不信，你拿出来看看。"

"要是拿出来，贾连长和欢欢的婚姻你就无话可说了吧！"

"夜来话已说绝，就是一句话卖了金山银山也不说了。"

"好。咱就可以商量订婚的日子了。"

杨睛明说着，搂起宽大褂子，从裤腰里解下钱袋，咚地扔到高升跟前说："好好看吧！"

高升提起钱袋，手攥进去揣了揣，顿时喜笑颜开，脱口而出："呀，是元宝。"随即噌噌两把掏了出来，轻轻放在炕上，两眼盯着元宝发呆。

杨睛明讥笑道："财迷鬼，别发呆了，是你的谁也抢不走，咱还是商量一下订婚日子吧。"

"你们定吧，不过……"

"我和高掌柜已商量过了，今天是六月初八，十六订婚纳彩，七月十六结婚。"

"还得测测八字，看看合婚不。"

高廷贵说："我已私下问了他们的属相出生年月日时分，欢欢十七属马，贾连长二十三属猪，属相没问题，八字也相合。"

高升说："属相八字相合可以定日子，就是日子有点太紧。不过，我还得好好考验考验这小子再说。"

"来得及，东西都可以在镇里买，衣衣裳裳自家能缝的缝些，来不及缝的，咱就让裁缝铺缝制，镇子里京广货物甚也有，有钱还愁置办不下东西？"

杨晴明转身看见欢欢拿着一只男鞋垫垫埋头穿针引线地纳着，笑眯眯地问："欢欢，这两个日子满意不？"

高欢欢莞尔一笑，点了点头。

高升看见女儿笑着点头却说："不着急，你俩的面子给了，我还得看他的表现，日子还是再议吧！"

杨晴明、高廷贵说死说活，高升就是不答应确定日子，只得告别，临走时，高升硬把钱袋塞给杨晴明。杨晴明、高廷贵两人出了门，当即去了老爷庙，见了贾天祥连长，说了情况，各自回家。

第二天吃过早饭，贾天祥来到高欢欢家时，欢欢已到水磨坊，他和欢欢娘王玉秀说了几句话，转身直奔水磨坊。

贾天祥和肖明走进水磨坊觉得蹊跷，水磨在隆隆转着，却没有了往常的面尘，倒是满屋充溢着浓浓的油香。贾天祥走到高升跟前，好奇地问："高叔，咋满屋子全是香味？"

正往油腻腻的线袋里装东西的高升回头笑笑说："你看看磨盘就晓得了，今推的全是高家的油料。"

贾天祥低头端详了半天也没看出个究竟，欢欢看见贾天祥的神情，也是弄不明白，揎了下他的胳膊，嘴凑到耳根前低声说："碨盘上黑腻腻的东西是棉花籽推成的，是高廷贵家榨油用的油料。"

"怪不得满屋子香喷喷的。"

"你到磨坊有事？"

"想现在和你到镇上买点东西。"

"今早起正好磨坊事不多，可以去。"

欢欢告她爹她要和贾天祥去清泉镇买东西，转身出了磨坊门，回家换了身出门时穿的新白色阴丹士林布印花立领袄海蓝色绸子裤，一双垂肩短辫梢扎上了白绸蝴蝶结，额前垂丝式刘海梳得整整齐齐，回头一笑，娇羞温婉而又不失清纯。

贾天祥瞅着欢欢看了半天，兴奋地赞叹着："妙不可言，妙不可言！"

高欢欢拉了一把贾天祥说："以后有你看的日子，赶紧走吧，一会儿日头升高晒死人。"

贾天祥早已忘了时间，欢欢的话点醒了他，他赶忙招呼欢欢快走。

三个人出了大门，肖明走在前面，贾天祥拖着欢欢的手跟在后面，沿着清泉河边马路向清泉镇走去。马路上骡马蹄声不绝，东来西去的马车穿梭而行，偶尔也有几鞭戴着铃铛的重载骡马骆驼驼队从路边走过。

三人说说笑笑，不觉得来到镇子东街口河头起，鸽子寺底路南压堰起水而来的六七尺宽水壕里碧绿的清水缓缓流着，到河头起向西折转，顺街南连片店铺大院后门由东向西流去。壕两边长着水草、柳树，欢欢站在壕边拨弄着绿绿的芦秆，惊起几只翠鸟，扑棱棱又落在前面的芦尖上，互相鸣斗嬉戏，忽而飞起捕食小飞虫，忽而扑入水中抓食小鱼。

欢欢被一眼望不到头的壕两边粗大茂盛的老柳树吸引。尽管湾头村离镇子，只有二三里路程，欢欢也来过好多次，也看见有好多好多大柳树，但每次来都是和爹娘相跟，匆匆来匆匆回，只是离远瞭瞭，从来没有像今天这样在壕边逗留。欢欢好奇地跑到一棵最粗的柳树跟前，张开双臂抱着柳树，又喊来贾天祥和她一起抱树，贾天祥急忙跑到树跟前，一只手握住欢欢的手，另一只手用力伸展，仍然探不见欢欢的另一只手。贾天祥松开欢欢的手，用他的指头勾着欢欢的指头，仍然探不着。肖明跑到树跟前一看，笑呵呵地说："贾连长，不用白费力了，你的手指和欢欢的另一只手的手指还有二尺远。"

贾天祥放开欢欢的手，赞叹着说："好粗好端直的柳树，我到团部开过几次会，每次路过水壕，也没留意壕上的景致。"

"壕上景致确实不错，水壕南面地里蔬菜庄稼绿油油的又是一番风景。"肖明也竖起大拇指赞道。

贾天祥说："以后没事了，要多带欢欢出来散心。欢欢，愿意吗？"

"愿意。赶紧走吧！"

三个人离开水壕，顺河头前东街口而进，街口几个骡马店骆驼店门口，赶脚的吆喝着驮着东西带着铃铛的牲灵进进出出。他们沿街而行，街两侧店铺林立，街道行人车马搅在一块，贾天祥拉着欢欢的手，不时被阻滞不前，只得松开手，侧肩而行。走过衙门口木楼，人流相对分散了些，贾天祥拉着欢欢的手快速行进，过了龙王庙巷口藏经楼、沙垣圪廊巷口红楼，直奔中街天和厚布匹绸缎店。三开间店面里，只有两三个人在挑选布料，高欢欢和贾天祥走到摆放绸缎的柜台前，各色绸缎耀人眼目。欢欢用手摸摸光滑的面料，自言自语地说："多好的面料！"

贾天祥看出欢欢痴迷绸缎，手轻轻搭在欢欢的肩上爱抚着说："喜欢，咱见样给你扯一身。"

"不用，全是绫罗绸缎，穿上让人笑话呀。咱还是扯一身就行了。"

"订婚一身，结婚不是得送四身吗？咱一次全买下，省得来回跑腿。"

"不敢买那么多，爹还最终没有放话，买多了不合适。"

"有啥不合适的，我说合适就合适。"

贾天祥没听欢欢的话，挑拣色泽花样好看的布料，扯了一身红缎面棉衣料，又扯了白底印花、绿底印花绸子单棉旗袍料各一身，以及草绿色阴丹士林印花布、白底印花阴丹士林上衣布料、黑蓝阴丹士林裤子面料各一块。扯好五身布料，武掌柜扶了扶礼帽，笑得瘦长的脸庞有些鼓胀地说：

"长官，旗袍无论是单的还是夹的，配上褂子，更显得好看。"

贾天祥问："旗袍配上啥料好？"

"褂子缝成阴丹士林布料就行，色泽白底印花旗袍配上绿色印花褂子，绿底印花旗袍配上白底印花褂子。"

"那就按你说的重扯两件褂子料。"

欢欢说："花销的地方很多，再说了八字还没一撇，我哪敢接受你的这些东西！"

贾天祥依然没听欢欢的话，追着让武掌柜扯布料，武掌柜笑嘻嘻地扯好布料，打包好，双手递给贾天祥，肖明赶忙接到手里拿好。贾天祥问："武掌柜，结婚那天我穿军装合适不？"

"按清泉镇的规矩，不论身份高低职业如何，都得穿长袍马褂戴盏花礼帽。"

"如此说来，我还得缝身长袍马褂了。"

"是啊。如果要缝，我就给你扯布。"

"扯吧，长袍扯成枣红色丝麻棉布料，短褂扯成黑蓝色印花绸缎料。"

掌柜的根据身材用料多少，按贾天祥要求扯好两块布料，递了过去。贾天祥接过布料，付了钱，出了天和厚店门，和欢欢、肖明紧走几步，来到高圪台裁缝店。裁缝是个中年男性，五官长得还端致，右腿走起路来有点跛。贾天祥说明来意，裁缝跛着腿为他们分别量了身高、腰围、胸围、臀围、胳膊长、腿长，一一记在桑皮麻纸上，抬起头说："放心吧。交给我做，保证让你们满意，镇上好多有头有脸人的衣裳都让我来做。"

"白底印花阴丹士林袄和黑蓝阴丹士林裤五天内做好，其他的二十天内做好，行吗？"

"放心吧，到时就来取货。旗袍长袍棉衣是要缝里子的，里子布料用我的还是你自己去布店买？"

"我这人记性不大忘性不小，连里子布也忘买了。你的质量好，咱就用你的。"

裁缝从里间搂出蓝色丝棉、纯棉两卷布，贾天祥揣了揣面料，确定自己长袍和欢欢的一身棉衣用蓝色纯棉里子，欢欢的两身旗袍用丝绸里子。

此时，贾天祥才想起欢欢的棉衣没买棉花，随即穿越过街楼，在过街楼左侧晋裕织纺公司门店买了二斤棉花拿了过来。

衣裳安顿就绪，出了裁缝店门，随着拥挤的人流，三人来到悦来诚银器店，挑选了莲花头银簪子一件、绞丝银手镯一对。转到义全成鞋帽店，欢欢挑选了白色镶边簪绒花红单帽、宽边绣花黑红呢子帽各一顶，绣花鞋一对，圆口子布鞋一双，贾天祥买了一顶黑色礼帽，一双翻毛皮鞋，男女皮带各一根。

从鞋帽店出来，已到晌午，欢欢抬了抬头，千万道热光直射而来，她眼前冒花，眼睛被灼伤似的慌忙闭上，双手捂着眼，噌地蹲在地上。贾天祥赶紧弯下腰，扶起欢欢，焦急地说："欢欢，欢欢，你怎么啦？"

贾天祥扶着欢欢走到墙角背阴处，欢欢松开手，一只手杵着眼说："没事，没事，眼被太阳燶了一下，闭住眼，一会儿就好了。"

欢欢站在墙角片刻，试着睁了睁眼，眼前虽还冒点白光，但看东西看路不是问题。贾天祥看见欢欢睁开了眼，关切地问："好了吗？"

"好了，就是眼前还有丝丝点点白光，估划一会儿就没事了。日头晒得红艳艳的，咱还是早点回吧。"

"不忙，听说沟门前附近有个福香园饭店不错，现在已到午时，咱过去吃点饭，顺便歇会儿养养眼，说不定饭吃完，眼也好了。"

欢欢笑了笑没言语。肖明调侃说："嫂子，贾连长可会亲人哩，你嫁给他，不把你亲坏才怪呢！"

欢欢看了贾天祥一眼，抿着嘴微微笑着说："还未订婚，千万不敢那样叫我。"贾天祥指着肖明说: "油嘴滑舌!"

肖明做了个鬼脸，转身一个人向前走去。贾天祥也拉着欢欢的手直奔福香园饭店。一进饭店，头戴瓜皮小帽、肩搭羊肚毛巾的店小二就把他们迎到临街的一个桌位坐好。贾天祥点了凉调碗托荞面、猪头肉、清炒长山药、爆炒豆芽、清蒸丸子、肉炒豆角六个菜，要了烧酒两壶、米酒一壶。

贾天祥点了菜不久，团长曲文清带着旅长马天守和三四个警卫从门进来。曲文清走进大厅，站在过道中间抬头看看木楼梯，又眄了一眼大厅里吃饭的人，瞅见有两个穿军服的人坐在墙角靠窗处，他正欲过去训斥一番，好在旅长跟前显示一下自己治军严谨，店小二突然走到跟前，弯着腰，满面笑容地说: "长官，坐大厅还是坐楼上雅座?"

曲文清没好气地反问: "你看我们是坐散座的人吗?"

"不是，不是，全怪小的不懂规矩。长官，楼上请。"

"慢着。旅长，您稍候，窗口跟前有两个士兵在那吃喝，我过去看看。"

此时，贾天祥已看见团长到来，他不想让当官的搅了他和欢欢的雅兴，就低下头边吃边给欢欢碟子里夹菜，装作没有看见。

曲文清走到贾天祥桌子跟前，"站起来"一声断喝，吓得欢欢筷子掉在地上，周边吃饭的人都停下了筷子，眼睛全转向贾天祥那桌。贾天祥和肖明一个立正站起，赶忙敬了个军礼，贾天祥说: "团长，您咋突然来了?"

曲文清大声呵斥: "狗日的贾天祥，河西匪患猖獗，军情紧急，你不在连部好好练兵，他妈的竟然跑到镇里大吃二喝来了。你说说，那个女的是咋回事，是不是你狗日的抢来的良家闺女?"

贾天祥解释道: "曲团长，您错理解了，欢欢不是强逼的，我喜欢她，她对我情有独钟。况且，我已请了杨晴明村长和高廷贵掌柜做媒，已和欢欢家说好，还没确定订婚结婚日子。今不是出来大吃二喝，是买东西，时间不早了，顺便来到饭店吃口饭。第一次带欢欢出来，总不能让人家饿着肚子回去吧！"

"你自个儿说了不算，让对方说。"

欢欢哆嗦着站起来，低着头呢呢喃喃说："团长，是我喜欢贾连长，我们快要订婚了。"

曲文清哈哈大笑着说："原来是我错怪你了，待应好媳妇，到时别忘了请我喝喜酒。"

"曲团长，我和欢欢敬您一杯酒。"

"不用了，留到结婚时再喝。旅长还在楼梯口等着，今天是没有时间了。"

曲文清转身离开，贾天祥和肖明跟过去给马旅长敬了军礼，返回桌子，欢欢的心慌眼跳才得到缓解。欢欢一只手按着肚子一只手揉着左眼说："吓得人魂也走了。那胖团长个头虽不大，但眼一瞪，脸上横肉一抖，凶神似的，怪吓人。"

"曲团长看起来凶，实际是个怂包。可这人做表面文章行，会巴结上司，所以，部队每次晋级都有他的份。"

"兵怂怂一个，将怂怂一窝。一旦打起仗来，吃亏的还是你们。"

"你还懂这？"

"我也是听大人们说的。旅长比团长个子稍大点，表面看，虽没有团长的派头，但一眼就能看出来那人胸有成竹，做事稳当，是个厉害的主儿。"

"你好厉害，还会相面？"

"你高看我了，我哪有这本事，只不过是念过三冬书罢了！"

两个男人喝的是烧酒，欢欢喝的是米酒。三人边吃边聊，壶里的酒喝完，要了三碗臊子拉面。吃完饭，出了饭店门，沿街小吃摊主叫卖声不绝，贾天祥转到天庆楼买了两包糖果点心，从马家井巷转出去，向西沿水壕走了百十步。欢欢听见阵阵轰隆隆声，拉拉贾天祥的袄袖说："前面有座房子，我听见有隆隆声，说不定就是爹说的那座最大的水磨坊。"

"咱过去看看。"

三人顺壕走了二三十步，隆隆声越来越大，水声由哗哗声变为潺潺声，水壕也在大瓦房前消失。走进大瓦房，大小两盘水磨在飞快地转着，头箍羊肚手巾的一老一小男人正在埋头收拾面粉，年轻男子听见来了人，抬头一看是两个挎盒子枪的，当下吓得跌坐在筐箩跟前。老者看见年轻的坐在地下，焦急地问："狗蛋，你怎么了？"

狗蛋呆坐在地上，指了指门口的人。老者抬头看到两个穿军装的，赶忙站起来，慌慌张张走到跟前说："老总，你们是来买面，还是？"

贾天祥说："没事，听高掌柜说这个水磨坊最大，镇子里转了半天，过来看看。"

"磨坊是不小，可河上的水磨有四十八盘，生意也不好做啊！"

"一天能推多少？"

老者看见来人提着东西，料想也没啥恶意，笑着说了实话："大磨能推将近一千斤，小磨能推六七百斤，一天不停息推一两千斤不成问题。"

"这让两个后生在旱磨上推，十天也推不下那么多。快得多嘞！"

"要不人们肯说，清泉镇三天不动磨，东路人就没好面吃。"

"清泉河岸的水磨，像你这样的有多少？"

"不多。羊道口南面地里有一座，其他的大多是单磨。"

贾天祥他们在柳巷口水磨坊聊了会儿天，出门沿着从东向西流的水壕边逆行，返回马家井巷东。肖明脱了鞋下到壕里，坐到壕边一块洗衣石上，双脚浸到水里，双手撩起水摸着脸。欢欢坐在壕塄边，任凭水壕两边粗大柳树洒下的阴凉荡涤心扉。贾天祥一只脚踏在壕塄上，两手叉腰，守护着欢欢。

欢欢望着壕外大片长满绿油油蔬菜庄稼的水地出神。近处，壕长戴着草帽正挥锹铲开支壕塄，远处，地的主人迎着支壕来的水，铲开畦塄，往畦子里浇水，浇满一畦玉秫黍，又浇结满果实的葫芦、西红柿、豆角、茄子、辣椒、长山药。长山药架已搭起，藤蔓正顺杆扭缠上延。西面远处的几片莲花池，莲叶遮蔽了池塘，绿汪汪的一片，隐约可以瞭见浓绿中荷心高挑着的粉红色、白色莲花。

歇了一会儿，三人乘着柳树荫凉东行，壕北边不时有一手提小木凳一手端饭碗的男女出入，或坐或圪蹴着端着大碗边吃边聊，有的吃完饭，干脆顺手弯腰舀碗水，洗干净碗筷，放在壕塄上，山南海北地侃着，不时传出一阵阵爽朗笑声。几个男女看见他们顺壕走过，低着头窃窃私语，路过他们身边，欢欢隐约听到"河那头闹红闹得厉害，住下队伍绝不是甚好事，说不定哪天打起来，我们跟上也遭殃"的话，欢欢好奇地问："贾连长，他们说的'河那头闹红'是甚意思？"

"以后叫名字，绝对不能再叫贾连长了。"

"一下不好改口。"

"你试着叫叫。"

欢欢张了几次口，都没有叫出来。贾天祥催了几次，欢欢躲在僻静处，眼睛盯着他看了半天，才结结巴巴地从嘴里慢慢蹦出"天……天……天祥哥"几个字。

贾天祥拍着手说："太好了，以后就叫后三个字。"

高欢欢歪着头微笑着说："看把你美得！你还没回答我的问题。"

"你说的是河那头闹红吧？"

"是。"

"其实，那是一把子穷鬼拉起队伍对抗国民政府，闹什么共产，要共产共妻。南方的一伙被国民党军队围剿了几次，打得野鸡失散，据说是逃到西部不毛之地，国军还在继续追剿，用不了多久，就会全军覆灭。河西的那帮穷鬼闹腾的动静不小，但也成不了大气候。委员长已下令阎长官调遣部队渡黄河围剿乱匪，他们也是秋后的蚂蚱——蹦跶不了几天。"

"那你们是不是也要过河打仗？"

"这可说不来，让部队提前驻到河东附近村庄就有过河的意思。军人以服从命令为天职，如果哪天命令下来了，驻在附近的部队谁也脱不下。"

他们说说笑笑，边走边扫视壕北直通街道院套院密匝匝的"日"字形四合大院，不觉就走出了壕上阴凉。一到公路，热烘烘的气流扑面而来，欢欢赶忙戴上凉帽，没走几步，头上就冒出汗水。她几步穿越马路，走到里边崖底，顺着背下来的凉荫荫，快速向家走去。

第四章

马驹从家里逃脱，翻山跳沟，顺着山梁一直向西走去，赶半后晌时走到黄河边，本想在就近村子歇脚，寻个营生藏身，转而一想，这里离湾头村仅有五六十里路程，贾天祥不停止追查，躲藏在附近，迟早会被发现。河西闹红，倒不如躲到河西，贾天祥也不敢轻易过黄河去抓人。马驹想罢，决定浮水过河西躲藏。

马驹一口气连跑带走五六十里，此时已喉咙冒烟，干渴难忍。他走到黄河附近的一条小沟里，找到一汪清泉，双膝跪在泉边，两手支撑着身子，半趴着，头伸入水中，咕噜咕噜喝了半天泉水，在沟边的几棵枣树上摘了些小指头大小的枣荸荠，放在地上，捡了两块石头一块薄石片。两块石头间隔尺许，马驹将薄石片担在两块石头上，掬起枣荸荠摊放在薄石片上，又在沟里捡了些干柴火，拿了一把，从怀里掏出半盒火柴，点燃柴火，放入薄石板底的火口里，一把烧完再续一把，放入硬柴，不时用短棍拨拉着石片上的枣荸荠，片刻工夫，枣荸荠就冒着热气，吱吱作响。

马驹熄了火，从布顺顺里拿出小炒面布袋，解开拴口子的麻绳，坐在焙熟的枣荸荠跟前，挖出一把干炒面，塞在口里慢慢地嚼了起来，吃完一把，又掏出一把，继续嚼。吃第二把时，马驹嘴里就干涩难咽，不时被噎着，他只好嚼几颗焙熟的枣荸荠再嚼两口炒面。接连吃了几把炒面，吃完熟荸荠，马驹浑身来了精神，站了起来，走到泉水前，又趴下喝了一气水，顺手挽了几根马莲，扎紧顺顺口子，搭在肩肩上，大步向黄河边走去。

他穿过河滩一片密匝匝的水草，踩着软绵绵的沙滩，走到黄河边。河边两个身穿疙瘩布白色单衣后生，肩扛着长杆，长杆上搭着些麻绳结的渔网，手里提着几条黄河鲤鱼，向村里走去。马驹站在河边，看到黄澄澄的滔滔黄河水翻腾着巨浪从北向南流去，上游几只木船顺河路漂流而下，艄公稳稳地掌着舵，船或左或右随浪涛起伏漂荡。

马驹向南走了一段，选择了水势相对平缓地段下水。他脱掉衣服，鞋装在顺顺里，用袄袖和裤腿把装干粮的顺顺左缠右扎，牢牢地固定在头上，赤裸着身子下水，斜刺里向河对岸游去。

初入黄河，马驹瞅了瞅四周，眼前黄蒙蒙一片，头有点晕，他踩着水，定了定神，目光向前看着，看清了水路，用死水里的游泳办法，胳膊双脚猛然用力，没想到，用了两三下劲，人露着双臂，跃前老大一截。他感觉黄河水浮力大，稍微动动胳膊腿胯就会快速前行，接下来的过河，轻松了很多，双脚轻踩深水，胳膊轻轻拨动水面，把好方向，坐浪快速下游，游了不到半个时辰，远远瞭见对面石崖壁立，距石崖不远拐峁岸边停泊着几只木船，他猜想，船儿停在河边不动，那头一定是个码头，时候不早，天也快黑了，一直在河上漂着也不是事儿，自己得尽快上岸，否则，天黑就麻烦了，不管是哪个地方，先落下脚再说，反正是过了黄河，贾天祥也暂时奈何不了自己。

马驹想到这里，身子前倾，双臂猛然用力，快速拨动水面，欻欻几下，跃出波浪激流，斜刺里向西岸停船处游去。

游到离船三四十步远的岸边，马驹走出浑黏黏的浅水，上岸一看，浑身上下还带着湿漉漉的泥印，身上泥水从上往下流，一干，浑如一尊绳纹陶雕。马驹用手抹掉泥土道道，可细土仍然裹着皮肤。他在河边石蛋林里找到一窟清水，解下头上绑扎的东西，坐在大石蛋上，双手撩着水洗了头脸胳膊，干脆坐在水里，清洗全身，清洗完，走出水窟，面向河东，浑身赤裸着，坐在石蛋上边晾水边歇着。

歇缓了片刻，身上的水已晾干，马驹穿好衣服，走到船跟前，几个男人裸着上身，头箍一挽子羊肚子毛巾，穿着宽大的中式裤，正在往河边的村子里搬运黑瓷大瓮。马驹把顺顺往脖子上一搭，二话没说，就从船舱里搬起一口大瓮，扛在肩上，跟着扛大瓮的人向岸上村子走去。

走到山脚下当村三眼石窑院，众人放下大瓮，转身又去河滩扛大瓮。马驹放下顺顺，也跟在人们后面往出走，他边走边瞭哨，村子坐落在石山脚下，清一色的石砌窑洞依山而建，山脚下最靠前的一排石窑就是村中的交易区。马驹前面一个人的鞋掉在路上，他弯腰捡起，倒掉鞋里沙粒，一只手拿着鞋，一只手抹着脚上沙土。马驹走到跟前，看见此人两只鞋头已开孔，两只脚的大拇指都露了出来，马驹右手按着鼻孔，扑哧一下笑出声来，随口便说："看，你的雀儿子也露出来了。"

那后生脊背晒得黑油油的，抬头一看是生人，脸黑着说："你是哪人，们又不认识你，你笑话们做甚？"

马驹笑着说："我叫马驹，是河那头的，咱是夹河老乡，我也是穷人家，看见你的脚指头露出来失笑，没啦笑话的意思，你理解错了。"

那后生看见马驹实诚，笑笑说："们叫张有旺，是后面张家墕人，居舍穷，只得常年爬河滩挣点零花钱。"

马驹叹息着说："唉，咱全是苦命人！"

"那头比这头条件好，有钱人多，打忙工也好弄。你咋不在当地找营生，跑到河这面来了？"

"我嗓狗咬伤阎军连长，人家下令捉我，附近不敢躲藏，觉得河西闹红，他的那些兵也不敢轻易过河，就逃到黄河边，浮河过了咱这面。哥哥，我跑到这面，人地两生，你是本地人，给兄弟指条出路，看在哪能找下个营生。"

"宋家川地面也不大，只有五六家做买卖的，大都是些小本生意，卖吃喝日常用的些小东西，除去兴盛成搞长途贩运外，拉船搞短途运输的过载店算是大户人家，寻营生很难。我们掌柜的做的就算是大买卖，有船有地也搞贩运。不过，他家如今就雇着几个人，恐怕再难往进插人。沿河石畔，日子过得苦焦，不会雇人，倒是垣上一带地肥，地多的人说不定会雇人。前几天，听说慕家垣财主慕有厚的三四个长工被闹共产的儿子给日哄跑了，你可以去试试运气。据说，慕有厚怕儿子闹他的共产，也变得开明了。"

"谢谢哥。如今天已擦黑，黑天半夜到垣上连路也找不见，不如我帮你们扛几回大瓮，今黑间歇了，明早再说。"

"使得，或许掌柜的会给你吃口黑间饭。"

两个边走边告诉，不觉来到河滩拐峁船边。几个正在往下搬瓮的看见来了生人，以为是来抢生意的。满脸络腮胡子的中年后生吼道："后生，下来，谁让你在船上瞎搬？"

马驹手离开瓮沿，站在船上看着张有旺。张有旺跳到船舱说："二大，这后生叫马驹，是河那头逃难过来的，人家后生是帮咱搬瓮，又不挣钱。"

"既然这样，那就让他搬吧！"

络腮胡子说完，扛起一口大瓮走了。

马驹、张有旺也扛起大瓮向村子里走去。马驹没扛过大瓮，头回扛就压得他腰酸脖子疼，第二回刚开始还将就，走了一段，身上冒出汗，瓮光背光，大瓮几次溜到屁股上，差点就掉到地上，他用吃奶劲抓着瓮沿，才稳住大瓮。张有旺回头看出马驹扛着吃力，赶忙放慢脚步，教给他扛瓮平衡的办法。马驹得了诀窍，才轻快地赶上大伙。

扛完大瓮时，天已黢黑。五六个人在下院的瓷盆里洗刷完，坐在石床上坐着等饭。片刻，掌柜家婆姨从侧窑里端出一瓷盆桃黍饭，又按惯例拿出五双筷子五个碗。众人都舀了饭，端起碗，各自吃了起来。马驹看见没他的份，走到掌柜家婆姨跟前说："婶子，用下你家的碗筷和熬水，行不？"

掌柜家婆姨手擦擦腰布，走到马驹跟前，一看是个年轻后生，随口问："听你的口音，是河那头的，没你的碗，们没看见你。你要喝熬水？"

"不是喝水。我带着炒面，干吃噎得吃不进去，想用熬水拧得吃。"

张有旺赶忙说："马驹这后生不错，还给咱扛了几回大瓮哩。"

掌柜家婆姨笑笑说："不用说还给咱做营生，就是甚不做，走到饭时，还能不给个饭吃？不用拧炒面了，桃黍饭不少，估划他们也吃不了，你就顺便吃口桃黍钱钱饭吧！"

掌柜家婆姨说完，转身进了侧窑，铜勺子擦着锅底，给马驹舀了满满一大碗稠桃黍饭，端出来说："吃完再舀，锅里还有不少。"

马驹说了声"谢谢"，端起大碗，圪蹴在圪台上，哧溜哧溜吃了起来。

吃完饭，张有旺带着马驹来到半山坡石片砌成的两眼石窑里，石窑中间有过道相通，两面都有一盘土炕，借着月光，能看见里间后炕铺着一块烂大毡，前炕铺着簟，炕崖底的一片已开了几个窟窿，外面的一间只铺着一块烂簟。

张有旺带着马驹在窑里走了一圈，出来坐在窑角的石床上聊天，其余四个人走进里间，脱鞋上炕，囫囵身躺下休息。

马驹和张有旺坐在石床上拉呱了没几句，窑里就鼾声四起，和着黄河的涛声，此起彼伏。张有旺笑着说："几个瞌睡虫，一躺下就打起鼾水。二大最厉害，打起鼾水顶吼雷，聒噪得人连觉也不能睡。"

"做上一天苦力，乏得人动也不想动，一躺在炕上，睡得和死猪似的，哪还能晓得其他人睡着睡不着。听说这面闹红闹得厉害，还共产共妻，是真的？"

"谣言。那是国军故意混淆是非，蛊惑人心，他们还说红军是红头发绿眼睛呢，你相信？"

"不相信。"

"其实，红军都是穷苦人家子弟，是共产党的队伍，是给咱穷人打天下的。陕甘红军发展到好几千人马，打土豪分田地，好多受苦人扬眉吐气。"

"听你这么说，红军确实是好队伍，甚会儿有机会了，我也能见见他们，看他们到底长甚样，和穷苦人好不好。"

"听说慕家垣就有红军游击支队，你到了那里就可能见到，不过游击队今这明那，流动性大，但们相信你迟早会见到。说不定你还喜欢上这支队伍，跟上人家走呢！"

"你为甚不跟上队伍走？"

张有旺是地下党员，专门隐蔽在宋家川渡口，以搬运工的便利身份获取河东情报，他知道自己的身份不得轻易暴露，遂笑着说："们和你不一样，两个哥哥，一个被国军抓了壮丁，一个跟红军走了，大、妈都有病，全靠我挣两个零花钱给他们买药治病，走不了啊！"

"你说我去慕家垣使得？"

"使得。"

两个人拉呱了半天，回到石窑里，躺在铺着烂簟的炕上睡觉，片刻工夫，张有旺就酣然入睡，马驹听着涛声鼾声，久久难眠。

马驹一夜难眠，鸡叫时才迷迷糊糊进入梦乡。一觉醒来时，石窑里只剩他一个，他赶忙从窗台上拿了碗筷，在院子锅里舀了半碗尚有热气的滚水，拿出顺顺，挖了几把炒面，和水拧搅成团，吃了两碗，喝了一碗水，背上顺顺下了坡。

马驹走到村里时，一串串驮满瓷器丝绸布匹的骡马骆驼，正向后山走去。另一帮从山上下来的驼队也驮满药材皮毛向河滩走去。他走到河滩，瞭见军渡河滩已有一船货正在靠岸，几辆马车、几串骡马已等候在滩头，准备装货。南面靠西的石山下，一辆辆的重载马车，一串串的骡马驼队，逶迤向清泉方向行进。马驹坐在石蛋上，转身向北望去，几个纤夫拉着纤，沿红崖湾峭壁下的狭窄石路攀岩上行，他知道这只重载木船是要拉出红崖湾，从上游发往河那面军渡村卸货转运。拐峁处两三只船前，装货的卸货的人马川流不息。

马驹想过去与张有旺告别，看见他们忙得不亦乐乎，也就断了告别的念头，站起来，迎着走过来的几串骡马走去，一打问赶牲灵的，骡马队是走三边的，途经慕家垣。马驹就随着骡马队顺着山梁一路同行，赶晌午时到了慕家垣村。

骡马队在村口场里歇晌，马驹找到慕有厚家。慕有厚吃过饭刚躺在炕上，就听到院子里有人问："慕叔在不？"

慕有厚一听口音不对，浑身一惊，他以为是闹共产儿子的朋友又来劝他分地，慌忙翻身，头朝后窑掌背朝窗户，一本正经地打起呼噜。婆姨刘兰英放下手中的鞋垫垫，揎了一把慕有厚说："天明他大，外面有人问你，你没听见？"

慕有厚翻了翻身，没好气地说："揎什么嘞。听见了，不想答应。"

刘兰英也赌气地说："答应一哈就吃你呀！"

慕有厚没理婆姨，自顾躺在炕上装聋作哑。

马驹走到窗台跟前说："慕叔，我是清泉逃难过来的，想在您这找个营生，不挣工钱，给口饭吃就行。"

慕有厚几个长工刚被儿子哄走，眼下百十亩地要锄，正缺人手，听见来了个不挣工钱的自来虎，赶忙翻身坐起，瓮声瓮气地说："谁嘞？进来吧！"

马驹搂起竹皮帘子，揎门进去，看见慕有厚穿着白洋布对襟短褂黑绸子裤，人大约五十岁上下。慕有厚斜着眼看见来人长得端正壮实，个头也不小，似笑非笑地说："庄稼活会做不会做？"

"庄户人家出身，耕种锄耧，收割打场，样样都会。"

"河东比河西条件好，你为甚脱死躲难逃出来？"

"我嗍狗咬伤阎军连长，人家要活捉我，我就翻山跑了几十里路，浮河过了黄河。一时也不敢回去，听说你家缺人手人又开明，就跑到垴上寻你，想让你给我找个活干，好填饱肚子，躲过灾难。"

"既然如此，我就收下你了。后窑掌小窑窑里有半盆豆面抿尖嫩南瓜粉条钱钱汤，你端出来吃了。吃饭后，东面侧窑有炕，你自己去歇着，后晌和我一块锄地，前几天刚下过雨，趁地里还有湿气，赶紧把那片谷子锄完。"

马驹站在脚底半天不动，慕有厚恼悴悴地说："你自己去端饭，难道还要们下炕给你端不成？"

刘兰英赶忙说："赶紧去拿，亮红晌午，肯定饿坏了，到了居舍，不要不好意思。"

马驹抬头看了看刘兰英笑盈盈的面容和柔和的眼神，边往小窑窑跟前走边连声道谢说："不要紧，不要紧。谢谢，谢谢！"

"这就对了。放心吧，们不会让你白干，完了们会给你发工钱，也省得狗日的慕天明又说们不劳而获剥削人。"

"两相情愿的事，谁也管不了咱。"

"你不晓得，如今这世道就有人去管你。们连自个小子的手都出不了，那一群又一群闹共产的穷后生更是得罪不起，说不定哪天分了你的家业，还得拉出去在众人面前批斗。"

"听说慕天明也是闹共产党人里的一个头头，他还保护不了你？"

"好狗日的，好驴也不下这种崽。人家喂的狗是朝出咬，们喂的狗是朝回咬。这狗日的，挑拨得了几个长工跟上他闹了共产，还闹腾得要分自家的地，你说气人不气人？"

"气人又能咋，吃了谁家的饭向谁，他闹了共产，肯定向着人家。您还是想开点，随大流吧！"

"不随大流就得吃亏。分了钱粮土地，批斗事小，脑袋难保就事大了。"

马驹边吃饭边和慕有厚拉呱着，没一会儿就把半盆豆面抿尖汤面吸溜进肚，手摸摸嘴唇，打了两个饱嗝，笑眯眯地说："慕叔，你家的圪糊面真香。"

"饭是你嫂子刘二奴做的，天明家婆姨手巧，做饭也讲究，南瓜钱钱汤里熬着焙黄捣匀的新桃仁，桃仁熬菜味道就香。你去侧窑歇着吧，我也得迷瞪一会儿。"

慕有厚说完，躺在炕上睡觉去了。马驹拿起水瓮盖上的铜马勺，舀了水，洗了盆，放在小窑窑里的木板架上，掩上窑门，走出居舍，站在院里的一棵大枣树下看着院四周，正窑坐北向南，三眼擦面子石窑上压着青石板压檐，东西两边两眼侧窑为砖砌，窑垴畔是砖砌花栏，下院紧挨大门是一溜双坡式枣笆，枣笆下是牛棚马舍，一头牛站在槽前，抬头嚼着。马驹兀自走到东面侧窑，炕上铺着两块烂条毡，炕崖底放着两卷旧铺盖，他脱掉布鞋，躺在铺盖卷上，瞬间就酣然入睡。

马驹睡得正香，慕有厚喊他下地。马驹一骨碌翻身坐起，杵了杵眼，溜到地下，出门一看，太阳已背到下院，慕有厚已戴着草帽拿着两把锄头两只桑条笼站在枣树底下等他。马驹走到跟前，不好意思地说："慕叔，走了四五十里路，有点累，一觉就睡得不觉了。"

"没事，歇到才好干活。居舍晾着一大碗水，赶紧喝了锄地去。"

马驹走到慕有厚居舍，端起大碗，呱嗒呱嗒一口气喝完，立马出来，扛上锄头，挑着桑皮笼，跟着主人下地动弹。地离村子不远，走了三四袋烟的工夫就到了。谷地在垴头山峁，名头上是垴地，但在山峁就有一定坡度。马驹和慕有厚顺着山峁边的小路往下走，满坡疏密有序的谷子已有尺许高，谷子垄沟里的铲铲花、苦菜、灰藋等杂草也长了不少。慕有厚叹息地说："地里的杂草长成这，狗日的慕天明还不让们雇人，十几二十亩谷地，们一个熬死也难锄完。这锄谷和锄桃黍玉桃黍溜黑豆不一样，是细活，费手。"

"还没啦大锄吧？"

"没，没顾得过来。"

"要不地里草长了那么大。"

"一个人，做了这行没那行，哪能忙得过来。"

两个人边走边拉呱，突然一只花貉貍从地畔爬了上来，瞬间钻入谷子地，消失得无影无踪。马驹和慕有厚走到地畔，砍掉地畔上一溜密匝匝的芦草，用锄拢成一堆，从沟畔谷子开始锄起。马驹先除掉谷子跟前的草草，顺手拉开大锄，给谷子根部拢上虚土。慕有厚回头看了马驹几次，马驹锄掉的杂草全撇在地皮，未埋在土里，谷垄齐整，壕沟有序，他停下手里的锄，呵呵笑着说："没想到你年轻轻的还是干农活的好把式。"

马驹只顾低头拉动锄头刺刺锄地，猛然听到主人和他说话，赶忙停下锄头，抬头问："慕叔，你刚才说甚，我没听清？"

慕有厚边锄地边说："说你是锄地好把式。"

马驹谦虚地说："也一般，要做好庄稼人还差得远呢！"

"那就慢慢学吧，你会成为好庄稼人的。"

"我家只有二三亩薄地，连口也糊不住，还当甚好庄稼人？"

"没地就是问题。"

马驹年轻有力气，地锄得越细越赶不上慕有厚，每次到地头总要和人家落下一截。两人锄了一亩左右，天已幕黑，擦净锄头，拾捡了两桑条笼锄下的芦草、灰藋、铲铲花。马驹把两桑条笼杂草挑在锄把上，担着回家喂牛。

马驹到来后，慕有厚锄地的劲儿也足了，七八天工夫，一圪峁谷子全部锄完，接着又打掐了垣上的三四亩棉花，开始锄耧桃黍玉桃黍黑豆。

十来天来，马驹认识了村里的一些年轻人，黑夜没事时也跟着他们游窜，听他们讲红军打民团、打国军、打土豪分田闹共产的事，说什么陕北和陕甘全部红了，两个根据地已连在一起，势力很大。一黑间，马驹又跟着慕天成、张毛驴在路边的大槐树底乘凉。马驹问："你们见过红军？"

慕天成脱下疙瘩布背心，露出凸起的肩胛骨和肋骨，拿着背心的手向后一挥，将背心搭在肩肩上，头一抬，忽闪着大眼说："隔三差五常能得见。"

"是不是人们说的红头发绿眼睛，还要共产共妻？"

赤裸着上身穿着疙瘩布裤的张毛驴，提了提腰里挽着的宽大裤腰，火悻悻地站起来说："纯粹是胡说八道。别听狗日的们瞎说，那是污蔑。他们和们长得一样样的，红军出来，从来不骚扰百姓，和人们可好了，给穷人分地分粮，所到之处，人人欢迎。们哥哥毛旦就在队伍上，过几天，队伍来了，们也跟上走呀。"

"照你这么说，还真是一支好队伍。甚会再到这哒，我也见见红军。"

"你想见也容易，红军的一支游击队就在附近活动，队长就是慕财主家儿的。说不定过几天就回来，听人说慕天明要给穷人分自家的地。"

"他爹同意？"

"要是他大同意的话，早就分了。据说差不多了，他大也怕二百五小子的彪劲，弄不好一绳子搊起来，地丢了再受上批斗的罪，就算不过账来了。"

树底一阵比一阵凉快，垣上的风吹得树叶沙沙直响，马驹怕回家迟了主人关掉大门，和慕天成、张毛驴拉呱了一阵，转身回去，轻轻关上大门，躺在侧窑炕上悄然睡去。

第三天黑夜，马驹从地里回来，刚吃完饭，站到圪旦畔晾风。猛然间村子里的狗狂叫起来，一阵急似一阵，继而传来了杂沓的脚步声。马驹心头一紧，是否突然来了土匪、国军抑或是红军，他闹不明白，急忙站在土圪台上瞭哨，一支队伍背着枪从垣上向村中走来。他赶忙跑到院子喊："慕叔，不好了，村里来了一伙背枪的，弄不清是哪路队伍，咱还是赶紧躲一躲吧！"

慕有厚说："这一带是红区，附近土匪民团不敢随意出入，村里又没红军，国军不可能来村。如果是国军进村，村里人就不会这么安静，说不定是慕天明的游击队回来了，先慢点躲藏，等们出去瞭哨瞭哨再说。"

慕有厚呼的一口吹熄了煤油灯，趿拉着鞋从居舍出来，走到圪旦坪坪，站在靠路边的一垛石头上瞭哨，人马已进入村里，队伍刀枪不一，衣着各异，分成几路四散向村里几户人家走去，有十几个人向他家方向走来，领头的背着盒子枪，从走路的姿势看极像他儿子慕天明。慕有厚说："从迹象看，那几路人马都是分散到各家户去过夜，这些人绝对不是什么歹人，朝咱这走来的那路，领头的像是慕天明。走吧，回家歇着，如果是天明，他会把人领回家的。"

马驹弄不清真相，回到侧窑，摸黑躺在炕上，静静地听着外面动静。片刻，垴畔上响起脚步声，他侧耳细听，脚步声越来越近，已从坡坡上传来。马驹隐约听到"居舍黑洞洞的，是不是大睡着了"的话，确定是慕有厚闹共产的儿子回来了，担惊受怕的心平静了几分。

几天来，马驹听村里人讲了不少慕天明的故事，已对慕天明有了仰慕之心，面对即将出现在他面前的传奇人物，马驹兴奋不已。他爬到窗台跟前，双膝跪在炕上，透过开孔的窗户往院子里瞭去，进了院子的十几个人，衣着和当地人没甚区别，唯一不同的是打着裹腿。十几个人挂着枪的，背着刀的，散坐在石床上、枣树底，等待着队长发话。

慕天明一进院子就喊叫："大、妈，们回来了。"

刘兰英听见儿子回来，赶忙坐起，点着灯，哧溜溜到了炕下，挪着小脚，开开门，搂起帘子说："们天明回来了，赶紧回居舍来坐。"

"人们还饿着肚子在院子里坐着，咱居舍有什么吃的？"

"没什么吃的，要吃只能重做。好面没几斤，怕不够你们吃，坛子里有半坛子豆面，还有些摘回来的嫩南瓜，你们自己去置办。"

"你歇着，们自个儿来，这里头有几个会做饭的。"

慕天明喊叫了两个人到东面边侧窑做饭，安排其他人去空窑歇着。

马驹从窗户里瞭见两个后生去侧窑做饭，也溜下炕，跑到挨他住的侧窑厨房，帮忙爨柴做饭。

马驹一进做饭窑窑，洗南瓜的后生看见进来陌生人，一双小眼瞅着他看了半天说："你是谁，们咋不认得？"

马驹说："我叫马驹，是从河对面逃过来的，是慕叔收留了我，让我帮他种地。你叫甚？"

"我叫李丑兴，是河西游击队战士。"

"游击队是红军吗？"

"是红军，属地方武装。刚开始闹革命没正规军，全是游击队。游击队也是红军，是咱穷人的队伍。"

"红军真像人们说得那么好？"

"那还有假？建立穷人自个儿的政权，给穷人分地分粮，你说好不好？慕队长就是有文化有资历的红军战士，是部队首长派他回家组建游击队，他还要把居舍的地分给穷人，这样的人提上灯笼也难寻揣。"

"那我能不能加入你们的队伍？"

"可以啊，前几天，游击队刚配合红军打过仗，长途行军，队员熬累疲乏，还有几个伤员，估划要在村里休整一段时间。你想参加游击队，们做不了主，得空你和慕队长说说，应该问题不大。"

马驹和李丑兴告诉得脑红，已经和好豆面的另一个后生转身看见切了一颗南瓜，另一颗还在案板上放着，恼悻悻地说："赖熊丑兴，不长一点死人心，只顾说话，半天连两颗南瓜还没切下，锅也快熬了，赶紧切好下锅，饿得人肠子也打起架了。"

"对不起，冬生哥，真的是只顾说话忘了做营生。马上就好。"

李丑兴说着，手起刀落，一颗南瓜一劈两半，竖着切成条，横着切成块，端起案板，倒入锅里，从碗里抓起一把大盐，撒入锅里，提起锅台上黑瓷油瓶，往锅里倒了一股油，搓了搓手说："马驹，加火。"

马驹从灶火圪崂拿起两三根劈好的硬柴，插入火口，不时往起提提以助火焰。

冬生和好豆面放盆里饧了一会儿，又用手搋了一阵，在面团上"啪啪"拍了两下，直了直腰，扇动着两片厚厚的嘴唇说："马驹，你是慕家雇的长工吧？"

"不是，是我自己找上门来脱口的。"

"慕队长刚打发走几个长工，慕老爷又把你雇下，这慕家父子又有戏唱了。"

"这不关慕叔的事，是我逼着人家要留下来帮忙的。"

"给工钱不？"

"是我自己不要工钱，能脱口就行。慕叔收留了我，我总不能两个肩肩抬个口，白吃闲饭吧！"

"你又给慕叔惹下祸了，慕队长肯定要数落他大。"

"你不要工钱，慕叔就成了慕老爷，就是剥削，你看你，不是给他捅下乱子了？"

冬生边说边擀豆面。一擀杖豆面刚擀好，慕天明从门进来说："饭熟了没？"

冬生说："快了，南瓜熬得差不多了，再擀一擀杖就切面下锅。"

马驹听见来人问饭，转身一看，来人圆脸浓眉短发，身穿灰布对襟袄黑裤，小腿打着裹腿，腰里挎着盒子枪，一看就明白是个头头。马驹看着慕天明，慕天明也看见他，开口便问："后生，你是做甚的，咋突然跑到们居舍来了？"

慕天明一问，马驹就听出是慕家闹共产的儿子，赶忙解释说："慕队长，我是从河那头逃过来的，没有落脚之处，硬逼着慕叔收留我，你可千万不能怪他。"

"收留你是好事，可他让你下地动弹，不管挣工钱还是不挣工钱都是不对的。共产党人做的就是要耕者有其田，人人平等，不论是富裕也好，贫穷也罢，都要自食其力。"

"明天你就回家，我大也得自食其力。居舍多余的地，立马会分给没地的人家耕种。"

"慕队长，千万不能打发我回家，我回不去了。"

"为甚？"

"我嗷狗咬伤阎军连长，那个连长到处派人捉我，要以通共论处，回去我就没活路了。你不让我给慕家种地，那我就跟你走。"

"游击队可是苦差事，既要行军打仗，还得挨饿受冷冻，打开仗还得拼命，你不怕死？"

"不怕。"

"那明天一早，你就和队员一起训练去。"

马驹一听慕天明答应了他的请求，紧紧握着拳头，自言自语地说："我再也不怕狗日的贾天祥了，再也不怕他了。"

马驹给火里添了两截硬柴，冬生下里面，筷子在锅里搅了几圈，盖上桃黍箭箭纳成的锅盖。片刻，锅熬，溢出来面汤。冬生揭起锅盖，用筷子搅了搅，撒了一把葱花，揭开醋瓮盖，摆开浮沫，撇了一勺子枣醋，倒在豆面锅里，用勺子搅搅，抽出火里硬柴，塞在灶火底燎灰里，直起身子说：

"慕队长，好了，能吃饭了。"

慕天明走到院子里喊："弟兄们，饭熟了，快出来吃饭吧。"

慕天明一喊，人们打着呵欠，伸着疲乏的腰身，纷纷走到做饭窑窑。冬生舀饭，马驹接过来递给众人，队员们接过大碗，坐在石床上，圪蹴在院子里，哧溜哧溜吃了起来。

饭后，队员各自休息。慕天明舀了半盆开水给两个伤员清洗了伤口，回到居舍和他大他妈唠嗑。马驹担心慕天明责怪他大，仄楞着耳朵静静地听他们说话。慕天明说到他已答应马驹参加游击队的事，他爹没反对，只是支支吾吾地说："由你。"慕天明说："大，分地的事谋算好了没？"

他爹说："没见过这样的儿，人家的儿为自家谋利，你是吃里扒外，给自家打墓子，十足的败家子。"

慕天明说："从咱居舍这个小圈圈来说，我是败家子，可从社会来说，咱做的全是为人的好事。"

慕有厚气不打一处来，噌地坐起来，恼火地说："你说的是尿，你以为这份家业是人们白送的？"

慕天明笑着说："当然不是，全是们大东山的日头背到西山熬挣的。"

"那你还要把家业给穷鬼们分。"

"大，你说错了，是穷人家，不是穷鬼。三十年河东三十年河西的道理大概你比我更清楚吧！"

"懒得动弹，怎么不能叫穷鬼，难道我小看他们了？"

"没地，你让他们咋动弹？"

"这能怨谁，除去命不好，只能怨他们老人没挣下，自个儿也没熬挣下。"

"所以，们要帮助他们改变命运，让穷人也有好日子过。"

"说过来说过去，你还不是要分咱的家业。"

"地方咱也不多，暂时分了地就可以，多余的粮食就捐献给红军，大还能落个开明绅士的好名声。”

"这开明绅士的名声能吃还是能喝，我不要也罢！"

"这怕由不得你。今年正月老刘的队伍上来，打掉了周围几个村的地主武装，没收了反动地主的财产，还杀掉了两个有血债的财主，你不是不晓得。人家是看你给红军做过贡献，没动你的产，就等你主动交出。你不主动，到时候分了咱的地和家业，再让人家给你戴上纸帽子游村批斗，你让做儿子的如何是好。"

刘兰英知道儿子的脾性，认定要做的事，九头牛也拉不回来。他听着天明父子的对话，认为火候已到，也开始劝说慕有厚："孩他大，天明说的也有道理。他说分就让分吧，不让雇长工，那么多地熬死你也种不过来。咱总不能让人把皮袄穿了，自个儿再把冷冻受了。还是保名节保命要紧，银钱土地和命比起来，太扯淡了。"

慕有厚左胳膊肘放在大腿上，手掌托着下巴，低着头思谋了半天说："由你吧。们岁数也不小了，留个十亩八亩够种就行，分了地，我也过几天舒心日子。"

"大，你想通了？"

"想通了。想不通又能咋，你以为大真的会不识时务，干那种出力不讨好的事？"

"们就晓得大是个通情达理的人。"

"别在大跟前卖好面了。大还晓不得你葫芦里卖的是甚药？"

马驹听到慕天明没有责怪他爹雇他种地，也听到慕有厚同意儿子分自家地，心里窃喜。

慕天明和爹说完话，回到东边窑，炕桌上的煤油灯还亮着，婆姨刘二奴早已梳洗打扮铺好了炕，躺在红绸子单被里，雪白的胸脯和胳膊外露，头朝窗户，闭着眼睛，静等他和大说完话过来。慕天明一进门，刘二奴睁开眼盯着天明说："和大说完话了？"

慕天明走到婆姨跟前，弯腰低头，在二奴粉白的脸上轻轻亲了一下，笑眯眯地说："说完了。今黑间成效很大，大同意分地了。"

"大能开窍，同意分地，确实不容易。你想想，大熬明熬黑，熬了一辈子，才熬挣下这些家业，平白无故要分给其他人，尽管嘴上同意，肯定心里难过，这等于给他心头上捅刀子。"

"全明白，可咱是游击队长，自家的问题解决不了，还咋开展工作？"

"大是个明白人，他是不会做风箱里的老鼠的。当下难过几天，过段时间就没事了。"

慕天明解开裹腿，脱扒掉衣裳，揭开单被，哧溜钻了进去，左胳膊插进刘二奴的脖颈底，顺势一揽，紧紧地抱着。刘二奴吻了吻慕天明结实的胸脯和有点消瘦的脸颊，抬起头，用手抚摸着天明的脸，心疼地说："快一个月没回家，你瘦了。一定是受了不少罪吧？"

慕天明右手拍了拍胸脯说："不要紧，你看咱的胸脯多结实。脸上看是瘦了点，但行军打仗使咱的身子更结实了。"

慕天明右手抚摸着刘二奴白缎子似的手背，左手支起半边身子，呼的一声吹熄了灯，哧溜一下，又钻进了刘二奴的被窝……

鸡叫三遍，天还黑咕隆咚，马驹就随游击队员一起来到村中一块宽阔场地训练。队伍刚列队，慕天明队长就大声说："站在你们面前的同志叫马驹，是从河东逃难过来的，今天正式参加咱们河西游击队，大家欢迎。"

四五十个队员啪啪啪鼓着掌，马驹不知何意，站在慕天明跟前傻笑。慕天明说："刘冬生队长，马驹就交给一小队了，训练不好，拿你是问。"

刘冬生出列，立正敬礼，声音洪亮地说："是。"

"马驹，随冬生队长入列。"

刘冬生转身小跑入列，马驹跟着刘冬生跑过去，站在刘冬生前头。队员叽叽咕咕笑起来，马驹不知就里，揎了揎刘冬生的胳膊问："队长，人们笑甚？"

刘冬生微微笑着说："笑你站在们前面。你不晓得，每排的第一个人都是队长。"

"那我站哪里合适？"

"按个子大小，你站在第三四个人中间合适。"

马驹插在第三四个人之间，也学着众人的样子，立正挺胸抬头。

慕天明看见队伍有序，手一挥，大声说："顺山梁往北快跑，赶天亮时返回。"

游击队单列行进，出村，变小跑为快跑。跑了五六里路，马驹开始气喘，心跳加速，小腿肚子发紧，头上冒着汗，口中出着长气，他一边抹着汗一边喘着气，脚步明显慢了下来。刘冬生看见马驹气喘吁吁，脚步慢了下来，边跑边说："你身子骨看起来不错，跑起路来却尿也不蛋。才跑了五六里就气喘成这样，要是碰上紧急情况咋办？"

马驹气喘吁吁地说："咱腿上功夫不行。"

"不仅仅是这，你还没有得了长跑的诀窍。"

"跑还有甚诀窍？跷开腿跑就行了。"

"不对，起码得学会呼吸。一般是鼻吸嘴呼，呼气要短促有力，吸气要缓慢匀和，两步一呼，两步一吸，呼吸要做到均匀有节奏。"

马驹跑着，试着用刘冬生的办法呼吸，果然奏效，跑起来轻松了许多，呼吸也匀称了许多。跑了十来里路，大地朦朦胧胧，如同笼罩着银灰色轻纱，已隐隐约约可望见周边山头黑黝黝的轮廓，天逐渐亮了起来，路边树上早起的鸟叫声蝉鸣声被嗒嗒的脚步声淹没。游击队开始折返，返回的路多为平路缓坡，跑起来比较轻松，回到村里时，天已大亮，村中老农头箍一挽子手巾扛着锄头下地。

游击队来到场里，稍事休息，便分队练开摔跤、刺刀、投弹。马驹手里没有武器，自己爬到场边的柳树上掰了锄把粗的一根端直柳枝，掰掉旁枝末叶软梢，仍有七八尺长。马驹拿着柳棍进入队列，柳棍太长，只能在空隙蠕动。刘冬生看着马驹拿着柳棍憋屈的样子，高喊："马驹出列。"

马驹从队列里走出来，刘冬生火悻悻地说："自个儿不看，那么长的柳棍，擩天抹地，能用？还不赶紧裁去。"

"裁成多少长？"

"和枪长短差不多就行了。"

马驹赶忙跑回慕家，拿了劈柴斧头，砍掉多余部分和粗头子，抹掉棍上圪节，磨圆两端，快步跑到场里，随队员一起训练。几天来，马驹一边训练搏击、投弹，一边得空在柳棍上掉块石头训练射击时的臂力眼力，十来天下来，马驹掌握了不少搏击、投弹技巧。

晚饭后，马驹和几个游击队员坐在院子里拉呱，突然，院里闪进个头箍一挽子手巾的后生，紧走几步，闪身进了慕天明居舍。没多久，后生匆忙离开慕家，消失在暮色中。

马驹和人们拉呱得正热闹，队长慕天明挎着盒子枪从门出来说："冬生，立即集合队伍，带好武器，在场里集中。丑兴，赶快通知二三小队，立马到场里结合，有紧急任务。"

慕天明说完，驻在院子里的一小队战士已各自拿着武器，纷纷走出院子，慕天明手一挥，战士们快速向场里跑去。马驹没有武器可拿，顺手操起门口的一把虎叉，拿上跟在后面。慕天明看见马驹也跑来说："你没枪没刀，去了不怕送命？"

马驹晃了晃手里的虎叉说："不怕，你不是让我和敌人要枪吗？这次去就是要抢一杆枪回来。你不要小看这两齿虎叉，我早已磨得尖溜溜的，捅起人来，也不次于刺刀。"

霎时，三个小队四五十号人集合完毕，慕天明说："刚才县委交通员跑来说，铲共义勇队十来个人纠集反动民团二十来人今天驻扎木头峪村，追寻红军和捕杀共产党员，县委命令我们，趁敌人立足未稳之际，连夜灭掉他们。敌人三十多人，们是四五十人，从人员看，们占优势，但敌人武器比们好，人家占优势，千万不能轻敌，必须出其不意，攻其不备。敌人狡猾，白夜在村里作恶，黑间住在山寨，们必须绕过后山，半夜悄悄翻墙入寨，打开寨门，争取不费一枪一弹干掉狗日的。"

队员们一哇声高喊："干掉狗日的，干掉狗日的！"

月光熹微，游击队快速在黄土高原行进，到木头峪附近山头时，月光已消退，夜黑沉沉的，隐隐可以看到村背后黑黝黝的三座山头影子，中间山头石砌的山寨寨门紧闭，门口挂着的马灯异常显眼，离远可以瞭见门口的两个哨兵来回走动，寨子垴畔并未发现岗哨。

慕天明曾多次来过村子，还带着游击队打过一次木头峪，对村中地形异常熟悉，看到此情景，他断定敌人就驻扎在山寨，立即叫来三个队长分配任务，一小队、二小队负责主攻，摸掉岗哨打开寨门后，潜入寨内，三四个人一组，冲入每个窑洞，先缴械，顽固抵抗者可杀，主动缴械者留条活命，这里有好多是当地庄稼人，他们也不愿意和红军为敌。三小队分成两组，一组上房顶，一组守住寨门，接应一二小队。

慕天明安排完毕，带着游击队绕过后山，静静地隐蔽在后山紧贴山寨的洼地里。半夜时分，山寨鸦雀无声，也听不到岗哨的来回走动声，慕天明一挥手，一小队二小队各出两名战士，他们身背长枪手握杀羊刀子跃出土坡，到山寨墙时，分头紧贴墙根，轻手轻脚向寨门摸去，两边战士到寨门拐角处时，招手示意同时跳出拐角，抹了岗哨的脖子。两个哨兵无声无息地倒在门口，登时咽了气。

慕天明看到四名战士跃到寨门，旋即指挥游击队战士迅速靠近寨门。慕天明和游击队到寨门时，寨门已被打开，慕天明示意战士们悄悄进入，分头袭击各个窑洞。慕天明直奔正面的窑，马驹紧握铁叉跟随而进，到门口，慕天明一脚踢开窑门，大喊一声"不准动"，睡在当中窑的民团团长被一声断喝惊醒，一骨碌翻身站起，扑向炕墙摘枪，马驹端起虎叉，猛然向其光溜溜的胸前刺去，虎叉两齿没入胸中。马驹一带一挑，民团团长一头倒栽在脚底。

马驹收好挂在墙上的盒子枪，从两个人身上搜出百十块大洋，交给慕天明说："白洋你拿着，枪我要了。"

"盒子枪还轮不上你要，出去拿杆长枪，手枪你先拿着，回去交出。"

慕天明和马驹走到山寨院时，战士们早已收缴了窑里熟睡者的枪支，裸着上身只穿裤子的团丁也已陆续被游击队战士从石窑里押了出来。民团团丁大多是附近的庄稼人，本不想与红军游击队为敌，都羞愧地耷拉着头站在院子里。慕天明说："你们好多是本地人，不在家伺候老人勤劳耕种，却跟上反动分子，抓捕红军战士，残杀共产党员，们晓得这里头大多是好人家子弟，跟人跑是逼于无奈，但是，也有死心塌地跟上敌人卖命双手沾满共产党人鲜血者。今早起杀共产党员的人主动站出来……"

慕天明话还没说完，残杀共产党人的两个团丁觉得不妙，趁讲话之机，拔腿就跑。马驹眼疾手快，操起虎叉，一个箭步上前，照准一个团丁的赤脊背捅去，那团丁"妈呀"高喊一声，一个马趴跌在院里，毙了命。另一个团丁被慕天明一枪撂倒，也当场毙命。

收拾了两个团丁，其他人吓得浑身打战。慕天明说："这就是他们残害共产党人的下场。从如今看，还没发现你们里头有血债的，愿意回家与家人团聚的就放你们回家，不愿意回家，想跟上游击队戴罪立功的，游击队欢迎。不过，放回家的人再不得参加什么民团，更不得横行乡里残害百姓，一旦发现，严惩不贷。"

慕天明说完，二十来个团丁说要回家，八九个团丁愿意加入游击队。

慕天明说："你们参加红军游击队欢迎，但必须遵守游击队的规定，你们能做到吗？"

八九个人少气无力地说："能做到。"

慕天明看着几个蹙眉瞪眼的人，气不打一处来，恼火地说："看你们几个的熊样，就像三天没吃饭，死蔫得连话也说不响，还能打了胜仗？再问一遍，遵守游击队纪律，能做到吗？"

八九个人这才挺起精神，参差不齐地高声说："能做到。"

慕天明说："要回家的团丁，你们可以现在走，也可以天亮了再走。"

二十来个团丁早已等不得发话。慕天明一说，团丁们三三两两相随，纷纷连夜回家。

团丁走后，慕天明说："村里有三个告密者，你们分成三组，分别抓捕一人，为死难者报仇。"

慕天明说完带着游击队战士下山，来到村里。三个小队分头行动，包围了三个告密者的院子。三四个队员搭成人梯，翻墙进入院子，打开大门，三个告密者三五袋烟工夫就被全部抓获。一小队翻墙开门，三拳两脚砸开窑门时，只有两个婆姨坐在炕上，不见男人，队员正在困惑，马驹突然看见两个婆姨之间平铺着一块被子，被子中间鼓鼓囊囊的，他觉得有点蹊跷，一把拽开被子，果然告密者就在被子里。告密者跪在炕上祷告道："留们一命，们给你们银洋。"

刘冬生队长当即命令其取出银洋，告密者筛糠似的打开平面柜上铜锁，取出二百块银洋，给了刘冬生。

刘冬生和马驹押着头有些秃顶的告密者出来。李丑兴走到他跟前说："冬生，狗日的做饭窑窑里有不少烧肉、肘子、馒头，锅里炖着一锅肉菜，还有热气。"

刘冬生问告密者："你半夜三更准备那么多肉啊菜啊好面馍馍做甚？"

告密者唉声叹气地说："原来准备天一亮就往山寨上送，没想到……"

刘冬生一听火冒三丈，照着告密者屁股咚地踢了一脚，骂道："好狗日的，原来是要犒赏民团的，好让他们吃饱了残害红军和共产党员？"

刘冬生转身对李丑兴说："你去告诉慕队长，通知其他小队过来。天也快亮了，好让弟兄们美美气气咥一顿。"

李丑兴去了不一会儿就和慕天明队长相跟过来了。片刻，二、三小队也陆续带着抓来的告密者来到院子。刘冬生说："慕队长，这狗日的锅里还炖着一锅肉菜，还有不少烧肉、肘子、好面馍馍，是为犒赏民团准备的。我看还是让战士们改善改善生活吧！"

"好，你和丑兴处理吧！"

三个告密者被战士们押到空窑，倒锁了门。刘冬生和李丑兴来到做饭窑窑，加火添柴，又给锅里切了些烧肉，热了热，战士们美美气气饱饱地吃了一顿。马驹吃饱，在嘴上抹了一把，自言自语地说："啊呀，真过瘾，过年也吃不上这么好的东西！"

马驹转身对慕天明说："锅里还有点菜，给那三个告密者也舀上一碗，咱不能让他们做饿死鬼。"

"你和李丑兴舀得端过去，让他们吃饱了好上路！"

马驹叫上李丑兴，舀了三碗菜，端到空窑。三个人哪还有心思吃饭，只是哆嗦着不住求饶。

吃完饭，天已放亮，能看到纵横交错街道上的一座座大四合院，也可以清晰地瞭见黄河对面矗立着的香炉峰。慕天明和游击队员带上剩余的烧肉馒头和没收来的银洋大烟，押着五花大绑的告密者，向河滩走去。

村里群众听说游击队打下了山寨，逮住了欺压乡里的告密者，纷纷向河滩走去。慕天明带着游击队到沙滩时，河滩里面地塄上已站满黑压压的群众，群众一哇声地叫喊："打死狗日的，打死不算人的东西！"

慕天明说："各位父老乡亲，咱河西游击队是共产党的队伍，共产党的队伍就是咱老百姓的队伍，这三个告密者平时欺压乡里，屡次向反动派告密，透露红军和共产党人的行踪。今天，咱们就在河滩将他们就地枪决，为死难的红军和共产党员报仇雪恨。"

慕天明的话刚说完，已做好准备的三个游击队战士同时开枪，三个告密者当即倒地，气绝身亡。

三个告密者被枪决，慕天明随即带着游击队返回驻地。

晌午刚过，院子里已有了一溜凉荫。马驹睡得正香，忽听院子里有人叫他。马驹一骨碌坐起，应了一声，欻地跳到地上，趿拉上两只布鞋，跑到院子问："刚才谁叫我？"坐在树底的李丑兴说："刚才喊你耳朵聋了？别磨蹭了，快点，队长叫你嘞。"

马驹转身进了慕队长屋问："慕队长，您叫我有事？"

慕天明正和刘冬生坐在后窑掌八仙桌跟前说话，听到马驹进来，连忙招呼让马驹过来坐在凳子上。马驹一坐下便问："慕队长，是不是有新任务？"

"县委接到河东支部密报，清泉元昌山驻着二三十人的土客武装，这里头有多一半是河西人，这些人都是穷苦人家出身，靠贩卖烟土打劫富户度日，当家的表面看起来像个白面书生，身手却不凡，厚道讲义气，河东支部已做好了他们参加红军的西撤工作。前黑间，不知甚原因，土客突然绑走了水磨坊高掌柜的女子，听说高掌柜的女子已和晋军连长私订终身，这连长发动人马到处寻找，已确定是这伙土客干的，晋军明天一早将出动两个连的兵力去剿灭这伙土客。他们将面临覆灭的危险，情况万分紧急，河东地形你熟悉，刘冬生队长和土客打过几次交道，和当家的也熟悉，你和他立即动身过河上山，劝他们把人放了，带武器弹药连夜撤回河西。河东支部已在港村准备好了渡河船只。你们看有没有问题？"

两个人都说："没问题，请队长放心。"

"绕开晋军驻扎的村镇，减少不必要的麻烦，收拾一下，立即出发。"

马驹和刘冬生从慕天明队长家出来，带好短枪，立即动身，走山头抄近路，到达元昌山时，天已幕黑。

走到山门对面不足百米的小山包时，马驹喘着粗气，一屁股坐在地上，上气不接下气地说："熬死了，腿困得一步也跷不出去了，坐下歇会儿吧！"

刘冬生也走得浑身疲累，没说话坐下来，仔细看着对面地形。寨子坐落在山顶，四周有石片砌筑的围墙，东南两侧悬崖绝壁，西侧山崖陡峭，怪石嶙峋，一条长满高大茂密柏树的山梁将长满侧柏的北面与绵延起伏的仙童山相连，身底有一道陡坡跨塝可以通往山顶，也是土客的寨门。

没等联系山寨，山寨门岗已发现他们，拉响枪栓，大声呵斥："对面的人坐在那里做甚？"

门岗的喊声和拉枪栓声，惊动了寨子里的土客，山顶地畔上立刻出现了十几杆枪，黑洞洞的枪口对准马驹和刘冬生。

刘冬生听出喊话的土客是河西口音，顺口答道："我是河西游击队的刘冬生，来找你们当家的，烦请兄弟进去通报一声。"

"你们该不是官军的探子吧？"

"不是，不是，兄弟多心了，你们当家的是我的朋友，你进去告他说我到了山寨，他就会明白。"

刘冬生说罢，那位土客转身跑进山寨，不一会儿，跑出来喊："我们当家的说了，可以让你们进寨。"

马驹站起，拉了一把刘冬生，两人顺着长着侧柏的陡坡下去，走过短塝，循石阶小道而上，一进寨门，地畔上端长枪的人把他俩快速围了起来，门岗说："对不起，请交出随身家伙。"

马驹和刘冬生掏出手枪，门岗顺手接过两支枪。当家的牛占山笑眯眯地大步走到寨门口，看见门岗手里拿着两支短枪，挥手示意让交给马驹和刘冬生。马驹、刘冬生接过短枪，别在腰间，几步走到牛占山跟前，牛占山拍了拍刘冬生的肩膀说："冬生老弟，好久没见了。"

"是啊，道不同，见面自然就少，以后会多的！"

进了石片砌筑的寨墙就是寨子，寨子并不大，全依应雨神庙而设，牛占山带着他们经过中间带廊檐的正殿，进入北侧中间一孔窑洞，坐在木板拼凑的简易桌子跟前。一名土客舀来三碗水，放在桌子上，牛占山安顿土客："二臭，出去弄几个菜，我要和弟兄们开怀畅饮。"

吴二臭出去准备饭菜，刘冬生说："占山老兄，简单吃点东西，填饱肚子就行，咱还有要事相商。"

"不忙，天大的事吃饱喝足再说。"

"不能耽搁，情况不妙，明天一早晋军的两个连就要上山包剿你们。"

"兵来将挡水来土掩，大不了和狗日的大干一场。"

"就你这二三十人怎能敌过晋军二三百号人马？"

"打不过就跑。"

"怕到时候想跑也跑不脱。河东支部获得晋军要围攻的消息后，密告河西，河西红军游击支队命我和马驹前来接你们西撤。"

"这些年被巡缉队和官军到处追剿，在深山老林里躲来藏去，过着非人的日子，我是早有打算了，也答应了河东支部，就是怕弟兄们参加红军后不好适应！"

"这不怕，习惯可以慢慢改变嘛！"

"甚会儿动身？"

"今晚连夜就得撤回河西。"

"时间有点紧。"

"紧也得撤，明天早晨就怕来不及了？"

"高家的女儿咋处理？"

"西撤时，把人家送回去得了。"

"这不便宜高家了？"

马驹说："当家的，高家女儿咋样了？"

"没咋样，好好的，我们没动她一根毫毛。"

"这就好，还是占山兄开明。"

"做甚有做甚的规矩，别看土客啸聚山林，但大多是生意人，不到万般无奈，不会随便伤害人，更不会做出那等奸淫坏事。"

马驹说："当家的大恩大德我替高欢欢谢过。"

"你认识高家女儿？"

"岂止认识，还是我一块耍大的好朋友。她在哪儿？我去看看。"

"就在隔壁的窑里锁着，如果是你的朋友，那就把她带过来，这女人哭哭啼啼一天没吃饭了。"

牛占山让一名土客去带高欢欢，土客出了门，直奔北面边窑。

土客走后，刘冬生说："牛当家的，你是甚会儿来到这达的？"

"今年春前。"

"你原来在龙儿山一带活动，咋跑到这达来了？"

"龙儿山到杀人沟一带聚集着二三十股土客，大的百十号人，小的也有二三十号人马，一些土客武装管理混乱，干着杀人越货的勾当，民愤较大，政府成立过几支巡缉队巡查剿灭，但每次巡剿均被土客的武装打败，后来政府转变策略，剿抚并重，一些土客加入巡缉队，剿灭了不少小股土客武装，大股的土客武装，巡缉队也奈何不得，不得已动用官军剿灭，我是在官军开进杀人沟附近时悄悄撤出来的，我撤走没多久，土客武装就被官军全部剿灭。如果我不能提前撤出来，也被官军给打失散了。"

"你是甚会儿决定回陕北参加红军的？"

"以前老刘给我写过信，劝我过河参加红军，那会儿也有心思回去，可又放不下生意，撤到元昌山一带后，晋军关卡太多，生意不但不好做，脑袋常在裤腰带上别着，时刻有被剿灭的危险，日谋夜算着回乡参加红军，幸好河东支部前几天上山，陈其利害，劝我快下决心，早日过河，我已答应他们。前天收了人的好处，绑了个女人，原想绑回来吓唬吓唬挣点好处放回去，没想到这家伙竟然是晋军连长的女人，静下心来想想，人家不收拾你才日怪了。"

刘冬生和牛占山说话的工夫，高欢欢被带了过来，站在脚底一言不发。马驹走到跟前说："欢欢，让你受委屈了。"

高欢欢抬头看了一下是马驹便说："你不是跑了，咋又和土匪鬼混到一起了？"

马驹未回答她的话，径直走到跟前给欢欢解开绳索。欢欢噌地站起，冷不防照马驹脸上甩了一个巴掌，火悻悻地说："原来是你捣的鬼？"

马驹摸摸火辣辣的脸解释道："欢欢，你误解了，我们是接牛掌柜过河参加红军，发现你被绑，和牛掌柜说好，一会儿西撤时顺路送你回家。"

高欢欢说："鬼话连篇，滚一边，我不想见到你。"

刘冬生说："欢欢，你误解了，马驹说的话没错。我们是从河西浮河过来，连夜赶到这儿的，绑你与他没有一点关系。"

牛占山也哈哈大笑着说："女子，你真不识好歹，人家马驹替你求情让我放你，你不但不领情，反而打人家，要不是他们求情，我也要走正路，哪能那么轻易放你走，咱不伤害你，最起码赎人也得一大把银钱吧！再说了，我们绑你是花了人家银子的，好歹也得给花钱者有个交代。"

高欢欢听刘冬生和牛占山一说，明白自己误解了马驹，赶忙说："对不起，马驹哥，是我误解你了。"

马驹说："没事，只要你不误解就行了。"

几个人说着话，厨房端上了饭菜，马驹早已饥肠辘辘，拿起小碗口大的馍馍埋头吃了起来，吃了半个才抬起头说："你们也吃。"

马驹说着，顺手递给高欢欢一个热馍馍。高欢欢接过馍馍，慢慢吃了起来。

牛占山说："我已吃过饭，但酒是必须喝的。"

牛占山说着倒下三碗酒，三个人喝了酒吃了饭，牛占山命令两个心腹率先到山底村里收拾藏匿在隐蔽处的金银细软和弹药，其余人马收拾值钱急用的东西带好连夜准备出发。

过了半个时辰，约莫收拾得差不多了，牛占山集合土客出发，高欢欢由马驹招呼随队行走，到镇子附近时顺路送回家。

带着土客武装到湾头村附近时，马驹先把欢欢送到家门口，返回后，带着土客避开驻守晋军，走山路近路。到达港村船跟前时已鸡叫三遍，躺在船舱里的两个艄公听见河滩的脚步声马蹄声，赶忙爬起，在船边划着火柴。刘冬生看见河边有火柴晃动，也掏出火柴划着晃了晃，船舱里艄公低声喊："河滩里走过来的可是刘冬生？"

"是。"

"赶紧过河，天亮了就不好说了。"

马驹招呼人们快速跑向河边，拉着两匹马踏着船边木板，进入船舱，其余人也快速登上了船，艄公解开缆绳，将长杆在岸边用力一撑，木船很快进入激流，顺流而下。艄公双手操棹入水，猛力在巨浪中或左或右摇着棹，斜刺里向对岸行去。

隔了两三天，马驹训练完，拖着疲惫的身子，刚躺在炕上歇息，就听到院外两个驼铃交相叮咚作响。马驹好奇，下了炕，跑到圪旦一看，头戴草帽身穿黑裤对襟疙瘩扣白布短袄的中年汉子正在给树上拴骡子，马驹问："大哥，你的两匹骡子驮着大瓮做甚，用不用小弟帮忙？"

赶牲灵的汉子回头看了一眼马驹说："用啊，搭把手，把大瓮卸下来。你来得正好，省得我喊天明队长出来帮忙。"

马驹扶着大瓮，赶牲灵的喊："不能扶大瓮，扶搭在鞍子上的长腿木驮架。"

马驹和赶牲灵的用力扶起木驮架，将其稳稳地放在地上。马驹低头一看，里面还放着半瓮东西，笑嘻嘻地说："瓮里还放着这么多东西，怪不得死沉。"

赶牲灵的说："前几天，慕队长说游击队要回村休整几天，让们给他籴些好面豆面回来，这不，给籴回来了。"

马驹听说是给游击队籴的，从瓮里拿出面袋，两只手各提多半口袋回家，放到队长居舍，回到侧窑歇着。

慕天明看见赶牲灵的提回面来，赶忙溜下炕，握着手说："老李，辛苦了。"

"不辛苦，咱每天做的就是这营生。"

李兴荣说着弯下腰解开面袋说："这是从河东湾头村高掌柜那籴的面，听说那高掌柜的女儿和阎军连长相好，那连长经常钻在高家水磨坊不走。"

"我在水磨坊装面时正好碰上那连长，听他说，老蒋已电令阎锡山出兵入陕，出于自身安全考虑，阎锡山已答应老蒋入陕清剿红军，指挥部已驻扎在河东四十里的清泉镇，正在调集部队，据说有五个旅十二个团的兵力，先遣旅已结集清泉镇，不日将渡河，陕北根据地恐怕有难了。我昨天一过河就把消息告给了县委交通员，让县委报告特委、省委，早做御敌准备。"

"哦，原来你籴高家的面是有目的的。"

"你以为们是做甚的，赶上骡子走东跑西受死烂活不就是为个这？"

"不怕，兵来将挡，水来土掩。咱陕甘红军加上地方游击队少说也有上万人马，阎老西的部队进入根据地人地两生，寸步难行，如同睁眼瞎，怕他连尿水子也喝不上！"

马驹听到李兴荣说水磨坊高家的女儿和连长相好，没事老往高家磨坊跑。他想，一定是贾天祥和高欢欢已确定了结婚日子，既然欢欢同意嫁给贾天祥，那一定有她的道理，他看出来欢欢喜欢贾天祥，贾天祥也喜欢欢欢。论地位论钱财论长相，贾天祥都在自己之上，可他心里一直爱着欢欢，面对即将成为贾天祥妻子的欢欢，他心里既祝福又心有不甘，他想去看看欢欢，也想在结婚之日吓唬吓唬贾天祥，让他不敢欺负欢欢。

十六一早，天还黑乎乎的，游击队正准备集合训练，马驹就心急火燎地向队长请假，慕天明问："请甚假？"

"逃走一个多月，我的死活，居舍根本不清楚，娘在居舍操心挂念，肯定急坏了。我想回居舍看看娘，好让她老人家晓得我还活着。"

"看来你还是个孝子。清泉镇如今驻下不少晋军，一旦让人家抓住你这个共匪，肯定不会有好果子吃。"

"我如今走，赶今黑间半夜返回。"

"你带个人，好互相有个照应。"

"让李丑兴和我一块走，他会浮河，往返黄河码不住事。"

"一定要注意安全，快去快回！"

马驹叫上提前约好的李丑兴，绕垣过沟翻山，从石城北面石迪下山，脱掉衣裳，布衫鞋装在裤裆，缠扎在头上，跳入波涛汹涌的黄河里，斜刺里向对岸游去。

李丑兴的水性并不次于马驹，或而踩水坐浪，或而侧泳爬泳跃进，或而与马驹并行，或而超越马驹，两人喊叫着追逐着，不一会儿工夫就游到对岸。二人从军渡渡口上岸，翻越八盘山，顺公路到了清泉镇时，快到晌午。马驹想回家吃饭，可又怕被贾天祥的人发现，只得压低草帽，和李丑兴在火神楼跟前背道口拐角隐蔽处小摊前吃了一碗桃黍饭，从背道上坡，进了二郎庙。二人在戏台上拉呱了会儿，觉得肚子仍然有些饿，就走出庙院小门，刚出庙门，听见街道铜锣细鼓，鼓乐唢呐阵阵，笙箫丝弦齐奏。

马驹想看看娶亲队伍的阵势，拉着李丑兴出了庙门，顺巷子走出来，街道两侧已站满了看热闹的人群，马驹问看热闹的人："今街道谁家娶媳妇？"

看热闹的人说："是贾存儒的儿子、阎军一个连长，娶了湾头村水磨坊高升家女子，听人说气派得很，我们也是出来看稀罕。"

马驹一听是高升家女子，就明白是贾天祥迎娶高欢欢，可他不明白贾天祥一直自称河北人，怎突然变成了贾存儒的儿子，贾存儒在镇子里是村长，也是一个财主，这样的身世应该是可以夸出口的，可贾天祥为啥隐瞒了自己的身世。是要考验高欢欢，还是部队有甚规矩，还是他本人另有隐情？马驹想了半天也没想出个道道。

马驹站在人群里还在想，李丑兴在他腰里戳了一拳说："呆迷，赶紧走！"

马驹赶忙从人群里闪了出来，随李丑兴躲在过街楼楼洞拐角处，等待着娶亲队伍过来。两袋烟工夫，娶亲游街队伍露头，炮童铜锣大红纱灯前面引路，十来个全副武装的士兵开道，飞虎旗、金瓜、斧钺、朝天蹬、粉棍、隔路、日照、芭蕉扇仪仗前行，笙箫丝弦紧随，迎亲轿、新郎轿、新娘轿、送亲轿四顶九凤朝阳花轿逶迤前行，轿后是一队士兵护卫，护卫后面唢呐队收尾，娶亲队伍前呼后拥，蔚为壮观。整个街道炮仗作响，笙箫唢呐齐奏，此起彼伏。

游街队伍走到过街楼跟前，被当街放着的长凳子挡住去路，乐队知道规矩，鼓着腮帮子，起劲地吹着将军令、得胜回营的曲牌。贾天祥晓得规矩，当街道摆放凳子是人们要吃喜烟喜糖。看见行进队伍停了下来，他整了整长袍马褂簪花礼帽，拽了拽身上斜披着的红绿龙凤呈祥花红，从轿子里探出头来，一把一把地给街道人群撒了水果糖和香烟。人们捡到水果糖香烟，拉开长凳，迎亲队伍沿街向西而去。

娶亲游街队伍走后，马驹想，如此隆重排场的娶亲场面，我马驹可能一辈子也达不到，自己喜欢高欢欢，就是想让她过上好日子，从现在看来，自己就是真的娶她回家也不会让她过好，反而会跟上受罪。高欢欢嫁给贾天祥，不一定会大富大贵，但至少不会跟上受制，加上贾天祥喜欢高欢欢，所以，欢欢以后的日子也不会差到哪里，自己唯一能做的就是默默为她祈祷，让她过上舒坦日子。想到这里，马驹心里豁然开朗，他无论如何不能暗害贾天祥，只能是吓唬吓唬，让他和欢欢更好一些。

马驹想了半天，叫上李丑兴往山上走去，走到地里，看见地畔上吊了小碗大小的一畔南瓜。马驹挑拣了结两颗的南瓜蔓，小心摘得两颗南瓜，用随身携带的短刀在树底空地挖了个小坑，又挖空小坑坑底，留有薄薄的一层黄土夹层，坑底与地面通了一个拳头大小的窟窿以便排烟。马驹把掏掉南瓜子的带盖空心南瓜轻轻放在小坑里，覆上一层湿土，拾掇了些柴火点燃，直烧到湿土冒着阵阵热气，湿土快烧黄，闻见南瓜的淡淡清香，才熄火。马驹让南瓜在烧得发黄的土里焖了一会儿，拨开周边土，露出了熟透了的南瓜。俩人嗅嗅热气腾腾香喷喷的南瓜，各自用双手端到树跟前，揭起盖子，用刀把瓜身割成瓣，一瓣一瓣吃掉。二人吃了南瓜，返回二郎庙，躺在戏台上，酣然入睡。

马驹一觉醒来，天幕已降临，西面的黑云已铺满半天，随着微风，翻滚着奔腾着向东蔓延，霎时，铺满了东面的半边天，黑压压的乌云越来越密，越来越低，大有黑云压城城欲摧之势。马驹觉得天要下雨，赶忙叫醒李丑兴，拉着他走山路绕过镇子，跳沟翻山。二人从湾头村后山小沟渠里下来，观察了半天老爷庙连部和村子四周动静，确定部队没任何动静，才悄无声息地贴着墙崖回到了家。

马驹一回家，他娘担心地说："猴爷爷，你咋敢回来？让贾天祥逮住，还有你的活路？"

马驹说："妈，没事，儿子操心着哩。这不，游击队还给我派来李丑兴，跌下打下也有帮手。我如今也是有娘家有馻家的人，河西游击队和我挺好。"

他娘刘库银低声说："说得低些，让人晓得你跟了游击队，贾天祥更饶不了你。"

一声炸雷横空滚过，惊得刘库银后退两步。紧接着一道闪电光亮欻地斜斜射进窗户，豆大的雨点啪啪敲打着地面，刚洒湿地皮，一阵大风刮过，雨住云退，月亮羞答答地从退去的厚厚的云层里闪出来，露了一下脸，又被云层淹没。

马驹走到门口，望了望天空说："这老天变脸真快，刚才还电闪雷鸣，突然就风停雨住，就一阵过云雨日哄人。不过也好，不下河里没事，下大了河上的水磨坊又要遭殃。"

刘库银说："高欢欢已经嫁给贾天祥连长了，你还替高家操心？"

"河上有四十八盘水磨，又不只高家一家。"

"你变了，不仅操心一家，还在替众人操心。"

"娘，贾天祥不是河北人？咋突然就变成了贾存儒家儿子？"

"这小子一直在外念书，当了兵也就一年回来一半次，回来也不穿队伍的衣裳，好多人晓得贾存儒有个儿子在门外，却晓不得有个当连长的儿子，就连欢欢和他爹娘都弄不清楚，直到订婚时高家才弄清楚真相。"

"贾天祥嘴牢得多嘞，这么长时间能皮住，是我早就由不得告人了。"

"贾天祥答应欢欢婚后在咱村居住，已在村东买了一个小四合院，一应家具齐全，听欢欢说，住过八天，他们就回来住，这样贾天祥照应队伍也方便。"

"贾存儒同意让儿媳妇住在自家村不回镇里？"

"贾存儒再厉害，也做不了连长儿子的主，不同意也得同意！"

马驹明白贾天祥这几天住在镇子贾家大院，要吓唬他有了困难，但转念一想，还是先吃饭再做打算为好，回头问娘："有甚吃的？还没吃黑间饭哩！"

"没甚好的，只有些桃黍糁糁、玉桃黍糁糁和米，还有一把粗豆面、糠窝窝面，你们吃甚呀？"

"熬上些桃黍糁糁，再抿里点豆面抿尖，李丑兴第一次来咱家，咱给他调剂得好点。"

李丑兴说："大娘，我无所谓，有甚吃甚，能填饱肚子就行。"

"那你们等着，我做饭去。"

刘库银转身到外面土窑窑里做饭，马驹在家里翻找了糊窗裁下的麻纸，在圪旦畔掰了一堆杨柳条子，在居舍找出一截粗麻绳两根细麻绳，在木箱里翻出两件旧白号衫，挖了一把豆面，出了一勺子面糊，糊了两顶长筒子尖顶纸帽子一根哭丧棒，又在一块布绺子上贴上红纸。李丑兴用杨柳条蘸着调湿的锅底黑煤，给两顶纸帽子分别写上"正在捉你""寻你来了"字样。马驹趁娘做饭不注意，把东西拿出去藏在墙外拐角处。

马驹和李丑兴吃了饭，和娘说了会儿话，怕睡觉醒不来，喝了两大碗水，躺下睡觉。马驹被尿憋醒时，已是半夜三更。他揎醒李丑兴，告别了娘，在锅底摸了一把黑，抹在脸上，出了院子，顺马路快速走到镇里，找到贾家院，穿好白衣服戴上白帽子。李丑兴拿着麻绳，马驹拿着哭丧棒红布绺子，蹑手蹑脚来到贾家院附近，圪蹴在另一家窑垴畔细细观察，只见院里挂着一溜大红纱灯，纱灯延伸到东跨院小院，大门紧闭着，门口吊着的一对红灯笼还亮着，两个卫兵抱着枪，斜倚在门墙上打盹。

马驹和李丑兴觉得时机已经成熟，悄悄下了垴畔，轻手轻脚走到拐角处，在底下炭仓里捡了一小块炭扔过去，两个打盹的卫兵依然斜倚着不动。马驹和李丑兴贴着墙根走到跟前，一左一右跃起，明晃晃的小刀顶在卫兵的咽喉处，低声说："不许出声，小心白无常要了你俩狗命。"

两个士兵看见传说中的白无常，早已吓得浑身筛糠似的，软瘫在地上。马驹和李丑兴从卫兵裤兜里掏出手巾，塞在口里，捆好两只胳膊，连拉带扯，拉到院墙外圪塄塄里，分别捆在两棵柳树上。

马驹和李丑兴轻轻拧开门闩，推门走进院子，观察退路，看见东面通往巷子里的小门闩紧紧插着，马驹过去拉开门闩，打开门，折转身，来到放着笤帚的洞房门上，手擩进门旮旯，顶开里面门关关，轻轻推开门，"呜……呜……啊……"地低声呜哒了几声。贾天祥被呜哒声惊醒，一看是黑白无常鬼手拿绳索雪白狼牙棒伸着长长的舌头在脚底飘来飘去，吓得扔掉被子，欻地跳在脚底，扑到墙崖去摘手枪。马驹和丑兴忽闪了几下，退了出来，倒关了窑门，在窗门前飘来飘去。马驹嘴里衔着红布片说："贾天祥，马驹做了水鬼不服，到阎王爷处告状，说是你害了他，阎王爷命我黑白无常前来捉你过堂受审。"

贾天祥说："俗话说，鬼通人性。黑白无常，我可没害马驹，原来还想捉他，按通共论处，可高欢欢不让，也再没派人追查。你们到底是什么来头，不用装神弄鬼了，有本事说清身份，咱真刀真枪地干，老子才不在乎你们的那两下子！"

马驹说："我们的身份已经告你啦，就是阎王爷的手下黑白无常，专捉世上歹人进阴间受审的。不过马驹也说了，如果你待欢欢好点，他也不告了。如果你待欢欢有二心，我黑白无常还会来捉你的。"

马驹说完，又在窗户前开始飘动。贾天祥大声喊卫兵，卫兵没有任何反应。他又跑到门口开门，门也打不开，只得对准窗户啪啪就是两枪。马驹和李丑兴怕枪声惊动镇子里的队伍，赶忙从小门出来，解开两个卫兵绳索说："你俩的枪阎王爷收了。"

马驹和李丑兴背上枪，舞着长袖，在两个卫兵跟前飘了飘，伸了伸舌头，飘然离去。马驹和李丑兴脱掉号衫，从干炭窑沟快速跑上山头二郎庙，站在庙畔瞭哨，才听见两个卫兵杀猪似的喊叫着"碰见鬼了，碰见鬼了"。

马驹和李丑兴瞭见三郎堡灯火通明，士兵的吵闹声夹杂着杂沓的脚步声响作一团。两人猜想一定是贾天祥的枪声惊动了镇子里的晋军，二人不敢久留，顺山梁一直向西跑，出了镇子后下山，沿公路向西，连夜渡黄河返回慕家垣驻地。

第五章

贾天祥向窗户外打了两枪。深夜的枪声，惊动了三郎堡驻军，也惊醒了远在老爷庙熟睡的贾天祥连队。团部警卫连长一骨碌从床上爬起，立即命令全连集合警戒，自己跑到后院向团长曲文清报告。正在呼呼熟睡的曲文清团长被一阵急促的捣门声惊醒，挪了挪肥胖的身子大声呵斥道："半夜三更鬼叫甚？把老子的美梦也搅和了。"

警卫连长着急地说："团长，刚才镇子里有枪声。"

曲文清骂道："尿样，有个枪声就大惊小怪，到了战场还不吓成憨怂。还不带人下山查查情况？"

警卫连长得令，迅速带着一个排出了山门，下坡来到镇子，看了坡底沟口、背道和另外几条巷子，巷内鸦雀无声，没有任何动静。警卫连长带着人转到主街。主街一切正常，家家店铺厚厚的木板门紧插，大门牢牢关着，往西走走，贾家院子里明晃晃的，有两个不带枪的警卫哆哆嗦嗦分列大门两侧小石狮子跟前。警卫连长问："刚才是哪儿枪响？"

两个警卫说："是我们连长梦见了恶鬼闹宅，向窗外打了两枪。没事了，他们已经安然入睡了。"

警卫连长火惇惇地说:"这个贾天祥,纯粹胡闹,我们走。"

警卫连长带人正要离开,忽然听到巷口有杂沓的脚步声,马上让士兵隐蔽起来。孟飞带着十来个人端着枪从南口跑了进来,团警卫连的人枪栓拉得咔咔响,黑洞洞的枪口对准贾天祥的警卫班,高喊:"站住,你们是哪一部分的?"

贾天祥警卫肖明眼尖,看清对方穿着是自己人,赶忙应道:"别开枪,我们是贾连长的警卫班。"

团警卫连长知道贾天祥的人下来了,不冷不热地说:"我们撤了,快去照应你们的憨怂连长吧!"

团警卫连的人走后,孟飞带着警卫班,手里提着武器,向贾家院赶去。跑到贾家院门口,两个警卫跑到跟前,浑身哆嗦着,结结巴巴地说:"鬼,鬼,闹鬼了。"

孟飞掏出手枪,抬脚在两个警卫屁股上当当踢了两脚,高声骂道:"放你妈的狗屁,哪有甚鬼,一定是有人在装神弄鬼。保护不了连长,要你们这些赖怂做甚,信不信老子一枪毙了你们。滚,还不快点看看贾连长甚情况。"

两个警卫被班长两脚踢醒,慌忙兔子似的向贾天祥的院子跑去。警卫班到院子一看,洞房内蜡烛已点亮,窑门却倒关,肖明开了门,走了进去,高欢欢穿着婚服哭着,贾天祥坐在炕边,抱着欢欢安慰。

孟飞进门立正报告:"贾连长,警卫班全部赶到。"

贾天祥火惇惇地走到门口说:"门口的两个门卫呢?"

站在院里的两个门卫听见连长发问,赶忙敬礼。贾天祥问:"刚才你们俩是卖甚吃喝的?"

门卫战战兢兢地说:"我们被黑白无常鬼绑在院外的柳树上了,飘走时,背走了枪,还给我们解开了绳子。"

贾天祥手在窗台上啪地拍了一下,噌地跳到圪台底,手指着两个门卫,恼火地说："胡说，鬼还捆人？如果真是黑白无常鬼，逮人还能让你有感觉？两个窝囊废！"

贾天祥骂着门卫，三个排长各带一个班赶到，得知刚才发生的事情，骂骂咧咧地数落着警卫班无能。

孟飞说："三位排长别骂了，都怪我没本事。我们现在到镇里搜查，看能不能逮住装神弄鬼者。"

贾天祥说："算了吧，半夜三更，袭门捣窗，堂堂一个连长叫装神弄鬼者戏弄，这事传出去，岂不笑掉大牙？留两个门卫，其他人回连部歇着吧！"

孟非说："那被抢的两支枪咋办？"

"报损算了。到连部重领两支，此事一板压了，从此再不提起。"

三个排长和孟飞带着人马回了驻地，肖明和另一个警卫士兵留下来站岗。贾天祥回到洞房，高欢欢坐在炕边仍然心有余悸。贾天祥坐在欢欢跟前，搂着她，能感觉到欢欢依然心慌眼跳。贾天祥抚摸着欢欢的身子，关切地说："不怕，有我在，甚事都没有。"

高欢欢说："我清清楚楚看见两个鬼浑身白长衫戴着高帽子伸着长长舌头，龇牙咧嘴在脚底和窗户上游荡，吓死人了！"

"不要怕，那一定是有人在装神弄鬼吓唬咱。你想想，如果是黑白无常逮人，是逮人的魂魄，还用拿上绳子捆人？临走还带走门卫的两支枪，枪是凶器，能辟邪，鬼见了也怕，咋还能大摇大摆地背上就走？"

"我隐隐约约听见一个鬼说马驹做了水鬼，难道马驹被水淹死了？"

"马驹那么好的水性，咋能淹死？除非有人要专门害他。"

"淹死的全是好手，不会水的连河也不进，更淹不死！"

"是啊。我觉得马驹没死，说不定就是这狗日的鼓捣的。要不咋还说让我对你好点，绝不能有二心，如有，还要来捉我。"

"如果真是马驹鼓捣的，他也是为我好，怕你慢待了我，才出此下策。你就看在我的面子上，不要追究了。如果追究下去，就算你逮住他，送到老监，我们一村一院又是从猴时耍大的，他还帮了我家不少忙，你让我如何面对村里人。"

"他嗾狗咬伤我，你不让追究，我答应了你。现在，狗日的又装神弄鬼来戏弄我，还抢走了我的两支步枪，你说我能饶了他？"

"又不一定是马驹，我说如果是。依我看，丢了两支枪，和上面领两支就是了，何况这种事你又说不出嘴。我们要懂得宽容人，宽容别人，其实就是宽容我们自己，多一点对别人的宽容，我们就多了一点轻松的生存空间。我们可不能忘了老人常说的'宽猛相济能成事'的道理。"

"你说得没错。其实马驹也没害人之心，主要是嫉妒我娶了你。"

"这很正常，如今我已是你的人了，他再嫉妒也不起任何作用，以后就不会再有出格行为了。"

"你说不用追究了？"

"不用了。"

贾天祥和高欢欢说了会儿话，村里的鸡叫了起来，贾天祥说："欢欢，睡会儿吧，今天折腾了一整天，累得。"

欢欢脱扒了衣裳，钻进被窝。贾天祥从里面关了门，拿锁子锁死，脱掉衣裳，吹灭蜡烛，噌地扑到炕上，揭开欢欢的被子，哧溜钻了进去，紧紧地抱着欢欢。欢欢说："天祥哥，那两个无常鬼咋还在我眼前晃来晃去？"

贾天祥的胸脯紧紧贴着欢欢的胸脯，手指轻轻抚摸着她光滑的脊背，轻声说："刚才吓坏了。你不要看窑顶，看着我，不要想刚才的事，就看不见了。其实，神神鬼鬼是心中之事，你相信有就会在大脑里出现影子，不相信就不会出现。你把无常鬼当作是马驹装的就没事了。"

贾天祥一提醒，高欢欢意念转到马驹假扮恶鬼，果然，那无常鬼没在眼前出现。

贾天祥说："古人有句话，心魔即是魔，降魔者必先降自心，心伏则群邪退听。你看，心里不想无常鬼，不是就消失了？"

贾天祥手不停地抚摸着欢欢，一条腿在欢欢的腿上摩挲着，他能感觉到欢欢的脸滚烫滚烫，自己也浑身燥热，噌的一把扳平欢欢，纵身一跃……

马驹和李丑兴背着两支六五式步枪，半早晨时，满心欢喜地赶回慕家垣驻地。游击队战士看见他俩背着两支好枪，围过来看稀罕，马驹把枪紧紧地抱在怀里，右手不时摸摸枪管，昂着头，得意地说："有甚好看的，有本事自己也去抢一支啊！"

刘冬生趁马驹说话之机，冷不防一把抢了过来，唰啦唰啦拉了两下枪栓说："是把好枪，不但比咱们的土枪、老套筒好，就是比前些时缴获的小马枪也应手。看你个熊样，咱游击队战士，哪个人上了战场不抢一半支枪？"

李丑兴说："是啊，拿回一半支枪，不值得炫耀。说不定拿回枪，还得挨批！"

李丑兴刚说完，慕天明队长从居舍走了出来，看见马驹和李丑兴每人拿着一支六五步枪，走到跟前问："步枪是咋来的？"

马驹说："摸了河东阎军连长的门岗，从他们手里抢的。"

"胡闹，无组织无纪律。马驹，你不是说请假回家看娘，咋能擅自行动？"

"我们只是扮成黑白无常鬼吓唬贾天祥连长，没想到两个站岗的是怂包，一吓唬就软得坐在地下不能动，我们就顺手牵羊，拿走了枪。"

"一旦失手，被阎军逮住，你们还能活命？"

马驹低垂着头，一言不发。李丑兴说："也怪们没及时阻止，还参与了行动！"

慕天明火悻悻地说："李丑兴，你是老战士了，难道你不晓得游击队的纪律规矩？"

"晓得。"

"晓得，还明知故犯？你们俩给我写出书面检查，深刻反思。"

马驹说："队长，我不识字，这不是要我命吗？除去写检查，你咋罚，我都认。"

"不行。不识字，可以跟上人学。会写字的人，哪个不是学来的？"

慕天明说完，转身回到居舍。马驹挠着头皮，愁眉苦脸地说："丑兴，你说我咋办呀，双手画不成个八字，打死也写不成检查，要不你替我写吧！"

"不成。我的字队长能认得，一看就露馅了，害得我跟上你还得挨批评。"

"这咋弄呀？"

"学呗！"

"咋学？"

"你说检查内容，我写下字，你照上抄如何？"

"试试看。我说你写，尊敬的慕队长，我名为回家看娘，实际是装神弄鬼要吓唬贾天祥连长，让他对欢欢好点。我的做法是错误的，是冒险行为，违反了队里的规定，甘愿受罚。你说行不？"

"行。你和慕队长借下纸墨笔砚，我给你写。"

马驹嘟囔着说："求你替我写几个字，还要去借东西，和你们这些识字的打交道真麻烦！"

"嫌麻烦你自己写去，省得我教你。"

"不嫌，不嫌，我这就拿去。"

马驹赶紧跑到慕天明居舍，拿来纸墨笔砚，李丑兴照着他说和话写好。马驹一看，黑压压的，闹不清写的些甚东西。李丑兴就逐个教他认字，认得字，又掰了几根扫帚圪枝，在院地上教他。折腾了一早晨，马驹头上冒汗，背上的衣裳濡湿一大片，晌午饭时，才照上丑兴写好的字，歪歪扭扭写过了一遍。一写完，马驹高兴地跳起来说："丑兴，我会写了。"

"看你写的和蚂蚁爬过一样，鬼才能认得？不行，吃了饭练习上两次，再给纸上写。"

"啊呀，这营生比到地动弹也熬人。行，吃了饭练一会儿再朝纸上写。"

吃完晌午饭，马驹圪蹴在院里继续练字。歇晌起来，马驹就拿着写得东倒西歪的检查见慕天明。慕天明接过来一看，哈哈大笑着说："你的这字大的大小的小还一边倒，像瞌睡虫一样，有的地方是一片黑疙瘩，和洋码子差不多，实在难认，不过能看出你的意思，敢下手写，就应该受到表扬，以后跟上识字的多认几个字，不论做甚都有用。不识字，一辈子当个睁眼瞎，你自己也不愿意吧？去吧，这枪归你了！"

"是，谢谢队长。"马驹喜笑颜开地立正敬礼，从慕天明居舍跑了出来。

十来天后，贾天祥接到团部过河剿共命令。半前晌，他回到已搬到湾头村的小四合院家，高欢欢看到他一脸愁云，坐到跟前问："你每天脸上挂着笑容，今咋啦？一脸地不高兴。"

贾天祥唉声叹气地说："旅部接到上峰命令，先遣六旅在陕北一带受到红军重创，要我们七旅过河协助剿共，解除六旅困局。"

"甚时出发？"

"三天后出发，这两天准备粮食弹药。旅部调来的军粮大米是现成的，麦子还都是颗粒，需要推成面粉。军需主任知道咱家有水磨，就把磨面生意让给了咱家，你说爹愿意不愿意？"

"挣钱生意哪有不愿意的。"

"这可是个苦营生，得连明昼夜推才能赶上。"

"只要能挣下钱，爹就能吃下这苦。"

"不过，得和爹说说情况，看他甚意思。"

"那你赶紧去吧，确定下来，让他赶紧着手推碾事宜。"

贾天祥从居舍出来，直接去了丈人家，高升看见女婿过来，赶忙让座倒水，贾天祥说："爹，有一桩生意，你做不做？"

"只要是挣钱买卖咱就做。做甚？"

"部队要过河剿共，有一批麦子要加工。"

"数量大小？"

"数量较大，出发时就得推好一万斤。四五千人马，每天要吃要喝，得消耗大量粮食。"

"数量不小，也是好生意，就是和部队打交道太麻烦，我是怕推了碾，连工钱也要不下。"

"不怕，军需主任和我关系不错，结婚时，他还来喝过喜酒，既然是照顾，就不会骗咱，好歹我还在部队上，如果有克扣情况，咱就给他点好处，也划得过来。"

"你说能行，咱就做。这段时期，正好是空档。"

"咱去见见军需主任，他们有运输车，商量好，让他们送粮拉面，咱也省点心。"

二人说走就走，出了湾头村，从河头前顺水壕乘着柳树的阴凉西行，不到半个时辰，到了镇子西头双塔寺军需处驻地大门口。贾天祥望着高高的双砖塔问："爹，这塔能不能上去？"

高升说："双塔是两座五层八角水磨青砖雌雄塔，一个空心，一个实心，空心的可以上去，实心的上不去。这清泉镇可是一块风水宝地，就像一条龙，镇子街道是龙身，鸽子寺是龙头，双塔寺是龙尾。双塔寺东的一池绿水，就像一盘砚瓦，双塔倒映在池水里，有双笔临砚之势，自古就是个出文人的地方。"

"怪不得这镇子如此繁华。"

"清泉镇人称'小北京'，说的就是繁华，北京能买到的东西，这儿都可以买到。你再看，寺南寺西大片大片的荷花，实在是让人心醉。"

贾天祥往南往西瞭瞭，果然是一片片碧绿的荷花正开着粉的白的花儿，贾天祥说："真美，我住在这儿也几个月了，竟然没发现有这般景致。"

贾天祥和岗哨说明情况，拉了拉高升的手，进了塔院，从倒坐戏台东侧鼓楼跟前圪台走入后院。后院是一个标准的四合院落，正面观音殿、配殿为明柱厦檐高圪台，东西两侧偏殿筑有明柱厦檐，正殿相对的是雕梁画栋戏台和钟鼓楼，戏台里和钟鼓楼底窑洞里垛满了一麻袋一麻袋的粮食。贾天祥来过两次军需处，熟悉院里的情形，院里稍待片刻，直接进了军需处许主任东侧办公室。

贾天祥和高升一进许主任办公室，胖乎乎的许主任摸了摸已谢顶的几根稀疏头发，站起来握着高升的手，笑着说："这就是你老泰山高掌柜吧？"

"是鄙人的泰山。"

"你们商量好了？"

"商量好了。"

"连明昼夜一天能推将近两千斤，再联合高家水磨坊不存在问题。"

"按你这么说来是没啥问题了！"

高升不好意思地说："推砲钱不存在问题吧？"

许主任呵呵笑着说："这么大的摊场，还在乎你的一点加工费，放心推吧！"

高升点着头说："这就好，这就好。"

贾天祥说："许主任，运送还得有劳主任安排，麦子拉到水磨坊，好面再拉回咱军需处粮库，要不然，老泰山少人没手，运送起来也不方便。"

"好，下午就往过送麦子。"

眼看就到晌午，贾天祥叫上运输队长、守库排长、军需管事的几个人陪同许主任去了镇子里最好的饭店复香园吃饭，高升兀自回家收拾水磨坊。

贾天祥和许主任几个吃完饭又返回军需处，装了三四千斤麦子，随运输队一起回到湾头水磨坊。贾天祥卸下麦子，回到连部，安排警卫班两人一组，轮流到水磨坊帮忙，安顿好后，自己回家歇息。几天来，水磨坊隆隆的磨面声昼夜不绝。

四天来，高升吃住在磨坊，瞌睡困倦得厉害，就让帮忙的警卫班士兵看会儿磨眼，自己腾出身来，囫囵身躺在磨坊外的旧木床上歇上一半个时辰解解乏，爬起来继续干。第四天天刚黑，高升磨坊和高廷贵磨坊磨完所有麦子，交代给运输队。高升躺在旧木床上舒展身子，一躺下就已呼呼入睡。高欢欢提着饭盔子送过饭来，见爹躺在床上睡得正香，轻声叫了几声，她爹依然毫无反应。欢欢轻轻揎了几下，他爹哼了几声，翻了翻身，又顾自睡去。欢欢看见爹累成那样，也不忍心强行拉他起来，就面向河水，坐在壕边，听着哗哗的流水声和柳树上啾啾的鸟鸣声，凝视着微风吹拂下泛起层层涟漪的河水，想想刚结婚就要离她而去的贾天祥，心中勾起阵阵忧伤。

高欢欢坐了一阵，爹躺在床上依然鼾声如雷。欢欢着急回家，从壕边站起来，走到床边，使劲地揎着爹，高升觉得有人揎他，拖着疲软的身子从床上翻身坐起，右手杵着眼说："硙眼没麦子了？"

欢欢说："爹，是我。睡觉还在谋算你的硙！"

"我还以为是帮忙的叫我呢。"

"这批麦子不是全推完了？"

"推完也拉走了。没推完，哪有时间睡大觉？"

"给你送来饭，回家吃吧。"

"好，回吧！"

高欢欢锁了磨坊门，提着送饭盒子，和爹相跟着回家。

回到家，欢欢说："爹，你赶快吃饭，天祥明儿一早要动身到陕北前线，我回去收拾一下东西。"

"赶紧回吧，一会儿吃了饭，我也过去和他说说话。"

高欢欢说了几句话，转身回家收拾东西。东西收拾就绪，欢欢坐在贾天祥跟前说："这回过河驻扎的时间长短，甚会儿才能回来看我？"

贾天祥说："行军打仗根本就没个准头，回来迟早，在于上级，咱一个小小连长，无论如何也说不清楚具体时间，不过，我会抽时间想办法回来看你。"

"到了前线打仗不？"

"阎长官下令过河剿共，能不打吗？"

"战场上子弹不长眼睛，你得学精明点，上了战场不要冒冒失失，能躲则躲，千万不要猛冲猛打。"

"这你就说得不对了，养兵千日用兵一时，如今，陕北共党作乱，国家正在危难之时，我岂能贪生怕死而置党国危难而不顾！"

"前几天河西赶牲灵的来水磨坊买面还说红军是穷人的队伍，对老百姓好，打的是土豪劣绅。"

"你懂得啥，军人以服从命令为天职，你不打他们，他们会打你的。"

"说一千道一万，你得安安全全回来，我在居舍等你。"

两人说了好长时间，贾天祥说："早点睡吧，明天天不亮就得出发。"

"再等会儿吧，爹说吃了饭过来看你。"

"不用等啦，爹几乎几天没合眼，我看早已睡了，如果没睡，这会早过来了。"

"也是，我去给他送饭，他就躺在水磨坊外面的烂床上呼呼入睡，是我把他硬拉扯起来的。"

贾天祥说着话，脱衣上炕，一骨碌躺在炕上，两手搭在胸前，打着呵欠。高欢欢挂好贾天祥衣服，走到圪旦瞭哨了半天，听不见村子里有人声和走动声，黑黢黢的村子使得连部门口的灯光格外显眼。

欢欢站了片刻，转身回家，料想爹已入睡，不会再来，也上炕宽衣解带，拿出炕柜里折叠着的大薄被，拉开贾天祥胸前的手，盖在他身上，自己也搂起薄被，探身拧灭马灯，钻进了薄被，一只胳膊插在贾天祥脖子底，一只手掰过他的身子，双手紧紧地搂着他。贾天祥也顺势搂着欢欢，相拥入眠。

次日早，天还黑乎乎的，连部就已吹响了集合号，高欢欢听见集合号，赶忙起来点亮灯。灯一亮，贾天祥也噌地翻身坐起，接过欢欢递过来的衣裳，穿好衣服，快速洗漱完，挂好武装带，佩带好手枪，急匆匆提上行李出门。警卫员肖明早已等在门口，贾天祥一出门，肖明就接过行李箱，走在前面。欢欢紧跟出门，走到圪旦畔目送贾天祥向连部走去。

贾天祥带着全连人马来到镇子西口，七团官兵刚刚出发，汽车马达的轰鸣声骡马吼叫声不绝于耳。他指挥连队迅速赶到前头，融入自己所在的第一营，营长马天力看见贾天祥连队跑了过来，走到跟前冷冷地说："你他妈的和老婆睡昏了头吧，咋现在才来？"

贾天祥谐趣地说："托营长的福，让我讨了个年轻漂亮媳妇，临上阵该让我好好亲热一番吧！"

马天力伸出粗壮的胳膊，指着贾天祥说："狗日的搞女人厉害，打仗厉害不厉害还得看能耐。"

"咋只是我们一个团过河？"

"六团和旅部昨晚已过河，驻扎宋家川。前期过河的两个团，一个团重创，逃回河东，一个团被红军围困，断水、断粮、断柴，处境艰难，后续还有几个团过河，我们虽不是孤军冒进，但不摸敌情，也很危险。六团吉团长和被围困的十二团史团长是拜过把子的兄弟，这个人好大喜功，我估划，一过河，六团就不得消停，肯定会有一场恶仗要打。"

"打就打吧，谁怕谁！"

"瞎尿说，要打也得摸清敌情。莽莽撞撞，吃亏的是自己。"

两个人说了几句话，骑马随部队沿太军公路蜿蜒西去。

贾天祥渡过黄河时，将近晌午，团部接到旅部命令，让全团在宋家川休息吃饭，饭后稍事休息，二营、三营和直属炮连随团部进驻义合，策应六团吉团长解救史团长，一营向东北方向搜索前进，消灭在慕家垣活动的吴堡县游击队后，驻守慕家垣待命。

吃过晌午饭，二营、三营和直属炮连随团部向义合进发，一营长马天力带着一营从宋家川墕畔上山，沿着绵延起伏的黄土梁峁向慕家垣挺进。

红六军获悉敌情后，柳总指挥率红六军一部火速赶到慕家垣，占据有利地形，部署游击队和当地赤卫队配合红军包围伏击来犯之敌。

营长马天力殿后，副营长随贾天祥一连前行，走到慕家垣村口附近时，各山峁高处四周枪声大作，机枪步枪鸟枪声手榴弹爆炸声伴随着红军战士的喊杀声响彻一片，贾天祥的士兵已有不少倒下，他慌忙掏出手枪蹲下，一边向山头射击，一边指挥连队士兵向山头还击。贾天祥听到副营长"啊"地喊了一声，回头一看，副营长头部中弹，一头栽倒在地，他赶忙猫腰跑到跟前，扶起副营长，副营长头一歪咽了气。贾天祥放下副营长，继续指挥战斗，一看全连一百多号人已伤亡过半，咬着牙，喊叫着带领士兵向高处红军冲去。

山头红军游击队一看敌人伤亡过半，吹响了冲锋号，千余名红军、游击队战士、赤卫队队员从四面八方山头冲了下来。警卫员肖明一看情况不妙，猛力把两眼发红的贾天祥从黄土坡扯了下来，拉进土崖底只能容纳三四个人的小柴草窑躲了起来。肖明低头一看，贾天祥的大胳膊已濡湿一片，肖明揎了一把贾天祥说："连长，你受伤了。"

贾天祥咬咬牙说："没事，只是皮肉伤。"

肖明赶忙掏出毛巾，紧紧地给贾天祥连长扎在大胳膊上。贾天祥甩了甩胳膊说："没尿事。"

贾天祥说着，一把揎开肖明就要往出冲，被肖明扑过去压住。贾天祥气呼呼地一屁股坐在柴草窑里低声骂着肖明。肖明轻轻移动柴草窑口子前的一捆干草，探头向外瞭了瞭，战斗已经结束，红军游击队正在打扫战场，一营五六百人除去死亡和个别逃跑者外，全部做了俘虏。

肖明看见几个游击队员端着枪向他们方向搜索而来，赶忙钻进去，拿了两捆干草塞住小窑口。马驹快步跑过去，看到小窑有动过的痕迹，一枪挑开一捆干草，用枪瞄准里面的人，大喊一声："不准动！"

肖明看见马驹的枪对准贾连长，灵机一动说："马驹，那是贾天祥连长，你也知道他是高欢欢的老汉，山不转水转，你今天放他一马，高欢欢和贾连长会终身感谢你！你不放也可以，大不了我们同归于尽。"

马驹明白肖明的意思，赶忙侧身一躲说："放你娘的狗屁，老子扔进一颗手榴弹，柴草窑窑就成了你俩的墓子。"

肖明说："炸死我无所谓，炸死贾连长，高欢欢就变成了寡妇，你忍心？"

马驹转念一想，自己喜欢了一回欢欢，总不能让欢欢年轻轻地就做了寡妇，应该放贾天祥一马。马驹正在犹豫之际，几个游击队战士眼看就要走到跟前，小队长刘冬生急匆匆跑过来喊："马驹，附近有敌人没？"

马驹说："刘队长，没有。"

"烂草窑搜过了吗？"

"搜过了，没有。"

马驹低声向窑窑里说："塞住口子，黑地没人再走。"转身走了几步，和几个游击队战士说："连烂草窑也看过了，没人，走吧！"

马驹和几个游击队战士向村口走去，村口场里堆满了缴获的武器弹药，红军战士、游击队队员、赤卫队队员欢呼雀跃。马驹踮着脚尖，仔细端详着大个子、高颧骨、直鼻梁、浓眉毛、长腮帮的柳总指挥，用心听着他给俘虏讲话："红军是人民的队伍，也是一支抗日的队伍，日军已侵占东三省，蒋介石不去打日本鬼子，反而调集大军渡河进攻陕北红军，干着亲者痛仇者快的勾当，令有爱国心的国人痛心。晋军弟兄们，你们大多出身贫寒，是穷苦人家子弟，难道你们愿意做亡国奴吗？如果你们愿意回家的现在就可以回家，愿意参加红军的欢迎，还想回到部队的，我们也不阻拦，但有一条，绝不能再将枪口对准红军，如有再犯，下次逮住，绝不轻饶。"

柳总指挥讲完，当下有五六十人站出来撕掉帽徽领章，要求参加红军，其余人站在那儿低着头默不作声，柳总指挥说："愿意当红军的留下，其余的人可以走了。"

清点完缴获的武器物资，给游击队、赤卫队留了部分枪支弹药外，红六军一部带着战利品连夜赶往尽拌拦沟山头伏击救援史团长的晋军六团，游击队、赤卫队草草吃了早已熬好的桃黍饭和蒸好的窝头，赶到义合附近阻击晋军七团二营、三营，迟滞敌人行动。

贾天祥和肖明趁红军撤走游击队和赤卫队吃饭之机，抹下军帽，装在裤兜里，抓了两把黄土，给头发和脸上抹上黄土，从草窑里钻出来，绕过山峁，溜到沟里，从沟里僻静的山水渠渠爬上对面山头，再翻山下沟，顺沟向西北方向团部驻地赶去。深更半夜时，贾天祥和肖明才走到团部驻地，此时，另外一个连长和营长带着十来个逃兵已回到团部，刚受了团长的训斥，耷拉着脑袋，从团长住处走了出来。贾天祥在半路沟里已洗过头脸，看到营长马天力垂着头少气无力地出来，赶忙走到跟前唉声叹气地说："营长，没想到……"

马天力火冒三丈地说："没想到个尿，全是一伙草包，四个连五百多号人马，死的死，俘虏的俘虏，只逃出十几个人来，丢人啊！"

"营长，别伤心，胜败乃兵家常事，只要您在，一营的主心骨就在，人常说，插起招兵旗，不愁吃粮人，我们很快会复旧如初的。"

"谈何容易！"

"不是咱营战斗力不行，主要是红军游击队地形有利又人多势众，全是一伙不要命的鬼。"

"一连在前面，战斗激烈，你咋能逃脱？"

"端着枪的、挥舞着大刀长矛的黑压压红军从四面山头冲下来，肖明强行把我拉到路边柴草窑里，才躲过一劫。"

肖明说："营长，贾连长的胳膊受伤了。"

马天力低头一看，贾天祥胳膊上果然扎着一块毛巾，恼火地说："肖明，还不快带贾连长到团部卫生所去处理。子弹嵌在肉里，一旦发炎，有他的好果子吃。"

马天力营长说罢，肖明带着贾天祥去了卫生所。脱下衣服检查，子弹从贾天祥的左胳膊软肉上穿过去，开了一个窟窿。卫生员轻轻压压受伤处软肉说："没事，子弹穿出去了，搽点消炎药，包扎包扎，十来天就好了，但切记左胳膊不能干重活，小心撕裂伤口发炎。"

贾天祥处理好弹孔伤口，包扎好，来到院子里，营长马天力问："贾天祥，伤口如何？"

贾天祥笑笑说："子弹不吃肉，穿了个孔跑了。没事，轻伤，过几天就好了。"

十来个人早已饥肠辘辘，坐在院子里长吁短叹半天，出了团部石砌大门，从雕阴首镇东城门楼处向西，一直走到擦面子石砌拱券窑洞基座木结构二层西城门楼跟前，整个石砌窑洞构成的街道黑咕隆咚，没有一家店铺开门，返回来走到霍记碗肉店，使劲捣了半天门，店主始终未给他们开门。

众人贾天祥说："马营长，兵荒马乱的，店家都怕窃贼乱兵，黑天半夜谁家也不会给咱开门，咱还是回团部找炊事班拾掇些吃的吧！"

马天力叹着气说："没法子，只能如此。强行开门，与抢人的没甚两样。只可惜，那么多粮饷辎重全让红军掳走了，才让我们受这克制。唉，走吧，到炊事班寻揣吃的去。"

十来个人来到炊事班院子，袭门捣窗，叫醒两个厨子，厨子开门杵着眼火悻悻地说："半夜三更，还让不让人睡觉，就像饿死鬼转的，活像这辈子没吃过周年。"

贾天祥说："骂骂咧咧的熊样，不看看是谁？是马营长。"

厨子抬头一看，果然是马天力营长，赶忙说："马营长，黑天半夜的，没看见是您，对不起。厨房里有吃剩的些馒头，还有半桶子米汤，用不用热一下？"

"不用啦，黑天半夜，火也熄了，都是后生，冷吃也坏不了肚子。"

厨子开了门，点着马灯，十来个人，每人舀了半饭盒米汤抓了两三个大馒头，狼吞虎咽地吃了起来。吃完饭，已到鸡叫时分，十来个人只得挤在一盘土炕上将凑着过夜。

马驹所在的游击队和赤卫队连夜赶到义合附近，挑断道路，埋伏在义合对面的山头上，不时向镇子里打冷枪放鞭炮，镇内七团二营、三营守军后半夜没睡成安然觉。

半前晌，六团给七团发来电报称，六团在尽拌拦沟被红军重兵包围，并向他们发起猛烈进攻，六团损失惨重，请求七团来救援。七团损失了一个营，又被不明真相的红军游击队在对面山头截击，不敢贸然行动，只是让城崀山工事里的守军向对面山头还击，相机而动。

晋军六团头天天黑前行进到枣林坪宿营，次日，从枣林坪出发，沿尽拌拦沟东山梁向定仙墕搜索前进。红七军一团主力埋伏在马家墕、井墕一带，红二团埋伏在辛家山一带，红三团埋伏于黑圪塄山，柳总指挥率红六军一部尾追敌人至后冯家山，把敌人压入尽拌拦沟沟道，堵住晋军六团退路。几路红军同时发起攻击，红二团派出两个连绕到敌人侧后大胆穿插，猛冲猛打，击毙敌营长，打乱晋军六团建制，红一团、红三团从另一道山梁压了下来，密集的枪声手榴弹爆炸声此起彼伏，包围圈越缩越小。打乱建制的晋军六团就像无头的苍蝇，在尽拌拦沟到处乱窜，死亡二百余人，副团长被击毙，一千八百余人全部缴械投降。

晋军七团一营全军覆没，接到六团救援电报，团长担心救援受挫，没心思出击，只是命令部队就地构筑工事，强化防御。快晌午时，晋军七团忽然接到旅部电报，六团已在定仙墕全军覆没，令七团火速撤回河东。团长接到电报，窃喜，原以为自己损失了一个营的兵力，必遭旅长的呵斥臭骂，六团全军覆没，自己有了垫背的，旅长师长也不会把他如何。想到这儿，团长哈哈大笑，当即下令全团由城崀山头守军掩护，避开对面山头埋伏的红军游击队，顺斜沟行进翻山撤出驻地，连夜撤回河东。

第六章

　　晋军七团撤回河东，沿途收罗了部分逃兵和归队俘虏，从二营、三营各抽出一个连的兵力，恢复了一营建制。二营、三营各连在沿河动用民工构筑碉堡工事，严防红军渡河，一营营部随旅部直属队驻守清泉镇，各连驻守清泉镇附近要道，贾天祥连依然驻扎湾头村。

　　贾天祥连除去从两个连里抽出的二三十人外，多是由六团逃回来的逃兵和一营从慕家垣逃回来的俘虏组成，百十人的队伍就有七八十人没有枪支，好在旅部军需处及时补充了枪支弹药，连队才像个样样。

　　高欢欢听说队伍回到老爷庙，吃过晌午饭，没等贾天祥回家，就心急火燎跑到连部驻地老爷庙，一进院子看到士兵三个一堆五个一群坐在廊檐下戏台底柏树底垂着头窃窃私语，一些翘着胳膊头缠绷带的伤兵坐在廊檐一角黯然神伤，全然没有出发前的一丝生机。

　　警卫肖明端着一盆恶水从连部出来，看见高欢欢站在院子里左顾右盼，赶忙走到跟前说："嫂子，你咋站在院子里？贾连长刚洗涮了，正准备回家看你。"

　　高欢欢说："赶紧倒水去吧！"

肖明唉了一声，跑到大门外，倒掉恶水，小跑着返回，和欢欢一起走到贾天祥办公室，一进门就笑嘻嘻地说："连长，嫂子看你来了。"说完，转身闭门，退了出去。

贾天祥说："欢欢，你咋来了？"

欢欢扭了扭身子，赧颜着脸说："想你呗！"

"走了才两三天工夫啊！"

"上战场和做别的营生不一样，你一走我的心就提起来了。"

"没事，这不好好地回来了？"

"不对，我看你脸上手上都有血丝道道。"

"那是不小心碰在土墙崖上擦的，没事。"

高欢欢拉了一把贾天祥的左胳膊让他坐在床上，贾天祥当即抱着左胳膊疼得龇牙咧嘴，欢欢赶忙问："咋啦？咋啦？"

贾天祥忍着疼痛，苦笑了一下说："你把我的胳膊扭了一下。"

欢欢努着嘴说："不对，不对，你胳膊上肯定有伤口。"

欢欢说着动手给贾天祥解布衫扣子，贾天祥知道迟早瞒不住欢欢，也没去阻挡她。欢欢解开布衫扣子，轻轻抽出左胳膊袖子，露出纱布缠着的伤口。欢欢心疼地抚摸着他伤口上的纱布说："伤势重不重，伤着筋骨没有？"

"没有，只是子弹在软肉上穿了个窟窿。"

"受了伤还瞒着我不说，到底是甚意思？"

"傻瓜，还不是怕你担惊受怕吗？"

"那你也得告我说呀，不说，更让我担心。我在院子里看见连队士兵萎靡不振，还有些伤兵，你和我说说过河之后情况如何？"

"说来话长，咱还是回家慢慢说吧！"

贾天祥简单收拾了一下，右手拉着欢欢的手，出了连部大门，向家里走去。

回到家，欢欢给贾天祥倒了一杯蜂蜜水，扶着让他坐在炕上。贾天祥仰躺在下炕铺盖上说："真倒霉，两天两夜也没睡成个好觉。"

欢欢身子仄楞着，紧紧挨着贾天祥躺下，关切地问："你们到底是甚会回来的？"

"昨天半夜。"

"那你咋不回家舒舒服服睡个好觉。"

"半夜三更的，袭门捣窗，怕惊扰你睡觉。"

"只要你能守在我身边，黑间半夜回来也不怕。怪不得半夜三更村里狗咬得厉害，原来是你们回来了。"

"是啊。连队人杂，有一多半是逃兵和红军俘虏过的士兵，好在这些人都是一营的老人手。"

"为甚？一连原来的人呢？"

"死的死，逃的逃，返回部队的没多少了。"

"咋能弄成这样？"

"七团还好，损失了一个营，六团更惨，全军覆没。"

"你给我细细讲讲。"

"一过黄河，旅部就命令七团二营、三营进驻义合，一营进占慕家垣，消灭那里的游击队。营部接到命令，晌午饭后就动身，副营长和我带着一连做前卫，营长带着三连殿后，走到慕家垣附近时，被千余红军游击队赤卫队从四面包围，那些红军多一半有枪，没枪的拿着大刀长矛，衣服也不统一，好多人和当地农民没甚两样。机枪步枪鸟枪打了一阵，就从山包嗷嗷叫着冲了下来，根本不顾咝咝乱飞的子弹，全是一伙不要命的。全营四个连五百多号人死的死伤的伤，剩下的全做了俘虏。"

"你的三个排长呢？"

"二排长张鹰阵亡，三排长冯愣子头部轻伤，被几个士兵掩护着逃出了阵地，一排长王杰做了俘虏被放回来了。"

"你是怎么跑出来的？"

"是狗日的马驹救了我。"

"你把马驹逼得逃走，他会救你？"

"是你的面子。当时我和肖明藏在柴草窑窑里，被马驹发现，肖明提到你，他转身气哼哼地走了，走时告诫我们，塞住口子，天黑再走。我也没想到，马驹心胸那么宽。"

"看来你没再追查马驹是对的。"

"是啊。红军也不是他们说的要共产共妻，杀人不眨眼。我看他们全是穷苦人出身，富有正义感同情心，要不然也不会把逮住的俘虏放回，尤其是还给那些受伤的俘虏救治，如果落到国军手里，下场就惨了。"

"听说日军已占领东三省，你们咋不去打鬼子，反而打起了自己人？"

"这个你不懂，军人以服从命令为天职，上峰让我们干甚，我们必须执行。"

"你们营全军覆没，突然又从哪来的人？"

"团部从其他营各抽出一个连，恢复一营建制，一连除去分过来二三十人外，其余都是些逃兵和俘虏归队者，俘虏都是赤手空拳回来的，你去时，刚从旅部领回枪支分发给没枪的士兵，全连尽管有百十号人，但士气不振，战斗力下降，要恢复到原来的样子，太难了。除非上峰再给我们补充人员。"

"你们连里的那些逃兵俘虏上过战场，有打仗经历，训练好了，不次于其他连。有时，坏事也会变成好事。"

两个人说着话，贾天祥眼皮奄拉着，不停地打着哈欠，没一会儿工夫就打起了呼噜。高欢欢知道贾天祥两天两夜没睡成个囫囵觉，不忍心再缠着他说话，拿出一块单被，轻轻盖在他身上，自己也握着贾天祥的手，躺在身边，酣然入睡。

贾天祥睡得很死，半后晌时，嘴里嘟嘟囔囔喊着："王杰，快指挥你们排向山头猛烈射击，掩护三排向山头冲锋，占领高地。""冯愣子，窝囊废，咋又退下来了？""火力猛也得上，冲不上去，全连都得完蛋。"

熟睡中的高欢欢被贾天祥的喊声惊醒，坐起来一看，贾天祥嘴唇翕动着，听不清说甚，这才明白他在说梦话。欢欢不忍心惊扰贾天祥，怕他压了受伤的胳膊，轻轻搬动身子向右仄棱，把左胳膊放在腰上，给后腰垫上枕头，用丝线纫好针，拿起放在炕桌上的鞋垫垫纳了起来。

贾天祥一觉醒来，太阳即将落山，欢欢看见他坐起，赶忙下炕倒了一杯蜂蜜水，给他端到炕桌上说："喝了杯子里水，咱去看爹娘，你走了这几天，爹娘的心每天都悬着。"

贾天祥伸了伸懒腰说："行，咱帮不上忙，也不能让老人替咱担惊受怕。"

贾天祥喝了水，穿戴好衣裳，和欢欢相跟着去丈人家。刚拐过圪峁，高来弟穿着黑绸子单长袍，手杵着煞白的脸，眼睛游离不定地瞟了他们一眼，站在路口让他们过去，高欢欢说："来弟，天快黑了，你这是要去哪？"

高来弟鼻子不停地耸动着，结结巴巴地说："我去开勋叔家坐会儿。"

高来弟说完，赶忙转身走了。

贾天祥说："十几二十天没见，高来弟像变了个人似的。"

欢欢边走边说："这几天，我也觉得不对，来弟老是往开勋叔居舍跑，开勋叔偷偷摸摸在庄稼地里夹洋烟，家里有洋烟膏子，是不是鬼子子来弟去开勋叔家吃洋烟。来弟是好人家子弟，应该不会，我只是瞎猜，你可不敢瞎说。"

"说啥，我又不是吃饱饭撑的，他高来弟吃洋烟与咱有甚关系，他们家有钱让他好好吃，用不了几年，人吃得黄皮烂杏不算，还要把一份家产全弄干。"

两个人说着，不觉走到大门口，一进大门，欢欢就喊："妈，天祥回来了。"

王玉秀正在边窑和面，听见欢欢说女婿回来了，慌忙系着格子腰布跑了出来说："回来就好，这两天把人操心死了。赶紧回家坐着，妈给你们做扯面。"

王玉秀见过女儿女婿，转身回到边窑做饭，欢欢和天祥进了当中窑。

高升盘膝坐在前炕，手拿着铁锤，在磨得光滑的石头上低头捣钱钱，听见门响，抬头一看，欢欢和天祥已站在门道。高升放下铁锤，溜到炕边说："天祥甚会儿回来的？这两天一家人心里都悬着，生怕你出事。"

贾天祥淡淡地笑着说："没事，您多心了。"

"没事就好，赶紧上炕坐着。"

欢欢说："爹，你咋自己捣钱钱？"

"早晨推完面，水磨坊没营生，后晌躺了一阵，坐在炕上没做的，看见你妈焯下黑豆，拿起铁锤帮她捣几下，要不迟早也是她的罪过。"

欢欢脱了鞋，坐在捣钱钱石头跟前说："爹，你和天祥说话去，我来捣钱钱。"

欢欢说着，挖了一把煮过的湿黑豆，放在石头上，手掌和指头底压了一些，一只手往前推送黑豆，另一只手拿着铁锤，叮叮当当捣了起来，一片片的薄圆片随着指头的快速蠕动而飞入石头跟前的簸箕。

欢欢捣着钱钱，高升和贾天祥拉呱了一会儿，溜下炕说："我去办置两个菜，咱喝两盅。"

贾天祥推脱："爹，不用麻烦了。"

"这不行，你刚从战场回来，也算我们给你接风。"

"不用麻烦，随便吃点就行。"

高升边往出走边说："你不用说了，我自己看吧。"

不到半个时辰，高升端过来两凉两热四碟子菜，放在炕桌上，又从柜子里拿出酒盅酒壶烧酒，两个人盘腿坐在桌子跟前边喝酒吃菜边聊天。喝了两壶酒，王玉秀端上拉面，欢欢也捣完一大碗黑豆，停下手里的活，调起拉面吃起来。吃完饭，天已漆黑，高欢欢生怕贾天祥脚下不稳摔倒，伤了受伤的左胳膊，用左胳膊搀着他的右胳膊，慢慢走出大门外小巷。

刚到小巷，贾天祥说："咱到水磨坊河边坐坐吧。"

"不嫌累？"

"散散心，也能解乏。"

高欢欢搀着他，顺坡坡而下，绕过马路上夜行的驼队，跨过上了插板的水壕，走到水磨坊跟前的小石床坐了下来，望着圪塄底幽静的河水。河面处处星光点点，能看到水边随着微风飘动的芦苇水草，静谧的河水，感觉不到在流动，几只蝙蝠偶尔掠过的唰唰声打破河水的宁静。

欢欢依偎在贾天祥身边，闻着两岸微风送来的阵阵花香菜香，陶醉地说："如果没有战争，你能每天守在我身边该有多好。"

"听说南方红军北上要和西北红军会师，老蒋少不了下令晋军再度入陕。"

"老蒋几十万军队攻打南方红军，咋能让跑到陕北？"

"本来共军在南方站稳了脚跟，前三次老蒋的部队都被共军打败，后来，共军听从洋顾问瞎指挥，导致失败，只能从江西根据地出来，一路打打杀杀，死伤惨重，估计人也不多，难成气候。"

"不能小瞧这伙人，里头厉害人多着呢，一旦得到喘息机会，肯定会发展壮大。"

"是啊，这伙人打起仗来不要命，走到哪，人们跟上一群，老蒋也怕这伙人得势推翻他。"

"咱不谈这些，还是早点回家睡觉吧！"

两个人在水磨坊跟前坐了一会儿，动身往家走去。刚走到十字路口，高来弟脚轻手快地从坡上下来，欢欢和贾天祥故意放慢脚步，高来弟走到欢欢跟前，两只手指相交着转转手腕，笑眯眯地说："欢欢，看你爹娘去来？"

欢欢试探着问："你到开勋叔居舍做甚来？"

"没事，瞎转悠了会儿。"

"你是不是去看'一根葱'了？"

"没有，没有，你把我看成甚人了！"

欢欢谐趣地说："一根葱是纯粹的美人坏子，脸脸俊腰身细屁股大，专门勾引年轻后生，你就没动心？"

贾天祥插话说："这女人一看就有味道。"

高来弟恼着脸说："不和你们说了，我还是青头小子，咋能和寡妇在一达鬼混？"

高来弟说罢，恼悻悻地走了。

高来弟走后，欢欢不高兴地说："你说一根葱有味道，是不是对她有意思？"

贾天祥看见欢欢不高兴，轻轻吻了一下她的额头说："傻瓜，我是随便说说而已，是让高来弟听的，你多心了。"

高欢欢娇嗔地说："男人喜欢拈花惹草，看见俊女人看得眼仁仁也不动，难道你不一样？"

"爱美之心人皆有之，看几眼不是问题，关键是动心不动心。"

"你就没动过心？"

"没有。家里的花比野花还好还香，我动甚的心？"

"那我不用担心？"

"不用，一生有你足矣！"

两人拉呱着回到了家。

第二天训练完，一排长王杰、三排长冯愣子见贾天祥收拾好回家，两个人低声嘀咕了半天，也紧随其后。贾天祥前脚进门，王杰和冯愣子后脚就到门口，一进门，冯愣子就高喉咙大嗓子嚷叫着让连长到街道饭店请客。高欢欢挖好面正准备和面做饭，见两个排长过来，停下手中活，赶忙给他们倒了杯水，端到跟前，冯愣子笑着说："嫂子，水太寡淡了，还是让连长请咱到饭店美美气气咥里一顿。"

贾天祥说："好吃鬼，一天家不谋正事，就是说吃脑子。"

冯愣子淡眉笑脸说："人是铁，饭是钢，一顿不吃饿得慌。人一辈子受死烂活，不就是为的个吃穿？"

贾天祥用指头指着冯愣子说："没出息！人一辈子离不开吃喝，但关键的还是要做正经事。"

欢欢笑着说："贾连长，他俩跟上你卖命，还不应该请人家吃顿饭？起码也给他们压压惊，好在你们几个都安然无恙，这也是不幸中的万幸。"

贾天祥爽快地说："欢欢，不用做饭了，咱到街道饭店吃。吃了饭也顺便回家看看你公婆。"

欢欢说："咱结婚后住在湾头，老人窝了一肚子气，应该多回去看看。"

冯愣子说："嫂子，我和王杰过来时，已在路口那家骡马店里租了一个驾窝子，让你坐着驾窝子，排排场场去街道吃饭。"

高欢欢推脱说："不用，我和你们走着去。"

王杰说："嫂子，已经租好了，你不坐就枉费了我俩的心意。"

欢欢知道不好推脱，微笑着说："那嫂子就恭敬不如从命了。"

看看时候不早，四个人相跟着走到坡底店铺，掌柜的让赶牲灵的牵出两匹骡子，备好鞍子，把两根木杆间结有绳络的架子搭在前后骡鞍上，装上坐板靠背踏板，铺以毛毡褥被，搭上席棚，搬来凳子。高欢欢登上凳子，赶牲灵的扶着靠凳子一端的横杆，贾天祥扶着欢欢爬上驾窝子，坐在坐板上，脚踩踏板，身子斜了一下，驾窝子晃晃悠悠，欢欢吓得尖叫。

赶牲灵的慌忙说："身子坐稳，不要乱晃，咱这驾窝子稳当着呢！"

刚开始走，高欢欢战战兢兢，浑身颤抖，贾天祥和王杰分别捉着两边的横杆，生怕驾窝子颠簸欢欢从上面摔下来。走了一截，欢欢也得了诀窍，坐在窝子上随着路面的高低起伏身子也摆动自如。

到了饭店门口，门口西侧挤了一大圈人，欢欢低头一看，场地中间两只猴子直立来回走动表演，耍猴的手里挥舞着皮鞭，指挥猴子腾挪跳跃，欢欢凑饭店圪台下了驾窝子，付了脚钱，打发赶牲灵的返回，拉着贾天祥的手，挤入人群，看起了猴子表演。耍猴的拿出一个浸过麻油的铁火圈，固定在凳子上，用火镰啪啪打燃棉花，点燃火圈，挥着鞭子，吹着口哨，指挥两只猴子轮流穿梭扑过火圈。

冯愣子站在圈外，肚子饿得咕咕响，看了一会儿，心里烦躁，赶忙挤入人群，拨开众人，二话不说，拽着欢欢的袄袖子走出人群。欢欢正看得起劲，冷不防被冯愣子一把拉了出来，不解地问："冯排长，把我拉扯出来甚意思？"

贾天祥看见冯愣子拽着欢欢走出人群，也走了出来，恼着脸说："你拉拉扯扯甚意思？"

冯愣子搓着手，不自在地说："没甚意思，就是肚子饿得不行，想早点吃饭。"

王杰挖苦冯愣子说："十足的饿死鬼转的，就像几辈子没吃过。"

"你不是饿死鬼转的，三天不要吃饭，看看你是甚样子。"

"那也不在这一阵，嫂子喜欢看就让她多看会儿，不能因为急于吃饭而扫了嫂子的雅兴。"

欢欢调侃地说："走，不看了，把冯排长饿坏了我可赔不起。"

冯愣子扬着头说："还是嫂子会体谅人。"

四个人进了饭店，点了五六个菜，要了两壶烧酒，杯来盏去，吃喝起来。喝了一会儿，冯愣子嫌酒盅喝酒麻烦，不过瘾，干脆要了两壶酒倒在碗里，一手拿着猪蹄，一手端着碗，啃一口猪蹄，喝一大口酒，不一会儿，半碗酒点滴全无，猪蹄只剩骨头。王杰看到冯愣子的吃喝样，扑哧一声笑了出来，冯愣子说："笑甚的熊嘞！"

王杰咕咕笑着说："笑你的恶样子，十足的狼转的。"

"狼转的怕甚，打起仗就要这种狼性。"

贾天祥说："打仗只靠拼命不行，还得讲究策略。"

"咱是粗人，只晓得猛冲猛打。"

王杰说："看来你得好好向连长学习。"

"人家是连长，咱这粗手笨脚哪能学得来？"

"你也有谦虚的时候，孺子可教！"

吃完饭，转到天清楼，贾天祥给欢欢和老人买了几包糖果点心，从狭窄的马家井巷出来，巷口一中年男子正在井边给木架支撑着的桔槔一端套水桶，拴好水桶，放入井口，拉下桔槔横杆，水桶溢满水，放开横杆，一手顺杆轻轻扶起，水桶瞬间出了井口，稳稳放在平地，又解开搭扣，套在空桶系子上，重新吊另一桶。

那中年男子看见三个挂盒子枪的站在井边看他，心里一慌，脚底一滑，摔倒在井口，欢欢拉拉贾天祥说："走吧，你们三个站着不走，担水的是被吓得跌倒了。"

欢欢说罢，四个人离开桔槔井，走到壕边，先前被洪水冲毁的河堰已恢复，满壕的清水哗哗向西流去，壕边粗大柳树下洗衣的老妇少女，拿着棒槌，浆洗着衣服，拉呱声欢笑声随着哗哗的流水声漂荡远去。

冯愣子看着水壕，不解地问："前些时，大水推了河堰，水已断流，是村公所修的还是……"

贾天祥打断冯愣子的话说："不是。一般是商会出面主持修建，各商户和地亩多的人家出资。马会长在镇子里是个人物，他说的事情人们大多响应。"

冯愣子说："修桥补路挖壕筑渠是积德延寿的大好事，但这事也麻烦，没有一定的威信，鬼也不会听你！"

"这事确实难做，做好了要说长道短，稍有差池唾沫水子就会把你淹死。"

"做事做事，就有不是。不过公道自在人心，只要认真做事，出以公心，日子长了，谁也不会说长道短。"

四个人边说边走，欢欢看见水壕南侧边开有二三尺宽的豁口，水顺豁口流入壕外南坪地里的分壕，欢欢不解地问洗衣服的少女："这水流到分壕，只为浇地，还是另有用途？"

少女抬头看看她，莞尔一笑说："除去浇地，还有水磨坊。你看，前面地里那间大瓦房就是水磨坊。"

欢欢顺着少女手指的方向望去，果然看见分壕直通瓦房，分壕边仅有一条马车通行的窄路。贾天祥见欢欢向南眺望瓦房，拉拉她的手说："有兴趣了咱过去看看？"

"街道来过不少，壕边也走过几次，南坪地里真还没走过。"

"那就去溜达溜达。"

贾天祥说着，拉着欢欢的手，向上走了一截，从壕上架设的几块长石条走过，顺壕南侧宽马路西折，到分壕沿着马车路向南而行，路两边垛着一小垛一小垛的玉桃黍杆，两边地里的茄子辣椒长山药长得正旺，西红柿豆角的叶子稀疏，架上依然吊着不少绿里透红的柿子和豆角，架底插种的白菜萝卜也已遮住了地皮，几片地里一簇簇颈红叶紫蓼蓝，离远看犹如一片紫色世界。贾天祥不认识蓼蓝，问欢欢："那一片长得和黑豆差不多椭圆形紫叶子的东西是甚庄稼？"

欢欢笑着说："亏你经常出门在外，连这都不认识。这根本不是什么庄稼，是街道人专门种的蓝草，用这打蓝，制作靛青染料。用这染料染出来的深蓝色布料，一般不会褪色。所以卖得很好，东路西路的很多人都用蓼蓝染布。"

"好怪，这些草草怎么能变成颜料？"

"这兰草马上就可以收割，到了处暑用镰刀割下，泡入浸蓝池浸泡两天，制作蓼蓝染料。我妈就用蓼蓝染过布，这东西很怪，染一遍白布变成浅灰色，染两遍变成深灰色，染三遍变成浅蓝色，染上四遍就变成深蓝色了。"

往南走了几步，冯愣子指着前边两个池子说："嫂子，你看前面池子边爬着两三个后生在做甚？"

"是不是在打蓝？顺路过去看看就知道了。"

走过去一看，果然是在打蓝。两三个后生捞出浸蓝池里泡好的蓼蓝，倒入放有少量生石灰的打蓝池内，拿着蓝拐用力上下搅动，直到蓼蓝茎叶被搅成稠浆，才停止搅动，顺手抽掉池边小圆孔破布，放掉沉淀水，用槽锹铲出池中沉淀下的糊状物，放入铺在地上的布内，包裹打包，放在土地上浸晒。

贾天祥问指挥打蓝的老师傅："这是谁家的打蓝池？"

"马财主家的。"

"那地中间的水磨是谁家的？"

"也是马财主家的。"

"马家厚成得多嘞。"

"这只是九牛一毛，街道眼饱眼见的天锡长、万顺成、宝恒当是马家的，连榆林、延安、平遥都有马家字号。"

"马家生意做得这么大，还看下这小买卖？"

"老总，你不清楚，这东西可是稀缺货。"

"一亩蓼蓝能打多少斤颜料？"

老师傅抬起脚，在鞋底上磕掉旱烟锅里的残烟，慢腾腾地说："打个一百多斤不成问题。"

"比种庄稼强？"

"强多了，一亩蓼蓝顶种二亩庄稼。再加上，春前种上一茬大麦，大麦地里间夹大蒜，割了大麦，蒜地里插种蓼蓝，起了大蒜蓼蓝长大，插种白菜，一亩地一年能种四茬，人歇地不歇，很划算。"

"这街道人和村里人就是不一样，精明得很。"

"地少就得想法法，这都是被逼出来的。可马家和其他人家不一样，人家谋算的是大的。"

"这稠糊子包在布里咋处理？"

"黄土吸水，蓼蓝放在布包里边溻水边晒，溻浸晒掉水分后存入大瓮就行了。"

看过打蓝，四个人往前走了百十步到了水磨坊，磨坊石磨隆隆，两盘水磨在不停地转着，大磨在推豆面，小磨推着红面，一老一少两个男人头箍毛巾，不停地从磨盘上往自动箩子里倒着糁面，老者看见门口站着三个军官，赶忙停下手里的活，手抹了抹眉毛胡子上的面尘说："老总，你们有事？买面还是推砲？"

冯愣子说："不推不买就不能看看？"

老者笑容可掬地说："老总，不是那个意思。随便看，随便看！"

贾天祥揎了一把冯愣子说："大爷，我们只是好奇，随便看看，附近还有水磨吗？"

"有。河对面是干儿磨，沿河滩朝东走，二道堰、三道堰都有。"

"不干扰你磨面，我们走呀。"

从南坪水磨坊出来，四个人相跟着去了贾家院，看过贾天祥爹娘贾存儒和高春香，顺原路返回镇外壕边马路，马路上东来西往的马车、驮队络绎不绝，水壕边三三两两赶牲灵的吆喝着喝水的驼队牲灵，偶尔有两三辆军车鸣着喇叭，呼啸西去，扬起股股黄尘。

黄河东岸渡口及各要塞，人呼马叫，挖壕沟的、扛石头的、修碉堡的民工在晋军士兵的监督下吃力地修着工事，周边村庄，摊派特别钱粮的、抓捕壮丁的晋军士兵，走了一拨又一拨。

清泉镇清泉村村长贾存儒和凭着排长王杰关系当上湾头村主张公道团团长的高开勋接到特别摊派的钱粮任务，心中窃喜。当晚，高开勋找到杨晴明，眉开眼笑地说："咱村的钱粮特别摊派你有甚打算？"

杨晴明知道他的心思，故意装出一副发愁的样子说："我正发愁呢？和人收钱的事太难了，你有甚想法？"

高开勋眼珠转了转说："有难处了，我来承揽，这皇粮国税谁也挡不住。"

"咋个承揽法？"

"咋收取不用你管，反正把钱粮如数给公家交足。"

"那你图甚？"

"不就是为挣两个跑腿钱？不怕，到时少不了你的。"

"算了吧，一村一社的，你挣谁的？何况，这特别摊派是摊给富裕户的，并不针对穷人。向穷人家收取，收得多了，穷家薄业哪能出得起？咱为不了人也不能害人。"

"扯淡，这年月，你替人想，谁替咱想！"

"那也使不得，不用多说了。"

高开勋觉得自己村里没戏，镇子里油水大，思谋着去镇里，稍坐片刻，就告别杨睛明，直接去镇里贾家大院找村长贾存儒。

高开勋走到贾家门口，提起钉在厚厚木板大门上的铁门环敲击铁辅手，伙计张谋新听见有人拉门环的声音，赶忙跑到门口问："黑天半夜地，谁在敲门？"

高开勋说："我是湾头村的村副高开勋，麻烦你进去通报一声贾村长，就说我找他有要事相商。"

"好的，您稍候。"

张谋兴一溜小跑着去了。

高开勋在门口站了片刻，张谋新就跑了出来，拉开门闩，打开门说："快进来吧，贾村长在当中窑等你。"

高开勋随张谋新走到当中窑，贾存儒正坐在炕桌上品茶，见高开勋从门进来，摆着手招呼他上炕喝茶。张谋兴拿来一个茶色瓷盅，给高开勋倒好。高开勋撩起长袍，屁股坐在炕边，贾存儒挪挪微胖的身子说："开勋老弟，脱了鞋，踏踏实实坐到炕上喝会儿茶。咱也是多年的关系了，就不用老哥我拉拉扯扯了吧！"

"不用，不用，我往上坐便是。"

高开勋说着，脱掉鞋，搂起长袍，盘膝坐在炕桌边。张谋新站在脚底，边倒茶边给紫砂茶壶里续水。

高开勋坐定，贾存儒品了一口茶说："老弟连夜来找我，是有甚要紧事吧？"

高开勋试探着说："我想承揽湾头村特别摊派任务，可村长杨睛明是个死脑筋，好歹不让承揽，讲什么公平公道，你想想，这世道哪有那么多公平可言？"

"收粮收款历来是个麻烦事。"

"你觉得麻烦，我可以帮你。"

"你用甚来帮？"

"我手里掌握着二三十个团丁，有十来支枪，软的不行，可以来硬的。"

"镇子里也有团丁，但掌握在十大富户手里，我已和他们商量好，这十大富户出点，其余的商户和穷鬼们多摊些。这样下来，还有好多盈余可由我们支派。"

"还是贾村长考虑得周到，本来是富户摊的钱，你少收或不收十大富户的，他们能不给你好处？"

"哪里，哪里，咱还不是为了减轻富户的负担吗？"

高开勋呵呵笑着说："还是贾村长会说！"

"那些富裕户，各有各的门路，咱这小小的村长哪能惹得起人家，对得好，他们会感激你，对得不好，说不定哪天连村长也当不成了。在自家村里摊派钱粮，确实麻烦。"

"即使有团丁也不好行动，一村一社的，团丁也不好意思下手，倒不如我把团丁给你配上好行事。"

"好主意。甚会儿动手合适？"

"依我看，明天召集人们开一个特别摊派会议，后天就可以行动。"

"行。你回吧，我困得不行了。"

贾存儒说着吸吮着鼻子，身子微微抖动，脸色变白，顺势躺在铺盖上。高开勋一看就明白贾村长来了烟瘾，赶忙告别贾存儒，离开贾家。

张谋新看见掌柜的来了烟瘾，赶忙从平面柜里拿出镂花烟灯镶玉烟枪，拿出烟泡盒，放在贾存儒跟前，点着灯，拿起烟枪，用象牙签挑了一个小烟泡，塞在烟锅孔里，移灯到贾存儒跟前，递给烟枪。贾存儒拿着烟枪，烟锅凑在烟灯上，咴溜溜地吸了起来。

张谋新听到贾存儒和高开勋说给群众强行摊派特别钱粮的事，心中就谋算咋阻止贾存儒的阴谋得逞，想早点离开，却又担心刚离开村长就叫他，只得站在脚底，心里焦急，贾存儒烟枪一凑到烟灯，他就赶忙躬身退了出来。

张谋新走到下院边窑，安顿另一个伙计关好大门，自己出了大门，没有回家，直接找到马家水磨坊伙计高温心，巧遇一身商人打扮的河西游击支队秘密交通员李存发和队员马驹，四人先后走到南坪水地中间的马家水磨坊。张谋新说："贾存儒联合高开勋的公道团，把本应由富裕户出的特别摊派欲强行向小商户和穷人收取，我们应揭穿贾存儒的阴谋，立即阻止他趁机敲诈勒索群众的行为。"

马驹气愤地说："高开勋这人不地道，鬼点子多，贪财爱小利，让他插手特别摊派就麻烦了。"

张谋新说："贾存儒明后晌要在龙王庙召开大会，宣布特别摊派钱粮，我们如何应对？"

李存发从坐着的磨盘上站了起来，抹下礼帽，提在手里说："当然是当面鼓对面锣地和他斗争，绝不能让他的阴谋得逞。"

马驹挠了挠头皮说："依我看，要搞就声势大点，干脆成立个穷人团，让穷人和他当面闹腾，迫使贾存儒当着群众的面，取消加在穷人头上的特别摊派。"

高温心担心地说："关键是高开勋的二三十个主张公道团的人，还有贾存儒儿子的一个连队，一旦搞不好，让他儿子晓得，搅和进来，吃亏的是群众。"

张谋新说："既要吃油糕，又怕油了嘴，这样前怕狼后怕虎，还能成了大事？"

高温心说："这不是怕，我的意思是既要达到目的，又不能让群众受到伤害。"

马驹说："公道团虽然是高开勋的团长，但团丁我都认识，高秋田、马平是我的铁杆朋友，这两个人为人正派，且都是小队长，我连夜回去做做他们的工作，估计不会有问题。至于说贾天祥的连队，咱做得隐秘点，最好不要让他晓得。揭穿了贾存儒的阴谋，即使他来也不能把我们怎样。如果贾天祥精明点就不会参与此事。"

张谋新说："贾存儒很不地道，不但每天黑间吃洋烟，还经常利用手中的权力坑害群众。"

马驹说："马上又到选村长的时候了，我们一不做二不休，乘机以抓大烟贩的名义，将贾存儒扭送到区政府，连他的村长也搅和算了。"

张谋新说："明后晌会场逼贾存儒取消穷人的特别摊派，黑间趁抽大烟时悄悄捉拿扭送。"

高温心说："我们连夜分头行动，马驹去说服公道团，我和张谋新去动员群众，顺便组织穷人团。"

四个人商量好，分头行动，张谋新、高温心去了镇子里，李存发去了万顺成面庄客栈住宿，马驹摸黑悄然回到湾头村。

第二天后晌，龙王庙前后院、正殿二楼九天圣母殿前檐廊挤满了来开会和看热闹的人，庙院大门口两边各站着两个带枪的团丁，全副武装的二十来个团丁在院墙跟前穿插走动，马驹他们来庙院不一会儿，贾存儒、高开勋在五六个团丁的簇拥下，拨开台前拥拥挤挤的人流，走上戏台。

贾存儒站在戏台中间，一只手拄着文明棍，一只手扶了扶礼帽，招手示意人们停止吵叫，招了几次手，人们依然吵吵嚷嚷，不予理睬。高开勋高声喊："大家静一静，静一静，贾村长有要事和大家相商。"

高开勋喊了几次，人们才静了下来。

贾存儒吭了几声说："今天请大家来开会，就是和大家商量特别摊派的事。阎长官有令，战乱时期，凡我省居民都要出钱出物，共同对付匪患。

县府已给我们村摊下特别摊派款五千块大洋……"

马驹打断贾存儒的话，站在台前指着他质问："贾存儒，你别糊弄穷人了，我们已经问过区里县里了，特别摊派是摊给富裕户的，并没有摊给穷人，你勾结十富户，企图把特别摊派转嫁给穷人，承揽给高开勋主张公道团强行向群众收取，趁机敲诈，从中捞取好处，简直是狼狗不如，还当甚村长？"

高温心举起拳头喊："取消特别摊派，打倒贾存儒！"

台下千余人振臂高呼："取消特别摊派，打倒贾存儒！"

台下人群情激奋，捡起地下的燎炭和扔下的枣核梨核，纷纷向台上扔去，几个穷人干脆脱下烂鞋向贾存儒扔去，毡匠武青儿看见脚板底有块半砖头，弯腰捡起，嗖地扔到台上，不偏不倚，正好捣在贾存儒屁股上，贾存儒一只手摸着屁股，一只手护着头，在台上左躲右躲，急得踩跳，声嘶力竭地喊叫着团丁，台上的四五个团丁躲在墙角。高开勋看见台下乱成一团，跑到墙角，照团丁屁股狠狠踢了几脚，几个团丁才慢腾腾地出来护住贾存儒。

贾存儒觉得情况不妙，缩着头躲在戏台通往鼓楼的过道里，马驹、高温心、武青儿带着二三十个积极分子冲上戏台，推推搡搡把贾存儒推到戏台中央，贾存儒迫于无奈，只得当场宣布取消穷人特别摊派，众人方才慢慢散去。

众人散尽，贾存儒已消瘦的脸庞涨得通红，从戏台跌东倒西地走下来，高开勋上前扶住贾存儒，贾存儒怒从心头起，一把推开高开勋，骂道："滚一边。全是你狗日的惹的祸。"扭头独自一人出了庙门，压低礼帽，拄着文明棍，向家走去。

高开勋自讨没趣，骂骂咧咧地挥挥手，带着团丁走了。

贾存儒沮丧地回到家，颓然倒在躺椅上闭着眼睛，长吁短叹。晚饭时分，张谋新端来饭，贾存儒低垂着头，眼睛耷拉着，闷闷不乐地在脚底踱着步。

张谋新走到跟前说："老爷，饭好了，吃饭吧。"

贾存儒不耐烦地说："吃吃吃，有甚的心情吃脑子，气死我了！"

张谋新说："老爷，消消气，尽管那些人对你不恭，逼使你取消了特别摊派，但坏事变好事，起码是那些穷人不再戳着脊梁骨骂你吧。"

"你懂个屁！"

"有些事我确实不懂，不过您得先吃饭。"

"准备好家伙，你去吧，想吃了我自己去吃。"

张谋新明白贾存儒的意思，从平面柜里拿出烟泡烟具，放在小炕桌上，看着他说："家伙准备好了，要没甚事了我就回家了。"

贾存儒摆摆手说："去吧！"

张谋新从贾家出来，一路小跑到水磨坊，找到高温心、武青儿，三个人相跟着叫了五六个积极分子，直奔西背道党家楼底真武庙区公所。大门口，两个区警横枪拦住几人，张谋新掏出盒特意买的美丽牌香烟，扒开烟盒，抽出两支，递给区警，划着火柴点燃，站在东边的区警说："美女香烟啊，好得很，你们有甚事？"

张谋新说："我们发现了洋烟贩子，要向区长报告。"

"是真的？"

"真的，一抓一个准。"

"那你们进去吧，区长正闲着无事，在厢房办公室看书。"

张谋新、高温心带着叫来的五六个人进了庙院，看见东西厢房的灯亮着，听见西厢房里有几个人在东一句西一句拉着闲话，估摸着也是几个区警，走到东厢房门口，房间里鸦雀无声，高温心敲了敲门，区长马天颖问："谁在敲门？"

高温心说："我是清泉镇村民高温心，有重大事情向您报告。"

"进来吧！"

　　高温心揎开门进去，张谋新和另外五六个人紧跟着进去，本来不大的东厢房显得有些逼仄。马天颖顺手拿起桌上的呢子礼帽，挂在桌前墙上，扶了扶眼镜，慢条斯理地说："你们相跟着这么多人来，有甚重大事情报告？"

　　高温心一本正经地说："区长，我们发现有人吃洋烟还贩卖洋烟料子烟泡。"

　　"不可能吧。阎长官三令五申禁烟，县里区里查得也紧，哪有此等事情出现？"

　　"我们七八个人已掌握证据，你如不信，现在就带上区警去查，肯定会人赃俱获。"

　　"如果虚报烟情，就按欺骗区政府罪论处，你们甘愿受罚。"

　　"情愿。"

　　"好。那你们现在和我一起去抓获烟贩。"

　　马天颖说罢，叫来四个全副武装的区警，和高温心、张谋新等七八个人出了庙门，顺背道小巷从沟门前转出，向贾家院走去。

　　马天颖走到贾家大院门口，抬头一看，是贾存儒的家，当下不高兴地说："赖小子们，你们把我带到这儿干甚？是不是要耍弄本区长？"

　　张谋新说："我们哪敢耍弄区长？"

　　"这是村长贾存儒的地方，你们把我带到村长家，不是要耍弄是做甚？"

　　"我们向您报告的就是贾村长。"

　　"贾存儒堂堂一村之长，不可能吃洋烟贩卖洋烟！"

　　"不相信进去查查就清楚了，也省得让您怀疑我们要耍弄您。"

　　张谋新和区长说了几句话，赶忙躲开，抽身回家。几个年轻人早已拧开铁门搭，揎开厚木板大门，和区警一拥而进，径直走到当中窑门口，区警一脚蹬开虚掩着的双扇窑门，端着枪率先冲进室内，其余人也快速走了进去。

贾存儒躺在炕上，身体弯曲着，对着烟灯，正腾云驾雾地吸着洋烟。区警进门大喝一声："不许动。没想到你当村长的竟然还干这见不得人的勾当。"

贾存儒被突如其来的举动吓得扔掉烟枪，愣怔在炕上。马天颖背着手进来时，区警已从平面柜里搜出烟膏烟泡，他看着烟具烟膏，一把拽住贾存儒的腿，使劲一拉，顺手照大腿猛捶一拳，火悻悻地说："还不坐起，你还有脸四平八稳躺着？"

贾存儒一听是区长来了，赶忙坐了起来，忙不迭地说："区长，我错了。区长，我错了。"

"你如今晓得错了，不觉得有点迟？一村之长，不做正事，尽干些见不得人的龌龊事，走，回区公所。"

"区长，你罚我可以，千万不要把我带回区公所，往区公所带，丢人败兴的，你让我这村长还当不当？"

"不带你，让我如何向人们交代！"

高温心凑到炕棱跟前，拽着贾存儒的腿，拉了一把说："还不下来跟着区长回区公所？"贾存儒被高温心猛然一拽，头几乎碰到高温心的脸上，高温心脸一偏，躲开了贾存儒撞过来的头。

几个区警听出了区长的意思，拿好烟具烟膏烟泡，拉拉扯扯把贾存儒从居舍推了出来，带到了区公所。

高温心回到水磨坊，喝了一大碗水，刚铺下铺盖准备睡觉，忽然听到磨坊外马蹄嗒嗒，几匹马打着响鼻在水磨坊跟前停了下来。高温心明白大事不好，呼的一口吹熄墙壁小窑窑里的煤油灯，打开房门向外冲去。

高温心一出门，五六个全副武装的县警立刻围了过来，黑洞洞的枪口对准了他。高温心故作镇静地说："你们这是做甚？"

两个县警几步过去，快速拧住高温心的胳膊，不耐烦地说："你自己做的恶事，难道不清楚？"

高温心反问道："我一个推砲的，能做甚事？你们肯定是抓错人了。"

"别装疯卖傻，你城府太深了。"

"莫名其妙，你说得云里雾里，我根本弄不明白。"

"十富户举报你替共产党做事，挑拨穷鬼闹事，抵抗特别摊派。"

"村长勾结十富户，把特别摊派转嫁到穷人头上，穷人本来就没甚收入，强行摊派，还让不让穷人活了？"

另一个县警顺手从腰间抽出绳索，恼火地说："别和他磨蹭了，带回去再说。"说着，噌噌噌三两下就把高温心捆了起来，绳子的另一头牢牢地拴在马缰绳上，牵着马向河头前走去。

五六个县警带着高温心走到河头前时，另外五六个县警已带着武青儿等候在那里。高温心见到武青儿笑了笑，对县警说："走吧！我和青儿是冤枉的，你们捉回去，迟早是要放出来的。"

"凉旗子——碗托——"县警正要带着高温心和武青儿向县城方向走去，一个县警听见吆喝声说："听见有人吆喝凉旗子碗托，这东西可是镇里名吃，吃到口里能香死人。要不咱每人吃点再动身。"

那个县警一说，其他人一哇声地说："看来是你想请弟兄们了！"

"请就请，凉旗子碗托，兄弟还是能请得起的。"

十来个县警牵着马向街口的一丝亮光走去，亮光处房圪台上放着两只大铁桶，铁桶之间的矮凳上放着一块小案板，小案板上放着一把菜刀，浆洗过得白布将案板遮得严严实实，一根铁钩扁担横躺在圪台墙根底，小案板一旁的大竹篮里放着辣椒油、芝麻、醋、蒜泥，另一端的矮凳上放着一个大茶盘，茶盘里放着卖剩的薄如麻纸的凉旗子，上面覆以白布，桶子里的碗托也到底，所剩无几。

卖凉旗子碗托的李天星肩膀搭着毛巾，腰间系一块刚刚浆洗过的腰布，看见过来几个牵马的警察，慌忙走到跟前，从黑瓷盔子里撩了两把水洗了洗手，笑容可掬地说："各位长官，吃点凉旗子碗托？"

"吃点。"

"是单吃，各一，还是二合一？"

"咋说？"

"单吃是凉旗子碗托各吃各的，各一是一个碗托一张凉旗子切到一块，二合一是切两个碗托一张凉旗子。"

"每人来个二合一，十个人来十碗。"

卖凉旗子碗托者麻利地切好十碗，切了半个手掌大的面筋小块，用青筋突起熊掌似的大手一把抓起，三根指头漏出相同的块数，撒在每个碗里，快速调以适量的辣椒油、芝麻、醋、蒜泥，双手端着一一递给县警。县警几筷子调起，吃得嘴角流油，嘴唇吧唧吧唧，响声不断。

县警吃着凉旗子碗托，李天星欲收拾东西，转身抬头看见马缰绳上还拴着两个人，他向前走了几步，仔细一看，是高温心。高温心也看到了他，低声说："天星，你回去转告一下马东家，就说我被县警抓到警察局了，明儿不能给他推砣了。"

"好，我这就收拾回去，连夜告知马东家。"

李天星转身走了回来，县警已吃好，有的勾起舌头舔着嘴唇，有的抬起手擦着糊满嘴唇的辣椒油，不时说："好吃，就是好吃""香成打怵了（香得厉害）！"

李天星试探着问："长官，这两个人做甚恶事了？"

那个出钱县警说："挑拨穷鬼闹事，抗拒特别摊派，有通共嫌疑。"

"不可能吧，这两个人平时遵规守矩的，是好人家子弟啊！"

"你一个卖吃喝的，懂个屁。"县警说罢，扭头去牵马。

县警带着高温心和武青儿走后，李天星立马收拾东西，担上桶子篮子矮凳，顺背道小巷回家，回家扔下东西，当即心急火燎地跑到万顺成面庄，找到东家马振华，说了高温心被县警抓走之事。

马振华听说高温心、武青儿被抓，连夜走到西院客栈叫醒李存发、马驹。马驹枠着眼说："马东家，深更半夜有甚大事，害得人连个安然觉也不能睡？"

李存发用力揎了马驹一把说："快起吧，既然马东家黑间半夜叫，肯定有甚大事商量。"

马驹噌地坐起，哧溜溜到炕边说："有甚事，赶紧说吧！"

马振华说："这里人杂，不是说话的地方，咱到东院议事厅说去。"

李存发、马驹穿好衣服，跟着马振华来到东院议事厅，马振华划着火柴，点着黑漆长桌上的红蜡烛，指着跟前摆放的几个太师椅说："坐吧！"

马振华在正面坐下，李存发坐在对面的太师椅上。马驹第一次进东院议事厅，被室内气派优雅的陈设吸引，东瞅瞅，西看看，看着议事厅内的紫檀木喜鹊登梅雕花屏风，黄花梨木精雕罗汉床，红松木书柜，凳子上、床上铺的仙鹤云海锦绣缎面垫，打趣地说："还是马财主气派，这厅房好得多得多嘞，我要是能拥有你这么漂亮的厅房死了也不后悔。"

马振华说："会有的。不用瞎说了，赶紧坐下说正事。"

马驹坐在李存发跟前，马振华说："高温心和武青儿今黑间被县警抓走了，你们看如何营救为好？"

马驹说："我们干脆组织几个人，趁黑夜警察不注意，到老监直接救出人得了。"

马振华说："不行，我们不能贸然行事，这样做太危险，一旦失手，不但救不了人，连我们的身份都会暴露。"

李存发说："马驹的办法不可取。从河东的情况看，只能是通过关系或买通警察局去赎人。"

马驹说："这样做更不妥，县警抓人是以抗拒特别摊派抓的，可这特别摊派是给富户摊的，又不是摊给穷人，穷人不满村长胡乱摊派，是针对村长，又不是针对县府，说高温心、武青儿是共产党或者替共产党做事，他们又没证据，如果花钱赎人，反而适得其反。"

李存发说："马驹这几句话说得不错。依我看，凭着你马家在县里的威望去找县长说情，外围再发动些群众去县署请愿要人，给县长施加压力，县长既可买你面子，又可顺了民意，此事或许能成。"

马驹说："马掌柜的能耐大着呢，有你出面说情，再加上外围压力，肯定没问题。"

马振华说："成不成只能试试，实在不行再想别的法子。"

马驹说："我去找那几个积极分子，连夜通知穷人，明早晨早点出发。"

三个人商量完，李存发回客栈，马驹去找积极分子通知穷人，马振华吩咐伙计第二天天不亮备好马车出发。

第二天天还幕黑，马振华就起来吃了汤面，坐上轿子马车，直奔县署而去。半前晌，马车走过文昌楼洞，穿越南关城门楼洞时，洞里人流拥挤，马车慢了下来，车夫拉着马缰，"吁吁"地吆喝着枣红大马。马振华搂起轿帘向外望去，看见马驹带着百十个清泉镇请愿者，前后相跟，有序地走过城门洞。马车穿过城门洞，马振华放下轿帘，叫车夫扬鞭催马，快速向县府走去。马车一路小跑，穿过南街，在文昌庙前南街与小西街交界宽敞处停下。马车一停，马振华戴好细呢礼帽，撩起缎面长袍，从马车上跳了下来，整了整黑色对襟短褂，抬头看看县府东西两侧矗立的砖木结构钟鼓楼，大步走向县府大门。两个门警看见来人打扮阔绰，也没拦挡，马振华顺利进了大门。

　　进二道仪门时，中间门紧闭，东角门西角门两边都站着背枪门警，马振华扫了一眼东西双坡式砖瓦房和西南角高墙壁垒监狱，斜斜地向东角门走去，门警黑着脸拦住马振华，告知他，要见县长必须事先征得同意。马振华说："我是清泉镇商会会长马振华，有要事拜见库县长，麻烦您进去通报一声。"

　　门警仔细打量了一番，转身走进去，马振华点着烟，一支烟还未抽完，门警就急急忙忙跑了出来，笑眯眯地说："库县长让您进去。"

　　马振华进了东角门，绕过戒牌坊，从六部房侧走了过去，走到大堂外时，库县长穿着一身中山装，一只手向后抚摸着梳得油光锃亮的头发，笑呵呵地从大堂走了出来。马振华紧走几步，走到库县长跟前，库县长紧紧握着马振华的手说："是甚风把马会长给吹来了？走，到二堂会议室喝茶说话去。"

　　"好。"

　　"二堂比大堂宽敞，五开间，东面三间是会议室，西面两间是花厅，很优雅的个地方。"

　　库县长拉着马振华的手，从大堂东侧东门房进，绕过厨房，经过东厢房，来到二堂门口，马振华停下脚步，抬头注目，二堂果然气派辉煌，屋脊坡面建筑精细，猫头滴水布置有序，窗棂廊檐雕花别致。稍站片刻，库县长右手平伸，客气地说："马会长，请。"

　　马振华和库县长走进大厅，坐在枣红檀木桌前，秘书已倒好茶水，马振华左手端起茶杯，右手揭开茶盅盖子，轻轻刮了刮，慢慢品了一口，赞叹地说："库县长的茶不错啊！"

　　"我的茶可不是随便给人喝的！"

　　"看来是县长大人在特别关爱老弟了。"

　　"马会长这么远来不是为了喝茶吧？"

　　"小弟还真有一事相求。"

"甚事，说吧。"

"县警夜来（昨天）黑间抓回镇里的两个人，您可知情？"

"有人举报，这两人不但带头抗拒特别摊派，而且有通共嫌疑，对这种人必须严惩不贷。"

"这两个人我知根知底，人老实规矩，给人干活实心实意，从不耍奸弄滑，更不会有通共之事，主要是村长贾存儒勾结十富户，把特别摊派转嫁到穷人身上，惹恼了穷人，激起了民愤，他两个一时气愤，才做出了过激之事。"

库县长噌地站起来，不高兴地说："那也不行，县警调查清楚之后再做处理。"

库县长手背在背后，不停在脚底踱着步，忽然听到外面人声嘈杂，"罢免村长贾存儒，释放无故被抓群众"的呼喊声此起彼伏。库县长正要叫人出去看看甚情况，县府秘书急匆匆跑进来说："县府大门口来了清泉镇一百多号人，打着横幅，喊着口号，要求县长放人。县警驱赶了半天，无济于事，城里看热闹的人也参与其中，县府周围聚集的人越来越多，您看如何处理为好？"

库县长听了秘书报告，心中着急，脸色黑沉沉地在脚底来回走着，嘴里不住地嘟囔着："这如何是好？这如何是好？"

马振华说："库县长不必着急，那伙人无非是要您放人，您何不做个顺水人情，放了高温心、武青儿，既能平息事态，又能体现您宽宏大量体恤百姓的爱民情怀，这等好事何乐而不为？"

"可有人告发他们通共。"

"通共可不是闹着玩的，要说通共也总得有证据吧？"

"暂时还没有，审问调查后会水落石出的。"

"您应该明白，高温心、武青儿揭穿了贾存儒和十富户的特别摊派阴谋，他们能不记仇报复？通共罪名也是他们给捏造的。村长贾存儒平时贪赃枉法，在群众中影响极坏，吃洋烟又被区公所当场抓获，这等人当村长严重损害县府形象，不如您顺应人心，干脆撤掉他的村长职务，也算为镇里县里除了一大祸害。"

库县长一听贾存儒吃洋烟之事，站起来拍着桌子说："此等祸害不除，误我党国大事。"

库县长说罢，立马拨通清泉镇区公所电话说："马天颖，贾存儒吃洋烟吸毒可有此事？"

马天颖说："库县长，实有此事，昨晚让区警当场抓获。"

"必须严惩重罚，县府已决定免掉贾存儒的村长职务，文书随后下达。"

库县长挂断电话坐下，马振华说："库县长英明，您已决定免掉贾存儒的村长职务，那高温心、武青儿是不是……"

库县长打断马振华的话，挥着手，烦躁地说："放，放，立马放人，全是狗日的贾存儒惹的祸。"

库县长说罢，让秘书通知警察局长立马放人。事情处理完，库县长脸上也露出了一丝笑容，旋即转身问："马会长，清泉镇来了那么多人闹事，是不是你指使的，给我施加压力？"

马振华笑着说："库县长，您错理解了，我是来求您的，哪能做出此事？"

"你咋前脚进门，那伙人后脚就到了县府？"

"还不是救人心切？我天刚亮起身，人家鸡叫摸黑动身，幸亏马车走得快，要不然我肯定在他们后面。"

"库县长，谢谢您深明大义放人。我得赶紧出去接人，让聚集的人群散了回家，咱们后会有期。"

"好吧，你出去和人们说说县府的决定，让他们安心回家。"

马振华告别库县长，出了二堂，来到大堂西南角监狱门口，监狱的小门已打开，他探头向院里望望，两名警察带着高温心、武青儿向门口走来。高温心、武青儿走到大门口，警察说："走吧，你们可以回家了。"

高温心、武青儿抬头一看，马振华在监狱门口站着，赶忙几步走到跟前说："谢谢马东家，没想到你来得这么快！"

马振华说："救人如救火，能慢吗？走吧，众人还在大门口替你们鸣冤叫屈呢！"

三个人走到县府大门口台阶上，马振华说："县府已放了高温心、武青儿，并决定免掉村长贾存儒，大家的目的已达到，散了回家。"

说完，马振华走下台阶，在众人簇拥下，坐上马车，车把式扬鞭催马，向清泉镇方向驰去。马驹挥了挥手，带着众人在疾驰的马蹄声中出了县城，三个一群，五个一伙，相携返回。

第七章

　　三区政府重罚贾存儒五百银洋，又告知县府免去他的村长职务的决定。贾存儒听区长说要罚五百银洋，倒也没太在意，一听县府要免掉村长职务，当下急得抓耳挠腮，扑通跪在地上央求："马区长，您大仁大义，看在我对您忠心的份上，求您向库县长说说情，保留我村长职务，贾某一定痛改前非，重新做人。"

　　马天颖说："起来吧，别费心思了。就算我能迁就你，你做下这等恶事，库县长、阎长官岂能饶你？快起来，回家拿钱去吧，如若让县警下来带你，恐怕就有牢狱之灾了！"

　　马天颖说完，背着手，转身回了房间。贾存儒兀自站了起来，拍了拍裤腿上沾着的脏土，揉了揉磕疼的圪膝盖，神情沮丧地向家走去。贾存儒回到家，颓然倒在藤椅上，长吁短叹，婆姨高春香赶忙端来茶水，递给他说："赶紧喝口水，我给你做饭去。"

　　贾存儒火悖悖地说："滚一边，哪有心肠吃喝！"

　　高春香站在跟前说："心情不好也得吃喝，你没受克制吧！"

　　贾存儒不耐烦地说："人家滚油浇心嘞，你说东吴招亲呢。别啰唆了，快点准备五百银洋，我好给区公所送去。"

高春香没言语，低头走出去准备银洋。小婆姨刘美琴听见贾存儒回了家，穿戴好衣裳，手里拿着一块绣花丝手帕，扭动着细长的腰肢，出了东窑，进了当中窑，一进门就喜笑颜开地说："呦，老爷回来了，快把人着急死了。"

贾存儒躺在藤椅上闭着眼睛，没有理会刘美琴。刘美琴摆着身子，走到贾存儒跟前，圪蹴下，摸着他的脸，柔声细语说："老爷，坐起来吧，我给你揉揉身子。"

贾存儒睁开眼看了一眼刘美琴又闭上，声音低沉地说："难得一片好心，懒得动弹。"

刘美琴用柔嫩的双手拽住贾存儒的两只手，贾存儒顿时身上有了精神，刘美琴用力一拉，贾存儒顺势站了起来，刘美琴柔美的身子斜倚到他身上，倏忽又离开，扶着他坐到太师椅上，站在椅子背后给贾存儒揉捏着颈椎肩膀。刘美琴边揉捏边问："老爷，您没事了吧？"

"没事个屁。丢了官不算，还要罚五百大洋！"

"马天颖不是个好东西，你一年四季孝敬他不少，他倒忍心对你下手？"

"世道人情一张纸，何况是县府直接处理，我看他也没甚好法子。"

"那罚金该是他定的吧，不管它，咱不出，我看他能把咱咋！实在不行，你和天祥说说，让他和区长县长疏通疏通，好歹他还是个连长，说话肯定比你灵。"

"你懂个屁，这事让我和天祥咋开口？咱做下说不出嘴的事，不用说村人到县府闹事，只吃洋烟一事，就可以关你禁闭。"

"吃洋烟的人多嘞，偏偏就与你过不去。实在不行，咱也揭他底子。"

"妇人之见。吃洋烟已惊动库县长，罪名已坐实，如果揭了他的底子，不但搞臭自己的名声，还免不了咱的罚金，说不定还要带来牢狱之灾。"

“村长不让当也就罢了，难道那么多银洋也要丢掉？”

贾存儒端起茶杯，咕噜咕噜喝完一杯茶水，叹息着说：“银钱是世间的，生不带来，死不带去，丢就丢了，还是保全自己要紧。”

刘美琴放开揉捏的手，转过身来，站在贾存儒对面，噘着嘴说：“你把银钱攉撒完，一旦有事，让我们娘母两个咋活呀？”

刘美琴刚说完，高春香拿着半袋子钱从门外进来，刘美琴看见大姐拿着钱进来，用力扭了一把贾存儒的胳膊，颠着圆滚滚的屁股，火悻悻地出了门。

高春香看出刘美琴不高兴，没吱声，把钱放在八仙桌上说：“天祥他爹，钱已点好，放桌上了。”

“放着吧，歇会儿我就给区公所送过去。你看这狗日的美琴，平时惜她疼她，她倒好，把钱看得比我命都重要。”

“怨不得别人，全是你平时惯下的毛病。有晌午吃剩的烩菜，还有一块和好的面，我给你做去，填饱肚子再去。”

高春香转身出去做饭，贾存儒坐在椅子上，两三天来的细节一幕幕出现在眼前，他觉得之所以丢官又丢财，全是马驹煽动挑拨造成的。这小子煽动挑拨不说，单凭跑到河西参加红军一项就够他吃一壶，如不整整这个穷小子，心里难咽这口恶气。他想向区长告密立功，可又怕区长袒护办事不力，向县府报告，又担心五六十里路程误事，县府派县警逮人，人跑掉，自己又加一项欺骗政府的罪名。突然想起，马驹出逃是得罪了儿子贾天祥才逃走的，向儿子报告，肯定一告就准。思来想去，决定就近去湾头向贾天祥报告。

贾存儒喝了几口茶水，长舒一口气，头靠着太师椅扶手，闭上眼睛养神。贾存儒刚闭上眼，高春香就端着一碗香喷喷的面进来。她扶起贾存儒，心疼地说：“赶紧吃，饿坏了吧？”

贾存儒往跟前挪了挪碗，抬头看着高春香。高春香虽年近五旬，除去身子稍显发福之外，脸上皮肤依然白皙，额头没有一丝皱纹，眼角鱼尾纹并不明显。看了一会儿，贾存儒冲高春香笑笑，拿起筷子，拨拉了两口面说："不要紧，刚回来情绪坏肚子麻木，没食欲，现在好点。"

"吃了饭，赶紧给区公所送过钱去，花钱消灾，只要你没事就行了。"

"吃了饭就去。"

贾存儒吃了饭，戴上礼帽，拿出文明棍，叫来张谋新，提着钱袋去了区公所交钱。交完钱从区公所出来，走到背道，贾存儒打发张谋新先回，自己却顺着狭窄的背道走到鸽子寺坡底，绕过寺湾，径直去了老爷庙一连连部，贾天祥已回家，他打问到贾天祥的住处，找到了儿子。

贾天祥已知道他爹的事，欢欢也给他讲过龙王庙那天爹的狼狈相。家里出了此事，贾天祥脸上并不光彩。贾存儒一进门，欢欢赶忙迎到八仙桌前，倒水切茶。贾天祥不高兴地问："爹，你找我有甚事？"

贾存儒坐在凳子上，抹下礼帽说："狗日的，当了连长就不认爹了？难道没事就不能上你的门了？"

"谁说不能上我的门了？看看你这两天做的些甚事吧！有甚事快点说。"

贾存儒明白天祥已知道他的事情，没再做解释，气呼呼地说："马驹是红军，这两天在镇里煽动挑拨穷鬼们闹事，有人说他们这回过来是给河西红军采买蓼蓝和药品，今后晌还在万顺成客栈，估划今黑夜带上东西过河。"

"狗日的马驹也太猖狂了，竟敢明目张胆地闹事。你吃饭了没有？没吃了有欢欢做好的汤面，顺便吃点回家，一会儿我就派人去抓。"

欢欢舀了一碗汤面，放到爹跟前的桌子上让他吃，贾存儒站起，看看家里的陈设不错，点点头说："饭已吃过，我回呀。回得迟了，你娘又得操心挂念。"

"回吧。"

欢欢和天祥送贾存儒出大门，贾存儒下了坡，在路口雇了一个架窝子，坐在上面，摇摇晃晃回了家。爹走后，高欢欢说："你真的要去捉马驹，他可是你的救命恩人啊！"

贾天祥鼻子哼了两下，笑着说："你以为我会听爹的话？自个做下的事让他自己承担。我本来就对这种公报私仇的人不屑一顾。何况，马驹曾救过我一命，咱总不能忘恩负义吧！可架势咱得有，如果不去，上峰知道就麻烦了。"

吃过晚饭，贾天祥到了连部，紧急集合警卫班，亲自带着队伍快速向镇子走去。走到河头前，一只兔子从寺坡菜地里倏忽跑了出来，向水壕边跑去，贾天祥掏出手枪，叭叭两枪，兔子一头栽在壕边。肖明几步跑过去，提着兔子返回，竖着拇指说："贾连长，好枪法！"

马驹和李存发听见枪响，料知情况不妙，把药品蓼蓝填在烂麻袋装着的羊皮浑筒里，噌地提起，一把背在背上，正要出门，马振华急急忙忙提着布袋从门进来说："赶紧走，刚才枪响，说不定阎军又要抓人。来，打开麻袋口子，把这七支手枪带到河西。"

马驹放下麻袋，解开浑筒口拿出一些蓼蓝塞到李存发袋里，把手枪塞到浑筒里扎紧口子，套上麻袋，出了侧门，向后山快速跑去。

贾天祥带着警卫班，从东街口跑步到万顺成门店，店铺还未上板门，店铺里的灯亮着，贾天祥揎了揎门，门倒关着，伙计听到有人揎门问："客官，要买东西明天来吧，现在已关门。"

贾天祥说："快去通报一声马东家，就说贾天祥连长有要事来找他。"

马振华送走马驹他们不到一袋烟工夫，伙计就跑进来说贾天祥要见他，马振华对伙计说："赶快让贾连长进来。"伙计得令，赶忙跑出去，打开店门。一打开店门，伙计傻眼了，贾天祥带着十来个全副武装的士兵从门走了进来，伙计不解地问："贾连长，您这是？"

贾天祥黑着脸说："有人举报，你们客栈隐藏共产党嫌犯，在哪儿藏着，快说。"

伙计说："店里每天人来人往，共产党嫌犯脸上又不写字，我咋能晓得。"

一士兵上前狠狠地甩了伙计一个巴掌说："狗日的，还敢和连长顶嘴。"

伙计捂着嘴说："小的不是顶嘴，是真晓不得。"

肖明又要逼问伙计，马振华从后门出来问："贾连长，好久不见，今天这是……"

贾天祥说："马东家，有人报告，万顺成客栈住有共党嫌犯，可有此事？"

"贾连长，马某是正经生意人，从不过问政事，哪敢窝藏什么共产党嫌犯。客栈在西院，不信可以去搜查。"

"马东家，老弟我也无奈，人家报告，我就得搜查，不搜查，上峰怪罪下来，老弟就得吃大亏了，今天只能得罪老兄了。"

贾天祥说罢，手一挥，孟飞带一组去西院客栈，肖明带一组去了东院，逐个窑洞房间搜查。马振华把贾天祥迎到东院中间的议事厅，冲好茶，刚喝了一杯，孟飞和肖明就跑到议事厅外向贾连长报告，没有嫌犯踪影。

贾天祥听到搜查完毕，没有发现嫌犯，站起来，拱手抱拳说："马东家，多有得罪，还望老兄海涵，老弟这就告退。"

贾天祥和马振华出了议事厅，警卫班已在院里列队，马振华看见肖明手里提着兔子，问贾天祥："贾连长，万顺成可不养兔子啊！"

肖明抢先说："这可是贾连长的战利品。"

马振华问："从哪儿弄得？"

贾天祥说："河头前打的。"

马振华明白，贾天祥在河头前打枪是故意暴露信息，立马笑着竖起大拇指说："好枪法！"

贾天祥说了声"哪里哪里"，带着警卫班，转身向老爷庙连部走去。

马驹和李存发从万顺成客栈脱身，摸黑走山路，半夜时分走到黄河边，选择远离李家垣碉堡的港村小沟岔渡过黄河。一出水，深秋的凉风吹得马驹和李存发浑身哆嗦，二人赶忙穿上鞋，扛起浑筒，赤裸着身子，飞快地跑出河滩，在山崖底找了个隐蔽的圪塄塄，找了块大青石蛋坐下，此时，身上的水珠已风干，跑了半天，身上的热气已驱散了深夜的凉风。马驹从浑筒里掏出袄裤穿好，听着滔滔黄河水，望着黑幽幽的河东，低低地哼着山歌。歇了一会儿，二人向小沟里走了一段，从缓坡处爬山，顺山梁向游击队驻地走去。

马驹出色地完成了采购紧缺药品和蓼蓝的任务，安全带回了河东地下党购买的七支手枪。隔了五六天，慕天明队长叫来马驹，让他面对墙壁上的党旗站着，马驹感到蹊跷，队长今天这是咋啦，让他面对墙壁，难道自己又犯了什么错误，他百思不得其解，只是低着头站在脚底默不作声。慕天明拍了拍马驹的肩膀说："马驹，你的表现不错，组织已决定吸收你加入共产党，现在对着党旗宣誓。"

"咋说？"

"跟上们说。"

慕天明朗声说道："严守秘密，服从纪律，牺牲个人，阶级斗争，努力革命，永不叛党。"

马驹举起右拳，跟着慕天明朗读一遍。慕天明说："你已是一个共产党员了，得加倍努力，做一个合格的党员，不负党的期望。"

马驹敬了个军礼说："一定加倍努力，英勇杀敌。"

没几天，慕天明队长和牛占山被西北保卫局叫去开会，马驹随行。他们走到保卫局门口，掏出介绍信，门卫看了介绍信，脸色大变，立即向门里的四个战士使眼色，四个战士会意，立马围上来，当即卸了他们的枪，慕天明不解地说："我们是保卫局通知来开会的，以前可没有开会卸枪的惯例啊！"

牛占山脸拉得长长的和门卫争执起来，开口大骂："我日你祖宗，凭甚卸你大的枪！"

两个门卫端起枪，枪口对准他们，四个战士上前把牛占山和慕天明一起绑了，马驹跨前几步拉住绳头要解，一个战士挥起枪托，重重地在他胳膊上砸了一枪托，恼怒地吼道："规矩点站一边，小心连你送到老监。"

马驹牙咬得嘎嘣响说："我要找总指挥告你们胡乱抓人。"

那个战士不屑一顾地说："告去吧，总指挥自身难保，也被抓进去了。"

慕天明着急地说："你们不能那样随便捆人，我们是回来开会的。"

一名战士说："开甚会，名义上是通知回来开会，实际是让抓捕你们，要不然你们肯乖乖就范？"

牛占山跺着脚，恼火地说："又没做甚坏事，凭甚抓我们？老子才不稀罕，大不了脱了这身皮继续当土客，倒也自在。"

慕天明说："占山，胡说些甚？咱要相信组织！"

牛占山火汹汹地说："不是我不相信组织，是他们不相信咱们。"

四个战士拉着慕天明、牛占山进了门，将他们关进了监狱。马驹看见队长被带走，心里一急，也要跟着往里走，被门口的两个士兵用枪挡了出来。马驹哭丧着脸，蹲坐在门口附近的一块大石头上，几次试图进去和他们理论，每次到门口都被挡了回来，最后一次准备硬闯，还未到门口就被门卫在背上狠狠砸了两枪托，马驹没法，只得离开门口，在街上漫无目的地溜达来溜达去。

夜色越来越深，深秋的阵阵凉气袭扰着来去匆匆的战士，马驹依然穿着单衣，凉风吹得浑身哆嗦，他紧走一阵小跑一阵驱赶着身上的寒气，可一停下来，身子更加发凉，他漫无目的游荡着，不知不觉走到一个石片接口石板压檐窑洞小院，窑面上的好多泥皮已剥落，裸露出一片片有序排列的石片，窑里老人听见院子里有脚步声，走出来问："你找谁？"

马驹听到有人问他，方才知道自己走进了人家院子，他抬头看见主人有七十多岁年纪，身穿黑笨布夹袄腰里系着白布腰襻，头箍一挽子毛巾。马驹慌忙说："老大爷，我们队长被逮进老监，我心里着急，在街上瞎溜达，晓不得咋就走到老人家院里，对不起，对不起。"

马驹转身往出走，老人叫住他说："既然来了就到居舍喝口水，黑间天气太冷，把身体搞坏就划不过账来了。"

马驹头昏脑涨，也没推辞，跟着老人到了居舍，坐在炕边，看见老人家里并没多少摆设，炕上两床铺盖已铺开，还有一卷铺盖紧靠着墙根，脚底有几根高低不一的黑瓷大瓮、一口木箱、一个条桌，瓮盖、条桌上放着几个陈旧的瓦瓮瓮、纸圪桶。老人倒了一碗水，马驹嘴不离碗，呱嗒呱嗒几口喝完，老人又吩咐老婆给马驹热了剩下的小半盆子秫黍饭，马驹用筷子夹得吃了熬在饭里的蔓菁山药胡萝卜，端起盆子咔溜咔溜，一袋烟工夫就吃完半盆子饭，舀了一瓢水，洗涮干净盆子，扣在石床上，摸了一把嘴说："谢谢爷爷、奶奶！"

老人说："谢什么，剩茶剩饭还用谢！"

马驹想付钱，手在衣兜里摸揣了半天，衣兜空空，只得说："老大爷，说来惭愧，身上不带一点银钱，想给您老付钱也付不出，下次来一定给您补上。"

"傻孩子，不用补，到了战场多杀几个敌人爷爷就高兴了。"

"现在这情况，您说咋办？"

"没办法，等消息吧。不嫌老朽居舍条件不好，就在这儿睡上一觉，明儿一早，明明朗朗去打听，黑天半夜出去，太危险了。"

马驹低头一想，老人说得有道理，赶忙说："老大爷，您说的哪里话，能在您家吃住，我已感激不尽了。既然您老这么说，我就在您居舍借宿一黑夜，明天一早再去打探消息。"

"三天五天你住吧，这么大的炕只有我们老两口，还睡不下你？时候不早了，你也折腾了一天，肯定累了，早点睡下歇歇身子。"

老人说着，拉开铺盖卷，指着铺盖说："天气凉了，盖上被子暖和些。"

马驹不好意思睡老人的铺盖，囫囵身躺在褥子上，老人说："脱扒了睡舒服。"

老人拉过被子给马驹盖在身上，马驹说："不用脱了，有紧急情况怕来不及穿衣裳。"

老人躺下和马驹拉呱了几句，马驹就呼呼入睡。

马驹一觉醒来时，天已大亮，两位老人已起来烧柴火热水，准备做早饭。马驹一骨碌翻身坐起，拿起炕边笤帚，扫了扫褥子，卷起铺盖，坐在炕塄边穿好鞋，准备去打听消息，老人端过来一碗水，笑着说："看来也是个急性性，不急不急，喝里口水再走，打探一哈，过来吃饭，玉桃黍馇馇饭。"

马驹端起碗喝了水，转身从老人家里出来，径直向保卫局走去。马驹走到门口，向几个门岗打问，门岗根本不搭理他。并骂他："快滚开，要不然连你一块抓进去！"

马驹不管不顾，低着头，猫着腰硬着头皮往里闯，门里的两个战士背着枪跑了出来，把马驹的胳膊拧了起来，掏出绳子套在他的脖子上。老人在家等不上马驹回来吃饭，怕年轻人莽撞，惹出是非，赶忙跑到门口说："同志，这是我家小外甥，年轻不懂事，你们多担待，放了他，我带回去好好数骂。"

老人拉开两个战士的手，抹下脖绳，照马驹屁股上踢了两脚，边骂边拉上马驹离开保卫局门口。回到家，马驹竟呜呜地哭了起来。老人劝了半天，马驹止住哭声。

"你也不用伤心，他们这种做法不会太久，听说中央红军已经翻过六盘山，快到吴起了，总部来了，会有人管的。你待在这儿也没用，不但救不了人，弄不好，哪句话说错，把你逮到老监里，连个哭恓惶的地方都没啦。"

"队长有个三长两短，我咋向战士们交代。我的枪，和他们要不要？"

"你还是回吧，留下只能空操些闲心。至于枪，你就是去要，他们也不会给你，就当支援了他们算了，反正留下也是咱自己的人用，不会转到敌人手里。回去千万不敢说真话，就说队长他们还得训练一段时间，你说了真话，队伍不稳就麻烦了。"

"您说得有道理，我这就动身回去。"

"吃了饭再走。"

老人说着，给马驹舀了一盆碗玉秫黍馇馇饭，饭里泡了半腕土豆、蔓菁、胡萝卜，马驹站在灶台边，吃了大块东西，端起碗哧溜哧溜吃了饭，嘴上摸了一把，告别老人。老人将马驹送到豁子口，千叮咛万嘱咐路上小心，不惹是非。马驹出了豁子，向老人挥挥手，快步离开保卫局驻地。

马驹回到驻地天已擦黑，他心中苦恼异常，自己的枪被收走，慕队长被抓进监狱，回部队觉得没脸见人，只得在村边孤魂似的游荡。他懵懵懂懂地走着，不觉得来到一个土豁子院，一进院，马驹就被横在里院门口的一个枣木棍子扎得拦门撒子绊倒，马驹啊地喊了一声，赶忙坐起，觉得手上生疼，掂起手一看，左手背被细条子划开一绽，浸出了丝丝鲜血，马驹用右手压着手背揉着。"谁，黑天半夜偷人来了？"马驹抬头一看，一个年轻女人手里拿着一根火柱轻手轻脚跑了出来，马驹赶忙站起说："不敢动手，我不是偷人的，是游击队的马驹，说不定你见过。"

女人向后甩了甩长辫子说："游击队的不在驻地，黑天半夜跑到们居舍做甚来了？"

"我也晓不得，活法不好，疯不由走到你院，被拦门撇子绊倒，划破了手。"

女人走到跟前细看，确实在游击队见过，赶忙笑着拉着马驹的手说："赶紧回居舍，我给你止止血，缠块布子。"

马驹说："不碍事，不碍事，男子汉划破点皮不算甚。"

女人觉得马驹手背上湿浸浸的，挪开手一看，血汨汨地往出涌着，嗔怪地说："你这人，手背上血还朝出冒，咋说没事！"

女人说着拉着马驹走到泥脚接口土窑，马驹坐在土炕边，女人转身走到木箱跟前，打开箱盖，拿出包裹，取出两个碎布片、一根三指宽的白布条，用筷子夹住碎布片，凑到灯树跟前，点着，抓住马驹的手，掂平，燃着的碎布片支于手臂上端，待碎布烧完，用颀长的手指把布灰轻轻按在手背上，拿起布条，弯着细腰，翘着丰硕的圆臀，麻利地从虎口处斜着缠住伤口扎紧。

马驹看着女人出神，女人缠好伤口，直起身，拍了拍手上的布灰，莞尔一笑说："好了，有甚感觉？"

马驹的眼神与女人的眼神相交，马驹浑身一激灵，女人淡眉笑脸地说："我好看吗？"

马驹看着女人说："好看，俊丹丹的。谢谢你，我还晓不得你叫甚。"

"马兰花，叫我马姐就行了。"

马兰花坐在马驹跟前问："你怎黑天半夜不回队部，跑到们院来了？"

马驹只是低声叹着气，过了一会儿，不由得哭了起来，马兰花用手给马驹擦了眼泪，脱了鞋上炕，拦腰抱住马驹，把马驹也拉到炕上，拉过来枕头，让马驹躺下。

马驹躺在枕头上，马兰花用手把两根长辫子放在背后，顺势也躺在跟前，给马驹抹了抹眼泪说："男子汉能收能放，肚子里好事恶事全能装下，何况你又没做下对不起谁的事,何别号哇哭叫,让外人看见还笑话你没骨气,明儿理直气壮到队部。"

马驹止住哭声说："我听姐的。"

马兰花看了半天马驹，乜斜着眼，痴情地说："我越看你越像我的那死鬼男人，今黑间，我就把你当一回我的男人。来，在姐怀里躺会儿吧！"

马兰花紧紧地抱住马驹，马驹也顺手抱着兰花，一股股淡雅清幽香味扑鼻而来。马驹从来没有闻过这样醉人的味道，两眼直直地盯着兰花的眉脸，静静地品味着。抱了一会儿，马驹赶忙松开了手，马驹抬头看了看兰花说："唉，对不起，是我没控制住自己，把你抱住了！"

兰花摸着马驹的胸脯说："早就说过了，今黑间我是把你当自家男人待的，你又没做什么，抱了一下我又不是丢人的事！"

"唉，我错了，犯了不能饶恕的错误，后悔死了！"

"是后悔抱了我？"

"不是。就是觉得对不起你。"

"不是你的过，是我主动贴到你跟前的，我愿意。"

"不怕，好汉做下好汉当，我会负责的。"

"你怎负责？"

"娶你。"

"我已结过婚了。"

"你男人呢？"

"殁了。"

"去年冬天赶牲灵走宁夏，被土匪追撵，跌到崖跌坏了，拉扯回来时，人已冻成了僵棍棍。"

"你也是个苦命人。"

“命苦了走到蜜州也不甜。”

“你说娶我，不嫌我是寡妇？”

“不嫌，我还怕你嫌弃我呢。”

马兰花倏忽翻身坐起，眨巴着花喷喷的大眼说：“还没吃饭吧？居舍还有些豆面，我给你擀长豆面旗子。”

兰花说着，穿好衣裳，站到地上，洗了洗手，舀了半瓢豆面，抓了一撮沙蒿，拌在豆面里，和好揉匀，放在瓷盆里饧着。兰花和好面，给大浅铁锅里添了三四马勺水，点着火，放进一把黑豆秸，插入两三根硬柴。火着旺，兰花又洗了洗手，开始擀面。马驹穿好衣裳后，下炕走到灶火圪塄，帮忙往火窟里搡柴。兰花说：“生火做饭是女人的事，你歇着，我一个人也顾得过来。”

马驹提提硬柴，笑着说：“不行，咋能让你一个人辛苦！”

马驹烧着火，兰花噔噔噔擀着面，不一会儿，一小团豆面就擀成麻纸薄厚，铺开折成一刀宽窄，切成细条，煮入沸水，锅熬三遍，捞了一大碗，撒了葱花咸盐，舀了一勺子酸菜，给马驹调好。马驹早已饥肠辘辘，端起大碗，筷子挑起薄绵筋道的长豆面，哧溜哧溜吸进嘴里，嘴未嚼就咽进肚里。

马驹回到游击队驻地半个月后，慕天明队长也拄着一根枣木棍子，一瘸一拐地回到驻地，看到训练场上训练有序，游击队战士个个精神抖擞，生龙活虎，脸上露出欣慰的微笑。马驹一见队长，心疼地说：“看狗日的们把队长折腾成甚了！”

慕天明说：“马驹，不能有怨气，个人受点委屈不算甚，我们要以大局为重，如今，中央来了，一切事情都好办了。”

“那也得找那些整人的算账，那么多人平白无故被整被害，不能轻饶了那些人。"

"中央已为受害者平反，一切事情由中央做主，我们要把心思放在训练上，练好本领好杀敌，再不要胡思乱想了。中央决定成立红八军，柳总指挥担任军长，咱游击队将被整编到红八军，我们要以全新的面目投入到新的部队，让军长放心，让中央放心。"

马驹挺直了腰杆，给队长敬了个军礼说："队长放心，一切听您指挥。"

年底，马驹所在的游击队开到石窑沟卧虎湾村编入红八军一团一连，日夜训练，准备年后过河东征。东征前夕，马驹趁天黑，悄悄跑到马兰花家告别。兰花正盘膝打坐在炕上纳鞋垫，看到马驹揎门进来，赶忙放下针线活，溜到炕边，笑眯眯地说："你咋有空来看我？来，赶紧坐到炕上。"

马驹看着兰花，走到跟前说："我是来向你告别的，过两天游击队就要开拔到卧虎湾改编。"

马兰花冷不防用劲拉了一把马驹，马驹身子一斜，倒在兰花怀里。兰花顺势躺在炕边，两腿吊在炕棱下，眼睛直直地看着马驹，马驹赶忙弯腰伸手拉起兰花坐在跟前说："碰痛你了吧？"

兰花努了努嘴说："没啦，没啦。"

兰花挪挪身子，紧靠马驹坐着，头倚在他的肩膀上说："走多长时间？"

"说不清。行军打仗，时间不定。你不必担心，东征回来后就想办法娶你。"

"嗯，我等你。"

兰花仰起头看着马驹说："行军打仗，子弹不长眼，你要多留心，保护好自个儿。"

"该死的脸朝天，不该死的活了一天又一天。别为我操心，我还要回来娶你呢！"

"还是小心为妙。走时带点干粮，以备行军时救急。"

"俗话说，冻不死的葱，饿不死的兵，行军打仗也不会挨饿受冻的。不用，不用，你也没多少吃的，还是留着自己吃吧！"

"你不晓得我给你留得甚吃的。"

"甚？"

"茅烟巷巷烤黄的两搅面干馍馍片。"

"给我衣兜里抓几片就行了。"

马驹说着站起来要走，兰花按住他说："等下，们寻个东西。"

马驹坐在炕棱上，兰花跳下炕棱，走到后脚底，从墙上摘下桑条篮子，走到马驹跟前，硬往他衣兜里塞了几把干馍头片。马驹又站起来要走，兰花笑盈盈地说："不急，还有好的呢。"

马驹继续坐在炕棱上，兰花转身走过去挂好篮子，开开木箱拿出一双麻绳扎着的布鞋和一双鸳鸯戏水鞋垫垫，走到马驹跟前，一把脱下他露着脚指头的破鞋，解开细麻绳，把布鞋给马驹穿上，马驹走了几步，穿上不松不紧正合脚，笑着问："你咋晓得脚大小？"

"那黑间你睡着了，我就在后脚底照你的鞋划下了印印，第二天你走了，我就剪下鞋样子。"

兰花把鞋垫垫递给马驹说："拿着，留个念想。"

马驹装好鞋垫垫，心疼地说："这营生很熬人，让你受苦了。"

兰花莞尔一笑说："为你做营生，人家愿意。"

马驹告别兰花，回到驻地，刘冬生、李丑兴正和几个队员瞎侃。李丑兴眼贼，马驹一进门，李丑兴就说："马驹，脚上的新鞋是哪个嫩妈送的？"

"赖怂丑兴硬瞎说，是村头前马大娘送的！"

"是你狗日的瞎说，还是我瞎说。村头前马大娘眼有毛病，看路都有困难，还能给你做了鞋，你不是睁着明眼说瞎话？"

马驹编了个理由被李丑兴说穿，只得硬着头皮说："不信了你问去。"

李丑兴撅着脸对刘冬生说："冬生，马驹的新鞋来路不明，是偷的抢的，咱得好好调查调查。"

刘东生问："马驹，你是个直爽厚道人，说实话，真是人送的，无话可说，如果是偷偷摸摸来的，让调查出来，那就得公事公办，可别怪们不讲义气。"

马驹说："真是人送的。穷人有穷骨气，就是饿死冻死也不会干那种蠢事。"

"那到底是谁送的？"

"是个女人送的。"

"知道是女人送的。问你是谁送的。"

马驹知道这两个人会追根问底，也就爽快地说："是村东头马兰花给送的。"

"她为甚要送你？"

"是她喜欢我，我也喜欢人家，还答应娶她。咱要出远门，我悄悄跑过去与她告别，她怕我露出指头的烂鞋冻坏双脚，硬让我脱了烂鞋穿上新鞋。"

"从来三去四看，兰花是真心要和你好。们认得兰花，是一顶一的好女人，你可不能昧了良心！"

"咋可能。我要一辈子对她好，绝不让她过苦焦日子。"

李丑兴掐了一把马驹的胳膊，斜着眼看看马驹说："你狗日的艳福不浅，过河没几个月寻下婆姨，们本地人也没你的本事大。"

马驹胳膊肘拐了拐李丑兴，谐趣地说："你的狗爪子抓挖得人生疼，你寻不下婆姨，怨自个儿没本事！"

三个人拉呱了半天，看见其他战士已呼呼入睡，吹熄煤油灯，也各自钻进被窝入睡。

隔了两三天，马驹所在的游击队开到石窑沟整编，日夜训练，没几天，参加了攻打红山县城的战斗，围困县城五天五夜，北线军阀派出重兵增援县城，部队达到分散敌人兵力的目的，旋即撤围，开回驻地石窑沟休整。

时近年关，村里的石磨石碾昼夜不息，马驹和部分战友们分散到各碾磨点，帮助群众碾米磨面，村子里的群众战士出出进进，川流不息，前有群众用绳子套着碾磨杆两端拽，后有战士揎，磨盘飞快地转，磨口的面粉哗哗地流，磨面的箩面的谈笑风生，这家磨完，那家提起圪栳倒上粮食，白面豆面红面玉秫黍面，依花样磨来，井然有序。

过年时，部队和群众一样，驻地门上贴了大红对子，吃了杂面、炸糕、扁食、黄米馍馍，也吃了干红豆角角南瓜片片熬的烩菜。大年初二，村子里闹起了秧歌，马驹、刘冬生、李丑兴头上扎了羊肚子手巾，手拿着彩绸，也加入秧歌队里扭起来，刘冬生、李丑兴是当地人，扭起秧歌刚健柔美，洒脱自如。马驹虽也扭过秧歌，但却没扭过当地秧歌，依然是按照老家的扭法，两手抬于腰间，扭起来蹩脚，不合节拍。李丑兴看着马驹的蹩脚样，边扭边笑得前俯后仰，猛然间，来了个三脚不落地，稳稳地停在马驹跟前，倏忽间，头一摆，腰一拧，腿一拐，双手舞起彩绸，头偏向马驹说："看你扭得个尿样子，难看死了！"

高亢的锣鼓声唢呐声响着，马驹紧走几步，凑到李丑兴附近，高声问道："丑兴说甚？锣鼓响得甚也没听见。"

李丑兴笑着说："说你扭得好看！"

马驹这回听清李丑兴是在笑话他，紧撵几步，凑到李丑兴跟前，照着李丑兴肩膀捣了一拳，李丑兴舞动着的彩绸掉在地上，马驹哈哈大笑，扭着躲开他。李丑兴弯腰捡起彩绸，紧扭几步，追上马驹，高声喊道："赖怂马驹，尽叫人丢丑。"

马驹回敬道："谁让你狗日的笑话人！"

刘冬生看见马驹和李丑兴在场子里打闹，凑到跟前说："注意秩序，你们一圪搅，后面的人就不好扭了。"

马驹笑着说："是狗日的丑兴笑话我。"

刘冬生说："扭得不好，还怕人笑话。这陕北秧歌规矩多着呢，扭摆拐跳闪，掌握要令，扭在腰上，功在腿上，艺在手上，情在脸上。来，跟着我学，学会了就没人笑话了。"

刘冬生边扭边喊着口令："咚咚锵，咚咚锵。一二三，一二三……胳膊抬高，腰摆起来，腿放活，踩在鼓点里。"

马驹跟着刘冬生的口令，学着他的模样，扭了一阵，步伐舞姿也逐渐像模打样。李丑兴看见马驹学得很快，顺势拍了拍他的肩膀说："看来你狗日的是个灵锤锤，一学就会。"

马驹毫不谦虚地说："本来就不笨，是你狗日的把三间的房子看成间半了。"

秧歌半前晌出场，转着院子，拜军属，拜烈属，拜红军驻地，拜到军部时，军长一干人等站在圪台上迎接秧歌队，秧歌扭起来时，众人把柳军长也拉了进去。柳军长一入场，就融入秧歌队里，与秧歌队里的人边拉呱边熟练地扭了起来。柳军长出狱不久，身体还很虚弱，扭了不一阵，就浑身冒出了虚汗。

一场秧歌扭完，柳军长掏出羊肚子手巾，擦了擦额头的汗水，一手叉着腰，送走秧歌队。秧歌队离开军部，柳军长回到窑里。马驹、李丑兴、刘冬生扭了一前晌，也觉得浑身疲乏，从秧歌队里退了出来，回到冯家大院。

村里闹完秧歌，部队开拔，行进到总部附近驻扎。月底，抗日先锋军分两路突破了晋军沿黄防线坪上渡和东辛关渡，向纵深挺进。八军也在十天之后出发，一个月时间，日夜浴血奋战，横扫五百里白区，打通了隔绝陕北与神府苏区之间陕北军阀防线，突破罗峪口渡，与北线红军会合。在康宁打了一个大胜仗，折而南进到三交，在攻占三交的惨烈战斗中，柳军长中弹牺牲，八军奉命南撤。半个月后，马驹他们随主力西撤，回到驻地休整。

马驹打仗勇敢，屡立战功，西撤前已在火线担任排长。休整一个月后，马驹想起自己对马兰花的承诺，立即向副连长刘冬生请假，刘冬生知道马驹的心思，只准了三天假。

马驹请了假，安顿好工作，鸡叫三遍，就和灶房要了两片子烤得半干的玉桃黍面窝窝，心急火燎地出了驻地，跨过秀延河简易木板桥，爬山过沟，抄近路快速向马兰花家走去。马驹饿了啃几口窝窝，渴了趴在沟边喝口爬爬水，到了慕家垴时，整个村子黑灯熄火，都已入睡，马驹拖着疲倦的身子走到马兰花家时，拦挡豁子的圪针片子早已躺在院子墙边。马驹扶起圪针片子，兴奋地喊叫："兰花，我回来了。"

马驹高声喊了几声，窑里没有任何动静。马驹疾步走到门口，揎了一把门，门外面关着，他低头一看，门已上锁。马驹想，兰花深更半夜不在家，而且门已上锁，一定是出门走亲戚去了。马驹没多想，只想先找个地方躺躺，缓解一下疲乏的身子，可腿已软得不由自己支使，靠着窗台溜坐在地上，背靠着墙根，呼呼入睡。

马驹一觉醒来，天已大亮，他站了起来，细细地看了院子，黄土院子里并没有留下兰花的近期脚印，他又透过开窟窿的炕窗，眍眼向屋里张望，炕上、瓮盖上、锅台上铺着一层黄尘，看得出，兰花在家里住罢也有一段时间了。马驹心里发怵，他感觉到兰花家已有大事发生。马驹沮丧地走出院子，扶起兰花豁子口的圪针片子，快步向慕天明连长家走去。

马驹走到慕家门口时，慕连长爹慕有厚正扛着锄头准备去锄地，看见马驹急匆匆回来，赶紧放下锄头问："马驹，你不在部队好好干，突然回来做甚？"

马驹说："回来看兰花，兰花不在，门锁着，居舍灰尘恶土，院里也没啦个脚印印，您晓得她做甚去了？"

慕有厚说："你和兰花甚关系，怎么突然跑回来看她？"

马驹急急巴巴地说："我……我……我和她私订终身了。"

慕有厚长叹一声说："兰花是个苦命女人，你回来得迟了！"

马驹急切地问："兰花她怎了？"

"殁了。"

马驹听说兰花殁了，当下双眼落泪，蹲在地上。慕有厚拉起马驹说："人死不能复生，男子汉大丈夫要以大事为重。"

马驹抹了一把眼泪说："是谁害的？我要给兰花报仇。"

慕有厚说："是当地军阀从战场下来的十几个逃兵。"

"我找狗日的们算账去。"马驹说着，火悻悻地转身要走，慕有厚一把拉住他说："糊脑熊，都是些逃兵，你到哪儿找去，如果你到他们驻地去找，人家人多势众，岂不枉送了性命。你还是等待机会，君子报仇十年不晚的道理你不应该不清楚吧！"

慕有厚老婆听到马驹在院子里和老头子告诉，赶忙端出一碗水，让马驹喝了，也劝了会儿。马驹听了慕有厚老两口的话，也放弃了当下找人报仇的想法。

马驹喝了水，长出了一口气问："慕叔，兰花是咋殁的？"

"上吊殁的。"

"说好等我回来娶她，咋好好地要寻短见呢？"

"你们走后不久，突然黑夜来了一股国军残匪抢粮，据说兰花是被那些十恶不赦的歹徒糟蹋后，没脸见人，才寻了短见。兰花也是一个刚烈女子，你没看走眼。"

"咋埋的？"

"兰花少人没亲，村组织出面，众人凑钱买了一口薄板柳木棺材，与她那死鬼男人合葬了。"

"埋在哪达了？"

"埋在后山梁疙瘩底的土坡上，新墓子，走到跟前就能看见。"

"慕叔，您家里有香表不？我到坟地看看她，给她上炷香。"

"有，清明用罢还剩不少。天明家娘的，你给马驹寻一下香表，顺便给他整些上坟吃食，要不空手去也不合适，难得马驹和兰花相处了一回。"

慕有厚说罢，天明娘刘兰英转身回家给马驹准备东西，慕有厚也扛着锄头到地锄谷，上了坡坡回头安顿马驹，让他从坟地回来一块吃饭。

慕有厚走后，马驹回到慕家当中窑，刘兰英已给他寻好香表，又在立柜里拿出六个馒头，给献菜碟子里扒拉了一点吃剩的葫芦粉条熬菜，拿出两个锡壶，一个装了瓮里净水，一个里头倒了烧酒，从墙崖上摘下篮子，把准备好的东西一一放进篮子，放到马驹跟前说："可以了，上罢坟一定得回来吃饭，千万不能放下东西悄悄溜走，婶子还有话要和你说。"马驹应了一声，提上篮子，出了门，拿了一把铁锹，向后山梁走去。

马驹到了后山梁疙瘩底坡地新坟，坟堆上拍下的扁担印清晰可见，坟堆有几处野鹊儿刨开的窟窿，马驹找了几锹湿土，埋住窟窿，用铁锹拍实，铲平饭床跟前溜下的虚土，露出饭床。他倒出葫芦菜，在六个馍馍底部各掐一块，放在饭床上，倒上水，奠上酒，点燃香表，放在饭床底，将香插在坟堆上。马驹坐在坟前，流着泪，絮絮叨叨地和兰花告诉了半天。

太阳已升高，晒得马驹脸上热烘烘的，坟前的黄土也被晒得热气蒸腾，马驹的头上冒着汗水，背上的衣服也被身上流出的汗水溻湿了一大片。马驹走到坟后一棵刚结上麦粒大小荸荠的枣树底，默默地看着坟堆发呆。

马驹坐了好长时间，直到对面沟畔拦羊小子一曲高亢的民歌，才唱醒了正在发呆的他。

马驹听到歌声，浑身一激灵，抬头看了看太阳，方知自己坐了快一个时辰，他站了起来，站在马兰花墓前，深深地给她鞠了一躬，转身提上篮子，扛上铁锹，返回慕家。

马驹回到慕家，慕有厚锄地已回，老两口正坐在后窑掌吃饭，刘兰英见马驹进门，赶忙站起来，到厨房给他盛了一大碗捞饭和一大碗抿尖钱钱汤，放在桌上说："马驹，赶紧吃，婶子还有和你拉呱的。"

马驹也没客套，坐在凳子上，拿起碗筷，哧溜溜吸了几口抿尖钱钱汤，夹得吃了几口捞饭说："婶子，你说吧，咱一边吃一边拉呱。"

刘兰英几口吃完碗里的钱钱汤说："马驹，天明咋样？"

"如今他是我们连长，人挺好的。"

"我是问你他的身体，过河打仗没伤着他吧？"

"没有。从河西到河东，大小战斗二三十次，死了不少人，八军伤亡厉害，慕连长冲锋陷阵，人却毫发无损。"

"这就好，这就好。唉，这当老人的由不得要多操心，你们出门打仗，们和天明他大经常操心挂念，有时睡到半夜就被噩梦惊醒了。"

"你们不用多操心，天明哥有胆有识，不会有事的。"

"你要时常提醒他，子弹可不长眼睛，上了战场要小心。"

"没问题。只要我在他跟前，肯定会拼上命保护他。"

"天明有你这样的好兄弟，婶子就放心了。"

吃了饭，马驹和慕有厚老两口拉呱了一阵，起身要走，刘兰英拿起篮子里的馒头硬给他衣兜里塞了三四个，马驹告别老两口，出了院子，顶着烈日，快步向驻地走去。

第八章

一年后，日军突破内长城防线，大举进攻山西，贾天祥所在的部队半前晌接到第二战区司令部的命令，连夜开拔，日夜兼程，以最快的速度，全部开赴忻口前线。

出发前，贾天祥安顿好连队回家，一进家门，兴奋地对妻子高欢欢说："从今往后不用再打内战，马上就可以到前线和狗日的小鬼子拼杀了。"

高欢欢一听就明白丈夫是又要出发打仗，莞尔一笑，嗔怪地说："打仗是送命的事，还把你高兴成那样！"

贾天祥用手指在高欢欢额头轻轻乩了一下说："这你就不懂了，养兵千日用兵一时，打鬼子保家卫国可是军人的天职啊！"

高欢欢鼻子耸了一下，不高兴地说："哼，你小瞧人！难道我连打鬼子保家卫国的道理都不懂？我只是担心战场凶险，鬼子残暴，怕你吃亏出事。"

"没事。鬼子也是肉长的，不是铁做的。"

"甚会儿走？"

"今黑间连夜出发。"

"这么急？"

"我们早到几个小时，前线将士就少流一点血。"

"鬼子凶狠残暴，武器装备又好，上了战场不但要英勇杀敌，还得保护好自己，你得囫囵身回来，记得我在居舍等你。"

"一旦我有不测，你早点寻个好人家嫁了，千万不要因为我而耽搁了自己的青春。"

高欢欢用右手捂住贾天祥的嘴，流着泪说："谁让你说这些不吉利话的？"

贾天祥昂着头说："屁事没有，我当心便是。别说了，咱还是到街道走走，给爹娘买点东西，顺便和二老告别一下，也省得出了门上了战场留下遗憾。让爹娘心悬着。"

"好。看看双方老人，也省得让老人操心挂念，心时常悬着。"

两人说了会儿话，从家出来，直接走到河边水磨坊，水磨的上磨扇已平放在地上，爹正圪蹴着陪石匠铣砣，上磨扇磨齿壕沟清晰，已铣好。马二则正拿着剁斧小心翼翼剁铣磨眼跟前的扇形龙口。贾天祥没见过铣砣，好奇地问："马师傅，我只晓得你会做豆腐，还晓不得你会这手艺。听说铣砣用錾，你用的家具咋和斧子一样？"

马二则听见有人问他，揪了揪腰布，扶了扶石头镜，抬头看了下贾天祥和高欢欢说："这不叫斧子，是剁斧。这铣砣的讲究多着呢，俗话说，龙口好凿，尺寸难操，龙口的宽窄深浅会影响出面的效率和面粉的质量。上砣扇的龙口与下砣扇的砣膛吻合，由砣眼进入颗粒，由吻合处滚入砣齿，颗粒必须单个均匀排列而出。铣砣讲究'挺心凹肚，棱尖齿疏'，尤其是龙口、沿口，全凭眼力，眼睛每个石匠都有，可眼力就大大不同了。"

贾天祥惊讶地说："我原以为錾铣开些壕壕就行了，没想到那么复杂。"

马二则微笑着说："每个行业都有诀窍，只有用心领悟，细心去做，才会出好活。"

贾天祥点头称是。

高升问："天祥，你们俩到磨坊来有事？"

高欢欢说："天祥今黑间就要出发，想让你早点回家，一起吃个饭。"

"行，你们忙去吧，我一会儿就回去。"

贾天祥、高欢欢见过爹后，从水磨坊出来，站在河畔，听着隆隆的水磨声，看了会儿清澈的河水，转身跨过水壕，沿着马路边向西走去。走到河前，两人顺水壕北侧行走，壕南水地里豆角蔓已枯死，叶片间稀稀拉拉地吊着几个蔫了的豆角，长山药架上的蔓子只有顶端尚有一丝绿色，泛着青绿的玉秫黍杆已被砍倒，横躺在畦子边，一对中年夫妇用铡刀切着青玉秫黍杆，准备沤制青肥。青中泛绿的丰腴白菜、绿汪汪的胡萝卜长势正旺。马家井水壕西南角的大片大片莲池里，莲花早已开过，露出了蜂窝似的莲蓬，那莲蓬或悄然独立于水面，或轻浮于水面之上，随风吹来丝丝缕缕淡淡幽香。

高欢欢走着看着，来了兴致，拉着贾天祥的手说："咱到水池边摘几个莲蓬去。"

贾天祥说："行。吃过莲菜、莲子，还没见过莲蓬，我也顺便看看这东西长甚模样。"

两人从壕上石条走过，沿马路向西走了百十步，转入地里，顺小水壕向西，走到莲池边，贾天祥弯腰探身摘了两个绿中泛黄的莲蓬，递给高欢欢。高欢欢接过莲蓬，放到鼻子跟前嗅了嗅，剥开莲蓬，取出两颗雪白的莲子，掂在手里端详了半天，一颗塞在贾天祥的嘴里，一颗衔在自己嘴里慢慢品味，品了一会儿，问天祥："你品见莲子是甚味道？我怎觉得甜中带涩。"

贾天祥笑眯眯地说："和你的感觉一样。"

吃了一颗莲子，贾天祥又换了几处地方，探着身子摘莲蓬，身子的倾斜度已达到极限，手依然探不到莲蓬，高欢欢看见贾天祥吃力地伸展着胳膊腰肢，担心他掉入池里，赶忙走到跟前，一把拉回他探出的身子说："池边边好摘的莲蓬全叫人摘完了，咱不摘了，有两个尝尝鲜就行了。掉到里头，衣服浸湿就麻烦了。"

贾天祥说："池边虚着，危险得很，一不小心就煮了扁食。"

"千万别摘了，咱赶紧到街道买点东西回家，别让爹娘等着。"

贾天祥转身一看，西面不远处，几个穿着连体皮衣的妇女，胳膊挎着篮子，正站在池子里采摘莲蓬，池水已淹到了她们的大腿。贾天祥手指着采莲蓬的妇女说："欢欢，你看。"

"看甚？"

"采莲蓬的妇女。"

"那些女人怎么敢到池里？"

"你仔细看，人家穿着连体皮衣呢。水溻不湿衣裳。"

两个人说笑着，走到街道，割了些猪羊肉，买了些猪头肉、羊下水、粉条、豆腐，称了二斤糖果点心，打了几斤烧酒，提着大包小包，先去了贾家院。

贾存儒在偏房里正腾云驾雾地吃着洋烟，听见正面当中窑门响了一下，儿子天祥、儿媳欢欢也和老婆高春香说着话。贾存儒猛吸几口，吸完烟泡，打了个哈欠，翻身起来，走到当中窑说："天祥、欢欢回来了。"

欢欢抬头看着贾存儒说："爹，回来了。刚才还和娘问你呢！"

贾存儒说："我在厢房里吃了几口烟，听见你们回来，赶紧跑过来了。"

贾天祥说："你吃的甚烟？可不是洋烟吧！"

"哪能呢？烟枪也被区公所没收了，拿甚吃？"

"不要嫌儿子说你，以后千万不敢再干这蠢事了。"

贾存儒岔开话题说："你们回来有事吧？"

天祥说："没事。儿子今晚就要动身去忻口前线，特来向二老告别。"

贾存儒问："是和鬼子打仗吧？"

"是。"

"不能去，千万不能去。街道这几天吵烂包了，鬼子兵强马壮，武器先进，飞机轰炸，坦克开路，凶得很。贾家还全靠你光耀门第，你一旦有个失手露脚，让爹如何是好！"

"还有弟弟天禧呢。军人以服从命令为天职，国家一旦有难，军人必须出马。咋能随随便便说不去就不去呢？"

"部队又不差你一半个人，实在不行，你辞掉连长，回家来帮爹打理生意。天禧太实诚，做不了这营生，只能让他照护那十来亩水地和山上的五六十亩山地。"

"不行，每个当兵的都是娘老子养的。如果全和你一样，谁到前线打仗。至于说天禧，他也念过高小，也算个文化人，你要给他压担子，不让他插手生意，你咋晓得他不行？何况，实诚在生意场也是优势，人们会奔着实诚和你一起做事，要奸弄滑，恰恰适得其反。爹的心情可以理解，你们就不用替我担心了，行军打仗我会小心的，不和二老多说了，今晚出发，还有好多事得安顿准备，没有多少时间，我们回呀！"

高春香再三说让吃过饭再走，天祥说："连队得安顿，还要去欢欢家坐会儿，饭就不吃了。等我打完仗回来，再和家人团聚。"

话说到这，贾存儒和高春香也没再挽留。天祥、欢欢从家出来，转到街道，又买了除去酒之外同样的一份东西，顺着拥拥挤挤的街道，穿过观音楼、红楼、藏经楼、衙门口四座过街楼，出了街道，顺便在河头前买了点碗托凉旗子，返回湾头村。

贾天祥、高欢欢刚走到村口，坐在盘曲槐树根上的高来弟赶忙站起，紧走几步，走到两人对面，手背杵了杵鼻子，呵呵笑着说："今儿有甚喜事，大包小包地买了这么多东西？"

高欢欢说："天祥今黑间连夜要到忻口前线打鬼子，临走前，买些东西孝敬爹娘。你打扮得光油凸显站在树底等谁？"

高来弟瞅着欢欢看了半天，嬉皮笑脸地说："等你啊。"

高欢欢说："你以为我晓不得，你是在等一根葱吧！"

贾天祥脸阴沉着说："看你皮笑肉不笑的怂样，打扮得跟婊子似的就不像个好人！你要是敢对欢欢起歪心，小心我倒了你的花红脑子。"

高欢欢拉着贾天祥说："走，咱不和他一般见识。"

高来弟站在原地笑得拍脚打手，前俯后仰。

贾天祥牙咬得嘎嘣响，恼悻悻地转身走了。

贾天祥和高欢欢回到家时，爹早已备好了四五个菜。欢欢放下手中的东西，切了一碟猪头肉，又调了羊下水、碗托莜面旗子。高升知道匠人一顿吃不好会做算计主家的把戏，饭菜准备好，立马跑到水磨坊叫回石匠马二则一起吃饭。

吃完饭，说了会儿话，日头已偏西。贾天祥告别妻母、丈人，和高欢欢起身回家，丈人高升、妻母王玉秀送到大门口，再三嘱托贾天祥要囫囵身子回来，不能有任何闪失。

贾天祥回到家，稍事收拾，坐在炕棱边喝水，高欢欢依偎在他身上，不时抬起头，看着贾天祥俊逸的脸庞。贾天祥一只手揽着欢欢的腰，右脸贴着她的左脸说："我这一去不知牛年马月才能回来，战场变化莫测，一旦我有闪失，你重新找个好人家嫁了，千万不敢孤苦伶仃地守寡。"

高欢欢用手捂着贾天祥的嘴，嘤嘤抽泣着说："不让你说这些不吉利的话，你咋又说了？"

贾天祥哄了半天，欢欢才止住哭声。

欢欢刚止住哭声，警卫肖明就急匆匆跑来报告说，刚才接到团部命令，让部队天黑前出发。贾天祥接到命令，拿了几件衣裳，告别欢欢，立刻跑到连部。连队已吃过了饭，肖明给他盛了一碗黍黍饭、两个馒头和一碟咸菜，端了过来。贾天祥吃罢饭时间不长，肚子不饿，然而想想连夜行军，不知下顿在何时，就端起碗吸溜完黍黍饭，吃了几口咸菜，放下碗，让肖明端走馒头咸菜。

贾天祥吃了饭，与肖明一起收拾好连部急用的东西。天色渐渐地暗了下来，贾天祥命令部队紧急集合出发，连队出了老爷庙，顺公路向东而去，高欢欢站在路边的高圪台上目送贾天祥他们远去。

贾天祥连队随曲文清七团到达忻口前线神仙山时，兄弟部队已在滹沱河两岸布防，正在紧张地构筑工事。七团团部驻扎在山顶的一处破庙里，庙院里两棵碗口粗的柏树傲然挺立山头，成为神仙山周匝唯一的一点亮色。二营的两个连在山的西侧布防，另一个机炮连和三营在神仙山山坡构筑三道防线，一营在山的东侧山包布防，七团各营一到山头即强挖战壕，构筑工事。

远方的枪炮声不绝于耳，一架架的日机凌空飞过，扔下了一批批炸弹，山下河道川谷里的村庄，到处是惊慌出逃的人群，一片片民房冒着浓烟，燃着烈焰，惊恐中奔跑躲藏逃难的人群，乱成一锅粥，山下近处两个村庄的人开始向一营阵地东侧半山的山洞跑去，不时被空中落下的炸弹和横飞而来的炮弹炸倒一片，川道弥漫着浓烈的硝烟味和血腥味，向山头蔓延，哭喊声此起彼伏。

飞机轰炸过后，大批的日军在坦克大炮的掩护下开进了神仙山下沙滩的一片坟地，安营扎寨，河滩霎时出现了上百顶黄色帐篷，坦克大炮炮口对准了七团阵地，河滩帐篷周围布满了岗哨，一队队全副武装的士兵穿梭巡逻。

望着山下出现的大批鬼子，七团官兵除团指挥部人员留心观察敌情外，全员迅速构筑工事。贾天祥带着一营一连在东部山峁挥锹挖壕，战壕挖了一半，不少士兵头上冒着汗，已瘫坐在壕里。贾天祥闻着漫到山坡的呛人硝烟味，抬头看看嗡嗡飞过的日机，嘴里骂道："小日本，一会儿上来老子活劈了狗日的！"

贾天祥扫视了一圈战壕，见挖壕的不少士兵仰靠着壕壁，或闭目养神或瞎侃，一看躺着坐着的萎靡不振的士兵，气不打一处来，扬起脚，照跟前两个士兵的屁股喵喵踢了两脚，火悻悻地说："快起来动弹，战壕掩不住身体，打起仗来见阎王快些！"

两个士兵站起来揉揉屁股，说："连长，我们实在乏得不行，腿软得站都站不直，就让弟兄们歇会儿吧。"

"不行。战前多流汗，打仗少流血。快点挖，小鬼子进攻开，想挖也来不及了。"

两个士兵不情愿地埋头弯腰铲土拍塄。贾天祥喊来肖明说："你立即通知各排，加快挖壕速度，不得休息，违者军法从事。"

肖明得令，一溜小跑着去了各排。贾天祥铁锹放在壕塄上，点着一支烟，猛吸两口，长舒一口气，揉了揉酸软的腰身，转动了几下胳膊腿胯，扔掉烟头，猫腰低头，快速铲土，沙土夹杂着一些料礓石，一锹下去铲不起半锹土，铲了半天，贾天祥胳膊发麻，干脆手握铁锹短柄，脚踩锹塄，手脚并用，脚脚下去，锹刃刺刺直响。

连部人员的那段战壕挖得还算顺利，只剩加固壕塄时，贾天祥带着肖明去检查工事构筑情况，走到三排阵地，排长冯愣子脸上汗水流得三爬五道，全排战士狠命地挖着壕沟，贾天祥看见此处土质太硬，影响进度，在冯愣子肩膀上捣了一拳说："笨熊，这么长时间深度还不够一半，就不会想个其他法子？"

"想甚法子？土硬也得把战壕挖开。"

"一旦鬼子过来你能来得及？"

"能挖多深挖多深。"

"脑子不满，战壕浅了能挡住子弹？赶快组织人马别处取土，装土袋加高加固。"

冯愣子抹下帽子在脸上扇了扇，挠挠额头翘起来的头发，呵呵笑着说："连长，有好办法不早说，让弟兄们受这窝囊苦。"

冯愣子说罢，戴上军帽，高声喊："弟兄们，老子笨，全排就没个精明的提醒老子。赶快就近装土袋加高壕塄。"

冯愣子一喊，三排士兵拿来麻袋，分头就近取土装袋运送，片刻工夫，三排战壕外塄平铺了一层装满土的麻袋。

看着三排战壕差不离儿，贾天祥嘱托冯愣子："你这儿是薄弱点，绝不能让鬼子突破三排阵地。"

冯愣子说："连长放心，只要还有一个人就不会让小鬼子突破三排阵地。"

贾天祥说罢，转身离开。走了不长一截，数十架日机从川道东侧上空嗡嗡飞来，飞到川道中段，飞机突然俯冲而下，向川道两侧村庄扔了一批炸弹，骤然急速升高，向神仙山七团阵地飞来，贾天祥看到飞机向阵地扑来，赶忙大喊一声："卧倒，鬼子飞机。"

还在挖战壕的士兵听到连长喊声，扔下手里铁锹，提着枪，迅速伏在战壕里，做好了战斗准备。刹那间，敌机飞临阵地上空，炸弹在阵地坡道沟壑山顶战壕里倾泻而下，爆炸声此起彼伏，炸翻的沙土，掀起股股土柱，全团阵地上的战壕多处被炸开豁口，炸死的士兵，或被炸弹掀起的巨浪凌空抛起掼在山坡，或躺在战壕里。炸翻在沙土里受伤的士兵，从沙土里挣扎着爬起，或躺或仰靠在壕边哭叫着，几个军医在战壕里奔跑着包扎伤口。

敌机撂下炸弹转头向北飞去，贾天祥奔波在各排阵地，安顿伤员安排补修损毁的战壕，跑到三排阵地时，冯愣子跺着脚，对着已经远去的敌机大骂："狗日的小鬼子，别在天上逞凶，有本事下来和老子较量较量。"

贾天祥走过去，照屁股踢了一脚，火悻悻地说："别他妈的穷喊叫了，你以为小鬼子会听你的鬼话？"

冯愣子急得脸红脖子粗地说："老子费了九牛二虎之力挖好的战壕，让狗日的糟践成这样。"

"还不快点补修，在这穷磨叽甚？"

冯愣子转身对着战壕里的士兵大喊："三排所有能爬动的人，立即爬起来给老子补修战壕。"

冯愣子一喊，全体士兵立马行动起来，胳膊腿胯好的伤员也操起铁锹挖壕装土，没多久战壕就修补得差不离。

冯愣子忙乎了半天，站直腰缓了口气，在圪埚处战壕探身向山下望去，只见坦克顶盖开着，顶盖口的日军举着望远镜向山头瞭望，炮车、迫击炮正在调整炮位，一队炮兵抬着炮弹箱快速向炮车、迫击炮跟前跑去，大批日军正向山根集结。冯愣子一看情况不对，赶忙让身边的一个士兵去通知连长，日军准备进攻山头。冯愣子站在战壕里喊："鬼子马上就要发起进攻了，一会儿鬼子上来给老子狠狠地揍。从山下部署来看，鬼子先要炮轰阵地，弟兄们先隐蔽好，千万不能做那种一个鬼子没打死就去见阎王的赔本买卖。"

一班长瘦猴调侃道："人说咱排长愣，我看一点也不愣，鬼精着呢！"

周围士兵哄堂大笑，冯愣子没好气地说："狗日的瘦猴，要笑也不看时间，小鬼子马上就要进攻了，你还有心思给老子开玩笑。"

瘦猴眨了眨眼，笑着说："我这是调节气氛。"

冯愣子还未说完，鬼子的炮弹就呼啸着向阵地飞来，冯愣子大喊一声"卧倒"，噌地蹲在战壕里，炮弹集中火力向一营阵地和山顶团部呼呼飞去，阵地顿时尘土飞扬，硝烟弥漫，一营被炮火压在战壕里不得抬头，战壕也被炮弹炸得千疮百孔。

贾天祥伏在战壕壁上，探头往出一看，鬼子的炮火集中火力向二营、三营阵地轰击，两批鬼子分头向二营、三营阵地山根运动，另一批千余鬼子横端着枪猫着腰，小心翼翼地向山头摸来，先头部队已到达半山腰。贾天祥拿着手枪，两眼紧盯向上移动的鬼子，突然，营通讯员跑来说："贾连长，营长让我通知各连，等鬼子靠近再打，以他枪响为号。决不能让鬼子占领阵地的一个角角！"

贾天祥说："你回去告诉营长，一连就算剩下一个人也得守住阵地。"

通信员一溜烟跑到其他连阵地，贾天祥对肖明说："赶快告诫各排，不得随意开枪，待营部枪响后再狠狠打。"

肖明走后，贾天祥眼仁仁不动地盯着鬼子。鬼子越来越近，阵地的气氛越来越紧张，几个新兵没见过这阵势，腿筛糠似的抖着。贾天祥回头看见几个战士打战，大声说："怕甚，鬼子也是人养的，不是铁做的。鬼子马上就要冲上来了，大家提起心劲，瞄准鬼子，营长枪一响，狠狠地揍狗日的。"

鬼子离阵地不到二百米，贾天祥心中焦急，忽听营长枪响，贾天祥大喊一声："弟兄们，打。"顿时，阵地枪声大作，机枪步枪一齐射向鬼子，冲在前头的不少鬼子倒在山坡，后续鬼子在轻重机枪的掩护下，边射击边嗷嗷叫着向阵地猛冲。

一营打响不到半个时辰，二营、三营阵地也打响，整个山坡布满了密密麻麻向上冲锋的鬼子。鬼子尽管遇到晋军的猛烈攻击，仍然凭借先进的武器，拼着命往山头冲来。一营阵地的鬼子越来越近，离战壕仅有七八十米，贾天祥瞪着圆鼓鼓的眼喊道："弟兄们，拿手榴弹狠揍狗日的鬼子。"

贾天祥一喊，全连士兵纷纷拧开手榴弹盖，扔向敌群，二连、三连、机炮连的手榴弹也如雹子似的打向敌群，鬼子被突如其来的弹雨打蒙了头，连滚带爬向山下退去，全营机枪步枪向后退的鬼子打去，鬼子只得在山坡留下一堆尸体，撤回河滩。

鬼子撤回河滩稍做休整，又发动第二次进攻，这次进攻，鬼子吸取前次教训，飞机大炮夹杂着燃烧弹向山头晋军七团阵地轰击的同时，部队即向山头移动。山头阵地，沙土掀翻，战壕损毁，燃烧弹引发的山火，烧着了士兵的衣服，士兵就地一滚，灭了衣服上的火，身上却烧起了燎焦。轰炸一结束，离阵地不足三百米的鬼子就发起了冲锋，伏在土坎后、拐坳处的鬼子轻重机枪吐着火舌，向阵地扫射，暴露的士兵立刻受伤或毙命，趔趄着倒在战壕或滚下山坡。贾天祥抖掉浑身的沙土，抹了一把熏黑的脸庞，喝令轻重机枪手压住敌人火力，所有能拿起枪的瞄准敌人射击，自己要来身边士兵的步枪，瞄准敌人重机枪手，叭叭几枪击倒两个重机枪手，鬼子的火力弱了，一营士兵的子弹飕飕地射向山坡的鬼子。突然，面向一连阵地扫射的两挺重机枪又哒哒哒哒地响了起来，子弹压得阵地的士兵抬不起头，贾天祥焦急地喊："机枪手，瞄准鬼子机枪打，吸引火力。"自己猫腰跑到侧面，伏在壕壁，步枪子弹上膛，叭叭两枪撂倒机枪手。

鬼子被七团打红了眼，一批中弹倒下，另一批又嗷嗷叫着往上猛冲，眼看二三十个鬼子快到战壕边沿，冯愣子喊道："扔一排手榴弹挡住后续鬼子，放冲上来的鬼子进壕。"

一排的手榴弹刚炸响，十来个近前的鬼子被手快的士兵几枪撂倒，滚下山坡，另外十几个鬼子也正跃入战壕，几个鬼子尚未进壕，就被一排士兵斜斜捅倒，扔口袋似的重重掉入战壕，十来个入壕的鬼子，没几分钟就被一排士兵捅倒，尸体被扔出战壕，顺坡滚下，砸倒了几个向上猛冲的鬼子。一营扔出排排手榴弹，炸倒大片鬼子，乘势一个反冲锋，把鬼子赶下山坡。

夕阳慢慢隐没于远远的吕梁山外，天色渐渐暗了下来，沟壑水渠里的雾气带着浓烈的硝烟味升了起来。几只被炮火受惊了的乌鸦尖叫着凌空飞过，山风呼呼吹来，阵地上寒气逼人。一营各连清点人数，部队减员已超过三分之一。贾天祥督促各排抢修好战壕，安排好岗哨，兀自蹲在壕里，吃了点牛肉罐头饼干，拖着疲倦的身子，仰靠在壕壁上，没几分钟就呼呼入睡。

七团在神仙山阵地坚持了三天三夜。神仙山东侧靠近战场新挖的防空洞被鬼子炸弹大炮炸塌，稍远点完好的防空洞被村民堵上了口子，只留下碗口大的口子通风换气瞭望。三天后，洞里臭气冲天，粮食所剩无几，水无点滴，窝藏在洞里的人口干舌燥，咽喉烟熏火燎似的灼疼难耐。小孩躺在潮湿的地上，无力地发出"渴……渴"的声音，老人杨模旦掏出布袋里仅有的揉碎了的一把玉桃黍面饼，填到孩子嘴里，孩子咬了半天，咽不下去，又唾了出来，杨模旦赶忙用手接住，塞到自己嘴里，呢呢喃喃地说："好孩，等着，爷爷给你寻水去。"

杨模旦安顿好小孙子，拿起钉着马簧的粗碗，走到背圪塝塝，避开众人，抽开红圪桶裤袋，尿了半碗，端到通气口晾臊气，刚放到通气口，好不容易攒足的一泡尿，被横飞而来的一颗子弹打碎了尿碗，老人一扑过去，嘴凑到通气口湿土上，舌头牙齿并用，死命地吸吮着湿土里的尿水，企求能吸出一丝半点尿水，供小孙子解渴，可扑洒在土里的半碗尿水，怎能吸出一丝半点，老人只得一屁股蹲坐在地上，抱着头号啕痛哭。

山洞里的人们再也熬不下去，几个胆大腿脚利落的年轻人，趁夜深人静，悄悄摸出来，爬一阵，小跑一阵，跑到山洞附近的山坡，从鬼子的尸体上抹下水壶，挂在身上，顺便捡了几盒子牛肉罐头。二柱子把鬼子尸体翻转过来，水壶依然压在身底，他拿起水壶，用力往外拽带子，没料想，水壶带子拽出来了，鬼子的尸体却滚下了山坡，这一滚，惊动了山下巡逻的鬼子，鬼子呜里哇啦地喊叫起来，端着枪向山坡射击。二柱子慌忙招呼另外两个人躺在鬼子的尸体跟前，躲过了鬼子的枪弹。鬼子射击了半天，不见山上有动静，转到别处巡逻。二柱子看见鬼子离开，赶忙从尸体旁爬起，带着同伴，小心翼翼地跑回山洞。

二柱子他们走了好长时间没回来，众人听见枪响，以为出事了。过了一会儿，突然有人朝洞里扔进几个铁盒子，人们以为是鬼子的炸弹，慌忙躲闪。忽见二柱子身上背着叮当作响的水壶从洞口爬了进来，众人喜出望外，赶忙围了过来，正要问那两个人怎没回来，洞口上又有几个铁盒子滚了进来，眨眼的工夫，另外两个人也背着水壶从洞口倒着溜了进来。三个人把水壶里的水让众人喝了，又用切菜刀撬开罐头盖，把牛肉罐头分给众人吃了。

横竖交叉的洞里有五六十号人，三个人拿回的东西仅够他们临时解馋解渴。这回出去，侥幸没事，杨模旦吃了点东西，来了精神，和年轻人商量说："与其在洞里饿死困死，不如趁鬼子黑间打仗，营盘空虚，偷偷回家，多弄点粮食和水，以备不测。"

二柱子说："杨伯，刚才偷水，还被鬼子发现，要不是我们躺在死人林，说不定就回不来了，再出去弄东西恐怕凶多吉少。"

杨模旦皱着眉头，沉思了片刻说："我们总不能饿死在洞里，大不了和狗日的小鬼子拼了。"

"鬼子有枪有刺刀，你这年纪还能拼得过小鬼子？"

"我这半个身子快入土的人了，还怕甚。拼不过也抓挖狗日的几把，出口恶气。"

杨模旦说罢，让二柱子照应小孙子，说了声"不想饿死渴死在山洞里的人跟我回村"，转身爬出了山洞。杨模旦刚出洞口，忽然西侧阵地枪声大作，亮显显地听到半山坡鬼子呜里哇啦的喊叫声，杨模旦明白这是鬼子趁夜色偷袭晋军阵地，他赶忙转身，探头向洞里喊道："打起来了，估划鬼子全到山坡打晋军去了，有愿意的赶紧出来，瞅空空回家拿东西去，过会儿鬼子返回来，我们就没机会了。"

洞里的七八个年轻人见二柱子他们出去没事，且鬼子和晋军打起来，顾不得其他，也跟着爬出了山洞，四五个老年人见年轻人跟着杨模旦爬出了山洞，也犹犹豫豫跟着出去。十几个人连跑带溜，下了山，跑回了村，约定在村头前老槐树底水井前集中。十几个人分头回到了自己家，从炸塌的房屋里翻出了一些粮食，提着水桶，快速跑到老槐树底吊水，刚吊起几桶水，忽然被一队巡逻的鬼子发现。几个腿快的年轻人提上粮食拔腿就跑，被鬼子乱枪打死，四五个老年人站在原地，紧紧地抱着粮食，腿筛糠似的打着战。脸上有道疤痕的鬼子小队长呲地抽出军刀，厉声喝道："送军粮地干活，统统地死啦死啦地。"

五六个鬼子端起枪，明晃晃的刺刀照着几个老年人胸膛刺去，杨模旦一看情形不对，扔下手里的粮食，向疤脸小队长猛然扑去，疤脸小队长猝不及防，被杨模旦撞得后退了几步，哇呀呀怪叫着挥起战刀，一刀砍掉了杨模旦脑袋，杨模旦轰然倒地。

快到鸡叫时分，还不见出去的十几个人回来，躲在山洞里的人心急火燎，有人要出去观察情况，被老年人劝住，众人坐在黑幽幽的洞里默不作声，静静地等待着出去的十几个人能在洞口出现。直到天出现一丝亮色，依然不见踪影，众人才恍然大悟，十几个人一夜未归，可能黑夜就被鬼子打死了，即使夜里没死，放到白天，也不可能有他们的活路。几个亲属见亲人回来无望，哭了起来。二柱子走到人们跟前火悻悻地说："鬼哭狼嚎甚嘞，人死了你们能哭活？哭声大了，让小鬼子听见，咱们这些人一个也活不了。"

二柱子一说，人们止住哭声，静呀呀地瘫坐在洞里。

天越来越亮，洞里也透进了一束亮光，洞口附近的人，可以看见彼此间沮丧憔悴恍惚的神情。天亮不久，神仙山阵地又一次响起了激烈的枪炮声……

侧翼阻击日军增援的八路军六团一营，得悉神仙山晋军七团阵地东侧山洞里有五六十名群众被困的消息后，抽出一个排，火速赶赴神仙山附近营救被困群众。

天有点阴，一营二连一排在排长马驹带领下，天擦黑时赶到了神仙山附近，并隐蔽在山背后，天漆黑时，马驹派出两个战士摸黑去观察地形，寻找藏人的山洞。两个士兵闪出神仙山，从山的东侧摸索前行，约莫半个时辰，摸索到一堆虚土，一个战士直起腰身，探头往上一看，见虚土堆顶部有个口子，他将身子伏在土堆上，嘴对着口子低声喊："里面有人吗，洞里有人吗？"连着喊了几声，洞里连一丝动静都没有。另一个战士低低地说："再喊，就说是八路军来救你们了。"那个战士继续喊道："洞里的人听着，我们是八路军，得到消息说你们被困，我们专门赶来救你们。"

连着喊了几次，洞里终于有人出声说："我们怎么才能相信你们是八路军，你们该不是小鬼子的暗探吧！"

战士说："怎么可能呢？不相信到洞口来看看。"

二柱子听说过八路军，小心走到洞口，瞭见洞外的人穿着补着补丁的灰军装，低声问："你们来了几个人，能救我们出去？"

战士说："来了一个排，在山背后隐蔽着，我们两个是提前来寻找山洞和侦察敌情的，找到洞口，另外一个已经返到山背后通知部队，你们赶紧做好准备，一会儿部队过来，掩护大家转移。"

"那你先进洞来。"

二柱子把洞口往大挖了挖，八路军战士倒着溜进洞里，二柱子想，不能这么轻易相信人，自己得试试他。八路军战士一溜进山洞，二柱子拽住他的一条腿使劲一拉，顺势扑过去骑在背上。战士说："老乡你这是干甚？"

众人见二柱子压住了来人，纷纷围了过来，二柱子问："你们说这个人是不是八路军？"

洞里黑乎乎的，几个人蹲下，打着火镰，凑着火镰闪出的火花细看，来人灰色衣服上有几块补丁，一个老人说："从穿衣打扮看，是八路军，其他吃军粮的不会穿这种破旧衣裳。"

二柱子死死地压着来人问："你真是八路军？"

八路军战士说："这还能有假，如果是特务，早把你放倒了，还能轮上你骑在我身上，没有一点反抗。赶紧下来，让乡亲们收拾东西，等部队过来好快些离开山洞。"

二柱子觉得来人说得有道理，哧溜从身上下来，八路军战士从地上站起来说："乡亲们，我们是八路军，奉团部命令来解救大家，大家赶紧收拾收拾，一会儿走时三四个人一组，年轻的照应好老人和孩子，出了洞，千万不能乱，不得说话，不管遇到甚情况，都得听从指挥。"

八路军战士说罢，叫来两个年轻人，一块从里面倒着挖开洞口。洞里静得出奇，坐在洞里的人能听到山下远处鬼子的喝酒行令声，看到鬼子营地探照灯扫射出来的光亮。那位战士看到鬼子探照灯光，赶忙蹲在洞口观察，那灯光主要照射神仙山半坡晋军七团阵地，余光只能照到防空洞山下。看到此情况，那战士也就放心地蹲在洞里，等待全排战士的到来。

不一会儿，马驹带着一班战士来到洞里，二班蹲在洞口警戒，三班埋伏在山顶，一旦被鬼子发现，进行掩护。马驹一进洞就说："乡亲们，赶快起来，互相照应着出洞，千万不能弄出响声，一旦被鬼子发现，我们就麻烦了。"先进洞的那位战士说："排长放心吧，我已和人们安顿好了。让他们三五个一伙，互相照应着转移。"

"不行，每个战士必须照顾一组人，迅速离开山洞。"

马驹说罢，十来个战士分头组织群众，有序出了山洞，猫着腰，蹑手蹑脚离开洞口，绕到圪崂背后。二班战士看见群众安全撤出山洞，也快速撤离洞口，跑到群众前面，下到山脚隐蔽，趁夜色抹了河滩东口靠山脚的两个鬼子岗哨的脖子，招呼一班带着群众快速下山，顺山脚迅速向东边沟里撤去。三班战士见一二班带着群众撤离危险区，也快速下山，撤离时，向鬼子营地打了几枪，顿时鬼子营地枪炮齐鸣，山洞附近山坡、山顶爆炸声声，火光冲天而起。

马驹带着群众顺沟翻山，摸黑转移到山后的一个僻静村庄。安排妥帖，马驹带着全排战士连夜返回一营驻地西庄村。

马驹刚回到驻地，七八个逃难群众慌里慌张来到西庄。马驹见了这几个人，安排到村中几户人家住下，闲聊时，几个人说，他们发现每天早晨都有大批日军运输车从西庄附近深沟的公路上通过。马驹觉得这是袭击日军运输队的一个极好机会，说完话已半夜，当即找到已熟睡的慕天明连长。慕天明揉着瞌睡的眼睛，火悖悖地说："马驹，人刚睡着，你就来扑时气，有事不能让人睡一觉再说。"

马驹说："不能，慕连长，快起，有紧急情况向你汇报。"

慕天明赶忙穿上衣裳，溜下炕，点着煤油灯，用力拉开门。马驹斜倚在门上，一个趔趄闪进门，几乎摔倒。慕天明一把扶住说："瞌睡成这样，还找我来说事？"

"我也瞌睡得厉害，可刚才来了几个群众说，山前深沟的公路上每天早起有大批的鬼子运输车经过，这可是个好机会啊！"

"走，找团长去汇报。"

慕天明说走就走，带着马驹出了门，快步跑到团部。团部的灯光还亮着，灯影子下透着一个瘦削的身影正弯腰在桌上看着东西，慕天明未报告就推门快步进去，着急地说："团长，有紧急情况向您汇报。"

团长何秉严招呼他们说："来，坐下说。"

慕天明和马驹坐在何团长对面，慕天明说："何团长，刚才来了七八个逃难群众，说灰石头沟公路每天早晨有鬼子的大批运输车队经过，拉的都是粮食武器弹药，我估摸着鬼子的车队是给忻口前线运送给养和武器弹药的，应该找机会漂漂亮亮打一仗，切断鬼子的交通运输线。"

何秉严团长脸上露着笑容说："师部命令我团袭扰敌后，伺机消灭敌人，切断鬼子交通线。你们说的情况，团部侦察连已摸到了鬼子运输车队的规律，天黑前，已察看了地形，晚上和政委研究好了作战方案，部队凌晨出发，埋伏公路两侧，打击鬼子运输队。"

马驹紧握拳头，捏得手指关节嘎巴嘎巴直响，眼里充溢着怒火说："团长，战士们心里早痒痒得不行了，明早上了战场，一定会叫狗日的小鬼子有来无回。"

何秉严团长笑着说："别吹牛了，钢在烈火里淬炼才能弄清楚好坏。"

"鬼子再厉害，也是人养的，不是铁做的。和狗日的拼命，他们也好活不了。"

"打仗得讲究技巧，切不能莽撞拼命。你们赶紧回去歇会儿，鸡叫时分得开连以上干部会，部署作战任务，凌晨就得出发埋伏。天明，你就不通知了，到时可不能睡过头，误了会议。"

"团长放心，紧要关头哪敢误事。"

慕天明说罢，告别团长，和马驹相跟着出了团部，回到一连驻地歇着。

马驹头枕着炕棱，打着呼噜，睡得很死，猛然间被人揎了一把，火悻悻地说："是谁葬老人嘞，害得老子连个安然觉都不能睡。"

"马排长，是我，连长让你紧急集合队伍。"

马驹一听是连部通讯员通知他紧急集合，当下醒悟过来，倏地坐起来说："睡得和死猪一样，差乎误了大事。"

　　马驹一把搂起被子，裸着身子，大喊一声："快起，紧急集合。"连忙三八两下穿上衣裳，叠好被子，跳到炕底，挎好盒子枪，跑到院子里结合队伍。

　　马驹集合好队伍，走到村中场里时，一营和团部特务连已全部集合待命。团长何秉严看到部队已全部集合到位，甩着一只空空的袄袖，快步走到高圪台上说："同志们，师首长指示六团，要我们伺机打击鬼子，破坏鬼子运输线，现在机会来了，鬼子的大批运输车队将路过附近灰石头沟，团部决定伏击鬼子运输车队，炸毁公路，切断鬼子运输线，作战部署已下达各连，大家有没有信心？"

　　圪台底一哇声答道："有。"

　　何秉严团长大手一挥说："出发，各连按照部署，迅速进入伏击地点。"

　　何秉严团长说罢，一营四个连和团部直属特务连在当地群众的带领下，沿着拦羊小道快速向灰石头沟山头行进。

　　到达灰石头沟附近山头时，天已放亮，沟里的团团晨雾正往山头上升，隐隐约约可以看到深沟里矗立的乱石和蜿蜒起伏的公路。山头萋萋苍老的野草，软不拉几地伏在地上，枯黄的残叶底依然透着一丝黯绿，悬崖边石缝里长着的一簇簇、一丛丛山榆树，树叶虽已枯黄，显得有些稀疏，但依然可以挡住沟里向山头瞭望的视线，而蹲在悬崖边乱石之后，沟里的一切却一目了然。

　　部队依部署快速到达伏击地点隐蔽，一连、二连埋伏在沟的西侧山头，三连、四连埋伏在沟的东侧山头，特务连设伏在沟石桥附近垭口高处，阻滞鬼子向忻口方向逃窜。马驹隐蔽在一块凸起的大石头后面，环顾了一圈耸立的群山，眺望着深沟里蜿蜒曲折高低起伏的公路，赞叹地说："团首长真会选择地形，这儿才是最佳的伏击点。"

　　凌晨急行军，马驹出了一身热汗，蹲在冰冷的石头背后，冷飕飕的山风吹来，马驹浑身打着战，"阿嚏，阿嚏"打了两个喷嚏，他两手交叉，用力捏捏手指，两肘猛力向外扩展了几次，驱赶着身上的寒气。

马驹的动作使身上暖和了许多，他凝神静心，两眼紧盯着弯弯曲曲的深沟公路。半前晌时，沟北方向传来了汽车的马达声，马驹向马达声方向望去，五六十辆鬼子的辎重车从北向南逶迤而来，前面后面的几辆车上满载着护送的鬼子，每辆车头上都架着机枪，汽车过处，扬起股股尘土。埋伏在山头的战士屏声静气，将手榴弹压在胸前，步枪被勾动的扳机，枯涩地响着，枪口发出嘘嘘的声音。

两三袋烟工夫，鬼子运输队进入伏击圈，何秉严团长大喊一声"打"，顿时，东西两侧山头阵地沟里垭口高处枪声大作，居高临下的子弹一齐射向鬼子车队。鬼子遭到伏击，护送车队的二三百名鬼子纷纷跳下车，凭借车体作掩护，向山头猛烈扫射。密集的子弹嗖嗖地飞向沟两侧山头阵地，打在石头上，钻进沙土里。

"手榴弹！""手榴弹！"急骤的声音传递着，一营各连和特务连拧开手榴弹盖，拉动弦索，刹那间，随着爆炸声，几十米外的沟内构成了不规则的黑蒙蒙的浓烟篱笆。手榴弹的爆炸声伴随着鬼子的惨叫声和呜里哇啦的进攻喊叫声，响彻一片，鬼子的二三十辆运输车爆炸起火，燃起一簇簇火焰，冒着浓浓的黑烟。

冲锋号响起，埋伏在山头两侧的八路军战士从山梁跃起，绕过悬崖，顺石坡沟渠向山下扑去，特务连率先跃出石桥高处土坎，与南头鬼子肉搏。一连冲入沟里，马驹用枪挑了两名鬼子，一名鬼子端着刺刀，呀呀怪叫着从背后袭来，马驹侧身一躲，鬼子的刺刀斜斜刺进了马驹的大胳膊，顿时，一股股红的鲜血顺着胳膊流到了手背，枪掉在地上。马驹顾不得疼痛，飞起一脚，踢掉鬼子手中的枪，与鬼子扭打在一起，马驹胳膊受伤，被鬼子压在身底，卡住脖子。慕天明撂倒身边的两个鬼子，猛然看见鬼子身底压着一个战士，挥枪打死鬼子，马驹打了个滚，拿着鬼子的步枪站了起来，来不及包扎伤口，转身挥枪，又和鬼子肉搏起来。灰石头沟里，砰砰啪啪的枪声和叮叮当当的刺刀撞击声响彻一片。

马驹刚转身拨开一个鬼子的枪刺，日军少佐挥舞着军刀嗷嗷叫着向慕天明猛扑过来，另两个鬼子也端着明晃晃的刺刀扑了过来。慕天明挥起手枪击毙了冲在前面的少佐和一个鬼子，另一个鬼子的刺刀在慕天明枪响之时，也猛然刺进了他的胸膛，鬼子双手撂开枪，訇然倒地。鬼子倒地，慕天明踉跄几步站稳，刺进胸膛里的枪和刺刀悬在空中晃动。慕天明两只手紧握刺刀，咬着牙，用力从胸膛里拔出刺刀，流满鲜血的双手拄着鬼子的长枪，脸色苍白，浑身晃动，一股殷红的鲜血从嘴里喷涌而出，慕天明眼睛一翻，一头栽倒在地。

马驹用枪挑了那个鬼子，转身看到连长倒下，赶忙开枪打死向他扑来的两个鬼子，提着枪，跑到连长跟前，蹲下身子，扶起连长，慕天明已气息奄奄，马驹不停地喊叫着连长，连长慕天明无力地抬起手，向战场指了指，头一歪，手耷拉下来。

马驹一看慕天明连长被鬼子刺死，轻轻放下连长，猝然站了起来，喊着骂着小鬼子，冲入汽车旮旯，与鬼子厮杀起来。

一个来小时，战斗结束，队伍快速打扫战场，撤回驻地。马驹独自坐在驻地山头慕天明墓地前陪着连长，絮絮叨叨地说着话，坐到太阳落山，大地黢黑，才离开墓地，返回连队。

三天后，六团再次设伏灰石头沟。半前晌，日军由南向北驶来的百余辆车和由北向南驶来的数十辆车进入灰石头沟，停在沟里给轮胎和刹车浇水降温。鬼子吸取前次教训，派出一个中队的兵力和五六架飞机护送车队，到了灰石头沟附近危险地段，鬼子人下车，行走前头，车队跟在后面。到了灰石头沟，鬼子分散在车队周围，架好迫击炮机枪，向两侧山头轰击半天，空中的五六架飞机也向山头扔下了一批批炸弹，山头被炸得土石乱飞，硝烟弥漫。

埋伏在山头的八路军战士，身子紧贴着石柱石壕石凹，看着炸得乱飞的石片沙土，静静地等候着命令。马驹埋伏的地点遮挡物少，三四个战士被炸飞的乱石砸伤，马驹伏在他们身边替他们包扎了伤口，告诫他们咬紧牙关坚持，不得出声。受伤战士头上沁出豆大的汗水，捂着伤口，咬着牙，一声不吭，默默地等待着团部命令。

沟里的鬼子扫射轰炸了半天，见车队轮胎浇水降温差不离几，山头也没甚动静，赶忙收队出发，鬼子车队刚启动，两侧山头的步枪机枪一齐号叫着射向沟里的敌人，一颗颗手榴弹在鬼子车上爆炸，鬼子的二三十辆车顿时爆炸起火，后面车辆驾驶室里的鬼子迅速跳出轿厢，隐藏在乱石背后的士兵向山头射击，驾驶室里的鬼子刚隐蔽，后面相连的七八十辆车也相继连环爆炸起火，公路陷入一片火海之中。护送运输车的七八百鬼子也快速分散，寻找有利地形，向山头阵地射击，发射炮弹，日军飞机盘旋上空，绕着圈子向两边山头轰炸。六团分出少量兵力，绕到灰石头沟南侧，避开鬼子飞机，割断隐蔽地段电话线，炸毁几座过沟桥梁。

山头、沟里枪声不断，硝烟弥漫，战斗到天黑，灰石头沟南北两端大量日军赶来增援，六团达到切断忻口前线日军运输补给线的目的，果断撤出战斗，迅速返回驻地。

隔了两天，前线传来消息，晋军七团阵地失守，全体官兵阵亡。晋军尽管又派重兵上去，从日军手里夺回阵地，但损失异常惨重，战斗打成了拉锯战。晋军七团全军覆没，马驹忧心忡忡，他在赞叹晋军官兵英勇顽强作战的同时，替阵亡的全体将士惋惜，更担心的却是高欢欢女婿贾天祥的死活。他不想让贾天祥给高欢欢带来伤害痛苦，更不想贾天祥的死让高欢欢变为寡妇，无人疼爱。马驹心里焦急，多方托人打听，得到的结果是，七团团部所在的山头破庙已被鬼子夷为平地，神仙山所有阵地被鬼子飞机大炮炸成了焦土，没有几个人生还。

夜深人静之时，马驹独自坐在圪旦树底的木墩上，望着天际陨落的星宿发呆，他仿佛看到欢欢脸色沮丧憔悴地向他走来，打问贾天祥的下落，他嘴唇翕动着说不出话来。欢欢打问不到什么，不高兴地扭身走了。村里的一只狗汪汪地叫了几声，惊醒了发呆的马驹，他警觉地站了起来，向村口和周边的山头环视了一圈，村中并无任何意外情况，只有流动哨来回走动的声音。马驹想，自己已对不起了兰花，绝不能让欢欢守寡受难，他暗暗发誓，等赶走小鬼子，一定早日回家，娶了欢欢，用自己的真心去温暖她爱她。马驹在圪旦站了半天，站得浑身乏困，一股寒风吹来，他浑身哆嗦了一下，迈动脚步，快步向院里走去。

第九章

贾天祥上了忻口前线，高来弟心中窃喜，他日夜思谋着能靠近高欢欢说几句掏心窝子的痴情话，可贾天祥每天守着欢欢，高来弟一想起整天挎着盒子枪威风凛凛的贾天祥，心中就发怵，每每燃起的欲念，顿时悄然消失殆尽。高来弟过足烟瘾后和一根葱李金花有过多次云雨，令他销魂蚀骨。李金花是唱戏出身，小旦身子一装，楚楚动人，一亮腔即可倾倒观众。高来弟喜欢看戏，每次看戏都被李金花的扮相、唱腔诱惑得五眉三道，垂涎欲滴。李金花嫁给高家，高来弟总想去她家多看几眼，偶尔也能听她唱个段子过个眼瘾耳瘾。李金花的男人死在河西前线，李金花因伤心过度，身子变得瘦削，眼角也有了一些浅浅的褶皱，尽管薄施脂粉可以遮掩那些浅浅皱痕，但也难掩憔悴的容颜。高来弟起初对李金华兴趣浓厚，隔三岔五时常光顾，半年后，去的次数逐渐减少，到后来，只是在孤闷时去发泄发泄，然而，一阵云雨过后，李金花给他留下的只是妖媚妖艳，并没有什么刻骨铭心的记忆，他心里惦记的依然是高欢欢。

贾天祥走后没几天，高来弟就提着二斤烧肉，摸黑去高欢欢家串门。高来弟推门进去时，高欢欢正盘膝坐在炕桌跟前纳鞋垫。欢欢听见门响，抬头一看是高来弟，欢欢笑着说："来弟，这是甚风把你吹来了，赶紧坐下。"

高来弟嬉皮笑脸地说："这会儿没事，过来看看你。"边说边走到后窑掌，把肉放到黑瓷盆里，转身前来坐在炕棱边。

欢欢看见高来弟往盆里放东西问："来弟，你给盆里放甚来？"

"没甚好东西，今后晌在街里圪转了半天，顺便给你买了二斤卤好的猪肉。"

"不用，不用，我一个人又吃不了多少，再说了，我咋能白平无故地吃你买的猪肉。走时带回去。"

"我才不带呢，送人的东西，被人退回，既没面子又丢人。"

"你来有事？"

"没事，过来看看你。"

"我有甚好看的。尽说鬼话，是看一根葱吧！天还早，怕人碰见，到我居舍等时机吧？"

"不是，不是，就是专门看你来了。"

"天祥在时咋不来，天祥出门你却偏来看我？"

"你家那挎着盒子枪的凶神在居舍谁敢来？"

"纯粹胡说，天祥人挺好，从来不给人发脾气，他也是个义气人，有血气，爱主张公道，见不得人鬼鬼溜溜。你心里没鬼，怕他做甚？"

"你还晓不得咱这人一贯胆小，见了厉害人就害怕。"

"胆小还敢和一根葱糊煲在一起？"

"我也是喝多了酒，不由得走到一根葱居舍，吸了她的两个烟泡，迷迷糊糊和她睡到了一块。"

"一根葱妖艳动人，不嫌人说闲话，你就干脆娶回家做婆姨算了！"

"李金花对我来说只是逢场作戏而已，咋能娶回家呢？"

"既然不准备娶她，又何必去糟践人家呢。我看她也怪可怜的，自己男人死了，还得受公婆的气！"

"说实话，这几年，居舍给我说了不少茬茬，我没有一个中意的，有的当下就拒绝了，爹娘和我淘过不少气。其实是我心里有你，装不下别人。至于李金花，那只是逢场作戏，我不会娶她的。"

"不用假眉三道，你以为谁晓不得，如今，村里人全清楚你和李金花打得火热，还说这些鬼话糊弄人。"

"不是假话，全是真的。"

"不用油嘴滑舌，鬼才会相信你。"

"如果有半句假的，天打五雷轰，不得好死。"

"不用瞎谝了，说点正经的。"

"贾天祥上了前线，你就不担心？"

"担心又能咋？走了半个来月，心操得连觉也不能睡，经常是睡到半夜三更就被噩梦惊醒。"

"战场上子弹不长眼，万一贾天祥有个三长两短……"

"呸呸呸，狗嘴里吐不出象牙。谁让你说这些不吉利的话，一旦天祥被你狗日的咒得有问题，我迟早也饶不了你。"

"不怕，贾天祥一旦回不来，我娶你。"

高来弟这么一说，高欢欢顿时火冒三丈，拿起针线笸箩，用力向高来弟的头上捣去，高来弟来不及躲闪，被针线笸箩蹭到眼角，眼角登时被碰得渗出了一丝鲜血。高来弟手掌按着眼角，嘴里嘟嘟囔囔地说："欢欢，你好心狠，把我的眼角也捣烂了！"

"捣死才好，谁让你咒天祥。"

高来弟一只手捂着眼角，嘴一张一翕还想解释，高欢欢拿起后炕的鸡毛掸子，照高来弟的头上使劲敲了一下，恼火地说："滚，快滚！"

高来弟挠了挠头皮，觉得再坐下去不会有好结果，赶忙溜下炕棱，扫兴地走出欢欢家。

高来弟受了欢欢的气，心情沮丧，兀自在圪旦来回走了几圈，站在圪旦畔，望着对面黑黢黢的山头，长叹一声，转身向李金花家走去。

李金花听见有人敲门，低声问："谁嘞？"

高来弟搂起门帘，嘴贴近门旮旯说："金花，是我，来弟。"

李金花听见是来弟，放下手中的绣花烟布袋，赶忙溜下炕开门。门一开，高来弟闪身进来，李金花顺手套上铁门关，一把抱住高来弟说："呦，是甚风把高公子给吹来了。这几天也没来看我，是不是在哪又找下个娘们了？"

高来弟吭着鼻子，手杵着眼，不耐烦地说："别胡扯了，快给咱弄个泡泡过过瘾。"

李金花知道高来弟来了烟瘾，故意扭捏地说："爹说了，这几天货紧，家里没东西。"

"又是那老东西高开勋的主意吧，我晓得他又在坑我。"

"低声点，让爹听见就麻烦了。"

"有钱能使鬼推磨，我才不怕尿他嘞，大不了就是个钱的事。"高来弟说着，从怀里掏出一个银元宝，哨地放在炕桌上说："有货没有？"

"有，有，我是和你开玩笑呢。"

"那还不快点？"

"你上炕躺着，我给咱拾掇家具。"

李金花拉着高来弟的手，揎着让他坐在炕棱边，帮他脱掉圆口子暖鞋。高来弟脱掉黑色团花夹袍，爬上炕，躺在下炕的铺盖卷上。李金花转身走到平面柜跟前，从柜子里拿出烟灯、烟枪和烟泡，放到炕桌，装好烟泡，将烟枪递给高来弟，擦着洋火，高来弟双手拿着烟枪，躺在铺盖卷上，眼皮耷拉着，呼呼吸起了洋烟。

高来弟吸了两泡洋烟，顿时来了精神，将烟枪喤地扔到炕桌上，身子移到李金花跟前，一把将她拉倒，两只胳膊紧紧地抱住她的身子，用散发着浓浓烟味的嘴在李金花的脸上狂吻。一阵云雨过后，高来弟喘着粗气，颓然倒在李金花身边。高来弟在李金花的被窝里躺了半天，忽然想起了高欢欢，立马揎开被子坐起，三八两下穿好衣裳，溜到脚底，任凭李金花再三挽留，头也不回地出了门。

高来弟回家时，时候已不早，村里人大多入睡，尽管他娘住的当中窑罩子煤油灯还亮着，他却不想回去听娘数说唠叨，而是独自去了自己的书房，懒得点灯，直接摸黑躺在雕花木床上。高来弟躺下，翻来覆去睡不着，高欢欢的影子在他眼前不时摇来晃去，晃得他心乱如麻，他知道，是自己心里放不下欢欢作怪，尽管刚刚受了欢欢的气，可心里一点也怪罪不起来，反而觉得自己胆子小，说了欢欢不喜欢的瞎话，才让她恼火生气。思来想去，高来弟下了决心，要不惜一切代价，瞅机会和欢欢套近乎，以此博得她的欢心。想到这儿，高来弟闭上眼睛，酣然入睡。

隔了两三天，后晌的天气不错，太阳照得阳圪塄塄暖腾腾的，高来弟提着关在小竹笼的一对画眉鸟从居舍出来，在阳圪塄塄晒了会太阳，又走到老槐树底游荡，游荡了半天，圪蹴在树底，看一群雀儿在树底啄食槐树掉下来的槐豆。他弯腰捡了几颗槐豆，扔到竹笼里，棕黄色的鸟儿啾啾叫着，扑腾着翅膀，从横架上飞到笼底，伸出长长的尖嘴，咕咕叫着啄食。高来弟看得出神，突然，老槐树枝上的几只浑身漆黑的乌鸦哇哇叫了几声，踩动树枝，扇动翅膀，向河边柳树飞去。高来弟抬头欲看，乌鸦已飞走，被乌鸦踩断的一根枯槐枝从高空落下，正好砸到他头上，枯枝上翘起的干皮灰尘沾在瓜壳缎帽上。高来弟抹下帽子，手指弹掉干皮灰尘，骂道："狗日的黑老鸹不得好死，临走还扔下根枯树枝欺负老子，看老子怎么收拾你。"

高来弟说着，顺手捡起一块土疙瘩，嗖地站起，用力向早已飞入河边柳树上的乌鸦扔去。扔了土疙瘩，高来弟忽然看见高欢欢脖子上箍着围巾手里拿着圪栳簸箕一身素装，顺坡坡向马路走去，估划欢欢是去磨坊给她爹帮忙。高来弟站在槐树畔，瞭着欢欢过了马路，下了河边坡坡，确定欢欢去了水磨坊。高来弟当即喜出望外，来了精神，立马提起鸟笼，顺着石板石蛋铺砌的凹凸不平的巷道，高一脚低一脚地向高家水磨坊走去。

高来弟出了巷道，下到马路，马路上西去东来的骆驼队马队，铃铛叮咚作响，几辆满载货物的胶轮马车由东而来，马车货物顶部端坐着手拿鞭子赶牲灵的人，每辆胶轮车均有一匹骡子驾辕两匹马在两侧挑梢，到了湾头村，车把式瞭见了镇子，凌空扬起鞭，啪啪甩了几个响鞭，胶轮马车风也似的向镇子疾驰而去。

高来弟过了马路，下了缓坡，跨过水壕，来到水磨坊门口，磨坊门口的石床上已码好了一摞磨好的面粉袋。高来弟提着鸟笼，走进水磨坊，水磨正隆隆隆地欢快转着，一身面尘的高升圪蹴在笸箩跟前打理着来回转动的箩面架，不时用手拍拍箩子边，生怕面粉粘住箩子而筛不出面粉。高欢欢站在石磨跟前，不时往磨眼里拨拉着麦粒。高来弟走到石磨跟前说："欢欢，这营生灰霾白骨，哪是一个俊女人做的？你快快到外面歇缓一阵，我来给你看砘眼。"

高欢欢听见有人让她歇着，抬头一看，高来弟提着鸟笼站在她对面，没好气地说："你整天撩鸡逗鸟，一个花花公子咋能干了这活？快快滚一边，逗你的鸟去吧！"

高来弟笑眯眯地说："重活干不了，这看砘眼的轻巧活不是问题。"

"吹牛不怕牛踢死。看砘眼不单是往砘眼里揎揎麦子，砘扇上的麦子推完，还得朝上倒麦子，一圪栳大几十斤，你能提得起？"

"差不多，应该行吧。"

"行你的脑，砘上的麦子立马推完了，你把跟前的那圪栳麦子倒到砘扇上。"

高来弟放下鸟笼，一只手抓住圪栳系，用力提了提，当下觉得手腕发麻，赶忙改用双手，用上吃奶劲才摇摇晃晃地把圪栳提到磨盘上，几次要往砣扇上提举，可胳膊手腕不听使唤，无论如何也再提高不了几寸，反而弄得头上直淌汗水。高升看见高来弟咬着牙身子左右摇晃地提着圪栳，赶忙站起，走到石磨跟前，一只手抓住圪栳系，一只手衬在圪栳底，欻地提了起来，把麦子倒在磨扇上。高升呵呵笑着说："谁让你在这儿逞能，一个手无缚鸡之力的富家公子，咋能做了这营生！"

高来弟斜着眼看了一下欢欢，嬉皮笑脸地说："看见欢欢忙，想给她帮帮忙。"

高欢欢哼了一声说："你这是帮倒忙，提起圪栳，腰软肚硬，胳膊哆嗦浑身摇，把麦子倒在地上就麻烦了。"

"倒在地上，掬起来不就完事了？大不了就是少推几颗麦子。"

高升火悻悻地说："你这孩站着说话腰不困，一圪栳麦子不是由几颗几颗堆起来的？财大气粗的人就晓不得受苦人的难处。"

高来弟说："如果倒在地下，我会给你赔偿的。"

高欢欢不愠不怒地说："谁稀罕你的那点臭钱，爹过日子虽俭米掐谷，但也不在那几颗麦子。快提上你的雀雀滚一边，我们还要做营生呢！"

尽管高欢欢说了几次让高来弟离开，高来弟并没在意，依然厚着脸皮，提着鸟笼，走到高欢欢跟前，提起鸟笼，在欢欢眼前晃了晃说："欢欢，你看这对画眉长得多俊，就像你一样聪明漂亮，多逗人喜爱。如果喜欢了，我送给你。"

欢欢绷着脸说："鸟是好鸟，就是比你脸皮薄。快快拿回咯，我哪有闲心和你一样，整天不做正事，干那些撩鸡斗狗的活计！"

欢欢在水磨坊帮着爹，忙得不亦乐乎，高来弟觉得再待下去不但不会有好的结果，说不定又会自讨没趣，说了句"你们忙着，我走呀"的话，提着鸟笼，下了圪崂，走到河边，放下鸟笼，搂起夹袍，圪蹴在水边，看着河边啄食的小鸟和河水中游弋的鸳鸯而发呆。一阵寒风吹来，高来弟浑身一哆嗦，猛然后退两步，跌坐在水边沙滩的湿地上。高来弟一只手在沙地上托了一把，站了起来，拍打掉手上和衣裳上的沙土，提着鸟笼回了家。

高来弟娘李桂香早就听到了村里人说的风言风语，吃饭时，王玉秀指着高来弟数骂了半天，高来弟不想听娘的唠叨数骂，吃饭间，把饭碗咚地往八仙桌一扔，脸撅着，火悻悻地出了门，回到他的书房，怦的一声闭住门，接着拿起铁门关，嗦啦啦把门关上，点着煤油罩子灯，一骨碌躺在床上。高来弟思谋着如何能讨得高欢欢的欢心，给她送东西，欢欢平白无故不会接收，帮她干活，也没有好营生去做。他思来想去，没有甚好办法，忽然想起小时候跟上马驹塞人家烟囱的事，当即喜上眉梢，突然哈哈大笑，自言自语道："好办法，好办法。"

有了办法，高来弟心中窃喜，旋即溜下床，拉开雕花夹桌小门，拿出烟枪烟泡，放在床边的矮桌上，拿起竹签子挑了个烟泡，塞在烟枪头烟孔里，凑在灯上点燃，呼地吸了一口，惬意地躺在床上，腾云驾雾地吸了起来。

过了几天，高来弟打探到高欢欢在家，快到做后晌饭时分，他拿着一张麻纸，轻手轻脚走到高欢欢垴畔，挽了些干枯的蒿草，铺开麻纸，把折成一拃长短的干蒿草放在麻纸上，又在花栏拐角处抓了几把湿树叶放到麻纸上，折回麻纸，紧紧地裹好蒿草和树叶，拿起麻纸包裹，走到烟囱跟前，把蒿草烂叶包裹使劲塞入烟囱里。

高来弟塞住烟囱，悄悄从窑垴畔溜了下来，坐在欢欢院子圪旦畔小石床跟前的柳木墩上，不时回头向院子里窥视，不到两袋烟工夫，他见高欢欢居舍门缝里天窗空隙里冒出了一股股浓烟，只见高欢欢打开门，搭起门帘，手捂着鼻子嘴，随着浓烟跑到院子，弯着腰，不停地咳嗽着。

高来弟赶忙站起，走到院子问："欢欢，这是咋啦，咳嗽成那样？"

欢欢咳咳咳咳了几声，抹了一把眼泪说："夜来还好好的，今后晌火火不知咋回事，就像跟上鬼一样，烟纯粹不走茅烟巷，全从火口里抖了出来。"

高来弟淡眉笑脸地说："是不是烟煤搭了烟囱，吊一下烟囱看看。"

高欢欢脸上带着愁云说："天祥不在，爹正忙着，我一个人咋吊？"

高来弟赶忙凑到欢欢跟前说："如不嫌弃，我可以帮你。"

"谁嫌弃你了，我只不过是嫌你没个正经，瞎说溜道。"

高来弟故意摆着谱说："那还不是嫌弃是甚？"

"不用摆架子了，快回来看看是咋回事，实在不行了就吊吊烟囱。"

"好吧，一村一社谁不用谁？我给你看看。"

高来弟走到欢欢居舍灶台跟前，故意揭开火口瞅了瞅，又走到前炕，揭开炕墙上四方四正的唤烟小洞门，让欢欢拿来一把易燃柴火，点着，擩在唤烟小洞，小洞里没走一点烟，烟全从洞里直接抖了出来，呛得高来弟不住咳嗽。高来弟把柴火扔到唤烟洞里，跳到脚底说："烟囱里不走烟，肯定是烟煤搭了，得吊吊烟囱。"

"吊就吊吧，还得劳驾你上垴畔帮忙。"

"没问题。你的事我哪敢怠慢？"

"你在居舍甚的营生也不做，给我做这些活计，难为你了。"

"没事。赶紧寻找绳子和黑豆秸。"

高欢欢从炕棱底窑窑里拿出一根长绳，又从灶火圪塄拿出一把黑豆秸，折成两节，放在火口跟前。高来弟拿着绳子上了垴畔，取出塞在烟囱里的蒿草烂叶包裹，拉出绳子的一端，慢慢放进烟囱，放了半截，高来弟把绳子搭在烟囱上，跑到花栏跟前高声喊叫："欢欢，欢欢，到唤烟洞洞里探绳子去。"

欢欢在家应道："晓得哩！"

欢欢爬上炕，走到唤烟洞口，手撬在洞洞里探了半天也探不到绳子，转身溜下炕，跑到院子里说："来弟，寻不见绳头子，可能是绳子放得短了，你再朝下放放。"

高来弟说："行，我这就去放。"转身走到烟囱跟前，又往下放了一截。

欢欢回到唤烟洞口，一只圪膝跪在炕上，胳膊撬在唤烟洞里，找到绳头，拉出唤烟洞，把折叠好的黑豆秸紧紧地拴在绳头上，放入唤烟洞，然后跑到院子里喊叫来弟往起拉绳子。高来弟噌噌噌几下拉起绳子，扔掉蒿草烂叶包裹，解开黑豆秸，抓了一把黑豆秸上的烟煤，给脸上手上抹了一些，走到花栏边，对站在院子里翘首望着的欢欢说："好了，你快回去生火，看看如何。"

高欢欢回到居舍，拿起铜马勺，从瓮里舀了两勺水，倒入铁锅，点燃柴火，放进火里，火呼呼吸着，她顺手折了两把黑豆秸压在火里，又拿了几块短节硬柴，放在黑豆秸上，燃着黑豆秸，欢欢铲了一锹块炭，倒入火口，火火喷喷喷燎着，不一会儿就燃着了块炭，锅里的水也响了起来。

生着火，欢欢正要出去招呼高来弟，高来弟却拿着绳子从门走了进来，手黢黑，脸上也有几处手杵下的黑印子，高欢欢接过麻绳，扔到炕棱墙鞋仓里，舀了一马勺热水，倒在铜脸盆里，看着高来弟的模样笑着说："快成下煤窑的了，赶紧洗洗手脸。"

高来弟故弄玄虚地叹息着说："唉！我还以为这点小活不是个甚，没想到也不容易，从烟囱里往出吊黑豆秸很吃力，用上吃奶劲才把黑豆秸从烟囱里拽了出来，害得我流了一身水。手摸了摸汗水，不着意脸上糊上好多黑。"

"赶紧洗洗吧，难为你了。"

高来弟撩水先洗掉手上的黑，黑水流到了砖上。他把脸凑到盆子里，撩着热水，洗掉脸上大黑，又摸上猪胰子，洗干净，接过欢欢递过来的毛巾擦干，坐在后脚底的八仙桌旁。欢欢给他冲了一碗藕粉，加了一勺蜂蜜，搅匀，端来放在桌上，高来弟端起碗细细品了起来。

高欢欢给暖壶灌满水，添米下锅做饭，高来弟问："黑间饭吃甚？"

"晌午吃了扯面，肚子不饿，黑间熬点稀饭。"

"给我也做里点，顺便品品你的手艺。"

"米已下锅，你还是回家吃好的吧。"

"今后晌给你吊烟囱，起码挣得吃点便饭吧。"

"稀饭你不嫌？"

"不嫌。不过还有个弥补办法，稀饭里抿点抿尖，我最爱吃。"

高来弟给欢欢吊烟囱手脸糊得黢黑，开口提出要吃点便饭，欢欢不好意思拒绝，更不好意思赶他走，只得给高来弟做了油合扎蒙稀饭抿尖，香得高来弟嘴唇不停地咂巴着。

吃了饭，欢欢三八两下洗了锅，给高来弟倒了一碗熬水，也坐在八仙桌跟前。高来弟瞅着欢欢看了半天，嘴唇动了几下，欲言又止，欢欢看见问："来弟，有甚事你就直说，不要窝在肚里头。"

高来弟说："没甚说的，就是夜黑间做了一个噩梦，是关于天祥的，不知当讲不当讲？"

"说罢，好好歹歹不怪你。"

高来弟犹犹豫豫地说："夜黑间睡到半夜三更，突然梦见贾天祥中了几颗野子则（子弹），胸脯子上流着血，眼瞪着，嘴里鼻子里还冒着寒气，直挺挺地站在烧焦的沙土里。唉，你说这是操好心还是操恶心，咋能梦见这些倒霉事。"

欢欢说："自从天祥上了前线，我也是每天家操心挂念，提心吊胆，经常做噩梦，你说的我也梦过几次，有一次，和你梦的差不多，也是被日本人打死还站在那里直挺挺不动，嘴里鼻子里冒着寒气，直向我吹来，吹得我浑身哆嗦，一骨碌翻身坐起，醒来，却是一场噩梦。你说这是好梦还是噩梦？"

"一般来说，梦见死人是给对方交运，可死人站着嘴里还吹寒气就有问题了，具体的我也说不来。要不，我把杨半仙请来给你解解梦，实在不行，让他禳整禳整。"

"听说杨半仙不好请。"

"他和我爹关系不错，我去请他，他不会难为，不行了，给他花点散碎银子算了。你不用管，如果你有意思，我今就去请他。"

为了给贾天祥消灾免难，欢欢毫不犹豫地答应让高来弟去请杨半仙模兴。高来弟刚出院子，烟瘾发作，鼻子酸，腿发软，赶忙跑回自己的书房吸了两泡烟，提起精神，走到杨模兴居舍，说明情况，给他手里塞了一块白洋，杨模兴当即溜下炕，穿上长袍，戴上礼帽，从门圪崂拿起棍子，一只手托在高来弟肩上，一只手拄着棍子，棍子敲打着地面，跟随高来弟，高一脚低一脚向高欢欢家走去。

走到欢欢居舍，欢欢把噩梦给杨半仙说了一遍，杨半仙翻了翻白眼说："这梦是恶兆，只要你梦醒时唾几唾，起来说给外人听就破了。"

欢欢说："惊醒时就呸呸呸唾过，也说给爹娘听来。"

"你再给几个外人说说，说破就没事了。只不过我在进来时，觉得院圪台是三级，正好踩在死门上，得尽快拆一级或者加两级。"

"原来就是两级，天祥嫌圪台高，又加了一级。"

"赶快把加上的拆掉，要不然会出人命事的。"

杨半仙说完，高来弟和欢欢要来平板铁锹，出门几锹撬掉新接台阶，将铁锹立在门口，回居舍坐下。

杨半仙是半个睁眼瞎，白天不用人拖，可以拄上棍子慢慢行走，黑夜辨不清路况，必须有人拖拉才行。杨半仙说完，喝了半碗熬水，见高来弟回来坐下，起身要走。高来弟还想多坐会儿，劝杨半仙再喝口水，杨半仙坚持要走，高来弟无奈，只得拖着送他回家。送回杨半仙，高来弟没再好意思去欢欢居舍瞎侃，兀自悻悻地回了家。

他娘王玉秀听见高来弟回来，从当中窑走到书房，一把揎开门，火悻悻地说："你在哪浮游圪串来，做下饭也不过来吃。二十来岁的人，到了掌家事的时候，整天游手好闲，不做正事，难道吃饭也要抬上轿子去请？"

高来弟不耐烦地说："娘，我吃过了，赶紧歇着吧，你每天唠唠叨叨，人耳朵里快磨起茧子了。"

王玉秀脸阴沉着说："你赶紧和一根葱做个了断，你爹打听到街道刘掌柜家女子生的端庄，人也贤惠，知文识理，芳龄二八，你爹托人去说，刘掌柜没反对，过两天，你去看看，如果能看下，咱正儿八经请媒人去说。"

高来弟一屁股坐在床上，仰面躺下，摆着手说："不用空操那些闲心，我不去，要去你去，你们说好也不要。"

来弟这么一说，王玉秀当即哭了起来，她边抹泪边说："二十来岁还不娶媳妇，让我和你爹的脸往哪搁，你是存心要断了高家香火！"

"我又没让你去说媒，谁让你咸吃萝卜淡操心。这不是吃饱了撑的？"

王玉秀和高来弟再也说不下去了，气呼呼地甩门而去。高来弟心思花在欢欢身上，根本没顾及娘的感受，拉开被子，闷头而睡。

第二天半后晌，高来弟在大槐树底逗鸟，突然瞭见高欢欢浑身穿得崭新，手里提着竹篮，顺坡坡往马路走去。高来弟扔下鸟笼子，站了起来，向马路上眺望，见高欢欢下了坡，没有过马路去水磨坊，而是沿着马路径直向镇子方向走去。高来弟提上鸟笼，赶忙跑回家，进书房挂好鸟笼，站着吸了一个烟泡，当啷扔下烟枪，快速推上脚踏车出门，捏着闸，顺凹凸不平的坡道而下，路面颠簸得脚踏车嗒嗒直响，不长的一短节小坡颠得高来弟胳膊发麻。离马路没几步，高来弟放开闸，推着脚踏车，快速跑到马路，甩了甩发麻的胳膊，骑上脚踏车，两只脚飞快地蹬着脚踏子，绕过上下奔走的行人车马，向高欢欢追去。

高来弟骑着脚踏车，走到寺湾时追上了高欢欢。高来弟离欢欢还有十几二十步远就不住地压着铃铃，骑到跟前，跟在欢欢后面，放慢速度，两手紧紧握着车把，屁股坐在坐墩上，猫着腰，右手食指搭在铃铃把手上，不时扣动把手，铁铃叮零零叮零零响个不停。高欢欢起初不以为然，没有理会，一门心思只顾往前走，又走了十几二十步，车铃仍在叮零零作响。高欢欢以为自己堵住了路，又往边边上靠了靠，车铃仍是响个不停。她觉得奇怪，回头一看是高来弟骑着车子在后面捣乱。高来弟见欢欢回头看他，赶忙从车子上咚地跳下来，笑眯眯地说："走累了吧，坐上车子，我捎你。"

"不用，不用，几步就到镇里了。"

"到镇里办置甚好东西？"

"也没甚买的，到沟门前买些吃的用的。"

"你呢？"

"我也是到沟门前买点东西，正好碰上你。"

"坐上车子快。"

"不坐，你先走吧。"

高来弟料知欢欢不仅不会坐他的车子，就是一块相跟去街道买东西，也不大可能，只得自己骑上车子，拐过寺湾，顺着水壕外马路西行，到马家井巷附近下了车子，过了壕上木板桥，顺马家井南巷入口处推着车子进去，走到马家井巷北口进入街道。高来弟将车子停在马家井巷西天清楼门口，整了整礼帽，两手叉腰，踏着高圪台，慢悠悠走进店里，站在木柜台前扫视了一圈。店伙计拉下搭在肩肩的毛巾，擦了擦手，满脸堆笑着问："您称点糖果点心？"

高来弟头一摆说："拣上好的糖果点心各来二斤。"

店伙计称好糖果点心，放在麻纸上打包好，外面覆以印有"诚信无欺天清楼糖果点心"字样彩纸一张，拿起纸捻，麻利地把两包糖果点心绑扎一起，递给高来弟。高来弟拿起糖果点心，出了店门，站在高圪台上往西瞭瞭，街道两侧店铺板门开着，店铺里的人出出进进，街道上骡马车辆人流熙攘，斜对面天成店高圪台笸箩里红楞楞的红枣格外诱人。高来弟把东西放在车把前面的筐子里，几步走到枣店，枣店里垛满了装红枣的麻袋，脚底分别放着木枣、团枣、牙枣，盖着口子的坛子里放着酒枣。高来弟看见门口圪台上笸箩里的枣儿块头大成色好，弯腰拿起一颗，塞在嘴里，又香又甜，招手对蹲在脚底拣枣的伙计说："伙计，称二斤枣来。"

伙计立马站起来说："先生，您要哪种？"

高来弟指了指门口的笸箩说："就要那个块头大的。"

伙计虎口卡着秤杆，手指捏着秤盘，另一只手给秤盘里扒拉了两下红枣，提起秤杆，秤锤绳往二斤秤星打去，秤杆上挑，不多不少，正好二斤。称好枣，伙计将枣倒在纸袋里，用纸捻子扎好口子。高来弟觉得蹊跷，让伙计重称，伙计笑着说："肯定一钱不差，先生不信，可以重称。"

高来弟好奇地说："伙计不用了，我是觉得日怪，要二斤枣，你咋一抓正好？"

伙计谦恭地说："不瞒先生，每天做这营生，全是品验出来的，又没甚诀窍。"

高来弟突然想起自己是来陪欢欢的，这会儿说不定欢欢已走到沟门前，自己没再敢在店里逗留，赶紧拿上枣袋出了店，走到天清楼圪台底，推上车子，走到沟门前南侧拐角处望香台跟前，见高处平台上一个戴着瓜壳小帽胸前紧着长腰布的四十来岁卖碗托的男人不停地吆喝着"碗托，碗托，油合辣子碗托，芽子炒碗托"。

高来弟推着车子在沟门前附近转了一圈，仍然未见欢欢踪影，转身返回望香台，停好车子，踩着圪台上了平台，坐在碗托摊前小凳上，斜着眼睛巡睃了一下四周，既可看到西街全部和中街口子上拥挤的人流，又能看到沟门前川流不息的食客，高来弟决定在此等候欢欢，顺便让卖碗托的炒了两个豆芽碗托。他三八两口将碗托拨拉进肚，付了钱，扔下碗，面向街道坐在凳子上，眼睛不时扫扫四周，沟门前的各色饭菜香味，随着微风，不时吹进鼻孔，他吮吮鼻子，真想几步过去大吃海喝一番，又怕错过欢欢，只得坐在那儿，眼仁仁不动地盯着路口。

约莫一袋烟工夫，高来弟瞭见高欢欢从中街口出来，转到了沟门前肉摊，割了些猪羊肉，买了块烧肉豆腐，提着竹篮，绕过天锡长，向中街走去。高来弟见欢欢绕到中街，慌忙走下圪台，推上车子去追。拐进中街，瞭见欢欢走到过街楼跟前，他紧走几步，看着欢欢进了福源馆，走到过街楼跟前停下，看着雕工精巧的二层阁楼上坐东向西的观音塑像，默默祈祷了半天。一阵寒风吹来，阁楼挑角铜铃叮当作响。高来弟猛然转身，欢欢一手提篮子一手提着一小捆粉条从福源馆里走了出来。高来弟推着车子，穿过东来西往的人流，拣人少处快走几步追上欢欢，一把从欢欢手里夺过篮子，欢欢来不及看是谁，高声说："光天化日之下抢人嘞。"

来弟嬉皮笑脸地说："欢欢，不是抢人的，是我看见你提着那么多东西死沉，抢过来替你拿着。"

欢欢火悻悻地说："谁用你显人缘，我自个儿不会提？把人能吓死。"欢欢表面恼火，心里却想，提上这么多东西，虽说不远，也有二三里路程，路上至少也得两三阵子歇着，要赶黑回家有些困难，倒不如顺着他意，放在车子上，自己也轻松些，所以也就没再说甚，跟在高来弟车子后面，穿过熙熙攘攘的人群，向东走去。刚走了几步，高来弟停下车子，回头说："把粉条夹在后车架上吧！"欢欢没言语，扳起后车架的夹子，把粉条放在夹子中，弹簧铁夹紧紧夹住粉条。

欢欢夹好粉条，高来弟推着车子，绕开拥挤的人流，继续前行。欢欢跟在后面，边走边看着街两边开着板门的茶楼、饭馆、当铺、面庄、百货店铺、圪台上摆放的各色货物。圪台底讨价还价的男女老少，各种叫卖声、讨价还价声交织在一起，身着长袍马褂戴着礼帽的男人和穿着长裙坎肩头围各色围巾的女人身影在街头蠕动，像河水一样在流淌着。薄暮的夕阳余晖洒在街两侧的青砖灰瓦和阁楼飞檐上，倏忽之间，消失在突兀而出的飞檐和高高飘扬的店铺旗子招牌后面，给繁盛的街头平添了几分朦胧和诗意。

欢欢抬头看了看天空，日头已里窝，时候不早，走到调料摊时，快速买了些姜末花椒面子，顺便买了些备用生料，放入挂在车把上的竹篮子里，提醒高来弟时候不早，走快点。高老弟说了声没问题，推着车子，加快脚步，七拐八绕地经过万顺成西巷红楼、龙王庙巷藏经楼，进入东街。东街骡马、骆驼打着响鼻入槽，由东而来的三五成群的胶皮马车骡车前辕上坐着赶牲灵的，叭叭甩着皮鞭，奔跑着进入街道，到店门口，头挽羊肚子手巾的赶牲灵汉子，咚咚跳下马车，吆喝着牵引牲灵进入骡马店歇脚。欢欢和高来弟躲闪着奔跑而来的车马，好不容易出了东街，走到河头前，奔入马路，推着车子，向家走去。

欢欢回到村里时，天已幕黑。欢欢要拿东西自个儿回家，高来弟死活不让，只得由他推着车子，送到院子。高来弟停稳车子，扳起倚架夹子，欢欢取下粉条，提着去开门，开了门，放下粉条，点着煤油罩子灯，转身出来拿竹篮子里的东西，一只脚刚跨出门槛，高来弟一只手提着篮子一只手拿着买的糕点就到了门口，欢欢要接东西，高来弟没给，直接拿着东西走到后窑掌，放在八仙桌上。欢欢倒了两杯水，递给高来弟，斜倚着身子，坐在椅子上说："累得不行，走得有点脚疼腿软，你赶紧喝口水，早点回家吧！"

高来弟端起杯子喝了几口水说："我也累，歇会儿再回。"欢欢没理会，坐了片刻，站起来，走到火火跟前，给锅里添了两马勺水，拿起火箸，捅开炭火，脱鞋上炕，躺在铺盖卷上舒展身子。高来弟喝完杯里开水，坐在八仙桌前看着欢欢，没多久，欢欢就点了瞌睡，很快闭着眼睛睡着。高来弟觉得来了机会，踮着脚尖走到前脚底，拿起铁门关，轻轻关上了门，脱掉鞋，慢慢爬到炕上，跪着圪膝，挪到欢欢跟前，嘴凑到欢欢脸上，轻轻吹了几下，欢欢酣睡如泥，没有任何反应。高来弟早已急不可耐，浑身燥热，猛然压在欢欢身上，睡梦中的欢欢朦朦胧胧闻到了男人的体香，嘴里不停地叫着天祥的名字。

高来弟有一根葱李金花的体验，对男女之事并不陌生，欢欢唤着天祥，他模仿着天祥的声音低低应着。一阵温存，欢欢醒来，睁开眼睛一看，不是天祥，猛然用力，噌地坐了起来，顺手一巴掌打在高来弟脸上。高来弟挨了一巴掌，赶忙提着裤子躲在前炕，欢欢拉过裤子，噌噌噌几把穿上，坐在炕上号啕痛哭。高来弟穿好衣裳，挪到跟前，劝欢欢不敢高声哭，抖搂出去与她不好。欢欢欻地站了起来，照高来弟脸上啪啪啪又是几个巴掌。打了高来弟，欢欢赤脚跳下炕底。高来弟赶忙划着火柴，点着灯，见欢欢哭着向灶火跟前走去，慌忙跳下炕，见欢欢在刀架上取刀，几步跑过去，一把夺下刀，捂着火辣辣的脸说："你有贾天祥，千万不能想不开寻短见。一旦贾天祥不要你，或者有个三长两短，我娶你。"

高来弟强行拉着欢欢到炕上，欢欢呜呜哭着怒叱："高来弟，你不得好死，没想到你是个人面兽心的赖东西，竟然敢对我下手，你做下这等腌臜恶事，让我如何面对天祥，如何在社会上活人？"

高来弟满脸堆笑地跪在欢欢面前，祈求欢欢饶他原谅他，欢欢猛然用力蹬了高来弟两脚，哭丧着脸，猝然站了起来，怒不可遏地说："滚，快滚，我不想看到你！"

高来弟看见欢欢眼里喷着怒火，赶忙见坡下驴，忙不迭地说："我走，我走。"转身溜到脚底，趿拉着鞋，慌忙溜走。

　　欢欢在家窝了两天，神情沮丧，眼睑发肿，头发爹得沙蓬似的，尽管高来弟每天按时给她送来饭菜，欢欢只是喝些稀汤，夹几筷子菜蔬，干稠饭食却一动未动，高来弟只得倒掉旧的换新的。躺了两三天，欢欢每天都是懵懵懂懂，睡到三天头上半后晌，欢欢想，自己几天也没去娘家打料，说不定娘又在挂念着她。她扎挣着爬了起来，溜到脚底，拖着软绵绵的身子，扶着炕棱灶台，走到灶火圪塎，生着火，烧了半锅开水，冲了两颗鸡蛋，坐在八仙桌跟前凳子上，喝了蛋汤，歇了会儿，来了些精神，站起来，走到箱子跟前，从箱子和夹桌旮旯间的凳子上拿来两个脸盆，放在灶台上，舀了两半盆开水，兑了些凉水，凑着灶台洗了头脸，梳妆好，一屁股坐在凳子上，长长地出了一口气。她想去看娘，可脸色难看，担心娘看出端倪，高来弟强暴她的事，见了娘说与不说，令她内心焦虑。说了吧，娘心里难受，一旦与高家发生冲突，一村一院，抬头不见低头见，往后不但不能相处，而且会成为永世仇人，何况，这种丑事，一旦张扬出去，男方无所谓，女方却在人前难以抬头。她尽管心中痛恨来弟，也想出出这口恶气，可思来想去，还是不说为佳，这样既不给爹娘增加压力，爹娘也不会咽不下恶气与高家发生冲突，丑事也不会被邻居百舍知晓。

　　欢欢心乱如麻，坐在凳子上唉声叹气。突然，她娘拖着傻弟三三擅门进来，一进门就连珠炮地说："鬼子子女子，这两天做甚，怎不来瞅瞅娘？是不是嫁出去的姑娘泼出去的水这话在我身上应验了，你狗日的每天钻在居舍，连娘都忘记了？"

　　欢欢知道娘在想她，替她操心挂念，赶忙站起来，苦笑着说："娘，不是女儿不想去看您，是我这两天身子不舒服。"

　　"哪里不舒服？让娘看看。"王玉秀走到欢欢跟前，仔细端详了半天，见欢欢果然脸色难看，手掌放在欢欢额头片刻说："脑上不烧，是哪里不舒服？"

欢欢编不出有甚毛病，只能羞答答地说："人家身上的来了，身子软得不想动。"

王玉秀说："如果有问题，咱找个郎中看看，千万不敢皮着，让小毛病变成大问题，到时后悔也来不及。"

"没事，没事，就是来了身上的不舒服。"

"想吃甚？娘给你做。"

"吃点汤面吧！"

王玉秀赶忙舀出锅里的熬锅水，添了凉水，放入些许粉条干南瓜片，切了点白菜萝卜，撒了一丝姜末花椒粉，倒了点麻油，盖住锅盖熬煮，和了拳头大的块面团，菜熟时，打了一小块豆腐，擀薄面团，切成斜片片下锅。汤面做熟，撒了些葱花芫荽屑，倒了一点香油，舀了两碗，端到桌子上，欢欢三天没吃硬食，肚子早已饥肠辘辘，汤面到桌，端起饭碗，边吹热气边拨拉，片刻工夫就把一碗汤面拨拉进肚。

吃了汤面，欢欢身上来了精神，娘母两个坐在凳子上拉呱。高来弟提着买来的饭，天擦黑时，急急慌慌撞进了欢欢居舍，见欢欢娘在后窑掌凳子上坐着，头轰的一下涨了起来，当即脸红脖子粗，不知所措。王玉秀见高来弟手里拿着饭盒站在脚底发呆，笑着问："来弟，你提着东西做甚？"

来弟急急巴巴地说："听说欢欢身子不舒服，给她买的点肉炒面。"

"没想到你还是个有心的孩子！"

欢欢打断娘的话说："来弟，我已经吃了饭，快把你的东西拿走，以后不要再送了，我自己做得吃。"

三三一听有肉炒面，当下跑到来弟跟前拽住装饭盒的络子，嘴里嘟嘟囔囔地说："我要吃肉炒面，我要吃肉炒面！"

王玉秀走过去哄三三："刚才吃饱了，三三不吃，回头娘给你做。"王玉秀用劲掰三三的手，三三流着鼻涕号哇哭叫，死死地拽住装饭盒的络子不撂。王玉秀掰了半天没掰开，只得从灶台上拿来碗筷，倒出饭盒里的肉炒面，咚地放在桌子上，火悻悻地说："吃你的丧禾去？"

三三急不可耐地跑到桌子跟前，手抓了一把炒面，塞到嘴里。王玉秀拿起筷子递给三三，揎了一把说："吃丧禾连筷子也不用，不害腌臜？"

三三拿起筷子，哧溜哧溜把一碗面吃进肚子。

欢欢转身对来弟说："来弟，以后不要再送了，我自己做得吃。你每天给我送饭，让邻居百舍看见，让我如何面对？"

欢欢说罢，高来弟不住点着头，赶忙提着饭盒，快速离开欢欢居舍。

高来弟刚走，三三肚子发胀，往起一站，刚吃进的面满口喷出，吐了一地。

收拾完三三吐出的秽物，欢欢和娘拉呱了不一会儿，欢欢爹高升和村长杨睛明相跟着也来到她家。两人坐在后窑掌凳子上，阴沉着脸，一言不发，只顾埋头吧嗒吧嗒吸烟。王玉秀看出两人脸色不对，料知有事，连着追问了几次，欢欢爹只是唉声叹气，村长杨睛明也是嘴虚张而不说话。欢欢觉得气氛不妙，感到一定有甚事情发生，难道是爹受了人的欺负，还是磨坊出了甚事？不得而解。她忽然想起自己的噩梦和杨半仙说的话，心中阒然一紧，莫非是天祥出了甚事，她站了起来，不管出甚事，都得面对，无论天祥是瘸了还是瞎了，她都可以面对，除非是……欢欢不敢往坏处再想，只是不停地追问。杨睛明吃了半天烟，叹息着说："我说了，你们要有承受打击的心理准备。天祥他……"

欢欢急切地问："杨叔，天祥咋啦？"

杨睛明哽咽地说："天祥……天祥他阵亡了！"

欢欢一听贾天祥已阵亡，噌地站了起来，哭着喊着"我要找天祥，我要见天祥最后一面"，疯了似的向门外跑去，出门脚下一闪，一个马趴跌到圪台底。杨睛明快步跑出门，扶起欢欢，用力拉回居舍，扶到炕上，不停地劝说欢欢："好孩嘞，你到哪找去？忻口、太原都被鬼子占领，晋军也已南撤，鬼子已打到交城、文水一带了。听邮差说，贾天祥他们七团打得很惨烈，打死了好多鬼子，全团官兵全部阵亡，鬼子的飞机大炮轮番轰炸，山头阵地摊土成平，黄土也变成了焦土，整个阵地难以找到几具完整的尸体。"

高升也嘀嘀咕咕地劝着欢欢："你憨着哩，外面兵荒马乱的，到处在打仗，你怎么到忻口？就是到了忻口也找不到天祥的尸首。找不到人，再搭上自己的性命，这是何苦呢？"

她娘王玉秀也坐在炕上，抱着哇哇哭喊的欢欢好言相劝，三个人劝到夜深人静，高欢欢止住了哭声，不住地打着战，没多久，躺在王玉秀的怀抱里睡着。高升铺好铺盖，两口子轻轻扶着欢欢睡下，高升起身回家，杨睛明连夜跑到街道告给贾存儒儿子不幸阵亡的消息，王玉秀留下照应欢欢。

高欢欢一觉醒来天已大亮，她揭开被子，双手撑着疲累的身子，慢慢坐了起来，拿起师部寄来的信函，手抖着抽出里边的阵亡通知书和铜质勋章，捧在手里，贴着胸口，嘤嘤抽泣起来。王玉秀听见欢欢的哭声，赶忙翻身起床，凑到欢欢跟前，抚摸着她的头，看着肿得核桃似的眼睛，强忍着内心的悲伤，心疼地说："欢欢不哭！天祥已死，再哭也哭不活，你哭坏了身子，让你爹和我还咋在社会上活人？三三将来还得靠你，如果你有个三长两短，将来让谁照应？我想，天祥在九泉之下也不希望你这样。你猴时就崇拜英雄，天祥是打鬼子死的，咱居舍出了英雄，这是咱的荣幸，你也应该挺起腰来，有心有劲活人才对。"

欢欢抹了一把眼泪说："你说的道理我全懂，可心里咋也接受不了这个现实。"

"好孩嘞，现实已经摆在眼前，咱不得不面对。"

欢欢忍住哭声，唏嘘地说："出嫁时，天祥答应照应三三一辈子，他走了，担子就到了我身上。娘，你放心吧，为了三三，我会挺起来的。"

"你能想开，娘就放心了。你坐着，娘给你做饭去。"

欢欢点了点头，将信函放入炕桌抽屉里，呆呆地盘膝坐在炕桌跟前。她娘王玉秀溜下炕，戳火烧水，灌满暖壶，添就做饭用水，水开，擦了些白萝卜丝，拌了些鸡蛋拌汤，撒了些葱丝芫荽，滴了几点葱油，舀了三碗，递给欢欢，欢欢接了碗，放在炕桌上，拿起铜勺，一勺一勺慢慢下咽，尽管每勺下去，咽喉有点难受，依然坚持吃完。欢欢吃饭，王玉秀叫醒三三，帮着穿好衣裳，拉着他到脚底桌前吃饭。三三吃了饭，抬起袖子杵了杵糊着蛋花的嘴，连鞋带袜爬到炕上，拉着欢欢的手要到河滩捉鱼。欢欢爱惜地摸着三三的头说："好孩嘞，寒冬腊月的，河里哪有鱼可捉？天凉的，鱼都钻到深水里去了。"

三三拉着欢欢的手说："你不是说冬天河里冒气，鱼热得不行，肯定在水边歇凉凉。"

欢欢和三三正说着话，高来弟获得贾天祥阵亡的信息，也穿着长袍马褂从门进来，听到三三说要去河滩，当下说："三三，我和你去。"高来弟走到后窑掌说："大娘，不要怕，天祥走了我还在，让我来照应欢欢。"

欢欢阴沉着脸说："滚一边，天祥尸骨未寒，你就跑来说这种话，还要脸不？不用你去，我和三三去呀。"

欢欢说罢，当即拉着三三溜到炕底，穿好衣服，拿出两块花头巾，自己箍了一块，给三三箍了一块，提着带系蓼蓝空铁桶，拖着三三的手出了门。欢欢一出门，王玉秀心里担心，着急地说："来弟，麻烦你出去照应一下他们两个，千万不敢有任何闪失。"

来弟心中窃喜，立马满脸堆笑地说："大娘，你放心吧，有我在，保准万无一失。"来弟说完，抹下礼帽，笑眯眯地向王玉秀鞠了一躬，转身快步出了门。

来弟走到圪旦畔时，欢欢拖着三三已走到半坡，来弟转过弯，踏着高低不平的石板路，一只手提起长袍底襟，快速跑了下去，跑到村口门楼一看，欢欢和三三已过了马路，正顺着水磨坊坡坡往下走。来弟怕欢欢看见赶他走，放慢脚步，待欢欢过了水磨坊，绕到大柳树底时，才慢悠悠跨过马路，下了坡坡，从水壕跷了过去，站在水磨坊墙根，等到欢欢下到河滩向东走去，才绕过水磨坊，从柳树底石蛋砌筑的小路走到河滩。

整个河滩和水面上热气笼罩。透过浓浓热气，来弟隐隐约约看见欢欢走到泉眼附近，来弟加快了脚步，赶上欢欢时，欢欢姐弟俩已走到泉眼跟前，河对岸和东侧不远处泉眼水边排满了洗衣服的妇女，妇女的谈笑声、棒槌在石板上敲击衣服声，此起彼伏。三三圪蹴在一个碗口大泉眼跟前，眼仁仁不动地看着汩汩涌出的泉水，欢欢看着水面上游来游去的鸳鸯发呆。高来弟凑到欢欢跟前说："几天没出来了，呼吸呼吸河里的新鲜空气也好。"

欢欢听出是高来弟的声音，头也不回地说："滚远点，谁让你跟我来？"

"是大娘不放心，让我下来照护你。"

"快滚，别惹我生气，我还不会自己照护自己？谁用你咸吃萝卜淡操心！"

来弟没吭声，向后退了几步，站在背后暗自陪欢欢看鸳鸯。看了半天，高来弟又凑到欢欢跟前，嬉皮笑脸地指着飞起的一只鸳鸯说："天凉的，不用看了，该走的让他走吧，你看那只雄鸳鸯不是不管不顾地飞走，把雌鸳鸯撂下了？你不用担心，贾连长走了，还有我呢。"

高来弟提起贾天祥连长，欢欢心里更加难受，当下骂道："放屁，你怎么敢和天祥比呢？"欢欢不由得嘤嘤抽泣起来。高来弟凑到欢欢耳边低声说："不用哭了，天祥已走，哭死也屁事不顶。"欢欢猛然转身，用力揎了来弟一把说："滚远点，我不想看到你。"来弟猝不及防，一屁股跌坐在湿地上，赶忙两只手撑着身子站了起来，走到三三跟前，三三蹲在泉眼边，手不时撩着水，箍着的头巾已溜到脖颈，手脸冻得发红。来弟圪蹴下，掏出手巾擦了擦三三鼻子嘴边的鼻涕说："三三，冬天鱼都钻到深水里了，水边没鱼，咱耍一会儿回吧！"

三三噘着嘴，撩了一把水，扔到来弟身上，一只手杵着发红的鼻子，一只手揎着高来弟说："捉鱼鱼，捉鱼鱼。"来弟无奈，只得拖着三三的手，猫着腰，在水边寻寻觅觅，返到水磨坊底河滩水边，来弟突然看见一尺多深的水里有几条小鱼在摇头摆尾游动，他放轻脚步，悄无声息地圪蹴在水边，挽起袖子，轻轻地把蓼蓝桶桶放进水里，桶桶口瞄准小鱼游来的方向，倏忽之间压在水底，噌的一把横着拉起，果然桶桶里拉进一条小指大小的小鱼，小鱼在蓼蓝桶桶里摇头摆尾游着，来弟怕小鱼溜走，一只手扶着蓼蓝桶底子，一只手按着蓼蓝桶盖，倒出半桶桶水，三三看着鱼，笑得拍脚打手。

来弟捉好鱼，拖着三三去找欢欢，走到泉眼附近，来弟晓得自己和欢欢不好搭茬，把蓼蓝桶桶递给三三，让三三去找姐回家。三三提着蓼蓝桶桶，踏着软乎乎的湿沙，东一脚西一脚地跑到欢欢跟前，喘着粗气喊："鱼，捞到鱼了。我要回居舍和鱼耍耍。"欢欢站在水边的湿沙里，脚冻得有点发麻，三三过来，她接过三三的蓼蓝桶桶，回头看了看河水里嬉戏的鸳鸯和不时飞起落下的黑鹳，拖着三三的手，向家走去。来弟见欢欢和三三爬上大柳树下短坡，绕过了水磨坊，自己也动身踏着沙子，绕过河滩石蛋，两只手壅在长袍袖子里，晃悠着上了岸。

贾天祥连长的葬礼异常隆重。贾天禧事先雇人赶赴忻口寻找哥哥贾天祥尸首未果，只带回一包焦土，照贾天祥模样吹了个尺许大的银人代替真身，装裹在棺材里，放在贾天祥婚房，靠窗户搭起灵堂，设了祭台，冥婚了镇南刘财主暴病身亡的女儿刘秀秀，招回牌位，尸体寄存在镇子后山的山圈窑窑里。

马振华总管铺排好事筵，跑到当中窑和贾存儒商量。贾存儒、高春香两口子躺在炕上，脸色苍白，眼皮耷拉着，眼角掉着泪珠，嘴角有些抽搐，身子蜷缩在被子里。马振华进门说："天祥的丧事全部安排好了，想征求一下你的意见。"

贾存儒眼闭着叹息说："由你们吧，对得起孩子就行。我连自己也顾不了，你和天禧看着办吧！"

马振华说："我办事你放心，咱天祥是打鬼子英雄，一定会让孩子风风光光走好！"

贾天禧说："马叔，咱走，让爹娘歇着，静静心，咱还有好多事情要安排。"

二人从当中窑出来，贾天禧说："马叔，应该先把欢欢嫂子接回来，征求一下意见，看看嫂嫂有甚意见。"

"往回接欢欢和征求她的意见是一码事，但作为娘家，还得有个小辈去磕头。"

"谁去合适？"

"你带上自己的二小子去，让孩子给娘家长辈磕头。"

贾天禧和马振华说了一会儿话，领上穿着号衫戴着号帽的二小子贾嘉裕去了湾头。贾嘉裕只有四五岁，勉勉强强磕完头，走到欢欢院，一把拉下号帽，一屁股坐在圪台上，哭着说圪膝盖痛。贾天禧给孩子揉了揉膝盖，欢欢拖着孩子进了家，递给两块糖果点心，哄了半天，孩子手里捏着好吃的，止住了哭声。贾天禧把埋葬哥哥的铺排情况向嫂子简单说了说，欢欢虽然很悲伤，但经过家人几天时间的开导劝说，已从绝望中走了出来。贾天禧说完，欢欢哽咽着说："一切由居舍安排，我换换衣裳随你一块回家。"

欢欢换衣裳，贾天禧躲出来，站在院子里等着。两三袋烟工夫，欢欢穿着一身素装，带着部队寄来的信函和铜质胸章，从居舍走了出来，随小叔子贾天禧回贾家，走到大门口告天纸塔燃香哭泣。贾天禧硬拉着起来，搀扶着往家走，欢欢依然嘤嘤抽泣不已。走到院内灵堂前，欢欢看着天祥遗像，流着泪掏出信函里的胸章，弯着腰，轻轻摆放在祭台上。

几天来，镇子里商户敬重贾天祥打鬼子，带着幛帐祭品，络绎不绝地前来吊唁，院墙巷墙挂满了贴有麻纸书写天祥功绩内容的黑色挽幛。高欢欢也按照镇里的规矩，烧夜纸，哭明祷。开吊之日，村长、区长前来吊唁，贾家院院里院外摩肩接踵，出祭、晚祭三班鼓乐齐奏，礼炮轰鸣，拉童男童女、抬祭桌、拿纸火、扛挽幛花圈沿街逶迤而行……

贾天祥葬礼完毕，高欢欢在贾家和婆婆住了几天，待公公贾存儒和婆婆高春香情绪稳定后，回到了湾头娘家。

第十章

　　说说话话已到过年，湾头有出嫁闺女不能在娘家过年的规矩，高欢欢在娘家住了一个多月，不得不于腊月二十三小年一早返回自己家。欢欢住娘家的一个多月里，高来弟也曾几次提着东西去看望过，可每次都换不来欢欢的一点好脸。小年这天，高来弟料知欢欢要回家，大清早地起来吃了挂面汤，梳头打扮一番，穿好青色缎子棉袍印花绸子夹马褂，脖子上围了一个囫囵狐皮围脖，径直去了欢欢居舍。

　　高来弟进门时，欢欢正在院子里搂柴火。高来弟轻手轻脚地走到欢欢跟前说："欢欢，我来看你了。"欢欢头也没回说："我有甚好看的，临年马到，做你的事去吧！"来弟笑眯眯地说："反正想看。"欢欢没理他，搂着柴转身回了居舍，来弟走到柴火窑口，拉出两根树枝，搂起长袍，蹲在木墩跟前，拿起斧子，劈开了硬柴，刚劈完一根树枝，柔嫩的手掌就攒起两颗血泡。高来弟气得捶手顿脚，想扔下斧头，又怕欢欢瞧不起他，只得忍着疼痛，坚持把另一根树枝劈完，然后把斧头扔到地上，低声骂道："狗日的斧子也在看老子的笑话。"来弟想，欢欢要生火，离不了硬柴，赶忙捡了劈好的几根短硬柴，给欢欢送到居舍灶台边。

高来弟送回硬柴，欢欢已烧了半天黑豆秸，铁锅里的水已冒着热气。欢欢没搭理高来弟，高来弟拿起几根硬柴，填在火塘里，展开已浸出血的右手说："手里的两个血泡已攒烂一颗，生疼。"

欢欢瞟了来弟一眼说："整天游手好闲的富家公子，还能受下这些罪！纯粹是自找的，谁让你显人缘来？"

欢欢开口和高来弟搭茬，高来弟高兴地嘴咧开一道缝，嘻嘻笑着说："给你做营生，手烂了也愿意。"

欢欢没言语，灌满暖壶，开始做早饭。高来弟坐在凳子上，打量了半天，见欢欢临过年尚未准备用品，撂了句"我给你买年货去"的话，转身走了。

高来弟回家推出车子，骑着一溜烟跑到镇子里，镇子里买年货的人拥拥挤挤，高来弟七拐八绕避开人流，来到沟门前，割了几斤猪羊肉豆腐，称了些粗细梨果子瓜子花生，又在沿街圪台买了些香表炮仗天配灶君张仙仙木板年画，顺路买了些麻糖糈瓜瓜白菜萝卜宽细粉条，车子前篓子后车架东西拾掇得满满当当。买好东西，高来弟推着车子顺着一道街向东行走，街道拥挤难行，车子前轮胎几次碰着匆匆行走的人流，遭到人们的白眼。街道挤得高来弟没法行走，他只得穿过红楼门洞，从沙垣圪廊巷进去走背道，从天主堂巷出衙门口，绕过老爷庙，走到河头前，才骑上车子快速向村里跑去。

高来弟走到当村时，迎面碰见村副高开勋，高开勋问来弟："来弟，从来不见你买东买西，今个太阳从西面出来了，买了这么多年货？"来弟红着脸，结巴着说："好长时间不动弹了，今早到街道瞎转悠，随便拾掇了些。"来弟走后，高开勋觉得不对，给居舍买东西应该直接进家，咋会绕过居舍朝别的方向走去。他想，来弟和儿媳妇有染，这小子会不会是给金花送去？高开勋疑心大，来弟没走多远，他就跟在后面，看他往哪走。

来弟绕过圪峁，高开勋站在圪峁口瞭着来弟推着车子进了贾天祥家。高开勋知道贾天祥阵亡不到两月，来弟就给天祥女人送东西，莫非这小子已和天祥女人搅糊上了，转而一想，天祥和欢欢夫妻恩爱，加上欢欢为人正派，即使有点不对，也不会来得这么快，何况，高来弟和李金花要好，虽然最近去得少了许多，但偶尔也去，不会有甚隔阂。高开勋想，高来弟可是一棵摇钱树，不能就这样平白无故地让这个财神跑到别的女人身边，一定得让李金花紧紧地缠住他，当下决定返回，把消息告给儿媳妇李金花。

来弟推着车子通过石砌门道，走到院圪台底，停稳车子，卸下车子后倚架上的菜蔬粉条，提回放到瓮盖上，转身出来拿着车把上的东西回去放在八仙桌上，抹下羊毛手套，呵着冻得发红的手，站在灶火跟前取暖。欢欢看着来弟买回那么多东西，淡淡地说了句："一会儿把你的东西拿回去吧，我不稀罕。"来弟说："买不买是我的事，稀罕不稀罕是你的事，反正是给你买了，宁肯让你倒沟也不会往回拿。"欢欢跺了跺脚，叹着气说："遇上你这种无赖，算我倒了八辈子霉了！"

欢欢这么一说，来弟窃喜，赶紧拧开糨糊瓶子，反面铺好灶君木板年画，在灶火圪塄掰了一截黑豆秸秆，挑了些糨糊，抹在灶君年画背面，两只手提起两端，端端正正贴在灶台里面的墙壁上，转身在条桌上揭起一个碗，抓了几块粞瓜瓜放了两根麻糖，端到灶君年画底下，又拿小碗挖了点小米，放在神位前，破了三炷香，拿了三张黄表纸，点燃黄表纸点着香，黄表纸放在灶台，三炷香插在米里。高来弟两手搓搓，再用手搓搓脸，撩起袍角，提起长袍下摆，扑通一声跪在灶火圪塄，磕了三个响头，直起腰，双手合十，嘴里念叨"灶君老爷上西天，直说好不说赖，保佑我和欢欢成双对"。

欢欢听到来弟在灶君神像前念叨，没好气地说："人跟前脸皮厚倒也罢了，竟然厚到神跟前。"

来弟站起来，拍了拍圪膝上的土说："神神也是通情达理的，我是求他老人家保佑，又不是要挟。"

"更没想到，游手好闲的高家公子也会这套把戏。"

"说实话，我也不会，候时常跟上爹烧香磕头，见多了照着做，虽然不一定规范，但也八九不离十。"

快到晌午时分，高来弟来了烟瘾，头沉身子乏，眼鼻子酸楚，他怕欢欢看见自己烟瘾发作时的丑相，慌忙抽身告辞，推上车子跑回家。

过了六天，七天头上就是大年。几天来，来弟没少去欢欢家，也送去了不少年货，包括黄纸、对子蜡烛也都是他跑镇子里给买回来的，中途还在去欢欢家的路口碰见李金花。李金花问起公公高开勋说的来弟和欢欢有染并送东西之事，高来弟以慰问英雄家属而搪塞过去。大年初一，鸡叫三遍，村子里就当当当地响起了开门炮，开门炮响过不久，又是此起彼伏的鞭炮声，男人们穿上长袍醮纸接神，女人们设整地和面捏扁食。高来弟本想放过开门炮给爹请安之后就去给欢欢布灯点香，刚准备出门，就被他爹高廷贵拉住，让来弟随他一起去醮纸接神。来弟想缩短时间，表现得勤快异常，破香分表摆供献点灯瓜，依家神、灶君、仓官、天地窑窑、窗台、门神、水井、厕神神位为序摆放，烧香燃裱，磕头礼拜。点完香，高廷贵端着放有三摞面卷卷、酒壶和香表的木盘喊来弟，来弟明白爹的意思，顺从地跟着爹出了门，走到圪旦畔，放下木盘，捡了一块小石片，刮了三小堆土，跪着掐下供献，奠上烧酒，点燃香表，每个土堆各插了三炷香，磕头礼拜。高来弟跪下，边磕头边问爹："为甚要弄三个土堆？"高廷贵告给他，三个土堆代表的是天地人。来弟站起，说了声"爹，我去看看欢欢"转身就走，高廷贵心中恼火，可鉴于大年忌讳不吉利话的讲究，也就忍了。

村中窑洞前大门口红绸布蒙的圆鼓鼓的铁丝灯笼和麻纸糊制的方木框灯笼彻夜未熄，散发出柔柔的亮光，黎明前的寒风透过灯笼缝隙，咝咝吹着灯盏里燃着亮光的棉花捻，灯光摇摇曳曳，晃晃悠悠，浓浓的鞭炮火药味和醮纸燃着的香味在空气中缭绕弥漫。高来弟借着柔柔的灯光，径直走到欢欢家大门，拧开门搭，院子里黑乎乎的，只有欢欢居舍透出一丝亮光，门神窑窑、窑洞窗台、天地窑窑的灯瓜瓜仍未点着，高来弟搂起长袍，从裤兜里掏出火柴，抽出一根，用火柴梗挑了挑棉花捻，颠倒火柴梗擦着，点着门神窑窑里灯盏，转身走到家门口，依次点着了天地窑窑、窗台上、挂在窗户平器的麻纸灯笼里的灯盏。欢欢刚和好面，准备捏扁食，听到门搭响，院子里的灯笼也亮了起来，以为是他爹来了，开开门一看，高来弟穿着崭新的长袍马褂站在门口，胳膊相互交叉，两只手紧紧夹在腋窝里取暖。欢欢没言语，转身掩门进去。高来弟放下手，搂起碎布缝制的夹门帘，揎开门，慌忙钻了进去，生怕欢欢关门把他堵在门外。欢欢见来弟进来，边用小擀杖擀扁食皮边说："你这人真怪，大过年的不好好地在居舍待着，瞎跑甚？"

高来弟站在案板跟前说："还不是不放心你，跑过来看看。"

欢欢说："灯也点着啦，你还是回吧！"

高来弟推推诿诿不想走，欢欢放下擀面杖，用糊着面的手把他从门揎了出去，用劲压住门，拿起门关，唰啦一声关上门。

欢欢煮熟扁食，在贾天祥的照相前点上香，往碟子里捞了十五个扁食，摆放在照相跟前，用筷子夹开两个，手摩挲着贾天祥的照相说："天祥，我不在身边，让你受罪了。大过年的，你也吃几个扁食吧！"欢欢说罢，拉了个凳子，把一盘扁食放在照相底的箱子上，自己也坐在照相跟前吃了起来，边吃边说："天祥哥，你也香香美美地吃吧。我陪着你，咱们一块吃大年眵眼扁食。"欢欢说着吃着，眼泪不由得流了出来，掉在碗里。欢欢和着泪吃完扁食，收拾了锅灶，一个人坐在炕上，两眼直直地瞅着贾天祥的照相发呆。

过了破五，凛冽寒风停止，天气逐渐转暖，老槐树底的人也逐渐多了，村里的纠首主人家也动了起来,开始设整盘子会。高来弟频繁出入欢欢居舍,也招来了人们的议论。初十吃过早饭,收完份子钱的五六个纠首在老槐树底集中,准备清理社窑。主人家高开勋去时,槐树底已有两三个人在闲聊,高开勋突然问那两三个人:"你们这些时发现咱村的一个秘密了没有?"

两三个人面面相觑地看着高开勋。看了半天,高秋田好奇地说:"甚秘密,说来听听。"

高开勋笑眯眯地说:"亏你还是年轻人,一天家顶在绣楼里活着,甚也晓不得!"

"开勋叔,真晓不得,你还是说给我们听听,不用耍十样锦迷糊人。"

"你没发现高来弟这一向一股劲朝欢欢居舍跑?"

"邻居百舍串个门子有甚大惊小怪的!"

"我觉得这两个人不对劲,你说孤男寡女搅糊在一起能有甚好事?再说了,平白无故,高来弟为甚屡次给欢欢买东送西。"

高秋田有点恼火,撅着脸说:"不准你给欢欢姐糊尿捏造,高来弟给欢欢姐买东西,我觉得应该,人家男人天祥打鬼子死在前线是英雄,吃高财主家的点东西也不为过。至于说高来弟有甚想法,那是他的事,与欢欢姐有尿的关系!"

高开勋眯缝着眼说:"这回让你说对了,就是有尿的关系。"

高秋田火悻悻地说:"没见过你这种老不要脸的怂人,是不是高来弟这一向没去和你家一根葱鬼混,你得不到高来弟的好处,害上了红眼病?"

"高来弟看下我家李金花,还答应要娶她,怎能说成是鬼混?"

"你的鬼把戏谁晓不得,还不是利用李金花给你弄点散碎银子。"

高秋田的几句话说到了高开勋的心病,高开勋撂了句"不和你狗日的说了"的话,背藏着手,火悻悻地走。马平喊:"高叔,不给安排营生,叫我们做甚?"高开勋头也不回地说:"不是让你们清理社窑?自个儿看着做去。"高开勋走后，五六个纠首自觉去了社窑，把窑里的锣鼓家具、秧歌道具搬到院子里晾晒，又把盘子部件搬到宽阔处搭盘子场地，清扫了社窑内外，修好垒旺火大炭，闲坐到半后晌，拾掇回晾晒之物，单等十二三垒旺火搭盘子。

十四正午出盘，出盘后唢呐鼓板响起，装扮着各色身子的水船秧歌在男女艄的带领下出场，狂欢劲扭一后晌。天擦黑停了秧歌，点着了旺火，旺火与大红灯笼交相辉映，社窑外盘子前宽阔的场地被照得透亮。全村男女老幼不分贫富贵贱，穿着新衣或浆洗得干干净净的土布衣裳，纷纷来到社窑前木雕彩绘盘子点，烧香燃表，求福求子，还愿许愿。点过香，人们簇拥在临时搭设的小台子前旺火旁看起了弹唱。小台子上管子丝弦乐队坐立台后，两男人手拿笤帚，一扮男角潘相公，一扮女角陈妙常，边扭边唱，台下吆喝声不断。欢欢随娘拖着三三一起来到盘子前，点了香，磕了头，给三三买了个香炉渡过的"福寿康安"开孔铜锁，戴在脖子上，三三嘴角流着涎水嚷叫着，拉着欢欢走到人群旮旯肩扛一束血红糖葫芦的人跟前，指着糖葫芦要吃果果。欢欢正准备掏钱，高来弟手快付了钱，三三拿起卖东西的递过来的糖葫芦，一把填在口里，嘻嘻笑着吃了起来，直吃得嘴角发红，果子水流到了脖子里。王玉秀掏出布巾擦了擦三三的嘴和脖子，转身拉着三三挤到台前看弹唱，欢欢跟着王玉秀也走到台前，挤入人群。看了半天，欢欢回头一看，高来弟嗑着瓜子，也在自己身后站着，欢欢异常恼火，在众人面前不好发作，只得拉着娘退出人群，拖着三三回了家。

镇子里的盘子会闹得时间长，闹完十五，十七分了份子，送了枣山脑，拆卸盘子，移交给下一年的纠首主人家执掌会事。有九曲和斗活龙的几处盘子点，闹完十五，依然要闹二十五。二十四重新出盘，黑夜转开了九曲，唱起了弹唱，斗起了活龙。王玉秀知道欢欢爱看斗活龙，一吃黑间饭，立马拖着三三的手去叫欢欢看斗活龙。欢欢简单整理了一下头发，围了一块花围巾，随娘去了南坪斗活龙场地。场地四周挤满了看红火的人，马路南侧新搭的高木架上挂着两盏马灯，木架上六七根铁丝横空穿过水壕两边的大柳树空间，直达杨家大院离壕近处北侧房顶的短木架，房顶及跟前两颗粗大的柳树枝上也挂着马灯。房顶的两人已套好两条龙和火蛋，壕边的锣鼓家具铿锵一响，一条龙率先顺铁丝跳跃出场，走到一半时火蛋跟进，出场的龙到南头转身回返，第二条纸龙从北头向南顺铁丝跃去，两龙相会于正中时，火蛋时高时低，两条龙腾挪跳跃，升降自如，戏耍片刻，火蛋着火，两条龙燃烧，变为两条金光闪闪的草龙，哧溜溜快速向屋顶飞去。草龙返回，两条鱼相继闪耀出场，行到中间，上下左右入水跳门，相互嬉戏一阵，倏忽之间，鱼身着火，变成了两条金灿灿的升龙，跳跃着返回屋顶。欢欢看过几次斗活龙，也没弄明白怎回事，指着飞升跳跃的升龙问娘："好怪，没人点火，咋就突然着了？明明是两条鱼，怎么一着火就变成龙了？"

王玉秀说："我也给你说不出个道道，只是听人说龙里装有磷火，磷火上插有捻子，艺人算好时间，开始点着捻子，到中间斗上一阵，捻子正好煨到磷火上，磷火见火星就着了。鱼变龙，外形是鱼，里面是龙形，铁丝上也糊有磷火，纸着火，鱼消失，龙形铁丝上磷火蹦出火星，离远看就是火龙。"

王玉秀一说，欢欢心里明白了几分。

二十五的盘子会刚闹完，镇里人还沉浸在节日的喜庆气氛里。隔了一天半前晌，欢欢正在院子里晾晒铺盖，忽然村子东北面传来了嗡嗡飞机声，欢欢只顾往绳子上搭铺盖，没有理会，搭好铺盖，抬头一看，飞机已飞到清泉河上空，河里村口扔下的几颗炸弹激起了股股水柱，路边村口弥漫着片片浓烟。欢欢一看情形不对，赶忙闩了大门，收拾回铺盖，关上窑门，坐在后窑掌，直着耳朵，静静地听着外面动静。欢欢刚坐下，忽然听见墙上跳进了人，她本能地缩着身子钻进柜子，闭上柜门，心里忐忑不安。听见门上有人低声叫她，欢欢耳朵对着柜门缝隙细听，是高来弟的声音，欢欢本来不想开门，可自己心慌得厉害，不由得走出柜子，开开门。高来弟闪身进来，顺手关上门说："高秋田家的大门和侧窑被飞机炸塌了，正窑的糊窗纸也被炸得窟窿黄天。听说今早鬼子数千人马从离石出发，刚才我过来时，听见加八弛有枪声，说不定这会儿已到寨东一带了，咱还是到我家地窖里躲躲吧！"

欢欢一只手按着狂跳的胸口说："这会儿根本不敢出去，出去说不定会被炸药炸死。我家离山近，鬼子一旦进村，咱跑到山水渠渠躲着也来得及。还是先在后窑掌凳子坐会儿，看看动静再说。"

两个人走到后窑掌，坐在凳子上，高来弟唉声叹气地说："十恶不赦的狗日的鬼子不在居舍安分守己过日子，大老远地跑到这来杀人放火，搅糊得咱连个安生日子也不能过，我看他们迟早不得好死！"

"打死我家天祥，我与狗日的不共戴天。我要报仇！"

"鬼子残忍得很，听说在九里湾杀了好多人。咱让鬼子逮住，情死不得活，何况，一个手无寸铁的弱女子，你如何报仇？说不定，仇报不了，却枉送了自己性命。"

"死了算了，天祥已死，我活在世上还有甚意思？"

"天祥死了，还有我呢，等鬼子走了，我就请人到你家说媒，要不这世道兵荒马乱的，你一个人在家我也不放心。"

天祥阵亡还没过百天，欢欢心中的悲伤犹在。高来弟一谈婚嫁，欢欢心里就来气，正欲发火，突然河边马路上汽车的喇叭声和枪声响成一片，欢欢话到嘴边，立马咽了回去，本能地从凳子上抽身，噌地圪蹴在灶火圪垯。高来弟说："欢欢不用圪蹴，枪声喇叭声在马路上，暂时不要紧，我出去爬墙上瞭瞭。"

高来弟站起来，转身出了门，在柴草窑口搬了一个小木梯，斜倚在墙上，一只手撩着袍角，一只手抓着木梯，爬上梯子，露出半颗头，向马路上窥探，前面五六辆汽车头上压着机枪，车厢里坐满了怀抱步枪的鬼子，汽车呼啸着向西驰去，扬起漫天黄尘，车上的机枪不时向马路两边扫射，后面的几辆汽车拉着大炮，大炮后头是大批的鬼子队伍，拉着大炮的车还没有出湾头，炮口就对准镇子，哐当哐当向镇子发射了数十发炮弹，河头前的几处民房和店铺顿时被炸塌，燃起熊熊烈火。高来弟站在梯子上，腿肚子哆嗦着，看到鬼子没有进村的意思，赶忙从梯子上下来，搬开梯子后，慌忙跑回欢欢居舍，手抖着说："来的鬼子可多了，前面汽车机枪开道，后面黄浪浪一片全是，看不见尾。鬼子一路向西去了，从迹象上看，鬼子没有进咱村的意思，刚才鬼子向镇里发射十几二十颗炮弹，估划镇里人东躲西藏，乱成一锅粥了。"

高来弟说话显得有些紧张，欢欢听高来弟说鬼子向西去了，显得镇定了许多，她不慌不忙地说："清泉镇这么繁华，鬼子肯定早就打上了主意，镇里人要遭殃了。我们紧挨着镇子，也得提防着点，说不定哪天鬼子就会找上门来。"

"我们还是出去躲几天吧！"

"往哪躲，躲得过初一，能躲得过十五？"

两人说了一阵话，外面的枪声和汽车喇叭声渐渐远去。高来弟慢慢打开门，轻手轻脚走到墙根处爬上梯子，鬼子的汽车队已不见踪影。高来弟站在梯子上半天，瞭不见鬼子才从梯子下来，和欢欢说了几句话，回了家。

第四天傍黑，欢欢正在娘家吃黑间饭，突然，村长杨睛明擅门进来，一进门就哈哈大笑着说："高升哥，喜事来了。"

高升几口吸溜完秫黍饭，放下碗，不解地问："看这乱哄哄的社会，哪有甚喜事？没倒霉事缠身就烧高香了。"

"真的有喜事。"

"有甚事你说，别打哑谜了。"

杨晴明看了一眼欢欢说："是关于欢欢的婚事，高廷贵请我来说媒了。"

高升摆了摆手说："人家那是大财主，咱可高攀不起。再说了，欢欢眼下还属于贾家的人，要嫁也得亲家贾存儒同意才行。"

"这你就说得不对了。现在是他们家来请我说媒，不存在甚高攀不高攀的问题。你也晓得，高家公子二十几岁的后生不婚娶，原因就是看上咱欢欢了，因为这事，快把高廷贵家两口子急疯了。至于说贾家那头，高廷贵已托马振华说好了。"

"天祥刚死，孩子心里还很难过，这事得她同意才成。"

欢欢听见村长是来说媒的，插话说："杨叔，这事不成，天祥阵亡还不到百天，你让我如何是好。"

杨晴明说："狗日的日本鬼子在镇子里住了两三天，虽被八路军河防部队和晋军五军赶回垣东县城，我估划鬼子不会就此罢休，还会攻占镇子，一旦占了镇子，咱村也跟上倒霉。不算人的鬼子烧杀奸淫，无恶不作。你一个柔弱女人，恐怕那些如狼似虎的鬼子兵不会轻易放过。世道乱纷纷的，你找个人家做依靠才是正道。"

欢欢说："大不了一死了之。"

"尽瞎说，年轻轻地咋能有这种想法。好死不如赖活着的道理你不是不明白。"

欢欢不想多说，低着头唉声叹气。杨晴明对高升说："这事还得高升哥你做主，孩子毕竟年纪还小，好多事看不开，你得多开导开导。高家高门大户，只有一个小子，高廷贵挣得再多也是一本账，将来全是高来弟的。高掌柜也说了，作了亲就是一家人，眼下的彩礼会让你和孩子满意的。"

高升一听说彩礼，立马眉开眼笑，当马答应考虑考虑，三天后给杨晴明回话。

三天来，爹开导娘劝说，欢欢心乱如麻，拿不定主意。第三天后晌，欢欢思来想去，爹娘的苦心和她也曾有一次属于过高来弟，尽管那次是被强行的。这些事想起来都后怕，可高来弟和自己毕竟是一村一社的，照应起爹娘来也更方便，欢欢心里虽然不悦，但也勉强答应了这宗婚事。

又一个三天后，高欢欢和高来弟举行了订婚仪式，男方给欢欢送来的簪子、耳环、手镯等金银首饰和衣物全是双份，无论质地款式都是镇子里流行的上等硬头货，香艾、米面、婚帖、金银首饰都装在褙帖盒子里，衣物和一摞银洋另裹在大红包袱里。天擦黑时，杨晴明提着东西从男方家返回，给高升做了交代，包括男方确定当月十六婚娶的日子。

高升瞅着包袱里大红纸包裹严实的六卷银洋，眼睛亮了许多，笑眯眯地说："十六日子不错，就是时间有点紧，孩子新被褥还得缝制。"

"这不是问题，不行了拿到镇子裁缝铺三两天就缝好了。欢欢的衣裳都不用你准备，来弟娘这几天准备得差不多了。"

"那就按男方的意思办吧！"

高来弟和欢欢订婚的消息传到一根葱李金花耳朵里，李金花心里又郁闷又难受，高来弟暗里和她搅糊了两年，她对他也产生了一定的感情。高来弟还多次在享受温柔之后发誓要娶她，现在变卦，李金花无论如何也想不通。她早晨起床上厕所，听到墙外几个人告诉高来弟要娶欢欢之事，回到居舍，一前晌昏昏沉沉，心里烦躁难耐，不停地在走来走去。晌午饭时，公公高开勋不见金花做饭，知道金花得到了消息，心里难受，就端着一碗豆面汤面送过来，看见金花脸黑悻悻地在地上走来走去，把饭碗放到锅台说："赶紧吃点饭吧，吃了饭有心有劲和高来弟闹腾去，咱不能让这狗日的白糟践，不娶你，起码也得让他高家出点血，弥补弥补你的损失。"

李金花唱戏出身，虽然走南闯北赶了不少场子，但人单纯，涉世不深，更不谙世道，公公高开勋这么一说，李金花悲从心头起，怒从胆边来，当下拨乱头发，哭着向高来弟家跑去。进了大门，李金花直奔高来弟书房，高来弟正躺在雕花床上拿着烟枪过瘾，看见李金花哭丧着脸，骂骂咧咧地推门进来，情知大事不妙，慌忙扔下烟枪，坐了起来说："金花，你这是要做甚？"

李金花哭喊着走到高来弟跟前，拽着他的袍巾，边哭边说："你个没良心的，说好要娶我的，咋突然就变卦了？你到底还要不要我？"

高来弟没料到李金花会来这么一出，心咚咚地跳着说："金花你不用瞎捺搓人，你不好好想想，我和欢欢已经订了婚，还能要你吗？"

"那你为甚要一次次地糟践我？"

李金花问得高来弟没甚好说的，顺口说："有甚糟践不糟践的，我快活你快活，两相情愿。再说了，你是戏子出身，居舍怎能同意娶你？"

高来弟的几句话激怒了李金花，李金花一把鼻子一把泪地说："你是穿绸子抖缎子有钱有势的高家富郎花公子，我是在地狱里活着的卖屁嫁汉的贱戏子，既然你青杨树上没圪节，怎么能和我这个下贱坯子睡到一起？既然你说下娶我就要兑现，哪怕就是做小也得给我个交代。"

李金花一撒泼，高来弟纯粹没了主意，呆呆地坐在床上吸起了烟泡。来弟爹娘高廷贵、李桂香听见有女人哭喊吵叫，赶忙跑过来，打劝了金花半天不起作用，高廷贵恼悻悻地叫来管家李栓柱硬拉李金花出去。李金花哭喊着挣脱手，快步跑到正窑右侧砖砌楼梯，踏梯而上，走过二楼厅房前丈许宽的长方形小院，爬上挡墙，溜到厦檐，披着头发，呜呜地哭着。

李金花坐到厦檐哭闹，李栓柱跛着脚走到高廷贵跟前说："这事离不开高开勋，说不定就是他的鬼主意，这人一肚子坏水，依我看是想讹点钱。"

"你赶紧去找他商量，出钱多少不要紧，关键是扑时气。"

高廷贵说罢，李栓柱跛着腿去了。没两袋烟工夫，李栓柱带着高开勋从大门进来,附耳低声说:"商量好了,那家伙心狠着呢,要一百五十块大洋。"高廷贵说:"赶紧寻得给了,快快打发这尊神神起身。"李栓柱回家拿钱,高开勋装作不知道的样子,虎着脸,面向厦檐喊:"金花,快下来,谁让你做这种讹人的缺德营生来!"

高开勋喊了几次,李金花只是呜呜嗒嗒哭着,不见行动。高开勋抹下礼帽,提在手里,走到高廷贵跟前说:"高东家,让你见笑了。十个女人九个糊,撂下一个不识数,婆姨人挖屎弄尿甚的恶事也能做出来,有时变脸比放屁也快!"

高开勋说罢,李栓柱跛着腿提着钱袋走到跟前,摇了摇索啦啦直响的银洋,阴沉着脸说:"拿去,钱一分不少,赶紧把你家那泼妇收紧回咯!"

高开勋接了钱袋,笑眯眯地向高廷贵点了点头,转身快步走到右侧台阶口,走到垴畔,对李金华嘀咕了半天,李金花止住哭声,慢慢挪转身子,轻轻踩着瓦片,身子移到墙跟前,双手扳住墙砖,脚尖轻点瓦片,纵身一跃,翻进墙里二楼垴畔。高开勋晃晃钱袋,银洋发出沙沙的响声,笑眯眯地说:"你这一闹,有头有脸的高廷贵脸上已挂不住了。钱已到手,咱就到此为止。走,回家,让春兰娘给你做好吃的。"

高开勋一说,李金花拢了拢散乱的头发,掏出手巾擦了擦脸,跟着公公高开勋顺溜溜地下了一楼院子,走到高来弟门口说了句:"高来弟,你以为你是甚好东西,我还晓不得你的底细?你不娶我,我还不稀罕呢。"头也不回地走出了高家大院。

高开勋和李金花走后,高廷贵喊叫高来弟到二楼厅房说话,高来弟知道爹的意思,但父命难违,只得硬着头皮,跟着爹到了二楼议事厅。高来弟一进厅房,高廷贵大声斥责:"伤风败俗的东西,跪在祖宗画像前。"高来弟撩起袍襟,扑通一声跪到祖宗画像前砖脚底,干硬的砖面磕着了圪膝盖,高来弟上身抽搐了一下,皱着眉头动了动身子跪稳。高廷贵顺手操起桌上的马鞭，啪啪照着高来弟的脊背抽去，高来弟疼得直喊叫，不住求饶。高廷贵从来没有下手打过儿子，这次伤他面子，怎也按捺不住心中的火气，早已把儿子的求饶抛到了九霄云外，下手很重。李桂香听见来弟叫喊求饶，赶忙上楼，进了厅房，一把夺下鞭子说："来弟马上要结婚，打伤之后怎么办？"高廷贵说了句"全是你惯的"，火悻悻地拂袖甩门而去。

高来弟和欢欢的婚礼还算顺利，十五高家大院撑棚搭帐，大红灯笼高悬。天擦黑，高家圪旦、老槐树底支起鼓，大红灯笼亮了起来。按规矩，两班吹鼓手必须分场地在当晚拿额（比赛），以显其手艺高低。高家雇了两班吹鼓手，一班在院圪旦，一班在老槐树底，红灯亮起时，鼓槌起、疙瘩锣沙锣铰子齐起，吹手鼓着欲涨的腮帮猛然劲吹。一班吹打到高潮时，看热闹的人哗地跑过去，另一班又拿出绝招，把人拉了过来。吹到夜深人静，看红火热闹者散去方止。

十六半前晌，总管杨晴明发话，娶亲队伍出发。高来弟身穿长袍马褂，马褂外佩红缎面花红，头戴翎顶礼帽脚踩朝靴，从当中窑出来，走到院外，杨晴明导引着祭祀过路神，转身给轿杆奠了马头酒，鼓乐声中，高来弟登上九凤朝阳八抬大轿，四顶八抬彩轿同时起轿，炮手引路，铜锣开道，牌工执事、仪仗花轿、催妆食盒、前后响工逶迤而行，绕村一圈，返到欢欢家门口。高升、王玉秀两口子及亲朋早已迎候在大门口，高来弟刚走出轿子，高升就满面笑容从木盘里取下绿缎面花红，与高来弟来时佩戴花红十字交叉，披挂左肩。鼓乐声中，高来弟被迎到迎亲窑门口，门已关死，死劲掮门，依然不开，从门旮旯里搐出几只手，吵嚷着索要压门钱，高来弟急忙掏出一把银锞子递给一只大手里，那只大手缩了回去，打开了门。高来弟慌忙跑了进去，连鞋带袜上炕，一屁股坐在新被子上。

吃过茶点、喝过汤，坐罢酒席，新娘梳妆穿戴就绪，高欢欢身穿大红绸缎袄裤，脚穿绣花鞋，戴凤冠着霞帔，由舅娘和叔伯嫂子搀扶着，迈着小步，从当中窑走了出来，走到门口爹娘和弟弟三三坐着的凳子跟前，姐姐姐夫拖着孩子坐在左侧，来弟和欢欢坐在爹娘右侧，晋华照相馆王先生猫着腰，双手举着照相机调试好镜头，咔嚓咔嚓接连两次压下快门。

照完照相，欢欢盖好红盖头登轿，来弟、主迎、主送也相继入轿，主迎搂起轿帘，拖着长长的声音喊道："起——轿——"顿时，放炮的点燃炮仗，鼓手的四杆长号对着轿子呼呼吹响，唢呐八音齐奏，炮手引路，逶迤蛇行，绕行到沟岔返回。迎亲接引送亲到送亲处伺应，司仪对着新郎新娘花轿撒了草，唱了撒草歌，欢欢来弟下轿，来弟一只手握着红绸布牵引着欢欢，欢欢怀抱镜子瓶儿，踏着毛毡，跨过大门口马鞍，走到天地神位前，拜过天地，走到洞房门口，司仪立即递过弓箭，来弟接过弓箭，对准洞房门口嗖嗖嗖射了三箭，欢欢趁来弟放弓箭之机，紧走几步迈入洞房，红绸布猛然一拽，高来弟斜着身子闪进洞房门里，身子摇晃了几下才站稳，欢欢坐在双人雕花床厚厚的新棉被上，来弟拿起桌上秤杆，轻轻挑起红盖头，放于床头铺盖，梳过头，开过脸，高来弟坐在床边眼仁仁不动地盯着欢欢看着。欢欢低头不语，高来弟看了会儿说："欢欢委屈你了，本来要绕镇子一圈，爹咋也不同意，只能如此。儿子娶媳妇，本来应该邀请镇子里的许多头面人物来捧场，据我所知，爹一个也没请，你不要见怪，可下轿时，我还看见好几个头面人物，说不定他们是自己来捧场的，商会会长马振华也在人群旮旯里挤着看红火。"欢欢低着头说："兵荒马乱的，有这就行了，我又不是青头！"

高来弟正要接话，杨睛明将礼帽按在胸前，低着头从门进来，喊他们出去见大小，高来弟和欢欢站了起来，正欲出门，叔伯嫂子刘芝兰肩披花头巾急慌慌从门进来，挽着欢欢的一只胳膊出了洞房。高廷贵、李桂香已坐在见大小桌子正面，桌上摆着两洋瓷盆精美的面花馍，司仪站立右侧，来弟、欢欢靠近桌前，给父母开盅，跪拜磕头，打躬作揖。叔伯嫂子也跟着跪拜作揖，司仪高喊："爹娘礼洋，新媳妇五块大洋，叔伯嫂子一块大洋。"依次按辈分大小远近亲疏一一跪拜。

见过大小，开席，席面是八碟八碗席，酒是福源馆酿造的陈年老烧酒。刚打过尖，统盘的卖酒的卖馍馍的手执器具猴在厨房门口，单等总管一声令下，端菜倒酒摆馍，看席的肩搭羊肚手巾，招呼亲朋就座，长辈坐了首席，欢欢来弟坐了二席，镇里的头面人物坐在了厅房里。一切就绪，总管杨睛明喊："一出二十席。"五六个统盘的端着装好的菜肴"油油油"喊着进入棚里，分放于各个桌上，八碟子押酒菜上全，高廷贵穿着长袍，戴着礼帽，提着酒壶，挨桌子给人们敬酒安席。敬过棚里的亲朋，去厅房敬酒，刚走到厅房门口，听见里头正在议论他，他站在门口没揎门，贴着门侧耳细听，喝酒行令声里夹杂着几个人的议论声："高东家就一个独子，门当户对的青头女子有多少不娶，愣是娶了个二婚，晓不得这家伙是咋想的。""没想到，高东家家大业大，一世精明，却养了一个好吃懒做的儿子，还惹上了吃洋烟的毛病，高家迟早会败在这小子手里。"高廷贵听到这儿，气急攻心，当下气闷心慌，眼前发黑，头晕目眩，身子晃悠了几下，几乎跌倒，他一只手托着房柱，强行支撑起身子，定了定神，才慢慢走了进去。马振华见高廷贵气色不对，笑着说："高东家，恭喜恭喜。今天是大喜日子，我看你气色有点不对，莫非是这几天操忙坏了吧？"高廷贵苦笑着掩饰说："不是，不是，是在棚里多喝了几盅，有点头晕。"匆匆敬完酒，独自跑回当中窑。

高来弟折腾了一天，身子有些发软，眼也发酸，他知道这是烟瘾要来的迹象，敬了几桌酒，赶忙抽身出来，悄悄溜回书房，躺在床上，吃了两个烟泡，又悄然走回席棚。席终人散，高来弟眯缝着眼，晃晃悠悠回到了洞房。

高廷贵慢悠悠走回家，身子发软，斜斜地靠着门扇，门哐当一声闭上，他抬头长叹一声，心悸气短，口唇发绀，眼前一黑，一个趔趄倒在脚底。李桂香送走客人，挪着疼困的小脚，走到家门口，轻轻推门，门只开了一拃宽的旮旯儿，她感到奇怪，每次开门，轻轻一搧，门就吱地开了，今儿是咋啦，门只开了一个旮旯儿，她怀疑门旮旯夹里东西了，弯腰细看，门轴里外并没甚杂物，站起用劲搧门，门开了一尺多。李桂香侧着身子进去一看，来弟爹脚蹬着门扇躺在地上，她慌忙蹲下身子，搧着高廷贵，一边焦急地喊着："来弟爹，来弟爹，你怎么啦？"一边用两只手的大拇指不断猛掐他的左手虎口、鼻子下沟槽合谷穴和人中穴。

高廷贵昏昏沉沉，隐隐约约听到来弟娘在叫他，忽然觉得虎口和上颌有一丝疼痛，猛然醒来，嘴里哼着，身子挪了挪。李桂香赶忙叫来管家李栓柱，扶起他靠着门坐着，二人见高廷贵嘴角有红印，低头一看，脚底吐了一摊，囫囵的菜里也带着血丝。李栓柱着急地问："高掌柜，你吐血了？"

高廷贵低垂着头摆了摆手，叹息着说："没事，我没事！"

李栓柱和李桂香扶着高廷贵躺在炕上，李栓柱倒了半盆热水，浸湿毛巾，拧干水，递给李桂香，李桂香拿着湿毛巾擦了擦高廷贵的脸，见来弟爹面色白里发青，说话少气无力，转身对李栓柱说："你赶紧到同和恒请马郎中，让他过来看看。"

高廷贵摆摆手说："拴柱，不用去，我的病根自个儿知道。"

李桂香不放心，给李栓柱使了使眼色，李栓柱没言语退了出去，骑上车子向街道快速跑去。

天已幕黑，室内已黑乎乎的，李桂香划着火柴，点着煤油罩子灯，给来弟爹倒了一细瓷碗蜂蜜水，拿着铜勺喂了半碗，高廷贵摇摇头，李桂香放下碗，下炕熬了些绿豆米汤。米汤还未熟，李栓柱就带着郎中马静廷进了家门。马郎中抹下礼帽，搂起蓝布袍子，脚尖在脚底一踮，坐到炕边高廷贵跟前，高廷贵少气无力地说："唉，又要麻烦马先生了！"马静廷微笑着说："没事，没事，药店已关，我也顺便出来走走。"说着便要来枕头，拉着高廷贵的左手，放在枕头上，右手三指摁着高廷贵的左手腕把脉，眼睛时开时合，大约过了两袋烟工夫，马先生眼睛一亮，抽开枕头，放下高廷贵胳膊。李桂香着急地说："马先生，当家的病情怎样？"

马静廷说："从脉象看，数脉弦浮，脉跳加快，有肝气郁结、肝阳上亢之症。"

"厉害不厉害？"

"不要紧，是高掌柜一时气闷心窍气急攻心所致。开几服中药调理调理，应无大碍。"

马静廷说罢，要来笔砚，在麻纸上写了几味中药，递给李栓柱说："药方开好了，先抓五服，水煎服，饭前吃，切记不得动怒。"

李栓柱拿着药方，骑上车子去抓药。马静廷料知高掌柜有烦心事，看了看他苍白的面色说："去年夏天，同和恒来了两个病人，是亲兄弟，一到药店，弟兄俩眼都冒火，就像遇见仇敌一样，要把对方吃掉。弟弟说，牙肿得厉害，连嘴都张不开。哥哥头拐了一下，愤愤地说，吃不下东西饿死你。弟弟反唇相讥，脑疼疼得你脑崩烂。一问方知是因分家产双方闹矛盾不可开交而得病。我知道他家地里有一棵大杏树，就问，你们是否要把那棵杏树也锯成两截分掉？树和人一样，都是有生命的，树活着，你们一大家子都可以爬上树，采摘杏儿吃，一家人其乐融融。你把它砍掉，树的生命结束了，你们弟兄乃至后代的关系也就从此结束了。怒则气上，悲则气消，惭愧则气下。一个人如果懂得内省常惭愧，那他身体气机就不会犯上，也不会出现脑充血失眠中风；如果事事抱怨别人，常常跟人争斗，又常不反省自我，那气机就会往大脑心脏直冲，人也就容易中风、失眠、脾气大、身体差。兄弟俩听了我说的话，羞愧地低下了头。我给他们开了石膏、知母、甘草、粳米白虎汤，过了十来天，弟兄俩拿着随礼，笑嘻嘻地来感谢我，说他们家产顺利分开了，病也好了。人在社会上无论遇到甚事，只要看淡，想得开，心态好，那些病病痛痛也会绕开你走。"

高廷贵叹息着说："社会上的事我明白。不瞒老弟，我那不争气儿子能气死我。"

高廷贵刚说完，儿子高来弟晃悠着身子，酒气十足地从门进来，没问爹的病情，只是结结巴巴地说："刚才欢欢数说了我半天，你现在又和人说我的不是。爹，你不用说了，过几天我就到街道照应生意去。"

高来弟说罢，哐当一声闭上门，摇摇摆摆回了洞房。

折腾了一天，欢欢浑身疲累，刚卸下头上簪子，准备上床歇息，高来弟就推门进来，径直走到欢欢跟前，身子晃了几下站定，左手搭在欢欢肩上，右手摸着欢欢脸说："光溜溜，粉腾腾，脸脸真好看。"欢欢挪开高来弟的手说："没一点正经，别动手动脚。你说说，以后依然好吃懒做东游西串，还是帮爹去做事呀？"高来弟拍了拍胸脯，嘴里头喷着酒气说："放心吧，我刚才和爹说了，过两天就到当铺做事，我高来弟好歹也是个能打会算知文识理的人啊！"高来弟借着酒劲，一把抱起欢欢放到床上，欢欢揎了揎高来弟说："着急甚？马先生还在当中窑和爹娘说话呢。"

"他们说他们的，我们做我们的，办事说话两不误。"

"不行，不行，你不顾脸，我还顾脸呢。等一会儿马先生走了也不迟。"

"刚才听见李栓柱停下车子说抓回药了，还得熬药，这要等到牛年马月？我可等不了啦。"高来弟说着动手解欢欢的衣服。欢欢站起，拉着高来弟坐在太师椅上，把桌子上倒好的水挪到他跟前说："好好坐着，喝点水，醒醒酒。累了到炕上躺一会儿。"高来弟勉强斜倚着身子坐在椅子上撅着脸，一言不发，喝了几口水，眼皮耷拉，没多久便呼呼入睡。欢欢也靠着床边，迷迷糊糊地点着瞌睡。

约莫过了半个时辰，李栓柱送马静廷返回大院，哐当一声闭住大门，上了铁搭木闩，惊醒欢欢。李栓柱返回当中窑问："高东家喝药了？"李桂香说："喝过了。你也来回跑了几趟，赶紧去歇着吧！"李栓柱说："嗯。再没甚事我就睡觉去了。"李桂香说："去吧。"李栓柱转身带上门出来，走到院子，擤了擤鼻涕，到前院休息去了。

隔了一会儿，当中窑的灯熄了，欢欢也困得厉害，揎了几把高来弟。高来弟杵着眼说："人走了？"欢欢没言语。来弟睡了一会儿，酒已醒了大半，抬头看了一眼院子，当中窑灯熄了，他知道马先生已走爹娘也已休息，呼地吹灭了灯，自己先脱剥了衣裳躺入被窝，欢欢坐在床边，低着头一动不动，高来弟拉了几次，欢欢依然坐着。高来弟赤裸着上身坐起来，把欢欢抱上床，边解衣裳边说："你如今属于我了，还扭扭捏捏做甚？"欢欢掰着高来弟的手说："我还一时接受不了你。"

夜已深了，村子里的狗也安然入眠。来弟借着酒劲，不顾欢欢的反抗，噜噜噜几下脱剥了她的衣服，一片身子向欢欢压去。

高来弟第一次去当铺做事就觉得心烦。当铺靠近背道，临背道有高圪台，台阶墙壁上开有窗户，四周高墙壁垒，围合严密，窗户除去接货柜房外全部开在院里，院里空中拉着细麻绳网，网格里拴有小铜铃。高来弟来到柜房，掌柜高廷亮和朝奉店员刘天成、张三儿正眼望着窗外。高廷亮是来弟不出五服的本家二叔，看见来弟进门，赶忙整了整灰布长袍站起来说："来弟咋肯到店里来？"

来弟搂起崭新的红底子黄团花绸子长袍，坐在凳子上，顺手抹下呢子礼帽，放在柜台，两只手分别放在左右膝盖，笑了笑说："给你当学徒来了，以后就在店里跟你做事。"

高廷亮看着来弟说："来弟，刚结婚就发福了？不错啊！"

高廷亮看，刘天成、张三儿也瞅着来弟看。来弟右手摸了摸原本瘦削的脸蛋，哑然失笑地说："二叔，没有啊，结婚才几天，能有甚变化。"

高廷亮对两个伙计说："有甚好看的，还不给高公子倒点茶水去。"

刘天成拽了拽蓝布短褂站起来，几步走到门口左侧方桌前，提起紫砂茶壶，倒掉壶里的残茶，用铁镊子夹了一簇花茶，放入壶里，提起暖壶正要冲茶，高廷亮问："天成，你在大桶桶里拿的还是小桶桶里拿的？"

天成提着暖壶说："大桶桶里拿的。"

"大桶桶里是咱自己喝的花茶，小桶桶里是待客的毛尖好茶，赶紧倒出来换换。"

刘天成赶忙颠倒茶壶，把花茶倒入搪瓷杯里，重新夹出小桶里的毛尖，放入茶壶，倒进开水，盖上壶盖，揭起茶盘上两个茶盅，清洗干净，端起茶壶，倒了些许茶水，涮洗了茶盅，倒了两盅茶，递给高来弟和师傅高廷亮。

高来弟端着烫手的茶盅，吹了吹，喝了一口茶水，放在嘴里咂咂，把茶盅放到方桌上，身子斜倚着桌子说："高叔，这茶清新淡雅透亮，挺好喝的。"

高廷亮拉着高来弟坐在桌前凳子上，摸着下巴一撮寸许长的胡须说："这是茶店掌柜义成从信阳产地特意给我带回来的高山上好茶叶。你看这茶色泽翠绿鲜润，喝起来清新淡雅，余味悠长。"

"没想到二叔喝茶也有道行。"

"做生意和喝茶相通，讲究很多。就说咱当铺吧，朝奉店员必须学会写当铺固定的字，那些字，弯弯扭扭，像画符一样，除去当金和时间之外，其他字令当者无法辨认，每一个字都与店铺有利，比如说，你收到一枚足金戒指，要写成淡金戒指一枚，明明是一块翡翠，要写成石料一块，就是收回一件新的狐皮袍子，也得写成光板无毛皮筒一片，只有这样，将来物主有钱了，到期来当铺赎东西，才不会有纠纷。"

　　"没钱不来赎东西咋办？"

　　"那就变成死当了。许多当铺还是希望当物者回来赎东西的，一般规定逾期一个月就变死当，大多数人家都留两个来月，超过当期三十五天以下按一个月利息算，超过三十六天就得按两个月利息结算，这就是人们说的'明一暗二，过五不过六'。假如有人当一件皮袄，当五个月，当金五块，利息三分，五个月期满就得还连本带息六块五，如果超过当期不足三十五天，就按一个月算，再加三分，超过当期三十六七天就得按二个月利息来算，再加三分，当物者就得出七块一才能赎走皮袄，撕票下账。"

　　"当物者不来赎，卖不下五块钱，不是赔了？"

　　"哪有贴面厨子？朝奉店员要对物品进行鉴别，弄价做当，值十五块钱的东西，绝对不会出十块钱，一般的作价只是价值的三分之一。"

　　"人家不当，不就没生意了？"

　　"当铺不怕当者不来。你想想，凡是来当物者，都是紧急用钱之人，如果价钱商量不对，他会跑往另一家当铺去。前者翻看当物时，已经在物件上做了暗号或暗语，后者一看当物就明白，绝对不会给他顶上高价钱，只能低于原来的价钱，当物者还得返回。"

　　高来弟喝了口茶说："收回当物多了，查找起来也是个麻烦事。"

　　高廷亮依然摸着稀疏的胡须说："查找当物不难，账房和跑堂的提前都按天地玄黄宇宙洪荒日月星辰十二个月顺序排列编号，上架入库，只要按上架月份编号去找，不费吹灯之力，就可以顺利找见。"

　　"唉，开当铺太麻烦了，有这么多讲究！"

　　高来弟和高廷亮正说着话，突然窗口探进一张戴着黑油油瓜壳帽的方脸，左手提着一个小花布袋，嗵地扔到柜台上，右手一拃大的雕花梨木烟斗放在嘴里，猛吸一口，向窗子里吐了几个烟圈，慢腾腾地说："掌柜的，当两件东西。"

　　高廷亮赶忙站起来，走到柜台跟前，仔细一看，是毡坊的武青儿。武青儿拿着花布袋不停地摇晃，布袋里的东西嗦啦啦直响。高廷贵笑着说："武掌柜，你也来做这营生？咋连居舍的硬头货也拿来了？"

　　武青儿不停地吸着烟，紧锁着眉头说："西路过来点羊毛，便宜卖给我，手头现钱不够，把老婆的东西拿来，典押点现钱。"

　　"头做官二打铁，三弹羊毛四讨吃，这全是好生意。擀得卖几条毡就可以了，还用你捣这些厄运？"

　　"人们也常说：头调泥二打铁，三擀毛毡四讨吃，这是最受罪又难挣钱的下等活，有本事的人，谁肯干这活！"

　　"除去讨吃，哪样不是技术活？好多人想干也干不了。你真舍得把老婆的东西当了？"

　　"舍得。"

　　"当多长时间？"

　　"半年吧。马上进入淡季，今秋卖了毛毡就往回赎东西。"

　　高廷亮取出袋里的东西，是一对如意云纹银手镯和带铃长命银蟾锁。他拿起指头粗细的手镯掂了掂，沉甸甸的，足够半斤，镯子外形上的如意云纹犹如一盘草龙，游走自若；放下镯子，又拿起长命锁，灰中泛黄的银蟾身条理分明，眼珠鼓胀，活灵活现，锁索锁铃与蟾身吻合自然。高廷贵拿在手里端详了半天说："二十块怎样？"

　　"二十块少了，起码也得三几十块，这东西传了几代，可是我家的传家宝啊。"

　　"东西不错，可你也晓得当铺的规矩。再说了，当的钱多，出的利息不是更多了？东家安顿了，这段时期尽量少当东西，兵荒马乱的，说不定哪天狗日的鬼子打进来，抢走东西，我们只能哭恓惶了。就这也是看你的面子，一般人来暂时不会接收，你觉得能当就当，不能当就拉倒。"

武青儿搓了搓黑漆漆的脸，挠了挠糊有麻油黑豆面的疙瘩布袄袖，脸沉沉地说："算了吧，你给当多少算多少，反正要赎回来的。写字据吧！"

高来弟站在柜台跟前，看高廷亮用毛笔填写印好的当单，除去时间和钱数外，其余字弯弯扭扭一个也不认识。武青儿拿着钱和字据走后，高来弟问："你写的那些字像天书，两眼摸黑，一个也不认得。"

"这是行业规矩，你慢慢会明白的。"

高来弟在当铺坐了半前晌，只来了一个当东西的，赎东西的人倒是来了几个，多是些皮袄绸缎衣裳，三五块钱一件，利息减半。高来弟说："我以前来过几次，见当东西的人不少，如今却是赎东西的比当东西的多。"

高廷亮叹息着说："如今比不上以前。前段时间，鬼子进攻镇子，闹得人心惶惶，人们也不敢往出拿东西。东家担心，鬼子占了镇子，抢走东西，没法向镇人交代，就放出口风，降低利息鼓动人们赎回东西，开始到现在，降息一半，效果还不错。估划再过几天，还得降息，给点保管费能赎就让人们赎走算了，免得我们每天担惊受怕。"

"照你这么说，当铺的日子也不会好过？我看不至于，他日本人也是人，总不会做下杀人越货的事吧！"

"不仅是当铺，怕是所有商家的生意都不好做了。日本人是甚货色，你不会没听说，前一回攻占镇子，抢了店铺杀了人，难道你晓不得？当铺虽然未受损失，我们还是小心为妙。"

"我还想跟你好好做点事，又撞上这浪口。唉，这世道，乱混混的，让人如何是好！"

"只能走一步看一步了。我觉得，哪怕不收利息，也应该让人把东西赎回。过两天东家好点，我和他再商量商量这事。"

高来弟在当铺吃了晌午饭，坐到半后晌便觉得腰酸腿困，浑身瘫软，鼻子发酸，上下眼皮不听使唤，他知道这是烟瘾来前的迹象，赶忙告别高廷亮，推着车子出了院门，左脚踩着脚踏子，提起右腿跨上车子，两脚急蹬几下，出了小巷，顺背道骑着车子，穿巷过街，绕过路上来去的马车驮队，一溜烟向家跑去。

高来弟回到家，车子轻轻放在前院，悄悄溜回书房，过足烟瘾，才走到前院，推起车子，嗦啦啦响着进入后院，嘴里喊叫着："欢欢，我回来了。"

高来弟到店里做事，欢欢心里高兴，当即应道："我在当中窑，你到当中窑吃饭，我们正准备吃呢。"

来弟停稳车子走到当中窑，小米南瓜钱钱饭已端上桌子，欢欢正在炒着泡软的干豆角皮和干南瓜片粉条菜。来弟头天去做事，他娘李桂香心疼地说："来弟，饿了先吃点钱钱饭。"

来弟说："娘，不饿，待会儿菜熟咱一起吃吧。"

高廷贵看见儿子一下子变得懂事起来，心里暗自高兴，当下情绪稳定，浑身轻松，病也渐渐地好了起来。

十来天后，高廷贵吃过晌午饭，独自来到当铺，当铺的几个人正在吃饭。高廷亮见东家来到铺里，赶忙放下饭碗，站起来揪掉东家绸子单袍肩上的笤帚芒，拉过太师椅说："东家身子好了比甚也强，赶紧坐下。"

高廷贵扫了一眼室内，又转身向院子里瞭哨了一会儿，不见高来弟，挪了挪椅子坐下，看着高廷亮问："怎么不见来弟？"

"来弟他……"

"来弟做甚去了？你是个老实人，咋还瞒我？如实告我。"

"好像和贾存儒到花香苑吃饭去了。"

"他咋和贾存儒混到一块了？"

"前几天，开勋来叫他和贾存儒吃饭，是不是高开勋这老东西介绍的，我也说不清。不过，这几天来弟和贾存儒来往得多，已吃过好几顿饭了。"

"和这两个人在一起，不会有甚好事，我得去找他。"

"东家，你歇着，还是我去吧。"

"不用，我自己眼饱眼见，看看他们到底在鼓捣甚事。"

高廷贵说罢，拄着雕花小手杖，转身走了出去。高廷亮送到西侧大门口说："要不让天成和三儿跟你去，好歹有个照应。"

高廷贵摆了摆手说："不用，不用，谁也不用。这是街道，又不是去山南海北，难道他们比我还熟悉？"

高廷亮看到东家态度坚决，也就没再说啥，转身回了柜房。

高廷贵独自一人出了小巷，融入大街，低着头只顾往前走路，不料，与迎面匆匆而来的马振华撞了个满怀，高廷贵身子摇晃了几下，被对方一把扶住。高廷贵好生恼火，正要责问，抬头一看，万顺成面庄东家马振华笑眯眯地拍着他的肩膀说："高东家这是要去哪？头低着，想甚心事？刚才，马某有事走得急，撞到了你，请老哥见谅。"

高廷贵一看是马东家，脸上怒容立马消失，也笑着说："原来是马东家，我还以为是哪个鬼子子毛头小子不看路撞人。没事，没事，你走得这么急，看来生意还不错啊！"

"这几天，东路粮行缺面，催着让往过调面，我得去二道堰、三道堰水磨坊看看加工情况。你这是要去哪？"

高廷贵碍于面子，苦笑着说："到粮行随便看看。你忙吧，我走呀。"

高廷贵和马振华说了几句话，各奔东西。高廷贵向西走了一段，路过同和恒药店门口，抬头看见郎中马静廷正坐在窗户前桌子上给人把脉，高廷贵索性在药店对面福源馆买了一瓷瓶五斤装烧酒，提着烧酒跨上台阶，走了进去，把烧酒放在桌子靠墙一角。马静廷看见高廷贵放下烧酒，赶忙说："高东家，你这是做甚？"

高廷贵说："前回多亏先生相救，顺便打了几斤烧酒，聊表心意，还望先生笑纳。"

马静廷笑笑说:"治病救人是郎中的本业,何况,你家抓了药掏了钱,谈甚感谢之事。快快把你的烧酒拿走,我还得给人看病,顾不得和你纠缠。"

高廷贵说:"不耽误你时间了,你赶紧给人看病吧,我还有点事,就此别过。"

高廷贵拱手抱拳,转身走出了门。马静廷提起烧酒喊:"高东家,带上你的酒。"高廷贵头也没回,穿过熙攘的人群,径直向西而去。

高廷贵经过望香台,平台上一伙人围着棋摊看下棋,人圈外卧着一只花狗一只黄狗,两只狗向外伸着长长的舌头,发蓝的眼珠盯着过往行人。高廷贵看了几眼,没有停留,径直走到贾存儒的花香苑饭店临街厅房,厅房拐角处只有两三个客人在吃饭,其余三四个桌子客人已散去,两个伙计肩搭毛巾正忙着收拾桌子。高廷贵从后门走进院子,院子里东西两侧瓦房十几间包厢并没有人声,走到最南端靠近楼子的一间厢房门口停了下来,向院子里扫视了一圈,抬头看了看明柱厦檐高圪台窑洞上坐着的水磨青砖厅房,正准备转身离开,忽然听到东面边厢房里有人说:"再来一泡。吃完,有兴趣了到楼上房间看看,新来的两个水灵灵的大女子正歇着,一个唱得不错,一个琴弹得好。"高廷贵疑惑,是不是贾存儒这老东西在诱惑来弟到他这儿来吸洋烟。高廷贵轻手轻脚走到门口,听见有椅子吱吱呀呀的响声,接着又有刺刺划火柴的声音,也听到高来弟真过瘾的话语。高廷贵再也耐不住性子,猛然一脚踹开门,高来弟和贾存儒正仄楞着身子躺在藤椅上,咕噜噜吸着洋烟。高廷贵没有言语,几步走到来弟跟前,一把夺下烟枪,双手用力,折成两截,掼在砖脚地,两脚用力踩踏,烟枪霎时断成几节。高来弟看见他爹恼羞成怒,蔫眉瞪眼地站了起来。高廷贵看着来弟萎靡不振的样子,气不打一处来,拿起手杖,照着来弟头上打去,来弟侧身躲过了头上的手杖,却没躲开身子,肩膀上连着挨了两手杖,躲到墙角。贾存儒站起拉住高廷贵说："高东家，你这是做甚？再说了来弟可是你的儿子，他如今已是有家室之人，打得有个三长两短，你如何向儿媳妇交代？"

高廷贵跺着脚，手杖在地上不停地敲着说："我管教自己的儿子，与你毫不相干，我不说你诱引来弟，你却管起我来了，你算个甚？"

贾存儒看着高廷贵冲着他来，气得脸一阵黑一阵白，手指着高廷贵的鼻梁高声说："高东家，你不要不识好歹，这是在我居舍。来的都是客，这做生意的道理你不会不明白，来弟到我店里来吃饭就是我的客人，难道你让我把客人撵走不成？"

"那你也不能引诱他做见不得人的事吧！"

"是他自己求我，我又没强迫他。"

"你没有黑货烟枪，他拿甚去吃？"

"前几年自己种的，偷偷留了点做头疼肚疼用，来弟嚷叫得不行，我才拿出来，要怪只能怪来弟。"

"你还不吸取教训，你的村长是咋丢的，难道你不清楚？"

贾存儒一听高廷贵揭短，右手揪住高廷贵的单袍胸襟，左手指着高廷贵骂道："不识好歹的东西，撵到居舍来欺负人，信不信我捣了你的花红脑子。"

贾存儒松开手，弯腰脱下一只鞋，噌地站了起来，拿起鞋向高廷贵扑去，听见吵叫声跑进来的两个伙计和厨师拉住贾存儒，哄着坐在藤椅上，口里出着长气。厨师和伙计边拉边劝高廷贵，硬是把高廷贵拉到大门外。高廷贵自觉在大街不好说啥，也就拄着手杖去了面庄。

高来弟挨了他参两手杖，肩肩上生疼，一直手抱着肩膀站在脚底发呆。贾存儒从藤椅上站起来，虎着脸说："窝囊废，跟上你这怂人挨骂，还有脸站在这儿？滚，滚得远远的，省得让我看见你心烦。"

高来弟看见贾存儒瞪着眼睛骂他，没说一句话，低着头走了出去。

　　高来弟离开贾家院，独自走在大街上，脑子一片空白，沿街店铺的叫卖声过往行人的吵嚷声全然没有传进他的耳鼓，走了一段，与迎面而来的一辆马车相撞。车把式吁的一声拉紧缰绳，紧急刹住马车，手拿长鞭指着高来弟，骂骂咧咧地说："没见过你这种走路的，蔫头耷脑不看路，难道非要让马踏了你不成？不要命鬼！"

　　高来弟差点撞到马头，赶忙退到街边，眼瞅着车把式，浑身吓得直哆嗦。车把式大声叱责，他才结结巴巴地点着头说："对不起，对不起，是我走路心不在焉，忘记看路了。"

　　车把式看见高来弟给他道了歉，没再说啥，叭叭甩了两个响鞭，赶着马车满载货物向西街而去。高来弟在街边站了一会儿，想回当铺，怕挨爹臭骂，想早点回家，又担心媳妇高欢欢盘问，只得从中街小巷出了街道，顺着柳树掩映下的水壕漫无目的地游走着，走到无人处，坐在壕边的一块青石上，脱掉鞋，两只脚伸进清清的水里，拔了两把壕边水草，扔在壕水里，水草漂浮着向西慢悠悠流去。约莫泡了一个来时辰，高来弟觉得小腿有些抽筋，低头一看，小腿和脚部已发白。他赶忙从水里提起腿，两只手压着小腿肚子揉按了半天，腿部抽筋感消失，顺手穿好细呢面千层底圆口子鞋，站起来，跨过水壕，穿过河滩菜地，向二道堰水磨坊方向走去。

　　走到水磨坊近处，两座水磨坊隆隆的磨面声绵延不绝。高来弟跳过水壕，走入磨坊，看着快速旋转的磨扇。头箍白布的磨面人转身看见磨跟前站着一个头戴礼帽衣着阔气的男人盯着磨扇看得出神，拍打掉身上手上的面尘，走到跟前，揎了揎来人，微笑着问："先生，您是来买面还是？"

　　高来弟听见有人问他，回头一看是磨面的，顺口答道："没事，随便出来散心。"磨面的没再理会，抬头看了看磨眼架着的粮斗，弯腰提起一圪桲麦子，一只手托着圪桲底一只手抓着圪桲圈，挺腰托起圪桲，倒入粮斗，旋即蹲在笸架跟前装面。高来弟在水磨坊站了会儿出来，到河边浅水跟前，蹲着看水草里游来游去的小鱼，抬头看看太阳已西斜，想回家，又怕遭爹叱责臭骂，索性沿河滩向西走去，走到南坪，顺着壕塄，穿过菜地，跨过水壕，转入小巷，返回花香苑饭店，走到贾存儒房间。

贾存儒早已藏好了烟泡烟具，一个人躺在藤椅上闭目养神，听见有人推门进来，半睁着眼瞧瞧是高来弟，当下火悖悖地站起来说："你还有脸再来？快回吧，我受不了你老子的那气。"

高来弟手背杵了杵鼻子说："我今天不想回家，想在这儿留宿。"

"不行，你爹又会骂我的。"

"这不关你事，是我逼着你要留下来的。"

"是不是想见识见识楼上的姑娘了？钱呢？"

"那倒不是，主要是怕回家再挨爹娘臭骂，招来媳妇怪罪。"高来弟说着，解开袍扣，从袍内衣兜里掏出八九块银洋，放在手里甩了甩，苦笑着递给贾存儒。贾存儒接过银洋，没好气地说："就这几块钱，还不够前几次的烟钱饭钱。还准备在这留宿，门儿都没有，你还是快快走人吧！"

高来弟恨贾存儒认钱不认人，可眼下有求于人，身上又只带那点小钱，在人前说不出口，只得背着手在脚底踱来踱去，突然想起，前几天在当铺账房抽屉拿的两张印好的钱帖，顺手摸了摸右胸，钱帖尚在，赶忙掏出来，递给贾存儒，笑了笑说："这算不算。"

贾存儒看着一张空钱帖说："空钱帖，有甚用处？"

"拿笔来。"

贾存儒从书柜里拿出笔墨，放在桌子上，转身躺在藤椅上。高来弟铺展钱帖，仿照他爹手字，在凭票来本号取钱空白处填上大洋五百元。他写好钱帖，用嘴吹干墨迹，拿着帖子，走到贾存儒跟前，一把塞到手里说："有这够了吧？"

贾存儒眯缝着眼看了看钱帖，侧身坐起，笑了笑说："这还差不多。

你先坐，我这就去取。"

高来弟自行倒了一杯茶水喝了，兀自躺在藤椅上歇着。贾存儒从柜子里拿出粗线顺顺，搭在肩上出了门。

高来弟在街上河滩闲逛了一后晌，身子早已疲累，一躺在藤椅上就酣然入睡。不到半个时辰，贾存儒背着沉甸甸的顺顺回到客房，从肩上取下顺顺，咚地扔到八仙桌上，搌了搌高来弟，高来弟睡得正香，贾存儒一搌，高来弟杵着眼，不情愿地坐起说："累得厉害，瞌睡得连眼也睁不开。"

贾存儒强行拽起高来弟，笑眯眯地说："那两女子还在等你呢。走，上去给你安顿安顿。"

高来弟迷迷瞪瞪地说："累得人要命，没心思。只想安安静静睡一觉。"

"要睡到上面睡去，我这儿可不是你睡觉的地方。"

"你取回货来了？"

"取回来了。放心吃喝，放心耍吧！"

贾存儒拿起装有银子的顺顺，放进柜子里，上了黄铜锁，拉着高来弟出了门，锁好房门，径直上了二楼，进了东房。

两个姑娘穿着淡装正坐在八仙桌子旁喝茶，看见东家贾存儒带着一个陌生男人从门进来，赶忙站了起来。贾存儒一进门就说："这是清泉镇高财主的公子高来弟，素素、莹莹，好好陪陪他，少不了你们的好处。"

两个姑娘点头称是。

贾存儒说："今后晌，高公子心情不好，你们先给他弹会儿琵琶唱几个小曲，让他开开心。一会儿我给你们办置几个小菜，你们一块逍遥。"

贾存儒说罢，转身走了出去。素素给高来弟倒了杯茶水，走到条几跟前，抹下蓝布外套，坐在木凳上，调试好四根弦子，理了理云鬓，莞尔一笑，圆圆的脸上露出一丝羞意，操起竹签，嘭嘭嘭弹奏起了塞上曲。莹莹咬了咬嘴唇，满脸含笑着介绍说："她叫素素，是我的妹妹，弹得一手好琵琶。

我叫莹莹，喜欢唱些小曲儿。"

高来弟问："你们是咋来到这儿的？"

"唉，说来话长。我们姊妹俩原来在县城的一家道情班谋生，前一阵子，鬼子占了县城，日军联队长让道情班给他们去唱道情戏，老班主断然拒绝。为防不测，老班主提前安排我们女的到附近沟里等待，等他们收拾好家当连夜出城躲避，没想到，鬼子半后晌包围了道情班，男的全部被抓。鬼子逼着班主就范，老班主一头撞向鬼子小队长。鬼子小队长恼羞成怒，挥起指挥刀，捅死了老班主。男的被鬼子抓去修碉堡，女的各自逃命，跑出城寻找活法。唉，好好的一个道情班被鬼子给毁了！"

莹莹说着，嘤嘤抽泣起来。素素看见姐姐哭了，琵琶曲调由忧伤哀怨勃然转为激越愤怒的满江红，灵动的手指上下滑动揉捏挑弹，一阵激愤的弹拨，手指骤然起落，右手掌轻按半梨形面板，停了弹奏，放好琵琶，抹掉眼角浸出的泪水，手揪着淡绿色罗裙，走到八仙桌跟前，提起茶壶，给高来弟续了一杯茶，坐在圆凳上，叹着气说："苦命人走到蜜州也不甜。估划我们安稳的日子也不会太久，镇子离县城这么近，鬼子肯定不会放过。说不定哪天就打进来了。"

高来弟说："河西有八路，附近有晋军，日本鬼子也难轻易得手。你们放心，镇子里每天人来人往，生意红火，喜欢听曲的客商不少，凭着你俩的本事，生活肯定不成问题。"

素素说："县城里的鬼子人多武器好，又凶又残暴，好多来不及逃走的商铺被抢，听说附近村子里的不少人被杀，很多女人被鬼子糟蹋，连个哭恓惶的地方也没有。"

莹莹说："妹妹，不要怕。人要是逼得没活路了甚事也能做出来，实在没活法了就和鬼子拼了。"

高来弟说："千万不敢！你们年纪小，日子还长，活路很多，不值得拼上性命。鬼子再凶残，也不一定就忍心杀你们这么好看的女人。"

三个人正聊着，贾存儒提着酒瓶酒壶、小二端着一木盘菜从门进来。贾存儒放下酒瓶酒壶，小二摆好四凉四热八小碟菜，提起酒瓶，倒满三盅，退了出去。贾存儒说："酒菜已端了上来，我还有点事，得到街上走一趟，你们慢慢享用。"

高来弟早已饥肠辘辘，贾存儒走后，立马拿起筷子吃了几口豆腐和凉菜，端起酒杯，和素素、莹莹碰了杯，一饮而尽。素素在嘴边挨了一下盅，舌尖挑了一点酒，放下盅说："我不会喝酒，请高公子原谅。"高来弟说了半天，又倒起一杯，素素依然是碰杯后舌尖舔一点。

莹莹端起杯说："妹妹不会喝酒，我陪你喝几杯！"

莹莹说着，一口喝干，酒盅颠倒着让来弟看。高来弟笑着竖起拇指说："一看就是个爽快人！"

莹莹斜着眼看了一眼高来弟，提起酒壶倒满酒盅，连着敬了三盅，笑着说："妹妹虽然不会喝酒，但可以给您敬酒。"

"可以，可以。"

素素明白姐姐的意思，赶忙倒满酒，端起酒盅敬了高来弟三盅。莹莹、素素轮流敬着高来弟，没用半个时辰，高来弟就酩酊大醉，趴伏在桌上，打起了呼噜。

莹莹、素素两个人坐在桌前聊了半天，贾存儒上来打瞭情况，见高来弟烂醉如泥，问莹莹："高公子留在你们房间，还是……"

莹莹说："贾掌柜，别忘了我们来时说的卖艺不卖身的话。你说那话甚意思？"

贾存儒笑眯眯地说："没意思，没意思，和你们开玩笑了。"

贾存儒走到跟前，揎着高来弟。揎一次，哼一声，揎了几次，高来弟依然趴在桌上。贾存儒用力拉起，高来弟浑身软绵绵地又溜坐在凳子上。

贾存儒再次从右侧拉起高来弟，莹莹看见高来弟又要往下溜，赶忙在左侧挽着他的胳膊，帮着贾存儒一起把高来弟挽扶到西面小房子里床上。贾存儒叫来小二，收拾了桌上东西，退出东房。

夜已经深了，镇子里的商家和住户早已灭了灯。街道已漆黑一团，小吃夜市里"滚菜汤扁食"的吆喝声打破了街道的静寂。素素和莹莹在二楼东房角分别向街道和水壕眺望了片刻，回到房间歇息。

第十一章

没几天，鬼子再次用橡皮艇强渡黄河进攻河西八路军河防阵地未得，回头攻占了清泉镇。晋军四团夜袭日军，打死日军联队长石田后，撤出镇子，转移到南山一带。晋军撤走后，镇子里一片混乱，好多店铺都关了门，水磨坊也没了生意，闲置了起来。鬼子在镇子里设了四道卡子，镇子周围及附近山头修了不少碉堡。

高来弟没想到鬼子来得那么快，鬼子占领镇子前还依然在花香苑吃喝嬉闹，直到鬼子进攻镇子的枪炮声响起，才随着满街慌慌张张乱跑的人群回到当铺，叫开门，闪身进去，拿起胳膊粗的横木，插在紧靠大门的门腿石窟窿里，关死大门。

高来弟连日饮酒，身体虚弱，一截路跑下来，头上汗津津的，背上的单袍已溻湿一大片，插完木橛，右手摸了一把额头和脸颊的汗水，脸上留下几道黑印子。高来弟一进柜房，上气不接下气地说："快，快关窗户，鬼子进镇了。"刘天成慌忙跑到靠背道窗户口，掩上窗户，插上铁闩，搭上铁关关，锁上铁锁。

高来弟一屁股坐在太师椅上，喘着气说："鬼子大部队已到双塔寺，先头部队从柳巷口上山，占了三郎堡，机枪迫击炮已架在堡门，我跑到咱巷口，听见三堡上机枪声炮声不断，回头瞭了一眼，堡底沟口冒起了一股股黑烟，估划是把火神楼炸坏了。"

高廷亮火悻悻地说："炸了火神楼，惹恼火神爷，火神爷喷几口大火，烧死狗日的。"

高来弟杵了杵带有血丝的眼说："叔，街上人乱跑，鬼子来了，我们如何是好？"

"谁也不要出去，咱在当铺躲躲，躲过风头再说。"

高来弟斜歪着身子，手托着下巴，瞪着两只明鼓鼓的眼睛，坐在椅子上发呆。高廷亮看着高来弟瘦削的脸庞、灰白的眉脸、充满血丝的眼珠，心疼地说："来弟贤侄，我看你近日身体不太好，脸上已带相，你得注意生活小节，切不可太贪恋酒色。酒是穿肠毒，色是刮骨刀，这两样都不是好东西，时间长了不节欲，会淘空身子的。"

高来弟眼睛闭着说："没事，好着呢，你就不用操那闲心了。"

高廷亮说了几句，突然招呼刘天成和张三儿去二楼房子里收拾东西。

高来弟说："码放得整整齐齐，这么多东西往哪收拾？"

高廷亮说："咱拣值钱的收拾一些藏在地窖里，要不然鬼子撞进来，抢走东西，咱如何向物主交代。天成、三儿赶紧上二楼收拾。"

刘天成问："高掌柜，先收拾甚？"

高廷亮头也没抬说："这还用问，不长脑子！先收拾金银首饰和一些贵重东西。"

天成、三儿转身出去上楼，高廷亮和高来弟也先后出门上楼，刚进二楼货柜室，往圪栳里收拾了几件东西，背道就响起了枪声。四个人赶忙收拾了一圪栳东西，天成和三儿抬着藏到地窖。天成和三儿刚从地窖出来，大门上响起了当当当的捣门声和鬼子呜里哇啦的喊叫声。刘天成、张三儿慌手慌脚跑到货柜室说："高掌柜，外面有人捣门，还有呜里哇啦的叫喊声，好像是鬼子来了，我们咋办？"

"咱先在楼上躲躲，你们不要出声，看看情况再说。"

捣门声一阵紧似一阵，喊叫声越来越高，高廷亮听到贾存儒说"再不开，太君就炸门了"的声音，觉得情况不妙，赶忙从货柜室下楼，边跑边喊："来了，来了。"高廷亮跑到大门口抽出横木，拉开厚木板大门，二三十个鬼子端着枪一拥而入。腰挎指挥刀的沟田小队长鼓胀着瘦长的黑脸，挥起拳头，呼呼两拳打在高廷亮的嘴上，高廷亮的一颗门牙跌落地上，嘴角流出了一股鲜血。高廷亮唾了一口嘴里的血，揉了揉生疼的嘴说："太君，对不起，刚才打了个盹，没听见捣门，来迟了，来迟了。屋里喝口水。"

沟田并没理会高廷亮，站在院子里端详了半天，脸上露出了一丝笑容，右手摸了摸下巴上硬邦邦的胡茬，点着头，不住地说："呦西，呦西。"

贾存儒满脸堆笑着说："沟队长，这个院子还满意吧！"

沟田竖起大拇指，点点头说："你的，皇军的大大的朋友。"

沟田抽出指挥刀指着高廷亮问："你的，什么的干活？"

贾存儒凑到跟前说："太君，他的，掌柜的干活。"

高廷亮点了点头。沟田说："你的房子，皇军的征用了。"

高廷亮哭丧着脸说："太君，这不是我的铺子，我做不了主啊！"

沟田再次抽出军刀，架在高廷亮的脖子上，恶狠狠地说："你的，死啦死啦的。"

沟田正要发作，二三十个鬼子押着高来弟、刘天成、张三儿推推搡搡地从二楼下来。沟田刀一晃指向高来弟问："你的，八路的干活？"

贾存儒说："刀指着的是高东家的儿子高来弟，他才是真正的主人，那两个是当铺伙计的干活。"

高来弟看见沟田的刀指着他，浑身打着哆嗦，牙齿磕得嘣嘣响。沟田用刀尖指着高来弟说："你的，八路的干活？"

高来弟结结巴巴地说："不……不是，不是。是……是正经生意人。"

"这房子是你家的？"

"是，是。"

"房子，皇军征用了，你的同意？"

"太君，我做不了主，得和我爹说。"

贾存儒说："皇军征用房子，和你说是抬举你，不识相，皇军自有办法。"

沟田问贾存儒："他的什么意思？"

贾存儒说："他的不同意。"

沟田摆着手说："皇军实行大东亚共荣，要的是同意，不同意的不要，不要。"

麻脸鬼子会意，立即招手，几个鬼子端着明晃晃的刺刀，驱赶着高廷亮、高来弟和两个伙计走进南面当中窑，咔嚓锁上了窑门。窑门口左右设了岗哨。

高来弟被关，沟田小队长走到二楼，看着四周围合严密高墙壁垒的当铺院，竖起大拇指，赞叹着说："呦西，呦西，部队的干活。"沟田看了半天，转到存货厅房，进门看到货柜满满当当，多是些皮货棉衣、丝绸衣服、铜铁锡器用具，往里边转了转，东南角货柜已空，靠墙处和西南角的一长溜三层货柜摆满了金银首饰和珠宝。看到这些，沟田顿时眼睛放光，顺手抓起三四个金戒指，戴在左手手指上，又拿起一对绞丝银镯戴在手腕上，"呦西、呦西"地狂叫着。沟田叫喊了几声，看见货柜上摆着一对牡丹花银簪子，顺手拿起插在上衣兜里，低头一看二层货柜板上放着两个造型精美的带着长索富贵百岁长命鳖锁，一把拿起，套在脖子上。柜里的银壶、银碗、银筷子、珍珠、玛瑙闪着耀眼的光芒。沟田看得出神，贾存儒从院子里跑上来说：“沟队长，沟队长，到饭时了，咪西咪西的干活。”

沟田看得入神，贾存儒一喊，沟田省过神来说：“贾，你的，大大的良民。”

贾存儒弯腰点头说：“愿为皇军效劳。”

贾存儒陪着沟田从二楼下来，沟田一只手叉腰，一只手拄着指挥刀，站在高圪台上，低头看着胸前耀眼的簪子和鳖锁，脸上溢满笑容。

贾存儒、沟田正要下台阶，高廷贵气喘吁吁地从大门跑进院子，进门就喊：“廷亮，廷亮。”

贾存儒斜着眼看了高廷贵一眼说：“高东家，不用喊了，廷亮他们被皇军关起来了。”

沟田用刀尖指着站在台阶底的高廷贵问：“贾，来人什么的干活？”

贾存儒凑到跟前说：“他的，东家的干活。这院子就是他的。”

“呦西。房子皇军征用了，你的愿意？”

“不行，不行。这房子是老祖宗传下来的，我不能平白无故给了别人。再说了，里面还有好多顾主的当物，你让我往哪摆放。”

“货物的，金银首饰的留给皇军，杂货的，你的可以搬走。”

“使不得，使不得，这更不行。金银首饰全是值钱的东西，让我如何向顾主交代。”

贾存儒说：“你还是痛痛快快的交给皇军，还能保住性命，否则，钱财丢了，地方丢了，怕是连性命也难保。”

高廷贵几步走上台阶，呸的一口唾在贾存儒脸上，跺着脚骂道：“十足的汉奸嘴脸，作为当地人，你不向着自家人说话，反而替日本人做事，我日你祖宗。”

贾存儒扑过来一把撕住高廷贵的长袍，高廷贵一只手也拽着贾存儒的长袍，另一只手抹下贾存儒的帽子，掼在圪台下。沟田恼羞成怒，欻地拿起指挥刀，担在两人胳膊上。高廷贵、贾存儒松开手，各自站立一边。高廷贵转身看见沟田胸前戴着他柜房的簪子和鳖锁，一扑扑到沟田跟前，一只手嗖地抽出簪子，另一只手死死地拽住鳖锁，嘴里嘟囔着："狗日的小鬼子，这是抢人了，老子与你拼了。"高廷贵说着，拿起簪子向沟田的脸上刺去，沟田头一偏躲开迎面刺来的簪子，掏出手枪，拦脑捣了两下，顺手提起指挥刀，用力照着高廷贵的肚子捅了过去。高廷贵啊地喊了一声，两只手紧紧地抓着指挥刀，嘴里流着血，两眼直直地瞪着沟田，嘴里断断续续地说："小日本，你……你不……不得好死。"沟田瞪着双眼，一把抽出指挥刀，飞起一脚踢在高廷贵肚上。高廷贵手捂着肚子，一个趔趄，倒在圪台底。

高来弟从窗户眼看见爹被沟田用刀捅了肚子倒在圪台底，几个鬼子端着刺刀跑到跟前，明晃晃的刺刀对着他爹，赶忙哭喊着说："太君，房子钱财要甚拿甚，不要再捅我爹了。"

沟田问贾存儒："里面的，说的什么？"

贾存儒说："太君，高家公子愿意把房子钱财孝敬给皇军。"

几个鬼子端起刺刀，正要向高廷贵刺去，沟田大喊一声，挥手示意鬼子停手。几个鬼子收了枪，站立一边。隔了片刻，沟田示意门岗打开窑门，放出了高来弟四个。

高来弟跑下圪台，趴在他爹身上哭喊着。高廷亮扶起高廷贵，高廷贵肚子上的长袍已被血染红了一大片。高廷亮拿开高廷贵捂肚子的手，手下袍子的窟窿里依然往出汩汩冒血，高廷亮用手紧紧地按着窟窿，让刘天成跑回房间拿来丝腰带，照着窟窿处紧紧地缠了几匝。高廷亮和张三儿扶起高廷贵，刘天成腰一猫，背起高廷贵。高来弟还圪蹴在地上哭着，高廷亮喊："来弟，没出息的，不用哭了，赶紧走，救人要紧。"

刘天成背着，张三儿侧面扶着高廷贵出了大门，快速向同和恒药店跑去，高廷亮、高来弟跟在后面。当铺到同和恒仅有百十来步远，一袋烟的工夫就跑到了店门口。刘天成停下脚步问："高掌柜，药店门关着，咋办？"

高廷亮紧跑几步说："背着，别往下放。"

高廷亮说罢，赶忙跑到紧靠药店院门口，一边用两只手使劲地拍打着门环，一边嘴对着门缝喊叫着马掌柜。高廷亮喊叫了半天，里头没有一点动静，高来弟也凑到门口大声喊叫。高廷亮边喊边说："马掌柜，我是当铺的高廷亮，东家高廷贵受了重伤，您快点开门救救他，迟了人就没命了。"

马静廷躲在里院，听见外面人喊、门环响，但听不清是谁在叫。他想，满街都是如狼似虎的日本兵，街道的商户居民全部掩门闭户，足不出户，这个时候喊门，说不定是日本兵逼着人替他们喊门。马静廷想了半天，坐在窗户跟前静静地听着外面的动静，直到听见说高廷贵受了重伤，才溜下炕，穿上圆口子鞋，轻手轻脚从院子里走到门口，低声问："你是谁？"

高廷亮赶忙说："我是当铺高廷亮，高东家伤得很重，赶紧开门。"

马静廷从门旮旯往街道瞭瞭，看见门口站着他们几个，街道并没有日本兵，赶忙开开大门。高廷贵几个快速闪身进来，马静廷顺手关好大门说："跟我来。"

刘天成背着高廷贵，从后门进了药店亮窗后窑，将人放到木床上。药店的板门已上，但光线仍然可以从板门上糊着白麻纸的窗户透进来，后窑光线依然充足。马静廷边解腰带边说："赶紧到后院居舍拿壶熬水。"

刘天成应声而去。

马静廷解开腰带，看见高廷贵刀口里濡着血，赶忙让高廷亮和来弟脱其衣服，他自己转身从药柜里拿出止血草末瓶、豆油、白砂糖、棉花、折叠好的大块纱布和一团长纱布，擦洗了高廷贵脸上血污，刘天成也提着竹皮暖壶来到药店亮窗后窑。

　　高廷亮和高来弟笨手笨脚脱下高廷贵的灰色长袍，棉布背心已和刀口黏合在一起，高廷亮和高来弟不忍心硬扯，生怕扯坏伤口，两个人圪蹴在床跟前老半天都未脱下。马静廷看到他们笨拙的样子，顺手提起床边的暖壶，倒了半盆开水，拿起床头柜的一把剪子，生气地说："离开，让我来。脱扒个衣裳半天拿拿捏捏弄不成，时间全让你们给耽搁了。"马静廷说着走到高廷贵跟前，撕了一把棉花，蘸着开水浸湿背心伤口，几剪子铰烂背心，轻轻扒了下来。拿起块新棉花，蘸着开水清洗刀口上的血污。清理完血污，拿起酒泡过的一团棉花，拧出刀口里的淤血，再拿出一块新的酒泡棉花，擦拭了刀口周边。拿起止血草瓶，倒出一把粉末，撒在刀口处，再倒出一些豆油涂抹在伤口周边，又抓了两把白砂糖，撒在伤口及周边，拿起一块折叠好的五六层大纱布按在刀口上，让刘天成、张三儿轻轻扶起高廷贵。马静廷拿起一团纱布，照着刀口处的纱布横腰紧紧缠好扎牢，转身出了后门，从后院家里拿来一块四五尺长的白洋布，包裹了高廷贵的整个上身。穿好开窟窿长袍，高廷贵平躺在床上，鼻子口有气息，人却依旧处于昏迷状态。

　　马静廷收拾好东西，给高廷贵把了把脉，坐在床头柜跟前开方子，开好方子，递给高廷亮，高廷亮看了下方子，麻纸方子上写着"金银花十钱、连翘五钱、生地草十钱、大小蓟各五钱、麦冬七钱、元参五钱、三七粉十钱（冲服）、乳香五钱、杜仲五钱、甘草三钱。食远服"。马静廷说："这些草药全是些消炎杀菌活血的，三七是硬块，要捣成面面混在汤药里或水冲服下。先抓五剂，看情况再调剂。吃喝上要注意，多吃点流食，千万不敢给他吃油腻大的和硬食，肠胃受到损伤，病人承受不了。"

　　"那高东家的病？"

　　"刀口很深，病情危重，这就得看他的造化了！我这儿就没事了，你们还是找辆比较稳当的马车赶紧让他回家歇息。"

　　高廷亮凑到马静廷跟前，附耳低言："是不是得准备东家的后事？"

"应该有个准备，免得到时候手忙脚乱。唉，这遭天杀的鬼子，迟早不得好死！"

"鬼子征用了当铺，高东家又被捅成这样，简直是禽兽不如。"

高廷亮说了几句，转身去高家面庄去找马车。敲开面庄的门，院里正好停着一辆马车，一匹马正在马棚里吃草。高廷亮轻轻揎开东面侧窑的门，赶车的穿着疙瘩布背心，正低头整理鞍襻。高廷亮揎了一把赶车的说："后生，我是当铺掌柜高廷亮，赶紧套起马车去送送高东家。"

赶车的后生抬头看了一眼高廷亮说："街道乱哄哄的，马车出去被小鬼子抢走，如何交代？乱成这样，你还敢送人？"

高廷亮没好气地说："你不看甚情况，高东家让狗日的鬼子用刺刀捅了，要朝居舍送。"

赶车的着急地说："马车颠簸厉害，怕东家受不了。不如咱找个驾窝子，人抬着走好点。"

高廷亮转而一想，赶车的说得也对，当下笑着说："你考虑得周到，可到哪找个驾窝子？"

"好像斜对面骡马店有驾窝子，晓不得在不在，我们不妨先到那儿看看。"

"也行，实在没有再说。"

高廷亮和赶车的出了面庄院，街上店铺依然关闭，偶尔有几个行色匆匆躲躲闪闪的人从街道闪身进入小巷或院子，火神楼的浓烟还在冒着，背道和几条沟里仍然有零零星星的枪声，一队鬼子赶着二三十匹骒马正从骒马店出来，向西走来。赶牲灵的跑着哭喊着赶上鬼子，拉住一个胖鬼子不放，那胖子恼羞成怒，抬起一脚，踢倒赶牲灵的，照着肚子开了几枪，赶牲灵的立马倒在街道，霎时血流不止。高廷亮和赶车的闪身躲进小巷里，身子紧贴墙壁，高廷亮浑身发抖，赶车的紧挨着他，能感觉到他在发抖，顺手拉住他的手低声说："别紧张，你已经经历过一次了，还怕甚？鬼子过去，咱再出去。"

高廷亮附耳低言："身子由不得要发抖。鬼子太残忍了，还说什么大东亚共荣，全他妈是哄人的鬼话。半天忘记问你的名字，你叫甚？"

"我叫李谋腾。实在逼得人不能活，就和狗日的鬼子拼了。"

"好孩嘞，千万做不得，还是保命要紧。高东家和鬼子纠缠了几句，就被沟田捅了，性命攸关。唉，这世道乱哄哄的，何时才能太平！"

"我觉得不会太长久，鬼子远道而来，人生地不熟，水土不服，只要人们一心，明里吃不倒狗日的，咱暗地里作害，十来个人对付一个鬼子该行吧！"

"不说了，瞅瞅鬼子走了，咱赶紧到斜对面找驾窝子去。"

李谋腾闪身出了门道，走到巷口，向西一瞭，鬼子已走。李谋腾招呼高廷亮出来，几步跨过街道，跑到骡马店门口，骡马店大门敞开着，高廷亮喊叫了半天，院子里空无一人，他和李谋腾分头在几间瓦房里寻找，并未找着，高廷亮跑到后院厅房，厅房门锁着，估划主人已从后门逃走，抬头一看，厅房廊檐下墙角处立着一副卸掉顶棚的简易驾窝子，赶忙喊来李谋腾，扛起担架似的驾窝子，撒腿就往同和恒跑去。

二人跑到同和恒，向马静廷借了铺盖，展开架子，支在两个木凳上，铺好铺盖，轻轻抬起高廷贵，小心放在驾窝子里。刘天成和张三儿抬着高廷贵出了门，顺着大街往湾头走去。走了没几步，贾存儒手提一面铜马锣咣咣咣敲着从街道下来，嘴里不停地喊着："各商户听着，皇军说了，所有门店必须开门，只要大家正常纳粮纳税，皇军保大家平安无事。"

李谋腾呸地唾了一口说："十足的汉奸嘴脸，就怕这种恶人，放着自己的生意不做，跑出来替日本人做事。"

高廷亮边走边说："鬼子去当铺就是他带的，平时晓得这人不地道，没想到他竟是人面兽心的狗东西，害得高东家被沟田捅了一刀。"

高来弟脸阴沉着说："这种人迟早不得好报。"

贾存儒走到跟前，停了敲锣，一只手提着马锣槌，另一只手指塞在鼻孔里挖了挖，皱皱鼻尖，蹙蹙浓黑的额眉，瞅了眼高廷贵，阴郁地笑着说："高东家怎么样了？"

高廷亮虎着脸，没好气地说："你还有脸问？要不是你狗日的引路，沟田咋晓得当铺！"

高来弟揪住贾存儒胸口的衣服说："这恶逆全是你造下的。我高来弟没少孝敬你，没想到你这个笑面虎竟如此作害人。人和人相处，不怕直端来，就怕使阴招，你这种人，谁还敢和你共事？"

高廷亮拉开高来弟说："咱不和这种人计较，赶紧走。"

高廷亮一说，贾存儒赶忙敲着马锣，抽身离开。高廷亮他们抬着高廷贵，快速向家走去。

高廷贵被抬回家时，太阳已到半院，下院墙角里几只鸡正在种满牵牛花、蜀葵花、指甲花的花台里埋头啄食。窑门口卧着的黑子见大门口进来生人，欻地站了起来，狂叫着向门口扑去。高来弟喊住黑子，黑子摇着尾巴跟在身后。

来弟娘李桂香听见狗咬，赶忙开门出来，一看高廷亮、高来弟脸阴沉沉地相跟着两个后生抬着人进了院子，吓得愣在门口。高廷亮说："嫂子，东家出事了，你赶紧铺好铺盖，好让东家躺着。"

李桂香慌忙转身往家跑，门槛绊了下脚，一个马趴摔在脚底，没顾得拍打身上的尘土，立马站了起来，爬上炕，搬开放着紫砂茶具的檀木小桌，几圪膝跪到打了浅绿色底子涂着亮漆画着各种花鸟虫鱼的炕墙跟前，一把扯开叠得棱角分明的绣花遮铺盖布，麻利地铺好褥子，摆好枕头，高廷贵躺的驾窝子也被高廷亮、高来弟、刘天成、张三儿四人放在炕上。铺好铺盖，四个男人小心翼翼地抬起高廷贵，轻轻放在褥子上。李桂香半跪半坐在高廷贵跟前问："来弟他爹咋啦？"

高廷亮唏嘘着说："被狗日的沟田用刀捅了！"

李桂香流着眼泪说："来弟爹平日与人为善，很少得罪人，人们捅他做甚？是谁捅的，我要找他说个一二三。"

李桂香用手轻轻地摸了摸被刀捅烂和被血浸湿的长袍，解开扣子，众人帮着脱下。李桂香看着包扎后纱布上渗出来的血迹，眼泪禁不住哗哗流了出来，高来弟也站在炕棱跟前哭泣。高廷亮说："鬼子捅的，千万不能去说道。那些人禽兽不如，你去说道，不但不顶事，怕连性命也搭上。东家就和鬼子理论来，还不是被鬼子用刀捅了？如今照顾好东家才是头等大事，能救活他比甚也强。"

"你说的话我懂，可心里咽不下这口恶气。"

"晋军八师向南撤退了，镇里驻下好多鬼子，看那安营扎寨的阵势是不打算走了，咱的当铺就是被鬼子征用了。"

李桂香和高廷亮正说着话，高欢欢听见说话声，从门走了进来，看见公公躺在炕上气息奄奄，怫然不悦地问："爹走时还好好的，如今这是咋啦？是不是让来弟气的？"

高廷亮说："不是。是鬼子沟田用刀捅了。"

来弟哭丧着脸说："我是不争气，可也不能把爹气成这样吧！全是老不死的贾存儒惹的祸。"

"贾存儒咋来？"

"是他带着鬼子到了当铺，才让爹遭难。"

"鬼子捅的与贾存儒有甚关系？即使是他带着去的，也不可能是他指使沟田捅的吧？或许也是无奈被迫的，要怪也不能怪他，只能怪小鬼子残忍。"

"杀人单怕递刀子。贾存儒不带路，沟田能寻见当铺？"

"贾存儒不带，还有蒋存儒带。要恨也只能恨鬼子蛮不讲理，惨无人道。"

高欢欢看了看面色苍白的公公，抬头看见炕桌上放着麻纸包着的五剂中药说："你们守着，我去熬药。"

高欢欢说着，提起药捆，走到后窑掌木箱跟前，解开细绳，拿起一剂，弯腰从箱子底拿出熬药砂锅，转身欲出去熬药。李桂香从炕上溜到脚底说："好孩嘞，你有身子了，不能让药味熏，还是我去熬吧。"李桂香正要接砂锅，忽然，高廷贵身子动了一下，手哆哆嗦嗦提起来抖了一下眼又放在眼眶上不动，喉咙里低声哼哒着。

李桂香说："欢欢，药锅放在箱子上，等会儿再熬，我先看看你爹。"

李桂香赶忙趴在炕棱边，紧紧地握着高廷贵的手，"来弟爹，来弟爹"不停地喊着，高来弟、高廷亮也在低声唤着。欢欢放下药和砂锅，也凑到公公身边，默默地观察着公公的动作。隔了一袋烟工夫，高廷贵醒了过来，喘着气，断断续续地说："水……水……水。"高欢欢赶忙倒了一碗开水，拿着勺子端过来，要给公公喂水。李桂香和欢欢要来水碗和勺子，正要给丈夫喂水，高廷贵迷迷糊糊中隐约看见端来了水，一只手撑着褥子，用尽全身力气，挣扎着想爬起，身子只仄楞了一下，浑身疼痛难忍，又倒了下去。李桂香放下水碗，叫来廷亮，帮着她扶平来弟爹身子，附耳低言："你伤得很重，不能动，我来喂你。"

李桂香说罢，端着碗，舀起水，用口吹吹，小心翼翼地给高廷贵喂水，喂了七八勺子，高廷贵一阵咳嗽，喝进去的水全吐了出来，黄水子里带着血丝。歇了一会儿，又喂了几口，高廷贵摆了摆手，头一低，又昏了过去。李桂香放下水碗，握着高廷贵的手，流着泪说："狗日的鬼子让你受了重伤，这口恶气怎能受了？找机会，非要和狗日的说个甚不行！"

高廷亮说："嫂子，千万不敢，日本鬼子是一伙强盗，残暴得很，烧杀抢掠甚事都做，你一个女人家，说甚也不能和这些禽兽不如的东西去讲理，理争不来，再搭上身家性命就惨了。"

高欢欢蓦地抬起头插话说："难道就这样让我们蔫茸茸地受了不成？"

高廷亮说："好孩嘞，你不受，又能咋样？"

"我们没武器，但菜刀还是有的吧。砍不死沟田，起码也张舞几下。总不能这样窝窝囊囊受人欺负！"

高欢欢他们正说着话，马振华东家提着糖果点心，高温心提着两铁盒百利牌奶粉突然推门进来说："我觉得欢欢说的有道理，你和那伙强盗说，甚都说不清楚，我们有自己的小九九，只要大家团结一心，鬼子是外来户，绝对不会长久，我们不能明里来，可以暗中捣乱，不能让狗日的安安然然在咱这儿随便糟害。"

高温心说："鬼子犯下了不可饶恕的罪过，凡是有血性的男人都应该醒来，千方百计想尽办法来对付这群强盗。"

"温心说得对。朋友来了有好酒，强盗来了有猎枪。鬼子在镇子里抢东西，占地盘，杀人，欺男霸女，现在又突然装出一副伪善面孔，让商户正常营业，我觉得这里头隐藏着更大的阴谋，我们切莫上当。迫于形势，店铺可以开，但必须多长个心眼，以防不测。"

高欢欢问："照你这么说，高家当铺被占，东西被抢，爹又被鬼子用刀捅了，难道就让高家蔫蔫地受了？"

"来弟家的，君子报仇十年不晚，高东家的仇迟早会报。不过，现在还不是时候，等到时间成熟，自有人替你家报仇。这仇不是你们一家的，是全镇人的，也是所有中国人的。"

高廷亮说："咱这良民百姓，这辈子也报不了仇恨。"

马振华说："高掌柜，你这话就错了，各人有各人的路数，咱老百姓自有老百姓的办法。何况还有咱的八路军、游击队、国军和鬼子拼死搏杀，鬼子就是在镇子里驻下来也安宁不了。"

"八路军在河西和晋绥，国军也南撤了，这镇子还不是成了鬼子的天下？"

"放心吧，咱的队伍很快会回来的。县委已经成立了游击队，就在附近活动，也不会给鬼子好果子吃。前几天，我已把看家护院的七八支枪送给了游击队，顺便带了些米面银洋。眼下，当铺被鬼子占有，这两个后生没去处，让他俩去我那儿，可以在货栈帮忙，至于你，哪天还想出来做事了，到我这儿来，我的钱庄也需要你这样的生意人。"

"谢谢马东家，如今这形势，你也有难处，天成和三儿烦您收留，这两后生做事稳当，人品也好，不会给您丢丑，您就放心用吧！至于我，暂时还没甚打算，先照应一段东家，在居舍歇养歇养些时间再说吧。打鬼子我实在是帮不上甚忙，这些年跟上东家挣了点钱，多的没有，回头我拿出百十块大洋，烦你转交游击队，多少算我的一点心意吧！"

"好吧，我替他们感谢你。天成、三儿，你们愿意来马家做事不？"

天成爽快地说愿意，三儿忸怩了半天，右手挠着额头说："天成哥愿意，我也愿意。"

"好，那你们明天就过来。不过，你们还有个去处……"

刘天成笑着问："马东家，去哪儿？"

"参加游击队打鬼子。"

"我去。三儿，你呢？"

张三儿手背杵了杵鼻子说："我得和老人商量商量。"

"有甚好商量的，一个大男人和小脚女人似的，还能做成大事？"

"那你说我也去？"

"走吧，背上枪打鬼子，多神气！"

"听天成哥的，我也去。"

"明儿天不亮，你们就出发，去碾子沟游击队找张队长，就说是我介绍的。"

刘天成说："好，当铺回不去，我们明天一早就动身。"

马振华说："来弟和欢欢听着，湾头村有保卫团，要想法动员他们去参加游击队，千万不敢让他走贾存儒的路。"

高欢欢说："马叔，我是个女人，虽然不懂男人的事，但大道理我明白，会想办法让那几个人走正路的。"

高廷亮拿上药锅草药出去熬汤剂。马振华走到高廷贵跟前，摸摸额头，觉得头上滚烫，让李桂香拿来一块热毛巾放在额头。欢欢倒开水，拧毛巾，热敷了五六次，高廷贵身子挪了挪，又醒了过来。马振华坐到炕棱边，握着高廷贵的手，俯下身子说："高东家好点了？"高廷贵迷迷糊糊听见像马振华说话，迷离的眼睛缓缓睁开，眼前模模糊糊地看见侧身坐着马振华。高廷贵喘着气断断续续地说："马……马……马东家，我……我是怕……怕……难……难逃一劫。"

马振华安慰道："高东家，别悲观，慢慢会好的。破财免灾呢，你甚也别想，只管静心养病。估划这几天吃东西困难，我给你带来两盒百利牌奶粉，一分粉七分水，搅匀喝了，滋补身子。"

高廷贵叹息一声，咽喉深处哼哼唧唧发着声："唉！马……马东家，怕是……怕是……吃喝不成了，刚才……刚才喝……喝了点水，都吐……吐了。关键是……是当铺值钱的东……东西，鬼子抢了，让我……让我如何面对……面对世人？"

"天塌塌大家，鬼子杀人放火，怕连性命也保不住，人们还要甚！当值钱东西的人家都是当下急用，日子还能过得去；穷人家当的东西又不着钱，就是些衣衣裳裳日常用品，既然当就不是急用的，有没有都无所谓，何况当时都给过了当金，说句良心话，损失最大的却是你自己，而不是他们。有人真想要赎回，东西被鬼子抢走，和谁要去？你就不要操这个心了，还是静心养病为好。"

马振华说了会儿话，起身告辞。高廷贵咬着牙扎挣着往起坐，身子刚挪了一下，头上就沁出豆大的汗珠，马振华赶忙压住，让他别动。马振华走后，李桂香给高廷贵喂了草药。隔了大约半个时辰，高廷贵觉得肚子快要撑破似的难受，不停地哼哒着说："胀死了，胀死了，肚子快要炸了。"李桂香揭开线毯，宽展的背心已紧贴着肚子，她慢慢搂起背心，伤口附近肚皮黑青，松弛的肚皮已绷紧，整个肚子胀得像口铁锅似的，圆鼓鼓的发着亮光。李桂香放下高廷贵的背心，盖上毯子，着急地说："肚子胀成这样，这如何是好？"

高欢欢说："让来弟把马郎中请来看看。"

高欢欢一说，高来弟心中发怵，站在脚底抓耳挠腮不言不语。高廷亮知道来弟的心病，对欢欢说："还是我去吧！来弟去，被鬼子逮住就麻烦了。乱哄哄的，马郎中还晓不得肯来不肯来，我去了起码有个老面子。"

"既然不放心来弟，那就烦您去镇子跑一趟。"

"好，我这就动身。"

高廷亮转身出门，下了石砌土坡，顺着河边马路向西走去，曾经人流车马熙攘的马路偶然有几个慌慌张张的过客匆匆而去，河滩里有不少被鬼子飞机炸弹炸开的大坑，清澈的河水已被炸起的泥淖搅浑，水面上漂浮着一些枯枝败叶、炸弹壳。高廷亮快速向镇里走去，走到街口时，街口已设了卡子，几个鬼子端着枪在木橼栅栏前盘查过往行人。高廷亮怕从卡子进耽误时间，绕开卡子，顺水壕西折，敲开车家大院临壕后门，车家人已从前院全部转移到后院，前院只留两个伙计在大门口厢房里值守，观察街道日军动向。

车东家看见高廷亮进了院子，赶忙从当中窑跑出来，站在厦檐底说："高掌柜，街道乱哄哄的，你瞎跑甚，不怕中了野子则？"

"无奈啊！鬼子捅了高东家，高东家性命攸关，肚子胀得锅似的，我去请马郎中再给看看，看有甚好法子。"

车东家愁容满面地说："狗日的鬼子，害得人连个正经生意也做不成，这以后的日子让我们咋过呀！"

"日子好歹能过，这脑袋挂在裤腰上，每天提心吊胆才不是个活法。"

"外地商户可以卷夹起走人，我们这坐地户，全家老小往哪走？"

"唉，只能走一步看一步了。不能和你说了，我得赶紧去找马郎中。"

高廷亮摆手告别，向东边高墙根既是露天水道又是通道的狭窄小巷走去，车东家说："贾存儒带着鬼子满街跑，名义上是让商户开门营业，说不定另有企图，你要小心啊！"

高廷亮说："情况晓得，我会小心的。"说罢侧身走进小巷。小巷夹在院子高墙与边窑腿子之间，坡陡褊窄，只容一人通过，高廷亮身子瘦弱，急躁不小心，肩膀依然几次擦到墙边，长袍肩上糊了不少灰尘。高廷亮从窄巷子上到前院，厅房、东西厢窑洞、二楼砖瓦房通道木板门和厚厚的木板大门紧锁，院子临街紧靠大门墙上还横插着一根小碗口粗的木橼，只有大门口门楼下的小窑门虚掩着。高廷亮推门进去，两个二十来岁的伙计眼睛紧紧盯着大门口。高廷亮说："小伙计，开下大门，我要去趟同和恒药店，已和车东家说好了，办完事立马就回，还从你家院子后门走。我连敲三回门环，你们就给我开门。"

两个伙计打量了半天，点了点头，没言语走到大门口，顺着门旮旯，猫腰向街道瞅去，看了半天，不见街上有甚动静，麻利地抽出木橼，抽开门插，打开大铁锁，拉开一道门缝，高廷亮闪身而出。

整条大街没几个行人，街道两侧店铺依然关闭，走了一节，倒是有几家胆大的店铺已开，但好多板门未抽，只是开着门闩那扇，也是虚掩着，并未敞开。高廷亮出了第二座过街楼，风吹铜铃作响，以为遇到了情况，赶忙慌里慌张顺着大街，头也不回的走去。

到了同和恒药店，店门依然关着。高廷亮敲开门进去，马静廷正坐在院子里整理药材，抬头一看是高廷亮，放下簸箕，站起来让到居舍后窑掌八仙桌前凳子上坐下问："高东家情况如何？"

高廷亮用胳膊肘撑着桌子，唉声叹气地说："情况非常不好，人倒是醒过来了，可肚子胀得像罗锅一样，憋得难受，不停地喊叫。想请您到居舍看看。"

马静廷略一思索说："从症状来看，恐怕刀尖捅坏肠胃，中医解决不了问题，我去不去已无关紧要，这就看他自己的造化了，你们要有心理准备，提前准备后事为妥！"

"还是去看看吧！"

"看也没用。你回家让他喝点大麻油，看能不能泻开肚子。肚子泻不开，你让他喝点麻仁汤，清热生津，通便润肠。如果麻仁汤喝了不见效，那就没办法了。我还是不去为好，去了也没个好说的，请谅解。"

马静廷说着提起毛笔，在麻纸上写了麻仁五钱、大黄四钱、芍药三钱、枳实三钱、厚朴三钱、杏仁三钱六味中药，叫来伙计抓了三剂包好，递给高廷亮。

高廷亮从话中听出马静廷的意思，也知道高廷贵的病情，确实如马先生所说，即使去了也作用不大，就没再软磨硬缠，拿着药，起身告辞。

高廷亮没有走东口子，依然从车家裱糊店大门敲门进去，没走东边水道，而是从当院上了厅房北边台阶，绕过平台到厅房南小院，从西边南角防雨卷棚走砖砌台阶通道下到后院，与车东家打了个招呼，急忙转身出了后门，顺水壕向湾头走去。

高廷亮返回来弟家时，天已擦黑，黑子嘴里伸着长长的舌头，跟在他后面。到门口时，黑子一头顶开门，随高廷亮走进家里，来弟照狗屁股上踢了一脚，嘴里嘟囔着说："人忙了，狗日的黑子也来凑热闹。"

高欢欢扑哧笑出声说："这么大的人了，还跟狗一般见识。"

高廷亮放下药，走到高廷贵跟前，见他双手抱着肚子，嘴里哼哼唧唧，直嚷肚子要炸了。高廷亮想和高廷贵说几句话，高欢欢突然问："叔，马郎中呢？"

"又给抓了点药，他说，来和不来一样。"

"来和不来不一样。"

高来弟说："叔，你们不放心我去，你不也是没请来吗？我看你也是个爱说大话爱吹牛的人。"

李桂香说："来弟，你老大不小了，咋能和你叔那么说话。我们不放心你，不是怕请不来郎中，主要是担心你的安全。"

李桂香问："他叔，马郎中安顿甚来？"

"他说，先让喝两勺子大麻油，看能不能追开肚子，如果一两个时辰还开不了，再熬得喝桌子上的药。"

"那让他先喝大麻油。"

李桂香说着溜下炕，走到后窑掌橱柜跟前，提出半黑瓷瓶大麻油，从木盒里拿出勺子，扳倒油瓶，倒了两勺子，给高廷贵灌了进去，约莫半个时辰，高廷贵开始拉肚子，拉出的秽物奇臭难闻。李桂香闻到臭味，拉开线毯，污物从单裤裆渗了出来，已浸湿大片褥子。高欢欢慌忙走到八仙桌跟前，面向后窑掌回避。高廷亮帮着抽开裤子，整个裤子和屁股已糊成一片，李桂香手提着丈夫的裤腰喊："来弟，打开箱子寻几块旧布子。"

高来弟打开箱子翻了半天没找到半片旧布子，高欢欢说："吃闲饭的把式，连个布子也寻不见？离开，让我寻。"高来弟退开，高欢欢打开一个花格子布包袱，从中拿出一沓旧布片，递给来弟。李桂香和高廷亮脱下高廷贵裤子，折起来扔到脚底，用布片擦干净屁股，抽开糊了的褥子，替上换洗裤子，换了褥子，加了布垫。高廷贵哼哒了一会儿，王玉秀问："来弟他爹，好点了吧？"

高廷贵少气无力地说："肚子不是憋得太难受，如今是肚子痛得厉害。"

"先前人还蒙着，没甚感觉，如今发散开了，肯定得痛几天，慢慢就好了。"

"怕是好不了，我觉得离走的日子不会太远。"

"一天没吃东西，我给你做点拌汤去。"

"不用做，做下也吃不进去。"

"吃不进去也得强扎挣着往里吃，正常人一顿不吃饭都饿得不行，何况你受了这么重的伤。"

高欢欢说："娘，你照应爹，我这就去做。"

"稀点，擦些葫芦丝，打里颗鸡蛋。"

"唉。"高欢欢应声而去。

高欢欢做好拌汤，端了进来。高廷贵勉强喝了半碗，没过多久，又拉了半裤裆。高廷亮和李桂香刚收拾好秽物，欢欢爹娘听到亲家被捅的消息，提着一盒点心和八个芝麻饼从门进来。高升放下点心、芝麻饼，两口子走到高廷贵跟前，高廷贵侧了侧身，头转向高升和王玉秀说："亲家，时运不济，叫狗日的鬼子捅了一刀，不能坐起来和你们说话，还请亲家见谅。"

高升说："哪里话，人已伤成这样，还穷讲究。一家人不说两家话，还是以伤为重，身子骨好了比甚也强。"

"怕是好不了，估划是伤了内脏，肚胀得要命，吃里甚厕甚，这种状况还活甚！"

王玉秀说："亲家不能悲观，要挺起心劲好好活。病这东西，你把它欺住，它就会自行退走，让它把你欺住，就会缠着不放。"

高廷亮揎了揎李桂香说："你们和亲家好好说说话，我和来弟还有话说。"

李桂香会意。高廷亮和来弟出去不一会儿，她也跟着出去。到了边窑来弟居舍，高廷亮说："马郎中安顿，让咱提前准备后事。"

"马郎中的意思是来弟他爹不行了？"

"是。我们应该有个准备，免得到时候手忙脚乱。"

"恐怕是伤了内脏，咱这儿没条件救治。"

"那只能等死了？"

"没甚好办法。我们如果拉他出去治病，路途颠簸几天，恐怕到不了地头，半路就会要命。"

"你的意思是？"

"与其让他出去活受罪，倒不如在家悉心照料些时日，免得将来后悔。"

高廷亮说完，李桂香知道丈夫没救，脑子当即轰的一下，没了主意，傻愣愣地站着，喃喃自语地说："准备甚呀，准备甚呀。这让我如何是好。"

高廷亮说："嫂子，眼下要紧的是先置办老衣。"

高廷亮说的话，李桂香一点也没听进去，仍然在不停地絮叨。高来弟揎了揎李桂香说："娘，廷亮叔要我们置先办老衣，你没听见？"

李桂香猛然醒悟过来说："嗯，先置办老衣。来弟他叔，一切由你负责，我不懂这些，你看着办就行了。"

"咱悄悄准备，不能让来弟爹晓得。"

"明天我和来弟去街道，嫂子你看，咱买做好的现货，还是买回布料自己缝？"

"缝老衣不能去别人家，只能在自家做，人来人往，人多嘴杂，恐怕人们不小心在廷贵跟前说漏嘴，对他的病不利。"

高来弟说："还是买寿衣店现成的，没有现成的让他们赶制，悄悄拿回来藏好就行，也省得居舍麻烦。"

三个人商量好，走到当中窑，高升说："桂香亲家，这几天有甚事让欢欢娘过来帮忙，她在居舍也闲着没事。"

李桂香说："不用，玉秀还得照应三三。眼下没甚要紧事，如果忙不过来，我让欢欢去叫她。"

"好吧，时候不早啦，我们回家呀。"

高升两口子正准备走，镇子里突然响起了密集的枪炮声，村子里的狗也叫了起来。几个人本能地低下了头，李桂香拉了一块薄被子慌忙盖住高廷贵的头，轻轻伏在他的前胸。过了一会儿，高廷贵气喘咳嗽，两只手用力揎开薄被说："憋死人了，快点拉开。"

李桂香着耳细听，枪声来自镇子方向，心里觉得没事，赶忙拉开单被，对众人说："没事，抬起头来，枪声来自镇子里，咱暂时没事。"

几个人抬头坐了起来，仄楞着耳朵，听着远处枪声。枪声响了不到一个时辰，戛然而止。高廷亮说："鬼子几次占了镇子，都被河西八路军和晋军赶走。这回占了镇子，说不定是八路军、游击队或者是晋军偷袭了鬼子。枪声停了，应该是咱的队伍撤走了。"

枪声停止，村里的犬吠声也停了下来，村子里一片静寂，高升和王玉秀赶忙溜下炕起身回家，高来弟和欢欢也回了边窑，高廷亮留下来照顾东家。睡到后半夜，高廷贵肚子又鼓胀起来，疼得浑身冒汗。李桂香拿着热毛巾敷了好长时间，仍然无济于事，高廷亮熬了后晌抓回的汤药，给他喂了进去，约莫过了半个时辰，高廷贵没再喊叫，抱着肚子慢慢睡着了。

次日一早，高廷亮叫醒来弟，吃了一碗春麦挂面汤，两人相跟着去了恒昌盛寿衣店。此寿衣店的门已开，掌柜的高清儿穿着灰色长袍坐在门口东张西望，愁容满面，两个徒弟正在店里收拾布料衣物。高廷亮走到店门口问："高掌柜这么早就开门了，不怕鬼子侵害你？"

高清儿站起走进店里说："我也是没办法，昨晚八路军、游击队袭击了鬼子，打死鬼子的一个中联队长，半夜三更，鬼子沿街搜查，打死两个散发传单的，家属天不亮就袭门捣窗要买东西。再说了，咱这寿衣店的东西，全是死人用的，恐怕鬼子不喜欢，我还恨不得让这些畜生多穿两身呢。"

高来弟插话说："看来你的生意不错啊！"

"高公子说错了，你以为我想赚这些死人的钱？"

"打仗能不死人？"

"可这两个人并没有打仗，是散发传单时被打死的。"

一个学徒凑过来低声说："打死的那个鬼子官不小，天快明时，后沟里燃起一堆硬柴火，火化了尸首，好多鬼子在火堆前号哇哭叫。"

高来弟惦记着莹莹和素素姊妹俩，让高廷亮先挑选东西，自己转身出了门，来到花香苑。花香苑的大门敞开着，高来弟径直走到贾存儒的书房，直截了当地问："莹莹和素素呢？"

贾存儒从藤椅上坐起来说："她俩出事了。"

"咋啦？"

"被沟田队长杀了！"

"平白无故地就这样杀了？"

"沟田队长要和莹莹睡觉，莹莹不从，趁机抓破了沟田的脸，沟田恼羞成怒，一枪就把莹莹打死了。素素看见姐姐被沟田打死，拉起琵琶向沟田打去，沟田一脚踢掉琵琶，素素转身拿起剪子，向沟田扑来，也被沟田打死了。唉，没想到，姊妹两个也是一对刚烈女子。"

"好歹也跟过你一段时间，你就不能向沟田求求情？"

"求甚情哩，莹莹挖烂沟田的脸，沟田不但怪罪我，还甩了我两个巴掌，街道人用唾沫唾我，你说我这人活得难不难！"

"莹莹和素素的尸首呢？"

"总不能让死人放在饭店里吧！天不明，我就叫两个伙计用平车拉到后沟，卷着席子埋了。你爹情况咋样？"

"你还有脸问？还不是你这恶人害的。估划是捅烂肠肚，情况非常不好，这不是到街道买老衣来了？"

"你也不能怨我，我不带沟田去，他们会先杀了我。"

"为了钱财性命，甚的事也能做出来，我还不清楚你？"

"沟田说了，一半天有两三个日本女人要到花香苑住，让我收拾成日式陈设，过两天来观赏观赏。"

"爹已成这样，哪有心思做这些事。不和你说了，我还得给爹买老衣去。"

高来弟转身就走，回到恒昌盛寿衣店，高廷亮已挑好寿字团花篮绸子棉夹单长袍裤子各一身、黑色阴丹士林衫子裤子一身、白洋布内衣一身、蓝绸子兜肚一件、圆口子黑鞋一双、黑呢子帽一顶。高来弟进门，高廷亮问："口含钱用金的还是银的？"

"金的肯定比银的富贵，当然用金的。咱用最好的，不能让爹寒碜而去。"

"白裤、号帽、号衫、拖号、号囫囵呢？"

"干脆扯成白布，到时发给孝子，让他们自己缝。无非是多费点布料罢了。"

"得多少布扯？"

"你确定，我也不懂。不过，多弄点，硬让多些，也不能短缺。"

"男孝子号衫八尺、白裤六尺、号帽尺五六，一个人得一丈六，女孝子拖号五尺、白裤六尺，宽裕点一个人得丈二，孩子们号帽、号囫囵、袄裤每人也得六七尺，男女孝子加上小孩各按二十个算，得扯七八十丈，也就是二十匹。"

"按男女扯成块子，回去好分配。"

"还是弄成整布好带，家族亲戚大都有旧孝衣，到时咱按人扯布分发，人们拿回去也能做点衣衣裳裳，免得浪费了白布。"

买好白布，高廷亮问高清儿："棺材呢？"

"棺材在木匠铺。不过我为参准备了一副上好的柏木寿材，三寸厚，能看上的话，高东家甚时归西，过来拉就行，以后给我还一个更好的。"

"我看行，你是行家，不用看也没问题。来弟你说嘞？"

"你说行就行，我没说的。"

"那就一言为定，高掌柜可不能食言啊！"

"不会的，到时你到背道居舍空窑里抬。"

一切就绪，高廷亮到高家面庄叫了马车，顺便装了些白面、软米、粉条，拉上寿衣店买的东西走东口子，被几个鬼子拦住检查，翻看了半天，没见其他违禁东西，放他们出了口子。

第五天半后晌，高廷贵肚胀欲裂，嘴唇发白干裂，浑身烧得着火似的，他觉得自己已难逃此劫，让李桂香把高廷亮、来弟和欢欢叫到身边说："我已经不行了，当铺被鬼子占有，面庄交给来弟有点不放心，廷亮到店里当掌柜，让来弟跟着廷亮，甚会儿走上正路再交给他经营。"

高廷亮说："东家，你会好的，不急于交代后事。"

高廷贵说："你不用糊弄我，自己的病自己清楚。替我报仇，来弟是指望不上了，面庄还有些积攒，你和桂香拿上五百大洋，想办法交给八路军、游击队，让他们杀了沟田，替我报仇。"

高廷亮说："听你的。"

"来弟，爹最不放心的是你，你要跟着廷亮叔好好做事，千万不能让世人戳着脊梁骨骂咱高家。欢欢是个贤惠媳妇，来弟从小娇生惯养，养成不少坏毛病，你要时常给他敲敲警钟，不能让他玩物丧志，如今是战乱时期，你们要事事小心，切莫走任何邪路！我是看不到小孙子了，不论遇到甚情况，都要把孩子抚养成人。"

欢欢说："爹，您别说了，儿媳记住了，你放心吧！"

高廷贵说完没多久就昏迷过去了。高廷亮感到东家情况危急，当天后晌去背道高清儿家拉回了棺材。

第二天鸡叫时分，黑子在院子里哀号不断，高廷贵翻了一下身，一只手软软地搭在李桂香身上。李桂香以为丈夫醒了，赶忙点着煤油罩子灯，揎了两把高廷贵，高廷贵躺在那里纹丝不动。她脸靠近丈夫嘴鼻，没有感到一丝气息，她探身从锅台针线笸箩拿出两根丝线，一只手端着罩子灯，一只手拿着丝线，丝线靠近嘴鼻，没有感到任何动静，方确认丈夫咽了气。她慌忙穿好衣裳，打开门喊："来弟，来弟，你爹走了。"

来弟和欢欢穿好衣裳哭着进来，李桂香说："不敢哭，未烧倒头纸哭，你爹会转生哑巴的。赶紧给你爹沐浴穿老衣。来弟先出去拴好黑子，不能让它进来，以防诈尸。"来弟赶忙出去拴黑子，黑子呜呜哒哒了一阵，卧在下院西角狗窝口。

李桂香从平面柜里拿出寿衣、口含钱，放到炕边，慢慢扒开高廷贵的口，把口含钱安放在他口里。欢欢和婆婆李桂香擦洗了高廷贵的全身，剃了头，正要给他脱衣服换寿衣，高廷亮不放心东家也早早起来从门进来，赶忙和欢欢说："欢欢，你先退开，我们换上内衣，你再帮忙。"

高廷亮帮着李桂香给来弟爹换好内衣，欢欢手脚麻利地帮着穿好老衣，用麻片扎好手脚。高廷亮扛回七星板，铺好蓝色绸子夹单，放好翘角枕头和铁犁铧，四个人抬着高廷贵放到七星板上。高廷亮准备水碗、麻油灯、香炉、香表，李桂香烧制好面搅捣碎麻片打狗饼，烘焙好小酒盅大小的六十个饼和一根小指大小的打狗棍，抽出两根麻片，自己穿一串，另外三十个递给欢欢穿，欢欢好奇地问："娘，为啥要焙六十个？"

李桂香说："你爹五十八岁，一岁焙一个，外加天地各一个，正好是六十个。"

穿好打狗饼打狗棍，李桂香将其挂在丈夫的两只手腕上。高廷亮点燃香表，李桂香、高来弟、高欢欢跪在脚底号啕痛哭。

此时，天已大亮，高李氏和孩子们的哭声惊动了四邻，四邻来了不少人问询白事帮忙事宜。来了人，高李氏止住哭声，迎接邻居百舍。高来弟还跪在地下哭个不停，高廷亮说："来弟快起来，穿上号衫先给杨睛明村长去磕头，请他来家商量事筵。尔后，你不用回来，挨着给族里人去磕头，让他们知晓你爹已老煞。"

高来弟站起，穿好号衫，出门没多久，村长杨睛明就带着自家村李阴阳从门进来。高廷亮赶忙把村长和李阴阳让到八仙桌跟前，酌好茶坐下。高廷亮和李桂香让杨睛明村长担任总管，李阴阳掐算了一下日子说："五天数上埋好些。"

高廷亮说："桂香嫂子，咱让总管杨睛明定吧。"

杨睛明推托地说："还是让廷亮当吧，他也熟悉情况。"

高廷亮说："论生意，我可能比你强些，论村事处理，十勾勾里连一勾勾也抵不上。你就不用推辞了。"

"那我尽力而为吧！事筵定成抬猪抬羊，席面定成八碟八碗，你们看如何？"

李桂香说："行，一切由你确定操持。"

杨睛明说："现在设整地做饭。吃了饭，来弟和李阴阳带上罗盘到垴畔山上选坟地点穴。"

高欢欢说："我去和面炒菜。"

欢欢出了门，几个女邻居也跟着出去帮忙。吃了饭，来弟带着李阴阳扛着镢头上山。女邻居忙着缝制号帽孝衣，男的绑扎哭杖，搭设灵堂。高廷亮忙着联系厨子、响工和抬杆打墓的。来弟和李阴阳来到山头，举目四望。李阴阳望见山圪垴东侧一片背山面水阳坡地谷子长势甚好，探身细看，背上的罗锅鼓了老高，瞭见谷子上笼罩着一团雾气。李阴阳突然挺胸，在胸前凸起的疙瘩上猛然捶了一拳，哈哈大笑说："好穴，好穴，就那儿了。"李阴阳和来弟绕过圪垴，走到阳坡齐膝高的谷子地里，细细端量一番，在山垴圪塄底砍了一片谷子，刮平黄土，放下罗盘确定山向，用皮尺拉了尺寸，用镢头拉开小壕，勾出墓穴轮廓，收拾好罗盘，揣在怀里。李阴阳和来弟跪在地上，点燃香表磕头，李阴阳拿起镢头让高来弟掘三镢头破土。来弟接过镢头照着做完，扔下镢头，顺手抽出一支烟，递给李阴阳。李阴阳圪蹴在圪塄底，啪啪啪打着火镰，点着烟，唑唑地吸了起来。高来弟问："李先生，那面山头你说好穴、好穴，难道咱选的这块墓地还行？"

李阴阳呵呵笑着说："好着呢，背山面水，远山连绵，面山圆润秀美，没说的。我李阴阳可是祖传，十八岁出道，凭着手艺吃了二十几年汤水，从没出现过任何差池，你就放心吧！"

"你家祖宗就没给自家选了一处好坟地，咋到如今日过得还是那样？"

李阴阳很蹊跷高来弟会说此话，脸上顿时发烧，嘴里吭了两声说："阴阳只给别人家看，这和郎中给自己看不了病的道理一样。"

来弟又递给李阴阳一根三猫牌香烟，李阴阳打着火镰点着烟，来弟也抽出一根点着，吸了两口，从长袍里摸出麻纸，里面包着指头大小的一块黑膏子。李弟用指甲掐了一小块递给李阴阳说："按在烟头上吸两口。"

李阴阳说："甚东西？"

来弟指头捻出黑膏子，笑笑说："好东西，吸两口就晓得了。"

李阴阳一看就明白，呵呵笑着说："我可没这福气，吃不起啊。高公子，惹上这毛病，怕连锅也揭不开了！"

　　李阴阳没接膏子，来弟顺手拿着膏子，摁在燃着的烟头上，猛吸几口，膏子随着烟头火光融入烟里，嘴里喷出浓浓烟雾。来弟仰头长舒一口气，继续吸烟，吸了一会儿，扔掉烟头。李阴阳又抽了两支来弟递来的香烟，站起来，揉揉胸前隆起的疙瘩，甩了几下胳膊，舒展舒展身子，扛起镢头，回到高家。高家前后院子来了好多帮忙的人，厨师在后院倒座房前新垒的火灶熬好糕菜，正在炸油糕。

　　李阴阳回到总管安排好的东厢房先生室，刚喝了两杯茶水，杨睛明就安排帮忙的端来了饭菜。李阴阳吃了两碗猪肉烩菜、五六个油糕，放下碗筷，嘴上抹了一把，溜下炕，走到院里，选了正砖正瓦，拿了一块破布片，舀来一碗水，圪蹴在新垒的火灶跟前，清洗好一块片瓦，放在一边，又抓了一把灰渣放到砖面，倒了些清水，用破布压住湿灰渣摩擦砖面，擦洗了四五遍，直到砖面平整光滑方罢。他设整好正砖正瓦，回到先生室，动手书写方块麻纸孝单。

　　木匠的加入使紧靠当中窑墙壁窗棂的灵堂搭设很顺利，午饭后没多久，一座白布缦绑扎木架、黄白大花相间围合的房式出檐挑角灵堂很快搭就。灵堂一好，杨睛明旋即叫全孝子，穿好孝衣，让帮忙人等抬回棺材，孝子依序往棺材底铺麻，如此铺麻三回，众人抬起高廷贵躺的七星板，缓缓入棺，麻纸包着干草，插死棺材里前后左右，揭掉脸上谢面纸，盖死棺盖，覆以铭旌。孝子开始守灵，烧夜纸哭明祷。

　　祭奠当日，院内院外挂满白纱灯，大门口六十层告天纸塔高悬，院子圪台上厢房两侧，金山银山、金银斗库、楼子庭院、童男童女、旱船车马、花草树木、鸾凤鹤鹅等纸扎堆积如山。灵堂前供桌上摆满了冷荤炒菜、桃榴佛手、大供三牲，圪旦畔粗吹细打两班响器交相吹奏着哀乐。街道交往深的商户络绎而来，高来弟跪在灵前不停地叩谢前来祭奠的亲朋好友。

　　快到午饭时分，垴畔突然凌空飘下不少传单，众人弯腰捡拾，马振华也捡了一张，上面是歪歪扭扭用毛笔写着团结起来赶走日本鬼子的内容。他一看就知道是高温心干的，也没说啥，看完传单，揉成团扔进灶火里。马驹爹也捡了一张，他知道儿子是八路军，怕惹麻烦，悄然走到茅厕，揉烂扔入茅坑。三三拿着几张捡来的传单，在人群里乱窜，跑了半天，两张擦了屁股，两张塞在裤兜里。院子内外，人们三个一群五个一伙地低声议论着，高来弟跟前飘着几张，他一看内容，立马站起来高喊："谁散的，谁散的，这不是要害死高家吗？"

高欢欢在居舍听见高来弟大喊大叫，赶忙出来，走到来弟跟前说："人们都是来祭奠爹的，你在灵前喊叫，不怕人笑话？这事不得张扬，咱当晓不得算了。"

欢欢一说，高来弟没再作声，依然跪在灵前，伺待前来烧纸的村人和亲朋。

高秋田、马平手快，从半空里接了传单，手里拿着走出院子，站在墙跟前窃窃私语。高温心从墕畔下来，走到槐树底坐了一会儿，走到高家圪旦，看见两个年轻人边看传单边议论，走到跟前问："看得好用心啊！"

高秋田、马平看见来了生人，赶忙把传单揉折，捏在手里。高温心笑眯眯地说："不怕，不怕，我刚才也看了。"

高秋田问："你是谁？"

"我是马家水磨坊的长工高温心，和你们一样，全是穷人家子弟。你俩叫甚？"

"我叫高秋田，他是马平。"

"想起来了，和马驹一块耍大的吧？"

"你咋晓得？"

"马驹和我说过你们俩，听说你们在村保卫团干过？"

"以前做过，鬼子第一次进攻镇子时，解散了。"

"武器呢？"

"藏起来了。"

"鬼子占了咱这儿，人们的日子不好过了。有血性的男人都应该拿起武器和鬼子斗。"

"鬼子人多势众，武器又好，我们咋个斗法？"

"参加八路军、游击队是一个办法，骚扰、暗杀、传递消息又是一种办法，只要我们一心就能把鬼子赶走。"

三个人说了会儿话，噼噼啪啪的鞭炮和噔噔的大炮声一齐响起，高秋田说："这是开饭炮，咱一块吃饭去吧。"

"不了，我还有事，得赶紧回去。今黑夜和明早晨，你们要鬼精点，传单之事一旦被鬼子知道，村里人怕就有难了！"

葬礼有序进行。第二天，太阳出山不久，抬杆埋人的村人和孝子就从地里回来，人们在大门口水盆里挨着翻转菜刀，拍打身上尘土，旋即又跪在院里跟着李阴阳磕头谢后土。李阴阳摇着响铃，念完咒语，诸事停当。人们圪蹴在圪台上院子里，与所有帮忙事筵被通知来事谢的人一起吃烟喝水，等待吃饭。半前晌时，饭菜做好，五六桌八碟八碗凉热荤素菜全部端全，总管杨睛明和高廷亮端着酒杯给人们敬酒，说了好多感谢的话。敬完酒，众人开始吃喝。

杨睛明和高廷亮刚入座，大门外响起了枪声，高秋田和马平想起高温心说的话，赶忙抽身，跑到东面拐角处窄楼踏道处，快步上了堖畔，隐身往外瞭哨。一队鬼子端着枪，嗷嗷叫着冲进前门，高秋田探头向院里喊了一声"快跑"，转身拉着马平一起跳墙跑了出去。

院里吃饭的人听到喊声，五六十人哗地站了起来，嚷叫着，一窝蜂向前院跑去，有几个人刚跑到前院，就被鬼子打在地上的子弹给挡了回来。众人回头又往窑洞房子里跑，没来得及往房子里跑的，傻愣愣地站在当院不动。五六个鬼子端着枪把住院门，门顶压了一挺机枪，七八个鬼子上了楼，黑洞洞的枪口对准院里人群，其余鬼子把钻进房间窑洞里的人全部赶了出来。沟田对着人群喊："传单的，谁散的？说了的没事，不说，统统死啦死啦的！"

欢欢娘紧紧抱着三三说："空中飞来几张纸，不知道从哪来的。好多人不识字，也晓不得甚叫传单传双。"

沟田一把扯出三三，唰地抽出指挥刀，架在脖子上，凶神恶煞般地吼叫："你的说，谁散的传单？"

三三手摸着指挥刀，嘻嘻笑着说："好耍，好耍，我要耍刀。"

村长杨晴明赶忙走到沟田跟前说："太君，我是村长杨晴明，有话好商量。"

沟田从上到下打量了杨晴明半天，瞅着他的眼说："呦西，村长的干活。你们村八路的有？"

"没有。"

"那传单是谁散的？"

"兴许是八路军和游击队悄悄扔的，村里人都是大大的良民。高家对皇军有贡献，高东家刚死，人们都是来帮助埋人的。这不，高东家刚入土为安，人们才回来吃饭，传单的事与他们无关，更与那小子无关，他是个傻子，连饭都不会吃啊！"

沟田放开刀，三三眼瞅着刀站在那儿一动不动，他娘王玉秀一把拉回三三，紧紧地抱在怀里。沟田阴笑着说："杨村长，明天带上你的良民，到山上修碉堡。"

杨晴明怕村民当下吃亏，满脸堆笑说："好好好。太君，坐桌子，吃点酒菜。这酒菜还未动呢！"

沟田看着满桌子喷香的酒菜，耸着鼻子嗅了嗅，提起酒壶，咕噜咕噜喝了几口，正要招呼鬼子吃喝，突然外面枪响，垴畔两个鬼子应声倒地。垴畔上剩余的五六个鬼子听到八路军来了的声音，对着声音传来方向猛烈射击。沟田挥舞着指挥刀，带着二三十个鬼子向门外枪响处追去。垴畔上的五六个鬼子抬着那两个被枪射中的鬼子下楼出了院子，放在圪旦，也随队而追去。沟田带着人马追到山头，高秋田和马平早已跑得不见踪影。沟田无奈，站在山头嗷嗷叫了半天下山，半坡上抢了高升的一辆马车，拉着两具尸体，回到了镇子。

修碉堡拆了山头一座破庙。修到一半，没了砖石，沟田带着来湾头督建碉堡的德田少佐和五六个鬼子在村子半山坡转悠了半天，觉得离山近点的多为泥脚接口窑，没多少材料可拆卸，失望地摇着头走下坡道。德田走到高升家门口时，眼前一亮，点了点头，手指着院子，狂笑着说："呦西，呦西。"沟田手一挥，匆匆返回山头，指挥日军驱赶着修碉堡的人拿上工具回村拆房。五六十人被赶到高升家门口，谁也不肯先动手拆墙，院子里狗叫不断，德田看着众人不肯动手，哇呀呀怪叫着，飞起一脚踢到李阴阳肚上，李阴阳哎呀一声，弯腰双手抱住肚子，向后倒退几步稳住身子，两眼瞅着德田。德田欻地抽出指挥刀，架在李阴阳的脖子上，李阴阳感到再不拆扒，说不定性命难保，赶忙说："太君，我拆，我拆。"说着拉起铁锹撬起墙头几块砖，众人也在鬼子刺刀的胁迫下，拆开了墙。

欢欢娘王玉秀听见人喊狗叫，以为鬼子在他们家跟前抓人，慌忙躲在后窑掌锅台圪塄，藏了好长时间，听见院子里当当当响声不断，初以为有人往院子里跳，声音越来越密集，才觉得不对劲，赶紧走到门口，透过门缝往外瞅，靠坡道的围墙已拆掉一半，侧窑垴畔上的花栏也全部拆掉，窑坪上也拆了三四层，院子里已拆下一堆堆砖头。王玉秀拉开门，哭喊着跑出去拦挡。黑子看见主人出来，猝然扑到墙头狂咬，跟前的几个男人赶忙退离墙根，德田掏出手枪，叭叭两枪打到黑子头上，黑子瞪着眼，呜哒了一阵，一头栽在乱砖里。王玉秀嘴里不停地骂着，发疯似的拉起地上的砖头往墙外人群里乱扔，一块砖头斜斜地砸在沟田的右胳膊上，沟田手里的指挥刀哐当一声掉在砖堆里。沟田弯腰拿起刀，顺手掏出手枪，照着手里捏着砖头的王玉秀前胸叭叭两枪。王玉秀一手举着砖头，一手指着墙外瞄准他的日军，流着血的嘴里断断续续地说了句"狗日的……鬼子……不……不得……好……好死"，前后踉跄几步，倒在地上。

正在高升水磨坊磨面的杨睛明听到村里枪响，丢下磨好的一袋豆面，急忙跑出水磨坊，急走几步到村口，站在村口土圪台上瞭哨，看见高升侧窑垴畔大门口有很多拿着工具的村人，背后站着一溜端着上了刺刀的枪的鬼子。杨睛明觉得不妙，慌忙快步走到院门口，看见拆倒的侧窑院墙和村人沮丧的表情，疑惑地问："这是咋啦？"

李阴阳说："日本人让拆地方，高升老婆出来拦挡，被沟田队长用枪打了。"

"人在哪儿？"

"在院子里躺着。"

杨睛明赶忙踏着乱砖，走进院子，扶起王玉秀，王玉秀眼瞪着，额头弹孔里流出的血已黏在脸上。他高声喊了几声，王玉秀没有任何反应，用手摸了摸王玉秀的右手腕，手腕冰凉，脉搏早已停止了跳动。他喊来李阴阳帮着把王玉秀抬到居舍炕上，赶忙跑出来对沟田说："沟队长，不能这样啊，拆了人家的地方再把主人打死，这是哪家的道理？何况地方还住着人，拆了让他们去哪儿住？"

沟田火悻悻地说："我只管要砖石修碉堡，住不住的不管。碉堡已经缺料，不拆房子，哪里去找？"

杨睛明说："既然院子和侧窑已拆烂，拆了就不要再拆了，正窑留下让高升住着，另找不住人的地方拆，你看行不？"

"不行，拆。"

杨睛明还想再说，沟田眼一瞪，刺地抽出指挥刀指着杨睛明说："杨村长，你的良心大大的坏了！十来个人拆，其余的往山上搬。"沟田指着跟前的十来个人说："你们的拆，其他人统统的搬运。杨村长，你的也拆！"

杨睛明站在门口不动，两个鬼子大声呵斥，用刺刀顶着胸脯，他本能地后退了两步，拿起墙跟前的一把镢头，顺缝子往起扒砖。

高欢欢吃了早饭，盘腿打坐在炕上，手里拿着红绸子给未出生的孩子做瓣瓣帽，缝合好帽子的六瓣瓣，在帽顶上缀了两个做好的红绸布耳朵，拿出黄绿白三色丝线，在帽子正面绣举莲举鱼抓髻娃娃，抓髻娃娃刚绣成型，管家李栓柱慌慌张张跑进来说："来弟家的，不好了，你家出事了。"

欢欢低着头边绣娃娃边问："出甚事了？"

"听说你娘被鬼子用枪打坏了。"

欢欢浑身猛一哆嗦，绣花针捅在左手指上，左手瞬间淌出了血，她一把抽出绣花针，扔下抓髻娃娃帽，溜下炕，快步向娘家走去。管家李栓柱和婆婆李桂香怕欢欢出事，赶忙跟了过去。

欢欢走到娘家门口，见院墙已拆倒，院子里躺着几只打死的母鸡，乱砖前站着十来个端着刺刀的鬼子，黑洞洞的枪口对着侧窑坪，杨睛明和十来个人正在拆侧窑。欢欢从院子里拆下的乱砖堆爬上去，气呼呼地二话没说，一把夺下杨睛明手里的镢头扔在窑坪，转身又要夺其他人的工具，几个鬼子哗啦哗啦拉响枪栓，杨睛明一把抱住欢欢说："好孩嘞，鬼子逼住让拆，人们也没法。你娘出来拦挡，被鬼子打死了，还是人要紧，咱赶紧看怎么送老人上山才是正宗。"

欢欢根本听不进杨睛明劝说，哭喊着捶打着，打了半天，猛然挣脱，弯腰捡起一块砖头欲向鬼子砸去，杨睛明一把夺下砖头，拦腰抱住。李桂香和李栓柱硬是拉扯着欢欢下了窑坪，扶进欢欢娘住的当中窑。王玉秀仰面横躺在炕上，鬓角和脸上的血已干，欢欢爬上炕，扑到娘身上号啕痛哭。杨睛明让李栓柱到水磨坊叫回高升和三三。高升回来，没搭理拆毁的院墙侧窑，拖着三三的手，径直跑进当中窑，眼中流着泪，口张了几下，一口气没上来，当即昏厥倒地。杨睛明赶忙扶着，使劲地掐着高升右手虎口，高升阒然哇的一声哭出声来，踉跄几步站起来，扑到炕边"玉秀、玉秀，你走了，让我和三三如何活呀"地哭喊着。杨睛明拉起他说："不用哭了，眼下当紧的是早点让玉秀入土。"

高升抹了一把眼泪，几步跑到后窑掌，抄起菜刀喊着："狗日的鬼子，老子和你拼了。"杨睛明、李栓柱赶忙抱住他夺下菜刀说："鬼子惨无人道，你出去砍不了鬼子，再搭上自己性命就不合算了。玉秀已去，你再有个三长两短，让三三咋办？"

高来弟从门进来说："爹，咱胳膊扭不过大腿，鬼子要拆就让他拆，你千万不敢和鬼子硬来，你硬来，吃亏的还是咱。"

欢欢噌地抬起头哭着说："十足的窝囊废，你不谋报仇，反而在鬼子跟前低三下四，投其所好，要的你这男人做甚！"

"还是保命要紧。鬼子残暴，稍有反抗，就会招来杀身之祸，难道你让我也去送命不成？"

"你报不报仇我管不了，我的仇是迟早要报的。"

杨睛明说："不用多说了。这地方鬼子是非拆不可，我们扭转不了，依我看，欢欢爹还是把东西先搬到贾连长的空地方，让玉秀上了山再做打算。"

高升说："事到如今，我也没甚法子，由你安排吧。"

欢欢抹着眼泪说："既然爹同意，我这就过去开门。"

欢欢立起身子，溜下炕，哭丧着脸，快步走到她自个儿的家，开了门，挑着水桶，到河边担了一担水，生着火，烧了半锅水，扫了炕脚底，铺了一床新铺盖。刚收拾好，李栓柱肩上背着两床铺盖，李桂香、高来弟提着两大包东西，高升一只手提东西一只手拖着三三从门进来。李桂香刚铺开王玉秀的铺盖，杨睛明背着欢欢娘也已进门，众人帮着杨睛明放好王玉秀。杨睛明说："赶紧给玉秀擦洗，身子僵了连老衣也不好穿。"

李桂香赶忙舀了半盆水，撕了一把棉花，站在脚底给王玉秀擦洗头脸，欢欢跪在炕上给娘擦脚，三三趴在跟前扒着娘的眼皮要饭吃。

杨睛明问："欢欢爹，老衣咋弄，是借是缝还是买？"

高升攥了一把鼻涕说："玉秀年时缝了几身老衣，把我俩的全准备妥了。拿过来了，在包袱里装着。"

擦洗好，王玉秀的身子已变僵，众人费了好大劲才给她穿好老衣，手腕戴上打狗饼，脸上盖了谢面纸。烧了倒头纸，杨睛明、高升、李栓柱、高来弟去高升家搬东西，欢欢坐在娘跟前哭个不停，婆婆李桂香劝了好长时间，欢欢才止住哭声。

搬到半后晌，东西搬得八九不离十，众人才草草吃了碗面条，坐下商量王玉秀上山之事。杨睛明说："欢欢爹，玉秀如何上山，你拿个主意。"

高升叹息地说："世道乱成这，地方鬼子拆了，村里人也全被赶去修碉堡了，连抬杆打墓的人也不好寻，还咋埋？弄口棺材装裹了，山上寻个空窑窑沙了（寄存）。"

欢欢说："娘辛辛苦苦活了一回，不能这么草草地就打发她上山吧？"

杨睛明说："欢欢，有些事你还不懂。你爹说得对，鬼子在村里修碉堡，找人帮忙不是问题，实在不行，咱可以雇人，如果咱要开吊做事筵，一旦出事，岂不是雪上加霜？最担心的是鬼子再找借口伤害了帮忙事筵的人，咱咋向他们家里人交代。"

"娘受了一辈子罪，日子刚好过没几年就走了，不做事筵，做子女的于心何忍？"

"情况特殊，以后世事太平了再补报你娘。"

高升说："欢欢，你娘命苦，不用再说了，按村长的意思办吧！"

杨睛明说："棺材先借用我娘的，黑间人们回来搬棺材成涵装裹，明天鸡叫时分上山。拴柱和来弟去镇子里买些白布香表麻纸菜蔬和糕面，桂香和上十来斤好面，看谁家有起面借来，连夜蒸副祭，我去和鬼子要李阴阳到山上帮忙寻找空窑窑，清理好，好让玉秀顺利入土。"

杨睛明在下院拐角处厦檐底拿了一把铁锹一把扫帚出了院门，拴柱和来弟也各自担着圪栳和篮子去镇子里买东西。李桂香和好面，留着当下吃的，剩下的放在盆里，盖上盖子，捂了一块折叠成盆大小的褥单子，端到院子里太阳底下发酵。放好盆，李桂香出了门，去自己家拿来头天的发面，与盆里的面揉到一起。高升端了盆清水，到院子里找了块完好的砖瓦磨好。高三三圪蹴在爹跟前，手在小瓷盆里撩着水。

天黑之后，杨睛明和李阴阳从地里回来。高升返回自家鸡窝，捉了摸黑钻到鸡窝里的公鸡，扣在筛子底，以备做引魂公鸡。没多久，村里修碉堡的人也陆续回家，匆匆吃过饭，不少人来到高升家帮忙。女的缝制号帽白衣裳，给孝子鞔鞋，手巧男人裱糊纸活，李阴阳坐在后窑掌书写孝单正砖正瓦，四个后生跟杨睛明去他家里扛棺材，七八个男的分头去家里寻找抬棺材的长杆扁担大绳短绳。扛来棺材，成涵入棺。众人抬起材盖盖棺，欢欢双手紧紧抓着棺材帮，俯身哭着不起来，婆婆劝了半天也无济于事，杨睛明用力掰开欢欢的手，棺盖套上卯榫，哗地盖上。

鸡叫头便刚过，村里人就赶来，绑扎好棺材。欢欢点过三回指路香，高升拖着抱有引魂公鸡的三三，李阴阳念过迁柩文，敲碎丧盆，大喊一声，"起柩。"八个男人各执扁担一头，抬起棺材，李阴阳担着祭奠罢的香纸祭品、正砖正瓦、新笤帚，撒着买路纸钱，一班吹鼓手卖力地吹打着，前往墓地下葬。高欢欢托着棺材，一直跟出村，高来弟劝不住，硬是半拖拉半搀扶她回家。天蒙蒙亮，埋人的从地里回来，匆匆吃过高家准备的糕汤菜，年轻力壮的又赶去给鬼子修碉堡了。

第十二章

沟田贪吃贪财又贪色，激恼了三郎堡日军总部德田少佐。一年后，沟田被调往湾头山头碉堡驻防。此时，高欢欢的男孩刚过一周岁。

高欢欢坐月子时，高来弟执掌了高家粮店，高廷亮赋闲回家。粮店生意并不景气，两个伙计打理着偶尔有买米买面的门店，高来弟没有多少事做，也没有谋算着把粮店开好，每天来店里只是走一圈，转到周围的店里和别的店主瞎侃半天，抑或是跑到花香苑喝喝茶抽几泡洋烟。花香苑住着三个穿着和服木屐的日本女人，高来弟坐在窑洞里喝茶能听到木屐嘎吱嘎吱的响声，嘎吱声一响，高来弟就仄楞着耳朵细听，贾存儒故意眯缝着眼笑笑说："高掌柜，这是在听甚？"

高来弟靠着雕花太师椅，嘴里吸口浓茶，放在嘴里咂咂，抬头往窗户瞭瞭说："楼上住着甚人？听脚步声，像是年轻女人。"

"楼上可是德田带来的日本女人，日本女人水色好，有规矩，从来不给人脊背，人面前行走不转身，常常是倒退着离开。要不要上去看看？"

"稀罕，咱去看看。"

"这可不是白看的，你有钱？"

"现在我是掌柜的，大钱虽被沟田拿走，但看女人的几个小钱还是有的。"

"带着？"

"带着。带个三二十块。"

高来弟站起来，搂起长袍，摇摇腰间拴着的红绸缎钱袋，钱袋里窸啦啦作响。贾存儒点点头，哈哈大笑说："老弟终于活出头了，花点银线，再也不用看你爹的黑眉脸了。走，老哥带你上去看看日本女人，保证你一看就腿软得不能动弹。"

贾存儒拉着高来弟从茶室出来，从西南拐角处砖砌台阶上到二楼，进了东侧瓦房，瓦房的顶棚是新裱糊的，里面的炕已拆除，木板墁地，当脚底木板上铺着地毯，地毯上摆放着一个低矮的小长桌，北侧山墙处有高于地面尺许的木床，木床上铺设着华丽的铺盖，木床前垂着浅绿色布幔，床跟前设有一个精巧的梳妆台。一进门，一股浓浓的香味扑鼻而来。高来弟提提鼻子，低声说："好香。"穿着樱花锦缎和服席地而坐的女人见贾存儒带着一个陌生男人从门进来，赶忙站了起来，双手搭在胸前，弯腰垂首说："贾掌柜，您有事？"

"没事，给你介绍个新朋友。这是德盛昌粮店的高来弟掌柜，你们认识一下，以后好互相照应。"

女人抬头看了看高来弟，莞尔一笑说："高掌柜好，初来乍到，还得您多多关照！"

高来弟眼直直地看着女人，女人长长的睫毛颤了颤，低着头，移动着细长的腰身去沏茶。紧贴女人后腰的方形莲花包包随着身子的移动而上下蠕动，垂在腰间的两条飘带在左右摇摆，脚上的木屐踩在地板上，发出笃笃的响声。贾存儒说："木子，茶刚在底下喝过，别忙乎了，高掌柜是花香苑的常客，有的是机会见面。我们先去那边，看看她们有甚用的。"

　　贾存儒揎了揎高来弟，出了二楼东厢房，走到坐北向南厅房，厅房五开间，和东厢房一样，全为日式陈设，不过，厅房的装饰规格明显高于厢房。敲开门，贾存儒探身进门说："惠子小姐，可以进来吗？"

　　身子有些丰腴的惠子说："贾掌柜，进来吧。"

　　贾存儒带着高来弟进了门，站在门口，惠子面对他们向后退了几步，走到矮桌边，满脸含笑着说："坐吧，我给您沏茶。"

　　"不坐了，您别忙乎。德盛昌粮店的高来弟来看望看望您就走，我们还有事。"

　　来弟掏出五块银洋，放在矮桌上说："惠子小姐，初次见面，不成敬意，望您笑纳。"

　　惠子低着头深度弯着腰说："谢过高掌柜，还望多加关照。"

　　高来弟说："哪里，哪里，生意人可得仰仗美人，有甚事，我们还得求您关照呢。"

　　从厅房出来，高来弟说："惠子丰腴，皮肤细嫩，让人一看就心动。"

　　贾存儒在高来弟胳膊上杵了一拳说："惠子可是德田的女人，你小子千万不敢在她身上动什么邪念，小心惹祸遭殃，白白送了自个儿小命。"

　　"照你这么说，木子可以。"

　　"木子可以，没有固定的日本伙计。"

　　"你不是说有三个，另一个呢？"

　　"贞子性子火暴，人样也不如她俩，不适合你，我谋算不用看了。"

　　"算了吧！惠子不能联系，咱就联系木子，狗日的鬼子杀害了我爹，咱拼不过人家，就用他们的女人，好歹也能出口恶气。"

　　"说得低些，让日本女人听见告给德田，就有你的好果子吃了。"

　　"晓得了。如今时间还早，我和木子说会儿话。"

　　走到东厢房门口，贾存儒推开门说："木子小姐，高掌柜想和你说说话，你和他聊吧，我还有事，就此告辞。"

贾存儒躬身抱拳退了出来，高来弟闪身进了房间，顺手拉住门口窗帘，搭上门关，走到木子跟前，掏出十块大洋放在矮桌上，痴痴地笑着说："这是薄礼，请笑纳。"木子知道来意，倒好一杯茶，递给高来弟说："高掌柜，您喝茶。"

高来弟右手接茶时，木子柔软的纤纤玉指在高来弟的手背轻轻滑过，高来弟左手顺势握住木子的手，木子站在跟前莞尔一笑。高来弟喝了一口茶，弯腰放下茶杯，用手心轻轻摩挲着木子柔嫩的手背，木子拉着高来弟的手走到床边坐下，头倚在高来弟身上，高来弟觉得有戏，低着头，脸紧紧贴着木子的脸。

坐了片刻，来弟着耳细听，院子里静悄悄的，偶尔能听到一楼厨房嚓嚓的切菜声。高来弟觉得此时正是机会，试着用手在木子的脸上摸了几下，木子不但没拒绝，反而转身紧紧抱住他，高来弟的心突突跳着，木子手按着高来弟胸口说："高掌柜，心跳怎么这么快？"

高来弟说："担心皇军突然而来。"

"现在没事。要有人来也在天黑之后。"

木子这么说，高来弟依然心慌，阒然想起自己衣兜里还装着一泡大烟，手赶忙伸进兜里，摸出大烟，填在嘴里，慢慢咬碎咽下。片刻工夫，高来弟精神大增，胆子大了起来，手噌地深入木子的衣口，木子松开右手，抽出头上银簪子，解开高来弟长袍，咯咯笑着站起来脱掉和服，露出雪白的肌肤，圆润的乳房高耸着。高来弟当下血脉偾张，一把搂住木子，木子顺势躺上床，高来弟扑到木子身上，木子搂着他，高来弟吻着木子的全身，木子用焦渴的眼神瞅着来弟，来弟尽情地吻着木子的胸脯，木子发出阵阵轻吟……

一阵云雨过后，高来弟穿好衣裳坐了起来，木子依偎在来弟胸前，柔嫩的小手轻轻抚摸着来弟的胸脯，来弟闭着眼睛说："木子小姐，以后有甚事告我说，我听你的。"

木子娇媚地说："高掌柜，我初来乍到，还得仰仗您啊！"

"木子小姐的事就是我高来弟的事，放心吧，我会尽力的。"

高来弟没敢在木子那儿久留，喝了一杯茶水，慌里慌张溜了出来，跑到贾存儒房间，一屁股坐在藤椅上。贾存儒笑眯眯地说："一看就是做了实的，咋样？"

高来弟诡秘地斜着眼说："好着呢。皮肤光的白绸似的，身子一触，浑身发麻。"

"今天一早，德田带着日伪军拉着火炮往西去了，可能是又去炮轰河西，大概要返回也得黑间半夜，明早晨好像要去北山扫荡。这几天是机会，不用提心吊胆，你可以放心来快活。"

"照你这么说，黑间也可以不回？"

"说不准。看那架势，回来也在黑间半夜。"

"我到店里拿点料子再过来。"

"跑甚？我这儿有，你用就是了。"

贾存儒一说，高来弟斜仰着身子躺在藤椅上，眼皮耷拉着说："那我就不走了，晌午和木子喝几杯再走。店里原来全靠外销，如今世道乱，咱这人胆小不敢走出去，只靠门店零售，一天也卖不下几个钱，生意不景气。倒不如悄悄藏在这，省得去店里烦心。"

高来弟喝了几杯茶水，躺在藤椅上点了瞌睡，不一会儿就鼾声大作。半前晌，贾存儒拿着两个桑条编的笼子到河滩水地采摘些菜蔬，顺便看长工务弄庄稼菜蔬。贾存儒站在水壕边，看到菜畦子依旧没浇水，恼火地喊："张谋新，一早晨做甚嘞，日头快照到脑顶了，连个怂水都浇不上，要得你这些怂货做甚？"

张谋新说："贾掌柜，浇水不由咱，壕长说了算，要按顺序来。你不用操心，快轮上了，马家的浇完就能浇咱的。"

贾存儒瞭见壕长李秋水戴着草帽手里拿着一把铁锹站在支壕边，高声喊道："秋水，咋还不给我家浇地，壕钱我可没少出过，掌了一点屁大的权，就连人也认不得啦，小心今冬重选时把你换掉。"

李秋水看见前方党家的畦子全部浇满，赶忙紧走几步淤住党家地豁口，铲开马家地进水口，抬起头说："贾掌柜，你是个明白人，壕长可是大家选的，我得公道，不公道人们会戳脊梁骨骂你，谁也当不好，也当不时长。"

贾存儒没和李秋水搭腔，转身和张谋新说："笼子我提来了，你回时，见样采摘些菜蔬，饭店还等着用。"

"晓得了，你先回吧，浇完地，我立马就回。"

贾存儒回来时，高来弟还在藤椅上呼呼入睡。贾存儒轻轻走到跟前，高声喊道："八格，竟敢乱动皇军的女人，死啦死啦的！"

高来弟正在做梦，贾存儒一喊，吓得猝然站起，扑通一声跪在脚底，浑身哆嗦着，不住地磕着头说："太君饶命，小的一时糊涂。"

贾存儒扑哧笑出声，看着高来弟身子抖着，大声吼道："抬起头来。"

高来弟抬头看是贾存儒，噌地站起来说："怂人，吓死了。哪有这种耍笑人的，把魂也吓跑了。"

"软骨头。"

"你替日本人做事，和德田打得火热，还有资格说我？"

"还不是为了挣两个钱，我也是迫于无奈。"

"我还晓不得你那德性？为了钱，连爹也能卖了。"

"胡说八道。你把当铺送给日本人，我不说你，你倒说开我了。"

"那是鬼子抢占，咋能说成是我送的？鬼说六道。"

"贾天祥是咋死的，难道你忘了？"

院子厢房里陆续来了一些吃饭的，贾存儒扭头不悦地说："不和你编了。晌午已过，你到底和木子吃饭不？不吃，我招呼客人去了？"

高来弟笑着说："吃。炒几个菜，打两壶酒来。"

"在木子房间吃，还是在我这儿吃？"

"还是在二楼木子房间吧，底下人多嘴杂。"

"那你先到木子房间等着，菜好了给你端上去。"

贾存儒说罢转身出了门，高来弟喝了一杯茶水，随即走到二楼木子房间，征求木子意见，木子同意在她房间一起吃饭。高来弟走到木子房间，脱了鞋，盘膝坐在矮桌前。木子冲好茶，高来弟瞅着木子看了看，端起青瓷茶杯喝着茶。没过多久，贾存儒手提烧酒酒具，带着伙计，端着五香花生米拌皮冻、粉皮头肉、灌肠、碗托莜面旗子四碟子凉菜进门。贾存儒脱掉鞋，放下烧酒酒具，接过伙计手里木盘，端起盘中菜碟摆上矮桌，端着空木盘，转身要走，木子说："贾桑，你留下，一起吃吧。"

贾存儒把木盘递给伙计张谋新，回头说："你们吃吧，我还有些事。"

木子娇滴滴地说："不愿一起吃饭，看来是瞧不起我了。"

贾存儒赶忙弯着腰满脸堆笑说："木子小姐，您误会了。我非常愿意，主要是怕扰了您的雅兴。"

木子打着柔软的手势招呼贾存儒坐下，贾存儒想，木子表面温和，但眼神里透着一股硬气，他不知道木子的底细，本不想做灯树，但又觉得惹不起这日本女人，赶忙笑着紧走几步，搂起长袍下端，盘膝坐下，高来弟挪了挪身子，两人坐在木子对面。

张谋新下了楼，见贾存儒没下来，料想掌柜的也一起陪吃，顺手拿了一双筷子一个酒盅，一步两个圪台地跑着送了进去。

贾存儒倒起酒说："来来来，高掌柜，我们一起敬木子小姐。"

　　酒到半酣，木子笑眯眯地说："最近，游击队、武工队几次蹿入镇子捣乱，暗杀了几个皇军和真心为皇军服务的朋友。德田少佐很是恼火，正在追查凶手，你俩可知情？"

　　两个人都摇着头说："听说过，具体情况不知道。"

　　"全是假话。你们俩在镇子里眼宽，不可能不知道吧？"

　　贾存儒说："木子小姐，您冤枉人了。我每天在饭店经营，用的菜都是伙计们去买，一般很少上街，咋能知道这些事情。至于高来弟知不知情，贾某就不清楚了。"

　　贾存儒顺口把事情推给高来弟，高来弟气得屁股狠劲地在地毯上拧了拧，想骂贾存儒，可在木子面前又不能发作，只得苦笑着说："木子小姐，别看我在街道开粮行，其实，只是早晨来后晌回村，黑夜街道发生的事我就晓不得了。"

　　木子说："听说你们村里有几个人当了八路，这你该知道吧？"

　　"这个知道。高秋田、马平打了皇军黑枪，跑到八路那里当兵去了。"

　　"这两个人回来过没有？"

　　"没听说。"

　　"如果这两个人回来，你要及时向我报告，如果知道隐瞒不说，这个后果你明白吗？"

　　"明白，明白。"

　　"当铺里的那两个伙计是不是也跟八路走啦？"

　　"当铺皇军征用，伙计没事做，高廷亮叔把他们打发回家了。"

　　"确切？"

　　"确切。是廷亮叔亲口告诉我的，大概我也清楚此事。"

　　"这事不得含糊，如果跟了八路，你们家也有通共嫌疑。"

　　高来弟左手压着心口点着头说："是，是。"

木子指着贾存儒说："贾桑，皇军对你不薄，你要随时留心八路和共党的秘密活动。"

贾存儒转身看看窗外说："木子小姐，这几天，我去过水地几次，发现马家水磨坊有些生人出入，是不是这个地方有问题？"

张谋新端着热菜刚走到门口就听到贾存儒提到马家水磨坊，他圪蹴在窗户底细听，又听到这个地方是不是有问题的话语，端着菜静静地听着。

木子说："贾桑，你再观察，发现问题随时告我。"

张谋新赶忙站起，放轻脚步退后几步喊道："来了，香喷喷的热菜来了。"旋即端着菜走到门口，端菜进入房间。

张谋新从木子房间出来思谋，贾存儒和木子说此话，可能已发现马家水磨坊的一些蛛丝马脚，说不定高温心随时有危险，他想放下木盘立即告给东家马振华，可饭时突然出去会引起贾存儒的怀疑，他决定等过了晌午饭客人离去收拾停当，再找借口出去。

院子里太阳背下一溜，客人已陆续离开。张谋新麻利地收拾了桌上餐具，舀了两盆水，清洗干净碟子碗筷，一个个套着，有序放在桑条筛子里。张谋新刚收拾好，贾存儒就从楼上下来，让他去收拾木子房间的餐具，张谋新嗯了一声，转身拿起立在窗崖底的木盘子，噔噔噔几步跑上楼，拾掇好桌上东西，摞在木盘里端下来，三八两下涮洗干净，回头在墙角处拿了一把锄一个篮子。贾存儒正好出来，看见张谋新拿着锄头，大声问："谋新，拿着锄头做甚？"

张谋新说："早晨刚浇了水，我去锄锄地。要不，晒了一晌午，地就板结了，影响菜蔬生长。"

贾存儒没搭腔，转身回了房间。

张谋新扛着锄头出了院门，快步向马家走去。张谋新走到马家后院当中窑，没有敲门，轻轻推门进去，马振华和夫人梁艳花正躺在炕上睡着，梁艳花睡觉轻，听见有人进门，赶忙翻身坐起，一看是张谋新，整了整粉底兰花短袄，脱口便问："谋新，亮红晌午的来，莫非有甚要紧事情？"

张谋新说："不好意思，打扰夫人了。还真有个要紧事和马东家说。"

马振华睡梦中听见张谋新说话，料知有要紧事，一骨碌翻身坐起，顺势溜到炕底，看了眼张谋新，头朝外一摆，走出门。张谋新跟着马振华进了当院议事厅，闭好双扇门，转身走到马振华跟前低声说："今晌午，贾存儒、高来弟请木子吃饭，我送菜时，在门外听到贾存儒说马家水磨坊有陌生人出入，怀疑水磨坊有问题。从说话来看，我觉得木子这女人不简单，表面看着文文静静，但捉摸不透的神秘眼神里露着一种阴冷，很可能是日军的暗探。贾存儒说出水磨坊有陌生人出入，木子安顿他再细细观察，说明水磨坊已引起木子的注意，高温心长期在水磨坊会很危险，说不定哪天会出事，是不是先把高温心撤出转移。"

马振华说："现在仅是怀疑，没有任何证据，我们不能贸然撤人，如果把温心撤走，反而授人以柄，还是按部就班正常经营为上策。不过，我们得随时留心敌人动向，近期内少在水磨坊走动，鬼子动向递送由你我直接进行。你去河滩顺便到水磨坊提醒温心，让他转告来人，以防暴露身份。"

张谋新告给高温心，锄了两畦子菜地，摘了些葫芦黄瓜，挽了几根水萝卜，用锄头挑着满满一篮菜蔬，返回饭店。

高欢欢月子刚满十来天后的上午，沟田就带着十来个鬼子闯进她家。沟田进门时，高欢欢正怀里抱着孩子搂着袄襟喂奶。几个鬼子踢开窑门，端着枪撞了进来，明晃晃的刺刀对准欢欢。三三坐在下炕，嘴角、下巴糊着涎水，眼斜着看进来的鬼子。欢欢心头一紧，当即镇定下来，脸黑着，两眼瞪着从门外进来的沟田。沟田看见欢欢白生生的奶子，哈哈大笑，大笑过后，两眼放着凶光问道："高家当铺的那两个伙计，你的知道？"

"知道。"

"什么的干活？"

"高叔已打发回家了。"

"高家不简单，听说这两个人八路的干活。"

"八路九路我不懂。当铺让你们抢占，人没事做，高家打发走人，出了高家的门就不是高家人，至于人家伙计走后做甚，与高家有甚的关系？"

"从高家出来八路的干活，高家八路的有。三天的伙计找回，找不回的就带你走。"

沟田说完，气咻咻地挥手带着几个鬼子出了门，奔高升水磨坊而去。水磨坊三家磨面的看见鬼子进来，提上麦袋要走，沟田抽出腰刀一横，三个提麦袋的中老年人扔下粮袋，吓得躲在墙角一动不动。沟田照三个人屁股踢了几脚说："粮食的皇军收了，人的滚！"三个人慌忙逃了出去。

高升圪蹴在磨盘跟前，嘴里含着椿木烟袋，闷头吃烟。眼看磨眼漏斗里的东西要磨完，沟田欻地一把抽出腰刀，架在高升的脖子上，恶狠狠地说："高掌柜，还不站起磨面？再不动手，死啦死啦的。"

高升不情愿地站起来，收拾自动筛着面的大笸子，掬起笸筐里的麸子，倒入磨眼漏斗，再磨一遍。磨完一家的豆面，又磨另两家的麦子。鬼子杀害了欢欢的娘王玉秀，高升恨之入骨，给日本人磨面又是沟田的刀架在脖子上而为。高升窝着一肚子火，笸面时趁鬼子不注意，往面里撒了两把麸皮，麸皮未出尽面粉，磨眼里还有东西，高升就出去到壕边合上水闸，水磨停止转动。几个鬼子收拾好面粉，扛着面袋，扬长而去。

鬼子出门约一袋烟工夫，高升也出了水磨坊，站在河畔石床上张望，看见鬼子已出了村，向山上碉堡走去，赶忙跳下石床，拉开水闸，回到水磨坊，将两家麸子合到一块，倒进漏斗，又磨了两遍，旋即解开大绳，吊起石磨，拿着笤帚，清扫出磨底，倒在小笸子里，筛出扫下的磨底面粉，将半簸箕发乌的面粉装入小面袋，把麸子放在簸箕里，锁了水磨坊门，一手提着小面袋，一手端着簸箕回了家。

高升回到自己临时住处时已到晌午。他进了当中窑，放下麸子面粉，立马去欢欢家接三三。孩子高杨柳已熟睡，欢欢熬好了葫芦菜，正揉着豆面。高升拉三三到炕边，要回去做饭，欢欢的婆婆拉着亲家让吃饭，高升依然要回，欢欢说："爹，你和三三的饭做里了，就在这吃。吃了饭，还有事和您说。"高升也没说甚，坐在炕边，三三揎着他的胳膊，嘴里不住地嘟囔着："饭饭，饭饭。"

高升哄着三三："快了，一会儿就能吃了。"

欢欢听见三三要吃饭，几下揉好面团，瓷盆里挖了半碗葫芦菜，递给三三。三三接过菜碗，手里的碗倾斜着，站起来跑到窗台跟前，一屁股坐下，手指筷子并用，半碗热菜三八两下地扒拉进肚，吃完，扔下碗筷，糊着菜的手指在袄上一擦，盘膝坐在欢欢孩子睡的地方，拨弄空中吊着的纸折风兜兜。拨弄了一会儿，站起来动手解绳。李桂香烧火，欢欢往出捞长豆面旗子，抬头一看，三三正在解吊着风兜兜的红扎根，赶忙放下碗和笊篱，趴到炕上，拉开三三哄着说："三三听话，姐给你做好了长旗子，可好吃了，你坐炕边边，姐这就给你捞面调面。"

三三坐下，两只手在炕墙边抠着。欢欢捞出两碗，一碗递给爹，一碗调好递给三三，另给自己下了一碗。欢欢调好面，边吃边说："爹，沟田半前晌撞进居舍，说是当铺伙计刘天成和张三儿干了八路，限高家三天找回，找不回就带我走，你说这事咋办？"

高升火悻悻地说："死不了狗日的鬼子，天成和三儿没事做被辞退，出去后，干甚事与高家有屁的关系？至于欢欢和这事更是八竿子也够不着。"

李桂香说："实在不行，让欢欢带上孩子出去躲几天。她一个女人家，整天待在居舍，哪能知道这些事？唉，狗日的鬼子是没窟窿下蛆嘞！"

高升说："没甚好办法对付。鬼子没借口也随便杀人，找个借口，肯定会拿你开刀。如今最好的法子就是躲得远远的，不能让鬼子找到欢欢。"

欢欢说："使不得。我躲起来，鬼子会用同样的办法来对付居舍的人，全家人又要跟上我遭殃。我是宁死也不会这样去做。二老不用多说，我想好了对付鬼子的办法。"

李桂香说："好孩嘞，还是说你吧。我和你爹身子快入土的人，活得也够本了，你就不用替我们操心了，还是走得远远的，方为上策。"

高升说："鬼子甚的恶事也能做出来，说不定连命也保不住，你一个弱女子，有甚的办法去对付狗日的？"

欢欢说："我要为娘和公公报仇。明着来肯定不顶事，只能想一些特殊的办法来对付。"

李桂香说："欢欢，千万不敢这样做。你还年轻，杨柳需要你照顾，如果有个三长两短，让我们如何是好。"

欢欢说："我决心已下，不报此仇，死不瞑目。我若有不测，孩子就麻烦您照顾了。"

李桂香抹着泪说："好孩嘞，你千万不能有任何闪失。孩子需要你来抚养，我和你爹还等着你给养老送终，还有三三……"

李桂香越哭越厉害，惊得孩子也哭了起来。李桂香止住哭声，赶忙挪到跟前摇着摇车哄孩子，孩子哭个不停。欢欢说："孩子大概是饿了，你离开跟前，我给孩子喂奶。"

李桂香坐到下炕，背靠着折叠齐整的铺盖，一只手托着脸。欢欢解开摇车上的红圪筒带，揭起红绸小被子，换掉尿架子，重新裹好孩，一把抱起，盖上小被子，给孩子喂奶，孩子嘴里衔着奶头，粉嫩的小手抓着奶，使劲地吮吸着。

说了半天，高升拖着三三的手回家，临出门，再三安顿欢欢要爱护自个，千万不敢做过激而惹火烧身的事。高升和李桂香走后，欢欢裹好孩子，绑上摇车，摇着摇车，孩子很快入睡。欢欢溜下炕，走到空窑，在后窑掌墙角处小瓦罐里翻出年前闹老鼠时剩下的砒霜，倒了一些，裹在小块麻纸里，返回居舍，用糨糊糊好麻纸折叠口，外面缝了一层绸子，脱下刚替洗过的黑蓝色阔腿裤，拆开裤腰针线，压扁砒霜包，塞进裤腰拆开处，用细针密线缝好，麻利地穿在身上。

当天晚上，欢欢收拾好孩子的用品，淘了些小米，晾在筛子里。第二天早晨，天还黑乎乎的，欢欢就起了床，看了看熟睡的孩子，欢欢溜下炕，拿着细箩子，端着少半盆淘洗过的小米，出了大门，倒在碾盘上，用力揎着碾杆，两三遍碾碎，细箩子筛成面，端回去搅了一些白面，放在铺有麻纸的夹箅蒸熟，晾在箱盖铺着的麻纸上。晾好米面，欢欢和婆婆李桂香一块吃过抿尖米饭，给孩子喂过奶，安顿婆婆照料孩子。李桂香看见箱盖上的米面，问欢欢："你弄的米面是想吃摊黄？"

欢欢说："不是，是为孩子准备的。这几天奶水不多，担心孩子吃不饱，用米粉来补足。"

"明天娘去买只母鸡炖了，再给你追追奶。"

"不用了，我的身子自己清楚，吃甚也不行。你看着孩子，我去下娘家，看看居舍有甚拆洗的。"

欢欢说完，转身回了娘家，收拾起她爹和弟弟三三脱下的脏衣服，拆下被褥面子，装在桑条笼里，担到河滩清洗，洗一件往草坡搭一件，快到晌午时清洗完毕，担着回家，晾晒在麻绳上，急慌慌回家给孩子喂奶吃饭。晌午起来，欢欢估计衣裳已晒干，安顿好孩子，去了爹家。一后晌，缝好两床被褥，给拆洗过的枕头装进荞麦皮，卷好铺盖，放在下炕。她爹高升眉头紧锁，再三安顿欢欢要保全自个儿，千万不敢做出过激事。欢欢怕爹担心，笑着说："爹，您要多关心自个儿，该吃吃，该喝喝，不能老是省米掐谷舍不得，你年纪也不小了，还是少替我操心为好。我不会有事的。"

高升唉声叹气地说："唉，命苦走到蜜州也不甜。这是咋啦？高家平时又没做过坏事，咋恶事都缠着高家？"

"这无关命苦不命苦，全是狗日的小鬼子害的。"

"死不了这些害魂，到处糟践。这鬼日子何时才是尽头？"

"也不会太久。你想想，一个地广人多的国家，咋能让一个弹丸小国长期在自家门口杀人放火，欺男霸女。就是百十个人拧成一股劲收拾一个鬼子，也没他狗日的好果子吃。"

"你说得倒简单，鬼子残忍武器又好，咱咋能敌得过人家？"

"主要是人们不一劲，鬼子进村撂下东西全跑了，甚至充当汉奸，最可恨的是那些警备队伪军，不打鬼子打自家人……"

"唉。这社会乱哄哄的，甚的恶人也有。"

"全是鬼子这根搅茅棍害的。不必悲观，肯定会慢慢好起的。"

欢欢说了会儿话，闻见邻居家的饭菜味，仰头看看外头，太阳已从西面山头滑过，留下了一抹微红，赶忙收拾针线回家。

第三天半前晌，高来弟吃了饭，骑着车子去了粮店。李桂香坐在炕上摇着摇车，欢欢拿着抹布擦洗箱柜，大约两三袋烟工夫，沟田带着七八个鬼子，横端着枪从门撞了进来，沟田摸摸尖长的下巴说："高欢欢，三天时间到了，当铺的两个伙计，你的找到？"

李桂香挪到炕边说："太君，您冤枉我们了，张三儿和刘天成打发走到底做甚，我们真晓不得。"

沟田用刀柄杵了李桂香一下，凶巴巴地说："滚一边，老东西。再多嘴死啦死啦的！"

高欢欢手里拿着一块湿布，站在脚底说："别欺负老人，那事与老人无关。"

沟田淫邪的眼睛盯着欢欢说："看来你已找到那两个伙计了？"

欢欢恼火地说："人是长腿的，你让我去哪儿找？"

沟田的眼珠滴溜溜转了几圈，哈哈大笑说："那就对不起了，跟我们到碉堡说去！"

沟田说罢，手一挥，出了门，两个鬼子连拉带扯，拖着欢欢就走。李桂香慌忙跳下炕，拦住鬼子，鬼子飞起一脚踢倒李桂香，拉着欢欢出了大门。欢欢出门时喊道："娘，不要管我，照应孩子要紧。"

李桂香坐在院圪台哭喊了半天，听见孩子哭声，才拍拍屁股上的土，止住哭声，回家照看孩子，摇了半天摇车，孩子依然哭声不止。李桂香觉得孩子是饿了，突然想起欢欢准备的米粉，赶忙溜下炕，用铁火箸戳开炭火，拿了个小铁桶，倒了些许开水，熬开，挖了两勺子米粉，搅匀，熬熟，调了一点白砂糖，倒在小碗里，喂了孩子，孩子才止住了哭声。

欢欢被带到山上碉堡，关在碉堡东侧紧挨厨房的一间只留天窗的黑窑里。进门时，两个鬼子猛然用力一推，欢欢一个趔趄跌坐在窑内门口。门哐当闭上，欢欢低头揉着跌疼的屁股，发出哎哟哎哟的低吟声。关在黑窑里的三个女人赶忙从炕上溜到炕下，扶起欢欢关切地说："摔得重不重？鬼子打你没有？"

欢欢说："没打，摔得也不重。"

"你是为甚被鬼子捉里来？"

"鬼子要捉人还需找理由？抢走当铺，伙计没事干回家，走后做甚事与高家有甚关系，狗日的鬼子非要捉我来顶罪，一群十恶不赦的强盗！"

一根葱李金花听出像欢欢的声音，凑近一看，果然是她，旋即直起软绵绵的腰，鼻子哼了两声，冷笑道："没想到，你这个白虎星也有这么一天。你抢走本来应该属于我的男人不说，还克死贾天祥连长，克死你娘王玉秀和公公高廷贵，十足的灾星。你和我们住在一屋，分明是要害死我们。姐妹们，快打这个灾星。"

李金花扭着腰圪蹴下，挥起手，照着欢欢的脸，狠狠地甩了两个巴掌。同村的张小俊拉开李金华说："金花，不能这样，一村一院的，能有甚深仇大恨。如今咱全在鬼子的老监里，应该互相关照才对，不应该动手动脚打人。"

李金花愤愤地说："她抢走我男人，能不收拾她？"

张小俊说："男女之事，你情我愿，是强求不来的。如果高家真心娶你，哪有她高欢欢的戏？"

"是高来弟亲口说要娶我的。"

"没娶你，说明高来弟从一开始就是日哄你的，这也不能怪罪欢欢。我听说欢欢还看不上高来弟，是高来弟先得手后，高家才三番五次请人说合的。"

欢欢站起来说："金花姐，你打我，我不怪你，我晓得你的心病在哪害着。其实，你也是个恓惶人，平时看起来嘴硬，实际心地很软，不会害人。"

欢欢刚说了几句，门哐当打开，两个鬼子进来绑上欢欢拉着就走。欢欢被带到沟田住的窑里。沟田坐在桌前，挥手喝令两个鬼子退出去。沟田双手放在桌上，脸撅着慢腾腾地说："高欢欢，你的不老实。你们家两个伙计八路的干活，你的不说？"

欢欢瞪了沟田一眼说："不知道，你让我说甚？"

"你们高家的伙计，你咋能不知道？"

"人是长腿的，高家打发走人家，他们要去做甚，难道还要和高家商量？"

沟田虽然阴险狡诈，但经过几次交锋，明知从高欢欢嘴里掏不出什么，遂放下阴沉沉的长脸子，耸了耸尖而立的鼻梁，淫笑着说："不要说两个伙计干了八路，就是你们全村人干了八路，又能怎样？用不了几天，全是大日本皇军的刀下之鬼。"

欢欢冷笑着说："别高兴得太早了，泱泱大国，岂容强盗在自己的土地上横行霸道？四万万人迟早会把你们这伙狗强盗赶出去。说句难听的话，只要人心齐，还不把你们这些强盗给活劈了？"

沟田站了起来，走到欢欢跟前，不屑一顾地摆着手说："今天的不谈这个，只叙友情。"

"一不沾亲二不带故，和你没有任何瓜葛，有甚好谈的？"

"你的漂亮精干，我的喜欢。"

"别假惺惺的了，用不着。"

"不对，不对。做个朋友还是可以的吧！"

沟田说着一把抱住欢欢，张开嘴向欢欢白里透红的脸上啃去。欢欢的手向后绑着，不得施展，只得用头撞击着沟田胸脯。沟田不予理会，依然紧紧抱着欢欢乱啃。欢欢无法挣脱，瞅准机会，猛然转头，照着沟田胳膊使劲咬去。沟田"啊呀"喊了一声，一把推开欢欢，如同被毒蛇咬了似的向后退了两步，左手按着咬伤的右胳膊，走到欢欢跟前火悻悻地说："好烈的女人，不过我的喜欢。"

沟田说罢，扭头向外喊道："来人，把这个女人拉回去。"

两个鬼子应声提着枪冲了进来，立马架起欢欢说："死啦死啦的。"

沟田皱着眉，摇着头说："不不不，关起来。带'一根葱'。"

欢欢被两个鬼子带回黑窑窑掌，用力一推，欢欢重重地跌坐在炕底。李金花坐在后炕嘲笑着。站在门口同村的女子张小俊和邻村的刘二丑早已忍受不了沟田的折磨凌辱，一看两个鬼子走到后窑掌，铁门大开，认为机会来了。张小俊一把拉上刘二丑，一步跨出黑窑门，撒腿就跑。两个押送欢欢的鬼子转身时，张小俊和刘二丑已出了门，两个鬼子几步跑出黑窑，锁上窑门，拉响枪栓，大喊："站住，不站住开枪了！"张小俊和刘二丑根本不听鬼子的喊叫，拼着命往铁丝网口方向跑。碉堡里的机枪号叫起来，一梭子子弹打在脚下的土里，击起一片尘土。铁丝网口、碉堡楼上、黑窑里追出来的鬼子枪口几乎同时瞄准了她俩，哒哒哒哒一阵枪响，张小俊和刘二丑惨叫着倒在血泊之中。眼瞅在门窟窿里往外张望的高欢欢听到惨叫声，也看到随枪声而躺倒在地的张小俊和刘二丑，高欢欢眼里映出一片血红，遮掩住了整个眼球，登时身子发软，顺着铁门，溜坐在脚底，号啕大哭。

李金花听到枪声，看到高欢欢哭声不止，也从后炕溜到炕底，走到门口，眼凑到窟窿前向外望去，四个鬼子正抬着身上脸上糊满鲜血脑袋耷拉着的张小俊和刘二丑向碉堡前紧靠地塄的铁丝网口木栅栏处走去。出了钉满尖铁钉的高高木马栅栏，鬼子顺手把张小俊和刘二丑扔到圪塄底。李金花心中悚然一惊，喃喃自语道："狗日的鬼子，打死人不通知亲属领尸首，而是扔到圪塄底了事，简直是畜生不如！"

高欢欢依然斜倚着门悲伤地坐在地上，头抵着膝盖，肩膀颤抖，嘤嘤哭泣。李金花坐到炕边想，和她一起抓进来的两个姐妹已死，黑窑里只剩下她和欢欢两人，如果欢欢再有个三长两短，连个说话的人也没有。在高来弟娶欢欢这件事上，她虽然恨欢欢，其实，最根本的原因在高来弟而不在欢欢，欢欢也没有做下对不起自己的事，细细想来，是她对不起欢欢，并非欢欢对不起她。如今，两个人全被鬼子关在黑窑里，一村一社、邻居百舍应该相互关照才对，不应该再去记恨她。想到这，李金花到了炕边，走到欢欢跟前，弯腰扶着欢欢坐到炕边说："张小俊、刘二丑已死，一个黑窑里的难友，说不急人，那是假的。话说回来，把我们急死，又有甚用。倒不如我们静下心来，看能不能想出个甚好法子，早日逃出碉堡。"

高欢欢掏出装在印花绿绸袄里子衣兜里的丝巾，擦了擦眼泪，低声说：

"逃，怎么往出逃？张小俊和刘二丑不就是逃的下场？"

"不逃，难道就得每天让沟田凌辱，住在这个黑咕隆咚的老监里老死不成？"

"那也不能盲目逃跑，白白送了自个儿性命。"

"那你说咋办？"

"先得向沟田套近乎，麻痹迷惑鬼子，等机会来了再作打算。"

"柔弱女子，没甚好办法，只能出卖自己身子了。"

高欢欢叹息着说："沟田再叫你，你就说我做饭手艺高，炒菜样样拿手。沟田好吃，如果他让我给碉堡做饭，我再想法让你出来帮厨，你看如何？"

李金花笑了笑说："还是你有好点子，念过书的人就是不一样。"

"你也挺聪敏的，千万不能被人利用。"

"我也清楚，以前曾做过一些糊涂事，如今想起来挺后悔的。"

两个人正说着话，门打开了，两个鬼子端着枪面向黑窑，李阴阳端着两碗大米进来，放到炕边说："吃吧，乖巧点，保命要紧。"

李阴阳放好碗，看了高欢欢和李金花一眼，转身走了出去。李金花端起一碗，另一碗递给欢欢说："吃吧，咱与鬼子过不去，但不能与饭过不去。吃饱饭才能谋事。"

欢欢端着饭碗，拿起筷子，没言语，点了点头，拨拉着吃了起来。

吃完饭，刚放下碗没两袋烟工夫，两个鬼子就进来带走了李金花。

李金花被带到了沟田窑里。沟田倏忽抱起李金花，紧走几步，将李金花扔到从当铺抬来铺得厚实的雕花床上。沟田扑过去，身子压了上去，毛茸茸的嘴紧贴到李金花嘴唇上。李金花被沟田睡过几次，也没在乎这些拉拉扯扯的事情，想起欢欢对她说的逃生话，故意用力扭动了几下水蛇般的腰身，右手挡开沟田的嘴，软绵绵的左手握住沟田的右手，薄薄的嘴唇微微上翘，妖媚妖艳地笑着说："别着急，沟田队长。人家还想和你拉几句话啊。"

沟田火悖悖地说："你的快说。"

李金花右手摸着沟田的脸说："李阴阳做饭可以，但在村里不是最好的。"

沟田哼哼两声说："好厨师，谁的肯到皇碉堡里做饭？"

"派兵下去抓个回来就是了。"

沟田摇着头说："不不不，这个，你的不懂。弄不好，会害死皇军的。"

"眼前就有一个，那人炒的菜能香死人。"

"谁，你？"

"我是唱戏出身，厨房里打打下手可以，做饭可真不行，给您唱几句还凑合。我说的是关在黑窑里的高欢欢。"

"她的行，愿意？"

"行，手艺没有问题。至于愿不愿意给皇军做饭，回了黑窑，我劝劝她。一个漂亮女人圈在黑窑里不得见天日，我想她不会拒绝。"

"明天的就让她给皇军做饭，你的出来打下手。"

李金花达到了目的，眼睛瞅着沟田，嘻嘻笑着。沟田一阵狂笑，猛然坐起，两个圪膝一拧跪在床上，抽开了李金花的裤带……

次日半前晌，沟田打开黑窑门，站在炕底问："高欢欢，你的愿意给皇军做饭？"

欢欢坐在下炕，斜着眼看了沟田一眼，低下了头，没搭理他。李金花站在脚底梳头，见欢欢不搭腔，赶忙扭着腰走到沟田跟前，笑眯眯地说："沟田队长，我昨天苦口婆心劝说了她一夜，才答应出去做饭。你先出去，我立马带她到厨房，今晌午您就能吃到香喷喷的饭菜。"

沟田走到厨房不久，两个鬼子也带着李金花和高欢欢来到厨房。沟田看到她俩进来，瞅着高欢欢看了半天，眯着眼笑笑，竖起大拇指说："吆西，你的皇军大大的朋友。做得好，皇军不会亏待你。"

欢欢故意乜斜着眼睛说："不欺负人，让人平静过日子就行，哪敢有甚奢望！"

沟田说："那今天中午就吃你做的好饭。"

沟田立马吩咐李阴阳："你的，担水买菜厨房帮忙的干活。做饭炒菜让她们两个干。你的快点下山买菜打酒，今中午我的要敞开喝酒。"

李阴阳点了点头，张开手掌示意。沟田明白这个动作是要钱，遂照着李阴阳的屁股踢了一脚，不耐烦地说："你的找武夫一郎曹长去。"

李阴阳和身子有些发胖的武夫一郎曹长领了两块银洋，揣在怀中衣兜里，担上桑条笼子，去了街道，割了两刀猪肉两大块豆腐，买了一坛烧酒、两只烧鸡、两条鱼和一些时鲜菜蔬调料，担着东西，出了鬼子把守的东口子，快速向碉堡走去，路过村中老槐树，看见槐树东侧张家院里人进进出出，居舍哭声不断。李阴阳叹了一声，自言自语道："唉，苦命的孩子，张家一辈子急肚子的事情放下了，不得好死的鬼子！"

李阴阳返回碉堡时，高欢欢和李金花已在铁锅里烧了一碗黑糖酱，切好了一筛子葫芦，泡软了半盆干粉，焖了半锅大米。李阴阳担着东西进了厨房，放下担子，拿起两刀肉扔到案板上说："这猪肉你们看咋做？沟田队长让欢欢做，我就不好动手，怕炒下肉不合他的胃口，还有这鱼。"

李金花一看那鱼用麻绳拴着，眼睁着，大张口出气，摇着头说："这鱼活着，滑溜溜的，我们可杀剥不了。欢欢你会？"

高欢欢说："我也不会。"

李阴阳说："我来刮鳞开肠摧肚清洗，你们做。"

李金花剜了李阴阳一眼说："这还差不多。"

李阴阳提着鱼到外面杀剥，李金花洗菜切菜，高欢欢揭开锅盖，铁匙在当心铲了一点焖大米，看看已熟，噌噌噌抄在大盆里，洗涮了锅，开始卤肉炒菜，一阵工夫，设整炒焗了八九个菜。沟田闻到菜香，来到厨房，看到桌上放着那么多菜，弯着腰，提着鼻子闻了闻，竖起大拇指道："呦西，呦西。好香的饭菜！"

沟田说着拿筷子夹着吃了几口，再次竖起大拇指。

高欢欢低着头往锅里烩菜，没有言语，倒是李金花扭着腰，莞尔一笑道："沟田队长，欢欢炒的菜咋样？我说得没错吧？这女人炒的菜就是不同于一般婆姨，颜色好，味道也好，我早馋得不行了。"

沟田一只胳膊搭在李金花的肩上，一只手在她脸上轻轻捏了一把，一阵哈哈大笑后说："呦西，呦西。你的欢欢的一块喝酒，愿意？"

李金花摸了摸沟田的脸，撒着娇说："愿意。人家喉咙里的馋虫早就爬出来了。"

说说话话，高欢欢和李阴阳已收拾好沟田窑里的桌子，摆上了酒菜。武夫一郎曹长和两个伍长也从碉堡里走过来。沟田一边往自己窑里走，一边喝令他们三个一起喝酒。李金花招呼武夫一郎曹长和那两个伍长进去就坐，开始喝酒吃菜。酒过数巡，沟田记起欢欢，让李金花去叫。欢欢进去每人敬了一杯，每次敬酒，只是舌尖舔一舔酒盅，到敬完，酒盅里仍有半杯，沟田喊叫着逼欢欢喝完，又给倒满，逼着欢欢和他又喝了一杯。欢欢从来没有喝过酒，两杯酒下肚，咽喉发痒，脸上发烧，慌忙往厨房跑去。

欢欢跑出门，十来个鬼子正圪蹴在厨房门口吃饭，看见欢欢过来，手指着吃喝着叽里哇啦地起哄着。欢欢低着头，紧走几步回到厨房。李阴阳低声说："别理他们。这些鬼子常年在外，远离家乡，丢妻撇母，不要说看见俊俏女人，就是看见老婆猪也稀罕得很。"欢欢说："你看那些人的眉脸，眼立着眉竖着，一副淫邪狠毒相，看得人恶心。"

李阴阳压低声音说："人们恨得咬牙切齿，可眼下又没甚好办法来对付狗日的。我要想法子寻找机会，收拾狗日的。"

高欢欢抄起一碗大米边吃边凑在李阴阳耳边说："吹牛。你身小力怯，咋收拾人家？"

"太小看人了，猴人有猴人的法子。你数数进碉堡的台阶有几节？"

"三节，咋啦？"

"三节踩在死字上，克死狗日的。"

"如果能克死人，还用打仗？"

"不起大作用，出出怨恨总该可以吧！"

"真有机会，你敢动手？"

"怎么不敢？"

"你就不怕鬼子祸害老婆孩子？"

"我死倒无所谓，可说到家人就怕。所以得找机会，要动手必须稳妥，不能让鬼子晓得，以此来祸害家人。"

"一旦有了稳妥机会，你敢下手？"

"敢。好像你有甚好计谋似的，可以告我吗？"

欢欢想，现在告给李阴阳，一旦走漏消息，不但报不了仇，恐怕自身性命难保，只得嘴靠近李阴阳耳朵，悄声说："只能到时再说。如今关键是要取得沟田的信任。"

高欢欢和李阴阳说话的间隙，外面吃饭的鬼子陆续扔下饭碗去了碉堡和铁丝网口小岗楼，沟田窑里依然喝酒吆喝声不断。欢欢和李阴阳去厨房门口收拾碗筷清洗，刚清洗完，武夫一郎曹长和两个伍长摇晃着哼哼唧唧地从沟田窑里出来，跌东倒西向碉堡走去。欢欢和李阴阳收拾酒摊子，沟田上衣湿津津得贴着脊背，额头的汗水不停地往下滚着，他身子摇着，一只手拉住欢欢的胳膊，嘴里含糊不清地说着："你的，喝……喝……喝酒。"另一只不停抖动的手拿着酒壶，给酒盅里倒酒，倒了几次，酒都流到桌子上。欢欢想脱开沟田，用劲揎了揎他的胳膊，沟田身子向后晃了晃，酒壶差点掉在地上。沟田恼火地说："你的，良心的……良心的……大大的……大大的坏了。不……不喝……不喝的……死啦死啦的。"沟田说罢，松开欢欢的胳膊，身子软塌塌地往下溜。李金花眼尖，赶忙搭手扶着坐在凳子上。欢欢和李阴阳收拾好桌子，沟田已鼾声如雷。李金花喝了两壶酒，背上也被汗水濡湿了一片，她陪了好长时间的酒，身子骨早已累得不行，看见沟田的样子，赶忙招呼李阴阳和欢欢一起扶着沟田躺到床上，脱掉沟田的鞋。三个人端着碟子碗筷酒具，掩上窑门，到厨房收拾锅窑。

午后的太阳依然晒得很毒，地上的黄土滚烫滚烫，一阵微风吹来，碉堡周匝卷起一股股热浪，火烧火燎的，让人难以呼吸。欢欢、金花帮着李阴阳收拾好锅窑，回去黑窑歇着。李阴阳铲了一锹炭面子阄住火，搬了一个木凳子，靠在厨房门口背下来的凉荫荫底装了一袋旱烟，用火镰火石打着棉絮，摁在烟口里，吧嗒吧嗒猛吸两口，过起了烟瘾。

第十三章

马驹回到家时天已擦黑。他是在高欢欢抓进碉堡第六天时回来的。

马驹推开土豁子门，走进院，喊了一声爹娘。正端着饭碗坐在窑门口石蛋上埋头吃饭的马驹爹马二则和娘刘库银听到喊声，抬头愣怔在那，半天没说话。马驹走到跟前，高声说："爹，娘，我回来了。"

马二则说："马驹，你不是在队伍上，咋突然回来了？"

刘库银倏忽醒过神来，立马站了起来，顺手把饭碗搁在窗台上，一把抱住马驹哭了起来。马二则也端着饭碗站起来，甩了甩肩上的疙瘩布手巾说："不用哭了，儿子平安回来是好事，赶紧让他回居舍歇着。"

刘库银放开马驹，右手抹掉眼泪，随即拉着马驹的手回到土窑。窑里黑洞洞的，刘库银走到锅台跟前，拿起灯树上的火柴，点着灯盏里的棉花捻，豆大的灯光使得窑里登时亮了起来。刘库银提起火里的铁余子，倒出一大碗温开水，递给马驹，转身出去拿自己的饭碗。马驹端起大碗，几口喝完，坐在枣木炕棱上，摸了一把嘴唇，放下碗。刘库银几口吃完饭，站在马驹跟前仔细端量。她看见马驹的右眼闭着，眼角处有一道疤痕，心疼地问："马驹，你的眼疼不疼？"

"不疼。"

"这是咋了？"

"在米峪镇战斗中，被鬼子的刺刀尖捅坏了右眼。"

"战场上子弹不长眼，可得小心了。"

"在榆树崀和鬼子打开交手阵，我用枪挑了两个鬼子，横端着枪刚和第三个鬼子交上手，没想到这狗日的出手比我还快，刺刀直向我头部刺来，尽管我的刺刀捅进了鬼子前胸，可这狗日的刺刀尖也捅到了我的眼里。我捂着眼当下昏倒在地。醒来时，战斗已结束，战士们扶着我往起站，我揎开他们，自己要起来，不承想右腿不听使唤，低头一看，右小腿上也血糊糊的，才晓得这是在倒跌时中了鬼子的野子弹。"

马二则猛吸了两口烟，叹息着说："这世道，一只眼瞎了算甚？保下命就万幸了！"

刘库银抱怨马二则说："你这人也怪，马驹都这样了，你不但不心疼，还说风凉话。"

马二则屁股靠在炕棱边说："心疼能咋，能让马驹的眼好了？"

马驹说："爹，娘，你们不用担心。右眼坏了，左眼好好的，除去打枪不能瞄准外，干其他活都不碍事。"

"好孩嘞，怎么能不受影响？谁家女子愿意嫁给个一只眼男人。腿伤好了吗？"

马驹想了想，自己腿伤虽好，但腿跛的情况绝不能当下告给娘，让娘再替他伤心。马驹笑着说："娘，腿伤没事，其他的你就不用为我担心了。眼治好后，部队开拔，首长考虑我不适合长途行军打仗，劝我回家做地方工作，我考虑了一下，就回来了。"

刘库银高兴地说："回来好，娘不用再为你担惊受怕了。"

马二则说："自己养的还晓不得是个甚性子，他能在居舍规规矩矩地闲着？"

"那也比在子弹林里跑来跑去强吧？"

马驹说："爹，娘，我在外闯荡也几年了，肯定做不下糊涂事，也不会给咱家捅下乱子。"

马二则说："只要不捅乱子，安心在村待着帮爹卖点豆腐就行了。"

马驹问："娘，还有饭不？饿死了。"

刘库银说："半天只顾和你说话，把吃饭的事给忘了。有嘞，锅里的桃黍饭还够一大碗，筛子里还有晌午吃罢的一片子黄窝窝，你不想吃了，娘给你重做，咱还有一点好面。"

"不用，不用，我吃这就行。"马驹说罢，溜下炕棱去舀饭。马驹娘拿出卖剩的手片大的块豆腐，切成指头大小的小块，放在碗里，捣了两瓣刚摘的新蒜，浇在豆腐上，拿着菜刀转身出去，在院子花台里割了一点水葱，洗净切碎，撒在豆腐上，又加了一点咸盐，倒了一点自家做的醯醋，用筷子调匀，端到马驹坐的炕棱跟前。马驹夹起吃了一筷子说："还是娘做的饭香。"

刘库银笑着说："好吃，你就每天吃娘做的饭，不要到处野逛了。"

马驹调皮地说："我又不是个女子，要娘养着。"

"还不是为娘我不放心你！"

马驹吃完桃黍饭，就上小葱拌豆腐，吃了窝窝，把碗筷放倒锅台，爬上炕，侧身躺在下炕铺盖卷上，眼皮奄拉着问："娘，贾天祥死后，高欢欢情况如何？"

刘库银系着腰布，站在锅台前，边洗锅边说："贾连长死后，欢欢已经嫁给了高来弟，养下一个小子，差不多有四个月了吧。"

"欢欢怎么会嫁给一个好吃懒做的洋烟鬼？"

"一来欢欢是后宫（接过一回婚的人），二来高升爱财。还听人们说高来弟强行睡了欢欢，欢欢也是没办法才嫁给他的。话又说回来，欢欢是二婚，不是高来弟非她不娶，高财主家还不一定要她。"

"高来弟学好了？"

"不说吧。这小子不但惹上吃洋烟的毛病，还招蜂引蝶，前两年和一根葱李金花纠缠不清，和欢欢结了婚也不安心，据说在街道面庄不务弄生意，经常去贾存儒的花香苑和一些不正经女人鬼混。唉，高家的这份家业迟早会被这个鬼子子掇弄干！"

"没想到高来弟那么懦弱的人会堕落到这地步。"

"跟好人学好人，跟上巫婆会跳神。贾存儒经常勾引他，他能好了？"

"和欢欢关系如何？"

"还没听说过他们关系不好，只是见高来弟很少回家。欢欢被逮到老监，也没见他怎么着急过，倒是他娘李桂香哭鼻流水和我祈告过几次。"

"欢欢被逮到哪里？"

"咱垴畔后面山顶碉堡。"

"伪军驻守还是鬼子驻守？"

"鬼子驻守，修碉堡拆了半山上的庙和高升的地方。队长叫沟田，长的一对小眼和一个鹰钩鼻，阴险残忍，经常下山骚扰附近村子，要吃要喝要钱要粮，一时怠慢，轻的拳打脚踢，重的刺刀捅人，来弟爹高廷贵、欢欢娘王玉秀都是这狗日的打死的。"

"娘，放心吧，这仇一定会报。八路军游击队是不会让这伙强盗有好日子过的！"

"你可不敢再逞强了，做事一定要为自己着想。与鬼子作对，一旦被狗日的晓得，吃亏遭殃的是自己。你要明白好汉不吃眼前亏的道理。"

"娘，你这话就说得不对了。如果所有人都不敢与鬼子作对，任由小鬼子欺负，那何时才能把狗日的赶走？"

"那也不能冒冒失失，处处都得小心。如今的村镇可和原来的不一样，有些人面子上装得一本正经，说不定就是汉奸，托不住的人，连几句公道话都不敢说。"

"要敲明亮响地说，鬼子汉奸就是我们的敌人，每个人都应该站出来与狗日的斗争，明的不行暗里来。"

马驹揉揉疲惫的眼说："娘，不说了，睡吧。明早我去高家粮行见见高来弟，看看他甚态度。"

马驹说着就睡着了，鼾声如雷。王玉秀、马二则看见儿子累成这样，不忍心惊动，拉了一块褥单子给他盖在身上。

马驹一觉醒来，日头已到半天。马驹扫视了一下居舍，居舍只剩他一人，赶忙一骨碌翻身坐起，食指杵杵眼，溜到炕底，舀了两三瓢凉水，洗了头脸，走到院子，他娘刘库银正提着笼子从豁子口进来。马驹问："娘，早早地提着筐篮做甚？"

刘库银走进院子，放下筐篮说："你回来了，娘到后面渠里摘了几颗吊畔南瓜，好熬点瓜菜。"

"好久没吃娘熬的香喷喷的瓜菜了。"

"饿了吧？娘这就给你熬。"

刘库银捣了十来颗桃仁，扔到锅里，转身去柴草窖搂了一抔柴，扔到囵火跟前，点着柴火，炒黄桃仁，随后添水坐锅。刘库银拿起马驹洗好放在桑条筛子里的南瓜，切成块子下了锅，抓了些自家用匏瓜漏瓢做的土豆粉条，压在南瓜底，放了一撮调和面面，撒了一把颗子盐，盖好锅盖，回家拿出石钵子。马驹知道娘要捣桃仁，一把夺过石钵子说："娘，歇会儿，来我捣。"

"行。捣匀抠出来，等水熬了放到锅里。你先爨柴看火，娘去和面。"

马驹爨着黑豆秸，捣匀桃仁，拿勺子抠出来，等水熬后，倒入锅里。

刘库银和好豆面，出来看火，马驹不让。刘库银在院东侧花台里挽了一抔葱，割了一把韭菜，洗好切碎放在碗里。菜熬熟，撒进葱花韭菜屑，搅匀，舀出一碗，递给马驹。菜出锅添水，转身回居舍擀豆面。

马驹吃完熬菜，走回居舍，对娘说："娘，我到街道见见高来弟。"

娘说："如今，进镇子要带良民证，鬼子查得厉害。第一回办良民证时，我让杨晴明给你鼓捣了个只填名字的空证证，没照相，晓不得鬼子认不认。要保险，还是想法进镇子照个相贴上。"

刘库银搓了搓面手，打开木箱，拿出包袱，从夹袄衣兜里掏出小孩手片大小的良民证，递给马驹。马驹接过看了看，装在布衫里面，转身要走。刘库银说："吃了饭再走。"

"时候还早，爹卖豆腐未回，我快去快回，等爹回来一块吃。您就先歇会吧！"

刘库银叮嘱马驹绕开卡子，尽量通过壕边人家院子进入街道。马驹说："娘，镇子横街拐巷、壕边院子我全清楚，晓得咋进，您就放心吧！"

马驹说罢，出了豁子。刘库银不放心，跟着走出去，站在圪旦去瞭马驹。马驹下了坡，回头看见娘依然在圪旦畔槐树底站着，和娘挥了挥手，头也不回，径直向镇子走去。

马驹走到河头前，瞭见街道东口子有三四个鬼子五六个伪军正在盘查进镇之人。马驹头天刚回来，不摸口子底细，没敢贸然去闯，而是顺着水壕径直走到车家临壕后门口，轻轻揎揎门，后门里面关着，马驹抓起辅手嘴里衔着的铁环，左向拧开铁门钩，顺手一推，门吱呀开了。马驹赶忙闪身进了院子，旋即搭上铁门钩，拉上木插子。车东家听见门响，大声问："谁进来了？"

马驹说："车东家，我是湾头村马驹，我认识您，可能您不认识我。"

车东家走到门口仔细打量一番说："哦，想起来了，你就是带头闹腾贾存儒的那个后生吧！"

"是，我就是那个马驹。"

"你找我有事？"

"没有。想去街道，怕卡子招惹麻烦，就想从您院子后门进来，再从临街前门出去。"

"我还以为你有事。没事就赶紧走，鬼子经常跑到家户居舍查户口。"

"这就走。"

马驹告别车东家，快步穿过窑东狭窄陡坡小巷，出了前院大门，进入街道。马驹扫视一眼街道，街道人流稀少，行色匆匆，沿街店铺虽开，但偶尔有人出入。车家大院斜对面是马家的万顺成面庄，马驹突然想起东家马振华，没多想，拐入小巷，从西门进了马家西院货栈，货栈已不见来往车辆骡马，两个伙计看见院内来了人，出来问："你是来住宿的？"

马驹说："不住。"

一个伙计说："不住，你在院里瞅甚？一看就不是好人，快快出去。"

"我是来找马东家的，不是坏人。"

马驹说着就往东院走，两个伙计拦住不让进，马驹说："不让进，我等着，麻烦二位通报一声，就说湾头村马驹前来拜访他。"

马驹站在东院西门口等着，不一会儿，那个伙计跑出来说："你进吧，东家在后院当中窑。"

马驹去过马振华住处，熟门熟路进了马振华的住处。一进门，马振华说："马驹，你咋变成这模样，要不是伙计说出名字，我一下还认不出你。"

"让鬼子刺刀捅瞎了一只眼，腿也受了伤，就回来了。以后有什么用得着我的地方尽管吩咐，虽不能瞄准打枪，其他事还能做。"

"你回来有甚打算？"

"瞅空空找机会继续杀鬼子。"

"杀鬼子可不是一件容易的事，一定得小心谨慎，弄不好连自己的性命也会搭进去。"

"人活多少是个够？杀鬼子够本就行。我有过多次战斗经验，会小心的。"

"到街道来，有事？"

"高欢欢被沟田逮到湾头碉堡，我先和来弟了解一下情况，看能不能想办法救她。"

"依靠来弟不顶事。鬼子碉堡戒备森严，得从长计议，切不可莽撞行事。"

两个人说了会儿话，马驹起身告辞，出了西院大门小巷，顺街西行，径直走到照相馆照了一张小照片。照完照相，马驹找到高家面庄，高来弟正坐在厅房太师椅上过着烟瘾，听见门响，抬头一看是马驹，拿着烟枪站起来，惊讶地说："你是马驹？听说你干了八路，咋突然回来了？"

马驹记着娘的话，笑了笑说："别听人瞎说，我是逃难跑到河西，给财主家种了几年地。不小心跌下土崖伤了腿，右眼也让圪针挂坏了。"

"一进门，看见这样子，我还怀疑，到底是不是你。细看，尽管一只眼不对，真真切切就是你。"

"欢欢捉到鬼子炮楼，你想办法来没有？"

"给沟田送过白洋。沟田表面答应，就是不放人。说什么刘天成、张三儿是高家让参加八路。日他娘，你说这与高家有甚关系，沟田硬要高家去找人。"

"这是沟田的借口。说不定这狗日的是看上了欢欢，故意扣起来不放人。你得赶紧想办法，时间长了，怕出问题。"

高来弟叹着气说："唉，我没甚好办法。我说得多了，沟田就要瞪眼抽刀。

咱这人胆小，沟田眼一瞪，吓得人腿筛糠，只能退出来走人。"

"窝囊鬼！你爹被鬼子杀了，婆姨被沟田捉走，难道你忘了？你的命就那么值钱？和一根葱圪搅，与木子鬼混，这就敢了？"

马驹几句话触到高来弟痛处，烟枪当啷扔到桌子上，一屁股坐在太师椅上，低头不语。

马驹连珠炮地问："你到底救还是不救？"

高来弟依然低着头，一言不发。马驹恼火地说："和你这种窝囊子说了等于白说，不说了，你不救了我去想办法。我走呀，你就好好地过那花天酒地的日月吧！"

马驹转身要走，高来弟赶忙站起拉住他说："不要走了，晌午请你吃饭。几年也没见，咱弟兄们絮叨絮叨！"

马驹揎开高来弟的手，边走边说："娘已给我做好了饭，我得回去，不能枉费了她老人家的心意。和你这种人吃饭有甚意思，改日看心情吧！"

马驹说完，大步走出门，下台阶时，不小心崴了一下尚未痊愈的右腿，身子向右倾斜，他"啊"了一声，当下立起身子，站稳了脚跟，提起右腿伸展伸展，感觉没事，下了台阶，到照相馆拿上照相，回了家。

马驹回家刚喝了一碗水，他爹马二则也放下桃黍箭拍箩圈豆腐担子，收拾起好换回来的黑豆，回了家。马驹倒了一碗水递给他爹问："爹，豆腐卖完了？"

马二则接过碗喝了几口放下说："卖完了。今天还算顺利，邻村有一家孩子过大生，一下就买了一团。"

"明天您歇着，我去卖。"

"你做不了这营生。"

"这也简单，给钱的人家几乎没有，不就是一斤黑豆换二斤半豆腐？只要认得秆会用刀刀割就行了。"

"哪有这么简单？咱是小本买卖，如果当天卖不出去，豆腐变味就赔钱了。"

"让我去试试。"

"不行，不行。咱是挣得起赔不起。"

马驹想瞒着爹趁卖豆腐之机进入碉堡摸索情况，爹坚持不让去，他只得向爹说了实话。马驹说完，他爹不高兴地说："欢欢逮到碉堡，与你有甚关系？你这不是咸吃萝卜淡操心？"

马驹拿起水递给爹，笑眯眯地说："爹，赶紧喝水，跑了一早晨，又渴又累的。"

马二则接过水碗，呱嗒呱嗒几口喝完。马驹接过碗说："爹，高家和咱是一村又是一社邻居，欢欢、来弟和我猴时耍大，欢欢娘、来弟爹都被鬼子打死，来弟窝窝囊囊不是个成事的人，你说我不帮忙让谁去帮？"

"不合适，你还晓不得自己做甚来？一旦让鬼子看出你曾扛过枪，怕有去无回。"

"我已快两个月没摸枪了，肩上手上的印印已不明显了。"

马驹说着解开扣子拉开领子让爹看肩肩，马二则恼火地说："滚一边，我哪懂这些？"

"没事的，儿子打过不少仗，会小心的。您就给我机会，让我再历练历练。"

"到狼窝里去历练，哪有好果子吃！"

"不入狼窝，咋能晓得狼会吃人？"

"十足的糊脑怂。说一千道一万，你还是绾眼不开。"

"爹不让我到碉堡卖豆腐，我另想法子。反正我进碉堡的决心已下。"

马二则知道儿子硬折不弯的性格，料想自己挡不住马驹，撅着脸，圪蹴在后窑掌，一言不发地抽起了闷烟。

马驹说："爹，你到底让不让我去？"

马二则瓮声瓮气地说："随便。儿大不由老子，老子已经管不住了，你想做甚做甚！"

马驹心中窃喜，知道他爹已经松口，走到爹跟前，嘻嘻地笑着说："既然老子管不住儿子，那儿子明天就去卖豆腐。卖豆腐嘞，柔嫩筋道的雪白豆腐。爹，你看像不像？"

马二则没好气地说："滚开。去帮你娘烧火做饭，快把老子饿死了。"

马二则话音刚落，马驹娘就喊："马驹，饭熟了，赶紧出来调面。"

马驹从居舍出来，调好豆面，给爹端了一碗，自己也圪蹴在脚底，不顾刚出锅面烫嘴，噜噜噜几筷子拨拉进肚，愣是吃得满头是汗。

吃过黑间饭，马二则设整得在院西角小磨上磨豆腐。马驹看见爹拿着笤帚端着泡好的黑豆大瓷盆往院子走，也跟出来解开遮盖小磨的破油布，套好磨杆。马二则扫干净磨扇磨盘，连水带豆舀了一铜马勺倒在磨眼里，桶子放在磨盘流浆处，父子两人一人一头揎着磨杆，雪白的豆浆顺着磨盘低洼处流入铁桶。磨完豆浆，放在空土窑里，等待鸡叫三遍时做豆腐。

马驹是被爹的咳嗽声惊醒的。他一骨碌翻身坐起，麻利地穿好衣裳，走到空窑。空窑里的一丝灯光被蒸腾的热气笼罩着。他穿过热气，走到灶台前，爹上身只穿着疙瘩布背心，用木棍搅着翻滚的豆花，胳膊湿浸浸的，额头也渗着麻麻的汗水。马驹说："爹，我来搅。"

马二则从锅里抽出木棍，担在锅边说："不用。豆花熬熟了，得点浆。"

马二则顺手从锅台上拿起准备好的卤水，倒在锅里，拿起木棍搅了搅说："好了，可以出锅了。你到瓮盖上拿一下笋架。"

马驹转身拿起两个笋架放到锅跟前，铺好笼布。马二则扡火，用铜马勺给笼布里舀着卤水点过的豆花，舀满笋圈后，锅里还有不足两马勺豆花。马二则折回笼布，两个笋圈里各加了多半勺豆花，扎紧笼布，拿起箭箭水瓮盖，压掉水分，压到快与箩圈平时，收紧笼布，继续挤压，压缩到与箩圈平时，一担两团豆腐做好，放在锅台淋水。马二则说："马驹，捞出锅底豆腐渣，饿了调一碗吃。我再圪蒙一眼，瞌睡得不行。"

马二则出了门，马驹拿了个桑条筛子铺以笼布，拿着笊篱从锅底捞出豆腐渣。马驹几年没吃豆腐渣，觉得稀罕，操了一小碗，调了些葱花香菜和咸盐，顿时香味扑鼻。马驹端着碗，哗啦哗啦拨拉进肚。

马驹吃完，天已发亮。他收拾好装黑豆布袋和称，将两团豆腐分放在四方形木框绳架上，扁担两头套好绳架，悄悄地担着豆腐出了门。马驹担着豆腐在圪旦畔向村里瞭望，村里还不见有人走动，只有两三家人家烟囱里冒烟。他想，此时去了碉堡，一担豆腐就会打了水漂，只能卖上大半，赶半前晌时到碉堡合适，如果现在到村里圪转，村里人大部分睡觉，即使走一圈也卖不了多少，加上自己走时未告爹，一旦老人出来阻挡，就会给自己惹来麻烦，倒不如先到邻村，走上一阵，村里人起床，正好卖豆腐。马驹想罢，担着豆腐下坡，沿马路向东而去。

走到邻村口，村口有家马掌店，简易的靠崖棚底有一座铁匠炉，火炉跟前木桩上摆放着铁砧，铁砧耳则挂着手锤，木桩跟前立着火钳大小铁锤，棚侧有两根碗口粗的木柱，木柱上拴着一匹马，马嘴里套着鹰嘴绳。马主人一只手摸着马背，一只手紧紧拽着鹰嘴绳，马腿下端弯曲着放在木凳上。钉马掌的后生胳肢窝夹着丁字拐铲刀，弯腰铲削着马蹄。马驹站着看了情形就知道这是一匹烈马，顺口说了句："豆腐，卖豆腐了——"

钉马掌的后生抬起头看了一下说："你是湾头村马二则家儿的吧？豆腐还热吧？割上二斤，分成两份，凑刀子割成块子，就剩这只蹄子，钉完马掌填填肚子。"

马驹放下担子，割了两块豆腐，横竖拉了几刀，放在豆腐团上，看着钉掌。钉掌的麻利地铲削好马蹄子，弯腰捡起四颗尖头打制铁钉衔在嘴里，拿起提前选好的蹄形四孔铁马鞋，放在马蹄上定型，从嘴里取出铁钉，拿羊角斧手锤一个个轻轻固定在铁鞋孔里，当当当几锤，铁钉被打入马蹄角质里。钉掌顺手翻转羊角斧，用尖刃撬起蹄边钉尖折回打入角质固定，放开马蹄，烈马顺势飞起蹄子踢来。钉掌的闪身躲过，指着马骂道："狗日的没良心鬼，老子给你穿鞋戴帽，不感恩还踢人，畜生就是畜生，没心没肺。"

马驹说："豆腐快凉了，赶紧吃吧。"

钉掌的用腰布擦擦手，在崖底土窑窑里拿出放有丁点咸盐的破碗，对赶牲灵的说："来，蘸上咸盐，每人一斤，今早的豆腐老弟请了，吃了豆腐各干各的。人家卖豆腐的还等着呢。"

钉掌的拿了一小块豆腐蘸了一点咸盐，填在口里吃起来，赶牲灵的也过来拿起刀子扎着豆腐蘸着咸盐开吃。钉掌的边吃边问："你叫甚来？好像见过你。你咋变成这样？"

马驹说："我是马驹，也见过你。你叫甚？原来不是你爹钉掌，咋不见他？"

"我叫张来成，跟爹学了几年钉掌。去年鬼子强行让爹去钉马掌，爹的性格僵直，不愿替鬼子卖命，叫狗日的们杀了。爹死后，我独自做起了这营生。你的眼咋了？"

"看来你和鬼子也有血海深仇啊！我运气不好，东路打忙工下煤窑，窑顶塌下一块猴炭，正好捣在眼上，砸瞎了眼。"

张来成吃完最后一块豆腐，骂道："鬼子畜生不如，逮住机会，非要活劈了狗日的不行。"

马驹说："只要想报仇，肯定会有机会。"

马驹走了几年，对张来成和马主人不了解，担心话多漏嘴，也怕耽误时间，说了句"你们告诉，我得去卖豆腐"的话，担起豆腐担子，"卖豆腐嘞，买豆腐嘞"吆喝着向村里走去。

马驹初出马，巧遇邻村有孩子过生日，一下卖出十几斤，半前晌时，豆腐只剩小半团，马驹一头担着换来的黑豆，一头担着剩下的豆腐返回村，抄近路上山，走到半山坡杏树底下时，放下担子，拿起黑豆布袋，放到杏树圪杈。小半团豆腐刀割为二，一头放了一半，挑起担子向碉堡走去。

马驹走到碉堡跟前抬头一看，沟壑桥板高高悬着，两个鬼子背着枪站在豁口向四周瞭望。马驹正欲吆喝，两个鬼子发现他，唰啦唰啦拉响枪栓，大声喊道："你的，什么的干活？"

马驹指着担子说："我的，卖豆腐的干活。"

马驹放下担子，割了一小块豆腐，填在嘴里嚼着，手指着嘴说："太君，我的这个的干活。太君的咪西咪西。"

两个鬼子闻到豆腐香味，招着手说："刀子的放下，豆腐的过来。"

马驹拿起豆腐刀，在空中晃了几下，放到沟壑边，挑起担子。一个鬼子端着上了刺刀的枪对准马驹，另一个鬼子解开麻绳，放下简易桥板。马驹走过桥板，揭开笼布，拿出提前割下手片大的两块豆腐，递给鬼子，鬼子吊起桥板，在马驹身上搜了半天，没发现什么利器，让马驹吃掉一块豆腐，自己翻转枪，用刺刀割了两块，一块递给另一个鬼子，一块捏在手里，囔囔地吃了起来。

马驹深知送到狼窝里的东西是很难拿走的。鬼子低头吃得正香，马驹乘机挑着担子进了碉堡院，吆喝了几声"卖豆腐嘞"。沟田听见陌生人进了碉堡院，欻地抽出挂着的指挥刀，凶神恶煞地跑出来，刀架在马驹脖子上，大声喊道："你的，什么的干活？"

马驹揭开笼布，指着笋圈里剩下的豆腐说："我的给太君送豆腐的干活。门口太君已尝过了，大大的好！"

沟田绕着马驹转了一圈，揪起马驹背心宽肩看看，又让马驹展开手掌细瞧，瞧了半天，发现马驹右眼瞎着，狂笑着说："你的大大的良民。豆腐的送到厨房。"

马驹挑起担子，走到厨房，正在做饭的高欢欢、李阴阳、李金花一眼就认出他，高欢欢惊讶地低声说："马驹，你咋进来的？你不是在……"

高欢欢生怕被鬼子看出或听出马驹身份，话到嘴边，赶忙打住。马驹明白高欢欢的意思，弯着腰用菜刀把豆腐割成几块，边往出拿豆腐边低声说："你们还好吧，一定要保全自个儿，待我回去想办法救你们出去。我的事，等你们出去后细说。"

高欢欢说："马驹，改日可不可以给碉堡送些酒菜？我衣裳里藏着砒霜。"

马驹猜到高欢欢用意，附耳低言道："送酒没问题，但这事得慎重周详，切不可莽撞行事。"

高欢欢说："已取得沟田信任，待条件成熟时，才会做事。放心吧，我们不会枉送自个儿性命。"

高欢欢话音刚落，沟田站在门口，瞪着眼说："卖豆腐的，还不快滚，蹲在那儿磨蹭什么？"

马驹半蹲着拿起最后一块豆腐说："太君，这就好，这就好。"

马驹放好豆腐，挑起空箩架出门，笑眯眯地说："太君，改日再给您送酒送肉。"

沟田竖起大拇指说："你的良心大大的好！"

马驹走到碉堡沟壑出口，守壑口鬼子放下简易木板桥，马驹顺利出了碉堡，下到半坡，从杏树圪杈取下换来的黑豆，箩架黑豆捆绑一起，扁担一头挑着黑豆箩架回了家。

吃了晌午饭，马驹躺在炕上，思谋着买酒买肉钱的来向，他想向爹讨要，可细想给鬼子出钱送酒肉，爹不但不会同意，还要招来一顿臭骂，向村里头借钱，可能会遭到人们误解，他想来想去，还是和高来弟娘借钱保险。为救儿媳欢欢，她首先会给借钱，就是借了钱也不会向人们说出此事。想好此事，马驹酣然入睡。

马驹一觉醒来已到半后晌，马驹起来，见娘脚跟前的柳结小笸箩里放着几圪捻麻绳，手指戴着铁顶针，圪膝盖放着锥子，坐在门前泥脚砌成的圪台木墩上纳着鞋底，马驹问："娘，爹呢？"

刘库银说："你爹前年用六斗麦子租了高东家一亩水地，今年麦子长得不错，可出穗后，大量麦穗发霉枯死，连租子也没打够。你爹看见情形不对，在麦笼上插种了一半玉秫黍一半秫黍，玉秫黍棒结得粗实，秫黍已翻米。你爹还指望收后还租，他担心人们糟害，到地照料去了。"

"没照头，一般人肯定不会。鬼子要侵害，他站在地里又能咋！"

"瞎尽心哩。"

"娘，好久没回来了，我到村里转悠一会儿。"

"去吧，早点回来。世道乱哄哄的，千万要小心。"

"自家村，熟门熟路，没事。"

马驹说着走出豁子，下了坡，站在老槐树底眺望，一河碧水在西斜太阳的照射下闪着金光，哗哗向西流去。河南岸水地里的庄稼菜蔬明显次于往年的长势，地里几个务弄庄稼菜蔬的人也不像往常一样自如，多隐于高秆作物林里，或深深地弯着腰，蹲伏在低矮庄稼地里。倒是东边的大片桑树长得很茂盛，给了庄稼人藏身之处。

马驹瞭哨了一阵，下了石板铺砌坡道，来到高家大门口，大门紧闭。马驹估划大门里面关着，拧拧铁门环，门环空转了几下，擅门，门又不开。马驹清楚是门闩倒插着，边敲门环边喊："婶子，我是马驹。"

李桂香听到敲门声和喊声，走到大门口问："谁敲门？有甚事？"

马驹说："婶子，我是马驹，过来看看你。"

马驹几年不在，声音也有些变化，李桂香一时没听出来，不放心地问：

"你几年不在，怎突然回来了？"

马驹说："一言难尽，进去了和您细说。"

李桂香心里不踏实，眼凑近门缝细细打量，确定是马驹，才打开门放他进来，转身闭住门插紧门闩。马驹说："婶子，不要紧张，鬼子全在碉堡。鬼子也不敢轻易出来，狗日的既怕丢了碉堡，又怕出来遭到八路军游击队伏击。"

"欢欢被鬼子捉到碉堡，来弟在街道，居舍只有我们娘娘孙子两个，时时得小心。你的眼咋啦？不仔细看，还真不敢认你。"

"在东路下煤窑被炭砸瞎了眼。鬼子抢占煤窑时，乘机逃回来了。"

"下煤窑干的是阴间活，吃的是阳间饭。早起进去，黑间还晓不得能不能出来。鬼子占了煤窑，哪还有窑黑子的活路，还是逃出来保命要紧！你回来有甚打算？"

"婶子说得对。暂时还没打算，先帮我着爹做豆腐。"

"从刚才说的话里听出你好像进过碉堡？"

"今早起半前晌卖豆腐进去来。"

"看见欢欢了？"

"看见了。"

李桂香焦急地问："她在里头咋样？身上有伤没有？"

"看不出身上带伤，她和李阴阳、一根葱李金花给鬼子做饭。我还趁机和她说了几句悄悄话。在外几年，我的情况说不定你也晓得。我想明天买些酒肉再进碉堡，先讨好拉拢沟田，取得信任，再找机会去救人。买东西，自己手头没钱又不能向爹开口，只得向你来借。"

"好孩嘞，不要说救欢欢，就是你自己手头急用，婶子也会借给你。救欢欢的钱，婶子给你，你不用还。"

"说借就是借，哪有不还的道理？过段时日，我想法子给您。"

李桂香说着，打开箱子，给马驹拿了五块白洋说："够不够？不够，婶子给你重拿。"

"够了，够了。"

"来弟指望不上，还得靠你来想法子，要花银钱，你就尽管说，不要不好意思。事成之后，婶子会好好感谢你的。"

马驹装好白洋，瞅了瞅熟睡中的孩子高杨柳，告别李桂香，拐了个小湾，走到高升家门口一看，原来完整的三合院已荡然无存，只有几堆灰土沙砾，灰土堆及整个院子长满了齐腰高的蒿草，蒿草林中夹杂着一些灰藋扫帚，几株大叶曼陀罗正开着粉白的花儿。马驹想，地下不见砖瓦，地方肯定不会自行塌垮，说不定又是鬼子修碉堡时造下的罪孽。地方拆毁，高升叔没走处，说不定搬在贾天祥买的小院居住。马驹走过去，院门外面锁着。马驹折转回来下坡，走到马路边，折耳细听水磨坊有无声音。听见水声欻欻，水磨隆隆，马驹几步走下小坡，刚跨过水壕，高升猫着腰低着头，从水磨坊走到壕边快速插上水闸，磨声随着地下飞轮叶片的停止而消失。

马驹走到跟前说："高叔，插上水闸，营生做完了？"

高升抬头一看是马驹，惊诧地说："营生做完了。好几年没见，你咋突然回来了。"

马驹故意叹息着说："下煤窑捣坏了眼，本来东家还想让我待着，可鬼子抢占了煤窑，我不想为鬼子干活，就逃跑回来了。"

"鬼子拆了地方，杀了欢欢娘，又把欢欢逮进碉堡，简直是畜生不如！"

"你是不是住在欢欢原来的家里？"

"没办法，只能和憨儿子将凑地活人了。唉，欢欢被逮进七八天了，是死是活，一点情况也晓不得。嫁给高家，原以为背靠大树好乘凉，没想到平添好多变故，亲家高廷贵被鬼子捅死，还抢走他家当铺，女婿高来弟又是一个好吃懒做贪生怕死之人，窝窝囊囊，屁事也做不成一件。"

马驹和高升正说着，高三三赤着脚跑出来和爹要饭吃。高升拉着三三对马驹说："有空再说，我得赶紧收拾好回居舍做饭。"

高升回了水磨坊，马驹圪蹴在壕边，右手撩起压河堰流入壕里的清澈河水，抹了抹脸，脸上顿觉清爽。他洗了胳膊洗了手，转身站在河边瞭瞭对面山头，山周东西南三面被高大的城墙环绕，山顶鬼子砌有碉堡，碉堡东侧北侧围以铁丝网，半山坡松柏依然郁郁葱葱，树林里掩映着一座道观，靠近碉堡的山梁山峁上的树木已被鬼子砍光，依稀可以看到一些稀疏的野草透着绿色。山下平地是一个叫作龙城的村子，村子不小，当村的两排砖瓦房自然形成一条短街，街上有三四十家店铺。

看了一会儿，转身往回返。马驹边走边想，到街道买酒肉，一旦遇到鬼子，说不定东西就会打了水漂，加上进出卡子麻烦，鬼子借上检查的名义，东西也有被扣的可能。他看了看河水流势，河水深浅只能浸到半大腿，涉水过河也不会湿了短裤，遂决定，东西到对面龙城村的店铺去买。

马驹担着桑条笼，涉水过河买好酒肉菜蔬，顺原路返回，爬山走到碉堡壑口时，已是汗流浃背。站在简易木桥板前守口子的两个鬼子端起枪，黑洞洞的枪口对准马驹，拉响枪栓。马驹站在壑边，抹了抹额头上的汗水，喊道："太君，别开枪。我的送豆腐的干活。今天，是送酒肉的干活，太君的咪西咪西。"

两个鬼子收起枪，竖起大拇指，"吆西，呦西"地喊了两声。马驹说："太君，赶紧放下桥板，沟田队长还等着要喝酒吃肉呢。"

一个鬼子看见马驹桑条笼里的两个圆溜溜黑乎乎的东西，本能地后退两步说："地雷。快走，不走死啦死啦的。"

马驹猜想鬼子是怀疑那两个黑坛子，不慌不忙地举起坛子，前后左右颠倒摇晃了几次说："太君，这个坛子，装酒的干活。"

两个鬼子听明白了马驹意思，解开绳索，放下桥板。马驹走过桥板，一个鬼子用刺刀对着他，另一个鬼子先在他身上摸了一遍，弯腰逐个翻看查验笼里的东西，又分别端起两个坛子摇晃了半天。马驹在笼里拿出两个熟猪蹄递给鬼子，两个鬼子放马驹进了碉堡院。

马驹走到半院高声喊叫："沟田队长，酒肉的来了。"

沟田打开当铺抢来的留声机，放上山西梆子《空城计》《打金枝》选段的唱片，放好钢针，圆润豪放的唱段一开，沟田就跷着二郎腿坐在椅子上，摇着脚晃着尖溜溜的脑袋入迷地听着。马驹听见有人唱梆子戏，又喊了几声，还不见沟田出来，走到门口往里一看，沟田正背对门口，斜躺在椅子上听唱片。马驹"沟田队长，沟田队长"喊了几声，沟田听到叫声也闻见了酒肉香味，立即从椅子上起来，拿起桌上的指挥刀，几步跨出门，吮吸着鼻子，低头看着桑条笼里的东西，摇头晃脑地狂笑着说："你的，皇军大大的朋友。走，拿到厨房去。"

马驹跟着沟田走到厨房，放下担子，拿出菜蔬放在脚底木板上，将猪蹄、猪脑、烧鸡、烧肉放在案板，酒坛放在炕板。

马驹放好东西，沟田突然抽出指挥刀架在马驹脖子上，瞪着眼怒吼道："你的，良心大大的坏了，这么多的酒肉，什么意思？"

马驹说："沟田队长，没甚意思，就是犒劳您的，您可千万不能误解了我的一片好意。"

"目的的没有？"

马驹扬着头说："没有。如果您觉得有问题，我的可以拿走。"

沟田脸上露着笑容说："不不不，酒肉的放下，你的……"

沟田话到嘴边停住，拿下指挥刀挂在腰间，拿起切菜刀，切了一小块猪头肉和一小块烧肉塞在马驹嘴里。马驹知道沟田用意，嚼了几下，将满满一口油腻腻的猪肉咽下肚子。沟田扔下菜刀，手撕了一块鸡肉和一块猪蹄，递给马驹，马驹毫不犹豫地塞在口里吃掉。

马驹吃了猪肉鸡肉，沟田又命令他打开酒坛。沟田鼻子凑近两个酒坛闻闻，手指着高欢欢让拿来勺子。高欢欢会意，从盆子里拿出勺子递过来。马驹主动接过勺子，每个坛子分别舀了两勺子喝掉，自己又揪了一块鸡肉。沟田笑眯眯地说："你的良心大大的，皇军的不会亏待你。你的可以走了。"

马驹说："我的给你帮厨？"

沟田瞪着眼，抽出指挥刀，马驹无奈，只得担上桑条笼退了出去，从壑口简易木板桥出了碉堡。马驹出了碉堡，担心欢欢他们出事，决定在碉堡周围观察情况。他下了坡，先到西边地塄杏树底找了一个凉荫荫，坐在地下乘凉。

马驹走后，沟田手撕了一条鸡腿，又拿起一个猪蹄，站在脚底，啃一口猪蹄，吃一口鸡腿，直吃得满嘴糊满油腻。李金花看见沟田吃得起劲，暗自失笑。她从柳结圪栳里拿出一个小碗，舀了半碗酒，放到沟田跟前。沟田吃完鸡腿猪蹄，手抹了一把油腻腻的嘴，端起碗，半碗酒一饮而尽。

沟田喝完酒，来了兴致，淫邪的眼睛看着高欢欢和李金花，看了一会儿，突然狂笑着说："你们的多准备几个饭菜，我的和皇军弟兄们开怀畅饮。"沟田说罢，转身走了出去。

沟田一出门，欢欢就走到窗口墙背后，探头看沟田去哪儿，看见沟田回了住处，赶忙走到后窑掌，蹲在脚底，解开裤带，迅速拆开针线，取出缝在裤腰里的砒霜包，拿出一个碗，放在墙壁小窑窑里的木板上，压住砒霜包。三个人边洗菜切菜边低声商量，高欢欢说："沟田今天喝酒兴致高，而且让其他鬼子一起喝，这是我们下手的最好机会，错过机会，恐怕就难了。"

李金花说："沟田已试过酒菜，应该不会再疑心有问题。"

李阴阳说："沟田阴险狡诈疑心大，不得不防。假如沟田让我们先喝，将如何是好？"

高欢欢说："不怕。沟田那一桌人多，我去上酒，大不了喝下去和狗日的们同归于尽，也好报沟田杀母之仇。"

李阴阳说："我们还是想周全些，尽量能保全自个儿。十五个鬼子不会全到沟田居舍吃饭，起码壑口的两个守桥鬼子和炮楼上的岗哨得留守，只能等其他人吃得差不离几，他们才能吃饭。"

高欢欢说："这不行，必须得让他们同时吃饭。"

李阴阳说："那就得分头进行，菜全部就绪再上桌。提前准备好站岗鬼子酒饭，沟田那一桌菜上完，再上酒送饭。我们得分一下工，前几天送饭时，我问询过鬼子机枪，晓得咋用，你们一旦被沟田发现，我想法干掉鬼子，用机枪扫射壑口鬼子，你们想法逃出去。我给炮楼鬼子送饭，你们两个谁对付沟田？"

高欢欢说："沟田是我的杀父杀母仇人，主意又是我出的，这理所当然是我去对付了。"

李金花说："你有吃奶的孩子和傻乎乎的弟弟要你照顾，这万万使不得。加上沟田对你怀有戒心，一旦事情败露，我们一个也跑不了。对付沟田，非我莫属。你给守壑口的鬼子送饭就行了。"

高欢欢说："不行，不行，还是我来对付。"

李阴阳说："你们别争了，到时候灵活掌握。大米已焖好，赶紧做饭炒菜，让鬼子发现，不但事情办不成，怕我们连性命都难保。刚才我趁大火旺熬了一余子绿豆甘草汤，已倒在炕上小盆里，甘草已扔到火里了，一会儿你们谁去沟田房间支应谁多喝点绿豆甘草汤。"

高欢欢说："我们都没看见，总以为你在顺便热水。"

李金花说："没想到你这么细心！"

李阴阳低声说："别说了，记得喝汤，这是救命汤，可以解毒。"

三人停止说话，各执其事，李阴阳洗菜，李金花切菜，高欢欢炒菜，不到半个时辰，办置了十个荤素冷热菜。高欢欢压掉火，解下腰布，三个人一起把菜端到沟田住处，摆好凳子酒碗筷子，李金花说："沟田队长，饭已准备就绪。"

沟田闻闻喷香的菜肴，"呦西，呦西"地赞叹了几声。三个人放好菜，退了出去，沟田喊道："一会儿的一起喝酒！"

李金花回头笑着应了一声，转身回了厨房。刚进厨房，沟田喊来武夫一郎曹长，命令召集全队士兵来住处吃饭。武夫一郎曹长闻着诱人的饭菜香味，当即出门喊叫碉堡里的人出来到队长住处吃饭。武夫一郎曹长晃着身子一喊，十来个鬼子背着枪鱼贯而出，路过厨房门口闻到香味，探头向里张望，都被武夫一郎曹长招呼到沟田室内依次而坐。

高欢欢一看条件成熟，拿出小窑窑木板上碗底压着的砒霜包，捏在手里，走到酒坛跟前，迅速揭开坛盖，倒进砒霜，拿起勺子在酒坛里搅了几下，舀出三半碗，端到一边。欢欢转身欲拿坛子过去倒酒时，李金花已咕噜咕噜喝了绿豆甘草汤，抱着坛子快步出了门，欢欢喊："金花，金花。"

李金花头也没回，劲直走到沟田房间。李阴阳低声说："不能喊，事已至此，只能让金花去，咱俩赶紧各行其是。"

稍待片刻，高欢欢和李阴阳估摸着李金花倒好了酒，欢欢端着放有酒菜的木盘，向壑口守木板桥的鬼子处走去。李阴阳也端着半碗酒一碗放有菜肴猪蹄的米饭进了碉堡。

高欢欢端着盘中酒饭走到壑口，酒饭连盘放在壑口墙垛说："沟田队长今上午犒劳弟兄们，让我给你们端过酒菜来了。你们慢慢享用，一会儿我过来收家具。"

高欢欢转身要走，马脸鬼子斜着眼淫笑着，乘欢欢不备，一只毛茸茸的手在欢欢脸上摸了一把，欢欢莞尔一笑，转身离开。

　　欢欢一离开，两个鬼子就拿起猪蹄啃了起来。她走到厨房门口，回头看见两个鬼子拿着猪蹄端着酒碗，啃一口猪蹄喝一口酒，放心地几步回到厨房。高欢欢回来，听见隔壁鬼子的嚷叫声和李金花的劝喝声。李阴阳未返回，李金花喝没喝酒，高欢欢又担心又烦躁，不时站在门里向外张望，瞭见炮楼顶的鬼子拿着鸡腿喝着酒，她料知李阴阳送酒菜成功，报仇的喜悦顿时袭上心头。

　　隔了一会儿，高欢欢瞭瞭炮楼，炮楼上的鬼子不见了。她的眼睛移向窠口，窠口的一个鬼子斜倚垛口墙坐在地上，另一个鬼子已躺倒在地。欢欢担心着李金花，她侧耳细听，鬼子的吵叫声渐弱，也听不到李金花的说话声。两个鬼子眼睛血红，嘴角含着血，一只手抱着肚子，一只手抠着咽喉，跌跌撞撞地从门跑了出来，摇晃了几下，一头栽倒在地。

　　李阴阳送酒饭到炮楼，下了楼顶，没出炮楼，在炮楼枪眼里瞭见窠口鬼子倒下、沟田住处出门的两个鬼子也倒下，赶忙爬到炮楼顶去观察守炮楼鬼子动向。他爬上木梯，站在梯口张望，鬼子已口角流血，躺在地下浑身痉挛，哼哼唧唧。李阴阳快速爬上楼顶，猫着腰跑到鬼子跟前，跃身骑在肚上，双手紧紧卡住鬼子脖子，直到鬼子翻眼咽了气，才松开手，吓得一屁股跌坐在地上。李阴阳坐了片刻，定了定神站起，倒退着下了木梯，出了炮楼，一溜烟跑回厨房。高欢欢焦急地问："碉堡咋样？"

　　"解决了。鬼子浑身痉挛，口角流血，担心狗日的死不下，我掐死了。"

　　"隔壁跑出来两个死在门口，里头先还听见有哼哼唧唧的声音，如今静悄悄的，听不见有任何动静。也不知金花姐甚情况！"

　　"你等会儿。我先端盆米饭，过去看看。"

　　李阴阳盛了半盆大米，端着进门仔细一看，十个鬼子横七竖八地全部或趴在桌子上或倒在地上。李阴阳担心鬼子不死，用手挨着鼻子逐个查看，鬼子均已断了气息。李阴阳赶忙回头看李金花，李金花双手抱着肚子，头向下垂着，靠墙坐着。李阴阳"金花，金花"地喊了几声，金花没有应答。他赶忙抱起李金花喊欢欢，欢欢跑出来一看，李金花嘴角流着白沫，头耷拉着，当下拉着李金花的手，号啕痛哭。

李阴阳抱着李金花走到厨房，平放在前炕，掐虎口，摁人中，猛压胸脯，李金花哼了两声，一股呛人的酒菜喷口而出，吐了一摊。高欢欢赶忙拿了一块布子，擦干净苇子簟。李阴阳又让欢欢拿来大勺子，端起剩下的绿豆甘草汤，扒开尚未松弛的口往里灌汤。少半盆绿豆甘草汤全部灌下，李金花的鼻子渐渐有了气息，肚子里头也发出咕噜咕噜声。欢欢握着李金花的手呜呜地哭着说："金花姐，是我害了你。"

李阴阳高兴地说："不能哭，惊动了别的鬼子，我们又得遭殃了。大概金花没死，你号甚？"

高欢欢惊讶地问："真的？"

"真的。鼻子出气，肚子也咕咕响起，看来有救。你上炕，帮我把李金花翻转。"

"嗯。"高欢欢说着跳到炕上，帮着李阴阳把金花翻转趴下。李阴阳一只手用力按压李金花背部，一只手摩挲着她的咽喉。摩挲了半天，不见李金花肚子有动静，改用手指放在口里舌头根部狠抠，李金花肚子里的东西咕噜噜全吐了出来，直到清水子吐完方止。

欢欢不由得又哭出了声，李阴阳一把拉到脚底说："不能哭，赶紧把撇出的大米汤给她饮一碗，让她把肚子里的东西吐净，兴许就没事了。"

高欢欢端了一碗大米清汤给李金花往口喂，喂了几勺子，李金花哼哼哒哒睁开了眼说："鬼子呢？"

高欢欢说："全毒死了。"

"我咋没死？"

"全吐出来了，阎王爷没收，你活过来了。不但要感谢李阴阳熬了绿豆甘草汤解毒，还要感谢他把你肚子里的东西及时折腾出来清洗干净。"

李阴阳说："咱还得感谢金花，没她的果断机灵，我们也不会这么顺利。"

李阴阳说罢，向门口走去，隐约听到有人在壑口低声呼叫欢欢。李阴阳抬头一看是马驹，跑到壑口，放下简易木桥，马驹快速过桥吊起桥板。李阴阳说："你不是回居舍了，咋又跑来了？"

马驹说："我怕今晌午出事，没回居舍，挽了两半笼苦菜，在半山坡杏树底睡了一觉。一觉醒来，已过晌午，不放心，跑上来一看，不见守壑口的鬼子，见窑洞门口躺着两个鬼子，觉得你们已经得手，听见厨房有哭声，不摸里面情况，没敢吼叫，直到看见你出来，才心里踏实。全解决了？"

"解决了。狗日的，欢欢终于报了仇，我也出了这口恶气。我们正要往回跑呢！"

"如今不能回，得处理好才可以，鬼子残忍，处理不好，鬼子一旦调查出来，还有你们活路？"

"那咋办？"

"还得以八路军游击队的名义来处理。咱们先进去看看还有没有活口。你们三个全没事？"

"我和欢欢没事。李金花陪沟田喝来，不过事先喝了绿豆甘草汤，吐了不少，刚才又给她灌了不少喝剩的，肚子里东西全吐出来不算，还吐了不少清水子。"

"咱们先去看看李金花，没想到她也是一个刚烈女子。"

"是啊，性命攸关的事男人都会犹豫，何况是一个女人！"

说罢，李阴阳带着马驹往厨房走去。马驹从小有主见，又在红军和八路军干过，欢欢比谁都清楚，所以看见马驹从门进来，心里当下踏实了许多。马驹进去细看，李金花面色已泛红。李金花听见马驹进来，睁开眼睛，手托着炕要往起坐，马驹压压她的肩膀说："先躺会儿，身子弱，不能起来。我们先看看鬼子还有没有活口。"李金花点了点头躺下。高欢欢跟着马驹和李阴阳走到沟田门口。马驹担心欢欢害怕，让她站住，自己和李阴阳走进沟田住处，逐个检查了鬼子尸体，确认全部断气。马驹看见沟田桌上电话，一把扯开电话线，走了出来，又走进碉堡，看了一下说："这批子弹手雷和武器不能落入敌手，得让八路军和游击队带走。"

李阴阳说："八路军游击队在哪儿活动，咱咋晓得？"

马驹说："这不用担心，后山北面就有八路军游击队活动，离咱不会太远。我去找，很快就会找到。眼下要紧的是把躺在外面的鬼子尸体搬到里面，不能让外人发现，还得让碉堡楼上和壑口的鬼子站起来，做出守炮楼守壑口的样子。你们在碉堡里守着，等我回来，炸毁碉堡带上李金花一起走。你们先照应她，让她多喝水，瞅空空也吃点东西。"

马驹说罢，和李阴阳上楼，扶起鬼子让他们趴在机枪跟前，用枪顶着后腰，脖子上顶了一个弹夹撑起脑袋。碉堡楼上弄好，二人赶忙把院子里的鬼子拉进沟田住处，转身去了壑口，扶好两个守壑口鬼子，马驹正要放木桥，高欢欢端着一碗雪白的大米塞给马驹，马驹一手接过碗，一手放下桥板绳索，几步跑过桥板，安顿李阴阳拉起木桥到碉堡里守候。安顿好，马驹几口吃完大米，转身一路小跑，向北翻山而去。

马驹走后，高欢欢和李阴阳走进碉堡，见碉堡里有一口子通往地下。李阴阳给鬼子碉堡下过罗盘，知道里面是鬼子住处，修好后一直没机会进去。李阴阳和高欢欢坐了一阵，觉得傻乎乎干坐着无聊，拿起子弹箱上放着的手电，顺口下了梯子，欢欢一个人坐在外面心慌，也跟着李阴阳走了进去。碉堡底下横着有丈五六深、六七尺高的两个小洞，每个洞里铺有木板席子军毯，放有折叠整齐的六七块黄色棉被，每床铺盖墙跟前挂着一个水壶，靠洞两边砖头横支撑着两块门板，门板上也铺着军毯，放着军被，中间放着两个条桌一盏马灯一台手摇电话，桌子底放着标有圆球图形的木箱两个。李阴阳看见电话，模仿着马驹做法，一把扯开电话线说："狗日的鬼子也分三六九等，两个军曹住在通风好空间大的地方，普通士兵住在潮湿的土洞里。"

高欢欢说："沟田更特殊，住在碉堡前窑洞里，喝酒淫乐，不是个东西。"

李阴阳说："你的仇已报，你娘在地下也安心了！"

李阴阳提起欢欢娘，欢欢流着眼泪说："我娘死得恓惶，一点尽孝的机会都没留给我。"

李阴阳知道他的话引出了欢欢的伤心事，赶忙拉着欢欢说："走吧，底下阴森潮湿，咱到外面等着。"

高欢欢、李阴阳从地下室鬼子住处出来，在子弹箱上坐了一会儿，突然李阴阳说："你坐着，我先收拾鬼子东西。"

李阴阳先到地下室搬出桌子底两箱手雷和墙上的十几个水壶，又跑到沟田住处背回十来杆枪和三支手枪，从沟田和武夫一郎曹长身上搜出两块怀表，掂在手里问："欢欢，这鬼东西里头的针针会走，你说这是甚玩意？"

贾天祥戴过怀表，欢欢一看就明白，笑了笑说："这是怀表，能准确掌握时间。一会儿八路军游击队来了交给人家，他们有用。"

高欢欢看了一下怀表，时针已经指向十五点，她想，时间已过一个时辰，如果找人顺利，马驹和八路军游击队也应该快到了。李阴阳摸出从鬼子身上掏出来的香烟，坐在子弹箱子上抽了起来。李阴阳抽完烟，高欢欢拉着他去了厨房，先给李金花喂了几勺子大米，李金花觉得肚子不舒服，没再吃下去。高欢欢和李阴阳每人挖的吃了一碗，填饱肚子，坐在炕边等候马驹。高欢欢着急地站在门口，不时向外张望。没多久，高欢欢看见马驹带着一个人从东面坡坡爬了上来，站在壑口向碉堡里招手。高欢欢说："马驹带着人来了。"李阴阳灭了烟，跑出去放桥，欢欢也跟着走了出去。

马驹向坡底招了招手，蹲在坡底的八九个游击队员跑了上来，快速过了木桥，收拾枪支弹药的收拾枪支弹药，收拾铺盖粮食的收拾铺盖粮食，刘天成、张三儿见过高欢欢，一见面就说："马排长给我们讲了一路你的故事，我们队长早就思谋着要端掉这个碉堡，可碉堡地势险要又离镇子近，对面西面又都有碉堡，一有情况就会被镇里鬼子发现，正等待机会摸掉碉堡，感谢嫂子，让你受苦了！"

高欢欢笑笑说："没什么，我也是为娘报仇。"

"听说是因为我和三儿把你逮到鬼子碉堡的，连累嫂子了。"

"没事。正好给了我报仇的机会。可金花姐因为救我，差点被毒酒毒死！"

"是个烈女子，今天，肖队长到军分区开会去了，他回来，我们一准把你们的故事告诉他，让他向分区首长报告，好好表彰你们。"

"你现在咋样？"

马驹正好走到跟前说："好着呢，天成如今是游击一中队班长，这些人都是他带来的。"

刘天成说："我们去看看金花姐。"

三人走到厨房，李金花在炕上横躺着，听见来了游击队，赶忙双手托着炕坐了起来。刘天成敬了一个军礼说："金花姐，做了一件惊天动地的大事，谢谢你！我们得向你学习，好好杀敌。"

刘天成刚说完，一个战士喊："班长，全部收拾好了。武器弹药铺盖粮食已经搬在院里，鬼子尸体全部拉进了碉堡。"

"你带三四个人，剪断鬼子铁丝网，把尸体扔在沟里。"

那个战士应声而去，刘天成转身喊来张三儿说："留下一箱手雷，放在碉堡墙根，解下桥板双股拉绳，手榴弹拧开盖拉出火线放在手雷箱里，火线拴在单股绳子上，那坛酒压在手榴弹上。让战士们背好武器弹药、铺盖粮食先撤，我随后就到。"

刘天成从厨房出来，走到沟田住处，从床上拿了一张纸，写了"鬼子，你的死期到了。八路军游击队"纸条，压在碗底，转身出来，拿了一支手枪，递给马驹说："你在村里，离鬼子近，用得着。"

"好吧，手枪留着。你们先撤，我来炸碉堡。"

"金花姐呢？"

"让李阴阳背着和欢欢先回，我等你们走远、李阴阳他们下了山再炸碉堡。"

"好吧，那我们就撤了。"

刘天成说罢，走到厨房，扶起李金花，放在李阴阳背上，李阴阳背着李金花出来，全体游击队员给他们三个敬了礼。李阴阳背着李金花和欢欢一溜小跑，出了壑口。李阴阳一出壑口，刘天成挥了挥手，游击队员背好铺盖粮食，扛着武器弹药迅速撤出碉堡。

碉堡四周一片静寂，几只雀儿倏忽凌空飞过，发出叽叽喳喳的声音。马驹走进碉堡，查看了手榴弹导火线和绳子连接处，在碉堡口坐了一会儿，估划李阴阳和欢欢他们差不多回家，游击队也走出了危险区，小心拉着麻绳倒退着走到壑口附近，麻绳已到尽头，马驹无奈，猛然用力一拉，快步跑过简易木桥，趴伏在地，碉堡轰然爆炸倒塌，碉堡里升腾起一团火焰，炸起的砖块沙子向四周飞去。南面西面两边山头碉堡里的鬼子听见爆炸声瞭见升起的浓烟，机枪步枪一齐向湾头山顶碉堡处射来。马驹顺势一滚，溜下坡，快速跑到杏树底，手枪塞在苦菜里，避开南面西面射来的子弹，从东南侧下了山。

第十四章

　　德田独自坐在指挥部品着贾存儒送来的名茶，隐隐约约听到远处有爆炸声，以为是小股游击队在捣乱，并没在意。直到电话铃声响起，龙城、香严碉堡守军分别告知湾头碉堡被袭击炸，才如梦初醒。德田跺着脚骂着沟田，拿起电话，摇了几次，听筒里没有任何反应，德田掼下听筒，火悻悻地跑到院子里集合部队，亲自带着一小队鬼子和一个日伪工作中队向湾头碉堡进发。

　　走到湾头山顶眺望，碉堡已坍塌，只剩三四孔砖石间杂的窑洞，周边的铁丝网一丝不存。德田看着碉堡惨象，跺着脚，大骂沟田饭桶。德田气势汹汹地带着人马过了简易木桥，直奔中间窑洞沟田住处，看着桌上的碗盘狼藉和碗底压的纸条，暴跳如雷，唰地抽出指挥刀，向碗盘砍去，几只碗当下粉碎，几块碎片溅在脚底，溅在鬼子身上。德田"酒鬼，饭桶"骂声不迭，日伪工作队中队长薛二则挺着肚子，凑到跟前，艰难地弯着腰说："太君，一定是皇军酒醉，让八路钻了空子。"

　　德田正在火头上无处出气，薛二则屁颠屁颠凑到跟前，正好碰在刀刃上，德田挥起右手，照着他油滚滚的大脸，啪啪就是两个巴掌，薛二则摸着生疼的脸，退了出去。德田也转身走出去，来到炸毁的碉堡跟前，看着乱纷纷的砖石和几具暴露在外残缺不全的鬼子尸体，嗷嗷叫着要去北山"扫荡"，消灭八路军游击队。

德田回到三郎堡总部，电话联合泉东、泉南两个县的日伪军七八百人，计划次日向北山根据地出发扫荡。安排停当，德田出了总部南门岗楼，站在门口向镇子瞭望，一对巡逻鬼子正穿街而上，德田心中有了底，顺小路独自下坡，瞅了瞅自己设立的水牢院，不由得发出几声狂妄的狞笑。德田一只手握着刀柄，从水牢院下了缓坡，穿过火神楼门洞，径直走进花香苑，正好碰见贾存儒从瓦房出来。贾存儒明白德田这会儿来的用意，赶忙点头哈腰地说："少佐，几天没来，贾某还有些想念。您先到我房间喝茶，然后给您准备饭菜。"

德田笑笑说："贾桑，难得你的有片孝心。茶就免了，楼上厅房的有。你的搞几个菜，我的和惠子小姐喝几杯。"

贾存儒心知肚明，点着头说："你忙，我的安排饭菜。"

德田径直上楼，贾存儒去厨房安排饭菜。没多久，一荤一素两个凉菜调好，贾存儒准备了一小坛陈年烧酒和凉菜一起放在木盘里，自己端着，送到二楼厅房，放好菜倒好酒，退了出来。两个热菜炒好，贾存儒打发张谋新送去。张谋新第二次端着盘子送菜时，听到德田火悻悻地说："八路军游击队炸毁湾头碉堡，十五个帝国军人葬身残砖乱瓦中，我的联合泉东、泉南两个县皇军和警备队七八百人，明天的一早去北山扫荡，以雪皇军耻辱。惠子，喝酒。"

张谋新听到此等话语，心中一紧，当即弯腰蹲在窗户底下，稍微停顿片刻，听见两人碰杯喝酒，赶忙轻轻退后几步，嘴里喊着："来了，香喷喷的肉菜。"故意咚咚咚跑了几步，把菜端了进去。

张谋新从二楼厅房下来，心急火燎，他太明白此事的重要性了，他想把此事快速传递出去，可当下走不开，如若突然离开，定会引起贾存儒和德田怀疑，他只得等到把最后一道菜清蒸鸡端上去，才把木盘递给另一个伙计说："我拉肚子，你先顶一会儿，我到上面找郎中先生弄点药去。"

"你快去快回，贾掌柜看见连我也要挨骂。"

"放心吧，一会儿就回。贾掌柜问，你就说我拉肚子，到茅房里去了。"

张谋新说罢，转身就走，出了门快步跑到同和恒药店，买了十来片白玉饼，揣在怀里，快速向万顺成走去。到了万顺成，他见高温心也在马振华东家厅房里坐着，喘着气低声说："马东家，情况紧急，德田联合了泉东、泉南两个县的日伪军七八百人明天一早要到北山"扫荡"，要雪八路军游击队炸毁湾头碉堡的耻辱。我们应该尽快向根据地传递信息，以做好迎敌准备。"

马振华拍了拍张谋新的肩膀说："你赶紧回，以免引起怀疑。"

张谋新立刻出门返回花香苑。谋新走后，马振华对高温心说："你立即到湾头村去找马驹，让他快速把消息送到八路军游击队驻地。"

高温心说："马驹回来了？"

"回来了。前几天还在我这儿坐了一会儿。你立即出镇，先到水磨坊，从地里走，出了地，溜河边走，不得久留，快去快回。"

高温心到马驹家时，马驹已吃过了黑间饭。高温心和马驹说了情况，提醒马驹，高来弟和花香苑二楼东房里的木子小姐打得火热，那木子隐藏很深，可能是日军特务，千万不能和高来弟说出炸毁碉堡实情和自己的真实身份，马驹点头称是。

马驹得到鬼子要"扫荡"北山根据地的消息后，心急如焚，来不及和爹娘打招呼，悄悄出了门，翻山过沟，找到泉东县委，报告了鬼子"扫荡"消息。马驹要求留下一块御敌，县委没有同意，让他立即返回，隐藏身份，获取情报，配合武工队锄奸锄特。马驹欣然同意，连夜摸黑返回了家。

第二天天刚亮，高来弟睡梦中听见街道脚步声阵阵，以为是鬼子巡逻，也没当回事，翻了一下身，继续沉沉入睡。他睡到半前晌起来问伙计，才知是大队鬼子伪军向东而去，他料想鬼子早早行动一定是出发扫荡，赶忙洗了脸，出了高家面庄，直接去了花香苑，在贾存儒房间喝了会儿茶吸了两泡烟，叫了几个菜，去了木子小姐二楼东房一块鬼混。

高来弟喝多了酒，在木子房间呼呼入睡。

高来弟是被灰头土脸的德田从木子的床上扯下来摔醒的。高来弟翻身坐起，睁开发肿的眼一看，德田和浑身土滚滚的七八个鬼子端着枪站在床前，吓得浑身哆嗦，结结巴巴地说："太君，我有罪……"

德田唰地抽出指挥刀架在高来弟脖子上大声叱问："你有什么罪？'扫荡'消息，是你的传出去的？"

高来弟哭着说："太君，您冤枉我了，我就不知道皇军要去'扫荡'。"

"你的，何罪之有？"

"不该和木子小姐……"

"串通一气？"

"不是，不是，是……"

木子说："高昨天的没来，快到吃饭时来的，他的没时间。"

德田以为木子和高来弟有嫌疑，黑着脸说："实话的不说，两个的一起打！"

四五个鬼子分头把来弟和木子拖倒在地，用脚踩踏，拿起枪托照着两个人的头上身上乱砸，片刻工夫，来弟和木子遍体鳞伤，头上流血，木子打到底一声不吭，来弟哭爹喊娘求饶。打了半天，德田示意停止，歇斯底里地吼道："'扫荡'不成，半路反遭八路游击队伏击，死了几十个皇军皇协军不说，被泉东泉南两个少佐唾骂，耻辱。说不说？暴露出发信息，死啦死啦的！"

木子说："少佐，我的根本不知你和惠子说的内容，让我说什么？"

来弟瘫软在地上，哭丧着脸说："少佐，我真晓不得，半前晌听说皇军出发，才敢过来见木子呀。"

德田'扫荡'，损失惨重，根本听不进来弟和木子的解释，喝令鬼子继续打，没多久，两个人被打得奄奄一息。打了半天，没问出什么，德田也觉得这两个人没有传递信息的机会，手一挥，带着人走了。

高来弟处理了皮肉伤，被高家面庄伙计抬回家时，天已漆黑。村里人听说高来弟挨了打，不少人跑来探虚实，家里坐着的，门口站着的，院子里圪蹴的，三个一群五个一伙，窃窃私语，有的说高家出了败家子，有的说高来弟不做好事，挨打是自找的。马驹进了高家院子，听见人们议论，说："一村一社，邻居百舍，人在难中，理应相帮，不应该议论人的不是。高来弟虽没做甚好事，但总是咱一个村的，谁不希望自家的男人走正道？"

马驹一说，人们没再议论什么。马驹走到居舍，高欢欢坐在后炕抱着孩子喂奶，李桂香坐在儿子跟前抹眼泪。来弟盖着一块单被子躺在炕上，额头沁着汗珠，嘴里不停地哼哼唧唧。马驹凑到来弟跟前问："来弟，你这是被甚人打成这样？"

高来弟哼着说："能有谁？皇军呗！"

"鬼子为甚打你？"

"怀疑我泄露了'扫荡'秘密，连木子小姐也打得爬不动了。"

"是不是又和木子小姐鬼混被人家逮住了？"

高来弟唉地叹了一声，没回答。马驹自觉失言，拍了一下自己的嘴巴，没再问下去。高欢欢听见马驹的问话，也看到了他的动作，当下哭着说："来弟这段时间很少回居舍，我以为他在店铺忙活，没想到，他却和日本女人鬼混，这日子没法过了。"

高来弟有气无力地说："没法过，你可以另找男人。女人就像墙上的泥皮，剥了旧泥有新泥。"

高欢欢恼火地说："高来弟，人不能太没良心了，你是怎么娶到我的？大概不会忘记吧。好，话既然说到这个份上，我走，现在就回我和天祥的家。"

高欢欢一提贾天祥，高来弟气不打一处来，当下气呼呼地说："你身是我的，心却是贾天祥的。实话告诉你，我不但和卖唱的睡过，也和日本女人睡过。走吧，走得远远的，我早就不稀罕你了，你就和死鬼贾天祥过日子去吧！"

高来弟的话激恼了欢欢，欢欢抹干眼泪，当即抱着孩子要往门外走。李桂香骂着来弟拉欢欢，没拉住，欢欢几步跑出门外。来弟娘知道自己挡不住欢欢，转身在灯树上拿了一盒火柴，咚咚咚几步跑出去，塞在孩子衣兜里。马驹边道歉边拉欢欢，欢欢低头猛撞马驹胸脯，马驹趔趄了一下，几乎跌倒。

欢欢乘机跑出大门，跑回贾天祥给她买来的小院。

欢欢连夜抱着孩子过来，高升感到蹊跷，关切地问："欢欢咋黑天半夜引着孩子来了？赶紧回居舍，黑了有风，小心吹了孩子。"

"没事，就是想和爹住几天。"

高欢欢边说边往居舍走。走到居舍，欢欢坐在炕边摇着孩子。不一会儿，孩子已睡熟。欢欢放下孩子，正要铺铺盖，马驹搂着孩子的小被子小褥子屎片片尿架架，李桂香端着放有一罐金星乳粉、一小罐藕粉、奶壶壶、一碗炒熟的膏干米粉的小笸箩进了门。欢欢接过马驹搂来的小铺盖，给孩子铺在后炕。李桂香抱起孩子，轻轻放好，盖上小被。

安顿好孩子，高升问："桂香亲家，欢欢突然抱着孩子黑天半夜过来，两口子吵架了还是咋？"

李桂香唉声叹气地说："来弟被鬼子打了。"

"来弟被鬼子打了，欢欢理应伺候照顾，她突然跑回来做甚？"

"都怪我那不争气的儿子，是他气走了欢欢。先让欢欢在亲家居舍消消气散散心，白天我过来照应孩子，不会让孩子拖累你的。"

"我也早有耳闻，你家来弟整日不做好事，吃洋烟不说，还和日本的女人鬼混，据说最近又惹上了赌博的毛病。从良心上说，他能对得起欢欢？"

"我晓得来弟不学好，是个恶崽崽。亲家放心，我一定好好管教这个鬼子子。"

欢欢说："自从孩子爷爷死后，来弟变本加厉，吃洋烟吃得黄皮烂杏，我说过好多次，他一次都没听进去。如今，不但惹上赌博的毛病，还和外面的女人鬼混。积恶成习的人，你让他改，除非日头从西面出来。"

马驹说："欢欢还是看远点，人是会慢慢变的。"

欢欢说："人是会变的，变坏容易变好难。我被鬼子抓进碉堡，他管过吗？每天给沟田卖笑做饭，好不容易从阎王殿里逃了出来，他过问过吗？你说，他来弟如今还算个人吗？"

几个人告诉了半天，也对欢欢宽慰了不少。时间不早，马驹和李桂香各自回家。欢欢从箱子和包袱里翻出贾天祥和她的结婚照，挂在脚底条桌上方，爬上炕，仰靠在铺盖上，默默地流着泪，痴痴地看着贾天祥的照相。

马驹回到居舍，窑里黑乎乎的，他轻手轻脚摸黑走到炕边细瞧，爹娘已入睡。马驹脱鞋上炕，脱掉衣裤，躺在娘给铺好的旧褥子上，思谋着张谋新告他说的木子很可能是鬼子暗藏特务的话语，不觉心头一震。人常说，明枪易躲，暗箭难防，木子一旦是鬼子特务，镇里好多反日积极分子和进步人士，还有党的地下组织就会遭殃。他想起高来弟说的话，木子也被打得爬不起来。他觉得这是一个绝佳机会，应该及早下手，除掉这个暗藏特务，他决定第二天联络邻村钉掌的张来成和他一起行动。

第二天半后晌，马驹和张来成带着良民证混进镇子，隐藏在马家客栈，马驹把想法告给马振华，马振华说："从谋新听到的话来看，木子肯定是鬼子的暗藏特务，她已发现南坪水磨坊经常有生人出没，高温心已不安全，必须尽快除掉她。可你们得想个万全之策，绝对不能让人发现。依我看，如今木子被打，身上带伤，你们就扮成郎中进去比较稳妥。"

马驹说："我们去哪找这些行头？"

马振华说："穿上长袍，戴上礼帽，背上个药箱箱就行了。我这儿有几件旧长袍旧礼帽，放着也没用，你们每人穿戴上一件。"

天黢黑时，马振华说着，从柜子里拿出叠放整齐的两件半新旧长袍和两顶尚未褪色的礼帽递给马驹和张来成。马驹和张来成穿好长袍戴上礼帽，马驹笑着说："咱也当一回掌柜的。马东家，你看像不像？"

马振华笑笑说："像。不过，你说错了，你俩如今是郎中先生，而不是掌柜的。"

天擦黑，马振华专门安排家人给做了几碗好面，木盘里端来四小碗，每碗虽然捞得很满，但细瓷碗小，两个人不一会儿就全部吃完。马振华又让端来四小碗，两个人又调的吃了一小碗，不好意思再调，放下碗，抹了一把嘴说："吃好了，收拾吧！"

马振华说："你们可要吃饱。不能不好意思，不要怕碗小，多吃几碗就是了。"

马驹话已说出嘴，不好意思再端，只得说"好了，好了，收拾吧"。

收拾了碗筷，三个人拉呱了一阵，天已黢黑。马驹和张来成走到西院大门，向小巷望望，巷里巷口没人，赶忙闪身出门，走到过街楼，从楼下砖洞进入街道。街道上行人稀少，两侧店铺大都关闭，个别未关店铺也在昏黄的油灯下紧张地收拾东西。两人快速向西走去，刚出头座过街楼，五六个巡逻鬼子迎面而来，躲闪已来不及，张来成拉拉马驹袍袖，紧张地低声说："鬼子！"

马驹说："就说孩子病了，请了郎中。"

马驹刚说完，几个鬼子横端着枪，哗啦啦拉响枪栓，厉声喝道："八格，什么的干活？"

马驹不慌不忙地说："上面的营生，下面看病的干活。"

张来成凑到跟前弯着腰点头说："孩子得霍乱病几天了不好，今天突然加重，性命攸关，请郎中下去，看还有救没救。"

鬼子一听家里有霍乱病人，担心传染给自己，当下手掩鼻子，大声喝道："快滚！"

马驹和张来成赶忙抽身向西走去，走了十几步回头看，鬼子已出了头座过街楼，向东而去。走到花香苑门口，大门虚掩着，马驹和张来成在门口瞅了瞅，院子里没人走动，只听见厨房里有洗锅刷洗盆碗的磕碰声。两个人轻手轻脚径直走进院子，踮着脚尖上楼，房间的灯还亮着。马驹走到门口，猫腰听了听里面没有任何动静，轻声说："木子小姐，我是郎中，德田太君让过来给您看看伤口。"

木子发话说："不用看，这皮肉伤几天就好了，难得他有这份慈悲心。"

马驹轻轻揎了揎门，门还未关。马驹闪身而进，张来成也迅速跟进，掩上房门。木子仰面躺在床上，马驹边往跟前走边说："我们不看，德田会杀头的。"

木子说："你们就说看过了。"

马驹走到跟前，猛地双手紧紧卡住木子脖子。张来成用上卡烈马腿的摽劲，死死压住木子乱蹬的双腿。刚开始，木子还用双手撕扯着马驹的长袍，不一会儿，木子的双手耷拉下来，眼瞪着，停止了反抗。马驹看见木子断了气，从她身上下来后，看见张来成还紧紧地压着双腿。马驹低声说："死了，放开吧！"

张来成站直身子说："不保险，这狗日的认得我们，一会儿活过来，就没咱的活路了。"

马驹说："断气了，还活甚的怂嘞！"

马驹拿起桌上的纸和水笔，歪歪扭扭写了一行字：当特务的下场。八路。写好字，扔在木子身上。马驹接着扶起木子的枕头，枕头底压着一把小手枪，马驹取出手枪，从裤兜里掏出提前装好的纳鞋底麻绳，脱下长袍，紧紧地绑扎在腋窝底下，悄无声息地溜出院子，从车家院后门出了镇子，跳过水壕，跨过马路，钻进长山药架底，叭叭叭照着南口子打了两枪，穿过河滩庄稼地，快速溜河边摸黑回了家。

高来弟心里惦记木子，身上的伤刚好，假说要购粮，哄着和娘要了五六百大洋，去了街道。一进面庄，李谋腾就急急慌慌地说："高掌柜，抬回你的第二天黑间，木子就被八路暗杀了。鬼子在街道袭门捣窗，搜查了大半夜，甚也没查得，害得人连觉都不能睡。这几天，鬼子加派了岗哨，巡逻的也分成前后夜两批，前半夜工作队巡逻带查夜，后半夜鬼子巡逻。那个薛队长，赖得多得多嘞，来查夜要吃要喝，稍有不慎，拳打脚踢，甚至还挨枪托，圪搋上两个银钱就笑，一笑就露出两颗圪獠牙，死不了的个害魂！"

高来弟说："人家吃你的喝你的了，还是挨打受气了，恨成那样？"

"前两天，他让手下砸过我两枪托。假眉三道说木子的死与你有关，我是你的伙计也脱不了干系，要带我走。我求饶祷告，掏出你发给我的工钱送给他，这狗日的当下眉开眼笑，放开我，哈哈笑着走了。"

高来弟掏出两块银洋，递给李谋腾说："拿着吧，不能让你跟上我既挨打又受害。"

李谋腾接过银洋说："谢谢高掌柜。这两天，谨慎点，小心鬼子麻缠你。"

高来弟说："屎事没一条。我这几天在居舍歇养，鬼子不是晓不得，虽然我和木子关系非同一般，但她的死与我一点关系也没有。"

"据说木子是鬼子暗藏的特务，你和木子交往，人们会指着你的脊梁骨骂祖宗的。"

"跌在茅坑里还怕屁呛着？我才不怕他们说甚。你这臭小子，竟然教训起掌柜的来了！"

李谋腾满脸堆笑说："哪敢哪敢，我一个伙计，只不过是随便说说而已。"

高来弟和李谋腾告诉了一会儿，不见面庄有顾客光顾，将钱袋放在账房小炕，闷头坐了一阵，身子稀软，鼻子发酸。高来弟知道自己要来烟瘾，慌忙提上钱袋去了花香苑。

高来弟进了花香苑时，贾存儒还未来。张谋新看见高来弟进了院子，立马从厨房走出来说："高掌柜，身子好了？"

高来弟气咻咻地说："好个屁，好多黑痂未退，紧紧扣在皮肉上，难受死了！贾掌柜呢？"

"饭店死了人，贾掌柜受牵连，被逮到镇里的日军总部，虽没挨打，但也关在黑窑子里受了两天克制，他儿子贾天禧花了大价钱才把他买出来的。饭店也关了几天，前天才开。这两天贾掌柜也来，但来得迟。"

高来弟来前，张谋新把餐厅和几个包间已收拾干净，此时正是空档时间。张谋新揎开百合厅包间的门说："你到包间稍微等等，应该快来了。"

高来弟进了门，坐在八仙桌周围的一个凳子上，张谋新没事，也拿出一个凳子坐在侧面。高来弟说："日伪工作队的那个薛二则也太不够意思了，我平时没少给他忔搊银钱，为的就是得他照护，没想到这狗的乘我不在，还去敲诈伙计谋腾。"

"这地方水太深了。日本宪兵、日伪工作队、特务汉奸、晋绥军、八路军游击队，几股势力较量，一时走不对路，就会脑袋搬家。"

"眼下看，日本部队势力大，谁也撵不走人家。"

"那只是暂时的。你不看，鬼子几次'扫荡'，死了不少人，可也没见增加多少，倒是这几天来了几个娃娃兵。从这也可以说明一个问题，鬼子兵源不足，在走下坡路。"

"船烂了还有三百六十道坌疤呢！"

"高掌柜，这句话用在日本守军上可不合适。他们一个外来户，烂开就难补了。"

高来弟张口还欲说话，听见院子里有低沉的咳嗽声，张谋新说："贾掌柜过来了。"

两个人相跟着从百合厅包间走出来，贾存儒看见高来弟，脸撅着，没好气地说："你来做甚？害人没深浅的个东西。"

高来弟摇摇手里哗啦啦直响的钱袋说："给贾掌柜开期活来了。"

贾存儒表情僵硬地说："走吧，进来说。"

高来弟没言语，跟着贾存儒进了房间。一进房间，高来弟的稀鼻涕就流了出来，把钱袋扔在桌子上，蔫眉瞪眼地说："来两个泡泡吧，身子骨软得不行。"

贾存儒没答话，打开柜子，拿出烟具，用锡钎子在铁桶里扎了两个黑圪蛋，扔到桌上，索性躺在藤椅上闭目养神。

高来弟拿起烟具，塞了一颗烟泡点燃，哐哐哐吸了起来。两泡烟吃完，来弟来了精神，故意提起钱袋唰啦唰啦摇了几下，走到贾存儒跟前说："给你开期活来又不是投借来，放下一副鬼脸让谁看。你到底要不要？不要了，我走呀。"

贾存儒依然躺在藤椅不吭气。高来弟提起钱袋装出一副要走的样子，贾存儒噌地站起来，恼火地说："走了倒你的脑子。"

"终于开口说话了。"

"给我开多少？"

"吃喝住玩用不了多少，大概没有二百块吧！"

"你不要装糊涂了，这么长时间的花费你应该自个儿清楚，我夜来核了核，三百多点，零头不要了，给个整数就行。"

"你这是坑人嘞，哪有那么多？"

"嫌坑到别处去，我又没叫你来开销。"

"不和你这种人说了，三百就三百，拿得发洋财去。"

高来弟说着把钱点给贾存儒，贾存儒当即眉开眼笑，给高来弟倒热水放茶叶。快到晌午，贾存儒说："来弟，晌午咱喝几盅，我一会儿把薛队长叫上一起红火。"

来弟在家窝了十来天，无人和他喝酒起哄，贾存儒一说，自己也想热闹热闹，就爽快地答应了。

贾存儒去二郎庙请薛二则，高来弟独自坐下喝茶。不一会儿，贾存儒带着满脸胡茬的薛二则从门进来。薛二则进门时，额头在门上蹭了一下，火悍悍地摸着额头坐在凳子上。贾存儒弯腰看了看薛二则的额头说："薛队长，没事。只蹭下个白印印。"

"没见过你这人，难道非要碰烂才心安？"

高来弟插话说："薛队长，人家贾掌柜那是关心你呢。"

薛二则恼火地说："哪有这样关心人的！"

贾存儒笑眯眯地说："薛队长，消消气。我已安顿酒菜，一会儿一定好好敬敬队长，咱的生意还得仰仗您来关照。"

薛二则拍拍盒子枪说："你敢吗？街道哪个鬼见了我不是毕恭毕敬的。"

三个人说着话，张谋新端着烧酒凉菜进来。贾存儒倒好酒，连着敬了薛二则三杯，高来弟也敬了三杯。薛二则喝了几杯酒，来了兴致，也分别和贾存儒和高来弟喝了三杯，拍着胸脯，大声说："你们看，我薛老二活得风光吧，隔三岔五有人请，德田少佐非常器重。虽然镇里人见我躲闪，骂我是活阎王，可谁也怕我，人生在世图个甚，还不是图个快活风光？据黄河畔刘家垣眼线刘黄毛报告，共党泉南工委、河西八路侦察班和一个游击中队在他们村活动，德田少佐已下令今黑间连夜出发，分三路包围剿灭泉南工委和八路游击队。"

张谋新端着热菜，听见此话，没敢移动脚步，贴着身子站在门口的墙壁跟前，听见碰杯声，赶忙走出来，端着盘子说："来了，又滚又香的肉菜。"

张谋新放下肉菜，笑嘻嘻地说："薛队长、二位掌柜慢用。"

张谋新退出贾存儒房间，心中着急，可眼下不能走，一走就会被老奸巨猾的薛二则看出破绽。张谋新上好饭菜，故作镇静地坐在厨房门口等待机会，直到贾存儒喊他收拾桌子要焖胡才心中平静了几分。

张谋新收拾好桌子，铺好桌布，放好纸牌，转身退出，赶忙提了桑条笼去河滩地里，先到水磨坊把消息告给高温心，出了门走到贾家菜地摘豆角茄子。高温心关了水磨坊的门，顺着滩地快速向湾头走去，走到马驹家，马驹不在，马驹娘说可能给欢欢家水磨坊帮忙了。高温心立即去了高家水磨坊，水磨坊门已关。高温心找到欢欢家，马驹正端着一碗红面圪搓搓坐在炕棱边吃着，见高温心滚身汤水进门，噌地站了起来，倒了一碗水端到院里槐树底，急切地问："这会儿跑来，一定是有甚重要事情。"

高温心呱呱喝了几口水说："薛二则在花香苑喝酒，酒中露出消息。"

"到底是甚消息，赶紧说。"

"汉奸刘黄毛已报告日军，泉南工委、河西八路军侦察班和一个游击中队在他们刘家垣村活动，德田下令驻清泉日伪军今黑间分三路连夜包剿，情况万分紧急。"

"时间紧，我们得分头行动，一个人去刘家垣报信，一个人去根据地向游击队八路军报信，一方面让泉南工委做好应敌准备，另一方面让根据地八路军和游击队驰援泉南工委，寻机消灭敌人。可你不行，磨坊关门，鬼子和日伪工作队会怀疑的。"

"那咋办？你一个人只能跑一个地方。"

孩子已熟睡，欢欢从两个人说话中听出遇到急事难事，放下饭碗，走出来说："我已猜到你俩要做甚的。有些事情不用瞒我，我对鬼子汉奸恨之入骨，如果有急事，我也可以去。"

马驹说："怎么可以？这些事都是男人做的，咋忍心让一个带孩子的女人去干这种危险事？"

高欢欢说："你大概没忘记碉堡毒死鬼子的事吧，这难道不是一个女人做的？我还想加入你们的组织，真正做些事情。"

马驹说："时间已不允许我们这么瞎谝，得赶快行动。欢欢去根据地向泉东县委报信，让八路军游击队驰援泉南工委驻地，我去刘家垣，捎路通知周边村民兵到刘家垣附近路口埋设地雷，迟滞鬼子行动，趁黑夜除掉汉奸。"

马驹和欢欢说了泉东县委驻地地址，让其从村后翻山过去走小路。马驹说完，回家从空窑柴草里找出烂布包裹里的两支短枪，夹在腋窝里，跑到高欢欢家，递给欢欢防身，安顿欢欢任务完成后，把短枪交给县委。欢欢把短枪藏在装有衣裳的竹篮里，叮嘱爹看好孩子，自己提起竹篮转身就走。

马驹腰里别好短枪，没走大路，翻山绕过鬼子碉堡，到刘家垣附近，告知村里民兵在通往刘家垣的三处路口埋雷，埋好雷撤往后山，袭扰迷惑敌人。

马驹一路翻山过沟，到村口时，太阳已落山。马驹被村口站岗的几个游击队战士带到上垣砖砌四合院县工委驻地，马驹嚷着要见书记。穿着灰军装左眼角嵌着一颗黑痣的宋书廷书记听见院子里吵叫，从侧窑走出来，看见两个游击队战士捆着个人进来问："你找我有事？"

马驹头上冒着汗，不高兴地说："我叫马驹，湾头村人，有要紧事和你说。"

宋书廷立马让人解开绳子，领着马驹进了室内，倒了一碗水递给马驹问："有甚事直说。"

马驹说："我是泉东县委秘密交通员，得悉汉奸告密，鬼子伪军今黑间分三路连夜包剿泉南工委驻地，我已告给周边民兵在上山路口埋雷，并安排人去泉东县委报告驰援。"

侦察班和游击队战士已吃过饭，还有几个端着碗在下院枣树底闲聊，宋书廷当即喊来游击中队长和侦察班长，命令游击队三个小队分头在南坡、云山寺、郭家塔通往驻地的路口斩断道路，山坡挖设闪人窖，山头挖开战壕御敌，侦察班动员掩护群众转移，先转移垴头路口危险地段。

游击中队长紧急部署任务，三个小队分头行动。游击队走后，宋书廷带着马驹到做饭窑里吃饭，马驹舀了一碗桃黍饭，拿了半片子玉桃黍窝窝，边吃边问询村里帮忙做饭的："你晓得黄毛家在哪住着？"

箍着半新旧毛巾的中年人好奇地问："你认识黄毛？"

"认识，我俩是拜识。"

"唉，你咋和赌博鬼光棍成了拜识！"

"相逢便是缘。他在哪住？一会儿打完了鬼子，我想到居舍认个门门。"

"不远，就在麻窟下面弯弯里往过数的第三个土豁豁院住着。"

"哦，晓得了。"

马驹吃了饭，和宋书记一起看阵地挖战壕。不到一个时辰，泉东游击中队和八路军一个连赶到刘家垴阵地，分头进入刚挖好的战壕。部队刚进阵地，三路鬼子伪军先后受到半路地雷的轰炸，料知已被发现行踪，嗷嗷叫着从村边山坡冲了上来，走在前面的几个伪军踩塌玉桃黍杆隐蔽物，掉进放有圪针的闪人窖，圪针扎得坑里的伪军哇哇哭叫。鬼子不顾坑里人的号叫声，在机枪的掩护下向山头路口冲去。冲到断路土崖，鬼子搭设人梯爬崖，被八路军游击队一排手榴弹轰了下去。鬼子从山坡向阵地发射迫击炮，炮弹落在阵地爆炸，战壕部分被毁，八路军游击队跳入弹坑向鬼子射击。三条通道枪声密集，爆炸声此起彼伏。战斗到半夜，对面山头也响起了激烈的枪声。德田一听来了援军，生怕腹背受敌，大喊一声撤，丢下三四十具尸体，撤出战斗。

打扫完战场，马驹要了一把缴获的小匕首，留下没走。宋书廷明白马驹用意，叮嘱他安全行事，快速撤回。河西八路军侦察班绕过东山，从黑蛇口渡口连夜洇水过河，回到河西。宋书廷已知泉南工委在阎管区活动行踪暴露，收拾好东西，随同八路军和泉东游击队一起连夜跨越清泉河，绕过鬼子碉堡，翻山进入根据地。

马驹在做饭窑炕上睡了一觉，鸡叫二遍鸹醒。马驹一骨碌坐起，窑里黑洞洞的。他摸黑溜下脚底，赶忙拉开门，轻手轻脚走出院子，公鸡已停止打鸣，村里一片寂静。马驹轻轻拧开大门门搭，小心走过麻窟堰，东院的狗跑到花台墙上，眼里放着凶光，面向马驹叫着，麻窟周边的两三只狗也跟着狂吠起来。

马驹斜着身子麻利地下了坡，找到第三个土豁子院，看见两个泥脚接口窑，一个窑门外面关着，一个窑门外面不关。马驹走到不关门的土窑口，揎了揎门，门倒关着，里面有呼噜声。马驹手擩进窗眼，顶开门关，一脚踢开门，三跷两步跨到炕跟前。刘黄毛听见门关关响声和门碰在墙崖当的声音，倏忽坐了起来，本能地说："抢人的！"

马驹一个箭步跳到炕上，一把抓住黄毛的单衣提起来，虎着脸说："我不是抢人的，是替被鬼子炸死的几个游击队战士来讨命的。"

刘黄毛结结巴巴地求饶："好汉，这不是我干的。你就放了我吧。"

"你向鬼子告密，拿了赏钱，是不是？"

刘黄毛从裤兜里摸出五块银洋，递给马驹说："好汉，我一时糊涂，赏钱你拿走，留我一条狗命。"

马驹说："你平时好吃懒做，坏事做尽，留下你也是祸害。"

马驹说着，裤腰里掏出匕首，照着刘黄毛胸口猛然捅去。刘黄毛晃了几下，一个马趴倒在炕上咽了气。捅死黄毛，马驹仍不解恨，擦干净匕首上的血迹，抱起黄毛，走到圪旦畔，扔到崖下大土窑。

鸡叫三遍，天已开始发亮。马驹顺手在墙崖上摘下一把锈迹斑斑的镰刀，拿在手上，跛着腿，快速上坡，绕过积有半池雨水的麻窑堰，从村东下山，穿过南坡沟，直奔清泉河。到清泉河时，天已大亮，河两边的山坡地已有一些收割糜谷的庄稼人，一群被惊起的鸽谷麻雀，扇打着翅膀，扑棱棱腾空飞去。马驹戴上草帽，拿着镰刀，打扮成收割庄稼的农人，顺清泉河岸庄稼地七拐八绕向湾头走去。

第十五章

　　张谋新提着桑条笼出了花香苑，高来弟和贾存儒、薛二则开始焖胡。薛二则半后晌要出发剿共，嫌焖胡来得慢，玩了两三回就心里烦躁，让改成掷骰子。贾存儒拿出细碗和骰子，三人轮流抛掷。没多久，高来弟的二百大洋全部进入贾存儒和薛二则的腰包。贾存儒和薛二则情知高来弟钱袋已空，准备收拾摊子，高来弟输红了眼，急于搏回所输银钱，拉住不让薛二则离开，薛二则说："你钱袋已空，身无分文，还有甚的要头？"

　　高来弟说："手头没现钱，街道还有地方。"

　　薛二则说："纯粹是鬼吹，地方你哪能舍得！"

　　贾存儒调侃说："不用吹牛皮了，你连居舍的关都过不了。"

　　高来弟说："拿纸笔来，现在就写。如若赢了，你们把赢了的钱给我，如果输给谁，谁把面庄后面地方拿走。"

　　贾存儒拿出笔墨纸砚，高来弟拿笔就写，写好签上名压了手印。贾存儒拿起方块麻纸念道："因钱用紧急，后院正面三眼厦檐窑洞、东西两侧各五间瓦房、南面大门两侧各三间倒座房全归执契人所有，前院水路道路出入通行。"薛二则哈哈大笑说："高掌柜，男人无戏言，写下输了可不得反悔。"

高来弟说："输就输了，我这人从来就没反悔过。再说，我就是想反悔，能拗得过你有权有势的薛队长？"

薛二则说："那咱就开。"

碗里放好骰子，三个人轮流抛掷，高来弟手里捏着骰子，闭着眼睛，放在胸口，手指捻来捻去，默默祈祷能赢，猛然睁开眼，噌地扔入碗里，一轮就把地方输给薛二则，高来弟大喊"倒霉"，气呼呼地拿起麻纸，一把扔给薛二则，甩手回了面庄。

李谋腾见高掌柜耷拉着脑袋回来，赶忙在前院做饭火火热了一壶水，提到高来弟休息室，冲好茶，端到跟前，闻见高来弟嘴里尚有酒气，知冷知热地问："高掌柜，酒喝得不舒服，还是受了其他人的气？"

高来弟少气无力地说："赌博输了！"

"输就输了，闷闷不乐没用，伤身子，还是想开点好。"

"想开个屁！后院的地方输给薛二则，遇到你脑上，你能想开？"

"输也输了，想不开又能咋？钱财地方生不带来，死不带走，都是过眼烟云，不要也罢！还是看淡得失，乐观点，看开点。"

"纯粹是放屁！大概你也有个心理准备，说不定哪天手头逼紧卖了门店，就没你的出路了。"

李谋腾和高来弟说了几句安慰话，知道自己的话不起作用，遂退出高来弟房间，去做黑间饭。

次日半前晌，"剿共"刚回来歪戴帽子的薛二则便带着几个日伪工作队员来到高家面庄，和高来弟索要后院钥匙，后院窑里房子里除去一些粮食外，尚有一些杂七杂八的东西，高来弟无心收拾，除去自己窑里几件急用东西和铺盖外，三二十块钱贱卖给薛二则。薛二则拿到钥匙，握在手里摇了半天，狂笑着走出院子。

　　几天来，高来弟没脸回家，生怕他娘李桂香知晓输掉地方的事后数骂他，只得和贾存儒用米面兑换了烟具洋烟，窝在面庄前院的一眼边窑里，吃了睡，睡了吃，烟瘾来了躺下过瘾。一个多月下来，米面大都已兑换了烟土，所剩无几。眼看又要断顿，高来弟索性卖掉面庄店铺、前院东西瓦房和坐北向南两孔窑洞，只留了一眼边窑容身。买主薛二则并没一次性给高来弟付清购房款，而是用从商家手里夺来的洋烟膏子抵顶了所剩房款。

　　天气渐渐转凉，早晚站立街头，单衣已不足以御寒，偶尔有几个单衣行者，也只是手拥袍袖，匆匆而过。高来弟一个多月不回家，他娘李桂香心中疑虑着急，吃过早饭，独自一人带着良民证从东口子鬼子岗哨进了镇子，顺着街道向西走到高家面庄门口，踏着台阶走进店铺，店铺里虽没人来买米买面，但各类米面粉条挂面油摆放整齐。李谋腾正在清理柜台东西，听见有人进来，边收拾边问："客官是买米买面，还是倒油？"

　　李桂香说："不买米面也不倒油，是来看看你家高掌柜的。"

　　李谋腾说："面庄换人了，现在属于薛家薛队长，高家的那一页揭过去了。"

　　李桂香当即辩解道："你这伙计说话不知底，明明是高家的，咋到了你嘴里就变成薛家的了？"

　　李谋腾见过李桂香，听来弟娘一说，赶忙停下手里的活计，走到柜台跟前说："高夫人，街道乱哄哄的，您咋突然跑到面庄来了？"

　　李桂香叹息着说："来弟一个多月没回，我担心他出事，跑过来看看。刚才你说的面庄归了薛家，到底是咋回事？"

　　李谋腾情知瞒不住夫人，老大不情愿地吞吞吐吐说："前些时，高掌柜和贾存儒、薛二则赌博，把后院地方输给了薛二则。前几天，手头紧逼，高掌柜又把面庄和前院地方卖给了薛二则，只给自己留了一眼窑洞。我没个吃饭的地方，只得转到薛掌柜这面来，顺便也能得空照应照应高掌柜。"

"那来弟呢？"

"高掌柜大概在前院东边窑躺着。"

李桂香火悻悻地从店铺后门走到院子，大声喊道："高来弟，高来弟，你在哪死填着？"

高来弟听见娘大声喊叫，一只手拿着刚点燃的烟枪，一只手撑着蔫耷耷的身子从炕上溜到脚底，猛地吸了两口，提了提神，慢悠悠地从门走了出来说："娘，你咋来了？"

李桂香恼着脸说："再不来，你连我也卖了！"

高来弟怕娘在院子里叱骂，满脸堆着笑，黄里泛黑的脸皮壅起了几道亮显显的褶皱。来弟拉着娘走到边窑，李桂香看着高来弟面黄肌瘦的狼狈相，眼泪顿时夺眶而出，她一把夺下来弟手里的烟枪，掼在地上，几脚踩烂，大声骂道："人们传言你串门子抽大烟不务正业，没想到你竟然赌博成瘾，输了地方卖了摇钱树店铺，高家几辈人辛辛苦苦挣下的家业全毁在你手里，我李桂香活了一辈子也没见过你这样的败家子。人活眉脸树活皮，狗还活的两道眉，你活得还不如畜生！"

高来弟坐在炕边，任凭他娘叱骂，低着头一言不发。李桂香数骂了半天，数骂得口干舌燥，高来弟依然闭口不言，气得李桂香跺着脚，用手指头在来弟头上敲着说："你真是个榆木疙瘩，说死说活连个屁也不放，你这是要气死我呀？"

高来弟抬头看了一下娘的脸，又低下头不言语。李桂香气不过，挥手在来弟脸上啪啪啪甩了几个巴掌，来弟捂着火辣辣的脸，不耐烦地说："娘，骂也骂了，打也打了，该停歇了吧！"

李桂香看出来弟心里逆反，语气变得和缓了许多说："好孩嘞，也不应怪娘骂你打你，娘实在是气愤得不行，你细细想想，你爹熬明熬黑，好不容易挣下的一份家业全毁在你的手里，要是你爹活着，非要打折你的几根骨头不可。地方门店输的输卖的卖，待在店里也没甚用处，你还是跟娘回家，彻底改邪归正，重打锣鼓重开戏，好好和欢欢过自己的日子。"

来弟站起来，不冷不热地说："娘，不用唠叨，我跟你回家就是了。至于和不和欢欢过日子我也有自己的想法。"

"你有甚想法？"

"高欢欢人嫁给了我，心里想的却是贾天祥，有好几次叫我就叫成了天祥，我每次虽然不说穿，也不和她争执，可心里难活。抓到碉堡里，和色狼沟田一块待了十几天，她能干干净净出来？"

李桂香低声说："欢欢是二婚，这种情况你又不是不清楚！当初我和你爹都不同意，你死活看下。如今欢欢毒死鬼子，成了英雄，前几天边区政府还表彰了她。人家欢欢没嫌弃你，你活得倒跟踏板却嫌弃起人家了，没见过你这种鬼子子男人！"

"反正我如今对她没兴趣。"

高来弟说着，弯腰打开柜子门，取出钱袋，搂起长袍，牢牢拴在裤腰带上，拿起柜板上的烟膏烟泡装在长袍里子口袋里。李桂香收拾好来弟脱下的两三件替洗衣裳，装在自己结的红棉线包里。来弟戴好礼帽，招呼李桂香出了窑洞，锁好门，从墙崖底拉出沾满灰尘恶土的自行车，喊来李谋腾，拿鸡毛掸子刷尘，拿湿布擦洗车把车圈刮泥板。车子擦洗好，高来弟推着出门，和娘一起顺街道出了东口子，回了家。

回家路上，李桂香安顿高来弟输掉地方和卖了门店的事情要瞒着欢欢，不能让她知晓。一回家，李桂香就敦促来弟去欢欢娘家看欢欢和孩子。来弟满脑子全是赌博和烟后腾云驾雾的玄幻世界，根本没把娘的话放在心上。

歇晌起来不久，高来弟眼流泪鼻子发酸浑身稀软，他知道自己烟瘾要来，可烟枪在店铺里被娘踩折报废，愁得额头直冒虚汗，突然想起前几年曾在高开勋家多次偷偷用过烟枪，自己尽管对高开勋有看法，可眼下无奈，只能就近找他救急。高来弟赶忙溜到炕底，怀揣烟泡，快速向高开勋家走去。不长的一截短坡，高来弟走到门口时，已是满头大汗。高来弟揎了揎门，门倒关着，喊来高开勋开门后，高来弟摇晃了两下干瘦的头走了进去。高开勋瞅着来弟黄皮烂杏的面容说："哎呀，好长时间不见，高掌柜咋瘦成这样？是买卖红得操劳成这样子吧！"

高来弟明白高开勋在嘲笑他，本来想回敬几句，可自己当下确实做的好多事说不出嘴，如果反驳，只能招来更多的嘲讽。高来弟避开买卖话语，敷衍道："人瘦才精干。"

高开勋笑了笑说："人常说，精瘦精瘦，瘦了有精气神，可你面相黄皮烂杏，走路死蔫，就像个病人。"

高来弟说："你说成甚算甚，赶紧回居舍寻一下家具用用，我的瘾来了。"

高开勋知道高来弟要甚家具，故意卖着关子说："你要甚家具？这家具可不能白用啊！"

高来弟也清楚高开勋的意思，怀里掏出五六块大洋，塞在高开勋手里说："快点吧，别装腔作势了。"

高开勋捏住钱，拉着来弟的手，立马走到李金花住的边窑，从柜子里拿出烟具，递给他。高来弟接过烟具，装好点燃，躺在炕桌跟前，呼呼吸了起来。

马驹知晓高来弟不但抽大烟赌博，还输了街道地方卖了店铺，也听说半前晌高来弟被娘从街道叫了回来。歇起晌午，马驹来到高欢欢家，告诉她高来弟被娘叫回和所做之事，希望能和欢欢一起去劝劝来弟。高欢欢说："他已不是以前的高来弟，纯粹变了一个样子，变得不可救药。以前因为吃洋烟我没少说过他，甚至于和他变脸发脾气，一点作用都不起，他反而变本加厉。你以为我们现在去说，他就会听？"

"老婆是个蜜罐罐，不听不听一半半。"

"这是以前，如今就不顶事了。你和他说事，他根本不听，左耳朵进，右耳朵出。"

"即使不听，我们也得尽责。"

高欢欢对高来弟已不寄任何希望，为了照顾马驹情绪，还是答应和他一起过去见来弟。孩子还在睡觉，欢欢让爹看着，她和马驹相跟着一起回婆家。李桂香看见欢欢和马驹过来，赶忙迎出来说："欢欢回来了，马驹赶紧到居舍坐坐。"

马驹问："婶，来弟呢？"

李桂香说："歇起晌来就不见了，或许是到村里转悠去了。"

马驹猜见高来弟在哪，转身对李桂香说："那我们就不坐了，出去寻见他，谝答一会儿。"

欢欢和娘李桂香打了打招呼，与马驹一块相跟出来，马驹走在前面，直奔高开勋家而去。半后晌，大门没关，马驹和欢欢一进院子一股洋烟味扑鼻而来，他们跟着烟味，走到边窑，马驹轻轻推开双扇子门，闪身而入，看见高来弟弯曲着身子侧身躺在炕桌前使劲地吸着洋烟。马驹走到炕跟前，二话没说，一把拉起来弟，夺下烟枪，扔在炕桌上，火悻悻地说："一个男人不做正事，整天泡在大烟美酒之中，迟早不会有好下场。"

马驹拿走高来弟烟枪，高来弟撅着脸说："想吃嘞？咸吃萝卜淡操心，你管我着呢？"

高欢欢说："马驹是你猴时耍大的，说你几句咋啦？真是狗咬吕洞宾不识好人心！"

高来弟坐在炕棱边，手杵着鼻子说："吃烟喝酒自己掏钱，又不是偷来抢来的。"

高欢欢说："你不但喝酒吃大烟嫖女人，还赌博输掉地方卖掉店铺，爹一辈子熬明熬黑，辛辛苦苦挣来的家业，眼看就要被你掇弄干了。村里人当着娘和我的面骂高家出了败家子，你让我们在人前如何抬头？"

高来弟瞟了欢欢一眼说："人活一辈子，图个舒心痛快，至于你咋，我哪能管得了？"

"你觉得现在活的这份样子还有脸见人？"

"跌到茅坑里，还怕屎呛着？我已经这样了，还在乎人们说长道短？"

"看来你是铁了心不准备往好里改，那我和孩子你就撂下不管啦？"

"不管啦，想去哪儿去哪儿！要不然，哪天醉酒或烟瘾发作，小心连你卖了。"

"没想到你如此狠心，竟然想到要卖婆姨卖孩子。此话当真？"

"这还有假？男子汉说话如同写下。"

"口说不算，你给我写下。"

"写就写，你以为我不敢？"

高欢欢拉开小炕桌，拿出麻纸和笔砚，指着来弟的头说："写。不写不是人养的，我早就看透了，你就不是个活人的东西。"

高来弟看着干硬的毛笔和干涩的砚台说："这怎么写？"

马驹劝了半天，欢欢铁了心让写，来弟也愿写。停了片刻，马驹说："真要写，我来磨。"

高欢欢和高来弟异口同声地说："磨去。"

马驹在水瓮里舀了多半碗水，给砚台里倒了些许，将毛笔泡在碗里，拿起干裂的半块墨磨了起来。片刻工夫，墨磨好，毛笔也泡好。高来弟铺好麻纸，提起毛笔甩掉笔上清水，蘸着墨，写下了不是休书的休书。马驹说："来弟，欢欢管不了你，还有老娘，你还是收敛点，让老人家省点心。"

高欢欢折叠好麻纸，二话没说，转身出门，马驹撂了句"不争气的东西"

的话，也甩门而去。高欢欢、马驹走后，高来弟拿起炕桌上烟枪，又独自一人躺着抽了起来。

没多久，高来弟的钱已花完，和娘讨要几次，李桂香均以没钱为由拒绝。高来弟没了钱路，只得去镇子里偷偷卖掉几亩水地，急得他娘李桂香大病一场。李桂香病好不到两年，高来弟又背着娘，悄悄卖掉村里尚有收入的三四十亩山地。李桂香得悉消息，托马驹找回高来弟，一见面，拿起窗台上放着的鸡毛掸子，跺着脚，照高来弟头上敲去。可李桂香眼瞪着，口张着，骂声未出口，痰迷心窍，猝然倒地，气绝身亡。

高来弟喊来杨睛明和高廷亮操持葬礼，马驹从南坪马家水磨坊腾出身子赶回来帮忙。葬礼操办还算隆重，抬猪抬羊祭奠规格，十全十美流水筵席。出殡之日，彩绘玻璃棺罩，四十八抬头戴瓜皮帽包手巾、身穿阴丹士林布褂青蓝市布裤、脚踏京靸鞋，三班响工吹奏，步子统一，纸活旗幡，雇佣孝子数十人簇拥前行，愣是让高来弟风光了一把。不知情者说来弟孝顺，晓得内幕者指指戳戳，骂声不迭。

高来弟给娘烧过三七，就把一大院地方贱卖给高开勋，只留下侧面两眼东窑。高来弟拾掇了一些铺盖衣裳和常用的一些家具，搬往东窑存放，拿着卖地方的现钱去了镇子，住在留下的那眼窑里，大清早起来在街道胡游圪串，快到晌午进馆子胡吃海喝，吃饱喝足，摇晃着身子回去过烟瘾。歇晌起来，他找贾存儒、薛二则抑或是那些游手好闲者去猜枚押宝。没多久，高来弟折腾得身无分文，只得做了薛二则的文书，背上盒子枪，跟日伪工作队混吃混喝。在高来弟做了薛二则文书没几天，高欢欢在村中饭场老槐树底公开宣布了她和高来弟解除婚约的事。

高来弟背枪之时，清泉日军已兵源不足，精力主要放在固守碉堡，镇子外围公路沿线防守松了许多。马家面庄相对活泛起来，河西和东路两个万顺成米面粮油分号又开始断断续续运转。南坪马家水磨坊又忙碌起来。晌午时分，磨完一批麦子，高温心看磨，马驹先回面庄西院吃饭，吃完饭返回看磨，高温心再去吃。

吃完饭，马驹摸了摸嘴正要出门，马振华从东院过来，向马驹招手。马驹走到马东家跟前问："马东家，有事？"

马振华头向东院拧了拧，转身往厅房走去，马驹知道东家有事不便明说，没再追问，背着手跟了过去。进了厅房，马振华问："来弟穿上黄皮当汉奸了，你晓得不？"

马驹说："这几天没见，还真晓不得。不过，像他这种材底，混口饭吃可以，真让他当汉奸也做不出过头事来！"

"要时刻小心注意，谁晓得他知道的那些事会不会告诉鬼子，任何人都不得小觑。"

"高来弟好吃喝，今黑夜回来我去找他探探情况。"

马驹说罢，返回水磨坊顶替高温心吃饭。

天傍黑，马驹出了水磨坊，走过夹在水地中间的车马小道，从南口子马家井进入下甲子街道，望香台已空无一人，马驹拐过望香台街口，向东进入中甲子，直接找到高家面庄高来弟留下的那眼窑。窑门虚掩着，马驹噌地推开门进去，低声喊道："不准动。"躺着过瘾的高来弟，慌忙扔下烟枪，两只手在铺盖底摸枪。马驹跋腿跨前一步跳上炕，圪膝盖抵在高来弟背上，一手按住脑袋，一只手在铺盖底摸出盒子枪。马驹摸出盒子枪，用枪管顶着来弟脑袋说："一枪崩了你这个狗汉奸。"

来弟吓得浑身发抖头上冒汗，哼哼唧唧说："好汉，饶命，我没做坏事，只为饭吃。"

"不说如今，单说以后。"

"以后也不敢做坏事。"

"谅你也不敢。一旦做下坏事恶事，说不定哪天就会让你见阎王。"

"不敢，不敢。"

马驹放开高来弟，哈哈笑着坐在炕上。高来弟爬起来一看是马驹，摸了一把额头浸出的冷汗，恼火地说："狗怂，吓死人了。"

"为人不做亏心事，半夜叫门心不惊。你没做亏心事，怕尿甚？"

"没做，绝对没做，谁做了谁不得好死。"

"嘴上说，屁事不顶，说不定哪天疯不由就做出害人的恶事来。要不然你为甚穿上那身黄皮当汉奸？"

"还不是为口饭吃？"

"你原来可不是没饭吃的人啊！全是自己不做好事造下的孽。"

"人生在世能享受一天算一天。"

"赌博吃大烟，掇弄完银钱家业，又不知悔改，只能沿门乞讨。人是有骨气的，就是饿死也不能当汉奸！"

"反正我不会故意害人。"

"不要说故意害人，就是失察害了人，也会有人找你算后账的。"

"这几天鬼子有甚动静？"

"没甚动静。远处的几个碉堡被八路打掉了，附近山头的几个碉堡被游击队和民兵包围了，三郎堡总部鬼子也只是白夜出来活动，一到黑间就不敢贸然出动，生怕被八路军游击队暗算了。"

"鬼子没几天蹦跶的日子了，你得给自己留条后路，小心鬼子被赶走，自个儿性命难保。"

"我又没替皇军做坏事？"

"鬼子快完蛋了，你还张口一个皇军闭口一个皇军，还准备替狗日的卖命。"

"不敢，不敢，只是跟上薛二则挣口饭吃而已。这几天，三郎堡鬼子吃粮有点紧张，听薛二则队长说马家水磨坊推下不少好面玉桃黍面，德田少佐准备让工作队明天配合日军去和商家征粮。名义上是征，实质上是抢。"

马驹知道这几天水磨坊加工的面粉是镇上几户商家秘密出资捐给边区八路军游击队的，其中的轻重缓急他自然明白。马驹用指头在高来弟头上敲了敲说："算你还有点良心！以后晓得鬼子行动告我，不告，小心你的狗脑。"

马驹说罢，几步出了门，快速跑到马家面庄后院，找到东家马振华，说了试探高来弟的情况和鬼子动向。马振华分析，高来弟不会对他们的活动构成威胁，倒是这磨好的面粉和未磨的粮食使他心里一紧。马振华说："情况紧急，动用镇子里的车马会引来日伪的注意，给运送粮食带来麻烦，得在附近村子里找寻。你立即通知包围碉堡的游击队和民兵，让他们立即抽调人手，想办法在附近村子弄几辆马车来转移粮食到边区。"

马驹当即动身，走到东口子，口子日军已撤，换成了日伪工作队员，岗楼上挂着两盏马灯，五六个日伪工作队员在昏黄的灯光下背着枪走来走去，两个队员歪戴着帽子嘴里叼着香烟，嘴里嘟嘟囔囔地埋怨着。因为是出镇子，站岗的也未盘查，马驹看了几眼日伪工作队员，迈着大步，出了口子，快速跑往湾头村指挥围困鬼子碉堡的游击队队部，寻找肖队长。已成为村妇女救国会主任的高欢欢正在和肖队长谈妇女支前之事，马驹报告了商户捐粮有被日伪抢走的危急情况，高欢欢说："我家有辆马车，没牲灵，能不能用上？"

肖队长说："能，没牲灵，咱用人拉。"

"肖队长，我家有辆驴车。"李金花突然从门进来说。

高欢欢说："有也用不上。你公公小气得要命，他会让游击队使用？"

"应该会。自从毒死碉堡鬼子，老人对我另眼对待，我说了话他还是听的。"

肖队长说："能用最好，不能用不要勉强。"

李金花点点头走了出去。

肖队长叫来留守中队长刘天成，命令他迅速组织群众带上骡马车辆口袋，运送那批粮食快速出镇，转移到边区根据地。高欢欢说："我和刘队长去叫人，村里我比他熟悉。"

肖队长说："天黑了，孩子还得照顾，实在不好意思。"

高欢欢说："没事，爹照着，我已安顿好了。"高欢欢说完，摆了摆手，和刘天成一块从门出去。

高欢欢走后，马驹说："马路离东口子只有几步远，一旦岗哨报告日军总部，日军出动，粮食很难顺利运走，得先控制东口子岗哨。"

"一会儿准备好出动时，我让刘天成挑选几个拿短枪手脚利索动作快的后生由我带着假扮成生意人到东口子，站岗的日伪工作队员如果听话，咱不伤害他，不听话则给点颜色，确保粮食全部顺利运走。"

"我把邻村的张来成叫上，这小子出手利索。"

"是那个钉马掌的？"

"是。"

"他就在刘天成的游击中队，算他一个。"

两个人还说着话，高欢欢、刘天成和村长杨睛明就上气不接下气地跑了回来说："肖队长，已全部准备就绪，游击队战士和运粮群众已在村口集中待命。只拉来了四辆马车和五辆推土车，高欢欢家的还没牲灵。"

"没牲灵，马车用人拉，其余的用肩膀扛。"

"刘天成，叫五六个手脚麻利的游击队战士跟我控制东口子岗哨，你带着其他游击队员和群众随马驹去运粮。"

刘天成点了五六个精干利落的游击队战士交给肖阳队长，肖阳带着游击队员，迅速出发。刘天成也挥着手指挥其他游击队战士和运粮群众带着车马工具随马驹向西而去。高欢欢紧走几步，跑到前面，刘天成说："欢欢主任，你一个女人家就不必去了，还是回居舍纺线线做军鞋去。"

高欢欢哈哈大笑，手指着刘天成说："刘队长分明在小瞧女人，难道你忘了村垴畔碉堡里的鬼子是咋死的？"

刘天成赶忙解释说："不是小瞧，不是小瞧，主要是这么多人只有你一个女的，不忍心让你去扛粮。"

"这有啥，扛不动大袋扛小袋，扛不了小袋揎平车该可以吧！"

"既然这样，那就依你。"

队伍集中到村口准备出发，李金花和公公高开勋也赶着毛驴车过来，加入运粮队伍。

马驹、高欢欢、刘天成和游击队、运粮群众走到河头前时，肖队长带着游击队已控制了东口子，站在口子岗楼前招手。刘天成指挥游击队和运粮群众麻利地通过东口子，快速走到南坪水磨坊，装满马车和推土车，除去拉车的，二三十个游击队战士和十几个群众每人扛了一线袋好面玉桃黍面或未来得及磨的麦子和玉桃黍，沿着水壕边柳树底，快速通过马路，走出河头前。肖阳队长看到运粮队已顺利通过镇子外围马路，放开被控制的日伪工作队岗哨，快速撤往湾头村队部。

粮食运回游击队队部，肖阳向清泉县委请示粮食如何处置，县委决定把粮食留给包围日军碉堡的游击队和民兵。肖阳心中高兴，全部粗粮留在游击队，留下了一部分好面，另外部分送到县委。

镇子周边的三四个碉堡被围得水泄不通，高欢欢把孩子交给她爹，也带着村里的几个年轻妇女给游击队帮厨送水送饭。碉堡通往镇子日军总部的电话线被游击队割断，碉堡里的日伪军几次拼着命试图冲出碉堡取水，都被游击队民兵埋好的地雷和手榴弹给堵了回去。守堡日伪军只得乘夜色在山头碉堡附近地里寻找食物，土豆、蔓菁、萝卜被刨挖殆尽，就连尚未成熟的桃黍黑豆也抓挖得烤食。五六天工夫，碉堡里已断水断粮，不少伪军趁夜出逃，或假装出来找食，其实是跑到游击队这边讨食，吃饱喝足拿上食物，带上化装了的游击队员攻进碉堡。游击队民兵很快拿下了镇子周边的三四个碉堡，驻扎镇子的日伪军也处在八路军游击队的严密包围之中。

十天后，日军投降，清泉镇解放。隔天，镇子周边的人们听说要公审汉奸薛二则，天刚蒙蒙亮就从四面八方涌到了龙王庙，戏台院子里、正殿圪台、二楼廊檐里站满了看热闹的人群。高欢欢相跟着李金花，拖着孩子高杨柳，和爹高升、弟弟三三早早来到庙院。半前晌时，薛二则被清泉市保安队武装人员押上了戏台，捆着双臂的薛二则头昂着，刚进院，就被激愤的人们拿出准备好的烂鞋烂白菜帮子拦头盖脸砸了一阵，尽管保安队员百般维护，薛二则还是挨了不少打，顿时鼻青脸肿，头当即耷拉下来，腿软得站不直，被两个武装人员架着上台。另外两个汉奸也不同程度地挨了揍。三个汉奸拉上台，台下群情激奋，"打死狗汉奸""活劈薛二则"的喊声此起彼伏。高来弟脱掉了那身黄皮，也戴着礼帽不声不响挤在人群旮旯里看热闹。马驹原本想冲到台上揭发薛二则的罪行，忽然看见高来弟用礼帽掩着脸，躲在西侧墙角，不时抬头向台上看去。马驹从人群里挤过去，悄悄凑到跟前，噌的一把抹下礼帽，放在背后。高来弟抬头一看，周边都是生人，只有马驹抿着嘴，脸上带笑。高来弟猜见是马驹捣的鬼，也没说话，乘马驹不备，转身一把夺下帽子，戴在头上，杵了马驹一拳，扑哧笑了一声说："我得好好感谢你！"

马驹鼻子哼了哼说："鬼说六道，我有甚感谢的。"

"幸亏听了你的话，没做恶事。要不，和薛二则一样，怕连晌午饭也吃不成了。"

"你还懂这？"

"我甚也懂，只是一时鬼迷心窍，没走正路。前天，日伪工作队被八路军游击队包围逮住，刘天成、张三儿数说了我很多，给我讲了好多道理，就像拦脑敲了一棒，顿时如梦初醒，茅塞顿开。刘天成当了新成立的保安大队大队长，专门负责保卫镇子，我这回也全凭刘天成，要不是他，很可能我也得上台陪斗。"

"你说得没错，这几年就和跟上鬼似的，吃洋烟赌博，和女子鬼混，一份厚实的家产被你掇弄干不说，连老婆孩子也没了，你说你一辈子做的些甚事，臭名背上一身不害臊？"

"唉，全怨自己没主意惹上这些赖毛病。"

"男子汉没主意受了穷，婆姨人没主意接下人。你认识清楚了，如今改也不迟。"

"太难改了，其他的好说，这洋烟一天不吃，浑身稀软得不得动。"

揭发汉奸罪行的人争抢着上台，马驹和高来弟说得起劲，忽然台上闲杂人员不见，市委负责人马振华宣布薛二则和另外两个汉奸判处死刑，立即执行，没收全部财产。高开勋由于给鬼子做过事，被拉去陪斗，陪斗完，瘫坐在戏台上半天起不来。

马驹问高来弟："你听见了吧，那三个汉奸又都是烟鬼，马上要脑袋搬家，你想想，对一个临死的人来说，是命重要，还是吃烟重要？"

"当然是命重要了。"

"那就彻底改了。"

"得人帮忙才行，单凭我一个人的意志怕不行。"

"不怕，只要你能接受配合，我来帮你。"

马驹和高来弟说了几句，戏台上的汉奸被刘天成带着的保安队员架着押下台。拥拥挤挤的人们喊着口号退开台阶和院门口。保安队员押着薛二则和另外两个汉奸快速出了庙院大门，看热闹的人流也跟着保安队员穿过东街，向河滩拥去。没多久，庙院的人也走得差不多了，马驹和高来弟也随着后面的人走出了庙院。

转入正街，高来弟眼发黑鼻子发酸，推说胆小不敢看死人，和马驹挥挥手，出了藏经楼，向西而去。马驹见高来弟走了，自己也一阵向东疾走，穿过衙门口过街楼，在老爷庙跟前追上前面去河滩看热闹的人群。马驹看见孩子高杨柳拉着他娘高欢欢站在老爷庙门口观看两侧的泥塑黄彪赤兔马，赶忙停下问："杨柳是不是第一回到街道？"

"真还是头一回，以前鬼子占着街道，哪敢让孩子来？何况他还小。如今，日伪已被歼灭，抢夺地盘的晋绥军已被打跑，清泉全境解放，街道可以自由出入，来来去去还不是家常便饭？"

"怪不得孩甚也好奇。以后不仅是大人，孩子也可以放开胆子随便在街道野逛了。"

两个人正说着话，李金花回头高声喊："欢欢，你在那磨蹭甚？再会儿有甚误了甚。"

欢欢爹不放心他们娘俩，也折转身子，拖着傻儿子高三三，返回来寻找。欢欢说："咱又不去看枪毙人，不着急。"

见欢欢站着没动静，李金花又叫欢欢快走。欢欢说："你想看赶紧看去，我和爹都不感兴趣。"

高欢欢不去，李金花脚在地下使劲跺了一下，转身向前面的人快步追去。

众人分散而去，街道上行人已稀少，偶尔有骑马的八路军战士疾驰而过。李金花走后，马驹相跟着欢欢、欢欢爹慢悠悠地在街道走着，走到河头前骡马店东侧巷口，有一个卖滚糕的后生蹲在巷口"滚糕，滚糕"地叫卖着，马驹走到跟前一看，半团金黄金黄的软糜子糕里间夹着诱人的红枣，马驹自言自语道："这糕手艺地道。"遂割了两溜滚糕，紧走几步，追上欢欢，递给三三和杨柳。两个人接过香味扑鼻的滚糕，圪蹴下大口大口地吃了起来。欢欢一手拉起三三一手拉起杨柳说："边走边吃，站在路边吃东西，过路人抢呀。"

三三慌忙把滚糕塞在袄襟里，高杨柳指着舅舅笑得弯腰马趴，欢欢拉出三三的手说："吃吧，不怕，姐姐逗你嘞。"

三三捏着滚糕，跟着欢欢大口吃了起来。

走到河头前马路上，高升拖着三三先回家做饭，欢欢和马驹站在马路边河畔，看了几眼清澈碧绿哗哗流淌的河水，向南面三道堰望去，拐峁处黑压压的一片，地塄上、河边边仍有不少人向拐峁处急急赶去。雨季未过，马路底渡口的堰堰板桥还未搭建，行人过往得坐船。此时，渡口两端拴有指头粗的一根麻绳，西端固定在石崖铁环里，东端固定在对岸滩头的一棵歪脖子老桑树上。扳船的后生用力拽着船上空的麻绳，两只手交互倒腾着拉动载着七八个人的木船向对岸漂去。船快到对岸浅水处，一个乘客站起来搭手用力，才顺利靠岸。船上人下来，扳船后生坐在船沿吃烟，等待坐船客人到来。

看了会儿，高杨柳喊着要坐船，高欢欢哄着孩子说："那些人是过不了河才坐船，咱要回居舍不过河。坐船过河就回不去居舍了。"

"娘哄人。坐过去再坐回来不就得了。"高杨柳努着嘴摇着头说。

高欢欢说："一会儿对面村子里在河滩看热闹的好多人都要回居舍，咱挤得连船也上不去。再说了，人家扳船的后生辛苦一天，即使肯为咱娘母俩专门扳一回，咱也要体谅人家的苦楚。"

高欢欢这么一说，孩子懂事地拉着娘的手说："娘，那我不坐了，咱回吧。”

马驹和欢欢娘母俩沿着河边马路同行，走了一截，马驹说："日军投降后，国民党军队到处抢占地盘抢夺胜利果实，率先占领镇子附近的泉东和泉南两个县城，八团解放清泉镇之后，决定以清泉镇为依托，联合两县游击队民兵，快速解放两座县城。目前，市军管会已筹集了一大批粮食支援前线，部分小米秫黍米可直接使用，小麦、玉秫黍和一些豆类得推成面粉。眼下马家水磨坊大小两盘磨可以加工，可进度太慢，赶不上急紧，要是再有两盘磨就差不多了。”

"我们居舍的两盘水磨没生意空着，可以推呀！"

"能做了你爹的主？"

"不用担心，我和爹说。不但要用水磨推碹，还要爹去磨坊操持。"

"这可不是三天五天的活，起码得一个多月，说不定时间会更长。不过，八路军也好，军管会也好，都不会白用人，适当会给予一定补助的。到时候我去水磨坊帮忙，你爹肯定忙不过来。"

"不挣那点钱又穷不到哪儿。到时你来帮忙我也来。"

"你帮忙，孩子呢？"

"孩子七八岁，已经懂事了，可以带着他到水磨坊门口玩耍。"

"那就好，我代表军管会先谢谢你。"

"你代表军管会？"高欢欢瞅着马驹看了半天问。

"是。"

"你是市军管会甚身份？"

"也没甚身份，就是个跑腿的。不过，我还是村里的农协主任。"

走到湾头当村，临分手，高欢欢说："明天尽管送粮过来，我在水磨坊守候。"

"好的，一会儿吃了饭，我到镇里和马振华书记说去，他肯定高兴地拍脚打手。"

马驹说罢，走上坡回了家。

高欢欢回到家时，爹已熬好稀饭，抿尖床搭在铁锅上，用筷子挑了一团拧好的面团，拿起抿尖拐正要抿抿尖，欢欢让高杨柳和傻舅舅去玩，自己走到爹跟前，一把从他手里夺过拐说："爹，你歇会儿，让我来抿。"

"我比你胳膊有劲。"

"做饭讲究巧劲，又不是比力气。"

高升嗔怪地说："就你日能，爹好歹也熬活了这么些年了，论经验可不次于你啊！"

高欢欢笑着说："还是爹能行，要不我咋老是喜欢吃爹做的饭。"

"不用讨好爹了，有事就直说吧！"

"还真有事要和您说。"

"你说吧。"

"怕你不同意。"

"到底是甚事？不说，让我咋同意！"

"水磨坊生意来了，有一批粮食要推成面。"

"生意来了是好事啊！赶走鬼子后，这是第一宗买卖，爹咋能不同意？"

"这可不是一般的生意，说不定连工钱也挣不上。"

"快快推掉吧，爹可不做那赔本的买卖！"

"是八路军的军粮，你推不推？"

"八路军的营生不能说不做，可也不能让人白做吧！"

"白做就白做，八路军战士上前线拼上命杀敌，咱上不了战场，就连自个儿的两盘水磨和身子也不能白支应几天？何况我还红口白牙和人家夸下海口说爹没有问题。"

高欢欢故意装作生气的样子，扔下未清洗的抿尖床抿尖拐，走到炕边，坐到炕棱上，面朝门口说："不管了，你自己收拾抿尖床抿尖拐吧！"

欢欢娘被日军杀害后，高升看开了许多，吝啬小气的毛病也改了不少，对欢欢更是牵肠挂肚，百依百顺。他担心欢欢，牵挂欢欢，生怕欢欢有什么闪失，自己年纪已不小，可傻儿子三三一直是他的心病，他死后，三三还得欢欢照应，一旦欢欢有个三灾苦难，那傻儿子三三就连个哭恓惶的地方也没有啦。高升想了想，笑着走到欢欢跟前，低头看着欢欢阴沉沉的脸说："憨女子，你答应别人的事，爹甚会儿为难过你？"

高欢欢一看爹已同意推砲磨面，当即溜下炕棱说："看来爹是同意了？"

"同意了。"

"那抿尖床抿尖拐就不用劳驾爹了，以后只要我在家，洗锅做饭女儿全包了。"

父子俩说了会儿话，豆面抿尖咸饭已熟。高欢欢给爹和三三舀了两半碗稠饭，另外在饭浮平撇了一勺抿尖加在碗里。高杨柳站在锅台跟前等饭，原以为娘先给他舀饭，不承想舀好傻舅舅的还不给他舀，而是给驰舀。高杨柳看见娘偏心，也喊叫着要吃抿尖。欢欢笑眯眯地说："不着急，已给驰和舅舅舀好，娘这就给你舀。"

高杨柳眼巴巴地盯着锅里，欢欢先撇了一勺子抿尖，又舀了一勺子稠饭。高杨柳喊叫着还要抿尖，高欢欢又撇了半勺子倒在碗里说："快端到桌子上吃去吧，锅里撇不住抿尖了。"

高杨柳端着冒着热气的大碗走到桌子跟前，边吹凉气边吃，没多久，一碗抿尖饭已下肚。吃完，高杨柳站起，走到娘跟前，摸着圆鼓鼓的肚子说："娘，吃饱了。"

"吃饱就好，和舅舅到院子里玩去吧！"

高杨柳拉着舅舅高三三的手去了院子。高欢欢收拾停当，才舀了一碗偶尔能看见捱尖圪节的稀饭吃了起来。

　　天刚蒙蒙亮，高欢欢家的水磨就转了起来。高欢欢麻利地安顿孩子高杨柳和傻弟弟三三吃了饭，自己出了院子，站到圪旦畔，向远处望望，阵阵薄雾正向西山飘去，露出一片片青蓝色的天空，天空里镶嵌着几颗残星，薄雾退去，淡淡的青蓝色在延伸，蔓延了整个夜空。欢欢从石蛋石片铺砌的巷坡走到村口，隆隆的磨声划破了恬淡宁静的天空，飞来河道啄食的鸟儿，时而划着弧线落下，时而叽叽喳喳叫着，从河边斜刺里腾空而起，落在水磨坊西侧的大柳树上。高欢欢走到马路口，见路边停着一辆马车，一个背枪的精壮战士站在马车辕杆上，双手提着粮袋，往车跟前站着的三四个背枪战士背上放粮，扛起粮食的战士快步向水磨坊走去。

　　高欢欢随着扛粮的战士跨过水壕，来到水磨坊，一眼就看见大磨磨麦子，小磨磨玉秫黍，爹在照应大磨，马驹在照应小磨。两个人正忙着分别往磨眼里倒麦子、倒玉秫黍，一个战士帮着往自动箩子里掬磨扇流到磨盘的面粒。马驹见欢欢进来，摇摇头，甩掉头发和眉毛上的面尘，转身说："你不在居舍看孩子，到磨坊来做甚？磨坊里到处都是漂浮的面尘，用不了半个时辰，你就会浑身糊成个白蛋。"

　　高欢欢捱着嘴笑了笑说："白蛋就白蛋，怕甚！你不也是头发眉毛胡须都长着浮尘，快变成个白发老头了！"

　　"你一个女人家咋能和我比？我好歹也是个大后生。"

　　"你小看女人了，女人做事细致耐心。后生们能做的事，女人照样可以做，而且不会次于男人。"

　　"尽吹牛。你能把磨扇抬起？"

　　"尽拣女人的短处来比。那你能给我织出二尺花布来？"

　　马驹摆着手说："这个，不怕你笑话，真的搞不了！"

　　马驹边说边弯腰用簸箕掬起磨盘上的玉桃黍面粒，倒入左右摆动的箩架里，欢欢怕面粉弸住箩眼，拿起磨盘上的笤帚，弯腰扫了扫蒙在箩架上的纱网，也找了一张簸箕，帮马驹掬面筛箩装袋。

　　磨到半前晌，高来弟手里提着十来个芝麻饼来到水磨坊，进门径直走到欢欢跟前站着，欢欢感觉身后有人，转身一看是高来弟，当下没好气地说："你来水磨坊做甚？"

　　高来弟厚着脸皮说："来看看你和孩子。"

　　高来弟说着，把芝麻饼递给欢欢，欢欢不但没接，还火悻悻地说："我们已经没有任何关系，不需要你假惺惺地来看望。"

　　高来弟反驳道："咋能说没有关系，高杨柳好歹也是我的骨肉。"

　　高欢欢反诘道："是你的骨肉又咋？你扪心自问，自从养下杨柳，你抱过还是管过。何况，你和我们娘母俩早已解除了关系。"

　　"和你解除关系能说下去，可和儿子解除关系咋也不对。爹与儿子的关系本来就是事实，属于血亲关系，不是哪个人想解除就能解除得了的。"

　　高来弟趁欢欢不注意，把芝麻饼放在磨扇边边。高来弟虚张着嘴，好像还要说什么，冷不防被欢欢用力揎出水磨坊，顺手关上房门。

　　高来弟闲来无事，慢悠悠地走到水磨坊西侧大柳树底，坐在南侧裸露着的树根上，两眼望着半河哗哗流淌着的碧绿清泉河水发呆，一群麻雀在河滩水边叽叽喳喳觅食，倏忽，一对黑鹳凌空收拢翅膀直落水边，惊得觅食的麻雀四散飞去，有几只落在了大柳树上，叽叽喳喳叫个不停。高来弟心烦，顺手拿起树跟前的一块料礓石，用力向树梢鸟叫处扔去，雀儿立马飞到另一边树梢，高来弟扔了几次料礓石，都无济于事，雀儿依然在树梢叫个不停。高来弟心烦意乱，火悻悻地说："人走了败运，雀儿也来欺负！"

　　高来弟在大柳树下坐了一阵，隐隐约约听到一根葱李金花在水壕边叫着高欢欢的名字。高来弟抬头瞭瞭，果然是李金花从搭设在水壕两边的石板上走了过来，径直走进水磨坊。

高欢欢见李金花进来，边装面边问："金花，你不好好招呼婆姨们做鞋，来水磨坊做甚？"

李金花凑到欢欢跟前，笑嘻嘻地说："你放心吧，做鞋的婆姨们都已安顿好了。如今快做的晌午饭了，我来顶替你。"

"你一直干净爱好，这地方不是你停留之处，赶紧回吧！待上一阵，会把人弄得灰霉白骨。"

"不怕。你不怕，我怕甚！"

"我哪能和你比，你干的是面子上的活，是要讲究形象的。"

"快别说了。常言道：'王八戏子吹鼓手，剃头修脚下九流。'一个唱戏的，谁会抬爱你？"

"你和别人不一样，脸子一打，身子一装，扮相俊俏，赛过罗敷。爱得那些男人们瓷眉瞪眼，身子软得动也不能动。"

"欢欢妹子，快别拿我开心了，一个戏子，走到哪里也不会吃香的。"

"你不一样，不是曾把高来弟那个青头小子迷得五眉三道？"

李金花噘着嘴说："都是些陈芝麻烂谷子的丑事，瞎说甚，何况高升叔和马驹也在，你就不怕他们笑话？不用磨嘴皮子了，赶紧回居舍做饭。"

"吃甚呀？"

马驹说："吃甚也行，顺便给我也做点。"

李金花夺过欢欢的簸箕说："要不，你挖上些好面，我们也改善一下生活。"

马驹和欢欢异口同声地说："这是军粮，万万使不得！"

"又不在乎三斤二斤。"

马驹说："这是原则，一两也不能动。"

李金花没再说什么，高欢欢抹下毛巾，递给金花，金花箍在头上。欢欢走出水磨坊，拍了拍身上的面尘，向家走去。

高来弟瞭见欢欢出了水磨坊，跨过马路，他也从大柳树底爬起来，溜进了水磨坊。马驹看见高来弟又进了水磨坊，边往上磨扇倒玉桃黍边问："来弟，你不是让欢欢撵出去了，咋又进来了？"

高来弟乜斜着眼，看了看马驹说："欢欢能从水磨坊撵人，可野地里她没资格撵人吧！"

"明白了，你压根儿没走？"

"没走。在柳树底散了会儿心。"

"你到水磨坊来，有甚事？"

"想看看孩子和欢欢。孩子不认爹，欢欢不认丈夫。"

"全是你造的孽。你吃喝嫖赌抽五毒俱全，不但不思悔改，还把欢欢赶出家门，写下脱离关系字句，压着脚模手印。有这些证据，你还纠缠甚？"

"说良心话，这不是纠缠，主要是想看看孩子。从如今看，欢欢居舍墙上挂着几张贾天祥连长的单身照和他们两个的结婚照相，欢欢的心里还在牵挂着贾天祥，让她回家是没指望了，关键是看高杨柳能不能跟我一起回高家过活。"

"你一个洋烟鬼，家业也全折腾完了，穷屎搉的炕洞子响，用甚来养活孩子？"

高来弟拍拍索啦啦作响的长袍说："你才穷，我有硬头货！"

"有甚，砲声大得没听见。"

高来弟凑近马驹的耳朵，从长袍怀里掏出两块银圆，在马驹眼前晃了晃，诡秘地说："硬头货。"

"从哪来的硬头货？该不是把你留下的那眼窑给卖了吧？"

"没有，没有。是我把鬼子抢占的当铺院卖了。"

"有多少也不够你胡折腾，快快别提养活孩子的事了！"

"你不是让我改吗？"

高来弟一说，马驹突然想起市委马振华书记、刘天成队长和高欢欢交给他让高来弟戒掉洋烟的任务，立马把半袋玉秫黍倒在上磨扇，安顿李金花看好水磨，自己拉着高来弟出了水磨坊说："有件事，不能让别人听，咱俩到僻静处说去。"

站在河边，高来弟问："到哪儿说去？"

马驹瞅了瞅四周说："马路上人来人往，这里高叔和李金花又进进出出，都不方便。要不咱到西面半坡你家水磨坊说去？"

"那儿倒僻静！"

"好，咱就到那儿说去。"

两个人说走就走，马驹顺手拿了一把扫帚，绕过大柳树，拐了一个小峁，来到高来弟家水磨坊。水磨坊门锁着，门口平台上长着些杂草，壕堰已垮塌。马驹用力拧了一把门锁，门锁脱落下来。马驹进屋，拿扫帚扫干净里面尘埃，清理了磨盘上杂物，解开拴上磨扇的麻绳，放在磨盘上。马驹清理好磨坊，高来弟才提起长袍下摆走了进来。马驹说："来弟，咱坐在磨盘上说话。"

来弟应了一声，一屁股坐在磨盘上。来弟刚坐下，马驹迅速拿起麻绳，把高来弟和整盘石磨紧紧地捆在一起，急得高来弟破口大骂马驹。马驹笑眯眯地说："你不是要改邪归正吗？只有这样才能改掉。"

高来弟恼火地说："纯粹是胡说八道，改毛病哪有用绳子五花大绑的，这分明是在趁机欺负人。"

"没必要和你多说，以后自会明白！"

马驹说罢，转身要走。高来弟此时烟瘾已发，眼泪鼻涕不由得擩出掉在地上，当下喊道："马驹，慢走，我还有个要紧事没和你说。"

马驹站住回头说："有事快说，有屁快放。"

高来弟耸了耸鼻子，笑中带哭，身子颤抖地说："袍子里面有烟枪烟泡，你给我朝出寻一下，让我吃里两泡就改。"

马驹一听高来弟怀里揣着烟泡烟枪，当下走到跟前，掏了出来，嚓嚓嚓几把扳折烟枪，走出门，扔到河水里，顺手把一小盒洋烟泡也扔到河里。高来弟哭眉呛脸地骂道："马二则家猴老子的，你扔了烟枪倒也罢了，扔了烟泡简直是要人命了。罢罢罢，扔了算了，居舍书桌里还有，你给我寻一下，我就吃最后一次。"

"不行，吃了就不好改了。这季节，不凉不热，温度正好，好好在水磨坊待几天就改了。吃饭喝水不用操心，会有人定时给你送来。"

高来弟浑身酸疼，脑子膨胀，疼痛欲裂，犹如千万条虫子在吞噬脑袋，头使劲地摇着，声嘶力竭地号着、哭着、喊叫着马驹的名字。马驹没再和高来弟搭话，出了水磨坊，捡了一根旧铁丝，拧住了门关关，径直回了高升水磨坊。

马驹一回水磨坊，李金花就问："你把高来弟打发到哪儿了？咋一个人回来了？"

马驹开玩笑地说："看来你对高来弟还是蛮有感情的。一个大活人，能打发到哪儿，我已把他绑在他家水磨上了。"

李金花避开感情话题说："绑他做甚？"

"让他改毛病。"

李金花知道高来弟的毛病难改，可把一个人绑在废弃的水磨坊里又觉得于心不忍，又不能当着马驹的面流露出自己的心理情结，只得满脸堆着笑说："再没有别的办法，非得捆绑在磨扇上？"

"除去捆绑，没别的办法。这种事，自己没决心，必须借助外力，而捆绑是最好的办法，最起码是手脚不能动，抠不烂自己的皮肤，也伤害不了别人，最为忌讳的是怕有人心疼，半途而废，如果没人干扰，三天下来就能戒掉。"

"给饭吃喝水不？"

"到饭时也得送水送饭。"

"一个人孤苦伶仃地绑在水磨上，胆小的吓也能吓死。"

"放心吧，胆量是逼出来练出来的，一黑间下来，屁事没有。"

"三天能改了？"

"按照常规应该没问题。"

"高来弟单子独立，谁来照应？恐怕连个送饭的都没有。"

"这你不用担心，既然有人敢这么做，就会有人来操心。肯定不会让他饿死。"

高升听见马驹和李金花在说高来弟的事，半天不声不响，只顾埋头做事。当听到送饭问题，高升说："这不是大问题，咱三个每人少吃一点就差不多够他吃了。"

李金花说："实在不行，我回居舍做点给他送来。"

马驹说："不用。吃几口饿不坏就行了，这两天就得让他饿着。否则，吃饱喝足这家伙还要胡折腾。"

马驹刚说完，马振华带着刘天成从水磨坊进来。刘天成进门就说："高掌柜、马驹，你们辛苦了。"

马驹走到跟前，握着刘天成和马振华的手说："不辛苦，不辛苦。"

马振华知道高升的脾性，走到跟前，高声说："高掌柜，辛苦几天，我们共产党人是从来不会白用人的，推完硝，市委会给你补贴的。"

高升笑眯眯地说："补不补吧！队伍拼上命在战场杀敌，咱尽这点义务也是应该的！"

刘天成在碉堡里见过李金花，看见她圪蹴在脚底往布袋里掏面，走到跟前说："金花姐，感谢你来帮忙！"

李金花笑着说："大兄弟，举手之劳，不用感谢。"

马驹提起半袋玉秫黍倒在磨扇上说："马书记、刘队长，你交代给我的任务已完成一半。"

马振华谐趣地说："看来是有一半不能完成。"

马驹说："哪里，哪里。是我把高来弟绑在了磨扇上，能绑起来，就完成了一半任务，三天后，保准让他狗日的彻底改掉那个要命的臭毛病。"

马振华说："让高来弟改了洋烟，你可是做了一件功德之事。你刚才说把高来弟绑哪了？"

"就绑在他家的烂水磨坊里。"

"就高来弟的那胆量，关上三天，能吓坏他。"

"西面马路底半坡平地里，我事先打扫干净里面才绑的他。马路上黑间过往的行人客商川流不息，白夜更不用说，根本吓不着。"

刘天成说："你们忙着，我去看看高来弟。"

马振华说："我和你一块去，看一下，从西面直接就返回了。"

马振华和刘天成正要出门，高欢欢一只手提着小桶子、一只手拿着三个碗从门进来，差点撞到马振华身上。欢欢抬头一看是马振华和刘天成，当即道歉说："走得太急，没给您身上倒上饭吧！"

马振华微微笑着说："没有，没有。"

刘天成说："欢欢姐多心了，就是真给马书记倒上，他也不会怪罪。"

欢欢说："天成兄弟也来了。顺便吃点饭吧！"

"我们刚刚吃过，你还是赶紧招呼他们吃吧。"

欢欢转身退到门口，放下碗筷桶子说："马驹、金花，饭送过来了，能吃啦。"

马驹面向门口，脸上笑着，抖落眉毛上的尘埃，露出灰白的牙齿说："送的正是时候，肚子吼叫得不行了。"

欢欢爹出了门，插好壕上入水口闸板，水磨慢慢地停了下来。三人拍打了身上尘土出来吃饭，马驹手快，率先拿起勺子，揭开桶盖，一股香喷喷的饭香味扑鼻而来。马驹麻利地舀了一碗干稠豆面旗子钱钱汤面，递给高升说："高叔，你先吃。"高升也未推让，接过碗，圪蹴到河畔，咪溜咪溜地吃了起来。马驹又舀了一碗递给李金花，才给自己舀了一碗，走到河畔，舌头在牙齿上刮了刮尘土，用劲唾出，顺势圪蹴在河塄畔吃了起来。

马驹吃了两碗，本来还想多吃点，看了看桶子，里头的汤面并不多，顶多也就是一碗多点。马驹把桶子里的豆面钱钱汤面舀在碗里说："你们吃了先磨着，我去喂喂高来弟，把这小子饿坏也不是个事儿。"

欢欢没搭腔，马驹端着饭碗，簸着腿快步向西而去。马驹送饭时，马振华和刘天成还在和高来弟拉呱，高来弟烟瘾未散，还在一股劲地骂着马驹，求马振华和刘天成给他烟吃。马驹恼火地用手指在高来弟头上敲了几下说："没骨气的东西，就你这熊样，这辈子也改不了。"

刘天成说："来弟，你要咬牙忍耐，过了这个坎就好了。"

来弟嘴里流着涎水，眼的两边流出的浓液已堆满眼角。马驹放下碗，用指头抠掉来弟的眼屎，勾掉嘴角流下的涎水，端起碗挨到来弟嘴边说："豆面钱钱汤面，吃点吧！"来弟吸溜了几口，摇着头说："吃不下，浑身稀软得连面也不想咬。你还是给我两颗烟泡吧！"

刘天成看着高来弟浑身难受的样子说："话已经给他说透了，马驹你招呼他吃喝吧，我们没时间和他磨蹭。一两天得解放垣东、垣南两座县城，夺回阎军抢占的解放区。高来弟，也请你好自为之，改邪归正，你是一个文化人，对社会还是有用的。"

刘天成说罢，和马振华出了烂水磨坊的门返回了镇子。饭放了好长时间，马驹端起碗用嘴试试，饭虽不热，但也不凉。马驹把碗再次挨到高来弟嘴边，高来弟勉勉强强又吸溜了几口，嘴离开碗边，摇摇头示意吃不下。马驹问了几次，高来弟每次都是摇着头。马驹端起碗咪溜咪溜几口吃完说：

"这是我们三个给你省下的，不吃算了，别以为我们吃不了，让你来除害。"

马驹说了几句也返回。马驹刚过来，李金花就问："高来弟如今甚情况？"

马驹说："基本正常，就是还在嚷叫着要吃洋烟。"

李金花说："我过去看看，陪他说几句话。"

马驹斜着眼看了看李金花说："快去看吧，人在难中需要红颜安慰。"

李金花咯咯笑着说："马驹兄弟又在取笑老姐了。我这人见过的世面多了，还在乎你的那些言语，比这过激的话也听得多了！"

马驹笑着说："金花姐，绝对不是笑话，而是佩服你的勇气。"

高欢欢说："想看就看去，别在这儿磨蹭了。"

李金花也打趣道："半天家想去，就是怕你不高兴。"

"让高来弟改毛病，我咋会不高兴？再说，我与高来弟一毛钱的关系也没有，不要说你去看他，就是和他结婚也不会和你脸红。"

高欢欢说完，李金花出了门，拍打了身上尘土，向高来弟绑着的地方走去。

过了三天，马驹把高来弟从磨扇上解下来，送到家，烧了一锅热水，浑身洗涮了一遍，煮了两碗清汤挂面。高来弟早已饿得肠子打架，顾不得汤面发烫，边吹边往口里吸溜，不一会儿，就把两碗清汤挂面吃完。

高来弟戒了洋烟瘾，马驹和李金花特别高兴，当天后响，磨完最后一批麦子和玉桃黍，马驹和李金花就走到高来弟家，嚷叫着要庆贺。高来弟变得稳当了许多，也乐意几个人凑一块热闹热闹，当下从长袍里子衣兜里摸出两块大洋放在马驹手里说："马驹哥，晓不得车子还能不能骑，如果能骑，你到街道给咱办置些吃喝来红火一顿。"

马驹说："能骑就骑，不能骑步行去也不费事。"

马驹说着出了门，从西侧马棚里推出遮满灰尘的自行车，扶起支架，拿了块布子擦洗了灰尘，用气筒打足气袋，骑上车子，飞也似的跑到街道，买好东西，顺便叫上刚参战返回的保安队长刘天成，快速向湾头走去。到了湾头高来弟居舍，刘天成说："来弟，地方有些憋仄，比起以前的风光来差远了。"

马驹说："夜来的日头，晒不干净的衣裳。一个会好活的人，绝对不会沉湎在过去的好时光里！"

高来弟叹息着说："全是洋烟惹的祸，害得娘死妻走，一份家业也被我掇弄干，成为人们嫌弃的败家子。"

李金花帮着洗菜切菜，马驹边设整饭菜边说："如今醒悟了也不迟，重打锣鼓重开戏，或许好日子还在后头。"

刘天成问："来弟，你有甚打算？是跟上其他人做，还是自己重新开设店铺买卖粮油？"

"暂时还没有打算，歇缓一段时期再说吧。"

"想不想自己干？"

"真不想。"

"市里马上要成立一个贸易局，保安队佩带枪支，既是工作人员，也是武装人员，眼下缺一个管手续的文化人，你既懂贸易，又有文化，如果有兴趣的话，就到贸易局来工作。"

"你如此看重我，我还有甚说的！去就是了。"

"还不快点感谢天成队长！"

高来弟说："要真心感谢，何必挂在嘴上，心里惦记着就行了。"

李金花看见高来弟懂事了许多，脸上含笑着说："到贸易局工作，可不能再吊儿郎当了，男子汉得吃口馍馍挣口气，切不可做那死狗扶不上墙的灰事！"

高来弟叹着气说："唉，吃一堑长一智，半辈子也快浪过去了，还敢瞎混吗？"

说说话话，马驹就把两凉四热菜务弄好，摆放在炕中间的小书桌上。四个人入座，自然是刘天成坐了上首，四人杯来盏去，喝了半天，马驹问："刘队长，泉东县打下来了？"

刘天成说："打下来了。三分区独立团、特务团在垣东游击队民兵和市委保安队的配合下，连夜攻城，天还不亮就攻进了城，全歼由日伪警备队摇身变为泉东阎军守备司令部的赫环智部，赫环智被八路军活捉后枪毙。打开泉东城，市委保安队就撤了回来，修复镇子南部的三个碉堡，以防泉南阎军来袭扰。"

马驹说："独立团和特务团不是要攻打泉南县城吗？"

刘天成喝了一杯酒说："特务团有紧急任务，独立团今上午和泉东泉南的游击队一起去攻打泉南县城，只攻下了城周围的一些碉堡，由于泉南县城城墙坚固，敌人防守力量强大，原来守备部队只有一个团，这两天已增加到三个团，独立团攻了一次城，损失较重，已经撤回了泉东县城，待机而动。"

李金花说："原以为赶走了日本鬼子就能过太平日子，没想到老蒋为了抢夺地盘，还要打内战。"

马驹把筷子往桌上一掼，火悻悻地说："打就打，谁怕谁。他老蒋要打，咱就奉陪到底！"

刘天成说："咱并不怕打，关键一点是打仗要死人，要消耗国力。"

马驹说："咱谈的事情太大了，我们还是喝酒吧。"

四个人又吃喝了半天，高来弟觉得头昏脑涨，未吃主食，便兀自躺在下炕铺盖卷上睡着了。马驹和李金花分别敬了刘天成几盅酒，马驹离开桌子，点着火去煮挂面，李金花和刘天成又喝了几盅，马驹端上四碗清汤挂面，三人每人吃了一碗，剩下一碗，揎了几次高来弟，高来弟只顾呼呼沉睡，没有一丝吃饭的意思。三人没有强行揎起高来弟，马驹端起碗，几口拨拉进肚，清理了锅窑，相跟着出了门，各自回家。李金花看见高来弟戒了洋烟，说话行事有了很大的转变，内心由衷地喜悦，尽管酒喝得有点多，但沉浸在喜悦中的她，脸上依然带着微笑，很快就酣然入睡。

第十六章

那场酒后，高来弟在家静心歇养。其间，他曾经买过一些糖果点心、麻糖醮瓜、琉璃嘎嘣、十样锦等吃的玩的，背着欢欢暗中去哄过高杨柳，企图和高杨柳建立感情，并伺机父子相认，可每次都是兴冲冲而去，碰一鼻子灰回来。

六七天后，高来弟对着穿衣镜照看，看见自个儿脸上泛出红光，印堂也有一丝光亮，感觉如今的光相可以出去面对世人，就戴上不算太旧的礼帽，穿了一身浆洗过的半新旧长袍，独自去了贸易局。贸易局对高来弟来说并不陌生，之前，悦来诚金银首饰店开设时他进来过几次，那时的高来弟出手大方，金银首饰没少给自己的女相好购买。当时，悦来诚金银首饰店，上至东家掌柜，下到学徒伙计，没有不熟悉高来弟掌柜的。但贸易局和悦来诚是两个不同的世界，悦来诚已由马家转给王家经营，贸易局是边区政府成立的共产党自己经营的机构。初进贸易局，高来弟感到新奇，走到贸易局大门附近，就能听到院子里留声机传出清脆悦耳的《南泥湾》歌声，走到街头就能看到大门口佩带着步枪的保安队战士，二楼东南角西南角绣楼做了岗楼，绣楼南门开着，门口站着背枪的保安队队员，目不转睛地看着街道过往的人群。院子明柱厦檐高圪台五间正窑和东西各五间马棚依然如此，院子里进进出出，人流不少，除去背枪的工作人员外，尚有各色卖粮的人，有挑着担子的，有牲灵驮着的，也有个别赶着牲灵用马车拉运的。高来弟走进院子左顾右盼，东边的瓦房已做了粮库，西边门口两间马棚各拴着一匹马在马槽里埋头吃草，其余五间也放着粮食。高来弟走上圪台去寻找刘天成，走到东侧边窑，刘天成正和张三儿聊天，刘天成看见高来弟在门口站着，招手让他进来。高来弟跨进门说："刘队长，我来了。"

刘天成说："来了就好，赶紧坐下。"

张三儿听见像来弟的声音，抬头一看，果真是他，立马站起来说："少东家，这会儿是甚风把你给吹来了？"

刘天成说："少东家来给咱管手续，以后就是贸易局的人了，你要多加关照。"

"自家人，不关照能说得过去？大概少东家来贸易局是走了你的面子吧！"

"贸易局正是用人之际，高来弟懂文化，会写字记账，我想让他管晋粮货栈进出手续。"

"你的意思是收回来的发出去的粮食都要经他的手？用少东家，你不怕……"

刘天成听出张三儿话里有话，微微笑着说："放心吧！来弟前几天被马驹捆在水磨坊磨扇上，在烂房子里关了三天三夜，你所担心的那个臭毛病已经改了。"

高来弟也笑眯眯地说："改了，彻底改了！"

张三儿面带笑容地说："改了就好。我还在担心你，怕你给咱弄下糊涂事。"

高来弟苦笑着说："做错事或走错路，如果让别人改变看法是不是很难？三儿老弟，我以前的路是走歪了，可我如今改了，不会再有甚闪失，人常说，吃一堑长一智，我吃了这么多亏，肯定不会再走那老路邪路！"

张三儿说："少东家，是我多心了。"

高来弟说："还劳老弟多加监督指导。"

刘天成说："三儿，你去安顿来弟，就让他到一上圪台的那眼窑去办公。"

张三儿把高来弟带到办公室安顿好，告别高来弟，转身出了门，到河南面恢复的三个碉堡巡查去了。

张三儿刚走，马驹赶着高欢欢家的毛驴，拉着一平车好面进了院子，高来弟见来了一平车粮食，赶忙跑出来说："马驹，这是哪来的粮食？"

马驹看见高来弟来到贸易局，高兴地说："问询这些，是上任了吧？这是贸易局的麦子送到欢欢家水磨坊推的。"高来弟清点好面袋，让马驹把好面卸到西面边窑里，用毛笔把收到的面袋数量记在切好的麻纸账簿上。

马驹看见高来弟笑眯眯的神情，仔细端详了半天，高兴地说："来弟，这几天光相不错，看来，黑窑子里捆你三天的工夫没有白费。"

高来弟笑笑说："当初根本不理解，不仅当面骂你黑心烂肚，就是离开也没少骂你这个不算人的黑肚蝎。"

"清楚你会往死里骂。不过，骂死也没理睬，看来当初的粗鲁做法是对的。"

"一点也不差，如果不那样做，根本戒不了。让自个儿去戒，门儿也没有。"

两个人说着话，李金花手里握着麻纸裹着的烤红薯从院子里进来，马驹说："金花，你这是拿着甚？香喷喷的。"

李金花笑着说："没甚，就是两个烤红薯。"

"给来弟送的吧。第一天上班，你就给送吃喝来了，有没有我的？"

李金花拿出一个递给马驹说："有呢，正好两个，你俩一人一个。"

李金花把另一个递给高来弟，低声说："这是我专门在火洞洞里为你烤的。"

高来弟接过来咬了一口，慢慢地在嘴里嚼了半天说："好甜好香的红薯！"

马驹笑笑说："不仅是红薯香甜，是人也香甜吧！"

李金花嘻嘻笑着替高来弟答："当然是人比红薯甜呀！来弟，你说呢？"

来弟点点头，笑而未答。三个人说了几句，刘天成也从门出来走到他们跟前说："你们三个笑嘻嘻的，有甚喜事？"

马驹说："李金花给来弟送来了烤红薯，我赶巧碰见，吃了一个。"

刘天成看出李金花给高来弟送红薯的用意，笑眯眯地说："下次给来弟送好吃的，可别忘了我啊！"

李金花说："晓得了，一定少不了队长的。"

刘天成晓得高来弟和李金花以前的一些交往史，从表面上看是李金花利用了高来弟，其实是高开勋利用李金花的单纯而从高来弟身上揩油，从行言动步来看，李金花和高来弟两个人还是很有感情的。高来弟和高欢欢两个人本来就没有感情，加上高来弟的所作所为已被欢欢所厌恶，高来弟要挽回感情已不现实。眼下，高来弟和李金花两个人谁也不会嫌弃谁，凑合一个家庭应该不在话下，也是好事一宗。刘天成走到马驹跟前，低声说："马驹，依我看，李金花对高来弟有点意思，你可以打对空空，搭一搭这两个人的捻子，让他们的火燃得更旺点。"

马驹凑近刘天成耳朵说："刘队长，不是有点意思，而是很有意思，有些一点即燃的感觉。放心吧，据我观察分析，这两个人用不了几天就会走到一起。"

李金花说："马驹、刘队长，你们俩该不是说我闲话吧！"

马驹趁热打铁说："金花，这回让你猜对了，我俩正说你和高来弟的事呢！"

"说我和高来弟甚事？"

"说你们俩的婚姻大事，看甚会能喝你和来弟的喜酒。"

李金花打趣地说："这事得看来弟，我没啥可说的。"

马驹说："看来你同意。"

李金花笑而不答。

马驹转身问高来弟："来弟，你听清楚李金花的话了没有？"

高来弟咬了一口红薯在嘴里嚼嚼说："听清楚了，让我考虑考虑。"

马驹火悻悻地说："考虑甚的怂了，你无非是还记掭高欢欢，心存侥幸！殊不知，你心里有人家，人家心里并不惦记你。我看你脑子里长满面屎了，自己心里盘算盘算，你是怎么对待欢欢的，这样就明白，欢欢会不会重新回到你身边。如今李金花单身多年，倾心于你，你俩以前关系不错，你何不趁此机会娶了金花，了结终身大事，也给自己找个掌柜的管家，过好日月。"

马驹呛了高来弟半天，高来弟低头不语。

没几天，高来弟和李金花一起去裁缝铺缝了两床新铺盖，添置了几件必要的灶具，给李金花置办了两三身衣服，顺便也给自己缝了身新衣服，设整好高家面庄前院边窑。第二年一过正月十五，高来弟和李金花在贸易局院子里举行了一个简单的结婚仪式，马驹和张三儿做了证婚人，刘天成还做了一个简短的讲话，贸易局自行组织的秧歌队还为他们送上了一场跑秧歌，以示庆贺。高来弟听从刘天成安排，婚礼不设宴席，只放些瓜子花生红枣桂圆让客人抓食。

来弟变好，又与李金花重归于好，高欢欢内心由衷地喜悦，她希望来弟变好，并不仅仅是出于乡里乡亲的同情，重要的是因为来弟是高杨柳的爹，来弟的好坏，会直接影响着孩子的成长和未来。高来弟尽管未邀请高欢欢参加婚礼，高欢欢依然满心欢喜地穿着崭新的衣裳带着孩子高杨柳拿着一对绣花枕套前往贸易局参加，这令高来弟和李金花感动万分。李金花拉着欢欢的手说："欢欢妹子，谢谢你能来参加我俩的婚礼。本来是想邀请你的，姐和来弟又都不好意思开口，缺礼啦，还请妹子谅解！"

高欢欢笑眯眯地说："没事，没事，咱俩可是过命的生死之交，没必要讲究这些。"

高来弟凑到跟前说："欢欢，真心地谢谢你，我还以为你会骂我的。"

高欢欢说："祝福你俩是应该的，何必讲那些客套话。"

李金花给孩子兜里抓了两把瓜子花生桂圆，又抓起一把递给欢欢说："欢欢妹子，枕套是你自个儿绣的？"

"自己绣的，一对鸳鸯水上漂说的是你俩。如果高来弟对你三心二意，我和马驹就饶不了他。"

刘天成笑着说："你和马驹饶不了高来弟，那你和马驹甚关系？"

马驹站在一侧，笑而不语。高欢欢手按着胸脯说："邻里邻居关系。"

"是邻里邻居，但比那关系要深得多。"

高来弟插话说："你高欢欢从小喜欢英雄，马驹上战场杀鬼子，听他讲战场的惊险与勇猛，活脱脱的英雄就站在咱跟前，难道你就没有动过心思？"

"马驹战场上如何勇敢我可没见，鬼子碉堡里进出自如我是眼饱眼见过，别看他腿瘸，杀汉奸捉特务一点也不碍事。"

"马驹这几年不找婆姨，是在牵挂着你，你还不明白？"

"我拖累大，还经历过两个男人，为报仇，在碉堡讨好鬼子沟田，身子已不干净，不配马驹。"

"马驹不嫌。"

高欢欢说："不和你们胡诌了，我还得赶紧回去追赶妇女们做军鞋。"

刘天成说："快快去吧！军区已作出决定，近期要攻打垣南县城，打通晋西北和晋西南解放区的咽喉，兵马未动粮草先行，军鞋很要紧，战士们穿上好有心有劲杀敌。"

高欢欢说罢转身几步走下圪台，出了大门，顺东街向湾头走去。

高欢欢走到村口，不放心爹，顺便走到马路底水磨坊门口，"爹、爹"地喊了两声，爹没有应答，高欢欢低头一看，水磨坊门口堆放的一堆粮食依旧。她几步走进门，看到两个帮忙的保安队战士正低头唉声叹气。她爹高升趴在磨盘上，欢欢用力扶起爹，爹鬓角糊着血，早已没了呼吸。高欢欢当下一屁股坐在地上，抱着爹，号啕痛哭。两个保安队员扶起欢欢说："你爹说他心口痛，想吃袋烟。吃了一袋，第二袋刚吸了几口，就一头扎在磨盘上，当下咽了气。唉，可能是这一段老人劳累过度的原因。我们正要去寻你，说道这事。"

马驹把高来弟和李金花送回洞房，也立马动身返回水磨坊帮忙，走到水壕跟前，听见水磨坊里有哭声，马驹停下脚步静听，是高欢欢的哭声。马驹料到水磨坊出了大事，赶忙放开脚步跑到水磨坊一看，欢欢爹已仰靠在磨盘上走了。马驹揎揎欢欢的肩膀问："欢欢，到底是怎么回事？"

欢欢哽咽地说："我回来时就是这样子，保安队员说是爹心口痛，昏死过去了。"

"救不过来？"

"不顶事了，身子已经发凉。"

马驹拉起欢欢说："不哭了，咱赶紧把老人背回家找几个人来帮忙穿衣裳，两个保安回贸易局报告一下情况。"

马驹说着背起高升，走出水磨坊门，向欢欢家走去。背到空窑，马驹放下欢欢爹，找来村长杨睛明帮忙料理丧事。

高升突然离世，高欢欢感到生命如陶瓷般脆弱易碎，是如此的短暂，人生有太多的生离死别，但这是无法改变的。她想，逝去的终究已成过去，不必感慨生命之无常，一定要珍惜生命，珍惜当下，好好活着。看着马驹跑前跑后的忙碌身影，一种敬意更多的是一团暖流在高欢欢心头陡然涌现……

高欢欢送老人上了山，旋即挑起了家中重担，欢欢除去招呼妇女做军鞋忙和水磨坊的活什外，还得照顾孩子高杨柳和傻弟弟高三三。好在孩子高杨柳懂事，欢欢经营水磨坊的大部分时间，高杨柳在家，一边看护傻舅舅，一边玩耍。

隔了五六天，高欢欢在水磨坊墙壁上挂出了贾天祥的照相，又请来豆腐石匠马二则轻锤慢凿铣好水磨，水磨出粒出面快了许多。马驹除去给贸易局来回运送粮食外，多余出来的时间就在水磨坊帮助欢欢推砭磨面。垣南县城战斗打响，清泉市保安队除去贸易局留守人员外，全部赶赴参战，马驹也带着湾头村三十来个民兵，扛着担架支前。十天后，垣南城被军区独立团、特务团、独四旅、九旅、垣东支队、清泉保安队攻陷，垣南解放。刘天成带领的清泉保安队编入军区独立团，刘天成担任营长，随军西进。刘天成走了不久，马振华、杨睛明响应组织号召，加入了西北南下工作团，赴临汾集训。高欢欢的水磨坊和镇子里留下来的三四家水磨坊依然承揽贸易局粮栈的面粉加工业务。公私合营时，她又带着水磨坊加入粮油加工厂，成为一名戴着白帽穿着白褂子的集体磨面工人。

又一个春天的雨后清晨，清泉河两岸垂柳依依，花红草绿，河边的水草丛中，七八只黑鹳低头啄食，清澈的水面，四五对鸳鸯引颈击水，追逐嬉戏。东边的山脊线被殷红的晨辉染透，慢慢地向两边扩展，映红了清泉河两岸。已担任清泉粮油加工厂副厂长的高欢欢站在湾头河畔水磨坊跟前，任凭阵阵凉风撩起缕缕黑发，默默地凝视着挂在水磨坊门上"清泉县粮油加工厂三部"的牌子，听着哗哗的流水声和隆隆的磨面声，看着水磨坊进进出出的忙碌工人，脸上写满了笑意。